Dieter Kohlase
Aktion fünfzig
Zwei Loser entdecken die Politik

I0592312

Wir kennen uns nie ganz, und über Nacht sind wir andre geworden, schlechter oder besser.
Theodor Fontane

Dieter Kohlase

Aktion fünfzig

Zwei Loser entdecken die Politik

Bibliografische Information der Deutschen Nationalbibliothek:
Die Deutsche Nationalbibliothek verzeichnet diese Publikation
in der Deutschen Nationalbibliografie; detaillierte bibliografische
Daten sind im Internet über http://dnb.dnb.de abrufbar.

TWENTYSIX Der Self-Publishing-Verlag
Eine Kooperation zwischen der Verlagsgruppe Random House
und BoD – Books on Demand

© 2018 Dieter Kohlase

Herstellung und Verlag:
BoD – Books on Demand, Norderstedt

ISBN: 978-3-740-74596-7

1

Wer Freundschaft mit Wesensverwandtschaft gleichsetzte, der kannte Steffens und Teschner nicht. Unterschiedlicher als die beiden konnten zwei Menschen kaum sein. Und nicht zum ersten Mal während ihrer ebenso langen wie konfliktreichen Freundschaft entlud sich Steffens Ärger in einem gedehnten Seufzen. „Vorsicht, alter Knabe, du nervst. Noch ein paar deiner Weltschmerztiraden und du siehst die Rote Karte."

"Tut mir leid, wenn ich dein Wohlbefinden trübe. Was erwartest du? Den permanenten Frohsinn in Person? Aber jetzt mal ehrlich, mache ich tatsächlich solchen Stress?"

"Sieh in den Spiegel, das erspart mir die Antwort. Nein, vergiss es. Dich könnte vor Entsetzen der Schlag treffen. Deine Mimik…, schlimmer als jeder Gruselfilm."

"Donnerwetter, ein neuer Rekord. Das verrät Sportsgeist, sich mit seinen eigenen Übertreibungen immer wieder selbst zu toppen."

"Ich übertreibe? Keine Spur. Aber apropos Frohsinn und Rekord. In einem Wettbewerb für Frohnaturen ginge jeder Magenkranke im Vergleich zu dir als klarer Favorit an den Start. Sogar mit meiner kleinen Geburtstagsansprache hast du mich abblitzen lassen. Pech für dich. So wirst du nie erfahren, was dir entgangen ist."

"Hat meine Entschuldigung so viele Glückshormone in dir freigesetzt, dass du gar nicht genug davon bekommen kannst? Wünscht der Herr vielleicht noch einen Nachschlag?"

"Übernimm dich nicht. Und Glückshormone? Großer Irrtum. Deine Endzeitstimmung aktiviert ganz andere Botenstoffe in mir."

"Verstehe. Ist ja auch fies, einen der begnadetsten Entertainer unter der Sonne um seinen großen Auftritt zu bringen. Hoffentlich habe ich deinem Ego keinen bleibenden Schaden zugefügt - wo du dich doch so gerne reden hörst."

„Mach dir um mich keine Sorgen. Ich kann mit deinen

Launen umgehen. Und deine spezielle Art von Ironie haut mich auch nicht mehr vom Hocker. Alles reine Gewohnheitssache."

"Dann muss ich wohl was falsch verstanden haben. Das klang bis eben noch anders."

"Glaub' es oder lass' es bleiben. Ja klar, schon deine normalen Marotten sind grenzwertig. Aber die sind nur ein Klacks gegen dein neu entdecktes Selbstmitleid. So, wie du deinen Trübsinn zelebrierst, ist das ganz großes Kino. Da fragt sich doch, wer von uns mehr Talent für den bühnenreifen Auftritt mitbringt. Also ich bin nicht scharf darauf, mich für ein so demonstrativ abweisendes Einpersonenpublikum zum Affen zu machen."

"Nanu, diese Zurückhaltung passt nicht zu dir. Willst du mich mit einer Kostprobe aus deiner gut sortierten Sprüchesammlung beeindrucken? Bisher warst du nicht so wählerisch, dir für deine Zwecke eine geeignete Zielgruppe zu suchen."

„Ich sehe hier keine Gruppe. Es sei denn, du sprichst von dir neuerdings in der Mehrzahl. Nicht so abwegig, bei dem seltsamen Verhalten, das du heute an den Tag legst. Hätte ich geahnt, dass du bereits an deinem Fünfzigsten anfängst wunderlich zu werden, wäre mir garantiert was Besseres eingefallen, als mir für eine Reihe brillanter Formulierungen die halbe Nacht um die Ohren zu schlagen. Schade um die verplemperten Energien. Dafür bist du mir was schuldig."

„Warum überrascht mich das jetzt nicht? Da spricht mal wieder der Banker aus dir. Der kann gar nicht anders, als umgehend die fälligen Zinsen einzufordern. Ich bin gespannt, was mir dein schmerzhafter Verzicht wert sein müsste."

„Keine Panik, Norbert, einem Freund mit akuten Sinnfindungsproblemen gewähre ich selbstverständlich Sonderkonditionen. Es reicht, wenn du langsam wieder runterkommst. Deine verspätete Midlife-Crisis wird allmählich peinlich. Wenn du mir nicht auch noch den Rest des Abends versaust, machen wir den Deal perfekt."

Rainer Steffens, in ihrer Stammkneipe, teils mit unterdrücktem Neid, teils mit verschwörerisch grinsender Gönnerhaftigkeit, von den meisten nur der Womanizer genannt, hob, nicht mehr ganz so exakt wie beim ersten Glas, sein frisch gezapftes Bier. Gleichzeitig versuchte er mit der zweiten Hand die prickelnde Flüssigkeit, die sich als gelblichweiße Lache vor ihm ausbreitete, mittels einiger bereits durchgeweichter Bierfilze aufzusaugen. Renate, die Wirtin und bekennendes Mitglied seiner weiblichen Fangemeinde, hatte die Gläser wieder mal so schwungvoll vor ihnen abgestellt, dass der Schaum quer über den Tisch gespritzt war. Erst nach dieser nur begrenzt erfolgreichen Aktion prostete er seinem Gegenüber mit deutlich gerötetem Gesicht, einer schon leicht verquollenen Aussprache und dem Ansatz eines mitfühlenden Augenzwinkerns zu.

„Na schön, falls ich dich damit verträglicher stimmen kann, schenke ich dir eben eine nichtgehaltene Rede zum Geburtstag. Das ist doch immerhin mal ein originelles Präsent. Übrigens sehr schmeichelhaft, dass du mich nicht gleich ausgeladen hast. Vielleicht auch nur, weil du dann zwangsläufig mit dir allein auf dein Wohl anstoßen müsstest. Gib zu, das wäre eine verdammt öde Angelegenheit, sogar für einen so verkorksten Eigenbrötler wie dich. In meiner Gesellschaft bleibt dir mindestens das Los des einsamen Säufers erspart."

„Womit du mir gleich noch mal unterjubeln willst, dass ich dich mit meiner Ungeselligkeit nicht auch schon vergrault habe. Die Botschaft ist angekommen. Ich könnte mir auch nichts Aufbauenderes vorstellen, als mich für die großartige Leistung feiern zu lassen, wieder mal ein Jahr meines Lebens hinter mich gebracht zu haben. Alles in allem ein ziemlich verschenktes. Mit nahtlosem Anschluss an die Zeitverschwendung der vorausgegangenen Jahre. Nur gut, dass mich mein Realitätssinn davor bewahrt, in solchen Glückwünschen mehr als nur einen Akt formaler Höflichkeit zu sehen."

„Besser formal höflich als formlos ungehobelt. Alsdann, auf deinen ausdrücklichen Wunsch, meine Gratulation im Schnelldurchlauf. Sang- und klanglos. Völlig ohne Schnörkel, in militärischer Kürze: Kopf hoch, Rücken durchdrücken, Arsch einziehen und weitermarschieren. War das kurz genug?"

"Wie ich dich kenne, kommt aber gleich noch was nach."

"Bloß ein gut gemeinter Rat. Lass' dich nicht vorzeitig auf die Bretter schicken. Noch liegen ein paar Runden Leben vor dir, die Steherqualitäten verlangen. Probier' doch in deinem nächsten halben Jahrhundert zur Abwechslung mal aus, nicht alles so verbissen zu sehen. Warum schleppst du ständig deinen gesamten Seelenmüll mit dir spazieren? Weg mit dem ganzen Ballast. Nichts vertreibt die trüben Gedanken besser als einfach mal alle Fünfe gerade sein zu lassen. Ich gebe dir Brief und Siegel, so ein gelegentliches Psychotuning, bei dem alle lästigen Probleme ausgeblendet werden, wirkt wie ein Befreiungsschlag. Du wirst sehen, sobald sich der Grauschleier lichtet, kann auch ein älterer Herr wie du noch Freude am Leben haben."

Norbert Teschner, der, wie er es selbst ausdrückte, heute auf fünfzig wie im Fluge vergangene Lebensjahre zurückblickte, beging seinen Geburtstag in kleiner Runde. Darauf, dass er seinen Geburtstag nur *beging* und nicht etwa feierte, legte er gesteigerten Wert.

„Danke, deine Allerweltsweisheiten kenne ich. Reiß mich mitten in der Nacht aus dem Schlaf und ich bete dir jeden Satz auswendig vor. Du solltest hin und wieder ein bisschen an deiner Kreativität feilen." Wie, um sich vor einem Angriff zu schützen, hob er seine Handflächen waagerecht in Brusthöhe und winkte einige Male heftig ab. Das wirkte ungewollt komisch. Wie ein flügellahmer Vogel, der angestrengt flatterte aber nicht abhob. Schließlich wischte er den Trinkspruch seines Freundes mit einem Kopfschütteln beiseite. Seitdem er heute Morgen aufgestanden war, beherrschte ihn eine ausgeprägte Übellaunigkeit. Auch jetzt unternahm er nicht einmal den Versuch, seine miese Stimmung zu verbergen.

„Nächstens verwette ich mein Gehalt darauf, dass du es immer wieder hinbekommst, wenigstens einige Dauerbrenner deiner aufgewärmten Predigt loszuwerden. Allzu viel Kopfzerbrechen hast du demnach nicht aufwenden müssen. Von wegen, du hättest dir für mich die halbe Nacht um die Ohren geschlagen. Fünf Minuten, hoch gegriffen, trifft es wohl eher. Dabei habe ich meine Gründe, warum ich nichts dergleichen hören will. Von einem bestimmten Alter an sind Geburtstage einfach nur noch Scheiße. Es wäre vernünftiger, sie schlicht zu ignorieren. Somit ist deine Küchenpsychologie das Letzte, worauf ich heute Lust verspüre. Komm' du erst mal in meine Jahre, dann wirst du das auch noch feststellen. Falls du mein Alter überhaupt erreichst. Bei deinem Lebenswandel."

„Wirklich erschreckend. Gerade mal fünfzig und schon verrät der Mann erste Anzeichen von Demenz. Nur zur Erinnerung: Ich bin lediglich fünf Jahre jünger als du."

„Ein Grund mehr, sich vorzusehen. Manchmal können ein paar Jahre entscheidend sein. Hier und da genügt schon ein Tag zum nächsten, um die Welt plötzlich mit anderen Augen zu sehen. In der Nacht zuvor bist du noch schlafen gegangen, ohne groß über dich und dein Leben nachzudenken. Es hat dich nicht berührt, dass sich dein Zeitkonto schon wieder um einen Tag verkürzt hat. Aber am folgenden Morgen wachst du dann mit dem Bewusstsein auf, dass genau das dein Fehler war. Glaub' mir, irgendwann kommt auch für dich dieser Morgen."

„Für mein Bewusstsein möchte ich nicht garantieren. Das reagiert zu früher Stunde noch ziemlich unausgeschlafen." Steffens unternahm den Versuch, ihn zu unterbrechen. Aber Teschner achtete nicht darauf.

„Das ist schon merkwürdig. Bis gestern habe ich keinen Gedanken darauf verschwendet, wie schnell das Leben an mir vorbeirauscht. Aber mit fünfzig fragst du dich auf einmal, wo die

Jahre geblieben sind. Deine Jugend – wann war das? Deine Ziele? Im Alltag abhandengekommen. Von den verlorenen Träumen ganz zu schweigen. Und einen Gedanken weiter ertappst du dich dann dabei, den versäumten Gelegenheiten und den vergeigten Chancen nachzutrauern. Auf einmal funktioniert es nicht mehr, dir die Gegenwart mit der Aussicht auf eine bessere Zukunft schön zu reden. Stattdessen nistet sich zum ersten Mal die Ahnung in deinem Kopf ein, deine besten Jahre könnten schon hinter dir liegen."

"Nur dann, wenn du den Blödsinn glaubst, den du dir einredest." Auch dieser Einwand wurde überhört.

"Zuerst erschrickst du nur, aber gleich darauf erfasst dich unversehens der Gedanke, dass die Gegenwart nicht mehr nur eine Zwischenstation ist. Ab jetzt hast du nichts Entscheidendes mehr zu erwarten. Du siehst dich bereits an der Endstation. Alles aussteigen. Der Zug endet hier. Rien ne va plus. Und wenn du dann auf dem Bahnsteig stehst und dich umsiehst, stellst du fest, dass dich deine Reise an ein falsches Ziel geführt hat. Ratlosigkeit breitet sich in dir aus. Du stehst da wie nicht abgeholt, mit deinem nutzlosen, über die Jahre angehäuften Gepäck. Du fühlst dich müde und ausgebrannt und weißt nicht, ob du eher heulen oder kotzen möchtest. Du bist am falschen Bahnhof angekommen, weil du dein Leben lang im falschen Zug gesessen hast. Vielleicht hast du das schon irgendwie gespürt, aber so richtig klar wird dir das erst in diesem Augenblick. Wie ich schon sagte, alles kein Grund zur Freude. Halte mich ruhig für einen Spinner, aber seit heute früh beschäftigt mich nur eine Frage: Norbert Teschner, warum hast du so wenig mit deinem Leben angefangen? Aber das Schlimmste daran ist, dass es sich dabei nicht um eine Frage handelt. Eine Frage ließe noch Raum für Hoffnungen – und für einen gnädigen Selbstbetrug. Nein, das ist leider eine sehr realistische Zustandsbeschreibung."

„Wer hat von dir verlangt, die Welt zu verändern? Ich

jedenfalls nicht. So meilenweit neben der Spur habe ich dich ja noch nie erlebt. Eine Strafe, deinen angeschlagenen Gemütszustand ertragen zu müssen. Möglich, dass der tatsächlich was mit dem Alter zu tun hat. Kein Anlass, sofort in Depressionen zu versinken. Manche Gründe erweisen sich nämlich als ziemlich banal. Einer, der wie du stramm auf die sechzig zumarschiert, wäre bestimmt gut beraten, sich ein paar Bierchen weniger zu genehmigen als ein so knackiger Fünfundvierzigjähriger wie ich. Hast du mitgezählt, unser wievieltes Glas das war? Falls deine altersgemäße Gedächtnisschwäche das noch zulässt, du bedauernswerter, vom Weltschmerz gebeutelter Greis. Und sollte es nachher mit dem Aufstehen nicht mehr so recht klappen, kannst du dich gern auf meinen Arm stützen."

„Du willst mir wohl in Sachen Ironie Konkurrenz machen? Aber quatsch dich ruhig aus. Auf meinen Grips ist immer noch Verlass. Auch was die nötige Trinkfestigkeit betrifft, könnte ich dich noch genauso locker unter den Tisch saufen wie in unseren jungen Jahren. Das ist alles nicht mein Problem."

"Dann verstehe ich noch weniger, warum du es dir so schwermachst."

„Weil mir klargeworden ist, dass ich ein verdammter Idiot gewesen bin. Warum habe ich nicht mehr Ehrgeiz in meine Karriere investiert? Dafür würde ich mir im Nachhinein am liebsten in den Hintern treten. Nach geschmissenem Jurastudium, gefolgt von einigen weiteren Abstürzen, hocke ich heute noch immer in Besoldungsgruppe A 11."

"Deshalb machst du dich verrückt? Dann jammerst du auf ziemlich hohem Niveau."

"Findest du? A 11, das ist mehr als nur eine Frage der Bezahlung. Das ist mein beschissener Platz in der hierarchischen Rang- und Hackordnung. Nur eine Ziffer in der Besoldungsordnung für Beamte, aber die steht für den Frust, mich als nachgeordneter Sachbearbeiter eines Jobcenters nicht nur tagein tagaus den wechselnden Launen meiner Chefs zu unterwerfen, sondern auch ständig auf menschliche Existenzen zu treffen, von denen sich viele bereits aufgegeben haben. Ich verbringe den Großteil meiner Zeit mit Absteigern und Verlierern, die, wie es heutzutage ebenso sprachlich abgehoben wie ausgrenzend heißt, in prekären Verhältnissen leben. Fremdworte muss nicht jeder verstehen, wichtiger ist ihre politische Unbedenklichkeit. Schließlich klingt Prekariat deutlich neutraler, als von einer ausgemusterten Unterschicht zu sprechen, deren Zukunft nicht besser aussieht als ihre Gegenwart. Eine verständlichere Sprache wäre nur mit der Gefahr verbunden, die Betroffenen unnötigerweise wachzurütteln.

Dieses A 11 ist auch ein Synonym für ausgebliebene Erfolge, für enttäuschte Hoffnungen, für persönliches Versagen. Dahinter verbirgt sich, summa summarum, ein Stück verpfuschten Lebens. Findest du immer noch, es wäre ein Anlass zum Feiern, dass ich mich fortan nicht mehr um das Eingeständnis der eigenen Mittelmäßigkeit herummogeln kann?"

„Dann feiere doch, dass du immerhin bis heute ganz gut damit zurechtgekommen bist. Und überhaupt, worüber beklagst du dich? Was heißt das schon: Mittelmaß? Damit stehst du zusammen mit der großen Mehrheit im Zentrum der Gesellschaft. Wenn du mich fragst, kein schlechter Platz, um von da aus die Randfälle dieser Gesellschaft zu verwalten. Immer noch besser, als selbst ein Teil davon zu sein."

"Ein schwacher Trost."

"Alles kann ich dir auch nicht abnehmen. Wie wäre es mit einem Schuss positiven Denkens als Eigenleistung? Im Grunde ist doch alles nur eine Frage der inneren Einstellung. Die muss stimmen. So wie du dich selbst siehst, so erlebst du die Welt."

"Aus welchem Kalender hast du denn diese Weisheit geklaut? Und was genau will mir der Herr Weltenerklärer damit sagen?"

"Kein Kalenderspruch, garantierte Eigenschöpfung. Darauf bestehe ich. Will sagen, du bist der Herr deines Denkens. Dein Denken bestimmt deine Wirklichkeit. Oder konkret: Wie geht es mir im Vergleich zu denen, die mir auf der anderen Seite meines Schreibtischs gegenübersitzen. So wird ein Schuh draus."

"Das ist mir immer noch zu schwammig."

"Also gut, vielleicht hilft ein Beispiel, um einen Bezug zu deinem ungeliebten Job herzustellen. Sieh dir einen geschassten VW-Vorstand wie den Hartz an. Dem dürfte ein Leben als Ex-Boss im Wohlstand allemal angenehmer sein, als sich auf dem Flur vor deinem Büro in die Warteschlange resignierter Hartz IV'er einzureihen. Und jetzt vergleiche dich mit deiner Kundschaft. Geht es dir da nicht glänzend? Als unkündbarer Beamter auf Lebenszeit. Privatversichert und mit Pensionsberechtigung. Wenn du schon dein A11-Schicksal betrauerst, wie müsste ich mich dann erst fühlen? Ein kleiner Sparkassenangestellter, der Tag für Tag hinter seinem Schalter als Betreuer für unterhaltungsbedürftige Senioren parat steht, die mit den kommunikationsunwilligen Bankautomaten nichts am Hut haben. *Was möchten Sie denn diesmal abheben? Ja leider, alles wird teurer. Wie läuft es mit den Enkeln? Wie wäre es, bei der Gelegenheit, mit ein paar supersicheren Zertifikaten?* Glaubst du, dieser sich täglich wiederholende Stumpfsinn wäre für mich die Erfüllung? Ich hätte mir auch ein inhaltsreicheres Leben vorstellen können. An Fantasie hat es mir jedenfalls nie gefehlt."

„Aha, jetzt wird mir einiges klar. Deshalb kompensierst du deine unbefriedigt bleibenden Ansprüche am Banktresen zunehmend am nächtlichen Bartresen. Inzwischen scheint ja keine kopulationswillige Zwanzigjährige mehr vor dir sicher zu sein. Ich möchte wissen, was die jungen Dinger an dir finden. Altersmäßig liegen wir ja wirklich nicht so weit auseinander. Manchmal macht es sogar Sinn, dich zu zitieren."

„Siehst du, da liegt dein Kernproblem. Freud lässt grüßen. Im Ergebnis läuft es fast immer darauf hinaus. Du kommst einfach mit den Weibern nicht klar. Wann hast du das letzte Mal eine flachgelegt? Ich meine auf die konventionelle Weise, mit dem vollen Programm. Mit allem, was dazugehört, inklusive der schönen Gefühle. Du weißt schon, mit dem immer etwas dümmlichen aber anheizenden Liebesgeflüster, der unersättlichen Lust, dem geilen Gestöhne und dem ganzen übrigen Drumherum. Nicht als bezahlte Dienstleistung im Puff. Ich hoffe, du kannst dich wenigstens noch erinnern."

„Mit einer schon nach drei Jahren kaputten Ehe und deinen zahllosen Einmal-Ficks solltest du dich nicht unbedingt als großer Fachmann für Fragen der Liebe aufspielen. Aber immerhin qualifizieren dich deine ständig wechselnden Bettgeschichten zur Autorität auf dem Gebiet der schnellen Triebbefriedigung."

„Verbindlichen Dank für diese ehrenvolle Berufung. Ich schätze mich glücklich, mit einem der letzten noch existierenden Moralisten dieser Zeit befreundet zu sein. Aber sieh dich vor. Du wärst nicht der erste Sittenwächter, der mit den Realitäten des Lebens nicht klarkommt und dann irgendwann abgekapselt in seiner eigenen, ziemlich einsamen, Welt lebt. Ich habe mit keinem Wort von der großen, alles verzehrenden Liebe gesprochen. Die beiden Damen mögen es mir verzeihen, aber die etwas verschwurbelten Geschichtchen einer Hedwig Courths-Mahler oder Rosamunde Pilcher gehören nicht zu meiner Lieblingslektüre. Daher ist dieser ganze rührselige Krempel auch nicht mein Thema."

"Sondern?"

"Warum immer gleich die höchsten Anforderungen stellen? Ich spreche tatsächlich nur von purem, hormongesteuertem Sex. Wenn du mehr davon hättest, wärst du nicht so anfällig für moralinsaure Betrachtungen und wahrscheinlich insgesamt viel zufriedener. Ich versichere dir, so eine schnelle Nummer befreit dich von den inneren Verkrampfungen besser als die teuerste Therapie. Natürlich führt dich nicht jeder Einmal-Fick, wie du das so wunderbar dezent formulierst, geradewegs ins Standesamt. Gottlob nicht. Aber wenn beide Beteiligte Spaß daran haben, ohne gegenseitige Verpflichtungen bis zur

Erschöpfung miteinander zu vögeln, ist das immer noch erspießlicher, als auf eine große Liebe zu hoffen, die so selten ist wie ein Sechser im Lotto."

Insgeheim musste er einräumen, dass Steffens seinen Finger wieder mal in eine offene Wunde legte. Zugleich ärgerte er sich über diesen bedauernden Blick, der ihn dabei streifte. Diese Form von Mitleid konnte er partout nicht ertragen. Das galt umso mehr, als ihm dessen Analyse seiner immer etwas komplizierten Frauengeschichten so entlarvend erschien. Stets war ihm die fatale Neigung in die Quere gekommen, mit jeder neuen Beziehung sofort das Gefühl einer schicksalhaften Begegnung zu verbinden. Statt einfach nur zu genießen, was der Augenblick ihm bot, bastelte er in Gedanken schon an einer gemeinsamen Zukunft. Nur, um nach der ersten Phase unkritischer Verliebtheit festzustellen, dass er wieder mal viel zu viel erwartet hatte. Nach eingetretener Ernüchterung erging er sich dann regelmäßig in tiefsinnigen Grübeleien, woran es denn diesmal wieder gelegen haben könnte. Dabei waren die Gründe immer dieselben. Erst im Laufe der Jahre glaubte er verstanden zu haben, warum seine Bemühungen um eine feste Partnerschaft regelmäßig in einem Fiasko endeten. Es war diese Absolutheit gewesen, mit der er gleich am Anfang ihre Dauerhaftigkeit eingefordert hatte. Niemand fühlte sich gerne vereinnahmt. So etwas machte Angst. Das musste einfach schiefgehen. Genau das war ihm eben noch einmal bestätigt worden. Ein spätes Geschenk der Erkenntnis, ein sehr spezielles Geburtstagsgeschenk, das ihm, typisch Steffens, damit untergeschoben worden war. Und obwohl auch diese, wieder mal zu späte, Einsicht wie jedes erkannte Scheitern Verdrängungsgefühle hervorrief, vermochte er dem Gedanken nur noch wenig entgegenzusetzen, dass vielleicht doch einiges für Steffens Lebensweise sprach. Der war ihm bei dem ganzen Beziehungskram seit jeher überlegen, wohl auch, weil er neue Bekanntschaften zwar anspruchsloser, dafür aber deutlich lockerer anging. Aber das gehörte zu jenen Eingeständnissen, die er lieber für sich behielt.

Dann bemerkte er, gerade noch rechtzeitig, auf welches unsichere Terrain ihn diese Fragen führten. Um nicht noch weiter in die Defensive zu geraten, schwenkte er rasch zu einem, wie er hoffte, weniger verfänglichen Thema über.

„Habe ich dir eigentlich schon mal erzählt, dass ich in jüngeren Jahren eine Weile ernsthaft überlegt habe, in die Politik zu gehen?"

„Nee, hast du nicht. Da kennen wir uns nun schon seit einer halben Ewigkeit und immer noch bist du für ein paar Überraschungen gut. Ich nehme an, diese politischen Ambitionen gehören auch zu deinen aufgegebenen Jugendträumen, die dich jetzt, Schlag fünfzig, wieder einholen. Warum ist aus dieser Absicht nichts geworden? Woran ist die Sache gescheitert?"

„Du erwartest jetzt aber keine Erklärung, weshalb häufig sogar die tollsten Ideen versanden. Die Gründe kennst du so gut wie ich. Du nimmst dir etwas vor und bist von der eigenen Eingebung zunächst völlig berauscht. Trotzdem wird nichts draus. Nicht etwa, weil dich irgendwelche bösen Mächte daran hindern oder weil du dich nach komplizierten Erwägungen anders besonnen hättest. Dein Motiv ist viel schlichter und das macht dein Versagen noch armseliger. Du hast festgestellt, dass es leicht ist, dir im Kopf etwas auszumalen aber anstrengend, deinen Arsch hochzubekommen."

"Da sagst du was. Das kommt mir furchtbar bekannt vor. Dein Plan steht fest. Bis auf Punkt und Komma. Du kennst jede einzelne Phase. Aber wenn es darum geht, deinen Absichten Taten folgen zu lassen, hast du immer gerade etwas Wichtigeres zu tun. Das redest du dir ein - und versuchst sogar, an deinen Selbstbetrug zu glauben. Weil du nicht wahrhaben willst, dass dich nur dein innerer Schweinehund davon abhält, dich zu bewegen. Und ohne dir deinen eigenen Kleinmut einzugestehen, gibt es von nun an einen feststehenden Begriff in deinem Leben, der dich zusammen mit einer latenten Unzufriedenheit verfolgt: *später*."

"Und später bedeutet nie. Fast unmerklich lässt du deine Ziele sausen und trittst weiter auf der Stelle. Das ist frustierend und macht dich auch irgendwie wütend. Vor allem auf dich selbst. Andererseits ist es bequemer. Also hängst du weiterhin jeden Abend vor der Glotze ab, zischst gemütlich dein Bierchen oder trinkst dein Glas Wein und stopfst bis zum Schlafengehen das obligate Salzgebäck in dich rein. Jeder Tag gleicht dem vorausgegangenen. Alles ist wie immer. Einschließlich deiner Kommentare, mit denen du dich über die Dreistigkeit der Politiker aufspulst, die dich in den Nachrichtensendungen gerade eben mal wieder zum Deppen gemacht haben. Soweit du überhaupt noch nach einer Entschuldigung für deine Passivität suchst, fallen dir natürlich sofort die drei, vier Ausbruchsversuche ein, als du dich tatsächlich auf die Socken gemacht hast, um für deine eigenen Ansichten ein Publikum zu finden. Aber alles, was du dabei zum Schluss wieder mit nach Hause brachtest, war der Ärger, ein paar Stunden deiner Freizeit auf einer schlecht besuchten Parteiversammlung, in dem miefigen Hinterzimmer irgendeiner Kneipe, unter aufgeregten fremden Leuten vergeudet zu haben. Unverstandener als in dieser Atmosphäre des aneinander vorbei Redens hättest du dich nirgends fühlen können. Dich und die übrigen Anwesenden verband lediglich ein einziger Berührungspunkt, ein einziges, bei allem Geschwätz unausgesprochen gebliebenes, Motiv. Das gemeinsam erbrachte Opfer, die innige Verschmelzung mit Couch oder Fernsehsessel für einen Abend aufzulösen, sollte nicht umsonst gewesen sein. Mit der Folge, dass man sich mittels endloser aber wirkungslos vorbeirauschender Monologe nur gegenseitig auf den Wecker ging."

„Wem erzählst du das? Mir sind solche abtörnenden Inszenierungen auch nicht fremd. Da stellt sich unweigerlich der Eindruck ein, dass es dich in eine Parallelwelt verschlagen hat.

In einen fremden, von der Lebenswirklichkeit abgekoppelten Kosmos. Dort bedient man sich einer eigenen Sprache, verfährt nach eigenen Regeln und begründet eigene Maßstäbe. Das ist mir oft genug übel aufgestoßen, als ich noch nicht so weitsichtig war, die Einladungen verschiedener Parteien in Wahlkampfzeiten ungelesen zu entsorgen. Früher habe ich es mir gelegentlich noch angetan, mich der einen oder anderen Veranstaltung dieser Art auszusetzen. Bis ich mir die ständigen Wiederholungen, die kläglichen Rituale einer abgestandenen Propaganda, die austauschbaren Satzbausteine, die Wortklaubereien, diese ganze aufgemotzte Wichtigtuerei, irgendwann nicht mehr zumuten wollte."

"Dann zappst du bestimmt auch schon automatisch auf den nächsten Kanal, sobald uns irgendein politischer Dampfplauderer, egal, ob in der männlichen oder weiblichen Variante, auf dem Bildschirm lang und breit die Welt erklärt."

"Weniger so wie sie ist, sondern so, wie wir sie nach dem Willen unserer Vortänzer sehen sollen. Ein Hoch auf den Erfinder der Fernbedienung. Inzwischen reagiere ich allergisch auf deren festgefrorenes Grinsen und diese gestanzte Sprache mit den ewig gleichen Worthülsen. Davon bekomme ich Pickel. Je geschliffener die Rhetorik, desto leerer der Inhalt. Je mehr Sachverstand vorgegaukelt wird, desto größer die Ahnungslosigkeit."

„Bei diesem Verriss sehe ich schon wieder einige ungebetene Pflichtverteidiger auf den Plan treten, die uns ein undifferenziertes Politiker-Bashing unterstellen."

„Na und? Sind wir vielleicht schuld daran, dass diese Art von Kritik gerade in Mode ist? Der Vorwurf, einem weitverbreiteten Trend zu folgen, beweist doch nur, dass wir mit unserer Meinung keine Randerscheinungen sind."

"Das wäre auch seltsam. Schließlich stinkt es nicht nur uns, dass sich die Politik zunehmend auf ein Schaulaufen sich immer ähnlicher werdender Schwadroneure reduziert. Tausche den einen gegen den anderen aus, du wirst es kaum merken. Und die Ziele, die sie uns so wortreich als ihr persönliches Anliegen verkaufen, dienen hauptsächlich dem Zweck, sich bereits für die nächste Wahlperiode in Stellung zu bringen."

"Aber es gibt noch eine Steigerungsstufe. Der schäbigste Vertrauensbruch bleibt den Blendern vorbehalten. Die setzen alles daran, um anders zu erscheinen. Ehrlicher als die Übrigen. Idealistischer. Moralischer. Offener. Dabei täuschen die nur noch einen Tick gekonnter. Diese Meister ihres Fachs haben das Zeug zum Publikumsliebling. Die verstehen es, ihre Anhänger so vollendet zu verarschen, dass die es nicht mal merken. Sogar wenn um sie herum die ersten Zweifel laut werden, verschließen diese Hardcoresympathisanten ihre Ohren und bleiben ihren Idolen treu."

"Und wer sich so bereitwillig Sand in die Augen streuen lässt, wer unfähig ist, zwischen Anspruch und Wirklichkeit zu unterscheiden, bekommt letztlich die Politiker, die er verdient. Dabei klingt deren Beflissenheit viel zu aufgesetzt, um glaubwürdig zu erscheinen. Wir Wähler dürfen uns umworben fühlen, weil unsere Stimmen gebraucht werden, um einige Postenjäger nach der Wahl in höhere Gefilde zu katapultieren."

„Womit sich die steigende Zahl der Verweigerer erklärt, die von ihrem Recht Gebrauch machen, keinen Stimmzettel auszufüllen. Einen davon siehst du vor dir."

"Ich gehe noch wählen. Aus purer Gewohnheit. Obwohl ich mich schon lange nicht mehr frage, was manche Schaumschläger für ihr Amt qualifiziert. Die Antwort war auf Dauer zu niederschmetternd. Zumal mir der Beleg, dass sich die Mitgliedschaft in einer gerade angesagten Partei im Zweifel immer noch als förderlicher erweist als der schwerer zu erbringende Nachweis von Kompetenz, an jedem Arbeitstag frei Haus geliefert wird. Wenn ich verfolge, was meine politische Führung oben in der Chefetage so alles an faulem Zauber ausheckt, nur um vom eigenen Unvermögen abzulenken, dann ist das quasi die

Unterhaltungseinlage zum normalen Pflichtprogramm. Wem in der Praxis der Durchblick fehlt, verlegt sich eben gern auf die größeren theoretischen Zusammenhänge."

"Verständlich, weil meist ein paar einstudierte Phrasen ausreichen, um auf der sicheren Seite zu stehen. Wenn du die geläufigsten Redewendungen draufhast, bist du fast unangreifbar. Wer macht sich schon die Mühe, deren Logik zu hinterfragen? Stattdessen wird noch der größte Schwachsinn nachgeplappert, weil niemand gern die eigene Ahnungslosigkeit eingesteht."

"Was sagt uns das? Frechheit siegt. An dieses Muster hätte ich mich halten sollen. Ein Drama, dass ich auf der Karriereleiter schon bei A11 schlappgemacht habe. Sonst wäre ich heute vielleicht Minister mit schickem Büro und eilfertigen Mitarbeitern, mit hubraumstarker Dienstlimousine und beliebigem Zugriff auf den Regierungsflieger."

„Was dich als verantwortungsvollen Staatsmann natürlich nicht davon abhielte, dem weniger privilegierten Wahlvolk aus Klimaschutzgründen den umweltfreundlichen Kleinwagen, vorzugsweise als Elektromobil, schmackhaft zu machen und, wenn das Fernsehen dabei ist, auch schon mal für ein paar Minuten aufs Fahrrad umzusteigen."

„Genau. Wirklich schade, was man so alles nicht geworden ist."

„Du redest mit deinen fünfzig wie ein Tattergreis ohne weitere Lebensperspektive."

„Was willst du mir damit schon wieder beibringen?"

„Schlicht und einfach, dass es für uns noch nicht zu spät ist, noch mal neu durchzustarten. Wir müssen das nur wollen. Angeblich soll ja der Glaube Berge versetzen. Ich nehme an, ein starker Wille ist dafür nicht weniger geeignet. Oder zweifelst du daran, dass sogar wir zwei Dilettanten es leicht mit den vielen vermeintlichen Profis aufnehmen können, deren Professionalität vor allem darin besteht, die Politik zur Realsatire zu verhunzen? Allerdings wäre es in diesem Falle unvermeidlich, deinen Hintern tatsächlich aus dem Fernsehsessel zu schwingen. Wobei es mich ungleich härter träfe. Ich fürchte, auf die eine oder andere lieb gewordene Feierabendvögelei müsste ich dann künftig verzichten."

„Nicht zu fassen, du wächst über dich hinaus."

„Ich übe schon mal für meine neue Rolle. *Rainer Steffens hat seine persönlichen Interessen stets hinter dem Gemeinwohl zurückgestellt. Mit ihm verlässt uns ein großer Menschenfreund und Idealist.* So steht es dann vielleicht mal in meinem Nachruf. Klingt doch nicht übel. Oder? Immerhin hat die Vorstellung auch ihren Reiz. Überlege mal, was dir diese überschaubare Vorleistung einbringt. Glamour, Macht und diverse weitere Annehmlichkeiten. Sieh dich doch um, was uns andere auf dem Gebiet vormachen. Eine Portion gut verpackter Scharlatanerie, so tun, als wüsstest du über alles Bescheid, zu allem deinen Senf beisteuern, den Leuten überzeugend eintrichtern, dass ihre Interessen bei dir in den besten Händen sind, und schon führst du ein gut dotiertes Leben auf Kosten des Steuerzahlers. Ist das keine verlockende Aussicht? Außerdem bin ich zuversichtlich, dass mein Liebesleben nicht völlig zum Erliegen kommt. Heißt es nicht, Erfolg macht sexy? Das kann ja nur bedeuten, dass ich in dieser Hinsicht noch attraktiver werde."

„Erwartest du darauf eine Antwort? Wenn nur alles andere auch so perfekt funktionierte, wie dein Talent, dir die Dinge mit ein paar dummen Sprüchen zurechtzubiegen. In unserem fortgeschrittenen Semester müssten wir so eine Karriere längst im Sack haben. Die normale Laufbahn eines Politikers beginnt doch bereits in der Jugend- oder Studentenorganisation einer Partei. Wer seit jungen Jahren dabei ist, der macht nicht nur Politik, der hat sie bis in die letzte Zelle seines Gehirns verinnerlicht. Der lebt sie. Dagegen kommen wir um Jahrzehnte zu spät. Die verlorene Zeit holen wir nicht mehr auf."

„Ach was. Natürlich wird das kein Spaziergang. Aber wenn wir ein paar Gänge zulegen, dann stemmen wir das. Also, wie gesagt, immer schön positiv denken. Manchmal hilft auch ein Blick in die Geschichtsbücher. Der alte Adenauer ist auch erst mit fast vierundsiebzig Kanzler geworden."

„Stimmt, worauf warten wir dann noch? Aber jetzt mal ohne Flachs, das ist doch wieder nur eine deiner unausgegorenen Spinnereien."

„Ich spinne nicht, ich beschreibe Ziele. Na gut, am Anfang war das wirklich nur so ein Gag. Aber je länger ich mich damit beschäftige, desto stärker fasziniert mich der Gedanke, es tatsächlich auszuprobieren. Was haben wir denn zu verlieren?"

„Und wie sollte unsere Operation *Spätberufene wollen es noch mal wissen* ablaufen?"

„Na wie schon. Auf die klassische Weise. Zunächst mal müssen wir in eine Partei. Das lässt sich leider nicht vermeiden. Unsere eigene zu gründen wäre dann doch zu zeitaufwendig."

„Dann hast du bestimmt schon eine für uns ausgesucht."

„Kennst du eine, die wirklich zu uns passt? Im Prinzip ist das auch egal. Für unser Vorhaben ist die eine so brauchbar wie die andere. Aber um sicherzustellen, dass uns rein karrieretechnisch genügend Chancen geboten werden, sollte es doch besser eine der großen sein. Wie wäre es mit der Freiheitlich Sozialen Demokratischen Union? Die steht derzeit blendend da. Bei der können wir wenig falsch machen."

„Schön, gehen wir in die FSDU. Warum auch nicht, mal abgesehen davon, dass ich die Partei bisher noch nie gewählt habe. Wann stellen wir unseren Aufnahmeantrag?"

„Am besten gleich morgen. Jetzt ist Eile geboten. Wir werden schließlich nicht jünger. Außerdem müssen wir auf der Hut sein, damit der verdammte innere Schweinehund nicht vorher wieder zuschnappt. Das heißt, da kommt mir gerade ein noch besserer Gedanke."

"Schon wieder ein neuer?"

"Kein neuer. Ich sagte ein besserer. Vermutlich ist es strategisch klüger, unsere Aktion etwas zeitversetzt zu starten. Erst tritt einer von uns ein und der holt dann nach einer Weile den anderen nach. Das wäre gleich ein Zeichen besonderen Engagements, ein neues Mitglied zu werben. So was kommt bestimmt gut an. Und wenn wir dann beide in dem Verein sind, können wir uns hervorragend die Bälle zuspielen."

„Klingt einigermaßen plausibel. Und wer von uns soll den Vorreiter spielen?"

„Warum würfeln wir nicht um den ersten und zweiten Platz? Renate, ich suche den Würfelbecher. Wo hast du das gute Stück schon wieder verbuddelt?"

Die Bedienung brachte ihnen den bereits ziemlich abgegriffenen ledernen Knobelbecher und blieb neugierig an ihrem Tisch stehen.

„Was wollt ihr beiden Verschwörer denn austrudeln?"

„Eine traumhafte Nacht für dich, liebste Renate. Entweder mit Teschner oder mir. Vorausgesetzt, du verwöhnst uns jetzt, sozusagen als Vorspiel, gleich noch mit einem Bier. Anschließend lassen wir dann, damit keine Eifersucht unter uns aufkommt, die Würfel entscheiden, wer dich zuerst fragen darf."

„Dann fantasiert mal schön weiter." Dabei schenkte sie ihnen jedoch, wenn auch mehr in Steffens Richtung, ein so amüsiertes Grinsen, dass sie sicher waren, ein ernst gemeintes Angebot dieser Art wäre nicht auf Ablehnung gestoßen.

„Sofern du keine Einwände erhebst, mache ich den Anfang." Rainer Steffens kippte den Becher mit den drei Würfeln schwungvoll auf die Tischplatte. „Na toll. Stolze fünf Punkte. Damit dürfte die Sache schon geritzt sein. Es sei denn, dir gelingt das Kunststück, mich noch zu unterbieten." Er reichte den Becher an Norbert Teschner weiter. Der trudelte lange und geräuschvoll, ehe er die Würfel mit ausholender Armbewegung über die gesamte Fläche des Tisches ausschüttete.

„Zwölf Augen. Das wär's dann wohl für den Moment."

„Gratuliere. Alter vor Schönheit. Oder, wie es auch heißt, Glück im Spiel und Pech in der Liebe …, aber lassen wir das

Thema. Jedenfalls für diesen denkwürdigen Augenblick. Und nachdem du schon nichts von deinem Geburtstag wissen willst, sollten wir wenigstens noch einmal auf deinen neuen Lebensabschnitt als Parteimitglied der FSDU anstoßen. Auf deine künftige politische Karriere."

„Auf unsere."

"Hörst du das auch, dieses Rufen?"

"Welches Rufen?"

"Das Land ruft uns, Norbert Teschner. Es verlangt nach uns."

"Dann wollen wir es nicht warten lassen. Achtung, Leute, wir sind auf dem Weg."

„Und zwar mit Riesenschritten. Jetzt kann uns niemand mehr aufhalten."

2

Es gab Spötter, die gern darüber lästerten, dass sich die FDSU in ihrem Ortsverband Berlin-Mariendorf bequem im Bonsaiformat betrachten ließe. Weil sich die dortige Mitgliederstruktur als ein fast exaktes Abbild der Gesamtpartei darstellte, wurde bis hoch in den Landesvorstand beobachtet, welche Haltung die Mariendorfer zu bestimmten Fragen einnahmen. Mit keinem geringeren Interesse verfolgte die Parteispitze, welche Entwicklungen sich dort im Kleinen vollzogen. Bisher hatte dieses Frühwarnsystem zuverlässig Alarm geschlagen, sobald gravierendere Stimmungsschwankungen an der Basis Veranlassung gaben, auf höherer Ebene nervös zu werden.

Als kleinbürgerlich, spießig und wenig reformfreudig kritisierte eine wachsende Zahl von Mitgliedern die den Ortsverband dominierende Mehrheit. Diese definierte sich ihrerseits als bodenständig, realpolitisch und fest in der Mitte der Gesellschaft verankert. Sie stellte mit Friedrich Schneider den seit über zehn Jahren amtierenden und stets mit eindrucksvollen Ergebnissen wiedergewählten Vorsitzenden.

Schneider, von seinen Anhängern mit Respekt, von seinen

24

Gegnern mit offener Ironie, der *Alte Fritz* genannt, begrüßte den Neuzugang Norbert Teschner auf der ersten Mitgliederversammlung nach seinem Parteieintritt mit der wohlwollenden Attitüde eines altväterlichen Patriarchen. Teschner empfand dessen sehr sorgfältig artikulierende Schönschriftsprache einigermaßen gewöhnungsbedürftig. Damit erhob der schon leicht kurzatmige Vorsitzende sogar noch Nebensächlichkeiten in den Rang einer bedeutsamen Aussage.

Der *Alte Fritz*, der an der Längsseite des Tisches im abgetrennten Hinterzimmer des Lokals „bei Heinz und Elli" in souveräner Pose präsidierte, freute sich, an diesem Abend immerhin elf weitere Mitglieder zählen zu können, die sich aufgerafft hatten, der Einladung des Vorstandes zu folgen. Darin nicht eingerechnet waren die Wirtsleute Heinz und Elli. Die gehörten der Partei ebenfalls an, was sie aber nicht davon abhielt, für die Bereitstellung des wegen seines unangenehm muffigen Geruchs nur ungern genutzten Gesellschaftszimmers die volle Raummiete zu kassieren.

„Ich freue mich, mit Herrn Teschner einen neuen Parteifreund begrüßen zu dürfen und heiße ihn in unserem Kreis politisch Gleichgesinnter willkommen." Die Anwesenden bedachten ihn daraufhin mit einem knappen Applaus, der indes so sparsam ausfiel, dass er keinen Moment dem Irrtum erlag, bei der ihn kurz streifenden Aufmerksamkeit könnte es sich um mehr als die einem Neumitglied geschuldete Höflichkeit handeln. Teschner fühlte sich in der Gesellschaft dieser *politisch Gleichgesinnten* ziemlich isoliert, zumal auch seine Diskussionsbeiträge im Rahmen der festgelegten Tagesordnung eher reserviert aufgenommen wurden. Die Lust an einem streitigen Gedankenaustausch war hier ohnehin nicht sehr ausgeprägt. Man hatte sich daran gewöhnt, es bei der Abgabe eines mehr von der Form als vom Inhalt bestimmten Redebeitrages zu belassen. Dazu gehörte es, seinem Vorredner eine im Grundsatz ähnliche Sicht der Dinge zu bescheinigen. Selten ergriff jemand das

Wort, um etwas zu sagen, was nicht schon mehrfach zuvor von anderen lang und breit ausgewalzt worden wäre. Unverkennbar dienten diese Wortmeldungen auch nicht dem Zweck, Ansichten und Meinungen auszutauschen. Wichtiger als durch komplexere Gedankengänge oder gar eine abweichende Auffassung aufzufallen war die Absicht, von den Übrigen als anwesend wahrgenommen zu werden. Und weil diese Prozedur somit vorwiegend dem Zweck diente, den eigenen Bekanntheitsgrad abzusichern, um für künftig besetzbare Ämter im Gespräch zu bleiben, wurden die in ihrer Langatmigkeit ermüdenden Wiederholungen auch sofort wieder vergessen.

Unter der jovialen Führung des *Alten Fritz* beherrschte ein ungeschriebenes aber stets präsentes Harmoniegebot den Ortsverband. *Wenn wir uns hier gegenseitig zerfleischen, nützen wir doch nur dem politischen Gegner.* Dieser Satz, der ihm als Generalklausel diente und als Absage an eventuelle Hitzköpfe zu verstehen war, gehörte zu Schneiders Standardrepertoire. Mit dieser Formel ermahnte er die Teilnehmer zur Geschlossenheit, falls er sich in den seltenen Fällen, in denen es ausnahmsweise doch mal richtig zur Sache ging, als Versammlungsleiter zum schlichtenden Eingreifen genötigt sah. *Wir pflegen in diesem Kreis ein freundschaftliches und respektvolles Miteinander.* Möglicherweise glaubte er ja selbst an die beschwörende Kraft von Appellen. Oder er wollte daran glauben. Jedenfalls hatte er ihn unmittelbar im Anschluss an seine Begrüßung mit dieser Richtlinie vertraut gemacht. Durch ein vernehmbares Rumoren gaben ihm seine neuen Parteifreunde dann auch prompt ihre Missbilligung zu verstehen, als er es in seinen Beiträgen anfangs hier und da an der geforderten Eintracht fehlen ließ. Wahrscheinlich war dieser vorgegebene Rahmen einer der Gründe, dass es die kritischeren Geister auch diesmal wieder vorgezogen hatten, gar nicht erst zu erscheinen.

Davon, dass es hier nicht sonderlich unterhaltsam zu werden versprach, war er spätestens nach seinem ernüchternden

Einstand überzeugt. Gleichwohl vermied er es fortan, unnötig anzuecken. Er unterdrückte sogar den heftigen Drang zum Gähnen, um nichts von seiner nur schwer beherrschbaren Langeweile nach außen dringen zu lassen. Vielmehr verteilte er nun, in strikter Ausgewogenheit, gefällige Komplimente an alle Anwesenden. „Eigentlich ein ganz reizender Mensch" hörte er es daraufhin in seine Blickrichtung tuscheln, womit er den notwendigen Anfangserfolg doch noch für sich verbuchen konnte.

„Meine Güte, ist das ein Saftladen. Als wäre mein Berufsalltag nicht schon schlimm genug, muss ich mich jetzt auch noch in der Freizeit auf Lahmärsche und Dumpfbacken einlassen. Mit einem solchen Haufen ist wahrlich kein Blumentopf zu gewinnen. Kein Wunder, dass den Parteien nicht nur die Wähler, sondern zunehmend sogar die eigenen Leute davonlaufen." Seinen Frust konnte er erst tags darauf abladen, als er Steffens die Eindrücke des vorangegangenen Abends beschrieb. „Das war ungefähr so spannend wie eine Sitzung im Kleingartenverein und so weihevoll wie in der Kirche, wenn der Pfarrer seine Gemeinde zur Geschwisterlichkeit ermahnt."

„Hört sich an, als hätte ich ein kolossales Schwein gehabt, dass du mich beim Würfeln besiegt hast. Aus der Nummer kommst du jetzt nicht mehr raus. Gewonnen ist gewonnen. Das hast du nun davon." Die unverhohlene Zufriedenheit, mit der ihn Steffens dabei anstrahlte, stimmte ihn nicht gerade vergnüglicher.

„Schön, dass ich dazu beitragen konnte, deine Laune zu heben. Aber freu' dich nicht zu früh. Dir blühen demnächst die gleichen Erfahrungen. Du erinnerst dich hoffentlich noch an unsere Abmachung?"

Allzu lange benötigte Teschner jedoch nicht, um hinter der so betont zur Schau gestellten Fassade des abgestimmten Gleichklangs die eher wirre Kakofonie sich widerstreitender Zielvorstellungen zu erkennen. Und wäre ihm dieses Missverhältnis zwischen scheinbarer Verbundenheit und versteckten

Eigeninteressen nicht schon vorher aufgefallen, hätte er es spätestens entdeckt, als er im Anschluss an eine der darauffolgenden Versammlungen zu einem Treffen „in einem etwas anderen Rahmen" mit ausgewählten Parteimitgliedern eingeladen wurde. Da dieser Offerte unverkennbar der Ruch des Konspirativen anhaftete, wich das bisherige Gefühl der Eintönigkeit der vorsichtigen Ahnung, dass mit dieser Einladung endlich etwas in Bewegung kam, was Steffens und seinen Plänen, nach zähem Start, ein wenig auf die Sprünge helfen konnte.

„Wir sollten uns gelegentlich mal mit einigen anderen Parteifreunden zusammensetzen, um über ein paar grundsätzliche Dinge zu sprechen, Herr Teschner. Ich schätze, wir beurteilen manche Formen des Parteilebens ähnlich."

„Warum nicht, Herr Stern, wenngleich mir, offen gesagt, die Nähe unserer Ansichten bis heute verborgen geblieben ist. Dafür haben Sie bisher zu wenig gesagt."

Olav Stern gehörte zum *hoffnungsvollen Nachwuchs*, dem der *Alte Fritz*, leicht herablassend, alle Parteimitglieder zuordnete, die die vierzig noch nicht überschritten hatten. Ihm selbst verschaffte das von den gesetzteren Jahrgängen bestimmte Umfeld immerhin die Genugtuung, sich als Fünfzigjähriger noch lange nicht zu den Älteren rechnen zu müssen. Schon deshalb war ihm der in diesem Kreis ausgesprochen jugendlich wirkende Mittdreißiger aufgefallen. Vom Hörensagen wusste er, dass diesem Olav Stern, ungeachtet seiner relativ jungen Jahre, bereits der Ruf eines gewieften Anwalts vorauseilte. Da er in den Versammlungen aber nur selten das Wort ergriff, kam dessen Vorstoß für ihn nun doch etwas überraschend.

„Machen wir am besten gleich Nägel mit Köpfen. Sagen wir heute in einer Woche, in meiner Kanzlei? Eine Reihe weiterer Parteifreunde hat ihr Kommen schon zugesagt. Sie werden erstaunt sein, wen sie bisher alles *nicht* kennengelernt haben, weil die engagierteren Mitglieder die offiziellen Schnarchrituale inzwischen meiden. Das erklärt auch, warum Sie in den regulären

Versammlungen so wenig von mir gehört haben. Wo Redebeiträge überwiegend der Selbsterbauung dienen, wäre das doch die reinste Zeitverschwendung. Als höflicher Mensch versage ich mir das bekannte Zitat von den Perlen und den Säuen."

„So was nennt sich ja wohl eine Einladung zu einer klassischen Kungelrunde."

„Wie Sie das bezeichnen, ist Ihnen freigestellt. Ich spreche lieber von einem notwendigen Forum, das den reformerischen Kräften im Ortsverband eine Plattform bietet, um zwanglos miteinander zu reden und neue Ideen voranzubringen. Sie haben doch auch schon festgestellt, was in den von unserem harmoniesüchtigen Vorsitzenden einberufenen Versammlungen rüberkommt. Von wenig zu sprechen wäre schon eine galante Übertreibung. Da überlegt es sich doch jeder vernunftbegabte Mensch zweimal, ob es sich lohnt, für ein so unergiebiges Plauderstündchen einen freien Abend zu opfern. Diese Ineffizienz möchten einige im Ortsverband, mich eingeschlossen, ändern. Bestenfalls könnten unsere Bemühungen sogar über Mariendorf hinaus Schule machen. Mir schwebt vor, die gesamte Partei ein Stück weit nach vorne zu bringen. Ich könnte mir denken, dass Sie der FDSU mit ähnlichen Absichten beigetreten sind."

3

Stern erinnerte sich ungern an die Zeit, in der es ihn noch belastete, auf seinen privilegierten sozialen Status angesprochen zu werden. Zwar geschah das meist nur verklausuliert, aber der anklagende Unterton blieb dennoch unüberhörbar. Gelegentlich empfand er für seine Herkunft aus begütertem Hause sogar eine Art Rechtfertigungsdruck, dem er glaubte, mit allerlei relativierenden Argumenten begegnen zu müssen. Solche Anwandlungen waren vorbei. Heute reagierte er auf alle Versuche, ihm das herabsetzende Etikett *des Erben* anzuheften, mit kühler Gelassenheit. Er verzichtete sogar auf einen ausdrücklichen Widerspruch, wenn ihm Übelwollende, auch in der eigenen

29

Partei, scheinbar flachsend unter die Nase rieben, wie beneidenswert doch diese Glückskinder wären, die sich nur ins gemachte Nest zu setzen brauchten. Darin schwang dann stets der Vorwurf mit, dass ihm das meiste in seinem bisherigen Leben ohne eigenes Zutun in den Schoß gefallen sei, während sie sich jeden kleinen Erfolg erkämpfen mussten. Warum sollte er unverhältnismäßig viel Energie aufwenden, um mit Leuten zu debattieren, deren Meinung über ihn längst feststand?

Der Vorzug, in gutsituierten Verhältnissen aufgewachsen zu sein, war Olav Stern durchaus bewusst. Im Unterschied zur Mehrzahl seiner Kommilitonen hatte er frei von lästigen Geldproblemen studieren können. Da war ihm ein zügiger summa-cum-laude-Abschluss zweifellos leichter gefallen als anderen Studierenden, die neben ihren Vorlesungen noch in einer Kneipe jobbten oder sich als Taxifahrer durchschlugen. Aber obwohl ihm der mehr oder weniger in die Wiege gelegte Beruf neben gesicherten Einkünften auch genug Möglichkeiten der persönlichen Entfaltung bot, zumal er sofort nach dem Tod seines alten Herrn vor einigen Monaten die bestens eingeführte väterliche Anwaltskanzlei mitsamt der im Laufe der Jahre gewachsenen Zahl treuer Mandanten übernehmen konnte, reichte es ihm nicht, sich auf dem ererbten Besitzstand auszuruhen. Er sah seine Zukunft nicht darin, sein Leben lang den einen Gerichtssaal mit dem nächsten zu tauschen. Ihn lockte eine parlamentarische Karriere - und späterhin, wenn es gut lief, vielleicht ein attraktives Regierungsamt. Schon während seines Studiums fühlte er sich von der besonderen Magie der Politik angezogen.

„Pardon, dass ich mich verspätet habe. Wobei es von der Zeit her problemlos für eine Punktlandung gereicht hätte, aber diese fürchterliche Parkplatzsuche in Ihrer Straße. Zum wahnsinnig werden. Frau Stern, wie ich annehme?"

„Kein Grund, sich zu entschuldigen. Wir freuen uns, dass Sie es überhaupt ermöglichen konnten, sich diesen Abend freizuhalten." Sterns Freundin hatte Teschner die Tür geöffnet und ihn mit der nachgeschobenen Richtigstellung *aber mein Name ist nicht Stern, ich heiße Cornelia Beier, Olav und ich sind nicht verheiratet* über den schlauchartigen Flur in Sterns Arbeitszimmer gelotst. Dort stieß er auf mehrere bereits vor ihm eingetroffene Besucher, die sich in kleinere, in angeregte Gespräche vertiefte, Gruppen aufgeteilt hatten.

Stern, der bei seinem Erscheinen seinen Small-Talk unterbrochen hatte, spazierte mit einem Ausdruck selbstverständlicher Gelassenheit auf ihn zu. Natürlich hatte er fest mit seinem Kommen gerechnet. Es passierte nur selten, dass ihn jemand versetzte. Nach einem kurzen Händedruck führte er ihn gleich darauf überall herum, um ihn mit seinen anderen Gästen bekannt zu machen. Der Reihe nach wurden ihm jetzt einzelne Mitglieder des Ortsverbandes vorgestellt, denen er bisher tatsächlich noch nie begegnet war.

Seine Einführung in diesen Kreis ging mit einem munteren Geplauder einher. Derweil zählte er im Stillen, sich selbst, den Gastgeber und dessen Freundin nicht mitgerechnet, vierzehn Personen, davon neun Männer und fünf Frauen, die Sterns Einladung gefolgt waren. Sogar zwei Jugendliche waren darunter, die in dieser Runde die Parteijugend repräsentierten. Auch von deren Existenz im Ortsverband hatte er bisher nichts geahnt. Nach dem Grad ihrer Vertrautheit zu urteilen, schien sich die Mehrzahl der Anwesenden gut zu kennen, während er dieser innerparteilichen Opposition heute zum ersten Mal gewahr wurde. Dabei erntete Sterns süffisanter Hinweis, dass auch der *Alte Fritz* für die regulären Mitgliederversammlungen selten mehr Mitglieder aufbieten konnte, als hier wieder einmal zusammengekommen waren, reichlich Applaus.

Dass er sich unter den Anwesenden bereits zu den Senioren rechnen musste, versetzte ihm anfangs einen Stich. Andererseits fühlte er sich von den gut vertretenen jüngeren und mittleren Altersgruppen mit deutlich mehr Interesse aufgenommen als

31

von den etwa Gleichaltrigen und Älteren, die das Reglement der offiziellen Parteiversammlungen bestimmten. Hier überwog eine lockere Atmosphäre. Es gefiel ihm, dass er nicht erst jeden Satz vor dem Aussprechen in kritischer Selbstzensur auf seine Unbedenklichkeit hin überprüfen musste und er freute sich schon auf inhaltsreiche und zugleich entspannte Diskussionen. Diese Ungezwungenheit kam ihm entgegen, mochte sein Freund Steffens diese Seite seines Wesens auch mitunter anzweifeln und ihm dann und wann schon mal das Etikett der Verbissenheit anhängen. Aber so unbeschwert der allgemeine Umgangston auch war, bemerkte er dahinter doch die Ernsthaftigkeit, mit der die Anwesenden ihre Absicht verfolgten, den Ortsverband in ihrem Sinne umzukrempeln. Zu ihrem Sprachrohr und zum offensichtlich unangefochtenen Platzhirsch hatte sich Stern aufgeschwungen, der dann auch in seiner aus dem Stegreif formulierten Begrüßung noch einmal die Grundlagen ihres gemeinsamen Anliegens hervorhob.

„Wie heißt es doch so richtig? Wer zu spät kommt, den bestraft das Leben. Ich denke, nachdem wir jetzt fast komplett sind, sollten wir nicht länger auf die noch Fehlenden warten. Zunächst freue ich mich, dass so viele von Ihnen, oder euch, meiner Einladung gefolgt sind. Und wer von Ihnen, oder euch, ach, verdammt, dieses Ihnen oder euch klingt ja entsetzlich. Ich hoffe auf Zustimmung, wenn ich der Einfachheit halber auch gegenüber den neu Hinzugekommenen bei der Duz-Form bleibe. Also wen ich von euch heute nicht zum ersten Mal in unserer Mitte begrüßen darf, dem wird inzwischen bekannt sein, dass ich mich ungern mit langen Vorreden aufhalte."

Nach Teschners Geschmack ging die von Stern nicht ungeschickt eingefädelte Vereinnahmung um einiges zu schnell. In diesem Punkt hätte er es vorgezogen, zunächst noch etwas bei dem förmlicheren Sie zu bleiben. Andererseits wollte er auch nicht sofort als ein auf Distanz bedachter Sonderling auffallen. Möglicherweise wäre dann erstmals thematisiert worden, dass er altersmäßig doch etwas aus dem Rahmen fiel. Daher schluckte er den kurz aufgekommenen Unmut herunter und rang sich zu einem einverständlichen Kopfnicken durch.

„Hielte ich mich an die gängigen Regeln, wäre es vermutlich vorteilhafter, nicht sofort mit der Tür ins Haus zu fallen. Gemeinhin gilt es als klüger, sich mittels der altbekannten Phrasen, die die eigentlichen Absichten noch eine Weile verschleiern sollen, behutsam vorzutasten. Wozu diese Sprachakrobatik, frage ich. Erstens wird die zum Glück inzwischen immer häufiger durchschaut. Und zweitens fiele der Ärger zu Recht auf mich zurück, wenn jemand seinen Feierabend opfert, nur um mit dem gleichen Wortgeklingel abgespeist und wieder nach Hause geschickt zu werden, das ihm schon andernorts serviert wird. Wem der Sinn nach Unverbindlichem steht, der ist mit dem versöhnlichen Geplänkel vom *Alten Fritz* besser bedient. Mit diesem Stichwort bin ich bereits mitten im Thema."

Was heißt bereits, korrigierte ihn Teschner im Stillen. Für einen, der lange Vorreden angeblich nicht mochte, war diese Einleitung ziemlich ausführlich geraten.

„Nun, liebe Parteifreunde, mit der Feststellung, dass es mit unserem Ortsverband bergab geht, erzähle ich euch nichts Neues. An dieser Diagnose doktern wir nun schon seit Gründung unseres alternativen Gesprächskreises herum. Es scheint, als hätten wir uns daran regelrecht festgebissen."

Das beifällige Nicken, verbunden mit einem vernehmlich geäußerten sehr richtig oder einem dezenten Klopfen auf den Tisch, bestätigten ihm, den richtigen Einstieg gefunden zu haben. An dieser Stelle erschien es ihm angebracht, seinen sorgenvollen Gesichtsausdruck mittels hochgezogener Stirnfalten noch eine Spur zu verdüstern.

„Aber ein Ärgernis nur wortreich zu beklagen ist auf Dauer zu wenig. Alles, was wir bisher besprochen haben, waren lediglich Absichtserklärungen. Jetzt geht es darum, unseren Diskussionen praktische Schritte folgen zu lassen. Sorgen wir dafür, dass von Mariendorf aus ein frischer Wind durch die Partei weht."

„Einverstanden, Olav. Auf mich kannst du zählen. Damit spreche ich sicherlich für uns alle. Nur schon mal vorab: Wenn wir wirklich etwas Grundlegendes verändern wollen, dann wäre es eine bodenlose Dummheit, die alte Truppe in diese Bestrebungen einzubinden. Schneiders Verfallsdatum ist längst überschritten. Was auch für seinen Anhang gilt. Merkwürdig, dass ausgerechnet die Betroffenen immer als Letzte bemerken, dass ihre Zeit abgelaufen ist. Zunächst sollten wir also unseren ausgedienten Parteifreunden auf dem Weg zur richtigen Selbsteinschätzung behilflich sein. Und falls sich sonst niemand für diese Aufgabe findet, wäre es mir ein Vergnügen, dem alten Vorstand auf meine Weise die Einsicht zu vermitteln, dass es sich bei ihm nur noch um ein Auslaufmodell handelt."

Stern registrierte ebenso erfreut wie erleichtert, wie rasch sich die Sache nach seinem gelungenen Anstoß zum Selbstläufer entwickelte. Besonders Roland Dettmers Beitrag erwies sich für ihn als Steilvorlage. Nur gut, dass sein mit gewohnter Polemik polternder Stichwortgeber nichts von seiner Aufgabe ahnte. Dessen vorhersehbare Reaktion war ein unverzichtbarer Baustein seiner Strategie. Die Vorstellung, Dettmers könnte ihm ausgerechnet heute die Tour vermasseln und sich mit seiner hinlänglich bekannten Abneigung gegen Schneider zurückhalten, hatte ihn bei der Vorbereitung dieses Treffens einen Moment lang schaudern lassen. Aber auf Dettmers war in dieser Hinsicht, und nur in dieser, wie immer Verlass. Im Nachhinein befand er die Furcht vor einer falschen Einschätzung dann auch als unbegründet. Mit diesem Irrtum war nicht zu rechnen gewesen. Nicht bei Dettmers. Der Mann hasste den Vorsitzenden, seitdem der seine Wahl zu einem seiner Stellvertreter bei der letzten Vorstandswahl verhindert, er nannte es hintertrieben, hatte. Seither saß Dettmers dem *Alten Fritz* mit seinen Rachegelüsten im Nacken und hielt bei allen Gelegenheiten

Ausschau nach Mitstreitern, die ihn in seinem Kampf für eine Reform des Ortsverbandes unterstützten. *Diese Mischpoke richtet die Partei noch zugrunde* pflegte er seine wütenden Verrisse des amtierenden Vorstands mit schöner Regelmäßigkeit einzuleiten. Wobei er mit der von ihm geforderten *Reform* in erster Linie, wenn nicht ausschließlich, das Ziel verfolgte, Schneider und dessen bisherige Vorstandskollegen zu stürzen.

Dettmers Zuversicht, in dem jungen Olav Stern einen kraftvollen Verbündeten gefunden zu haben, verstärkte zugleich seine Erwartung, selbst noch einmal eine Chance zu bekommen. Jetzt ärgerte es ihn allerdings schon wieder, wie honorig sich der von ihm erkorene Bündnispartner auf einmal gab. Er bevorzugte eine kraftvollere Diktion. Dass Stern innerlich vor Zufriedenheit über den bisher ganz in seinem Sinne verlaufenen Abend nur so strotzte, blieb nicht nur ihm aus gutem Grund verborgen.

„Im Prinzip teile ich natürlich die Auffassung, den Ortsverband auch personell neu aufzustellen. Das wird ohne erkennbare Veränderungen kaum möglich sein."

"Die sind mehr als überfällig. Wenn wir unsere Positionen durchsetzen wollen, stehen die alten Figuren nur im Wege." Dettmers reagierte wie immer aufs Stichwort.

"Dennoch liegt es mir fern, die Verdienste zu schmälern, die sich der *Alte Fritz*, wie unser langjähriger Vorsitzender, auch unter Bezug auf sein fortgeschrittenes Lebensalter, gern genannt wird, während seiner Amtszeit erworben hat. Bedeutsamer als die Personalien sind für mich die Sachfragen. Ich fordere für uns alle nicht mehr und nicht weniger als das Recht, gerade an der Basis eine Politik mitzugestalten, in der wir uns mit unseren eigenen Auffassungen wiederfinden. Oder ist einer von euch der Partei beigetreten, nur um sich von denen, die das Geschehen schon seit einer gefühlten Ewigkeit bestimmen, in Wahlkampfzeiten als Zettelverteiler und Plakatkleber heranziehen zu lassen?"

„Genau das ist der Punkt, Olav." Dettmers war daran gelegen, dieses fast schon staatsmännische Gesäusel Sterns schnellstens zu beenden. Solche Versöhnlichkeiten gegenüber Schneider, auch wenn die nur der besseren Optik dienten, mochte er nicht. Daher machte er noch einmal auf seine Weise Druck. "Wir wollen bestimmen, wie es bei uns in Mariendorf weitergeht. Jetzt ist ein unverzügliches Handeln angesagt. Und unverzüglich heißt nicht irgendwann, sondern, das muss ich dir als Juristen nicht erklären, ohne schuldhaftes Zögern. In diesem Falle also sofort. Aussagen nach dem Motto *man müsste mal darüber nachdenken* sind keinen Pfifferling wert, wenn ihnen keine Entscheidungen folgen. Am besten, wir fangen mit der Neubesetzung des Vorstandes an. Olav, du musst bei den anstehenden Wahlen für den Vorsitz kandidieren. Unsere Stimmen sind dir sicher."

Der lebhafte Zuspruch, den Dettmers für seinen vorgezogenen Wahlvorschlag erntete, signalisierte Stern, dass nun der richtige Zeitpunkt für ihn gekommen war. Jetzt riskierte er nicht mehr, eventuell zu früh zu starten. An diesem folgenschweren Fehler waren schon viele aufstrebende Talente gescheitert. Doch mit entsprechender Rückendeckung konnte er den geschützten Unterstand eher genereller Erklärungen aufgeben und in die Offensive gehen. Das wurde sogar von ihm erwartet. Man rief ihn. Und diesem Ruf durfte er sich als ein Mensch mit Pflichtgefühl selbstverständlich nicht verweigern.

„Wenn das die allgemeine Auffassung ist, dann werde ich wohl nicht darum herumkommen, mich diesem Auftrag zu stellen. Eure Unterstützung vorausgesetzt."

„Aber klar doch. Das ziehen wir jetzt ruckzuck durch. Es wäre doch gelacht, wenn wir keine Mehrheit zustande brächten. Nachdem wir uns nun einig sind, endlich Nägel mit Köpfen zu machen, wäre es nur konsequent, das Heft, sprich den Ortsverband, gleich ganz in die Hand zu nehmen. Ich schlage vor, dass wir uns jetzt auch noch darüber verständigen, wer von uns, neben Olav Stern, außerdem für den Vorstand kandidieren sollte. Ich plädiere für Roland Dettmers als erstem Stellvertreter." Diesmal kam die anspornende Unterstützung von Benno Brose. Der immer etwas verschwitzte Pykniker in Sterns Alter mit einer merkwürdigen Vorliebe für grellfarbene Krawatten erkannte meist sehr schnell, auf welche Seite er sich schlagen musste, um am Ende zu den Gewinnern zu gehören.

Mit Rücksicht auf die fortgeschrittene Stunde, Mitternacht war längst überschritten, wurde allerdings auf Sterns Vorschlag hin vereinbart, sich in den nächsten Tagen erneut bei ihm zu treffen. Diese Vertagung auf einen späteren Termin war erkennbar nicht nach Dettmers Geschmack. Entsprechend sauer verzog der sein Gesicht. Nicht umsonst hatte er Brose vorgeschickt, um noch heute eine abschließende Festlegung des personellen Aufgebots herbeizuführen. Nur, weil ein paar Teilnehmer zur Unzeit wegdösten, war nichts daraus geworden. Mit diesen Schlafmützen würde er demnächst, wenn er erst mal im Vorstand saß, noch Tacheles reden. Immerhin bestand Konsens, die weiteren Kandidaturen rechtzeitig vor der Hauptversammlung des Ortsverbandes, die für die Neuwahl des Vorstandes angesetzt war, unter Dach und Fach zu bringen.

4

„Hallo, Norbert, wie geht's? Bist du gestern gut nach Hause gekommen?" Aha, der Mann, der ohne lange Vorreden sofort auf den Punkt kommt, dachte Teschner in Erinnerung an dessen blumige Selbstbeschreibung, als er Sterns Anruf entgegennahm. Die gewundene, mit einem Räuspern am anderen Ende der Leitung unterlegte, Eingangsfloskel amüsierte ihn. So ganz wollte er es sich dann als erste Reaktion auf dieses Herumgedrucke auch nicht verkneifen, einen leichten Spott durchklingen zu lassen.

„Ich vermute, diese Nachfrage ist nicht der eigentliche Grund, äh …, deines Anrufs." Er tat sich noch immer schwer, sich auf die ihm angetragene Duz-Bekanntschaft einzulassen. Aber einmal akzeptiert, ließ sich die als übereilt empfundene Vertraulichkeit nun nicht mehr rückgängig machen.

„Kompliment. Dir entgeht wohl nichts? Dann hast du wahrscheinlich auch bemerkt, wie giftig Dettmers gestern Nacht reagiert hat, als wir die weitere Kandidatenkür vertagten. Und genau um den geht es. Bitte verstehe mich jetzt nicht falsch…"

„Was sollte ich denn falsch verstehen? Im Augenblick rätsele ich nämlich noch, was mir dein Hinweis auf Dettmers sagen will." Tatsächlich hatte er jedoch schon eine relativ konkrete Vermutung, worauf dieses Telefonat hinauslief. Mit ein paar hingestreuten Andeutungen wollte er Stern aber nicht davonkommen lassen. Der sollte ihm mit eigenen Worten bestätigen, dass er mit seiner Annahme richtiglag. Wobei sich in dem Fall die spannende Frage ergab, was daraus folgerte.

„Ich dachte, auch das hättest du bereits erkannt. Wie gesagt, es geht um Dettmers, den ich auf eine bestimmte Weise durchaus schätze. Sein Einsatz für die Partei ist unstrittig. Das ist jemand, der, sagen wir es mal so, mit Saft und Kraft für eine Sache streitet. Auch wenn seine Hau-drauf-Rhetorik auf empfindsame Gemüter bisweilen etwas grobschlächtig wirkt, hat er immerhin dazu beigetragen, den alten Vorstand sturmreif zu schießen. Ohne Dettmers Vorarbeit säße Schneider garantiert noch eine Weile fest im Sattel. Insoweit war uns der Mann zweifellos eine entscheidende Hilfe."

„Ich nehme an, nach diesem schon aufschlussreichen *war* folgt jetzt das berühmte *aber*."

„So ist es. Auch Wegbereiter einer gewünschten Entwicklung sollten daraus keine persönlichen Ansprüche ableiten. Besonders dann nicht, wenn sie wegen ihres cholerischen Temperaments nach außen nur schwer vermittelbar sind. Es darf uns nicht egal sein, wie wir von den Bürgern und Wählern wahrgenommen werden. Wir wissen doch alle, wie wenig der Erfolg oder Misserfolg von Programmen abhängt. Entscheidender ist das Bauchgefühl der Leute. Da geht es um Sympathien und Abneigungen. Ein falsches Personalangebot kann alle unsere Bemühungen zunichtemachen. Schon von daher würde ich Dettmers ungern im neuen Vorstand sehen."

„Zugegeben, Dettmers gehört auch nicht unbedingt zu meinen Favoriten. So, wie der sich in seinem Privatkrieg auf Schneider eingeschossen hat, lässt das schon pathologische Züge erkennen. Aber das sind Interna. Bei allem Verständnis für deine Absicht, unserem Ortsverband ein neues Gesicht zu verpassen, erscheint mir die Außenwirkung einer so kleinen Parteigliederung doch eher begrenzt. Ob mit oder ohne Dettmers. Ich glaube kaum, dass die Zusammensetzung des Mariendorfer Vorstandes in der Öffentlichkeit ein größeres Interesse hervorruft als der oft genannte Sack Reis, der in China gerade mal wieder umkippt. Was stört dich dieser Hitzkopf? Dir scheint er doch sehr gewogen zu sein."

„Da bin ich mir nicht so sicher. Ich muss jetzt nicht aufzählen, was mich alles von Schneider trennt. Nur, was dessen Haltung zu Dettmers betrifft, ist die nicht völlig aus der Luft gegriffen. Diesem Krawallmacher sind Prinzipien oder Loyalitäten scheißegal. Den interessieren nur zwei wirkliche Ziele. Erstens will er sich an Schneider rächen. Meinetwegen, soll er. Und zweitens drängt es ihn, auf Teufel komm raus, in den Vorstand. Dafür würde er sich mit jedem verbünden, von dem er sich Unterstützung verspricht. Im konkreten Fall sieht er in mir diesen Türöffner. Aber wenn er sich erst mal im Vorstand eingenistet hat, kannst du Gift drauf nehmen, dass er so lange gegen den Vorsitzenden stänkert, bis er schließlich an dessen Stelle sitzt. Ich nehme an, er hält diesen Umweg für aussichtsreicher, als gleich selbst für das Amt zu kandidieren."

„Verstehe. Aber warum so kleinmütig? Es dürfte dir als künftigem Vorsitzenden doch nicht schwerfallen, deinen jetzigen Wahlhelfer als möglichen Konkurrenten in Schach zu halten."

„Hm…, normalerweise würde ich dir zustimmen. Dabei gibt

es allerdings einen kleinen Haken. Ich bin gar nicht mehr so versessen darauf, den Vorsitz im Ortsverband zu übernehmen."

„Wie bitte? Kannst du das noch mal wiederholen? Nur, um sicherzugehen, dass ich mich nicht verhört habe. Bis eben dachte ich noch, das wäre der Zweck der ganzen Übung."

„Bis gestern war das auch noch so. Aber seit heute früh gibt es eine neue Situation. Ich möchte bei den nächsten Wahlen zum Abgeordnetenhaus in unserem Mariendorfer Wahlkreis antreten. Bollhagen, der den Wahlkreis bisher für uns vertritt, hat mir anvertraut, dass er demnächst von der Politik in die Wirtschaft wechselt. Zwar wollte er noch nicht mit Details herausrücken, aber er hat sich entschieden, den absehbaren Querelen aus dem Weg zu gehen. Du weißt schon, diesem Gerede über die ungute Verflechtung von Politik und Wirtschaft. Wie dem auch sei, Bollhagen hat sehr nachdrücklich den Wunsch geäußert, dass ich mich um seine Nachfolge bewerbe. Außer ihm, und jetzt auch dir, weiß das bisher nur meine Freundin. Mit dieser Neuigkeit muss ich wohl oder übel bei unserem nächsten Treffen herausrücken."

"Das Aufheulen höre ich jetzt schon."

"Dann ahnst du vielleicht, was auf mich zukommt. Aber da hilft nun alles nichts. Soweit sich meine Kandidatur realisieren lässt, möchte ich mir daneben nicht auch noch so ein anspruchsvolles Parteiamt aufhalsen. Andererseits wäre ich gerade als Abgeordneter auf eine gedeihliche Zusammenarbeit mit dem Ortsverband angewiesen. Auch deshalb wäre ein Dettmers im Vorstand für mich keine sehr erfreuliche Vorstellung."

„Soweit kann ich dir folgen. Aber du rufst mich doch nicht nur an, um mich exklusiv über deine weitere Karriereplanung zu informieren."

„Jetzt enttäuschst du mich aber. Bei deinem Durchblick."

„Ich vermute etwas. Aber ich beteilige mich ungern an Quizveranstaltungen."

„Musst du auch nicht. Wahrscheinlich vermutest du schon

das Richtige. Ich versuche dir gerade den Vorsitz im Ortsverband schmackhaft zu machen. Dann müsste ich nicht befürchten, dass in der Partei alles drunter und drüber geht, wenn mich mein Abgeordnetenmandat voll in Beschlag nimmt. Dass du noch nicht so lange dabei bist, lässt sich sogar als Vorteil deklarieren. Das versetzt dich im Gegensatz zu einem altgedienten Mitglied viel eher in die Lage, mit mir zusammen für das nötige Umdenken zu sorgen. Auch, weil du noch frei von gewachsenen Verbindlichkeiten bist. Was dir an Parteierfahrung fehlt, machst du mit Lebenserfahrung wett. Ehrensache, dass ich dich nach Kräften unterstütze. Schließlich bin ich nicht aus der Welt. Wir beide wären doch ein perfektes Team."

„Aber du billigst mir schon noch zu, erst mal eine Nacht darüber zu schlafen? Das Angebot kommt doch sehr überraschend."

Mein lieber Scholli. Jetzt glaubst du wahrscheinlich, die Sache prima eingefädelt zu haben. Das war sein erster Gedanke, nachdem er mit dem Anflug eines Grinsens aufgelegt hatte. Dabei stand ihm förmlich vor Augen, wie sich Stern in diesem Augenblick die Hände rieb und sich zu dem Einfall gratulierte, ausgerechnet diesen Teschner einzukaufen. Von allen durchgespielten Möglichkeiten dürfte ihm das als die vorteilhafteste Lösung erschienen sein. Ein kleiner Beamter im fortgeschrittenen Alter. Von so einem Sesselpuper war nichts zu befürchten, vor allem keine Konkurrenz. Der würde ihm nicht in die Quere kommen. So einer fühlte sich doch geehrt, dass er gerade an ihn gedacht hatte. Der wäre ihm auch dankbar, wenn er ihn nach seiner Wahl in Parteiangelegenheiten freundschaftlich *beriet*. So problemlos hatte sich Stern den weiteren Verlauf bestimmt schon vorgestellt: Er sagte, wo es langging. Und für die Kärrnerarbeit vor Ort bediente er sich eines treudoofen Erfüllungsgehilfen. Es wurde höchste Zeit, dem langsam abhebenden jungen Mann einen Dämpfer zu verpassen.

An diesem Abend war Teschner mit Steffens verabredet, der

ihn bereits in ihrer Stammkneipe erwartete. Dass er seinen Freund wieder in engster Gesellschaft mit Wirtin Renate antraf, überraschte ihn nicht wirklich. Aber während Renate *ihren Rainer*, wie immer, wenn er in ihre Fänge geriet, mit unmissverständlichen Absichten umgarnte, hatte es das Ziel ihrer Verführungskünste in diesem ewig gleichen Männchen-Weibchen-Spiel kaum jemals nötig, sich seinerseits besonders ins Zeug zu legen. Vielleicht bewies sich darin eine echte Freundschaft, dass er es neidlos hinnahm, Steffens in dieser Hinsicht hoffnungslos unterlegen zu sein.

„Grüß dich. Wie ich sehe, hast du dich nicht gelangweilt. Aber falls es sich irgendwie einrichten lässt, solltest du deine Schäkereien kurz unterbrechen. Es gibt Neuigkeiten."

„Spielverderber."

Nachdem Renate mit aufgesetztem Schmollmund, nicht ohne ihm neckisch mit dem Finger zu drohen, in Richtung Theke abschob, berichtete er über den Köder, den Stern heute für ihn ausgelegt hatte.

„Sieh mal einer an, das Kerlchen ist doch schon ein richtig ausgebuffter Intrigant." Steffens zeigte sich von seinem Bericht wenig beeindruckt. „Ich wäre eher irritiert gewesen, wenn es sich bei diesen Sterntalern, mit denen du dich in letzter Zeit umgibst, tatsächlich um echte Goldstücke gehandelt hätte. Nachdem sich nun herausstellt, dass mindestens der Namensgeber auch nur ein falscher Fuffziger ist, gerät immerhin mein Weltbild nicht ins Wanken. Da hast du dich ja mit einer tollen Sternsingertruppe eingelassen. Und diesem durchtriebenen Bürschchen, das in dem Verein als Vorsänger fungiert und einen gegen den anderen ausspielt, solltest du, wenn du mich fragst, eine Lektion erteilen, die er nicht so schnell vergisst."

„Absolut meine Meinung. Der wird bald merken, dass er die Rechnung ohne den Wirt, sprich ohne uns, gemacht hat. Apropos Rechnung. Betrachte dich als eingeladen."

„Wie komme ich zu dieser verdächtigen Großzügigkeit? Du

bist doch sonst nicht so spendabel. Lass mich raten. Du willst mich zu irgendwelchen Schandtaten verleiten. Sollte es sich dabei um etwas Unmoralisches handeln, bin ich sofort dabei."

„Erstaunlich, was du einem verkorksten Moralisten alles zutraust. Du erinnerst dich an deine Worte? Ich fürchte, ich muss dich wieder mal enttäuschen. Du hättest mir eben nicht so oft mein Spießer-Image unter die Nase reiben dürfen. Jeder Ruf verpflichtet."

"Alles andere hätte mich bei dir auch gewundert. Also schieß los, worum geht es dann?"

"Ich mahne nur an, was du schon längst zugesagt hast."

„Und das wäre?"

„Nun spiel' nicht den Naiven. Die Idee, in eine Partei einzutreten, ist schließlich auf deinem Mist gewachsen. Entweder, du erfüllst jetzt deinen Teil unserer Abmachung und wir setzen unser Vorhaben gemeinsam fort, oder ich kündige den Vertrag. Wobei ich zugebe, dass mir ein Aufhören gar nicht mehr so leichtfiele. Unser Plan fängt langsam an, mir Spaß zu machen. Ich möchte auch nicht wieder mal als Verlierer dastehen. Darauf liefe es nämlich hinaus, ausgerechnet jetzt, nachdem endlich Schwung in die Sache kommt, wieder auszusteigen. Also lass' mich nicht hängen. Als Einzelkämpfer stößt du schnell an deine Grenzen. Aber zusammen stecken wir die ganze Bagage locker in den Sack."

„Nach allem, was ich in letzter Zeit von dir gehört habe, beschleichen mich inzwischen Zweifel, ob die *Aktion fünfzig*, um unserem verrückten Masterplan bei der Gelegenheit einen Namen zu geben, wirklich ein so genialer Einfall war. Vielleicht hätten wir diesen Geistesblitz, den wir an deinem Geburtstag aus der Taufe gehoben haben, doch besser als Schnapsidee im wörtlichen Sinne abhaken sollen."

„Nichts da, mein Freund. Für einen Rückzieher ist es jetzt zu spät. Du stehst bei mir im Wort. Und wenn ich sage, mein Freund, dann meine ich damit, dass ich mich auf das Wort eines Freundes verlasse."

„Alles klar. Ein paar zusätzliche Gegenargumente wären wohl zwecklos?"

„Das wäre nur der Beweis, wie sehr du bereits politisch denkst. Diese Erklärung drängt sich geradezu auf, wenn dir als Erstes einfällt, Ausreden zu Argumenten umzudeuten."

„Bedrohlich, wie sehr du mich durchschaust. Ab wann müsste ich denn dem Ruf meiner politischen Mission folgen?"

„Ab sofort. Der Einfachheit halber habe ich das Eintrittsformular schon ausgefüllt. Du musst nur noch deinen Namen auf die gestrichelte Linie setzen - und dann herzlich willkommen im Klub. In der Gemeinschaft politisch Gleichgesinnter, wie es Schneider mit seinen weihrauchgeschwängerten Worten formulieren würde."

Als Steffens ihm das mit seiner Unterschrift versehene Papier wieder zuschob, wirkte er alles andere als begeistert. Mit einem bedauernden Seitenblick zu der am Tresen werkelnden Renate schien er erst in diesem Moment richtig zu realisieren, wie viel Zeit für die angenehmeren Dinge des Lebens ihm mit diesem Freundschaftsdienst in Zukunft verloren ging.

„Siehst du, damit gebe ich gleich ein großartiges Beispiel für politische Glaubwürdigkeit. Ein Rainer Steffens löst seine Zusagen ein. Ein Mann, ein Wort. Standhaft wie ein Fels in der Brandung. Gäbe es nur mehr Politiker mit meiner hohen moralischen Integrität."

Steffens schien seither weiter daran gefeilt zu haben, ihm das Feld in Sachen Ironie nicht allein zu überlassen. Sonst hätte er dessen markige Selbstglorifizierung womöglich noch für bare Münze genommen. Aber ein bisschen ernst war es ihm vielleicht wirklich damit. Nachdem er langsam Gefallen an der sich in seiner Fantasie formenden künftigen Rolle fand, betrachtete er vor seinem inneren Auge bereits die meterhohen Wahlplakate mit seinem Konterfei und den eben abgesonderten Zitaten. Und er genoss den Anblick berstend voller

44

Versammlungshallen mit Menschen, die ihm zujubelten. Dabei behagte ihm besonders der Gedanke an jüngere Wählerinnen, die ihr neues Idol so verzückt anhimmelten wie sonst nur einen Popstar.

„Na sachte, um dir bereits Losungen für künftige Wahlkämpfe zu überlegen, dauert es noch ein Weilchen. Vorerst geht es darum, an der Basis Fuß zu fassen. Das ist, wie ich zu meinem Leidwesen immer wieder feststellen muss, alles andere als eine vergnügungssteuerpflichtige Angelegenheit. Wenn du mir richtig zugehört hast, solltest du über die augenblickliche Gemengelage im Ortsverband auf dem Laufenden sein. Derzeit kämpft da jeder gegen jeden um die Vorherrschaft."

„Nicht mehr lange, dann bringen wir beide Ordnung in das Chaos. Ich merke schon, es wird höchste Zeit, dass ich die Sache jetzt selbst in die Hand nehme."

"Was wohl heißen soll, dass du mir gleich wieder eine deiner zündenden Ideen präsentieren wirst."

"Logisch. Zunächst werden wir diesen Schnösel Stern als Sternschnuppe verglühen lassen. Allerdings scheint der mir noch am besten aufgestellt zu sein. Der hat immerhin einen durchdachten Plan. Außerdem ist er ehrgeizig. Der Ehrgeiz gehörte schon immer zu den erfolgversprechendsten Antriebskräften. Mal abgesehen von Wut und Rachsucht."

"Wobei der Ehrgeiz die Diskretion liebt und nicht zu herausfordernd daherkommen darf. Nur gut, dass keiner von dem ganzen Klüngel ahnt, dass unsere Pläne nicht weniger ambitioniert sind. Zudem wird sich unser Konzept als das überlegenere erweisen, schon, weil wir unsere Kräfte bündeln können. Demnach lautet die Frage also nicht, ob künftig ein neuer Stern, der zufällig diesen Namen trägt, am Politikerhimmel aufgeht, sondern wie wir unseren Stern zum Leuchten bringen. Hast du dir schon überlegt, wie wir die demnächst zu besetzenden Posten unter uns aufteilen? Wer übernimmt die Parteiführung im Ortsverband und wer lässt sich für die Wahlen zum

Abgeordnetenhaus aufstellen? Vorausgesetzt, uns gelingt das Kunststück, sowohl Stern wie den *Alten Fritz* noch rechtzeitig auf die hinteren Plätze zu verweisen."

„Wir könnten doch wieder würfeln."

Mit all dem war es ihnen völlig ernst, wie sie zur eigenen Verblüffung feststellten. Aus der fixen Idee einer mehr feuchten als fröhlichen Geburtstagsfeier hatte sich tatsächlich eine eigene Dynamik entwickelt. Diesmal waren sie wild entschlossen, die Sache durchzuziehen. Es lagen schon zu viele stornierte Absichten hinter ihnen.

„Sollten wir nicht damit aufhören, unsere Entscheidungen von den Launen dreier Würfel abhängig zu machen?"

„Warum? Was ist so falsch daran? Sieh dir doch den ganz normalen Wahnsinn an, der uns täglich als Ausfluss menschlicher Vernunft präsentiert wird. Dann musst du zugeben, dass es mindestens nicht unvernünftiger sein kann, der Fügung eines Würfelspiels zu vertrauen. Außerdem brauchen wir unsere unorthodoxe Entscheidungspraxis keinem auf die Nase binden. Wenn sich ein Minister oder Wirtschaftsboss vor wichtigen Entscheidungen heimlich zur Wahrsagerin wie sonst nur zur Edelnutte schleicht, wäre der auch nicht begeistert, wenn die Öffentlichkeit Wind davon bekäme."

„Dann beschwere dich bitte nicht bei mir, wenn du wieder nur zweiter Sieger wirst."

„Das wird sich noch herausstellen, wer diesmal das Rennen macht. Außerdem kann ich nicht erkennen, dass ich das letzte Mal Pech hatte. Schließlich konnte ich mir dieses Intrigantenstadl noch eine Weile länger vom Halse halten. Was eher dafür spricht, meine geringere Punktezahl als Gewinn zu betrachten."

„Erstaunlich, diese ungewöhnlich weise Schlussfolgerung. Noch dazu aus deinem Munde. Die Frage, was den wahren Sieger oder Verlierer ausmacht, hat ja fast schon was Philosophisches. Aber richtig bleibt, dass wir es nur gemeinsam, aber in verteilten Rollen packen werden. Das sollten wir nie vergessen. Dann kommen wir auch dahin, wo es uns beide hinzieht. Aus dem Souterrain des Lebens in die Bel Etage."

„Na, wenn wir ohnehin auf einem Ticket reisen, könnten wir uns die Würfelei doch eigentlich ersparen. Als erprobte Amigos werden wir uns über künftige Aufgabenverteilungen auch ohne die Einschaltung schicksalhafter Mächte verständigen."

„Das *eigentlich* kommt hin. Aber keiner sollte sich irgendwann darüber ärgern müssen, dass er aus einer Augenblickslaune heraus freiwillig auf den besseren Job verzichtet hat. Tatsache ist nun mal, dass ein bezahlter Sitz im Abgeordnetenhaus gegenüber dem ehrenamtlichen Parteivorsitz im Ortsverband momentan der deutlich attraktivere Part ist. Da sollten wir uns in keiner Konkurrenzsituation verheddern. Auch wenn sich dieser erste Vorsprung später ausgleicht, weil der eine den anderen aus seiner jeweiligen Position heraus mitzieht."

„Okay. Machen wir es wie gehabt. Gegenwärtig gibt es eben nur die Auswahl zwischen einer zweitbesten und einer besseren Möglichkeit, um künftig stärker mitzumischen. Hoffentlich hast du bedacht, dass eine parteiinterne Nominierung für ein Abgeordnetenmandat noch nicht den Wahlsieg garantiert?"

„Mit diesem Restrisiko müssen wir leben."

Auch diesmal hatte Teschner wieder mit vier Punkten Vorsprung die Nase vorn, ohne dass Steffens in seinem erneuten zweiten Platz eine Niederlage sah.

„Es wird sich zeigen, wofür es gut ist. Getrennt marschieren und vereint schlagen, die Strategie bewährt sich doch immer wieder. Wie viel Zeit haben wir noch bis zu den Vorstandswahlen und für die Kandidatenaufstellung im Wahlkreis?"

„Knapp zehn Wochen bis zur Wahl des neuen Vorstandes. Für die Wahlkreisnominierung bleibt uns zum Glück mehr Luft. Die Wahlen finden erst im nächsten Mai statt."

„Etwas mehr als zwei Monate sind wahnsinnig knapp. Aber die müssen für die Vorarbeit reichen. Das werden sie auch, wenn wir ab sofort in den Turbogang schalten."

„Ich beneide dich um deinen Optimismus. Die paar Wochen reichen nicht mal aus, um bis zum Tag X den typischen Stallgeruch anzunehmen. Andere benötigen dafür Jahre."

„Stopp, jeder Rückfall in defätistische Selbstzweifel ist ab heute ein absolutes No Go. Wir schaffen das, weil wir ein klares Ziel haben. Zusammen mit einer gesunden Portion Selbstvertrauen ist es fast schon eine Erfolgsgarantie, genau zu wissen, was man will. Und wie man das, was man will, am besten erreicht. Deshalb habe ich unseren Plan gerade eben noch mal in einigen Teilen optimiert."

„Dann spann' mich nicht auf die Folter. Lass hören."

„Natürlich erwartet uns keine reine Vergnügungstour. Aber die Illusion hatten wir ja von Anfang an nicht. Trotzdem sind wir nicht chancenlos, soweit wir uns an ein paar bewährte Tricks halten. Wir werden einfach ein paar Nebelkerzen zünden. Damit haben schon andere vor uns ihren Weg gemacht. Das funktioniert aber nur, wenn es im Ortsverband niemand gibt, der von unserer Freundschaft weiß."

„Das halte ich für ausgeschlossen."

„Ausgezeichnet, damit wäre ein Problem schon mal abgehakt. Jetzt müssen wir unsere Strategie mit den verteilten Rollen nur noch etwas verfeinern. Wir werden so tun, als hätten wir uns erst in der Partei kennengelernt. Das hat den Vorteil, dass du weiter in der Sterntruppe mitmachen kannst. Da bleibst du pro forma Sterns ausgewählter Statthalter für den Posten des Vorsitzenden. Dagegen schlage ich mich nach meinem Eintritt auf die Seite Schneiders. Somit werden wir unsere Planung auch in einem wesentlichen Punkt ändern. Gib mir mal das unterschriebene Beitrittsformular zurück."

„Was soll das?"

„Das siehst du gleich." Er nahm das Papier und zerriss es in kleine Schnipsel.

„Nicht du wirst mich als neues Mitglied werben, sondern ich

marschiere höchstpersönlich zum *Alten Fritz* und unterschreibe bei ihm meinen Aufnahmeantrag. Auf diese Weise sind wir über die Absichten der beiden Formationen stets auf dem Laufenden. Du klopfst bei Stern auf den Busch und ich spitze bei Schneider die Ohren. Wenn wir deren Absichten kennen, können wir unser eigenes Vorgehen noch besser darauf abstimmen. Gemäß unserem Motto, getrennt marschieren und vereint schlagen. Als Neumitglieder, die zufällig kurz hintereinander eingetreten sind, können wir uns dann auf eine unauffällige Weise anfreunden, ohne dass jemand Verdacht schöpft."

„Hört sich nicht schlecht an."

„Nicht schlecht? Der Plan ist brillant. Gib zu, ohne mich wärst du doch aufgeschmissen."

„Das könnte ich mit größerem Recht auch umgekehrt behaupten, du Genie. Die eine oder andere brauchbare Idee ist dir wirklich nicht abzusprechen. Aber letztlich entscheidet immer noch die Ausdauer. Wer dicke Bretter bohren will, braucht einen langen Atem. Den Spruch kannten wahrscheinlich schon die alten Germanen. Nur ein weiterer Beweis, dass bestimmte Grundwahrheiten zeitlos sind. Wenn ich in diesem Zusammenhang an deine Kurzzeitbekanntschaften denke, müssen einige unschöne Zweifel an deiner Beständigkeit erlaubt sein."

„Wollen wir jetzt tatsächlich über mein Liebesleben diskutieren? Stell' dir vor, im Gegensatz zu dir habe ich immerhin noch eines. Statt dich mal wieder über meinen Lebensstil zu mokieren, solltest du besser mit mir zusammen die nächsten Schritte planen."

„Ja, ja, alles paletti."

5

Zur gleichen Stunde tagte der Landesvorstand der FDSU in der Brunnenstraße. Hier hatte die Partei in der Nachwendezeit unweit des Rosenthaler Platzes ein ziemlich heruntergekommenes Bürohaus erworben, das seine Entstehung dem Bauboom der Gründerjahre nach 1870/71 verdankte und sich aufgrund seines sanierungsbedürftigen Zustandes auch prompt als kostspielige Fehlinvestition erwies. Verständlich, dass sich die Begeisterung der überwiegend in West-Berlin ansässigen Mitarbeiter über das neue Arbeitsumfeld in Grenzen hielt. Freilich waren sie mit ihren Beschwerden bei der Parteiführung auf taube Ohren gestoßen. So wie es die jungen Schickimickis aus den westlichen Teilen der Republik auf ihrer Entdeckungsreise durch den wilden Osten in den Prenzlberg zog, war es für die Politik nach dem Mauerfall angesagt, über ein Refugium im Kern der Stadt, in der wiedererstehenden City Ost, zu verfügen. Da wäre es schlecht angekommen, hätte sich ausgerechnet der Berliner Landesverband der Partei, unter Hinweis auf den maroden Zustand der dortigen Immobilien, seiner Präsenzpflicht im neuen politischen Zentrum der Stadt entzogen.

Die fortdauernde Treue gegenüber diesem Standort hatte allerdings weniger symbolische Gründe. Die ergaben sich aus dem eingeschränkten finanziellen Spielraum der Partei, der sogar jeden Gedanken an einen Wechsel in ein geräumigeres Domizil verbot, als der ungeachtet seiner kostspieligen Renovierung baufällig bleibende alte Kasten bereits wenige Jahre später aus allen Fugen platzte. Dabei stand die seit dem Umzug erheblich ausgeweitete Parteibürokratie in einem krassen Missverhältnis zu den sinkenden Mitglieder- und Wählerzahlen. Die mit dieser Entwicklung verbundenen Einnahmeverluste aus fehlenden Beiträgen und den festgelegten Kopfgeldern der Wahlkampfkostenerstattung ließen den Schatzmeister von Monat zu Monat schmallippiger werden. In der heutigen Sitzung bestimmten die klammen Parteifinanzen jedoch ausnahmsweise einmal nicht die Tagesordnung.

„Du weißt, wie sehr ich in den kommenden Monaten in Fraktion und Vorstand auf eine tatkräftige Unterstützung angewiesen sein werde. Da habe ich natürlich fest mit dir gerechnet. Und jetzt knallst du mir so beiläufig vor den Latz, dass du im fliegenden Wechsel an die Fressnäpfe der Wirtschaft desertierst. Verbindlichen Dank für deine Solidarität, Bollhagen."

Michael Bollhagen, der seit mehreren Legislaturperioden direkt gewählte Abgeordnete des Wahlkreises Mariendorf-Süd/Marienfelde-Nord und Mitglied des Landesvorstandes, hatte Winfried Wolters, der seit zwei Jahren mit starker Hand die Fraktion führte, einige Minuten vor Beginn der Sitzung zu einem Vier-Augen-Gespräch abgefangen. Den Termin hatte er mit Bedacht so knapp gewählt, nährte doch die zeitliche Enge in ihm die Hoffnung, damit auch die erwarteten unerfreulichen Auseinandersetzungen kurz zu halten. Die schienen unvermeidlich, wenn er seine Entscheidung verteidigte, der Politik demnächst den Rücken zu kehren. Womit sich auch die Absage einer nochmaligen Kandidatur für das Abgeordnetenhaus im nächsten Jahr verband.

Wie gewöhnlich hatte er Wolters mit seiner Kurzform WiWo angesprochen, die sich aus den Anfangsbuchstaben seines Vor- und Nachnamens zusammensetzte. Das war nicht nur Usus in der Partei, inzwischen wussten auch die meisten Bürger, wer sich hinter diesen vier Buchstaben verbarg. Als WiWo hatte Wolters von früher Jugend an Parteikarriere gemacht. Weil er sich dabei als smarter Typ erwies, wie ihm sogar weniger gewogene Parteifreunde bestätigen mussten, etablierte sich dieses Kürzel bald als eine Art Markenzeichen. Zuerst im engeren Kreis seiner Anhänger, mit der Übernahme höherer Funktionen auch in der gesamten Partei und seit einiger Zeit sogar schon in Teilen der Öffentlichkeit. Wahrscheinlich kam irgendwann der Tag, an dem ihn alle nur noch so nannten. Und wer sich bereits durch die Kurzform seines Namens zu erkennen gab, der durfte dem weiteren Verlauf seiner Karriere mit berechtigter Zuversicht entgegensehen.

Von dieser Gelassenheit war WiWo im Augenblick jedoch Lichtjahre weit entfernt. Der schnäuzte jetzt ebenso heftig wie geräuschvoll in sein Taschentuch. Diese elementare Entladung klang so wutschnaubend, als wollte er seine Enttäuschung noch einmal akustisch unterstreichen. Tatsächlich handelte es sich dabei aber nur um eine in diesem Falle nicht unerwünschte Nebenwirkung. Wolters Nase und Augen tropften bereits seit Tagen. Regelmäßig im Frühling gehörte er zu der bedauernswerten Gruppe von Allergikern, deren Heuschnupfen ihnen ausgerechnet die schönste Zeit des Jahres vergällte.

Natürlich vermochte Bollhagen seinen Vormann in der Fraktion inzwischen so gut einzuschätzen, dass ihn dessen ungnädige Reaktion nicht unvorbereitet traf. Dennoch lag ihm daran, im friedlichen Einvernehmen auseinanderzugehen. Möglicherweise konnte das irgendwann noch mal wichtig werden. Aber in den Ohren eines bekennenden Homo-Politikus, der sein Leben bereits seit seiner Mitgliedschaft im Jugendverband der Partei auf Dauer der Politik verpfändet hatte, musste jede Begründung für einen freiwilligen Rückzug aus diesem Metier das genaue Gegenteil bewirken. Andere ließen seine Argumente vielleicht gelten, Wolters sah darin nur den Versuch, eine Fahnenflucht mit fadenscheinigen Ausflüchten zu bemänteln. Daher machte er auch keinen Hehl daraus, für wie verwerflich er ein solches Vorhaben hielt.

„Wo liegt das Problem, WiWo? Bis zu den Wahlen im kommenden Mai ist noch ein gutes Jahr Zeit. Da kannst du wie bisher auf mich zählen. Schließlich behalte ich mein Mandat noch bis zum Ende der Wahlperiode. Und meinen Sitz im Landesvorstand gedenke ich bis dahin ebenfalls nicht aufzugeben. Es besteht also kein Grund, mich aus lauter Groll gleich zur Persona non grata zu erklären. Außerdem könnte es sich für die Partei sogar als Gewinn erweisen, wenn sie in mir, als designiertem Hauptgeschäftsführer des Verbandes der deutschen Windrad- und Solaranlagenbauer, über einen wohlgesonnenen Ansprechpartner in der Wirtschaft verfügt. Es wäre doch gelacht, wenn ich mit meinen künftigen Einflussmöglichkeiten über den Rahmen meines neuen Jobs hinaus nicht auch noch das eine oder andere in unserem Sinne deichseln könnte."

„Ja, ja, Bollhagen, immer schön den treuen Parteisoldaten hervorkehren. Aber solche Beschwichtigungen verfangen bei mir nicht. Die klingen hohl. Warum gibst du nicht wenigstens zu, dass es dir vor allem darum geht, kräftig Kasse zu machen?"

„Du wirst es nicht glauben, das ist nicht mein ausschlaggebendes Motiv. Ich nehme mir nur das Recht, in meinem Leben noch mal was Neues auszuprobieren. Aber auch wenn dein Vorwurf zuträfe, seit wann verstößt es gegen die guten Sitten, sich für eine gute Leistung anständig bezahlen zu lassen? Erinnerst du dich nicht mehr, wie engagiert du im letzten Wahlkampf die Leistungsträger der Gesellschaft umworben hast? Leistung muss sich wieder lohnen. Das war nicht nur unser gemeinsames Motto, sondern zugleich dein persönliches Credo. Das fehlte in keiner deiner Reden. Willst du diesen Leitspruch der Tüchtigen etwa für Abgeordnete und Mitglieder des Parteivorstandes außer Kraft setzen?"

"Verschone mich mit diesen Spitzfindigkeiten. Die machen deinen Absprung nicht akzeptabler."

"Entschuldige, ich vergaß. Im Gegensatz zu den verachtenswerten Materialisten in deiner Umgebung, mich eingeschlossen, erbringst du deine Leistungen allein für das Gemeinwohl. Wenn dich deine weitere Karriere im nächsten Mai vom Fraktionsvorsitz an die Spitze des Senats führt, dann verschwendest du selbstverständlich keinen Gedanken auf den schnöden Begleitumstand, dass dir damit, neben zusätzlicher Macht, auch vermehrte Einkünfte zufließen. Du willst nicht verdienen, dir genügt es, zu dienen. Mit diesem verzichtgeprägten Altruismus können nur Beinahe-Heilige mithalten. Oder Scheinheilige."

„Oha, wie feinsinnig. Der künftige Herr Lobbyist versucht sich in höherer Ironie. Dann vergiss nicht, dass Ironie in der Politik, wahrscheinlich auch in der Wirtschaft, ein gefährliches Pflaster ist. Die wird oft nicht verstanden. Oder falsch ausgelegt. Beides kann dir eine Menge Ärger eintragen. Obwohl, im

Ansatz lässt sich deine Charakterisierung durchaus verwerten. Falls du keinen Anspruch auf das Copyright erhebst, werde ich deine treffende Beschreibung meiner Motive, allerdings etwas alltagstauglicher umformuliert, in meinem nächsten Interview anklingen lassen. Dumm ist nur, dass du der Zeit vorauseilst. Wie war das gleich noch mal mit dem Fell des Bären? Ich schätze, Glombig wird mir die Spitzenkandidatur nicht freiwillig überlassen. Und ob ich ihn dann in einer unschönen Kampfabstimmung tatsächlich als Landesvorsitzenden ablöse, steht noch ebenso in den Sternen wie der Wahlausgang."

„Gehört es nicht zu deinen Spezialitäten, Stolpersteine zu beseitigen? Oder hast du etwa noch keine Vorkehrungen getroffen, damit dir das Hindernis Glombig bis zum Wahlparteitag im Herbst nicht mehr den Weg verstellt? Die größeren Schwierigkeiten dürften erst danach auf dich zukommen."

„Du sprichst in Rätseln."

„Dann hilf mir, das Rätsel aufzulösen. Einige besonders wachsame Spürhunde der Medien wollen dich in letzter Zeit auffällig häufig in Gesellschaft eines Spitzengenossen der Partei für soziale Gerechtigkeit angetroffen haben."

Diesen Wink verdankte Bollhagen einem ihm näher bekannten Journalisten, der sein Wissen wie üblich unter dem Siegel der Vertraulichkeit an ihn weitergereicht hatte. Dabei erwies sich seine Quelle, die ihm schon bei anderen Gelegenheiten mit aufschlussreichen Fingerzeigen dienlich gewesen war, auch diesmal wieder erstaunlich gut informiert. Was nicht zuletzt daran lag, dass der Zeitung, für die sein Gewährsmann schrieb, von einem anonymen Zuträger interessante Interna aus Wolters Umgebung zugespielt worden waren. Natürlich war der Mann von der Presse auf seinem Gebiet kein blutiger Anfänger. Der setzte darauf, dass solche bedachtsam gestreuten Andeutungen mit politischer Brisanz allenfalls so lange unkommentiert blieben, bis jemand früher oder später, in der Regel früher, das Wasser nicht mehr halten konnte. Auch die Möglichkeiten der Medien stießen an ihre Grenzen, solange die nicht für die Öffentlichkeit bestimmten Nachrichten gedeckelt wurden. Auf allerlei dunklen Kanälen empfangene Indiskretionen waren zwar interessant, erheblich besser war deren mindestens augenzwinkernde Bestätigung durch die für gewöhnlich gut unterrichteten Kreise. Somit konnte es sich als zielführend erweisen, den Fraktionsvorsitzenden der FDSU im Abgeordnetenhaus, dem schon länger Ambitionen auf den Parteivorsitz nachgesagt wurden, durch bohrende Nachfragen aus den eigenen Reihen aus der Reserve zu locken. Damit dieses Kalkül aufging, erschien es nützlich, ausgewählte Kontaktpersonen aus seinem unmittelbaren Umfeld auf ihn anzusetzen. Die waren noch am ehesten in der Lage, die gewünschten Informationen aus ihm herauszukitzeln. Mit den ihm zugespielten Hinweisen hatte Bollhagen diese Rolle unwissentlich übernommen.

Nachdem sein erster Versuch ergebnislos verpufft war, unternahm er jetzt einen erneuten Anlauf, sich Klarheit zu verschaffen. Dabei hatte Wolters kein Zeichen der Verunsicherung erkennen lassen, fast so, als hätte er ihm gar nicht zugehört.

„Ich wünschte, ich könnte mir einen Reim darauf machen, was du mit diesen Treffen bezweckst. Dir müsste doch klar sein, dass dich solche Kontakte in Verdacht bringen, schon mal die Chance für eine künftige Koalition mit der PfsG auszuloten. Soweit die Mehrheiten das nach den nächsten Wahlen hergeben. Andererseits kann ich nicht glauben, dass du sogar vor einem möglichen politischen Harakiri nicht zurückschreckst."

So verstört wie er hatten viele in der Partei reagiert, als sich die Hinweise nach und nach verdichteten, Wolters plane tatsächlich eine rigorose Kurskorrektur der FDSU. Dass die sogar eine Zusammenarbeit mit der PfsG einschloss, erschien zunächst undenkbar. Bis sich die ersten Vermutungen dieser Art nicht mehr nur als Hirngespinste einiger Wichtigtuer abtun ließen. Zwar hatte sich Wolters zu einer entsprechenden Absicht bisher nicht geäußert, geschweige denn bekannt, aber bereits die unterlassene Richtigstellung wurde von manchen Beobachtern als eine inoffizielle Bestätigung gewertet.

Bollhagen verstand die Welt nicht mehr. Er hatte Wolters nie anders kennengelernt als einen kühlen Pragmatiker. Wer ihn schätzte, beschrieb ihn gern als Rationalisten, dessen Stärke sich darin zeigte, jeden Schritt bis ins letzte Detail zu durchdenken. Wogegen seine Kritiker eher einen Aussitzer in ihm sahen, einen von der übervorsichtigen Sorte, die sich gewöhnlich erst dann zu einer Entscheidung durchrangen, wenn diese weitgehend in Übereinstimmung mit der allgemeinen Stimmungslage stand. Der gleiche Wolters, den manche sogar der Demoskopiehörigkeit verdächtigten, schien plötzlich, fern aller Vernunft, bereit zu sein, ein unkalkulierbares Risiko einzugehen. Das hieß in diesem Falle nicht mehr und nicht weniger, als sein eigenes politisches Überleben in die Waagschale zu werfen. Einem Politiker wurde mindestens von seinen engeren Gefolgsleuten vieles nachgesehen, nur eines nicht: Erfolglosigkeit. Keiner wusste das besser als er. Warum um alles in der Welt verhielt er sich dann nicht wie immer? Warum schielte er nicht wie gewöhnlich auf die vorliegenden Meinungsumfragen, deren Ergebnisse er doch sonst so vorteilhaft für die eigene Positionsbestimmung zu nutzen verstand? Es hatte mehr als genug Wählerbefragungen gegeben, deren eindeutige Resultate schon den bloßen Gedanken an ein solches Bündnis verboten.

An dieser überwiegenden Ablehnung durch eine breite Mehrheit änderte es auch nichts, dass sich die Partei für soziale Gerechtigkeit seit einiger Zeit im Aufwind befand. Sie punktete bei dem Teil der Bevölkerung, der sich auf irgendeine Weise an den Rand gedrängt sah. Wer von den anderen Parteien schon lange nichts mehr erwartete, der wählte sie auch ohne nähere Kenntnis ihrer Programmatik und unter Ausklammerung ihrer geschichtlichen Wurzeln. Allein schon, weil sie die Themen besetzte, die einer wachsenden Zahl Verbitterter und Enttäuschter unter den Nägeln brannten und die vom politischen

Establishment nur wieder in Form einer hinhaltenden Beredsamkeit abgehandelt wurden.

Nicht mehr nur als ein Sammelsurium Mühseliger und Beladener in der Hand vergangenheitsbelasteter Populisten, wie Glombig das einmal auf einer Vorstandssitzung mit angewidertem Gesichtsausdruck und verächtlicher Tonlage formuliert hatte, sondern als eine gefährliche Rivalin der FDSU, so wurde die PfsG in der Öffentlichkeit inzwischen immer häufiger wahrgenommen. Dazu trug bei, dass auch eine Anzahl bisheriger Mitglieder der FDSU aus Verärgerung über den Kurs der eigenen Partei zu der radikaleren Alternative übergelaufen war. Ein Grund mehr für die noch bestehende aber bereits bröckelnde Mehrheit unter dem Vorsitzenden Glombig, kategorisch auszuschließen, mit solchen Abtrünnigen gemeinsame Sache zu machen.

Gegen die Häme, mit der besonders die konvertierten PfsG-Genossen ihre frühere Partei und auch ihn persönlich überzogen, war Glombig resistent. Dagegen empfand er den Ursprung der neu entstandenen Konkurrenz im eigenen politischen Spektrum als unerträglich. Zunächst war ihm noch eine breite Zustimmung innerhalb und außerhalb der FDSU sicher, wenn er jedem Gedanken an eine Kooperation mit der PfsG eine klare Abfuhr erteilte. Er konnte und wollte sich nicht vorstellen, dass sich irgendjemand in der FDSU mit wahlarithmetischen Gedankenspielereien beschäftigte, die Bündnisse mit einer Partei einschlossen, deren Mitgliedschaft sich zum großen Teil noch immer aus Funktionären der früheren DDR-Staatspartei und ihrer Hilfstruppen zusammensetzte. Dieses Mindestmaß an Anständigkeit durften die Menschen beanspruchen, die von den ehemaligen Gehilfen eines rigiden Unterdrückungsapparates um ein selbstbestimmtes Leben betrogen worden waren. Immer dann, wenn es ihm nicht nur um rhetorische Pflichtübungen ging, nahm sein sonst eher moderater Tonfall eine beißende Schärfe an. Soweit er damit zugleich die

Tradition der eigenen Partei beschwor, die sich Systemen der Unfreiheit stets widersetzt hatte, konnte er richtig laut werden.

Einen dieser gefürchteten Glombigschen Wutausbrüche hatte Bollhagen noch in lebhafter Erinnerung. Da waren Glombig und Wolters in einer dieser sonst eher staubtrockenen Strategiediskussionen aneinandergeraten, die der Parteivorstand in unregelmäßigen Abständen ansetzte, um den Vorstandsmitgliedern einen Rahmen für die unverzichtbare Selbstdarstellung zu bieten. Zur allgemeinen Überraschung hatte sich Wolters in seinem Beitrag ziemlich weit aus dem Fenster gelehnt. Ohne in diesem frühen Stadium bereits Einzelheiten seiner weiteren Planungen zu verraten, ritt er eine äußerst heftige Attacke gegen den Vorsitzenden. Indem er dessen Unversöhnlichkeit in dieser Frage, fern jeder diplomatischen Zurückhaltung, als kontraproduktiv kritisierte, hatte er sich sehr selbstbewusst die Rolle eines Vordenkers angeeignet, der voranging, ein Stück geistiges Neuland zu betreten. Jedes neue Denken beginnt mit einem Tabubruch, hatte er seinen Vorstandskollegen entgegengehalten. Vielleicht war dieser unerwartete Frontalangriff nicht nur auf seine Person, sondern zugleich auf die bisher gültige Parteidoktrin der Grund, dass Glombigs Reaktion einen Augenblick auf sich warten ließ. Er musste erst einige Male tief durchatmen, um die Ungeheuerlichkeit der Vorwürfe zu verarbeiten. Unversöhnlich hatte man ihn genannt, weil er nicht bereit war, schon nach einer verhältnismäßig kurzen Zeit über das Unrecht der jüngsten Geschichte hinwegzusehen. Wobei die im Raum stehende Abqualifizierung als jemand, der bestehende Chancen wegen erstarrter Denkmodelle verspielte, nur als eine direkte Herausforderung verstanden werden konnte. Aber darin lag schließlich der Sinn von Wolters Vorpreschen. Eine Provokation wurde selten überhört. Mit ihr geriet unweigerlich der Provokateur in den Mittelpunkt des Interesses. Das konnte schiefgehen, schlimmstenfalls sogar das Aus bedeuten. Aber oft war es auch der erste erforderliche Schritt auf dem Weg, die Macht neu zu verteilen.

Zuerst schüttelte Glombig nur den Kopf. Unglaublich, was sich da auftat. War das denn möglich? In seiner Partei? Aber dann brach es dafür umso heftiger aus ihm heraus. "Zum Teufel, Wolters, Ihnen scheint es zu reichen, wenn die Genossen, die ihre Gesinnung ungebrochen ins neue System herübergerettet haben, mal kurz den Parteinamen wechseln und sich aus Gründen der besseren Optik ein demokratisches Mäntelchen umhängen, um ihnen goldene Brücken zu bauen. Immerhin verfügen die im Gegensatz zu Ihnen über einen klaren Sinn für die Realitäten. Sogar die unbelehrbarsten Ideologen haben schnell erkannt, welche Möglichkeiten ihnen der Klassenfeind, quasi im ersten Einheitsrausch, auf silbernem Tablett serviert hat. Noch bevor sich ein paar Traumtänzer aus den alten Bundesländern den Schlaf aus den Augen reiben konnten, haben die sich, nach einer kurzen Akklimatisierungsphase, bereits wieder gemütlich in der Parteienlandschaft eingerichtet. Und seitdem ihnen einige entscheidende Fehler, ich räume ein, auch auf unserer Seite, einen unerwarteten Zulauf neuer Wähler bescheren, stößt diese personelle Erblast der DDR auch nur noch selten auf Widerspruch, wenn dem einen oder anderen, im Eifer einer Diskussion, schon mal die verräterische Relativierung herausrutscht, zu ihrer Zeit hätte es auch viel Positives gegeben. Das gipfelt dann in dem Résumé, der Sozialismus à la DDR wäre keine Idee gewesen, die einer Entschuldigung bedürfe." Kurz darauf war die Sitzung unter anhaltender Verstimmung abgebrochen worden.

Bollhagen monierte, dass Wolters ihm noch immer eine Antwort schuldete. „Also raus mit der Sprache, WiWo. Du beabsichtigst doch nicht wirklich, mit diesen mal etwas offener und mal etwas verdeckter auftretenden Nachlassverwaltern eines gescheiterten Gesellschaftsmodells zu regieren?"

„Erstaunlich, dass ein angehender Spitzenmanager so viel auf

Gerüchte gibt."

„Gerüchte? Dann solltest du dich besser nicht beim lauschigen tête-à-tête mit einem deiner potenziellen neuen Senatskollegen von der PfsG erwischen lassen."

„Was heißt erwischen lassen? Geht's noch? Das hört sich an, als wäre ich hinter irgendeinem Gebüsch mit heruntergelassenen Hosen aufgegriffen worden. Ich mache doch kein Geheimnis daraus, dass ich mich hier und da mit diesem und jenem zum Essen verabrede. Man spricht miteinander. Das ist völlig normal und in vielen Fällen übrigens mehr Pflicht als Kür. Wer da bestimmte Absichten hineininterpretiert, der spinnt. Bitte behaupte jetzt nicht, dir wären solche Treffen auf gastronomischer Ebene, wie ich das nenne, fremd."

„Das ist neu für dich, den Naiven zu spielen. Mancher Gesprächspartner beflügelt die Spekulationen eben stärker als andere, auch wenn es sich nur um Arbeitsessen handelt. Oder gerade deshalb. Aber weil du mich schon direkt ansprichst: Ich würde solche Kontakte, wenn überhaupt, so vertraulich handhaben, dass Außenstehende nichts davon mitbekommen."

"Du musst es ja wissen. Deinen neuen Job hast du jedenfalls sehr diskret eingefädelt."

"Mit entsprechend positivem Ergebnis."

"Wozu ich dir, aus den bekannten Gründen, trotzdem nicht gratuliere. Sieh es, wie du willst. Ich halte so einen unverbindlichen Meinungsaustausch für unverzichtbar. Es hat noch nie geschadet, sich über die Vorstellungen der Konkurrenz ein eigenes Bild zu verschaffen."

„Dafür reichte es, das Umfeld deines Gesprächspartners etwas gründlicher unter die Lupe zu nehmen. Dann hättest du dein gewünschtes Bild, wer sich da mit wem unter einem Dach zusammengefunden hat. Hoffentlich behältst du bei deinen Lockerungsübungen im Hinterkopf, was du der Partei und unseren Wählern zumuten kannst."

„Wer solche Treffen bereits für Hochverrat hält, sollte

gelegentlich mal wieder einen Blick in den Kalender werfen. Es ist doch idiotisch, aus purer Gewohnheit die Propagandaschlachten des Kalten Krieges fortzusetzen. Bleibt zu hoffen, dass das irgendwann sogar unser Noch-Vorsitzender Glombig kapiert, der mit seinem altbackenen Antikommunismus West-Berliner Prägung für uns immer mehr zur Belastung wird. Dessen längst aus der Mode gekommene Frontstadtnostalgie ist nur das Pendant einer bisweilen aufflackernden Ostalgie. Diesen Anachronismus habe ich im Vorstand kontraproduktiv genannt. Dabei bleibe ich, auch wenn ich deshalb bei Glombig in Verschiss geraten bin. Überhaupt ärgert es mich, dass hier ständig mit zweierlei Maß gemessen wird. Selbst die Konservativen und Liberalen hatten keine Hemmungen, den ehemaligen Blockflöten aus den Parteien der Nationalen Front eine neue politische Heimat zu bieten. Wovon die auch gerne Gebrauch gemacht haben. Warum also diese künstliche Aufregung über ein paar Gespräche mit Gerd Hentschel?"

„Ich bin heilfroh, dass das bald nicht mehr meine Probleme sind. Um den Kraftakt, den du dir damit aufgehalst hast, beneide ich dich nicht. Du sprichst zwar noch von ein paar unverbindlichen Gesprächen. Wer soll das glauben? Was dir tatsächlich vorschwebt, ist eine Koalition mit Hentschels Leuten. Du wirst Mühe haben, genug Mitstreiter zu finden, die bereit sind, für dieses Ziel ihre langjährigen Überzeugungen über den Haufen zu werfen."

„*Überzeugungen.* Das Wort kommt dir so salbungsvoll über die Lippen, als wärst du der Gralshüter unumstößlicher Heiligtümer. Welche Überhöhung. Wovon du gestern noch überzeugt warst, kann heute falsch sein. Überzeugungen sind doch auch nur Produkte ihrer Zeit. Und mit überholten Überzeugungen lebt es sich wie im abgestandenen Mief. Immerhin wurden mit dem Leitspruch Wandel durch Annäherung schon früher mal die Fenster weit aufgestoßen. Mit der Zufuhr frischer Luft geht meist auch ein neues Denken einher. Es gibt keinen

Grund, vor dem Neuen Angst zu haben. Alles ist irgendwann mal neu. Das schleift sich ein. Spätestens nach einem Jahr ist das Neue schon wieder das Alte. Außerdem, falls es dich beruhigt, habe ich mich nicht auf eine Koalition mit der PfsG festgelegt. Ich halte es nur für klüger, sich alle Optionen offen zu halten. Entscheidend ist, dass wir die Regierung führen. Mit wem wir die Regierungsbank teilen ist doch nachrangig. Das nenne ich politische Weitsicht, auch im wohlverstandenen Parteiinteresse. Außerdem steht nirgends geschrieben, dass bereits jede Eventualität unverschlüsselt an die Wähler weitergegeben werden muss."

„Dann wünsche ich dir starke Nerven. Schade, dass du sogar mir gegenüber mit einer klaren Antwort hinterm Berg hältst. Aber auch so habe ich verstanden, dass du dich schon als Chef des nächsten Senats siehst. Weil dir das noch am ehesten mit Hilfe der PfsG gelingen kann, steht dein Entschluss längst fest. Vielleicht packst du's ja wirklich. Dann stellen sich die Mitläufer ganz automatisch ein. Fragt sich nur, ob die Zeit reicht, deine Linie bis zu den Wahlen mehrheitsfähig zu machen."

„Lassen wir es doch vorerst dabei, dass ich mir mehrere Möglichkeiten offenhalte. So läuft das nun mal in der Politik. Aber wenn es sein muss, kann ich auch für die am Ende getroffene Entscheidung kämpfen. Das solltest du wissen. Es gibt Situationen, da nimmt es einem niemand ab, für Veränderungen einzustehen."

„Großartig. Hier stehe ich und kann nicht anders. Ein zweiter Martin Luther. Bisher hast du allerdings penibel darauf geachtet, dich nicht zu früh festzulegen. Die Einsicht, dass es leicht schiefgehen kann, sich mit dem Zeitgeist anzulegen, gehört übrigens zu den grundlegendsten Erkenntnissen, die ich aus meinen Jahren in der Politik in meinen neuen Job mitnehme."

"Wie du bemerkst, bin ich gerade dabei, verkrustete Denkmuster aufzuweichen. Wobei ich natürlich nicht wie ein

Sprinter vorwärts stürme. Das verunsichert die Leute. Ich ziehe es vor, mich meinen Zielen Schritt für Schritt zu nähern. Vorsicht ist nie verkehrt, aber ebenso gilt: Wer wagt, gewinnt. Du solltest den Nutzwert überlieferter Volksweisheiten berücksichtigen. Aber bei deinem Sicherheitsdenken dürfte es in der Tat keine so falsche Entscheidung gewesen sein, deine Brötchen in Zukunft mit der Vermarktung der Hardware für alternative Energien zu verdienen. Dafür ist dir fast schon der Ruf eines Gutmenschen sicher. So einem konzediert unsere sonst von Neid und Missgunst zerfressene Gesellschaft sogar das Privileg, in den Kreis der Spitzenverdiener aufzusteigen."

"Statt mich also weiterhin mit Vorwürfen zu überziehen, wärst du besser beraten, mein positives Image für die Partei, und vielleicht auch für dich persönlich, zu nutzen."

„Das hatten wir schon. Du meinst wohl, ich müsste dir noch dankbar sein, dass du dich nicht gleich als Atomlobbyist verdungen hast. Aber auf die erhoffte Absolution kannst du lange warten. Es hätte mir mehr geholfen, dich auch in Zukunft als Verbündeten an meiner Seite zu haben. Aber was soll's. Reisende soll man bekanntlich nicht aufhalten." Wolters war nicht nur aufgrund seiner allergischen Beschwerden verschnupft.

„Hast du wenigstens bei euch in Mariendorf für einen reibungslosen Stabwechsel gesorgt, bevor du die Segel streichst? Wer soll an deiner Stelle den Wahlkreis vertreten? Soweit wir ihn wegen der von dir enttäuschten Wähler nicht verlieren."

„In dem Punkt kann ich dich beruhigen. Du erinnerst dich an Olav Stern, dessen Rede dir auf dem letzten Landesparteitag so gut gefallen hat? Das wäre meine Empfehlung. Stern ist jung und will es jetzt wissen. Im Augenblick ist er gerade dabei, den *Alten Fritz* aus dem Sattel zu heben. Du weißt schon, unseren ewigen Mariendorfer Vorsitzenden, einen Glombig im Lokalformat. Der Junge hat den nötigen Biss. Olav kann für dich eine Bresche schlagen, wenn du auf dem Wahlparteitag gegen Glombig antrittst. Bis dahin ist er ja bereits darin geübt, nicht mehr zeitgemäße Parteihierarchen aufs Altenteil zu befördern."

„Man wird sehen. Richte dich aber vorsorglich darauf ein, dass ich dich dafür in die Pflicht nehme. Aber jetzt geht es erst mal um die aktuelle Tagesordnung. Ich beabsichtige, gleich ein paar Anträge einzubringen, an denen Glombig vermutlich wieder zu schlucken hat. Nenne mir einen vernünftigen Grund, warum er sich nicht auf den Tag freut, an dem ich ihn endlich von den Beschwernissen seines Amtes befreie."

6

Der Lebensraum, den Martha Reimers im Alten- und Pflegeheim St. Elisabeth für sich beanspruchen durfte, bemaß sich auf zwölf Quadratmeter Wohnfläche, deren Einrichtung nach Aussage des Hausprospektes in schönster Weise auf die Bedürfnisse älterer Menschen abgestimmt war. Dieser Zweckmäßigkeit wurde durch ein pflegegerechtes Bett mit Nachttisch, einem Tisch mit zwei Stühlen und einem verschlissenen Sessel aus dem Nachlass einer verstorbenen Mitbewohnerin Genüge getan. Außerdem verfügte das Zimmer über ausreichend Stauraum, in dem der alte Mensch neben sich selbst auch die wenigen Habseligkeiten platzsparend unterbringen konnte, die ihm aus einem früheren Leben verblieben waren.

Für die paar Kleider und Schuhe, die sie noch besaß, sowie für die Leibwäsche reichte der Einbauschrank unmittelbar neben der Tür allemal aus. Auf der Fensterbank standen vier Topfpflanzen, die ihre liebevolle Pflege mit einem gesunden Wachstum belohnten. Die Pflanzen waren so etwas wie Martha Reimers Ersatzfamilie. In der Schublade des Nachttisches verwahrte sie die Kleinigkeiten des täglichen Gebrauchs, so auch die Papiertaschentücher, die damit schnell zur Hand waren, sobald sie im Laufe des Tages immer mal wieder die große Traurigkeit überfiel. Nicht zu vergessen den Rest der Tafel Schokolade, die ihr die Frau vom Besucherdienst kürzlich mitgebracht hatte. Von der aß sie täglich höchstens zwei Riegel. Der Besucherdienst wurde vom Heim organisiert. Wer dieses Ehrenamt übernahm, der verpflichtete sich, Heimbewohnern, die keine Angehörigen mehr hatten, in geregelten Abständen einen Besuch abzustatten und ihnen durch ein halbes Stündchen geschenkter Zeit das Gefühl zu geben, nicht völlig von der inzwischen fremden Welt da draußen abgeschrieben zu sein.

Für diese Besuche war die kleine, zerbrechlich wirkende Frau ebenso dankbar wie für den Raum, den sie sich nicht mit anderen teilen musste. Martha Reimers hatte ihn bezogen, nachdem die vorherige Bewohnerin den Weg aller derer gegangen war, die hier ihre letzte Bleibe gefunden hatten. Nur auf diese Weise wurden im St. Elisabeth-Heim die begehrten Einzelzimmer frei. Viel beanspruchte diese pflegeleichte Martha Reimers ohnehin nicht. Sie war ihr Leben lang eines jener Menschenkinder gewesen, die schon früh lernen mussten, mit wenig auszukommen. Andere zu beneiden, die es besser getroffen hatten als sie, entsprach nicht ihrem Wesen. Vielmehr besaß sie die Fähigkeit, die Dinge zu nehmen wie sie kamen und soweit wie möglich das Beste daraus zu machen. Beides half ihr auch jetzt, in den ihr bis zum Tode zugebilligten zwölf Quadratmetern ein Stück Zuhause zu sehen.

Wenn es in dem ihr verbliebenen Besitz etwas gab, von dem sie sich nie hätte trennen können, dann waren es ihre Fotoalben, die den Platz im unteren Teil ihres Nachtschränkchens fast völlig ausfüllten. Ein Grund, dieses Möbelstück wie einen heiligen Schrein zu hüten. Einige ausgewählte Fotos schmückten, in schlichte Holzrahmen gefasst, die Wände ihres Zimmers. Aber den wertvollsten Bildern, die ihre nicht mehr vorhandene Familie zeigten, hatte sie einen festen Platz auf dem Nachttisch reserviert, zusammen mit einem kleinen Blumenstrauß, dem einzigen Luxus, den ihre beschränkten Mittel gelegentlich erlaubten. Mit ihren Lieben auf den Fotos neben ihrem Bett sprach sie morgens, sofort nach dem Aufwachen, und abends, kurz vor dem Einschlafen, und dazwischen so oft, wie ihr danach zumute war. Dieses Bedürfnis überkam sie häufig an ihren langen und leeren Tagen. Eine der über die Jahre schon leicht verblichenen Aufnahmen zeigte sie als junge Braut an der Seite ihres Mannes. Der steckte in einer aufgebügelten Wehrmachtsuniform, aber wenn er auf dem Bild ein bisschen stolz wirkte, dann gewiss nicht wegen der schmucken Uniform, sondern ihretwegen. Auf der Rückseite des Fotos war, unsichtbar für fremde Betrachter, ein Datum notiert. Sie hatte ihren Herbert am 14. Januar 1944 geheiratet. Der ihm dafür gewährte Fronturlaub war nur kurz gewesen. Rechts davon stand ein Familienfoto. Auf dem hatten sie ihr verstorbener Mann und ihr ebenfalls nicht mehr lebender Sohn Mathias, hier bereits im Erwachsenenalter, in die Mitte genommen. Und links von dem Hochzeitsfoto stand ein Einzelbild von Mathias. Darauf bestaunte er als kleiner Junge in kurzen Hosen und handgestricktem Pullover mit kindlicher Freude einen Weihnachtsbaum mit brennenden Kerzen. Auf der Rückseite hatte sie in Sütterlinschrift vermerkt: Weihnachten 1950. Dieses Bild nahm sie stets in beide Hände, als wollte sie ihren Mathias umarmen, wenn sie mit ihrem Kind Zwiesprache hielt. Hinterher musste sie dann regelmäßig das Glas des Rahmens putzen, weil sie das Gesicht ihres Jungen, während sie sein Bild umfasst hielt, immer wieder zärtlich gestreichelt hatte.

Die Umstände, unter denen sie ihren Sohn verlor, kannten nur wenige im Heim. Aber auch wer in das Drama ihres Lebens eingeweiht war, vermochte es nicht, sie zu trösten. Dabei lag der Tod von Mathias schon viele Jahre zurück. Für manches gab es eben keinen Trost. Die Zeit heilte nicht alle Wunden, so wie nicht alle Redensarten von besonderer Weisheit zeugten.

Besonders nachts, wenn sie sich in ihrem Bett von einer Seite auf die andere wälzte, weil sie wie so oft keinen Schlaf fand, gingen ihre Gedanken immer wieder zurück zu dem Tag, an dem sie ihren Jungen zum letzten Male sah. Dieser Tag hatte sich wie Feuer in ihre Seele gebrannt. Und dieser Schmerz brannte täglich weiter, denn auch ihre Gegenwart bestand hauptsächlich aus Erinnerungen. Die ließen sie das alles noch einmal erleben. Immer und immer wieder. Als wenig später auch ihr Mann starb, wurde ihr eigenes Leben für sie belanglos. Daher hatte sie auch keine Angst vor dem Tod. In den vielen einsamen Stunden, die sich seither zu vielen trostlosen Tagen, Wochen, Monaten und Jahren addierten und in einer für sie sehr klein gewordenen Welt, in der sie sich nur noch verlassen und verloren fühlte, sehnte sie ihn immer häufiger herbei.

In den Zeiten der Mauer lebten sie im Seitenflügel einer Ost-Berliner Mietskaserne, nur ein paar Ecken von der Straße entfernt, in der die Berliner FDSU bald nach der Wende ihre neue Zentrale bezogen hatte.

„Ich übernachte heute bei Babs, du musst nicht auf mich warten."

„Dann macht euch einen schönen Abend ihr zwei." Sie freute sich für Mathias. Das Mädchen, mit dem er seit über einem Jahr befreundet war, gefiel ihr. Es schien, als habe er nach einigen Enttäuschungen endlich die Richtige gefunden. Und sie damit vielleicht eine künftige Schwiegertochter, mit der sie sich gut verstand. Es war auch nicht ungewöhnlich, dass Mathias gleich nach der Arbeit zu seiner Freundin fuhr. Völlig normal für einen über beide Ohren verliebten jungen Mann. Aber an diesem Morgen hatte er getan, was sie sonst nur bei außergewöhnlichen Anlässen von ihm kannte. Als er sie spontan in den Arm nahm, so, als wollte er sie gar nicht wieder loslassen, war, ohne dass sie eine Erklärung für ihre Unruhe fand, eine schlimme Vorahnung in ihr aufgestiegen. Sie bekam plötzlich eine trockene Kehle. "Ist irgendwas?" Doch ihre besorgte Frage hatte er nur mit einem Kopfschütteln und einem kaum hörbaren „was soll denn sein?" beantwortet. Aber seine Stimme klang belegt und das Lächeln, mit dem er sie beruhigen wollte, verriet einen Schmerz, den sie noch nie zuvor bei ihm bemerkt hatte.

Wie festgenagelt hatte sie an der Wohnzimmertür gestanden, als er auf dem Flur in die Jacke schlüpfte, nach seiner Tasche griff und die Wohnungstür öffnete. Eigentlich war alles wie immer. Doch heute hätte sie ihn aus einem unerklärlichen Grund am liebsten zurückgehalten. „Auf Wiedersehen, mein Junge. Bis Morgen." Das waren ihre letzten Worte. Dabei klang das *bis Morgen* fast wie eine Beschwörung. An der Tür hatte er sich noch einmal kurz umgedreht. „Grüß' Vater." Auch das verstärkte ihr ungutes Gefühl. Noch nie zuvor hatte er sie gebeten, seinen Vater zu grüßen, nur, weil er in der Nacht fortblieb. Dann war er gegangen, während sie noch lange so dastand, unfähig sich zu bewegen, wie betäubt. Bis das leichte Zittern, das sie in den letzten Minuten erfasst hatte, in ein heftigeres Beben überging. Zugleich spürte sie, dass sich irgendein Unheil über ihrer Familie zusammenbraute.

Der Minutenzeiger des Nachttischweckers zeigte auf drei Minuten nach sechs, als es am nächsten Morgen an der Wohnungstür Sturm klingelte. Herbert Reimers arbeitete als Straßenbahnfahrer bei den Verkehrsbetrieben und an Tagen, an denen er für die Spätschicht eingeteilt war, schliefen sie gewöhnlich etwas länger. Deshalb dauerte es auch einen Moment, bis sie das nicht nachlassende Lärmen der Wohnungsklingel, gemischt mit heftigen Schlägen gegen die Tür, aus dem Schlaf riss. Martha Reimers hatte noch schlaftrunken geöffnet. Gleich darauf sah sie sich, zusammen mit ihrem Mann, der ihr mit müden Schritten gefolgt war, einem Verhör durch zwei an ihnen vorbei in die Wohnung drängende Männer ausgesetzt. Dabei wedelte der eine mit einem Ausweis herum, der sie als Mitarbeiter des Ministeriums für Staatssicherheit berechtigte, sich Zutritt zu dieser Wohnung zu verschaffen.

„Sind Sie die Eltern des Mathias Reimers, geboren am 10. Juli 1944, beschäftigt als Lagerist bei den Kabelwerken Oberspree?" Eine mit unbewegter Miene abgespulte Frage. So unpersönlich und gefühllos wie die eines mit einem Sprachprogramm gefütterten Automaten. Martha und Paul Reimers bemerkten sofort, dass die abgefragten Informationen längst bekannt waren. Der Auftrag, den die beiden zu erledigen hatten, verpflichtete sie jedoch zur strikten Einhaltung eines vorgegebenen Ablaufs. So wie es in ihrem Arbeitsbereich für jeden einzelnen Schritt Anweisungen und Regeln gab, orientierten sie sich auch bei solchen Anlässen an Vorschriften. Das war nicht ihr erster Einsatz dieser Art und würde bestimmt nicht der letzte sein.

„Was ist mit Mathias? Ist ihm etwas zugestoßen?" Herbert Reimers hatte mechanisch die Hand seiner Frau ergriffen. Sie hielten sich aneinander fest, gaben sich gegenseitig Halt und waren auf einen Schlag hellwach. So hellwach wie ein Autofahrer, der am Lenkrad seines Wagens eingeschlafen war und dessen sämtliche Sinne ihn im Augenblick des Aufpralls noch einmal aufschreckten, der das Geschehen noch wie in Zeitlupe mitbekam, ehe es dunkel um ihn wurde. Sie sahen sich an und es hätte keiner Antwort mehr bedurft, um zu wissen, dass ihnen eine schlimme Nachricht bevorstand.

„So kann man das auch nennen" blaffte einer der Männer, ein Typ von knapp dreißig Jahren, von untersetzter Gestalt und mit hervorstechendem Kinn. In dem Blick, der sie dabei streifte, mischten sich Zynismus und Verachtung. Wären sie später irgendwann einmal aufgefordert worden, menschliche Kälte in einem Bild darzustellen, dann hätte ihr Bild das Gesicht dieses Mannes gezeigt.

„Wir sind diejenigen, die hier die Fragen stellen" schaltete sich sein Kollege ein. Beide kannten solche Situationen. In diesen Fällen, so hatte man es ihnen in der Normannenstraße eingerichtet, war es angezeigt, sich strikt an ihre Instruktionen zu halten und entsprechende Fragen zu ignorieren. Erfahrungsgemäß standen die immer am Anfang des üblichen Wehgeschreis. Und es gehörte nicht zu ihrem Auftrag, sich länger als nötig einem lästigen Gejammer auszusetzen.

„Ja, Mathias ist unser Sohn. Nun sagen Sie doch endlich, was passiert ist." Herbert Reimers, der auch für seine Frau sprach, versagte nicht nur die Stimme, sein ganzer Körper drohte unter der Belastung zusammenzusacken. Aber ebenso hätte er ihre Angst laut herausschreien können, ohne dass ihr die geringste Beachtung geschenkt worden wäre. Während sie weiter ohne Antwort blieben, unterzogen zwei geschulte Augenpaare das Zimmer von Mathias einer ausgiebigen Kontrolle. Dieser Untersuchung widmeten sich die Männer mit solcher Gründlichkeit, als bestätigte die jugendliche Unordnung dieses Raumes bereits ihren Verdacht, auf eine Keimzelle staatsgefährdender Umtriebe gestoßen zu sein.

Erst nach einer gefühlten Ewigkeit, vielleicht um die Wucht der Aussage mit einem quälend langen Hinauszögern noch zu steigern, erhielten Herbert und Martha Reimers Gewissheit. „Ihr Sohn wurde von den Organen der Grenzsicherheit, zusammen mit einer gewissen Barbara Bley, bei dem Versuch gestellt, die Staatsgrenze der DDR illegal zu passieren" kläffte der mit dem markanten Kinn, dem es gefiel, gegenüber bereits am Boden liegenden Menschen noch einmal nachzutreten.

„Ist er in Haft? Können wir zu ihm?" Beide Elternteile fragten das gleichzeitig. Doch obwohl ihnen in diesem Moment der Schreck im Gesicht geschrieben stand, durften sie weiterhin auf keine Schonung hoffen.

„Das wird kaum möglich sein. Ihr Sohn und die besagte weibliche Person kamen bei diesem kriminellen Akt ums Leben."

Jedes einzelne Wort dieses Satzes dröhnte Martha Reimers bis heute im Ohr. Kein Tag war seither vergangen, an dem sie das Gesicht dieses Mannes nicht vor sich sah. Bis heute hörte sie den Klang dieser Stimme, die sie wie ein Peitschenhieb getroffen hatte. Unbarmherzig, gefühllos, gemein. So behielt sie den Mann in Erinnerung, der sie wie nebenbei auch noch wissen ließ, dass es keine Möglichkeit mehr gab, ihren toten Sohn noch einmal zu sehen. „Die Leiche wurde bereits eingeäschert.

Die Kosten der Verbrennung haben Sie zu tragen."

Ein knappes halbes Jahr später war ihr Mann gestorben. „Das Herz, da war nichts mehr zu machen" beschied sie der hinzugezogene Arzt, nachdem ihr Herbert auf dem Weg zu seiner Arbeitsstelle nach einem Infarkt tot auf das Straßenpflaster gestürzt war. „Hatte er in der Hinsicht schon früher Probleme?" Sie hätte jetzt erklären können, dass die Herzerkrankung ihres Mannes aus russischer Kriegsgefangenschaft herrührte, dass es davon unabhängig aber allen Eltern der Welt das Herz bräche, ihr einziges Kind zu verlieren. Sie hätte auch über ihre Empfindungen sprechen können, weiterhin in dem Staat leben zu müssen, der die Exekution ihres Sohnes im Grenzstreifen verantwortete. Stattdessen schüttelte sie nur stumm den Kopf. Sie sprach auch nicht davon, dass sich ihr Mann nur noch auf der Strecke, im Führerstand seiner Straßenbahn, vor den Anfeindungen am Arbeitsplatz sicher fühlte. Die Partei- und Gewerkschaftsfunktionäre seines Betriebes verfolgten ihn mit Argwohn. Die ließen ihn in einem täglichen Spießrutenlaufen spüren, was es bedeutete, der Vater *von so einem* zu sein. Von einem, der seinen Staat, seine Heimat, verlassen wollte. Da lag es doch nahe, den Eltern eine Mitschuld zu unterstellen. „Genosse Reimers" hatte Franz Voigt, der Gewerkschaftssekretär, im näselnden Parteijargon angesetzt, bis ihm unmittelbar darauf einfiel, dass der Angesprochene ja nicht einmal Mitglied der Partei war. Typisch für solche Leute. „Kollege Reimers, es ist höchst bedauerlich, dir vorwerfen zu müssen, dass du bei der Aufgabe, deinen Sohn zu einem wertvollen Mitglied der sozialistischen Gesellschaft zu erziehen, versagt hast." Es gab kaum einen Tag, an dem es ihm erspart blieb, sich solche, wie abgelesen klingende, Urteile anzuhören. Bis er es nicht mehr ertrug.

Nach dem Tod ihres Mannes erkrankte auch Martha Reimers. Dennoch versorgte sie sich noch einige Zeit allein in ihrer Wohnung, die ihr nun leer und unwohnlich erschien. Dann, am 9. November 1989, fiel die Berliner Mauer und der Staat, der ihre Familie zerstört hatte, war nur noch ein ausgespienes Stück Geschichte. Aber als sie im Fernsehen so viele glückliche Gesichter sah, Menschen, die sich jubelnd in den Armen lagen, die nach den Jahren der Trennung endlich wieder vereint waren, packte sie eine unbeschreibliche Verzweiflung. Diese Wende kam für sie zu spät. Hätte es ihr Mathias doch nur noch etwas länger ausgehalten.

Irgendwann schaffte sie es nicht mehr, ohne fremde Hilfe ihren Alltag zu bewältigen. Da hatte ihr Arzt die Initiative ergriffen und ihr zu einem Platz im Alten- und Pflegeheim verholfen. Hier verbrachte sie nun ihre weitgehend von Grübeleien bestimmten Tage. Und nachts, wenn sie die Trauer über ihre verlorene Familie besonders heftig heimsuchte, fand sie nur selten Schlaf. Doch es gab auch Nächte, in denen ein kleines Fünkchen Hoffnung die Dunkelheit erhellte. In solchen Augenblicken glaubte sie sogar, noch einen Sinn darin zu erkennen, warum sie weiterhin am Leben war. Vielleicht, dachte sie dann, meinte es das Schicksal doch noch einmal gut mit ihr. Und wenn es sich besonders gnädig zeigte, dann durfte sie am Ende ihrer Tage noch erleben, dass ihren Lieben auf irgendeine Weise Gerechtigkeit widerfuhr. Es gab nichts, was sie sich sehnlicher wünschte.

7

„Worauf wollen wir anstoßen? Auf Ihre anstehende Wiederwahl?"

„Nun mal sachte, Steffens. Wie heißt es so schön? Erstens kommt es anders und zweitens als man denkt. So verkalkt bin ich noch lange nicht, um nicht mitzubekommen, dass mich viele in der Partei inzwischen für ein vorsintflutliches Monstrum halten. Für die bin ich nur noch einer dieser starrsinnigen Alten, die wie Pattex an ihren Posten kleben und den nachdrängenden jungen Leuten den Weg verbauen. Dieses Lamento habe ich mir in den letzten Monaten so häufig anhören müssen, dass es mir schon zu den Ohren raushängt. Die einen formulieren das ein bisschen verbrämter, wie beispielsweise Stern. Als Jurist versteht sich der Mann auf nichtjustiziable Unverschämtheiten. Andere hauen da schon kräftiger auf die Pauke, wie Dettmers. Aber glauben Sie mir, dass ich die Brocken nicht schon längst hingeschmissen habe, hat andere Gründe. Und was die Wahlen im Ortsverband betrifft, werden sich noch einige verblüfft die Augen reiben."

Überrascht war Rainer Steffens allerdings bereits heute gewesen, als ihn der *Alte Fritz* nach dem Ende der Versammlung noch auf ein Bier einlud. Natürlich stand diese Versammlung schon unverkennbar unter dem Vorzeichen der nächsten, der entscheidenden Sitzung des Ortsverbandes, die in vier Wochen an gleicher Stelle mit der Neuwahl des Vorstandes über die Bühne ging. Jetzt saßen sie sich, etwas separiert von ein paar weiteren Mitgliedern, die ebenfalls noch auf einen Absacker geblieben waren, an einem Ecktisch im Schankraum gegenüber. Wie immer erhofften sich die Wirtsleute Heinz und Elli auch an diesem Abend ein lohnendes Anschlussgeschäft, denn während ihre Parteifreunde hinten im Gesellschaftszimmer tagten, ließen deren Bestellungen doch sehr zu wünschen übrig.

Nur gut, dachte Steffens, während er seinem Gesprächspartner zutrank, dass offenbar nur ihm dieser kurze prüfende Blick Teschners aufgefallen war, der sie beim Verlassen des Hinterzimmers wie zufällig gestreift hatte. Teschner musste die beinahe überfallartige Einladung Schneiders an ihn im Vorbeigehen noch aufgeschnappt haben und würde sich jetzt garantiert den Kopf zerbrechen, ob er diesem Umstand eine tiefere Bedeutung beimessen sollte. Eine Frage, die er bis zu diesem Moment mit ihm teilte.

„Sie kennen doch Ihren Spitznamen. Der ist fast so ehrenvoll wie eine Verdienstmedaille. Wer sich mit dem Titel *Alter Fritz* schmücken darf, der muss sich keine allzu großen Sorgen machen, dass ihm der Respekt so bald abhandenkommt."

„Ach Gott, Respekt. Das ist auch eine dieser überschätzten

Kategorien, mit denen es in Wahrheit nicht weit her ist. Die meisten Respektbezeugungen sind doch eher einer seit grauer Vorzeit eingeübten Etikette geschuldet. Wenn die heute überhaupt noch eine Rolle spielen, dann gelten sie im Zweifel mehr der Funktion als der Person."

„Helfen sie mir, das eine vom anderen zu trennen."

„Mag sein, dass es oft so aussieht, als hinge beides zusammen. Dabei liegt der Unterschied schon darin, dass Ämter in der Regel ihre Inhaber überdauern. Im Übrigen verpflichtet der Respekt gegenüber einem Amt niemand, den jeweiligen Amtsinhaber auch zu mögen. Womit sich der Respekt häufig nur als eine unvermeidliche Pflichtübung erweist, während sich die Wertschätzung nicht einfordern lässt. Und, von Ausnahmen abgesehen, schlägt sich die Sympathie häufiger auf die Seite der Nachdrängenden, wenngleich am Anfang meist noch verdeckt. Immerhin bleibt auch ein Gefühl heimlicher Bewunderung von den Herausforderern nicht unbemerkt und verschafft ihnen zusätzlichen Auftrieb. Mit der Folge, dass einem bedrängten Amtsinhaber schon mal die Nerven durchgehen. Wenn der dann entmutigt seinen Rückzug ankündigt, wird er automatisch zur lahmen Ente, wie es die Amerikaner so treffend ausdrücken. Der verliert mit seinem Einfluss auch rasch sein Ansehen. Da bestätigt es nur seine Geringschätzung, wenn ihm nach seiner Kapitulation von allen Seiten wortreich Respekt bezeugt wird. Womit wir wieder beim Ausgangspunkt wären: Wer für den Rest seiner Amtszeit zum bloßen Platzhalter degradiert wird, für den ist auch der schmückendste Titel keinen Pfifferling mehr wert."

"Aber dem bleibt doch mindestens noch der Respekt vor erbrachten Leistungen."

"Was auch nichts weiter ist als eine schöne Mär. Vor ewigen Zeiten war es in einigen Betrieben mal Usus, Mitarbeitern anlässlich langjähriger Dienstjubiläen als Zeichen der Hochachtung eine goldene Uhr in die Hand zu drücken. Heute erfüllt eine Dankurkunde, manchmal sogar auf feinem Büttenpapier, nebst Blumenstrauß und Händedruck des Chefs den gleichen Zweck. Mit der darf der in die Jahre gekommene Empfänger dann Lob und Anerkennung mit nach Hause tragen. Ein vordruckmäßiges Zeugnis standardisierter Freundlichkeiten, bei dem nur schlichtere Gemüter nicht erkennen, was da ungeschrieben zwischen den Zeilen steht: die Erwartung, den Platz endlich für Jüngere zu räumen.

Schon während der Regentschaft von Friedrich dem Großen, dem wirklichen *Alten Fritz*, haben sich bestimmt etliche seiner Hofschranzen zugeflüstert, dass es besser wäre, der alte Mann ginge nur noch mit seinen Windhunden im Park von Sanssouci spazieren. Und als Bismarck zurücktrat, Sie kennen diese legendäre Karikatur des Lotsen, der von Bord geht, da dürften sich ebenfalls einige vermeintlich getreue Parteigänger die Hände gerieben haben. So viel zum Thema Respekt. Was den Punkt betrifft, mache ich mir nichts vor. Aber entschuldigen Sie diese letzten, im Vergleich zu mir, unangemessenen Beispiele. Die fielen mir nur gerade ein."

„Ich glaube, Sie sehen zu schwarz. Es gibt sicherlich triftige Gründe, warum Sie sich so lange in Ihrem Amt behaupten konnten. Die können doch nicht plötzlich alle vergessen sein. Außerdem geht mir dieser alberne Jugendkult, den uns eine bescheuerte Mode gerade mal wieder aufdrängen will, zunehmend auf den Senkel. Wobei ich zu meiner Schande gestehen muss, dass ich möglicherweise auch ein bisschen neidisch darauf reagiere, weil ich meiner eigenen Sturm- und Drangperiode schon seit geraumer Zeit entwachsen bin."

Während er diese nicht ohne Bedauern getroffene Feststellung mit einem kräftigen Schluck herunterspülte, fiel ihm ein, dass Teschner seinen letzten Satz zweifellos mit der ihm eigenen Strenge kommentiert hätte. So kritisch, wie der seinen Lebenswandel beurteilte, hätte er ihm jetzt postwendend dazwischengefunkt, dass er doch ständig den aussichtslosen Versuch unternehme, den unumkehrbaren Prozess des Alterns mit Hilfe deutlich jüngerer Geliebter aufzuhalten. Dagegen erwies sich Schneider als ein angenehm zurückhaltender Zuhörer.

„Mancher Halbfertige möchte uns glauben machen, diese offensiv zur Schau gestellte Jugendlichkeit wäre bereits ein Wert in sich. Aber nachdem es den ersten Schnellstartern aus der sogenannten Enkelgeneration gelungen ist, sich in die höheren Etagen unserer Partei vorzukämpfen, macht sich schon wieder Ernüchterung breit. Auf einmal bemerken sogar einige, denen es mit der Erneuerung nicht schnell genug gehen konnte, was sie mit den knorrigen Alten verloren haben. Wobei ich bei den Worten *unsere Partei* etwas zögere. Dafür ist meine Mitgliedschaft noch zu frisch. Was ich eigentlich sagen will, ist, dass der Generationenwechsel der Partei bisher nicht sonderlich gut zu bekommen scheint. Das ist eben die Krux mit dieser streberhaften Aufsteigermentalität. Wenn die eigenen Ansprüche größer sind als die Bereitschaft, sich nach altmodischem Ritus in den Dienst einer Sache zu stellen, verkommt das Ganze zur eitlen Selbstinszenierung. Für die unverbrauchten neuen Ideen, für die sich die jungen Nachrücker in ihre Ämter haben wählen lassen, bleibt ihnen auch wenig Zeit. Die geht schon dafür drauf, ihre mit den Hufen scharrenden Altersgenossen in Schach zu halten. Mit der Hoffnung, zum Schluss als der alles überstrahlende Sieger übrig zu bleiben. Können Sie mir verraten, was daran neu sein soll? Solche Ellenbogenrempeleien gibt es schon so lange, wie Menschen diese Welt bevölkern."

Einen kurzen Moment kam Rainer Steffens bei dieser Aussage ins Stocken. Es irritierte ihn, wie spontan ihm sein Plädoyer *für die Sache* über die Lippen gekommen war. Wer hätte dabei vermutet, dass er in diesem Augenblick auch an sich selbst und an Teschner dachte. Mit Ausnahme der jugendlichen Rigorosität aber auch Unbekümmertheit, mit der sie nicht mehr aufwarten konnten, hätten sie ebenfalls als lebende Beweise dafür dienen können, dass die Motive, sich politisch

76

zu engagieren, nur selten höheren Ansprüchen genügten. Er konnte nur hoffen, dass ihre *Aktion fünfzig* auch weiterhin ein gutgehütetes Geheimnis blieb.

Ihm fiel auf, dass der *Alte Fritz* jetzt zufrieden schmunzelte. Gleichzeitig wirkte er auf eine bestimmte Weise erleichtert. Tatsächlich fühlte sich Friedrich Schneider seit ein paar Minuten bestätigt, auf eine richtige Entscheidung zuzusteuern. Es war lange her, dass ihm sein Bauchgefühl das letzte Mal so zuverlässig signalisiert hatte, mit einem Parteifreund zu sprechen, der, abgesehen von Glombig, diese Anrede auch verdiente. Alles, was er gerade gehört hatte, hätten auch seine Worte sein können. Aber wenn er das zum Thema gemacht hätte, wäre sein Ruf als grantelnder Alter bei seinen sich formierenden Gegnern nur noch verstärkt worden. Wer auf Seiten der Modernisierer stand, der reklamierte für sich, den Erfordernissen der Zukunft gerechter zu werden als jemand, der Hoffnungen und Erwartungen mit seinen Warnungen vor Fehlentwicklungen den Zauber nahm. Was wogen für diese Vertreter des Fortschritts schon Erfahrungen im Vergleich zu Versprechungen?

„Es tut gut, zur Abwechslung mal wieder zu erleben, dass meine Ansichten noch nicht völlig ausgestorben sind. Auch wenn es häufig danach aussieht."

"Das sind Momentaufnahmen, wie gesagt Modeerscheinungen, nichts weiter. Sie werden sich von dieser Stimmungsmache doch nicht kirremachen lassen?"

"Bestimmt nicht. Dass mich einige bei der kommenden Wahl loswerden wollen, damit komme ich zurecht. Schon, weil ich mich nicht der Tatsache verschließe, dass es das Los der Alten ist, ihren Platz für die Nachgewachsenen zu räumen. Wer klug ist, sollte dieses Naturgesetz akzeptieren. Sie können mir das abnehmen oder nicht, aber ich habe wirklich kein Problem mit dem Aufhören. Ich hasse es nur, von ein paar jungen Spunden im Windschatten Sterns, die selbst noch nichts vorzuweisen haben, mit klugscheißerischer Besserwisserei heruntergeputzt zu werden. Es sei denn, es wäre schon eine Leistung, sich die Eierschalen abzustreifen, aus denen sie erst kürzlich gekrochen sind."

„So richtig abgeklärt klingt das aber auch nicht."

„Zum Glück. Solange ich mich noch aufregen kann, solange habe ich auch noch die Kraft, mich zu wehren. Niemand hat das Recht, mich wie nutzlos gewordenen Ballast auf die Müllkippe politischen Abfalls zu werfen. Schon gar nicht diese Hanseln von der Parteijugend, die in Stern offenbar ihren neuen Messias sehen und die mich mit ihren höhnischen Witzeleien überziehen. Sollen sie mich bekämpfen, bitteschön, aber wer glaubt, mich auf diese Weise mürbe zu klopfen, der unterschätzt mein Beharrungsvermögen. Auch in Sachen Sturheit kann ich durchaus noch einen Zacken zulegen."

„Daraus kann doch nur folgern, dass Sie den Anstiftern dieses Zwergenaufstandes unmissverständlich zeigen sollten, dass Sie das Heft nicht so schnell aus der Hand geben. Falls Sie noch einen Ausputzer suchen, können Sie auf mich zählen."

Zum zweiten Mal an diesem Abend hatte Steffens vergessen, welche Aufgabenverteilung er mit Teschner ausgetrudelt hatte. Die Person, der die Rolle des Herausforderers wegen eines dummen Würfelspiels zugefallen war, saß Schneider jetzt genau gegenüber. Nie zuvor, seitdem Teschner und er zu ihrer karrieremäßigen Aufholjagd gestartet waren, hatte er sich so mies gefühlt. So fühlte es sich an, Vertrauen zu missbrauchen. Das hatte Schneider nicht verdient. Natürlich würde er Teschner auch weiterhin den Rücken freihalten. Aber gleichzeitig musste er ihm erklären, warum er seinen Teil der Abmachung aufkündigte. Seit diesem Gespräch war er fest entschlossen, nicht gegen den *Alten Fritz* anzutreten. Vielleicht passte der mit seiner fast schon naiven menschlichen Anständigkeit wirklich nicht mehr in diese Zeit. So wie auch andere nicht mehr gefragt waren, die unbeirrt an ihren, aus der Zeit gefallenen, Prinzipien festhielten. Ihm, Steffens, reichte das als Grund, Schneider nicht zu verraten. Nur der Gedanke an Teschner machte ihm zu schaffen. Ausgerechnet er, der seinen *Aktion fünfzig*-Partner förmlich beknien musste, um ihm die Idee eines Neubeginns schmackhaft zu machen, wollte jetzt wegen eigener Skrupel aussteigen und Schneider im Amt halten. Aber er war sicher, dass Teschner ihn schon irgendwie verstand. Nur gut, dass der *Alte Fritz* nichts von dem Konflikt ahnte, den er während ihres Gesprächs mit sich austrug.

„Danke, dass Sie mir helfen wollen. Darauf komme ich gerne auf eine andere Weise zurück. Lassen Sie uns darüber gleich anschließend noch ausführlicher sprechen. Ist Ihnen auch schon mal aufgefallen, dass besonders in unserem Land immer alles so maßlos übertrieben wird? Ständig wird irgendein Popanz künstlich aufgeblasen oder für irgendetwas ein Sündenbock gesucht. Dabei erinnert mich der von einigen Scharfmachern geschürte Generationenkonflikt, frei nach dem Motto *die Alten leben auf Kosten der Jungen,* doch sehr an die in ihrer schlimmsten Form inzwischen überwundenen Verirrungen des Feminismus. In dessen Hochzeit wurden wir Männer von ein paar durchgeknallten Vertreterinnen des Geschlechterkampfes unisono als potenzielle Vergewaltiger diffamiert, denen nachts am besten der Ausgang verboten werden sollte. Womit zu beweisen wäre, dass ein im Grundsatz vernünftiges Anliegen rasch zum Schwachsinn mutiert, wenn es zündelnden Aufwieglern gelingt, es zu ihrem Thema zu machen. Mögen deren Thesen auch noch so abartig sein, bekommen sie doch ihre Bühne, weil sie am lautesten auf den Putz hauen. In der Regel korrigieren sich solche Auswüchse früher oder später auch wieder, je nachdem, wie lange es dauert, bis der gesunde Menschenverstand die Oberhand zurückgewinnt. Aber bis auch die leiseren Töne wieder Gehör finden, haben die Fanatiker schon eine Menge Porzellan zerschlagen."

Je länger Rainer Steffens dem *Alten Fritz* gegenübersaß, desto stärker fühlte er sich dem Veteranen verbunden, der nach dem

Willen von Stern und seinen Anhängern in vier Wochen abge-
wählt werden sollte.

„Jetzt müssen Sie mir aber endlich verraten, ob Sie sich noch
einmal um den Vorsitz bewerben."

„Ich hoffe, das wird nicht nötig sein. Vorausgesetzt, mein
Wunschkandidat für meine Nachfolge gibt mir keinen Korb."

Also wenn das so ist, dachte Steffens, dann noch mal Kommando zurück. Gegen Schneider hätte er nicht kandidiert, aber
wenn der selbst auf eine Wiederwahl verzichtete und stattdessen irgendeinen anderen als seinen Nachfolger vorschlug, war
er wieder im Rennen.

„Meine Güte, Sie machen es aber spannend. Ich vermute, Sie
wollen den Namen Ihres Favoriten noch geheim halten?"

„Keinesfalls. Der Name dürfte Ihnen bekannt vorkommen.
Ich möchte die Geschicke des Ortsverbandes künftig einem gewissen Rainer Steffens anvertrauen."

Jetzt war Steffens wirklich baff. Mit vielem hatte er gerechnet,
nur nicht mit dieser Wendung. Einen Augenblick lang fehlten
ihm sogar die Worte. Ein Novum. Den Tag musste er rot im
Kalender ankreuzen.

„Falls Sie mich auf die Schippe nehmen wollen, finde ich das
nicht komisch."

„Damit mache ich keine Witze. Sie haben hoffentlich verstanden, dass es mir nie allein um das Amt gegangen ist. Was
glauben Sie, wie lange ich schon nach einem geeigneten Nachfolger Ausschau halte. Nur hat sich bisher niemand gefunden,
bei dem ich sicher war, diese Aufgabe in die richtigen Hände
zu legen. Bei Ihnen habe ich keine Bedenken. Sie bringen die
besten Voraussetzungen mit, um die Stafette weiterzutragen."

„Was macht Sie da so sicher? Jeden anderen in der Partei kennen Sie länger und besser als mich."

„Ein weiterer Grund, mich für Sie zu entscheiden. Bei der
Beurteilung von Menschen hat mich mein Gespür bisher nur
selten im Stich gelassen. Ich kann mir sogar vorstellen, dass Sie

selbst schon mit dem Gedanken gespielt haben, an meine Stelle zu treten. Das muss Ihnen nicht peinlich sein. Ehrgeiz an sich ist eine gute Sache, solange er nicht zum Selbstzweck verkommt. Allerdings müssten Sie mir verbindlich zusagen, dass Sie auch antreten, wenn ich Sie als meinen Nachfolger ins Gespräch bringe. Ich traue mir durchaus noch zu, so viele Stimmen zu mobilisieren, dass es für Ihre Wahl reicht. Ihr voraussichtlicher Gegenkandidat Stern ist längst nicht so unbesiegbar, wie er herumtönt. Vielleicht hält er uns auch nur zum Narren und schickt, statt selbst zu kandidieren, irgendeinen Strohmann vor. Bei dem weiß man nie, woran man ist."

„Ich bin dabei. Es wird höchste Zeit, diesem Herrn zu zeigen, dass ihm die Bäume nicht in den Himmel wachsen."

An diesem Abend verabschiedeten sich zwei Männer voneinander, die, wenn auch auf unterschiedliche Weise, mit dem Ergebnis ihrer Unterhaltung hochzufrieden waren. Der *Alte Fritz* genoss das beruhigende Gefühl, dass es ihm in jedem Falle erspart blieb, als möglicher Verlierer aus dem Amt zu scheiden. Rainer Steffens wiederum bewertete es fast schon als vorgezogenen Sieg, dass sich die Dinge noch günstiger entwickelten, als Teschner und er es in ihren kühnsten Vorstellungen für denkbar hielten. Das Beste daran aber war, dass er die Verwirklichung ihres mittels dreier Würfel festgelegten Plans nun nicht einmal mehr mit einem schlechten Gewissen erkaufen musste.

„Na siehst du, jetzt kommt die Sache richtig in Fahrt. Obendrein stimmt sogar die Richtung." Das war auch Teschners erste Reaktion, als Steffens ihn später anrief. Der brannte natürlich darauf zu erfahren, welche Vertraulichkeiten er und der *Alte Fritz* im Anschluss an die Parteiversammlung unter vier Augen zu besprechen hatten.

„Unser Supertaktiker Stern geht unverändert davon aus, dass Schneider es noch mal wissen will. Während du mit dem *Alten Fritz* zusammengesessen hast, hat der noch mal meine Bestätigung eingeholt, dass ich auch wirklich als Gegenkandidat zur

Verfügung stehe. Er hätte mich besser fragen sollen, ob ich auch weiterhin uneingeschränkt bereit bin, ihm dienlich zu sein. Der sieht in mir immer noch den Dummen, der dem künftigen Herrn Abgeordneten den Rücken freizuhalten hat."

"Und was hast du ihm geantwortet?"

"Ich habe ihm selbstverständlich versichert, meinen Teil zur Ablösung von Schneider beizutragen. Der wird ziemlich bedeppert dastehen, wenn ihm ein Licht aufgeht, wie das gemeint war. Ich genieße jetzt schon sein entsetztes Gesicht, nachdem du zum neuen Vorsitzenden gewählt worden bist. Kläglicher könnte bereits der erste Teil seiner Karriereplanung nicht in sich zusammenstürzen. Falls ich dann etwas später für den Wahlkreis nominiert werden sollte, wird Stern endgültig zur komischen oder zur tragischen Figur. Aber im Ergebnis laufen solche Niederlagen ja meist auf beides hinaus."

8

Es war durchaus nicht so ungewöhnlich, dass sogar eingefleischte Berliner, die hier geboren waren und schon eine Ewigkeit in einem der westlichen Stadtteile zwischen Spandau und Zehlendorf lebten, ihren Fuß noch nie in den Bezirk Hellersdorf gesetzt hatten. Und weil von der in weiter Ferne liegenden IGA noch niemand etwas ahnte, sahen sie auch keinen Anlass, einen solchen Besuch demnächst einmal nachzuholen. Zumal jene Minderheit, die es aus besonderen Gründen tatsächlich einmal an die äußerste östliche Peripherie der Stadt verschlagen hatte, nach glücklicher Rückkehr von ihrer Reise *bis kurz vor Warschau* berichtete, dass niemand in den zurückliegenden Mauerzeiten etwas Entscheidendes verpasst hatte, der diese Gegend nur vom Hörensagen kannte. Über die Friedrichstraße, Unter den Linden oder über den Alex war man damals, sofern es während des Passierscheinabkommens nach dem üblichen Hickhack mit einem Ostbesuch geklappt hatte, schon gerne mal flaniert. Sogar die Schönhauser besaß schon ihren speziellen Reiz, als der ehedem ärmliche Prenzlberg-Kiez noch weit davon entfernt war, sich für die später zugezogene Westschickeria so anbiederisch in Schale zu werfen. Aber Hellersdorf? Das tat man sich wirklich nur an, wenn sich die Ost-Berliner Verwandtschaft ausgerechnet dort angesiedelt hatte.

Als die wiedervereinten Bürokraten Berlins bald nach der Wende auf die Idee verfielen, Hellersdorf im Rahmen einer Bezirksreform mit dem angrenzenden Marzahn ebenfalls zu vereinen, verdoppelten sie zugleich die Probleme für den neu entstandenen Doppelbezirk. So erfuhren die Berliner mit Wohnsitz im Westen aus Presse, Funk und Fernsehen, dass das Plattenbaugebiet rund um die Landsberger Allee und Landsberger Chaussee fast schon darauf abonniert zu sein schien, in der aktuellen Hartz IV-Statistik einen der vorderen Ränge zu belegen. Und sie erschraken über Meldungen, dass sich hier, abwechselnd mit Lichtenberg, ein bevorzugtes Aufmarschgebiet der Neonazi-Szene entwickelte.

Wie schnell sich Maßstäbe in ihr Gegenteil verkehrten, mochte mancher hier inzwischen heimisch gewordene Anwohner denken. Vor dem Fall der Mauer empfanden sich die Zugezogenen noch als privilegiert, aus ihren innerstädtischen Mietskasernen mit den vom Krieg verschont gebliebenen lichtlosen Hinterhöfen in einen der neuen Bezirke am Stadtrand überzusiedeln. Freilich profitierte nicht jeder von diesem Vorrecht. Da war es schon förderlich gewesen, sich im betrieblichen Kollektiv durch die gewissenhafte Erfüllung der vorgegebenen Normen auszuzeichnen und auch sonst keinen Zweifel an seiner politischen Zuverlässigkeit aufkommen zu lassen. Wer dagegen den erwarteten persönlichen Beitrag beim Aufbau des Sozialismus sabotierte, zählte selten zu den Auserwählten, die künftig nicht nur über eine moderne Wohnung mit Balkon, Zentralheizung und Nasszelle verfügten, sondern deren Kinder vielleicht sogar studieren durften.

Das alles gehörte zur ausgeschwitzten Vergangenheit dieser Stadt. Im gleichen Umfang, indem sich die einstige Hauptstadt der DDR nach der Wende in der Rolle des aufzupäppelnden armen Verwandten aus dem Osten wiederfand, sank auch das Prestige ihrer ehemaligen Vorzeigesiedlungen am Stadtrand. Der Sturz aus den Höhen allgemeiner Begehrlichkeit in die Niederungen vehementer Ablehnung hätte krasser kaum ausfallen können. Als hippe Kreise im Westen nach der Maueröffnung den morbiden Charme des Ostens für sich entdeckten und den Prenzlberg oder die historische Mitte zu ihrem neuen Domizil wählten, wäre keiner dieser Zuzügler auf den Gedanken gekommen, sich eine Bleibe in Hellersdorf oder Marzahn zu suchen. Während die Gegend rund um den Kollwitzplatz oder den Gendarmenmarkt für die betuchten Neubürger nach und nach aufs Feinste saniert wurde, weil die Anziehungskraft von Verfall und Hässlichkeit nicht lange währte, reduzierte in der Hellersdorfer und Marzahner Platte die Abrissbirne bereits den Bestand an nicht mehr vermietbarem Wohnraum.

Nur wer zu der steigenden Zahl derer gehörte, für die die Mieten in den angesagteren Stadtteilen unerschwinglich geworden waren, oder wer sich im Alter den Strapazen eines Umzugs nicht mehr aussetzen wollte, häufig auch in dieser Kombination, der blieb. Und die Menschen, die hier lebten, hatten längst den Blick für die Tristesse ihres Kiezes verloren. Die menschliche Anpassungsfähigkeit erleichterte es ihnen, eine von staatlich gelenkten Stadtplanern nach dem Diktat von Rotstift und vorgegebenem Einheitsmaß hingeklotzte Betonlandschaft als weniger trostlos zu empfinden, nachdem deren kasernenmäßiges Erscheinungsbild erst einmal zum vertrauten Anblick geworden war. Wer von seiner Heimat sprach, beschrieb damit auch immer ein Stück Gewohnheit. Entsprechend empfindlich reagierten die Hellersdorfer und Marzahner, wenn sich Außenstehende anmaßten, ihr Wohnquartier, mit abwechselnd verdrießlichen oder mitleidigen Kommentaren, schlecht zu reden. So konnte es nicht überraschen, dass die beleidigte Volksseele kochte, als ausgerechnet die in Schöneberg ansässige

Hochschule für Sozialarbeit den Aufstand probte und den ihr erteilten Marschbefehl des Senats an einen neuen Standort in Hellersdorf mit lautem Protestgeschrei quittierte. In dieser Zeit berichteten die regionalen Zeitungen fast täglich darüber, was sich die Hochschulangehörigen alles einfallen ließen, um den Umzug auch dann noch zu verhindern, als über dem neuen Gebäude am Alice-Salomon-Platz bereits der Richtkranz wehte. Die Wessis glauben offenbar, sie seien was Besseres hieß es daraufhin bei den Einwohnern. Eine Steilvorlage für einige Kommunalpolitiker, die ihre DDR-Karrieren unbeschadet überlebt hatten und die ihre empörten Mitbürger flugs in der gewünschten Auffassung bestärkten, dass aus dem Westen selten etwas Gutes kam.

Im Nachhinein erinnerten sich die Beteiligten auf der Hochschulseite nur noch ungern an ihre erbitterte Gegenwehr. Aus heutiger Sicht wirkte das damalige Spektakel eher peinlich. Entsprechend verstimmt reagierte die Hochschulleitung, wenn sie noch vereinzelt auf die dem Umzug vorausgegangenen Querelen angesprochen wurde. Am Ende hatte das alles nur zu einer Rufschädigung geführt, die noch Jahre später nachwirkte. Daher ließen ihre Vertreter auch keine Gelegenheit verstreichen, sich mit vollmundigen Sympathieerklärungen für den zudiktierten Standort von gegenteiligen Äußerungen in früherer Zeit zu distanzieren. Die Nachbarschaft im gegenüberliegenden Rathaus zeigte sich für solches Lob empfänglich, auch wenn diejenigen, die ihre neu entdeckte Wertschätzung für das örtliche Umfeld so beflissen herausstellten, nicht im Traum daran dachten, ihre Wohnquartiere in den westlichen Stadtteilen gegen eine größere private Nähe zu ihrem Dienstsitz einzutauschen. Ohnehin waren viele, die den Umzug von Schöneberg ins entlegene Hellersdorf noch mit der Faust in der Tasche begleiteten, längst ausgeschieden und den neu Hinzugekommenen entlockten die Aufregungen der Vergangenheit allenfalls noch ein verständnisloses Kopfschütteln. Zu denen, die die

Anfänge der Hochschule im Westen nur noch vom Hörensagen kannten, gehörten nun auch Hochschulangehörige und Studierende, die aus ihrer Mitgliedschaft zur PfsG keinen Hehl machten. Die erkannten natürlich den Vorteil, dass ihre Hochschule in einem Bezirk angesiedelt war, der zu den Hochburgen ihrer Partei gehörte.

Einer von ihnen war der Lehrbeauftragte Dr. Gerd Hentschel, der unter der Hand einräumte, in seinem Lehrauftrag einen angenehmen Ausgleich zu seiner kräftezehrenden Haupttätigkeit als parlamentarischer Geschäftsführer der PfsG-Fraktion im Abgeordnetenhaus zu sehen. Er hatte wenige Tage nach Norbert Teschner sein fünfzigstes Lebensjahr vollendet. Aber anders als der ihm bis dahin unbekannte Geburtstagsverächter Teschner hatte er sich an seinem Ehrentag ausgiebig feiern lassen. Wobei ihm solche Festivitäten auch dann nicht erspart geblieben wären, hätte er den um seine Person entfachten Wirbel nicht ohnehin genossen. Die PR-Strategen im Parteiapparat setzten solche Anlässe gerne mit großer Ankündigung und mit akribischem Aufwand in Szene. Und die Medien sprangen dann bereitwillig über das hingehaltene Stöckchen, um die ihnen in Form von Empfängen, Pressekonferenzen und Interviewangeboten zugesagte Belohnung zu kassieren.

Hentschel gehörte zu den zahlenmäßig eher überschaubaren Akteuren der PfsG, die ein über die Parteigrenze hinausreichendes Interesse fanden. Wer wie er als politisches Ausnahmetalent gehandelt wurde, dabei als uneingeschränkt vorzeigbar galt und dem sogar der Ruf eines Sympathieträgers vorauseilte, der durfte sich in seiner Partei mit einigem Recht für unentbehrlich halten. Niemand verstand es so gut wie er, auch dann noch mit allerlei lockeren Sprüchen aufzuwarten, wenn die Schatten der Vergangenheit die Partei und einige unter Erklärungsdruck geratene Genossen wieder mal eingeholt hatten. Wobei er seine durch Umfragen belegte Popularität nicht allein der Virtuosität verdankte, mit der er auf der politischen Bühne

86

den Anwalt der kleinen Leute spielte. Diese Rolle beanspruchten neben ihm, mit mehr oder weniger Erfolg, auch viele seiner Konkurrenten. Jeder, der in der öffentlichen Debatte bestehen wollte, musste es einfach draufhaben, zum richtigen Zeitpunkt die Gerechtigkeitskarte aus dem Ärmel zu ziehen. Nur wer im Verlauf einer Veranstaltung mit wiederholtem Zwischenapplaus bedacht wurde, weil er die Erwartungen seines jeweiligen Publikums nach Inhalt, Form und Sprache erfüllte, durfte auch auf den begehrten Schlussbeifall hoffen. Was Hentschel von den meisten seiner ebenfalls um Empathie bemühten Gegenspieler unterschied war seine ausgeprägte Unterhaltsamkeit. Wenn er um Zustimmung warb, dann tat er das im Gewand eines vor Wortwitz sprühenden Entertainers, der aber auch ohne erkennbaren Bruch von der lauten Seite zu den nachdenklicheren Tönen wechseln konnte. Fand bei den Männern vor allem seine Kumpelhaftigkeit Anklang, verfehlte sein spezieller, durchaus auch erotisch ansprechender, Charme weder auf die weibliche Wählerschaft in seinem Hellersdorfer Wahlkreis noch auf seine Studentinnen in der Hochschule die beabsichtigte Wirkung. So, wie er sich als Politiker gern volksnah gab, vermied er auch im Hochschulbetrieb jede akademische Aufgeblasenheit. Sicherlich einer der Gründe, warum sich seine Lehrveranstaltungen eines regen Zulaufs erfreuten. Und wenn er in seinen Vorlesungen, nicht ungeschickt, die Probleme der gesellschaftlich Abgehängten als Motiv für sein politisches Engagement *im realen Leben* ins Feld führte, konnte er sich der Zustimmung der Studierenden sicher sein.

Gerade in diesen Minuten umringte ihn auf dem Flur vor dem Hörsaal eine chaotisch debattierende Gruppe, die die Lautstärke ihrer Stimmen teilweise bis an die Heiserkeitsgrenze anheben musste. Wer schreit, hat unrecht. So hieß es. Hier jedoch bedurfte es brüllender Zurufe. Nur so gelang es den Diskutanten, sich akustisch gegen ihre Kommilitonen durchzusetzen, die, aus anderen Hörsälen kommend, laut schwatzend an ihnen vorbei in Richtung Mensa strömten. Einige, die jetzt auf ihn einredeten, hatten ihn bereits während seines Seminars in heftige Wortgefechte verwickelt. Weil diese Debatte aus Zeitgründen nicht zum Abschluss gekommen war, wurde sie nun, der fast unerträglichen Geräuschkulisse und des Gedränges auf dem Flur zum Trotz, mit Leidenschaft fortgesetzt. Darüber, dass er mit dieser jugendlichen Unerbittlichkeit in die Mangel genommen wurde, durfte er sich nicht beklagen. Er selbst hatte dafür den Auslöser geliefert, indem er nicht zum ersten Mal von seinem engeren Unterrichtsstoff abgewichen und bei Fragen hängengeblieben war, die sich mit der jüngsten Geschichte beschäftigten. Dieser Zeitabschnitt machte sich für ihn an dem Drei-Buchstaben-Thema DDR fest. Als es mit der DDR zu Ende ging, waren die meisten seiner Studenten noch Kinder oder Jugendliche und hatten allenfalls noch für kurze Zeit das Halstuch der Jungen Pioniere oder das spätere Blauhemd der FDJ getragen. Im Gegensatz zu ihnen war ihm sein Staat bis ins fortgeschrittene Erwachsenenalter erhalten geblieben. Wie sehr er diese Tatsache bis heute als Bekenntnis und Auftrag verstand, ließ er aber lieber nur ansatzweise durchschimmern.

Auch Corinna Lutze, die AStA-Vorsitzende, mochte seine legere Art. Die hübsche Dreiundzwanzigjährige mit der langen blonden Mähne und der knackigen Figur, die sie, bestimmt nicht rein zufällig, mit hautengen Jeans und T-Shirts noch hervorhob, war der Schwarm zahlreicher Kommilitonen. Dass sie ihre Reize so offensiv zur Geltung brachte und in den daraufhin nicht ausbleibenden Annäherungsversuchen nicht sofort eine sexistische Übergriffigkeit sah, die sie auch nicht verbissen, sondern schlagfertig konterte, erklärte wohl am ehesten, warum sie bei der an der Hochschule besonders einflussreichen feministischen Kerntruppe auf ideologische Vorbehalte stieß. Wahrscheinlich blieb sie von deren Aktionismus nur deshalb unbehelligt, weil sie als AStA-Vorsitzende die studentischen Interessen so effizient vertrat, dass ihr gewisse frauenpolitische Defizite nicht nachhaltig schadeten. Corinna Lutze war wie Hentschel Mitglied der PfsG. Durch ihr selbstsicheres Auftreten bei verschiedenen Parteiveranstaltungen war sie dort inzwischen keine Unbekannte mehr und auch mit Hentschel war sie dort schon häufig zusammengetroffen. Aber so locker der sich sonst auch gab, hielt er, im Gegensatz zu dem noch spärlich vorhandenen Restbestand altlinker Professoren mit ihrer Sozialisation in der 68'er Bewegung, die den Studierenden, ob denen das passte oder nicht, gleich bei der ersten Vorlesung wie selbstverständlich das Du aufdrängten, auf freundliche Weise Abstand. Daher sprach ihn Corinna Lutze, obwohl sie sich auf den Parteiversammlungen natürlich duzten, innerhalb der Hochschule betont korrekt mit „Herr Doktor Hentschel" an.

„Sie haben vorhin die sozialen Errungenschaften hervorgehoben, Herr Dr. Hentschel, die mit dem Ende der DDR verloren gingen. Diese Meinung wird häufig vertreten. Ich kann das übrigens verstehen. Andererseits frage ich mich, ob die staatlich geregelte Absicherung breiter Bevölkerungsschichten den Mangel an individuellen Freiheitsrechten aufwiegt."

„Liebe Frau Lutze, Sie sind doch eine intelligente junge Frau. Muss ich Ihnen wirklich erklären, wie unterschiedlich sich der Begriff Freiheit definieren lässt? Das Sein bestimmt das Bewusstsein. Den Satz kennen Sie doch noch? Was glauben Sie, hat der Langzeitarbeitslose, der sich mit vergeblichen Bewerbungen die Finger wund schreibt und beim Einkaufen auf die Sonderangebote vom Billigdiscounter angewiesen ist, von seiner sogenannten individuellen Freiheit, wenn er sich jeden Tag in dieser ach so freiheitlichen Hartz-IV-Gesellschaft an den Rand gedrängt sieht? Der hat die Schnauze voll von einer Freiheit, die ihm gerade noch eine Grundsicherung zubilligt. Ich stecke lange genug in der Materie, um zu wissen, wovon ich rede. Die Menschen, die regelmäßig in meiner Abgeordnetensprechstunde auf der Matte stehen, fühlten sich schon bedeutend freier, wenn sie der näheren Zukunft, für sich und ihre

Familie, angstfreier entgegensehen könnten. Das setzte allerdings voraus, meine Klientel fände nach langer Suche irgendwann doch noch einen einigermaßen vernünftig bezahlten und nicht nur befristeten Arbeitsplatz, brauchte vorerst nicht in eine noch billigere Mietwohnung umzuziehen und müsste den Kindern nicht weiterhin jeden Wunsch abschlagen."

"Ich habe auch nicht bestritten, dass niemand wirklich frei ist, der sich jeden Tag für seine nackte Existenz krummlegen muss und die schmerzhaftesten Zugeständnisse macht, nur um einigermaßen über die Runden zu kommen."

"Alles andere wäre nämlich der Freiheitsbegriff von Leuten, die nie erfahren mussten, wie sich jemand an der Ladenkasse fühlt, der gezwungen ist, jeden Euro dreimal umzudrehen. In materieller Sicherheit lässt es sich gut über alle möglichen bürgerlichen Freiheiten philosophieren. Für viele meiner Wähler sind das alles lebensfremde Theorien, die das Papier nicht wert sind, auf dem sie geschrieben stehen. Und absolut pervers verhält es sich mit dem Freiheitsgefasel einer bestimmten Clique in den Führungsetagen der Wirtschaft. Diese wirklich Mächtigen, die großkotzig darüber befinden, was ihnen ihr Staat schuldet, reduzieren die Forderung nach Selbstbestimmung auf den Anspruch, ihre unternehmerischen Interessen durchzupeitschen. Gewinnoptimierung um jeden Preis, ohne Rücksicht auf Schwächere. Die dürfen dann später auch noch für die Folgen aus deren Versagen aufkommen. Die Inkompetenz und Unmoral der Starken wird honoriert, bei den Schwachen wird gespart. Banken werden gerettet und Geringverdiener gehen Flaschen sammeln. Meine Vorstellung von Freiheit ist das nicht. Und ganz bestimmt auch nicht deine, äh..., Ihre."

"Auf keinen Fall. Aber das beantwortet immer noch nicht meine Frage, warum ein Mehr an sozialer Gerechtigkeit häufig ein Weniger an persönlicher Freiheit bedeutet."

"Erstens bestreite ich diese These. Das habe ich doch eben erklärt. Und zweitens bin ich jetzt wirklich in Eile. In einer halben Stunde beginnt meine nächste Wählersprechstunde für die Stiefkinder dieses neoliberalen Freiheitsbegriffs."

9

„Sagen Sie, Hoffmännchen, wann und wo genau bin ich heute Abend mit dem Hentschel zum Essen verabredet?"

„Moment, ich sehe nach …, das wäre um halb acht im Café Einstein, Unter den Linden."

„Wie bitte? Das glaub' ich jetzt nicht. Da könnte ich mich ja gleich in irgendeiner Fußgängerzone zusammen mit Hentschel öffentlich zur Schau stellen. Wie auf dem Präsentierteller. Völlig bekloppt. Ich will kein Signal zur Unzeit. Über unsere bisherigen fünf Treffen wird schon mehr als genug getratscht. Wem habe ich denn diesen hirnrissigen Einfall zu verdanken?"

„Mit Verlaub, erstens waren es schon sechs Treffen und zweitens war diese Location Ihre Idee. Über den Ort habe ich mich auch gewundert. Aber dann dachte ich, Sie hätten neuerdings ein Faible für die österreichische Küche entwickelt."

„Da bin ich wohl geistig kurz weggetreten. Kein Wunder, bei dem Dauerstress. Man kommt ja kaum noch dazu, einen klaren Gedanken zu fassen. Ausgerechnet im Einstein. Das geht natürlich gar nicht. Zu viele bekannte Gesichter. Dazu Massen von Touristen. Und die Medien sitzen gleich am Nebentisch und protokollieren alles mit. Das müssen wir ändern. Ich will mit Hentschel in Ruhe und vor allem unbeobachtet essen und keine gemeinsame Pressekonferenz abhalten."

„Und was, bitteschön, heißt *wir*?"

„Damit sind selbstverständlich Sie gemeint. Schließlich haben Sie was auszubügeln, weil Sie nicht noch mal nachgefragt haben. Hoffmännchen, Hoffmännchen, was haben Sie sich bloß dabei gedacht, mich so ungeschützt ins Messer laufen zu lassen? Sehen Sie zu, dass Sie Hentschel schnellstens erreichen und richten Sie ihm aus, dass wir die Lokalität wechseln. War sonst noch was? Anrufe, Post?"

„Nichts Aufregendes."

„Prima. Dann kümmern Sie sich jetzt mal um ein etwas diskreteres Etablissement." Damit war seine Sekretärin, die er mit der herausgekehrten Jovialität des Chefs Hoffmännchen nannte, ihrem Organisationsgeschick überlassen, während er sich rasch, um weiteren Nachfragen zu entgehen, aus dem Vorzimmer in sein eigenes Büro verdrückte. Hier schüttelte er dann noch einmal den Kopf über die ihm unterlaufene Gedankenlosigkeit. Menschenskind, bist du etwa schon ein bisschen gaga? Nein, wohl nur ein ärgerlicher Aussetzer. Trotzdem, solche Nachlässigkeiten durfte er sich einfach nicht erlauben.

In Situationen wie dieser wünschte er sich manchmal, er wäre an Hentschels Stelle. Hatten bereits seine vage gehaltenen Avancen in Richtung PfsG in der eigenen Partei für erbitterte Diskussionen gesorgt, musste sein Gesprächspartner des heutigen Abends nicht ständig im Hinterkopf behalten, ihre Kontaktpflege möglichst unauffällig zu betreiben. Allen voran der Landesvorsitzende hatte ihn in den Parteigremien deshalb scharf attackiert. Angenehm war das nicht gewesen, auch wenn ihn Glombigs Protest, die FDSU auf einen gefährlich falschen Weg zu führen, unbeeindruckt ließ. Unter Eingeweihten galt dessen Ablösung als ebenso sicher, wie er als Nachfolger bereits feststand. Spätestens nach dem Wahlparteitag, der über die Spitzenkandidatur für die kommende Wahl zum Abgeordnetenhaus entschied, würde Glombig auch als Vorsitzender seinen Hut nehmen müssen. Dafür war gesorgt. Dennoch konnte eine Portion Zweckpessimismus nicht schaden. Sollte in der verbleibenden Zeit noch etwas schiefgehen, wäre es dumm gewesen, zu früh als voraussichtlicher Sieger aufzutrumpfen. Allein aus diesem Kalkül beurteilte er seine Chancen, wie zuletzt im Gespräch mit Bollhagen, eher zurückhaltend. Tatsächlich aber war der ihm anfangs noch heftig ins Gesicht peitschende Gegenwind schon bald darauf verebbt. Für ihn nichts Neues.

Das war doch immer die gleiche Geschichte. Große Aufregung, kleine Wirkung. Eben einer dieser typischen Stürme im Wasserglas, die man in aller Gelassenheit an sich vorüberziehen lassen konnte. Sobald er erst mal auf Glombigs Stuhl saß und die Partei auf seine Linie eingeschworen hatte, würden es ohnehin nur noch wenige wagen, aus der Reihe zu tanzen. Dafür bürgte allein schon der vorherrschende Hang zum Opportunismus, der zu den verlässlichsten Komponenten in der Partei gehörte. So, wie die Feigheit der einen schon immer den Erfolg der anderen sicherte. Bis dahin befand er es jedoch für klüger, seine Umgebung noch etwas im Ungewissen zu belassen. Zum Glück litt er nicht an der verbalen Inkontinenz früherer Konkurrenten, die er nur deshalb ausgestochen hatte, weil die nicht bis zum passenden Zeitpunkt die Klappe halten konnten.

Dass Leichtgläubigkeit nicht zu Hentschels Schwächen zählte, war ihm bewusst. Der roch natürlich den Braten, als ihm die Bitte übermittelt wurde, sich an einem anderen als dem ursprünglich vereinbarten Ort zu treffen. An Frau Hoffmann lag es jedenfalls nicht, dass er ihre vorgeschobene Begründung erkennbar spöttisch quittierte. Die treue Seele hatte sich redlich bemüht, den Grund für die von ihrem Chef gewünschte Verlegung so überzeugend wie möglich erscheinen zu lassen. Aber Hentschels Schlussfolgerung, dass es der Fraktionsvorsitzende der FDSU offenbar vorzog, sich nicht in so heikler Gesellschaft der allgemeinen Aufmerksamkeit auszusetzen, konnte sie dennoch nicht entkräften.

„Herr Wolters hat mich gebeten, Ihnen wegen eines kurzfristig eingeschobenen Termins in Nikolassee, der ihn bis etwa 19.30 Uhr in Anspruch nimmt, vorzuschlagen, sich anschließend in der Nähe, im Ristorante Firenze, einem vorzüglichen Italiener, zu treffen. Die genaue Adresse habe ich Ihnen bereits gemailt. Da er in Zehlendorf wohnt, würde ihm das den langen Anfahrtsweg in die Innenstadt und die Rückfahrt ersparen. Zudem ließe sich auf diese Weise auch der zeitlich vorgesehene

Rahmen der Besprechung einhalten. Wobei Herr Wolters ausdrücklich die mögliche Unbequemlichkeit bedauert, die für Sie mit dieser Umdisposition verbunden sein könnte."

„Für mich kein Thema, liebe Frau Hoffmann. Bitte richten Sie Ihrem Herrn und Meister aus, er soll sich deshalb keine grauen Haare wachsen lassen. Ich akzeptiere selbstverständlich auch den abgelegensten Winkel der Stadt, sofern es in dem für uns ausgewählten Versteck was Vernünftiges zu essen gibt und unser Gespräch konstruktiv verläuft."

Als Wolters kurz vor acht das nur mäßig besetzte und insoweit von Frau Hoffmann perfekt ausgesuchte Restaurant betrat, wurde er von Hentschel bereits erwartet. Weil der aber in eine Zeitung vertieft war, bemerkte er seine Ankunft erst, nachdem er sich ihm gegenüber mit einem vernehmbaren Ächzen in den Stuhl fallen ließ. „Schön Sie zu sehen, Herr Kollege. Was macht der Kampf für die gerechte Sache?"

„Der läuft hervorragend. Dank der Fehler Ihrer Partei. Sehr aufmerksam, wie viel man sich bei Ihnen einfallen lässt, uns gleich scharenweise neue Wähler und Mitglieder zuzuführen."

„Seien Sie vorsichtig, sonst bringen Sie mich noch auf den Gedanken, für diese bisher uneigennützige Vorleistung künftig eine Kompensation zu verlangen."

„Darf ich fragen, was Ihnen dabei vorschwebt?"

„Sie gestatten, dass ich die Antwort auf später verschiebe? Zuerst muss ich dringend was gegen meinen Hunger tun. Das war wieder mal einer dieser Wahnsinnstage, die Ihnen bestimmt auch nicht fremd sind. Außer unzähliger Tassen Kaffee habe ich seit heute früh nichts mehr im Magen. Wo steckt die Karte? Haben Sie sich schon entschieden?"

„Ich entscheide mich nach Prüfung Ihres Angebots."

„Wie bitte? Ach so, verstehe. Ein knurrender Magen macht wohl auch etwas begriffsstutzig. Aber was bringt Sie bloß zu der Annahme, ich müsste Ihnen schon vorab was anbieten? Noch ist überhaupt nicht sicher, ob unsere Gespräche eine Zukunft haben."

„Sie meinen, ob unsere Parteien nach der Wahl miteinander ins Geschäft kommen. Das wird sich zeigen. Wobei sich wie immer die Frage stellt, wer auf wen stärker angewiesen ist. Also für mich steht die Antwort fest, wer von uns serviert und wem serviert wird. Überlegen Sie sich doch schon mal, wie so ein Sterne-Menü aussehen könnte, mit dem Sie mich in eine geneigte Stimmung versetzen. Aber im Augenblick, da stimme ich Ihnen zu, geht es wirklich nur um die heutige Speisekarte. Ich denke, ich probiere mal, wie die Spaghetti alla carbonara hier schmecken, wenn Sie schon plötzlich einen weiten Bogen um Ihr geliebtes Wiener Schnitzel machen und mich stattdessen zum Italiener schleppen. Und was halten Sie von einer schönen Flasche Barolo zur Beflügelung unserer Ideen?"

„Was den Wein betrifft, einverstanden. Aber zum Essen bestelle ich mir lieber die Lammkoteletts. Wir führen ja noch keine Koalitionsverhandlungen mit dem Zwang zum Kompromiss. Soweit es dazu kommen sollte, werden wir uns ohnehin über andere Knackpunkte streiten."

„Immerhin wäre es interessant zu erfahren, wie Sie sich einen Kompromiss zwischen Spaghetti und Lammkoteletts vorstellen. Das macht mich neugierig auf Ihre Strategie in möglichen künftigen Verhandlungsrunden. Übrigens hätte ich auch nichts dagegen, wenn wir uns bereits heute ein bisschen streiten. Als kleinen Vorgeschmack, auf welches Abenteuer wir uns gegebenenfalls einlassen – oder auch nicht. Aber das schieben wir wohl besser bis nach dem Dessert auf."

Während des Essens wurde *das Politische* dann tatsächlich ausgeklammert, um nach Espresso und Grappa beim restlichen Wein den unterbrochenen Faden wiederaufzunehmen.

„Dann mal Butter bei die Fische, Herr Kollege. Bei unseren ersten Gesprächen sind Sie ja noch wie die Katze um den heißen Brei herumgeschlichen, aber heute sitzen wir hier doch, nebenbei gesagt so schön weit ab vom Schuss, zusammen, weil

Sie hoffen, ich könnte meiner Partei eine Koalition mit Ihrer FDSU schmackhaft machen. So schmeichelhaft Ihre Annahme auch ist, Sie überschätzen meinen Einfluss. Aber auch für den Fall, dass sich für ein solches Bündnis eine positive Grundstimmung erzeugen ließe, sollten Sie wissen, dass wir uns nicht zum Billigtarif einkaufen lassen. Mindestens so viel kann ich Ihnen als, na, nennen wir es mal so, inoffizieller Unterhändler meiner Partei schon verraten."

„Wenn ich Sie unterschätzte, säßen wir heute nicht erneut zusammen. Und weil das nicht unser erstes Gespräch ist, glaube ich, auch Ihre Möglichkeiten inzwischen relativ sicher beurteilen zu können. Mehr noch, ich könnte Sie mir sogar gut als Mitglied meines Senats vorstellen. Wie ich hörte, unterrichten Sie nebenbei als Lehrbeauftragter an einer Hochschule und haben sich dort kürzlich um eine freie Professur beworben. Verständlich, Herr Kollege, so ein schöner Titel schmückt ungemein. Wäre da nicht das Wissenschaftsressort eine reizvolle Aufgabe für Sie? Rein theoretisch natürlich."

„Rein theoretisch könnte mich vieles reizen. Während ich ganz praktisch leider feststellen muss, dass Sie mir nicht richtig zugehört haben. Ich dachte, ich hätte deutlich genug darauf hingewiesen, dass wir uns nicht so billig machen. Was soll diese Einkaufsmasche? Die ist so plump, dass ich darin fast schon einen Frontalangriff auf meine Intelligenz sehen muss. So ein schlechter Stil entspricht doch sonst nicht Ihrer Art. Aber geschenkt. Sie können sich sogar den an dieser Stelle fälligen Aufschrei der Empörung sparen, dass Sie das nicht so gemeint haben. Schon, weil uns hier niemand zuhört. Natürlich haben Sie das so gemeint. So und nicht anders. Übrigens Kompliment für Ihre Frau Hoffmann. Ich vermute, wir haben es ihrer Findigkeit zu verdanken, dass unser Treffen so *jwd* stattfindet."

„Ich werde es ausrichten. Was auch immer Sie damit sagen wollen."

„Gut, dann noch mal im Klartext, was ich von Ihrem

Einstiegsangebot halte. Damit keine weiteren Missverständnisse zwischen uns aufkommen. Es stimmt, attraktive Pöstchen fördern das Prestige. Ich könnte jetzt seitenweise Leute aufzählen, die für die Befriedigung ihrer persönlichen Eitelkeiten bedenkenlos ihre Gesinnung verkaufen. Soweit sie die nicht schon früher meistbietend verhökert haben. Aber nicht jeder prostituiert sich für seine Karriere. Es gibt auch noch einige Leute, die ein Amt anstreben, weil es ihnen um Inhalte geht. Die wollen mitgestalten und etwas voranbringen. Aber um jeden weiteren Irrtum auszuschließen: Ich spreche hier nicht für mich, obwohl ich das durchaus auf mich beziehen könnte. Ich erwarte konkrete Angebote für meine Partei. Dabei geht es um nicht mehr und nicht weniger als um die gleichberechtigte Teilhabe an der Macht. Wenn wir mitregieren, dann nur auf Augenhöhe. Eine gemeinsame Regierungspolitik erschöpft sich nicht darin, sich bestimmte Ressorts zuzuschanzen. Richten Sie sich besser schon auf einige Forderungen meiner Partei ein, die Ihnen nicht so gut schmecken wie Ihr heutiges Essen."

„Und die wären?"

„Die Einzelheiten werden Sie erfahren, soweit es zu solchen Gesprächen kommt. Denn ehe wir uns mit Ihren Vertretern, eventuell, an den Verhandlungstisch setzen, müssen einige Grundvoraussetzungen erfüllt sein. Bringen Sie endlich die Quertreiber in Ihrer Partei zur Räson, die sich durch Hetzkampagnen gegen meine Genossen hervortun. Oder glauben Sie, wir treten in eine Regierung ein, in der der andere Partner Teile unserer Mitgliedschaft nur deshalb stigmatisiert, weil die in der DDR, in welcher Funktion auch immer, ihre gesellschaftliche Pflicht erfüllt haben? Sie verstehen, was ich meine?"

„So, wie Sie fragen, ist das mehr als klar. Sie wissen, wie wenig ich davon halte, die alten Geschichten unnötig wieder aufzuwärmen. Aber falls Ihnen eine Generalabsolution für ehemalige Stasi-Leute oder für Grenzwächter, die auf Flüchtende geschossen haben, vorschwebt, müsste ich in meiner Partei mit erheblichen Widerständen rechnen."

„Das, verehrter Herr Kollege, wäre dann Ihr Problem. Allerdings nehme ich an, dass Sie auch weiterhin daran interessiert sind, an der Spitze des nächsten Senats zu stehen. Es liegt also bei Ihnen, sich eine akzeptable Lösung für diese Schlüsselfrage einfallen zu lassen. Mit der Diskriminierung und Ausgrenzung von Menschen, die ihrem früheren Staat aus Überzeugung gedient haben, muss jedenfalls ein für alle Mal Schluss sein."

"Festsitzende Feindbilder lösen sich nicht über Nacht in Wohlgefallen auf. So ein Umdenken funktioniert weder auf Knopfdruck noch par ordre du mufti. Außerdem sagte ich bereits, dass ich meine, Sie inzwischen ein bisschen besser zu kennen. Vermutlich wollen Sie mir damit nicht nur eine allgemeine Forderung näherbringen."

"Korrekt. Ich denke in diesem Zusammenhang an einen Wahlkreisbewerber meiner Partei, der nach Ihrem Westverständnis vielleicht keinen ganz lupenreinen Lebenslauf vorzuweisen hat. Aber auch in diesem Fall gilt, was wir zur Vorbedingung einer möglichen Zusammenarbeit machen: Entweder Sie verzichten auf die Anfeindung einzelner Mitglieder der PfsG oder wir werden uns nach den Wahlen gemeinsam in der Opposition wiederfinden."

„Verdammt noch mal, Hentschel, wissen Sie, worauf ich mich da einlasse? Wenn das bekannt wird, kann ich mir die Spitzenkandidatur abschminken. Zwar wäre die Mehrheit in meinem Haufen inzwischen zähneknirschend bereit, meinen Kurswechsel mitzumachen, sofern das der einzige Weg ist, die Führung im Senat zu übernehmen. Aber sobald in dem Zusammenhang das Kürzel Stasi auftaucht, bekommen sogar die nüchternsten Pragmatiker Muffensausen. Dabei pokern Sie nach meinem Empfinden viel zu hoch. Seien Sie ehrlich Hentschel, wenigstens unter uns, Sie wollen doch auch regieren. Also macht es doch Sinn, dass wir uns auf eine in beide

Richtungen vertretbare Lösung verständigen."

„Das klingt schon mal nach einem vernünftigen Ansatz. Wie wär's für den Anfang mit einer griffigen Sprachregelung? Sobald die Diktion stimmt, findet sich alles Weitere meist von selbst. Ich dachte an etwas in der Art: Die Gestaltung der Zukunft ist produktiver als ein unversöhnlicher Blick zurück. Oder einen Tick kürzer: Wer in der Vergangenheit lebt, verspielt die Zukunft."

„Astrein, Herr Kollege. Die Sprüche könnten von mir stammen. Nur liegen die Dinge hier leider etwas komplizierter, als dass sich die Schwierigkeiten allein mit ein paar einprägsamen Formeln aus der Welt schaffen ließen. Sobald die Belastung einzelner Abgeordneter einer Regierungsfraktion publik wird, ist die Schlammschlacht mit allen voraussehbaren Konsequenzen vorprogrammiert. Da hilft es wenig, dass ich mir zutraue, die Kritiker im eigenen Laden, denen die ganze Richtung stinkt, zum Stillhalten zu verdonnern. Spätestens, wenn ich den Parteivorsitz übernommen habe, wird von denen nicht mehr viel zu hören sein. Aber damit sind meine speziellen Freunde in den Medien noch nicht entschärft. Einige lauern doch nur darauf, mir bei erstbester Gelegenheit eins auszuwischen. Verraten Sie mir, wie wir diesen Knoten auflösen?"

„Was heißt *wir*? Wenn Sie die Koalition wirklich wollen, sind Sie am Zuge. Sorgen Sie für ein Klima, das neue politische Sichtweisen zulässt. Spannen Sie Ihren Apparat ein. Mit einer geschickten PR-Berieselung sollte es keine unlösbare Aufgabe sein, auch eingefahrene Denkmuster aufzuweichen. Aber wem sage ich das?"

"Natürlich lassen sich Meinungen beeinflussen. Aber auch ein Stimmungsumschwung braucht seinen Vorlauf."

"Dann schlage ich vor, Sie verlieren keine Zeit. Wie wär's vorab schon mal mit einer vertrauensbildenden Maßnahme?

Als Geste des guten Willens."

„Die nach Ihrer Ansicht wie aussehen sollte?"

„Ringen Sie Ihrer Partei endlich das Zugeständnis ab, die DDR vielschichtiger zu sehen und zu beurteilen als sie bisher dargestellt wird. Wenn sich erst mal die Auffassung durchsetzt, dass das nicht der Unrechtsstaat war, als der er von den Hardlinern auf Ihrer Seite bis heute beschimpft wird, wäre schon viel gewonnen. Lohnende Perspektiven sind wichtiger als verengte Geschichtsbilder. Zumal das blinde Vertrauen in die Selbstregulierungskräfte des Marktes inzwischen sogar bei einigen besonders militanten Verächtern jeder Form von Sozialismus einer realistischeren Betrachtung gewichen ist. Ein erfreuliches Zeichen, dass wir mit unserer Kapitalismuskritik plötzlich hoffähig werden. Vielleicht findet der eine oder andere unter diesen Desillusionierten rückblickend noch ein paar weitere gute Ansätze in der gesellschaftlichen Verfassung der DDR, auch wenn uns daraus nicht gleich ein Geistesverwandter erwächst. Diese günstige Ausgangslage sollten Sie nutzen. Umgekehrt wären wir mit Rücksicht auf Ihre Stammwählerschaft bereit, gewisse fehlerhafte Entwicklungen in unserem ehemaligen Staat einzuräumen."

Wolters straffte den Oberkörper und ließ einen Schwall aufgestauter Atemluft entweichen. Nur gut, dachte er, dass es vom Inhalt dieses Gesprächs kein schriftliches Protokoll gab.

10

Der für den kommenden Dienstag „bei Heinz und Elli" angesetzte Termin für die Vorstandswahlen im Ortsverband Mariendorf der FDSU warf seine Schatten voraus. Wenn auch unter dem üblichen Gegrummel war es dem *Alten Fritz* ohne nennenswerte Widerstände gelungen, seine Anhänger in handverlesenen Einzelgesprächen auf Steffens als seinen Nachfolger einzuschwören. Dagegen erwies sich Sterns Überzeugungsarbeit innerhalb seiner Gruppe als erheblich komplizierter.

Olav Stern sah sich in seiner Sorge bestätigt, dass Dettmers auf der Liste seiner Gegner fortan einen der vorderen Plätze belegte. Der hatte ihm, total auf Krawall gepolt, jede weitere Zusammenarbeit aufgekündigt, nachdem die eingeforderte Zusage ausgeblieben war, ihm den stellvertretenden Vorsitz anzutragen. Dass diese Zurückweisung Ärger auslöste, war vorhersehbar gewesen. Allerdings hatte er das Maß der erwarteten Verbitterung unterschätzt. Dettmers mochte in seinem Wesen etwas einfach gestrickt sein, so unbedarft war er jedenfalls nicht, um seine ausweichenden Reaktionen falsch zu verstehen. Und auf seine Weise zu beantworten. Warum hatte er sich nicht mehr Mühe gegeben, den maßlos enttäuschten Mann wenigstens mit einigen netten Floskeln abzuservieren, die ihn immerhin noch auf spätere Chancen hoffen ließen? In ähnlichen Fällen hatten ihm seine rhetorischen Taschenspielertricks doch auch für eine Weile Ruhe verschafft.

Somit gehörte Dettmers auch nicht zum Kreis der Eingeladenen, den er eine Woche vor der Wahl des neuen Vorstandes in seiner Kanzlei zusammengetrommelt hatte. Dabei gab es ihm schon zu denken, dass sein informeller Gesprächskreis seit der letzten Zusammenkunft erheblich geschrumpft war. Dass viele dem Treffen ferngeblieben waren, ließ nur den Schluss zu, dass die Kaltstellung Dettmers auf keine ungeteilte Zustimmung stieß. Ein Grund mehr für ihn, seinen sträflich laxen Umgang mit dieser Personalie zu bereuen. Solche Fehleinschätzungen konnten seine Karriere, noch ehe sie richtig Fahrt aufnahm, bereits wieder bremsen.

Erstmals, seitdem Teschner ihn kannte, ließ Stern an diesem Abend seine gewohnte Souveränität vermissen. Obwohl er diesen Eindruck mit ein paar eingeflochtenen Lockerungsübungen zu verbergen suchte, gelang es ihm angesichts der reduzierten Unterstützung nur unvollkommen, seine Nervosität abzuschütteln. Umso deutlicher war ihm die Erleichterung anzusehen, als endlich sein Förderer Bollhagen erschien. Lange benötigte Stern allerdings nicht, um sich in den vertrauten Modus der Zuversicht hineinzureden. Und mit zurückgewonnener Trittfestigkeit beschloss er, den Stier gleich bei den Hörnern zu packen. In den nächsten Minuten musste sich erweisen, dass er die Sache wieder voll im Griff hatte.

„Liebe Freunde, bevor wir zur Tagesordnung übergehen, bin ich euch eine Erklärung schuldig, warum ich mich nach reiflicher Überlegung nicht dazu entschließen konnte, eine Kandidatur unseres engagierten Mitstreiters Dettmers für den Vorstand zu unterstützen."

Daraufhin hielt er einen Augenblick lang inne, einerseits, um seine Gäste zum Verzehr der bereitgestellten Häppchen und Getränke zu animieren, andererseits, um die Spannung auf die von ihm angekündigte Begründung noch zu steigern.

„Meine Absage an Roland Dettmers ist mir nicht leichtgefallen, zumal ich seine Verdienste um eine Neuausrichtung des Ortsverbandes dankbar anerkenne. Dennoch bitte ich um eure Bereitschaft, die Angelegenheit objektiv zu betrachten. Dann müsst ihr einräumen, dass es Dettmers eigenwillige Persönlichkeit kaum zugelassen hätte, aus Rücksicht auf übergeordnete gemeinsame Ziele auch einmal von der Unverrückbarkeit seiner Standpunkte abzuweichen."

Dem an dieser Stelle neu aufgekommenen, eher ablehnend zu verstehenden, Gemurmel begegnete er, indem er neben der Lautstärke auch den Tonfall seiner Stimme anhob.

"Diese Unnachgiebigkeit mag man ihm als Ausdruck seiner Charakterstärke anrechnen. Aber wer so argumentiert, den bitte ich zu bedenken, dass wir nach außen ein Bild der Geschlossenheit bieten müssen. Die Wähler sehen in nötigen Auseinandersetzungen leider weniger den klärenden Prozess, sondern nur den damit verbundenen Streit. Jeder weiß, wie sehr ich dafür eintrete, dass in unserer Partei frei und offen diskutiert wird, dennoch dürfen wir diese Tatsache nicht ignorieren. Wenn wir jetzt, ja, ich gebe zu, auch dank unseres Freundes Dettmers, kurz vor dem Ziel einer durchgreifenden Reform

102

unseres Ortsverbandes stehen, darf damit keinesfalls dessen Spaltung in zwei gegnerische Lager festgeschrieben werden. Insoweit, fürchte ich, wäre eine Wahl unseres Freundes Roland Dettmers in den Vorstand das falsche Signal gewesen."

An dieser Stelle besann er sich erneut auf den aufmerksamkeitsfördernden Effekt einer Pause. Zugleich registrierte er mit einem prüfenden Blick in die Runde, dass der appellierende Charakter seiner bewusst in der Wir-Form gehaltenen kleinen Ansprache die gewünschte Wirkung zeigte. Und das bewährte Totschlagsargument der vorrangigen Gemeinschaftsinteressen tat sein Übriges. Niemand setzte sich gern, auch in Kenntnis der Folgen, dem Vorwurf fehlender Solidarität aus. Das machte es ihm leichter, jetzt zum schwierigsten Teil seiner Erklärung überzuleiten.

„Ginge es allein um mich, dann wäre ich, wenn auch mit Bauchschmerzen, vielleicht sogar bereit gewesen, das, sagen wir es mal so, *Risiko Dettmers* auf meine Kappe zu nehmen. Als Vorsitzender hätte ich es als meine Aufgabe angesehen, unser Enfant terrible irgendwie in die Vorstandsarbeit einzubinden. Aber hier geht es eben nicht um mein persönliches Verhältnis zu Dettmers. Oder genauer gesagt, es geht überhaupt nicht um mich. Ich möchte nur dem neuen Vorsitzenden gleich am Anfang eine Zerreißprobe ersparen. Der wäre es nämlich in erster Linie, dem dieses Problem auf die Füße fiele."

Außer einem unterdrückten Hüsteln und dem leisen Zischen einer geöffneten Mineralwasserflasche legte sich von einem Moment zum anderen eine brütende Stille über den Raum. Offenbar mussten die letzten Sätze von seinen um den ovalen Konferenztisch versammelten und ihn jetzt nur ungläubig anstarrenden Besuchern erst noch verarbeitet werden. Aber nachdem dieses Schweigen den von ihm vorgesehenen Zeitrahmen bereits überschritt, fürchtete er schon, dass der Kern seiner Botschaft eventuell nicht richtig verstanden worden war.

„Insoweit bitte ich gleichzeitig um euer Verständnis, dass ich mich schweren Herzens entschlossen habe, auf eine Kandidatur für das Amt des Vorsitzenden zu verzichten."

„Das darf doch alles nicht wahr sein. Wie kannst du uns so hängen lassen?" Benno Broses Aufschrei verriet blankes Entsetzen. Dabei war der doch ursprünglich nur erschienen, um Sterns Verhalten gegenüber Dettmers in der ihm aufgetragenen Weise zu verurteilen. Bis eben wollte er ihn noch mit der Frage provozieren, ob er mit seinem Harmoniegesülze etwa beabsichtige, in die Fußstapfen vom *Alten Fritz* zu treten. Jetzt war er der Erste, der die verwirrende neue Situation nicht einfach so hinnehmen wollte. Nachdem Brose den Anfang gemacht hatte, löste sich nach und nach auch bei den Übrigen der erste Schock in einem lautstarken Protest auf.

„Haben wir uns dafür in den letzten Wochen so aufgerieben, nur, damit du uns jetzt ohne Vorwarnung einen Korb gibst?"

Mit der ihm von allen Seiten entgegenschlagenden Ratlosigkeit hatte Stern gerechnet. Es wäre auch fatal gewesen, hätte seine Ankündigung nur ein müdes Schulterzucken ausgelöst. Natürlich hütete er sich davor, seine Befriedigung über die allem Anschein nach ehrliche Bestürzung durch ein Zeichen der Genugtuung zu verraten. Stattdessen sah die ausgefeilte Regie dieses Abends nunmehr den an dieser Stelle eingeplanten Auftritt Bollhagens vor. Der erhob sich mit einem Seufzen und war nach Kräften bemüht, ebenfalls betroffen zu wirken.

„Ich muss nicht hervorheben, wie sehr auch ich es bedauere, dass Olav Stern nicht mehr als unser Wunschkandidat für den Vorsitz zur Verfügung steht." Während sich der Abgeordnete auf eine angemessen enttäuschte Tonlage einpendelte, begann er mit pedantischer Sorgfalt die Gläser seiner Brille, die er zuvor angehaucht hatte, mit dem unteren Teil seiner Seidenkrawatte zu polieren. Dabei blinzelte er durch den Nebel seiner Kurzsichtigkeit leicht desorientiert in die Runde. Der damit hervorgerufene Eindruck der Hilflosigkeit wiederum erweckte den Anschein, als ringe er aus dem Gefühl der Bestürzung heraus noch um die richtigen Worte.

„Zu alledem kann ich mich von einer Mitverantwortung für seine Entscheidung nicht freisprechen. Wie Sie wissen, beabsichtige ich, mich aus der aktiven Politik zurückzuziehen. Aber bevor ich mich neuen Aufgaben zuwende, wollte ich im Rahmen meiner Möglichkeiten mithelfen, eine optimale Nachfolge für meinen bisherigen Wahlkreis sicherzustellen. Daher habe ich unserem Freund Stern sehr nachdrücklich ans Herz gelegt, bei der kommenden Wahl an meiner Stelle zu kandidieren."

Hatte er dem ersten Aufklärungsbedarf mit seiner Einleitung bereits Genüge getan, senkte er nun, um sich weiterhin einer ungeteilten Aufmerksamkeit zu versichern, seine Stimme einen Moment an den Rand der Unverständlichkeit. Nur, um gleich darauf wieder umso lauter seine vorbereitete Laudatio folgen zu lassen. „Wir alle kennen Sterns bewundernswerte Konsequenz, wenn es um zentrale Fragen der innerparteilichen Demokratie geht. Deshalb musste ich damit rechnen, dass er mir gegenüber noch einmal seine Meinung über die Postensammelwut einiger Leute bekräftigt. Solche Ämterhäufungen, so hat er mich erst mal abblitzen lassen, wären ihm ein Gräuel. Er könne nicht glaubwürdig einen Missstand bei anderen kritisieren und dann, sobald es ihn persönlich betrifft, auf seine eigenen Prinzipien pfeifen. Kurzum, es hat meiner besten Argumente bedurft, ihn bei dieser Güterabwägung davon zu überzeugen, dann doch eher, auch, um unserer Sache damit noch wirkungsvoller zu dienen, ein Abgeordnetenmandat anzustreben. Mit der leider unumgänglichen Folge, diesem Ziel seine Kandidatur für den Ortsverbandsvorsitz zu opfern."

Bollhagen beherrschte seine Mentorenrolle mit Bravour. Das fand nicht nur Stern, dessen Gesichtszüge sich merklich entspannten, sondern auch Bollhagen selbst. Vielleicht, sinnierte der auf einer zweiten gedanklichen Ebene, war es angesichts seiner sehr speziellen Talente doch ein Fehler gewesen, der Politik so frühzeitig den Rücken zu kehren. Aber als er daraufhin im

Hinterkopf seine künftigen Einkünfte, einschließlich der zu erwartenden Boni, überschlug, musste er nicht weiter nach noch stichhaltigeren Gegenargumenten suchen. Sollte sich doch jetzt der politische Nachwuchs seine Lorbeeren verdienen. Damit brachte sich Stern, als hätte er seine Gedanken erraten, nun rasch wieder selbst ins Spiel.

„Also ich weiß natürlich, dass mich niemand von euch für so verantwortungslos gehalten hat, unseren Ortsverband, ja, ich sage bewusst *unseren* Ortsverband, im Stich zu lassen und mich klammheimlich aus dem Staube zu machen."

Dabei bedurfte es nur eines schnellen Blickes auf die mit gesenkten Gesichtern vor ihm hockenden Gestalten, um die Bestätigung zu erhalten, dass ihm diese *Parteifreunde* genau das zugetraut hatten. Nach Bollhagens feurigem Plädoyer zu seinen Gunsten war das personifizierte schlechte Gewissen noch allzu offensichtlich. Der hatte den Versammelten soeben seine beispielhafte Geradlinigkeit im Vergleich zu ihrer beschämenden Kleingläubigkeit um die Ohren gehauen. Die beste Gelegenheit, nach der noch nachwirkenden Gehirnwäsche nun seinerseits eine dezente Selbstbeweihräucherung folgen zu lassen. Dabei musste ihn niemand belehren, dass in einer solchen Situation dem Quantum Eigenwerbung wiederum eine unverzichtbare Dosis Gemeinschaftsgefühl als probates Weichspülmittel beizumischen war.

„Wenn ich mich von Bollhagen breitschlagen ließ, eine Kandidatur fürs Abgeordnetenhaus nicht von vornherein auszuschließen, wird meine verbindliche Entscheidung aber davon abhängen, ob die weitere Entwicklung in Mariendorf zuvor in unserem Sinne geregelt ist. Sollte dieses eng mit dem Ortsverbandsvorsitz verbundene Erfordernis nicht gewährleistet sein, stehe ich zu meinen Zusagen. Das bin ich euch schuldig. Allerdings gibt es einen berechtigten Grund zur Zuversicht, dass wir ab nächsten Dienstag einen Vorsitzenden haben werden, mit dem wir alle vertrauensvoll zusammenarbeiten können."

Teschner nahm an, dass dies für Stern der Aufhänger war, nun seinen Namen wie ein As aus dem Ärmel zu zaubern. Als er sich unmittelbar darauf in seiner Vermutung bestätigt sah, hatte es für den Freund der kurzen Vorreden wieder mal eines ganzen Romans bedurft, um endlich zum Punkt zu kommen.

„Ich habe mir in den letzten Tagen das Hirn zermartert, wen ich euch mit einem rundum guten Gefühl vorschlagen könnte, der an meiner Stelle gegen den *Alten Fritz* antritt. Das sollte jemand sein, der, so wie es meine Absicht war, mit Mut und Entschlossenheit unsere gemeinsamen Ziele in Angriff nimmt. Es hat mich etliche schlaflose Nächte gekostet, bis ich mir endlich sicher war, den Kandidaten gefunden zu haben, der vor allem auf eure Zustimmung stößt. Kurz und gut, ich bin der Ansicht, dass wir unseren Freund Norbert Teschner zum neuen Vorsitzenden wählen sollten. Dass er noch nicht sehr lange Mitglied unserer Partei ist, könnte der eine oder andere als Manko empfinden. Ich sehe darin, angesichts der wenig erfreulichen Verfassung unseres Ortsverbandes, einen klaren Vorteil. Wer eignete sich besser für einen neuen Anfang als ein Parteifreund, der von den Querelen der Vergangenheit nicht belastet ist?"

Teschner bemerkte daraufhin zahlreiche zweifelnde Gesichter, wobei Stern aber ein etwa gleichstarkes Nicken beinahe handstreichartig zum Anlass nahm, den Anwesenden für die erfreulich deutliche Unterstützung seines Vorschlages zu danken. „Ich habe nichts anderes von euch erwartet."

Damit war er, Norbert Teschner, von Stern als neuer Kandidat der Gruppe Stern für den Vorsitz der Mariendorfer FDSU aufs Schild gehoben worden. Deren jetzt wieder uneingeschränkt akzeptierter Namensgeber, der seine Freude über den gelungenen Coup wie ein ausgebuffter Pokerspieler sogar noch nach gewonnenem Spiel verbarg, bat ihn daraufhin, der Form halber, noch einmal um seine Bereitschaft, die Partei ab

107

nächsten Dienstag *zu neuen Ufern* zu führen. Der feierliche Duktus, in den diese Bitte eingebettet war, ließ sogar ihn nicht völlig unbeeindruckt. Ungeachtet der Kenntnis um die wahren Motive Sterns und des exklusiven eigenen Wissens, dass die ihm heute angetragene Kandidatur eine reine Fiktion bleiben würde, raffte er sich sogar zu einer von Applaus begleiteten kleinen Rede auf.

„Liebe Freunde. Olav Stern hat das Ziel bereits benannt. Jetzt gilt es, einen neuen Anfang zu wagen. Dafür will ich gern meinen Beitrag leisten. Wenn wir also am kommenden Dienstag einen neuen Vorsitzenden wählen, wäre damit der erste wichtige Schritt getan. Oder anders ausgedrückt, der erste entscheidende Schwimmstoß zu jenen neuen Ufern, von denen Olav in seinem bildhaften Vergleich gesprochen hat." Ich bin bereit, ich mach's, so klang das in den Ohren der Anwesenden.

Sollen sie doch glauben, was sie wollen. Das war es, was er dachte. Außerdem hatte er ja nichts gesagt, was nicht auch irgendwie stimmte. Es würde ganz sicher einen neuen Vorsitzenden geben. So viel stand fest. So wie auch er sich freigeschwommen hatte, auf seinem Weg zum neuen Ufer. Und wenn alles so klappte wie geplant, dann gab es mit dem Vorsitzenden Steffens auch einen neuen Anfang. Dass der etwas anders aussah, als es die Teilnehmer dieser Kandidatenkür erwarteten, war der Clou der Sache.

11

Wer sich auf Erinnerungen einließ, der begab sich auf eine sehr persönliche Zeitreise. Zwar lag es im Wesen von Erinnerungen, die Vergangenheit in ihren Mittelpunkt zu rücken, doch verloren sie sich nicht in diesem Blick zurück. Weil diese Reise stets in der Gegenwart begann, vermischten sich in einer solchen Rückschau das Heute und Gestern und das Gestern und Heute zu einer merkwürdig zeitlosen Einheit. Dort, wo die Erinnerungen zugleich das Gefühl ansprachen, wirkte der direkte Bezug zur Vergangenheit zudem wie ein Schlüssel, mit dessen

Hilfe sich die Gegenwart erst erschloss. Auch deshalb blieb das alte West-Berlin in den Köpfen seiner angestammten Bewohner lebendig, ohne deren Freude über die wiedergewonnene Einheit der Stadt zu trüben. West-Berlin, das war für die meisten, die schon immer dort lebten, sehr viel mehr als nur eine geografische Orientierung oder ein überholter Begriff der Stadtgeschichte. Das war auch ein Stück Vertrautheit, das sich in vielen Kiezen von Reinickendorf bis Zehlendorf erhalten hatte. Dabei war der Geist des alten Westens nirgends stärker zu spüren als in der Gegend rund um den unteren Kurfürstendamm. Dessen seit jeher gepflegtes Ansichtskartenklischee firmierte jetzt, zur Unterscheidung vom wiedererstandenen historischen Zentrum, als City-West.

Natürlich hätte sich Siegfried Glombig als ehemaliger Minister in verschiedenen Bundeskabinetten und neben seinem Bundestagsmandat noch immer Inhaber mehrerer einträglicher Ämter und Funktionen problemlos eine Villa in Grunewald, in Dahlem oder direkt am Wannsee leisten können. Dennoch hatte er alle Offerten, die ihm eine standesgemäße Immobilie in nobler Umgebung schmackhaft machen wollten, regelmäßig zurückgewiesen. Als typisches Stadtkind müsse er schon mittendrin wohnen, um sich wohlzufühlen. So lautete seine immer gleiche Ablehnung. Tatsächlich hing er mit unbeirrter Treue an seinem Charlottenburger Kiez. Hier wurde er geboren, hier war er aufgewachsen und seither immer nur ein paar Straßenzüge weiter umgezogen. Jetzt bewohnte er das ausgebaute Dachgeschoss eines im hochherrschaftlichen Stil der Gründerjahre fein herausgeputzten Altbaus in der Fasanenstraße. Zu dieser Wohnung gehörte auch eine geräumige Dachterrasse, sein ganzer Stolz. Den Ku'damm gleich um die Ecke und doch wie im Urlaub pflegte er zu schwärmen. Von hier oben genoss er nicht nur einen faszinierenden Blick über die Dächer der Stadt, sondern besaß zugleich einen sehr privilegierten Platz im Grünen. Soweit es ihm Zeit und Witterung erlaubten, versuchte er sich in seinem Gärtchen auf dem Dach als Hobbygärtner. Das machte es ihm leicht, auf das seinen finanziellen Möglichkeiten entsprechende Eigenheim in exklusiver Grünlage zu verzichten. Was sollte er auch mit einem für sich viel zu großen Haus anfangen, seitdem er geschieden war und allein lebte. Politikerschicksal nannte er sein unfreiwilliges Singledasein, mit dem er sich aber über die Jahre arrangiert hatte. Zudem lag seine Wohnung in seinem Bundestagswahlkreis und er war der Meinung, dass es sich gehörte, dort zu wohnen, wo auch seine Wähler lebten.

In der wärmeren Jahreszeit empfing er auf seiner Terrasse auch häufig Gäste, meist aus dem engeren politischen Umfeld. Bei einer guten Flasche Wein, oder auch mehreren, ließ es sich hier ungestört über die Themen sprechen, die im hektischen Alltagsbetrieb oft zu kurz kamen. Logisch, dass sich überall dort, wo es Begünstigte gab, auch bald die Neider meldeten. So dauerte es nicht lange, bis in Teilen der Partei, namentlich unter den Zukurzgekommenen, die bisher vergeblich auf eine Einladung hofften, mit wachsender Aggressivität kolportiert wurde, auf seinen dubiosen Dachgartenkonferenzen würden an den gewählten Parteigremien vorbei bereits verbindliche Absprachen getroffen.

Einer, der seiner Entrüstung über diese *undemokratischen Machenschaften* besonders lautstark Nachdruck verlieh, war wieder mal sein Intimfeind Wolters. Ausgerechnet Wolters, der jede Gelegenheit nutzte, um mit allen möglichen parteiinternen Grüppchen irgendwelche *Strategiegespräche* zu vereinbaren. Wobei es als offenes Geheimnis galt, dass diese Plauderstündchen allein dazu dienten, sich die Entscheidungsträger in der Partei geneigt zu machen, die es in der Hand hatten, ihm auf dem Wahlparteitag die Spitzenkandidatur zu sichern. Wolters, oder WiWo, wie er inzwischen schon mehrheitlich genannt wurde, war fest entschlossen, die FDSU in den kommenden Wahlkampf zu führen. Glombig, der durchaus den Ernst der Lage erkannte, waren sogar schon Spekulationen zu Ohren gekommen, nach denen er, um seiner Abwahl zu entgehen, demnächst, mit einer gesichtswahrenden Begründung, auf sein Amt verzichtete. Ein Gedanke, der ihm selbst fernlag.

An diesem Abend hatte er seinen alten Spezi Schneider zu Gast, mit dem ihn viele Jahre gemeinsamer politischer Arbeit verbanden. Aus dieser Zusammenarbeit war nach und nach eine echte Freundschaft erwachsen, eine von sehr wenigen, die beide innerhalb der Partei pflegten und die auch unbeschädigt blieb, als er in der großen Politik Karriere machte, während Schneider an der Mariendorfer Basis die Stellung hielt und dort irgendwann vom Friedrich Schneider zum *Alten Fritz* avancierte. Zum beiderseitigen Bedauern gelangte ihr oft geäußerter Wunsch, sich bald mal wieder zu sehen, selten über die telefonischen Absichtserklärungen hinaus. Umso erfreuter waren beide, dass es diesmal tatsächlich mit der schon länger ausgemachten Verabredung geklappt hatte. Weil ihr Treffen auf einen bereits sommerlich warmen Frühlingstag fiel, der auch nach Anbruch der Dunkelheit noch angenehm mild blieb, konnten sie es sich draußen bequem machen und den Blick über die von einer Sinfonie schwirrender Lichter illuminierte Stadt genießen. Der pessimistische Unterton, der ihre Unterhaltung bestimmte, ließ dennoch keine ungeschmälerte Behaglichkeit in ihnen aufkommen.

„Du bist wirklich zu beneiden, Siegfried. Hier oben lässt es sich aushalten. An deiner Stelle würde ich schon jeden Tag zählen, bis Wolters deinen Job übernimmt. Dann kannst du es dir auf deinem tollen Altersruhesitz richtig gemütlich machen."

„*Altersruhesitz...* Das sieht dir wieder mal ähnlich. Hau du nur auch noch rauf aufs Schlimme. So sehr du für dein Harmoniebedürfnis bekannt bist, viele sagen auch berüchtigt, hattest du schon immer die leicht sadistische Neigung, Leuten in einer Scheißsituation ungerührt zu bestätigen, dass ihre Lage eigentlich noch viel mieser sei."

"So taktlos war ich nie."

"Und ob. Deine zwar ehrliche aber gewöhnungsbedürftige Art dich auszudrücken, hat den Empfängern deiner klaren Ansagen einiges abverlangt. Wobei du in der Sache meist richtig lagst. Auch was mich betrifft, Friedrich, dürftest du wieder mal ins Schwarze treffen. Ich sollte also nicht überrascht sein, wenn mich mein bereits ungeduldig in den Startlöchern scharrender Möchtegern-Nachfolger mit dem Plazet der Partei demnächst in den vorzeitigen Ruhestand schickt. Nur steht mir dieses Szenario selbst so anschaulich vor Augen, dass ich auf deine Bestätigung gut verzichten kann. Ich bin zwar nicht mehr ganz taufrisch, aber mein Gespür für Stimmungen funktioniert noch ausgezeichnet. Und im Augenblick braust mir der von Wolters und seinen Helfern angefachte Wind des Umschwungs ziemlich heftig um die Ohren."

„Ich weiß, wie sich das anfühlt, wenn die Stimmung kippt. Das ist wie eine Art Zapfenstreich, nur nicht so ehrenvoll. Eher wie ein Tritt vors Schienbein. Das habe ich in Mariendorf schon hinter mir und es fällt nicht besonders schwer, den roten Faden zu erkennen: Wir Alten werden als störend empfunden. Man will uns loswerden, besser heute als morgen."

"Das ist das eine. Aber so eitel bin ich schon lange nicht mehr, um anzunehmen, es ginge nur um Leute wie dich und mich. Einigen wäre es am liebsten, zusammen mit uns auch gleich noch die Überzeugungen zu entsorgen, für die wir stehen. Gelegentlich glaube ich ja selbst schon, dass unsere Vorstellungen von Politik zum Aussterben verurteilt sind. Seitdem die Dünnbrettbohrer Konjunktur haben, die bestimmte Prinzipien, die uns noch wichtig sind, ungehindert ins Lächerliche ziehen, gehören wir für die meisten doch schon längst als politische Saurier ins Parteimuseum."

"Immerhin konnte ich mir im Ortsverband noch einen gewissen Einfluss auf die Wahl meines Nachfolgers sichern.

Dagegen sitzt Wolters im Landesverband bereits fest im Sattel. Also warum willst du dir eine nochmalige Kandidatur zumuten, wo doch alle Wetten gegen dich stehen? Hast du das nötig, auf diese Weise abzutreten?"

„Seltsam, dass gerade du mich das fragst. Du solltest besser als andere verstehen, warum ich mir die ganzen Probleme nicht einfach mit einem lässigen Spruch vom Halse schaffe. *Tschüs, das war's. Rutscht mir in Zukunft alle den Buckel runter.* Das wäre nicht ich. Und du könntest das auch nicht. Was hätte dich sonst bewogen, den Provokationen aus dem Stern-Lager so lange standzuhalten? Die Nachdrängenden werfen uns Alten oft vor, wir könnten nicht loslassen und behinderten mit unserem Starrsinn den Fortschritt. Aber das stimmt nicht. Mindestens nicht so, wie es gemeint ist. Wenn ich wie du das Glück hätte, einen Nachfolger zu finden, der nicht mit der erklärten Absicht antritt, alles kaputtzumachen, was mir mein Leben lang wichtig war und wichtig geblieben ist, dann fiele es mir nicht schwer, deinem Beispiel zu folgen. Es geht eben nicht nur darum, ein Amt aufzugeben. Das hätte wirklich was von Hinschmeißen. Wir beide sind so hoffnungslos altmodisch, dass wir uns auch noch dafür verantwortlich fühlen, was nach uns kommt. Wir wollen unser Erbe nach Möglichkeit in die richtigen Hände legen. Siehst du vielleicht jemand in der Partei, der sich als Alternative zu Wolters anbietet, wo es doch schon niemand mehr wagt, gegen ihn aufzumucken? Was bleibt mir also übrig, als selbst noch einmal für mein Verständnis von Politik zu werben. Nenne es ruhig die Ehrenpusseligkeit eines alten Mannes. Dabei muss mir niemand vorrechnen, wie gering die Chancen sind, das Blatt noch mal zu wenden."

„Ich bin sehr dafür, so lange zu kämpfen, wie das noch Sinn macht. Aber was bringt es, einem Zug, der bereits abgefahren ist, mit hechelnder Zunge hinterherzurennen? Den hältst du nicht mehr auf, auch wenn du ihn vor dem Entgleisen bewahren willst. Versuchs doch mal mit Abwarten. Auch ein Wolters kocht nur mit Wasser. Spätestens, wenn er die Partei auf seine Präferenzen in der Koalitionsfrage festlegen muss, wird es noch eng für ihn."

„Sogar in dem Punkt ist meine Hoffnung gering. Und wenn du dir die Lage nicht schönredest, erwartest auch du keinen nennenswerten Widerstand mehr. Wir wissen doch beide, dass sich die Opportunisten immer um die voraussichtlichen Sieger scharen. Daran hat sich seit unseren besseren Zeiten nichts geändert, als wir von diesem menschlichen Hang, zur Mehrheit gehören zu wollen, selbst noch profitierten. Wer sich vor die Wahl gestellt sieht, entweder im größeren Haufen mitzumarschieren oder als Außenseiter geschmäht zu werden, der wird nicht lange zögern, die günstigere Lösung zu wählen. Also, wenn Wolters, als die von vielen hochgejubelte Lichtgestalt, mein Nachfolger wird, dann wird er auch genug Mitläufer in der Partei finden, die seine Ideen, einschließlich seiner Koalitionspläne, nicht nur mit stillem Groll mittragen, sondern sie lebhaft begrüßen. Allein schon, um sich für das anschließende Postengeschacher eine gute Ausgangsposition zu verschaffen."

„Alles richtig, aber immer, wenn ich an unserer Partei zweifle, in letzter Zeit auch zunehmend verzweifle, dann denke ich an die Altvorderen, für die persönliche Vorteile nie im Vordergrund standen. Wie sonst, wenn nicht aus echtem Idealismus, hätten sie den Nazis und später den Kommunisten widerstehen können? Viele unserer Vorgänger haben in schlimmen Zeiten für ihre politischen Ziele gekämpft und nicht wenige von ihnen sind dafür geschunden oder sogar umgebracht worden. Die einen in den Folterkellern und Lagern des braunen Mobs und andere im Stasi-Knast seiner roten Nachfolger. Aber während alle zivilisierten Menschen den Verbrechen der Nazis mit Abscheu begegnen, werden die Verantwortlichen eines erst kürzlich untergegangenen Regimes bereits wieder hoffähig. Dafür haben die Besten von uns nicht in Bautzen oder anderen Zuchthäusern im Osten gelitten, um sich im Nachhinein von

114

karrieregeilen Aufsteigern wie Wolters durch eine Politik des planmäßigen Relativierens verhöhnen zu lassen."

„Womit du dir die Frage gleich selbst beantwortet hast, warum ich nicht ans Aufgeben denke. *Danke, das war's. Macht, was ihr wollt. Es interessiert mich nicht mehr.* Das ist weder deine noch meine Haltung. Vergiss nicht, Friedrich, das bleibt auch weiterhin unsere Partei. Sehr wahrscheinlich werde ich mein Amt demnächst an Wolters abtreten müssen. Aber niemand sollte mir später nachsagen dürfen, ich hätte mich am Ende wie ein kleinmütiger Feigling in die Büsche geschlagen."

"Wer sagt uns denn, dass Wolters nicht schon bald als ein bedauerlicher Irrtum erkannt wird. So neu wäre das auch nicht, dass sich ein vielversprechender Aufsteiger in der Praxis als Fehlbesetzung erweist. Dann könnten plötzlich wieder Leute gefragt sein, die so ähnlich gestrickt sind wie wir, in denen wir unsere wirklichen Nachfolger erkennen. In der Politik ist nichts für die Ewigkeit angelegt. Da gibt es immer wieder Überraschungen."

„Danke, das ist ein Aspekt, der Mut macht."

"Ein hoffnungsvoller Ansatz wäre es in jedem Fall."

Daraufhin hingen beide, jeder für sich in den Anblick der unter ihnen pulsierenden Stadt vertieft, ihren Gedanken nach. Bis Glombig etwas einfiel, das er beinahe vergessen hätte.

„Ich soll dich übrigens von Petra grüßen. Die kommt mich regelmäßig besuchen. Als sie kürzlich wieder mal auf einen Sprung hier war, hat sie sich auch nach dir erkundigt."

„Schön, dass mich deine Tochter nicht vergessen hat. Mein Gott, wie lange ist das jetzt her, seitdem ich sie zum letzten Mal gesehen habe? Lass mich schätzen. Petra müsste heute auch schon um die dreißig sein. Ich erinnere mich noch, wie sie mich als kleines Mädchen immer als Fürsprecher eingespannt hat, wenn sie bei ihren Eltern was durchsetzen wollte. Das kommt mir wie gestern vor. Da bemerkt man erst, wie schnell die Zeit vergangen ist. Damals warst du noch mit Manuela zusammen."

„Stimmt. Da waren wir noch eine komplette Familie, wenigstens nach außen. Petra ist im letzten Monat 33 geworden und hat in der Charité gerade ihre Ausbildung zur Fachärztin abgeschlossen. Sie will als Internistin demnächst ihre eigene Praxis eröffnen. Ich bin mächtig stolz auf das Kind."

„Was sonst? Toll, dass ihr ein so gutes Verhältnis habt."

„Worüber ich ebenso glücklich wie erstaunt bin. Schließlich ist sie als typisches Politikerkind aufgewachsen und hat in ihrer Kindheit und Jugend nur wenig von mir gehabt. Nimm meine Ministerjahre, als die Hauptstadt noch Bonn hieß. Wenn ich in der Zeit das eine oder andere Wochenende zu Hause in Berlin verbringen konnte, hatte ich Glück. Aber im Gegensatz zu ihrer Mutter hat sie verstanden, warum mir meine Arbeit so wichtig ist. Sie hat mir nie vorgeworfen, ein Rabenvater gewesen zu sein."

„Ich nehme an, sie ist verheiratet?"

„Da liegst du falsch. Über die Jahre habe ich schon etliche Freunde von ihr kommen und gehen sehen. Der Richtige war offenbar noch nicht dabei. Das ist eben meine Tochter. Die macht es keinem so leicht. Offenbar habe ich ihr meine Vorsicht vererbt, sich vor zu viel Vertrauensseligkeit zu schützen."

"Vielleicht hast du dir damit einige Enttäuschungen erspart. Aber ohne ein Mindestmaß an Vertrauen manövriert man sich leicht in die Einsamkeit. Das sollte deiner Tochter nicht passieren."

"Jetzt mach' du nicht auch den Fehler, Einsamkeit und Alleinsein zu verwechseln. Ich bin bestimmt nicht der Einzige, der im Laufe der Zeit Gefallen daran gefunden hat, allein zu leben. Und was Petra betrifft, mache ich mir auch keine Sorgen. So prächtig, wie sich das Mädchen entwickelt hat, scheint sie die richtige Balance für sich gefunden zu haben. Ich fürchte nur, sie hat ein anderes Problem, das sie irgendwann überfordern könnte. Sie tut sich noch etwas schwer, ihren Patienten mit professionellem Abstand zu begegnen. Gerade bei ihrem letzten Besuch, als wir in einem anderen Zusammenhang darauf zu sprechen kamen, hat sie mir die Geschichte einer alten Frau erzählt, einer Krebspatientin auf ihrer Station, die sich anscheinend mal bei ihr aussprechen wollte, weil sie sonst niemand mehr hat. Petra kann einfach nicht auf Durchzug schalten, wenn ein Schicksal sie besonders berührt."

„Auch darin ist sie dir ähnlicher, als du es dir selbst eingestehen willst."

„Wenn du das sagst. Also, die alte Frau, deren Zeit voraussichtlich bald abläuft, hat ihr die Geschichte ihrer Familie anvertraut. Der einzige Sohn und die künftige Schwiegertochter bei einem Fluchtversuch an der Mauer erschossen und der Mann bald darauf an sprichwörtlich gebrochenem Herzen gestorben. Wenn du so was hörst, verschlägt es dir den Atem. Verdammt noch mal, mit solchen Menschen sollte Wolters sprechen, statt mit der Partei der Täter schmutzige Deals auszuhandeln. Auch wenn es nur um den Gerechtigkeitsanspruch dieser einen Frau ginge, wäre das schon Grund genug, sich jedem in den Weg zu stellen, der für die Durchsetzung seiner Ziele bereit ist, solche Tragödien unter den Teppich zu kehren. Deshalb wird Wolters weiterhin mit mir rechnen müssen. Aber jetzt mal zu dir, Friedrich. Ich drücke dir beide Daumen, dass dein Favorit übermorgen in Mariendorf das Rennen macht."

„Das hoffe ich, wobei sich dein Zuspruch so anhört, als hätte ich auf der dortigen Trabrennbahn einen Gaul zu laufen. Ich bin schon auf Sterns Gesicht gespannt, wenn ich Steffens als meinen Nachfolger vorschlage. Diese Überraschung dürfte mir gelingen, denn wie ich hörte, wird im gegnerischen Lager weiterhin damit gerechnet, dass ich selbst noch mal antrete. Dagegen machen erste Zweifel die Runde, ob das umgekehrt auch für Stern gilt. Mir wurden Gerüchte zugetragen, wonach er einen seiner Paladine vorschicken will. Einige Parteifreunde, die sich für besonders clever halten, gefallen sich offenbar in der

117

Rolle von Doppelagenten. Getreu der Devise, wer überall ein paar Aktien im Spiel hat, kann sich unabhängig vom Ergebnis ausrechnen, in jedem Falle zu den Gewinnern zu gehören."

„Dann sollten wir uns als künftige Politrentner langsam überlegen, was wir mit der vielen freien Zeit anfangen, sobald uns die ersten weißen Seiten im Terminkalender erschrecken. Ich muss kein Hellseher sein, um heute schon vorherzusagen, dass ich auch bei der nächsten Kandidatenaufstellung für den Bundestag die Arschkarte ziehe. Wenn Wolters in der Berliner Partei erst mal den Ton angibt, wird er auch auf anderen Ebenen meine Ablösung fordern. Und die Hoffnung auf Rückendeckung durch die Bundespartei kann ich mir auch abschminken. Du kennst doch dieses fadenscheinige Nichteinmischungsprinzip, wonach die Landesverbände ihre Angelegenheiten völlig autonom regeln. Als wäre die FDSU in jedem Bundesland eine eigenständige Partei, die mit der Gesamtpartei nur zufällig den Namen teilt. Immer schön bedeckt halten, damit wähnt sich unsere oberste Parteiführung auf der sicheren Seite. Bis ihr irgendwann der ganze Laden um die Ohren fliegt."

„Uns wird schon was einfallen, um trotz reduzierter Möglichkeiten noch irgendwie mitzumischen."

"Keine Frage. Wer das Polit-Gen in sich trägt, der bleibt auch für den Rest seiner Tage ein politischer Mensch. Und das nicht nur als stiller Beobachter."

"Den Mund kann uns schließlich niemand verbieten. Nicht mal wir selbst. Wenn wir in der Partei nicht mehr gehört werden, unterliegen wir damit noch lange keinem Schweigegelübde. Dann suchen wir uns eben andere Zuhörer."

"Jedenfalls werden sich alle gedulden müssen, die uns bereits auf der Parkbank die Tauben füttern sehen. Dafür sorgt schon unser gemeinsamer Gegner. So ein Feindbild motiviert ungemein. Das hält auch den Geist frisch."

„Dann lass uns schon mal die Spaten besorgen, um die Leichen auszubuddeln, die Wolters in seinem Keller vergraben hat. Ich müsste mich sehr irren, wenn wir dabei nicht ziemlich schnell fündig werden."

„Mich stört nur der Gedanke, auf wen wir uns dann wieder einlassen müssten. Dabei hatte ich gehofft, künftig wenigstens von Leuten verschont zu bleiben, die mir im Grunde schon immer zuwider waren. Ich spreche von den Neidern und Intriganten aus seinem Umfeld."

„Was hilft's? Früher waren wir uns für solche Zweckbündnisse auch nicht zu fein. Wie heißt es so treffend? Der Zweck heiligt die Mittel."

„Auch eine dieser Geschichten, an denen sich in der Sache nichts ändert. Nur, dass bei solchen Sprüchen inzwischen Vorsicht geboten ist. Wir wollen uns doch keine Schwierigkeiten mit dieser virtuellen Zensurbehörde in den Köpfen der Leute einhandeln, die im Dienste einer, von wem auch immer gesteuerten, Political Correctness über die Unbedenklichkeit des öffentlichen Sprach- und Denkverhaltens wacht."

„Und die inzwischen allgegenwärtig erscheint. Daher spreche ich in solchen Fällen auch lieber vom Recht zur Selbstverteidigung. Warum sollte ich mich in vornehmer Zurückhaltung üben, während Wolters alles in den Dreck zieht, wofür ich ein Leben lang eingetreten bin? Das rechtfertigt auch die eine oder andere nicht ganz astreine Maßnahme."

„Ich vermute, die wird nicht mal nötig sein, um interessante Informationen abzugreifen. Wenn Wolters demnächst seine Anhänger bedient, bleiben genug Unzufriedene auf der Strecke. Du wirst sehen, diese Enttäuschten kommen von ganz allein angelaufen, um sich bei uns auszuheulen."

12

Heinz und Elli hatten schon lange nicht mehr einen so zufriedenen Eindruck gemacht. Das Gesellschaftszimmer, oder profaner ausgedrückt, das dem Schankraum angeschlossene dunkle Hinterzimmer, war schon knapp eine Stunde vor dem Beginn der Veranstaltung gerammelt voll. Falls die Wahl des neuen Vorstandes nicht nur notorische Geizhälse angezogen hatte, versprach der heutige Abend einen prächtigen Umsatz. Um den ungewöhnlichen Andrang zu bewältigen, hatten sie noch bis vor wenigen Minuten zusätzliche Tische und Stühle von vorne nach hinten geschleppt. Auch diese Plackerei verriet ihren gesunden Geschäftssinn. Wer eine Sitzgelegenheit an einem der Tische ergatterte, war vielleicht eher geneigt, etwas Opulenteres aus den reichlich ausgelegten Speisekarten zu ordern und damit ihre Kasse klingeln zu lassen.

Als Steffens den Raum betrat, irritierten ihn die vielen unbekannten Gesichter. Wüsste er es nicht besser, hätte er glauben können, sich hinsichtlich des Veranstaltungsortes oder des Termins geirrt zu haben. Erst als er Stern bemerkte, der sich auf der rechten Seite ganz vorn, unmittelbar neben dem Vorstandstisch, ausgebreitet hatte, fand er die Bestätigung, tatsächlich zum richtigen Zeitpunkt am richtigen Ort zu sein. Einen der Stühle hatte Teschner mit seiner abgegriffenen alten Ledertasche reserviert, die er aus unerfindlichen Gründen überall mit sich herumschleppte. Auch eine der Marotten, die seinem Freund selbst nicht mehr auffielen. Immerhin hatte er die Tasche früher aufgespürt als ihren Besitzer. Den entdeckte er erst etwas später. Sein *Gegenkandidat* stand etwas abseits und unterhielt sich mit Dettmers, offensichtlich sehr zum Unwillen Sterns, was ihm dessen gereizter Gesichtsausdruck verriet. Als Teschner seine Anwesenheit in einer Gesprächspause wahrnahm, begrüßten sie sich mit einem knappen Kopfnicken. Dabei schoss ihnen in den Kopf, dass wohl keiner, der ihren kühlen Gruß beobachtete, über eine so ausgeprägte Fantasie verfügte, um zu ahnen, dass sie den Ablauf der bevorstehenden Sitzung gestern noch einmal bis tief in die Nacht in allen Einzelheiten durchgekaspert hatten. Wenn nachher alles planmäßig verlief, durften sie sich zu ihrer politischen Gesellenprüfung gratulieren. Ach was, korrigierte Steffens seine eigene

Überlegung, das wäre bereits der verdiente Meisterbrief.

Bis zum Beginn der Versammlung blieb noch eine gute Viertelstunde, die die Anwesenden überbrückten, um allerlei Mutmaßungen über den Ausgang des ihnen gleich bevorstehenden Spektakels auszutauschen. Weil die Besserinformierten ihr Wissen nicht preisgaben, kreisten die meisten Hypothesen auch weiterhin um das erwartete Duell zwischen Schneider und seinem voraussichtlichen Herausforderer Stern. Unterdessen bahnten sich Elli und Heinz im Slalomkurs einen Weg durch die dicht gedrängte Menge und nahmen gut gelaunt die ersten Bestellungen entgegen.

Endlich erschien auch der bereits vermisste *Alte Fritz* auf der Bildfläche. Dabei verlangte die räumliche Enge auch Schneider einige akrobatische Verrenkungen ab, als er sich mühsam durch das Gewusel hindurchquetschte, um zum letzten Mal seinen Platz am Vorstandstisch einzunehmen. Als er dort mit lang geübter Routine und preußischer Akkuratesse die Versammlung Punkt acht eröffnete, verzögerte sich der Beginn dann doch noch um einige weitere Minuten. Es bedurfte erst eines mehrfachen energischen Klopfens, bevor das den Raum bis in den letzten Winkel erfüllende Stimmengewirr verstummte.

„Verehrte Parteifreunde, ich begrüße Sie auf der Hauptversammlung des Ortsverbandes Mariendorf der FDSU und freue mich über Ihr zahlreiches Erscheinen." Wie oft hatte er während seiner zurückliegenden Amtszeit diese Einleitung schon benutzt. Lediglich der Hinweis auf die große Zahl der Anwesenden, die auch ihn überraschte, wich davon ab. „Die Ihnen vorliegende Tagesordnung umfasst drei Punkte: den Tätigkeits- und Rechenschaftsbericht des Vorstandes, die Entlastung des Vorstandes und die Neuwahl des Vorstandes. Ich gehe davon aus, dass hinsichtlich der Tagesordnung Einvernehmen besteht. Der Korrektheit halber frage ich dennoch, ob Änderungswünsche bestehen." Dem ließ er einen kurzen prüfenden Blick folgen. Es erhob sich kein Widerspruch. „Damit ist die

Tagesordnung so beschlossen."

Obwohl seine Berichterstattung und die anschließende Entlastung des Vorstandes erstaunlich undramatisch verliefen, war Schneiders Optimismus, dass sich nun auch alles Weitere in der von ihm erhofften Weise entwickelte, längst nicht mehr so stark wie noch vorgestern Abend auf Glombigs Dachterrasse. Wahrscheinlich hatten seine Kritiker nur deshalb auf Angriffe gegen ihn und den bisherigen Vorstand verzichtet, weil sie die Schneider-Ära bereits abgehakt hatten. Daher musste er nach diesem mehr oder weniger formalistisch abgearbeiteten ersten Teil aufpassen, dass ihm ein beunruhigender Gedanke nicht laut herausrutschte. Jetzt folgt also die Stunde der Wahrheit.

Geheime Wahlen bargen immer ein Risiko. Egal, welche Maßnahmen zuvor unternommen worden waren, um die Gefahr einer Pleite gering zu halten. Die Bedenken, die ihn plötzlich wieder einholten, hingen auch mit der Vielzahl der Mitglieder zusammen, die sich sonst nur selten blicken ließen und deren Präferenzen sich damit einer klaren Zuordnung entzogen. Zwar waren seine Anhänger gut vertreten, so wie auch Stern seine Truppen mobilisiert hatte. Das bestätigte ihm ein weiterer schneller Kontrollblick. Aber unter die bekannten Gesichter hatten sich diesmal eben auch unerwartet viele Stimmberechtigte gemischt, die das Parteileben gewöhnlich eher aus der Ferne beobachteten und sich keiner der miteinander rivalisierenden Gruppen verbunden fühlten. Dennoch konnten gerade die Stimmen dieser kurzzeitig reaktivierten Karteileichen den Ausschlag geben.

Wurde die Versammlung bisher überwiegend von den ermüdenden bürokratischen Regularien bestimmt, gewann sie nun, nachdem die Sitzungsleitung für die bevorstehende Neuwahl an Bollhagen übergegangen war, deutlich an Spannung. Der Abgeordnete, der sich für solche Aufgaben gerne bereithielt, konnte er auf diese Weise doch seinen engen Bezug zur Basis beweisen, hatte sich bereits einige Minuten zuvor auf verstopften Wegen bis zum Vorstandstisch vorgekämpft, um Schneider mit einem Händedruck abzulösen.

„Wir kommen nunmehr zur Wahl des neuen Vorstandes und wählen in getrennten Wahlgängen zunächst den Vorsitzenden oder die Vorsitzende und danach die übrigen Mitglieder des Vorstandes." Auch für Bollhagen, der damit die weitere Regie übernommen hatte, war das heute eine Abschiedsveranstaltung. Währenddessen wanderten die Blicke der Anwesenden abwechselnd vom *Alten Fritz* zu Stern und wieder zurück. In dem inzwischen schweißgetränkten Raum verbreitete sich jetzt die Erwartung, dass Schneider von einem seiner Vertrauten zur Wiederwahl vorgeschlagen wurde. Als dieser Vorschlag aus dem Kreis des bisherigen Vorsitzenden ausblieb, ergriff Stern zum ersten Mal an diesem Abend das verstörende Gefühl, dass da irgendetwas in eine völlig andere Richtung lief, als es sein Konzept vorsah.

Nicht minder überrascht wie über den ihnen wie nebenbei untergeschobenen Verzicht Schneiders reagierten die meisten darauf, dass jetzt nicht sofort jemand aus dem gegnerischen Lager hervortrat, um Stern als dessen Nachfolger ins Spiel zu bringen. Was passierte da gerade? Für einen Augenblick schien jeder den Atem anzuhalten. Auch Stern musste sich offenbar erst noch sortieren, bevor er seinen Tischnachbarn Norbert Teschner als neuen Vorsitzenden vorschlug. Nur, um unmittelbar darauf, als nicht synchronisiertes Echo, die sonore Stimme vom *Alten Fritz* zu hören. „Ich schlage Rainer Steffens vor."

Nachdem sich die erste Aufregung gelegt hatte, wäre jetzt eigentlich die Vorstellung der Bewerber mit nachfolgender Möglichkeit der Befragung und anschließender Diskussion an der Reihe gewesen. So hätte es der üblichen Praxis entsprochen. Aber was entsprach an diesem Abend schon dem Üblichen? Stern beabsichtigte, diesen Teil der Versammlung zu nutzen, um mit ein paar Pro-forma-Fragen die Werbetrommel für Teschner zu rühren. Er gedachte dies mit einigen grundsätzlichen

123

Bemerkungen über die fällige Neuausrichtung des Ortsverbandes zu verbinden, wobei er nicht vergessen wollte, dem noch zu wählenden Vorstand, *seinem* Vorstand, eine tatkräftige Unterstützung anzubieten. Sogar in dem schlimmsten denkbaren Szenario seiner vorausgehenden Planspiele wäre ihm der Gedanke abwegig erschienen, dass ihm ausgerechnet Teschner, *sein* Teschner, zuvorkäme. Der erbat sich, noch ehe ihm die Gelegenheit zur förmlichen Vorstellung angeboten wurde, *Vorstellung zur Person* wurde das im gespreizten Parteisprech genannt, das Wort für eine kurze persönliche Erklärung.

Teschner bedankte sich mit einem Nicken in Richtung Bollhagens für die erteilte Genehmigung. Der hatte natürlich keinen Schimmer, was damit seinen Anfang nahm. Nach einem Räuspern las er den vor seinem inneren Auge wie von einem perfekt eingestellten Teleprompter ablaufenden Text ab. Jeden einzelnen Satz war er gestern zusammen mit Steffens, bis hin zur unterschiedlichen Lautstärke, zur aussagekräftigsten Betonung und zur wirkungsvollsten Pause, noch einmal durchgegangen. Daher war das Ergebnis so überzeugend, dass jeder im Raum glaubte, er formuliere, hier und da vermeintlich nach dem treffendsten Wort suchend, aus dem Stegreif. Aber weil er den Inhalt, einschließlich der an den festgelegten Stellen hervorzuhebenden Kernaussagen, vom ersten bis zum letzten Wort beherrschte, blieb ihm auch noch die Zeit, die sich bei den Zuhörern abzeichnenden Reaktionen zu beobachten.

„Meine sehr geehrten Damen und Herren, liebe Parteifreunde. Am heutigen Abend steht unser Ortsverband vor einer entscheidenden Weggabelung. Wir haben zwei Möglichkeiten. Entweder wir driften auf verschiedenen Wegen weiter auseinander. Oder wir wählen ab heute eine gemeinsame Straße, die uns in eine erfolgreiche Zukunft führt. Die Chance…"

„Herr Teschner, was soll das werden? Das ist keine persönliche Erklärung. Ich muss Ihnen das Wort entziehen, wenn Sie nicht zum Punkt kommen. Ihre Kandidatenrede können Sie gleich anschließend halten." Bollhagen kam nicht umhin, seiner Aufgabe, als ein um Objektivität bemühter Versammlungsleiter, gerecht zu werden, gerade weil bekannt war, dass er Stern und damit dessen Kandidaten nahestand. Diese Zurechtweisung hatten er und Steffens ebenso eingeplant wie die Aufhören-Rufe aus Schneiders Gruppierung. Dort empörte man sich über die Dreistigkeit, ihrem Kandidaten mit seinem Vorpreschen die Schau zu stehlen. Auch die nervösen Blicke in Steffens Richtung waren vorhersehbar gewesen. Der hielt sich nach dem Geschmack seiner Leute viel zu stark zurück. Warum setzte der sich nicht gegen die Benachteiligung durch seinen Gegenkandidaten zur Wehr? Immerhin war Steffens ihr Mann, dem sie nachher, wenn auch mehr aus Loyalität zum *Alten Fritz* als aus innerer Überzeugung, ihre Stimme geben würden. Und das Mindeste, was sie von Schneiders Nachfolger erwarteten, war ein bisschen mehr Kampfgeist.

„Entschuldigung. Ich bin schon fast fertig. Nur noch zwei, drei Bemerkungen, die zum Verständnis meiner Erklärung unerlässlich sind. Also ich wiederhole: Es wäre dumm, die Chance, das Trennende zu überwinden und endlich wieder zu einer für uns alle vorteilhaften Geschlossenheit zurückzufinden, durch engstirnige Streitereien und durch Kleinmut zu verspielen." Von der erneut aufkommenden Unruhe und dem drohenden Wortentzug ließ er sich nicht beirren. Notfalls musste er die letzten Sätze eben etwas schneller und ohne Genehmigung zu Ende bringen.

„Ich bin, wie mein Mitbewerber, noch nicht lange Mitglied unserer Partei. Somit stehen wir beide gleichermaßen für einen Neuanfang, der nicht durch die Differenzen der Vergangenheit belastet ist. Keinem wäre damit gedient, heute neue Gräben aufzureißen. Es geht um ein künftiges Miteinander. Dafür möchte ich ein Zeichen setzen. Und weil das nicht nur Lippenbekenntnisse bleiben sollen, erkläre ich hiermit meinen Verzicht auf eine Kandidatur und schlage Ihnen vor, Rainer

Steffens zum neuen Vorsitzenden zu wählen."

Rums. Das musste erst noch verdaut werden. Sein Rückzug war eingeschlagen wie eine Bombe, so wie es Steffens und er geplant hatten. Bis sich die Fassungslosigkeit in den Gesichtern des geschlossenen Blocks um den bisherigen Vorsitzenden, aus dem eben noch ungehaltene Zwischenrufe zu hören waren, in einem donnernden Beifall auflöste. Dagegen verrieten Sterns stierer Blick und zahlreiche entglittene Gesichtszüge seiner Anhänger ein Entsetzen, das zugleich ein noch größeres Gefühl der Verwirrung ausdrückte. Der Teschner geltende Applaus dauerte noch an, als sich Stern langsam aus seiner Schockstarre berappelte. So bekamen auch nur wenige etwas von dem Wutausbruch mit, der seinem unversehens abhandengekommenen Kandidaten galt. Offenbar war ihm nach diesem Verlust auch sein sorgsam gehätscheltes Image der kultivierten Lebensart verloren gegangen.

„Menschenskind, Teschner, sind Sie von allen guten Geistern verlassen? Was ist denn bloß in Sie gefahren? Wie konnten Sie mein Vertrauen so schamlos missbrauchen? Wir beide sind fertig miteinander, ein für alle Mal." Der anschließende Schwall weiterer Vorwürfe enthielt so ziemlich alles, was der umfangreiche Katalog an Beschimpfungen für eine solche Ausnahmesituation hergab. Aber weil Sterns Philippika mit gesenkter Stimme ablief, klang es eher wie ein wütendes Zischen.

Teschner empfand die auf ihn niedergehende Kanonade als wenig professionell. Er hatte dem jungen Mann, der mit hochrotem Kopf allerlei Gehässigkeiten absonderte, eine größere Souveränität zugetraut. Das war eben auch nur ein Schönwetterredner, der in der Verliererrolle schnell die Fassung verlor und dann ganz im Stile Dettmers agierte. Irgendwann nahm er Sterns Verwünschungen nur noch mit halbem Ohr wahr. Allerdings registrierte er den positiven Nebeneffekt, dass der ihm bei dieser Gelegenheit das unerwünschte Du entzogen hatte. Ohne es direkt darauf anzulegen, stachelte er dessen

Verbitterung noch weiter an, indem er sogar die heftigsten Ausfälle mit einem lakonischen Schulterzucken quittierte. Was scherten ihn die Attacken eines kläglich gescheiterten Umstürzlers, der jetzt, wo er seine Felle davonschwimmen sah, vor Enttäuschung beinahe geheult hätte.

Außerdem fehlte ihm die Zeit, sich lange mit Sterns verwundetem Ego aufzuhalten. Gerade eben eilte Steffens mit ausgebreiteten Armen auf ihn zu, um ihm gleich darauf so emphatisch die Hand zu schütteln, als wollte er sie gar nicht wieder loslassen. Bevor er daraufhin mit ihm um die Wette strahlte, musste er erst eine kurz aufgekommene Hemmung überwinden. Dieser operettenhafte Überschwang widersprach ihrer Ablaufplanung. Sie hatten doch ausgemacht, dass alles völlig unverstellt aussehen sollte. Aber wie ihm der erneut aufbrandende Beifall verriet, wirkte Steffens gekünstelte Herzlichkeit offenbar nur auf ihn befremdlich. Mit dieser improvisierten Sympathiebezeugung entsprach sein Mitverschwörer durchaus einer mehrheitlichen Erwartung. Dazu gehörte dann auch, dass er, den Händedruck beibehaltend, um Gehör für ein paar an ihn gerichtete Worte bat.

„Lieber Norbert Teschner, ich danke Ihnen für Ihre noble Geste, die mich in meiner Absicht bestärkt, das Verbindende in das Zentrum unserer gemeinsamen Anstrengungen zu rücken. Sie haben mir Mut gemacht, so wie von Ihnen gefordert, für die Einheit des Ortsverbandes zu arbeiten. Dabei werde ich auf die Hilfe aller, aber ganz besonders auch auf Ihre Mitarbeit angewiesen sein. Es würde mich freuen, wenn Sie sich im Falle meiner Wahl entschließen könnten, mein Stellvertreter zu werden. Und falls Sie einverstanden sind, möchte ich Ihnen hier und jetzt zur Besiegelung einer gedeihlichen Zusammenarbeit das kameradschaftliche Du unter Parteifreunden anbieten."

Bis auf Stern und sein direktes Umfeld klatschten jetzt alle. Sogar Bollhagen schloss sich zögernd an. Auch wenn er innerlich schäumte, behielt er die Fähigkeit, sich Enttäuschungen nicht anmerken zu lassen. Wer auf missliche Situationen flexibel reagierte, das hatte er gelernt, behielt immerhin einen Fuß in der Tür. Ungeachtet dieses Desasters blieb Stern sein Favorit, wenn es um die Kandidatenaufstellung fürs Abgeordnetenhaus ging. Dass sein Günstling heute eine peinliche Klatsche einstecken musste, machte die Sache allerdings nicht einfacher.

Nachdem nun nicht mehr viel schiefgehen konnte, hatte auch der *Alte Fritz* seine Gelassenheit wiedergefunden. Nur der Gedanke, sein lieb gewordenes Amt abgeben zu müssen, bedrückte ihn weiterhin. Dass es sich bei dieser Wahl ohnehin nur noch um eine Abstimmung handelte, weil sich der Bewerber der Gegenseite überraschend abgemeldet hatte, schmälerte nicht seine Freude, dass mit Steffens künftig sein Wunschkandidat an der Spitze des Ortsverbandes stehen würde. Gleich nachher wollte er noch auf einen Sprung bei Glombig vorbeischauen und ihn über das Ergebnis unterrichten. „Siehst du", konnte er dessen Stimmungslage dann vielleicht ein wenig aufhellen, „mit etwas Glück regelt sich manches besser als erwartet."

Erst viel später sollte er erfahren, dass ihm nur die Rolle eines unwissentlichen Helfers einer ihm nicht bekannten *Aktion fünfzig* zugefallen war. Aber auch wenn ihm das schon zu diesem Zeitpunkt bewusst gewesen wäre, hätte er den beiden Schlitzohren sogar verzeihen können. Schließlich lagen ihre Absichten nicht so weit auseinander.

Tatsächlich konnte er Steffens eine knappe halbe Stunde nach Teschners Verzicht als seinen Nachfolger beglückwünschen. Auch Teschner erhielt als erster Stellvertreter eine deutliche Mehrheit der Stimmen. Damit wurde seine, wie immer wieder zu hören war, nur noch selten anzutreffende Uneigennützigkeit belohnt, die ihm viele gutgläubige Parteifreunde zugutehielten. Stern war Realist genug, um zu erkennen, dass seine Blamage nur noch demütigender ausgefallen wäre, hätte er für die weiteren zu besetzenden Vorstandsposten nunmehr aussichtslose Gegenkandidaten seiner Formation ins Rennen geschickt. Daher durfte sich sogar Dettmers, den Steffens mit Zustimmung Teschners, aber sehr zum gemeinsamen Missfallen von Schneider und Stern, als zweiten Stellvertreter vorgeschlagen hatte, über seinen wenn auch knappen Einzug in den neuen Vorstand freuen. Am zufriedensten über ihren gelungenen Coup waren natürlich Steffens und Teschner selbst. Was sie am darauffolgenden Abend auch ausgiebig feierten. Eigens zu diesem Zweck hatten sie in Renates Kneipe ihre erste Vorstandssitzung *im engsten Kreis* einberufen, was deren höchst inoffiziellen Charakter bereits hinreichend beschrieb.

„Übrigens alle Achtung, deine Idee, mir scheinbar aus dem Augenblick heraus das Du anzubieten, war große Klasse. Wer hätte da nicht glauben sollen, diese Geste wäre der besonderen Situation geschuldet. An dir ist wirklich ein Schauspieler verloren gegangen."

„In der Politik sind meine Begabungen auch gefragt."

"Du sagst es. Trotzdem erstaunlich, was für ein Naturtalent in dir schlummert."

"Naturtalent? Das ist hart erarbeitet, mein Lieber. Jetzt zahlt es sich endlich aus, dass ich berufsbedingt im ständigen Training stehe, bestimmte Fertigkeiten zu entwickeln. Wenn ich so authentisch rüberkomme, verdanke ich das nicht zuletzt meiner Kundschaft in der Sparkasse, die in mir schon immer mehr als nur den Geldberater gesehen hat. Da bin ich als Ansprechpartner für alle Wechselfälle des Lebens gefordert, genau die Antworten finden, die gern gehört werden. Das schult ungemein. Inzwischen wundere ich mich nicht mal mehr darüber, wie bereitwillig sogar noch aus der abgedroschensten Plattitüde eine ernst zu nehmende Aussage herausgelesen wird, wenn das, was einem gerade einfällt, nur überzeugend klingt und den Erwartungen entspricht. Somit ist es fast zweitrangig, was man sagt. Entscheidender ist, wie man seine Pseudoweisheiten unter die Leute bringt. Auch Glaubwürdigkeit ist erlernbar. Wie das gestrige Ergebnis beweist. Dafür dürfen wir uns ohne falsche Bescheidenheit auf die Schulter klopfen. Du erinnerst dich, dass wir an deinem Fünfzigsten auch hier gesessen haben? Da hast du mich mit deiner Endzeitstimmung fast in den Wahnsinn getrieben. Du hast gequatscht wie ein vorzeitiger Greis, der nichts mehr von seinem Leben erwartet. Dagegen wirkst du heute um Jahre verjüngt."

„Na ja, nicht ganz so jung wie du. Oder glaubst du, ich bekomme nicht mit, dass du deinem Spitznamen gerade mal wieder alle Ehre machst? Unverbesserlich der Mann." Natürlich war ihm Steffens Zwinkern nicht entgangen, mit der er der durch das Lokal wieselnden Renate, sobald die ihren verführerischen Hintern an seinem Stuhl vorbeidrückte, zu verstehen gab, dass es heute etwas mit ihnen werden könnte. „Es sei dir gegönnt, Herr Vorsitzender."

„Sieh an, es geschehen noch Zeichen und Wunder. Kaum ein bisschen am Erfolg geschnuppert und schon lockerst sogar du die Spaßbremse. Ich bin gespannt, womit du mich demnächst noch überraschst. Weil wir schon mal bei den Überraschungen sind. Lass uns herausfinden, welche interessanten Möglichkeiten sonst noch für uns in der Wundertüte stecken, sobald wir deine Abgeordnetenhauskandidatur eingetütet haben. Zwar wissen wir jetzt, dass wir auf dem richtigen Weg sind, aber der größere Teil der Strecke harrt noch seiner Entdeckung."

"Kein Problem. Unsere *Aktion fünfzig* hat noch Reserven."

13

„Ich will nach Hause." Die ausgezehrte kleine Gestalt, die in ihrem Metallbett ein wenig verloren wirkte, hatte ihren ganzen Mut zusammengenommen, um ihre Forderung mit leiser, fast tonloser, Stimme und begleitet von einem unterdrückten Stöhnen vorzubringen. Die halbkreisförmig um sie versammelten Weißkittel strengten sich nicht sonderlich an, die undeutlichen Worte der alten Frau zu verstehen, die, unter ihrer Decke zusammengekauert, wie ein Kind mit großen ängstlichen Augen

verfolgte, was um sie herum geschah. Ihr Versuch, den Oberkörper ein wenig anzuheben, blieb ein ebenso beschwerliches
wie vergebliches Bemühen. Eine Gegenkraft, die stärker war als
sie, ließ sie sofort wieder in die Kissen zurückfallen. Sie sah in
die Gesichter fremder Menschen, deren Blicken sie sich schutzlos ausgeliefert fühlte.

Von dem, worüber sich die Ärzte in gedämpfter Tonlage aus-
tauschten, bekam sie nichts mit. Die sprachen ohnehin mehr
über sie als mit ihr. Das Krankheitsbild der Patientin wurde
ausgiebig diskutiert, deren Gemurmel nahm man dagegen allenfalls als das übliche Selbstgespräch alter Leute wahr. Es
wirkte störend. Darüber hinaus wurde ihm keine Bedeutung
beigemessen. Und weil die kleine Gruppe an ihrem Bett vollauf
damit beschäftigt war, sich untereinander in einem für Außenstehende unverständlich bleibenden Fachvokabular zu unterhalten, warf jetzt auch nur noch der eine oder andere von ihnen
einen flüchtigen Blick auf das vor ihm liegende Objekt seines
beruflichen Interesses. Allein eine junge Ärztin, die Martha
Reimers *die junge Frau Doktor* nannte, lächelte ihr beruhigend
zu. Die mochte sie. Zu der hatte sie Vertrauen.

„Ich will nach Hause." Die alte Frau unternahm einen weiteren Versuch, die Aufmerksamkeit auf sich zu lenken. Aber weil
ihre Kraft wiederum nur für ein Flüstern reichte, verhallte ihre
Forderung abermals ungehört. Wenn Martha Reimers von ihrem Zuhause sprach, meinte sie damit das bescheidene kleine
Zimmer im Altenheim, das ihr für den letzten Abschnitt ihres
Lebens als Wartezimmer auf den Tod diente. Früher besaß dieses Wort auch für sie einmal eine andere Bedeutung. Aber das
lag lange zurück, so lange, dass es ihr fast wie in einem anderen
Leben erschien. Da hatten ihr Mann und ihr Sohn noch gelebt.
Als sie später allein zurückgeblieben war, gab es für sie nur noch
zwei beachtenswerte Zeiteinteilungen: das Davor und das Danach. Aber besser als in diesem Krankenhaus, in dem ihrer
Krankengeschichte mehr Beachtung geschenkt wurde als ihr,

fühlte sie sich im Heim dennoch aufgehoben. Dort gab es immerhin ein paar Menschen, die ihr nicht nur das Essen und die Medikamente brachten, sondern die sich manchmal sogar, wenn es ihre Zeit erlaubte, für ein paar Minuten zu ihr setzten.

Endlich löste sich einer der Ärzte aus der Gruppe, trat einen Schritt näher an ihr Bett, räusperte sich kurz, um dann mit eingeübter Routine einige Worte an sie zu richten. Dabei betrachtete der die Visite anführende Oberarzt dieses Patientengespräch als reine Zeitverschwendung. Welcher unverhältnismäßige Aufwand, eine alte Frau mit medizinischen Erklärungen zu behelligen, die sie bestenfalls nicht verstand oder die schlimmstenfalls noch zusätzliche Ängste in ihr schürten. Ein höchst überflüssiges Problem, dem er wie in ähnlichen Fällen mit ein paar aufmunternden Floskeln begegnete. Verbale Beruhigungspillen nannte er die Verabreichung solcher Placebos. Wenigstens blieb es ihm diesmal erspart, irgendeinen anstrengenden Privatpatienten des Chefs bei Laune zu halten. Darunter gab es immer welche, die alles ganz genau wissen wollten und ihn mit ihren penetranten Nachfragen löcherten. Dagegen nahm sich die jetzt zu absolvierende Pflichtübung leicht aus. Aufschlussreich war allerdings die Form, mit der er sich dieser Aufgabe entledigte. Nach unzähligen Ansprachen dieser Art hatte er eine gut austarierte Kombination von hierarchischer Bestimmtheit und gutmütiger Milde entwickelt, die eine beinahe unverwechselbare Mischung ergab. Aber eben nur fast. Die junge Ärztin in seinem Tross hatte diese Form des Monologs schon häufig bei Eltern beobachtet, wenn die, zwar freundlich aber stets ein bisschen von oben herab pädagogisierend, auf ihre unmündigen Kinder einwirkten. Nicht viel anders verliefen diese Arzt-Patienten-Gespräche in der Klinik.

„Nun, Frau…" Sich den Namen eines Kranken zu merken, gehörte offensichtlich nicht zu dieser Routine. Namen hatten im Gegensatz zu den oft gleichartigen Krankheitsbildern den Nachteil, ständig zu wechseln. „Reimers" soufflierte ihm seine junge Kollegin so leise, dass es die Patientin nicht hörte. „Äh …, Frau Reimers, Sie machen heute schon einen viel besseren Eindruck. Sehr schön. Ich glaube, wir können es verantworten, Sie morgen nach dem Frühstück wieder in ihr Altenheim zu entlassen. Na, da sind *wir* aber froh, was?" Das Wesentliche, was er zuvor mit seinem Gefolge besprochen hatte und nur als bruchstückhaftes Getuschel an ihr Ohr gedrungen war, behielt er natürlich für sich.

„Ich nehme an, Frau Kollegin, meine Herren Kollegen, Sie teilen meine Einschätzung, dass die Patientin austherapiert ist. Hier können wir nichts mehr für sie tun. Demnach spricht nichts dagegen, sie in ihre vertraute Umgebung zurückzuverlegen." Nur der eine klare Satz, das, was alle dachten, blieb auch in diesem Kreis unausgesprochen: Todesfälle auf unserer Station sind schlecht für die Statistik und sterben kann sie genauso gut im Heim.

Es ist eine Gnade, dass sie nicht jedes Detail ihrer Krankheit versteht, dachte Petra Glombig. Es war schlimm genug, die Wahrheit zu spüren. Und dass die alte Frau wusste, wie es um sie stand, das konnte sie in ihren Augen lesen.

„Frau Kollegin Glombig, Sie veranlassen bitte die Rückführung der Patientin ins Heim und verfassen zu meiner Unterschrift das Begleitschreiben an den behandelnden Arzt. Zusätzlich besprechen Sie bitte alles Weitere auch noch mal persönlich mit dem niedergelassenen Kollegen."

„Falls Sie nichts dagegen haben, würde ich gelegentlich auch selbst noch mal nach der Patientin sehen."

„Was sagt man jetzt dazu? Erwächst uns in meiner Klinik eine zweite Mutter Teresa?" Professor Wünsch, der Chefarzt, der von Großmann, dem zuständigen Oberarzt, über ihren ungewöhnlichen Wunsch in Kenntnis gesetzt worden war, zeigte sich leicht angekratzt. „Sie wissen schon, dass die ambulante Nachsorge nicht zu den Aufgaben eines Klinikarztes gehört? Das fehlte noch, dass wir uns das auch noch aufhalsen.

Außerdem dachte ich bisher, der Auslastungsgrad meiner Mitarbeiter wäre hoch genug. Aber ich will Sie nicht davon abhalten, sich schon mal einen Platz im Himmel zu reservieren. Wen Sie in Ihrer Freizeit besuchen, ist schließlich Ihre Privatangelegenheit. Persönlich bin ich allerdings der Ansicht, dass wir Mediziner mehr für die handfesten gesundheitlichen Belange zuständig sind. Zum Schluss leider auch für die Feststellung des Todes, falls wir mit unseren Bemühungen nicht erfolgreich waren. Das sollte reichen. Daher können wir die Sterbebegleitung mit gutem Gewissen den Altenpflegern und gegebenenfalls den Seelsorgern überlassen."

Petra Glombig hatte den Vorwurf mangelnder Distanz sehr genau herausgehört, so wie sie auch die fehlende Unterstützung durch ihre Kollegen registrierte. Andererseits fand sich auch keiner, der ihre Absicht offen missbilligte. Erst später, in ihrer Abwesenheit, diagnostizierten einige dann schnell ein ausgeprägtes Helfersyndrom, von dem besonders junge Ärzte, wenn sie nicht aufpassten, in ihren ersten Berufsjahren noch hin und wieder befallen wurden. Weniger Wohlmeinende unterstellten ihr, sich mit ihrem Arbeitseifer beim Professor anbiedern zu wollen. Die genossen nun ihre Schadenfreude, wie unmissverständlich sie damit bei Wünsch abgeblitzt war. Nicht gerade karrierefördernd, die abgelieferte Nummer. Egal, ob mit streberhafter Absicht oder aus fehlender Professionalität. Wer unfähig war, den notwendigen Abstand zu wahren, der konnte das menschliche Elend, das ihm hier jeden Tag in den verschiedensten Stadien begegnete, auf Dauer doch gar nicht verkraften. Großmann, der Oberarzt, dessen unerwünschte Annäherungsversuche sie sich schon wiederholt verbeten hatte, war mit einer weiteren Deutung bei der Hand. „Kein Wunder. Unser spätes Mädchen ist mal wieder solo. So ein brachliegendes Liebesleben löst die merkwürdigsten Verirrungen aus."

Als Martha Reimers am nächsten Tag in die Vertrautheit ihres kleinen Zimmers im Altenheim zurückkehrte, fühlte sie sich tatsächlich etwas besser. Hier, wo sie jeden Gegenstand kannte, empfand sie deutlich weniger Angst als im Krankenhaus. Besonders die Fotos ihrer Lieben, die sie nun wieder in ihrer Nähe hatte, machten ihr die Einsamkeit eine Spur erträglicher. Sie litt nicht unter dem Wissen, dass es mit ihr zu Ende ging. Aber sie bekümmerte die Vorstellung, in der allerletzten Phase wie ein peinlich zu verbergender Gegenstand in ein trostloses und anonymes Sterbezimmer abgeschoben zu werden. Sie hatte sich doch stets bemüht, auf ihre Weise in Würde zu leben. Deshalb schmerzte sie der Gedanke, nicht auch in Würde sterben zu dürfen. Dass ihr dieser Wunsch nun nicht mehr verwehrt wurde, verzeichnete sie als kleinen Triumph.

Ungeachtet ihrer körperlichen Schwäche funktionierte ihr Geist, vom eingeschränkten Kurzzeitgedächtnis abgesehen, noch einwandfrei. Sie haderte mit dieser altersgemäßen Form der Vergesslichkeit, weil sie ihren Alltag erschwerte. Desto stärker traten die Erinnerungen an lange Zurückliegendes in ihr Bewusstsein. Diese Fähigkeit, die Vergangenheit immer wieder neu aufleben zu lassen, schenkte ihr einerseits glückliche Momente, andererseits gab es nichts, was sie mehr quälte.

Sie hatte sich stets nur im Stillen darüber beklagt, wenn sie auf Menschen traf, die in ihr eine einfache Frau sahen. Den Ärger über die darin mitschwingende Herablassung hatte sie schnell wieder weggedrückt. Was wussten denn diese Leute schon über sie? Was war das überhaupt, *eine einfache Frau*? Gewiss, sie hatte immer in einfachen Verhältnissen gelebt, aber ihr Leben war alles andere als einfach verlaufen.

Weil ihr der Vorteil verwehrt blieb, als höhere Tochter aufzuwachsen, hatte es sie, gerade erst sechzehn geworden, wie viele Mädchen ihres Alters, aus Schlesien nach Berlin verschlagen. In der großen, ihr damals noch so fremden Stadt, musste sie ihren Lebensunterhalt verdienen. Sie sei *in Stellung* gekommen, so beschrieb sie später ihre Dienstmädchenzeit in verschiedenen Haushalten großbürgerlicher Hauptstädter. Als sie ihre Heimat und ihr Elternhaus verließ, um fortan auf eigenen Füßen zu stehen, war sie jung, sehr jung. Und wenn es etwas gab, was ihr über die miserablen Lebens- und Arbeitsbedingungen hinweghalf, denen sie sich in diesen Jahren ausgesetzt sah, dann war es die Jugend als solche. Wer jung ist, dem bleibt trotz aller Enttäuschungen noch genug Raum für Hoffnungen und Träume. Immer dann, wenn sie wieder einmal in Traurigkeit zu versinken drohte, redete sie sich umso fester ein, dass die schönen Seiten des Lebens noch vor ihr lagen. Doch stattdessen kam der Krieg und mit ihm alle Gräuel, die sie bis heute erschauern ließen. Als Flakhelferin auf dem Fliegerhorst in Staaken bei Berlin überlebte sie den Bombenhagel, der sich wie eine glühende Feuerwalze über die Stadt legte. Aber sogar in dieser dunklen Zeit gab es für sie einen Lichtblick. Sie hatte mitten im Krieg ihren Herbert geheiratet. Ihr Glück währte nur wenige Tage, dann musste der Obergefreite Reimers zurück an die Front. Was blieb, war die Angst, ihn vielleicht schon wieder zu verlieren.

Als ihr gemeinsamer Sohn Mathias zur Welt kam, wurde er in ein zerstörtes Land hineingeboren, in dem viele Kinder keine Väter mehr hatten. Auch sie wusste lange nicht, ob ihr Mann, Mathias Vater, noch lebte, bis sie erfuhr, dass man ihn irgendwo sehr weit weg, in einem russischen Lager, gefangen hielt. Von da an betete sie jede Nacht für ihn. Obwohl sie doch eigentlich gar nicht gläubig war. Oft schlief sie aber schon vorher vor Erschöpfung ein. Tagsüber fand sie selten die Zeit, ihr Schicksal zu beklagen. Da hatte sie alle Hände voll damit zu tun, ihr Kind und sich selbst über die Runden zu bringen. Wenn sie als Trümmerfrau den Schutt von den Steinen klopfte, die als Baumaterial zum Wiederaufbau der Stadt benötigt wurden, dann spürte sie, wie sie diese Knochenarbeit altern ließ. Aber auch die härtesten Strapazen waren nichts im Vergleich zu den unzähligen Vergewaltigungen, die sie in den ersten

Nachkriegswochen über sich ergehen lassen musste.

In Ost-Berlin, wo sie später lebte, war dieses Thema natürlich tabu, so wie sich alles verbot, was den Glorienschein der sieg- und ruhmreichen Roten Armee verfinsterte. Als ihr das bis dahin Schrecklichste in ihrem Leben widerfuhr, als die fremden Soldaten mit einem befehlenden *Frau komm* reihenweise über sie herfielen und sie bis auf den Grund ihrer Seele verletzten, war sie dennoch unfähig zu hassen. Sie ahnte, dass die Erniedrigungen, die sie an ihrem Körper erfuhr, auch wieder nur eine Reaktion auf das Leid waren, dass den Familien ihrer Peiniger zugefügt worden war. Damals, als sie ihre Persönlichkeit darauf reduzierte, ein gefühlloses Stück Fleisch zu sein, hätte es ihr Vorstellungsvermögen überstiegen, dass noch Schlimmeres vor ihr lag.

Noch bevor die Verzweiflung sie beinahe um den Verstand brachte, hatte sie ein Gefühl totaler Lähmung ergriffen, als sie an jenem Morgen vom Tod ihres einzigen Kindes erfuhr. Ohne jedes Mitgefühl war ihnen das eröffnet worden. Wie eine nüchterne amtliche Mitteilung sollte das klingen, hätten die Überbringer der Nachricht diese Absicht nicht selbst mit ihrem Sarkasmus durchkreuzt. Zwei junge hoffnungsvolle Leben, das ihres Sohnes Mathias und seiner Freundin Barbara, für immer ausgelöscht an der Berliner Mauer. Diese Minuten, als die zwei Todesboten in ihre Wohnung eindrangen und von einem Augenblick zum anderen auch ihr Leben zerstörten, hatten sich in ihr Gedächtnis gebrannt. Und dieses Feuer von Wut und Trauer brannte weiter in ihr. Tag für Tag, Monat für Monat, Jahr für Jahr. Es verging keine Nacht, in der sie nicht vor ihrem inneren Auge die verblutenden Körper von Mathias und Barbara sah. Dieses Bild drückte ihr die Kehle zu, schnürte ihr Herz zusammen. Das verblasste nicht, das wurde im Gegenteil immer stärker. Alles hätte sie dafür gegeben, aus diesem ewigen Albtraum aufzuwachen. Aber es gab kein Erwachen. Weil es kein Traum war. Diese Wirklichkeit wurde auch nie zur

Vergangenheit. Die lebte jeden Tag neu auf. So lange, wie sie selbst noch auf dieser Welt war. Jetzt wusste sie, wie sich Hass anfühlte, auch wenn sie sich weiter gegen dieses Gefühl sträubte. Und als das kranke Herz, das ihr Herbert aus der Kriegsgefangenschaft mitgebracht hatte, zu schlagen aufhörte, weil es zu schwach geworden war, die ihm auferlegte Last noch länger zu tragen, da wollte auch sie nicht mehr leben.

Sie war dankbar, dass sich die junge Frau Doktor weiterhin um sie kümmerte. Deren Besuche empfand sie fast so schön, als besuchte sie eine Enkeltochter. Bestimmt hätten Mathias und seine Babs sie irgendwann zur Oma gemacht. Dann hätte sie eine eigene Enkeltochter gehabt. Oder einen Enkelsohn. Nun erzählte sie stattdessen dieser jungen Frau, ihrer Ersatzenkeltochter, die Geschichten aus ihrem Leben und war glücklich, dass es nach so langer Zeit wieder einmal einen Menschen gab, der ihr ohne Zeitdruck Gesellschaft leistete und ihr einfach nur zuhörte. Der ihre runzlige alte Hand streichelte, sie anlächelte und ihr ein wenig Zuwendung schenkte. Das war so viel mehr, als sie noch für sich erhofft hatte.

Bei ihrem letzten Besuch hatte Petra Glombig ihre Schutzbefohlene in völlig aufgelöster Verfassung angetroffen. Martha Reimers saß aufgerichtet und am ganzen Körper zitternd in ihrem Bett und schien nicht einmal ihr Kommen bemerkt zu haben. Erst als sie ihr zur Begrüßung die Hand gab, stammelte sie mit gebrochener Stimme, wie aufgezogen, unablässig den gleichen Satz. „Ich habe ihn wiedergesehen." Dabei ballte sie die abgearbeiteten Hände zu Fäusten und mit fliegendem Atem wiederholte sie erneut diesen einen Satz. „Ich habe ihn wiedergesehen." Diesmal fügte sie, als müsste sie jeden Verdacht eines Irrtums von vornherein zurückweisen, beinahe trotzig hinzu: „Er war im Fernsehen. Da habe ich ihn gesehen. Ich habe ihn genau erkannt."

„Wen haben Sie gesehen, Frau Reimers? Was hat Sie so aufgeregt?" Nicht nur als Ärztin machte sich Petra Glombig

Sorgen um den Zustand der kranken Frau, die sie sonst nur sehr still, in sich gekehrt, fast schicksalsergeben, kannte.

„Es war einer der Männer, die nach Mathias Tod zu uns kamen. Ich habe ihn sofort wiedererkannt. Zugleich war auch alles andere wieder da, als würde es genau in diesem Augenblick geschehen. Der Zynismus, die Gemeinheit, diese Menschenverachtung. Natürlich ist der Mann inzwischen älter geworden. Aber auch wenn er heute schon ausgedünnte Haare und graue Schläfen hat und viel freundlicher spricht, wenn er nicht mehr den grauen Pullover und die Windjacke von damals, sondern ein weißes Hemd mit Krawatte und einen feinen Anzug trägt, mich kann er nicht täuschen. Den würde ich immer und überall wiedererkennen, in tausend Jahren, unter Millionen Menschen."

„Was war denn das für eine Sendung, in der Sie ihn gesehen haben?" Petra Glombig zweifelte keinen Moment daran, dass Martha Reimers sich nicht irrte. Was sie erlebt hatte, das vergaß niemand. So ein Mensch konnte hundert werden und würde sich noch immer an jede Einzelheit erinnern, egal, wie oft ihn sein Gedächtnis sonst im Stich ließ.

„Ich weiß nicht, wie die Sendung hieß. Ich konnte mal wieder nicht einschlafen. Wie so oft. Sie wissen schon, die ewigen Grübeleien. Um mich abzulenken, bin ich später noch mal aufgestanden und habe den Fernseher eingeschaltet. Da lief die Sendung bereits. Erst habe ich mich nicht besonders für den Bericht interessiert. Ich wollte nur die Bilder auf mich wirken lassen, um die eigenen Bilder für kurze Zeit aus dem Kopf zu bekommen. Ungefähr so, wie jemand bei einem Tinnitus Kopfhörer aufsetzt und laute Musik hört, nur um die ständigen Geräusche in seinem Kopf zu übertönen. Also, es ging um eine politische Veranstaltung, irgendwo hier Berlin. Plötzlich war sein Gesicht auf dem Bildschirm. Ganz groß. Er hielt eine Rede. Der Saal, in dem er sprach, war voll von begeisterten Zuhörern. Die wollten zum Schluss überhaupt nicht mehr aufhören, ihm zu applaudieren."

„Ich werde herausfinden, was das für eine Veranstaltung gewesen ist und welche Rolle der Mann dort gespielt hat. Das verspreche ich Ihnen. Aber jetzt müssen Sie sich unbedingt beruhigen. Ich lasse Ihnen etwas zum Schlafen da. Sie dürfen heute nicht wieder die ganze Nacht wach liegen."

„Wenn ich Sie nicht hätte, Frau Doktor."

Wieder zu Hause, genügten Petra Glombig ein paar Klicks auf ihrem Tablet, um der Sache mit Hilfe der entsprechenden App auf die Spur zu kommen. Im gestrigen Regionalprogramm war zu später Stunde ein politisches Magazin ausgestrahlt worden. Demnach musste es sich um einen Beitrag dieser Sendung gehandelt haben, der Martha Reimers so verstört hatte. Gut, dass die Sendung in der Mediathek des Senders abrufbar war. Die wollte sie sich so bald wie möglich ansehen.

14

Mathilde Buddzinsky war auf dem Weg zu einem kurzfristig anberaumten Gesprächstermin beim Rektor der Hochschule. Solche Vier-Augen-Gespräche galten eher als Ausnahme, was manche Hochschulangehörige veranlasste, sie bereits in den Rang einer Audienz zu erheben. Als sie von Rossners Vorzimmer in Person von Frau Zastrow, seiner Sekretärin, über diesen Termin informiert wurde, keimte einen Moment lang die Hoffnung in ihr auf, es könnte sich dabei um eine verzögerte Reaktion auf ihren seit geraumer Zeit auf irgendeinem Schreibtisch verschollenen Antrag auf Gewährung einer Leistungszulage handeln. Seitdem es die Politik für sinnvoll erachtet hatte, die Hochschullehrer der neuen Besoldungsordnung W zuzuordnen, zeigte sich die Hochschule bei der Verteilung solcher pekuniären Wohltaten an ihre Professoren nicht kleinlich. Die meisten ihrer Kollegen waren bereits in den Genuss einer entsprechenden Gehaltsaufbesserung gekommen, nur bei ihr wurde offenbar ein übergenauer Maßstab angelegt. Die Schuld, nun schon wiederholt übergangen worden zu sein, lastete sie den ihrer Meinung nach völlig blödsinnigen Ergebnissen der Lehrevaluation an. Natürlich hielt sie den Umstand, bei den vorausgegangenen Abfragen in Folge weit abgeschlagen auf einem der hinteren Plätze gelandet zu sein, weder für objektiv noch für gerecht. Den Vorhaltungen der Hochschulleitung oder versteckten hämischen Bemerkungen aus dem Kollegenkreis pflegte sie mit einer eigenen Auslegung ihres schlechten Abschneidens zu begegnen. „Um das nächste Ranking ebenfalls mit Glanz und Gloria zu bestehen, müsste ich mich nur bei den Studierenden mit ausnahmslos guten Noten anbiedern. Aber ich will ja den begabteren Opportunisten ihre Spitzenplätze nicht streitig machen."

Wie sehr sie dennoch unter ihrem ramponierten Ansehen litt, verriet ihre Stimme, die dann regelmäßig einen schrillen Klang annahm. In der empörenden Art, wie man mit ihr umging, sah sie einen zusätzlichen Beweis für die sich immer wieder bestätigende Tatsache, dass wahre Größe oft verkannt wurde. Statt ihr die gebührende Wertschätzung entgegenzubringen, drängte man sie in die unwürdige Situation einer Bittstellerin, die auf ihre Benachteiligung erst in Form einer Eingabe aufmerksam machen musste.

„Was will denn *der fliegende Lothar* von mir?" Der Spitzname des Rektors war jedem in der Hochschule geläufig. Wer ihn nur noch so nannte, musste im direkten Gespräch mit ihm höllisch aufpassen, sich nicht zu verplappern. Der heimliche Spott rührte daher, dass Prof. Dr. Lothar Rossner nach verfestigter Auffassung mehr Zeit auf Flughäfen als in der Hochschule verbrachte. Als Präsident oder mindestens Vorstandsmitglied diverser sozialwissenschaftlicher Organisationen internationalen Zuschnitts reiste er ständig rund um den Globus. Rossner scherte sich wenig um solche Spöttereien, die ihm trotz größter Vorsicht nicht verborgen blieben. Er schätzte diese Verpflichtungen schon deshalb, weil ihm seine Kongress- und Vortragstätigkeiten mehr Reputation eintrugen als der mitunter

141

ziemlich dröge Verwaltungsjob eines Hochschulleiters. Andererseits wurde er nicht müde, den Stress seiner Auslandsarbeit zu betonen, der ihn nach eigener Aussage nahezu an den Rand seiner Kräfte führte. Wobei er diese Klage nicht etwa mit der naheliegenden Konsequenz verband, auch nur eine einzige Einladung abzusagen. Die ihm im Akademischen Senat verstärkt entgegenschlagende Kritik an seiner extensiven Reisefreudigkeit wischte er mit der Verständnislosigkeit eines zu Unrecht Angegriffenen zurück, der sich von einem Haufen Ignoranten umlagert fühlte.

„Es ist doch in erster Linie diese Hochschule, die von meinen guten Kontakten in alle Welt profitiert. Da opfert man sich auf, gönnt sich keine Ruhe, steht ständig unter Druck - und was ist der Dank? Beschämend kleinkarierte Vorhaltungen. Das nenne ich ein Armutszeugnis für eine wissenschaftliche Einrichtung, die Wert auf ihren internationalen Ruf legen sollte."

Die von Rossner Abgewatschten zogen es daraufhin vor, seine häufige Abwesenheit nur noch mit einem lakonischen Schulterzucken zu kommentieren. Gleichzeitig stieg aber die Zahl derer, die die Frage seiner Wiederwahl mit einem ebenso vielsagenden Kopfschütteln beantworteten.

„Es geht um eine Berufungsangelegenheit." Das war alles, was aus dem Vorzimmer des Rektors zu erfahren war. Frau Zastrow, die Rossner auch gern seinen verlängerten Arm nannte, erwies sich wie immer als wenig mitteilsam. Mathilde Buddzinsky verzichtete daraufhin auf weitere Nachfragen. Immerhin wusste sie jetzt so viel, dass dieser Gesprächstermin nichts mit ihrer Eingabe zu tun hatte und sie sich auf eine weitere Enttäuschung einrichten musste. Was aber nicht hieß, dass sie der überraschende Gesprächswunsch nicht doch neugierig machte. Allein, dass *der fliegende Lothar* mal wieder im Lande weilte, war schon eine bemerkenswerte Nachricht. Noch ungewöhnlicher erschien ihr allerdings der Umstand, dass er sich auch wieder intensiver um die administrativen Belange der

Hochschule kümmerte, für die er in letzter Zeit nur noch ein marginales Interesse gezeigt hatte. Sollte das ein Indiz dafür sein, dass es Rossner bei den nächsten Rektoratswahlen doch noch mal wissen wollte? Dann hätten alle danebengelegen, die seine weltläufigen Ambitionen auch damit erklärten, dass er sich vorzugsweise *der Außenpolitik* verschrieb, weil er seine Wiederwahl bereits ad acta gelegt habe.

Auch Rossners Kritiker kamen nicht umhin, ihm einige hervorstechende Talente zuzubilligen. Die Bereitschaft, für ein Vorhaben auch mit einer Portion Charme zu werben, gehörte definitiv nicht dazu. Wenn er den AS mit der Attitüde eines immer etwas ungeduldigen Patriarchen leitete und sich einige Senatoren seiner strengen Sitzungsregie verweigerten, flogen schon mal die Fetzen. Dass sein als ziemlich rüde empfundener Führungsstil seine Beliebtheit nicht unbedingt förderte, nahm er gelassen. Er vertrat sogar mit erstaunlicher Offenheit die Ansicht, dass Autoritäten seines Kalibers durchaus das Recht zustand, gelegentlich ein paar ordnungspolitische Akzente zu setzen. Dafür bewies er im stetigen Kleinkrieg an der Hochschule, bei dem die Fronten und Allianzen oft unüberschaubar verliefen und auch häufiger mal wechselten, ausgesprochene Steherqualitäten. Die Robustheit, mit der er aufgeladenen Situationen begegnete, hatte er bereits in jungen Jahren, als Studentenvertreter in den verschiedensten Gremien der Freien Universität, entwickelt. Das war in einer Zeit, in der neben dem Studium auch das Organisieren von Demos und ein revolutionäres Bewusstsein zum Pflichtprogramm gehörten. Auch heute tingelte er noch vereinzelt, soweit er nicht gerade anderweitig unterwegs war, als einer der letzten noch aktiven 68'er durch alle thematisch passenden Talkshows, ohne dabei auch nur ansatzweise zu erkennen, dass er den Professoren seiner Studentenzeit, deren Vorlesungen er einmal boykottiert hatte, inzwischen bis zum Verwechseln ähnelte.

Als Mathilde Buddzinsky Rossners wie immer chaotisch

anmutendes Büro betrat, staunte sie schon wieder. War *der fliegende Lothar* sonst wegen seiner mürrischen Art gefürchtet, zeigte er sich heute unerwartet entgegenkommend.

„Liebe Frau Kollegin, wie schön, dass Sie sich diesen Termin freihalten konnten."

Ihr stand noch lebhaft vor Augen, wie sie der gleiche Rossner bei ihrer letzten Begegnung eiskalt auflaufen ließ. Da hatte sie es gewagt, für ein von ihm angesetztes Meeting wegen wichtiger privater Verpflichtungen einen Ausweichtermin zu erbitten. Wie einen störenden Eindringling hatte er sie behandelt, als sie, schon verunsichert durch die prompte Abfuhr, vor seinem Schreibtisch saß und sich ein weiteres Mal bemühte, ihr Anliegen zu begründen. Durch ein wahlloses, dafür umso demonstrativeres Blättern in verschiedenen Unterlagen, hatte er ihr unmissverständlich zu verstehen gegeben, dass sich die Angelegenheit für ihn erledigt habe. Als er gleich darauf nach dem Telefonhörer griff und ihr mit einem knappen Kopfnicken bedeutete, dass er das Gespräch ohne Zuhörer zu führen wünschte, hatte sie die Rossnersche Variante eines Rausschmisses erlebt.

Diesmal wirkte Rossner wie ausgewechselt. Beinahe wäre sie nach seiner Begrüßung und dem Hinweis auf den freigehaltenen Termin mit der Erwiderung herausgeplatzt, dass seine seltene Anwesenheit in der Hochschule größere zeitliche Spielräume kaum gestattete. Mit Rücksicht auf ihren noch nicht völlig aufgegebenen Antrag verkniff sie sich die ihr bereits auf der Zunge liegende Antwort und griff stattdessen auf ein devoteres Vokabular zurück.

„Ich bitte Sie, Herr Rektor. Das ist doch selbstverständlich." Es hatte sich herumgesprochen, dass der gealterte 68'er inzwischen nicht nur eine klar definierte Hierarchie bevorzugte, sondern es auch schätzte, mit seiner Amtsbezeichnung tituliert zu werden. Folglich sah sich seine Besucherin mit einem anerkennenden Blick belohnt. Sieh mal an, die Buddzinsky. So übel ist die Frau vielleicht doch nicht. Rossner begann ernsthaft über ihren Antrag nachzudenken, der auf seine Anweisung hin bis heute unbearbeitet in der in seinem Vorzimmer geführten Wiedervorlagemappe lag.

„Wie wär's mit einem Kaffee, Frau Kollegin? Espresso, Cappuccino, Latte Macchiato? Oder lieber einen Tee? Womit kann ich dienen?"

„Wenn es keine Umstände macht, gerne ein Wasser." War sie eben noch überrumpelt von Rossners ungewohnter Verbindlichkeit, begannen in ihrem Hinterkopf allmählich die Alarmglocken zu läuten. Irgendetwas führte der alte Knacker doch im Schilde. So viel Entgegenkommen war schon wieder verdächtig. Sie nahm sich vor, während des Gesprächs auf der Hut zu sein.

„Ihre Sekretärin deutete an, Sie wollten mich wegen einer Berufungsangelegenheit sprechen?"

„Stimmt. Ich habe Sie in Ihrer Eigenschaft als Vorsitzende der Berufungskommission für die Besetzung der freien Professur für Sozialpolitik zu mir gebeten."

Falls sie erwartet hatte, dass er nun gleich mit der üblichen Ungeduld zur Sache kam, wurde sie ein weiteres Mal überrascht. „Aber bevor wir uns den zweifellos interessanten Fragen der Berufungspolitik zuwenden, möchte ich um Verständnis bitten, dass Ihr Antrag auf die Gewährung einer Leistungszulage, den Sie vor einiger Zeit eingereicht haben, noch zu keinem abschließenden Ergebnis geführt hat."

Vor ewiger Zeit wäre richtiger, dachte sie – biss sich aber erneut auf die Zunge.

„Sie wissen aus meiner Eingangsbestätigung, dass sich diese Angelegenheit leider etwas komplizierter darstellt. Was auch erklärt, warum sich die Sache etwas hinzieht."

"In anderen Fällen war es offenbar nicht so schwierig, für eine leistungsgerechte Bezahlung zu sorgen. Und auch weniger zeitaufwendig."

Es kostete Rossner einige Beherrschung, an dieser Stelle nicht gleich wieder zu explodieren. Er hasste es, unterbrochen zu werden. Noch dazu auf diese Weise. „Ihnen ist aber schon bekannt, Frau Kollegin, dass ich nicht ohne ein positives Votum der eigens dafür eingesetzten Kommission entscheiden kann? Ich verhehle auch nicht, dass ich mich aus voller Überzeugung zur Gremiendemokratie in den Hochschulen bekenne. Für diese Mitbestimmungsrechte bin ich als junger Mensch auf die Straße gegangen. Aber ich gebe zu, dass sich manchmal sogar die wertvollsten Errungenschaften in der Praxis als etwas hinderlich erweisen. Ich wünschte auch, es wäre anders. Wobei diese unabdingbare Lehrevaluation…"

„…ein obskures Machwerk ist, bei dem sich das Maß der Wertschätzung von Gefälligkeitsbenotungen ableitet. Ich habe wiederholt darauf hingewiesen, für wie wenig aussagefähig, ja für geradezu kontraproduktiv, ich dessen Ergebnisse halte."

„Gemach, Frau Kollegin. In gewisser Weise mag deren Validität tatsächlich einige Schwachstellen aufweisen. Kennen Sie irgendeine Erhebung, gleich welchen Inhalts, die nicht auf unterschiedliche Weise auslegungsfähig wäre? Aber da der Akademische Senat die Regularien für die Vergabe solcher Zulagen nun mal in Form einer Satzung beschlossen hat, können wir uns an der vorgegebenen Koppelung mit den Resultaten der Evaluation nicht so einfach vorbeimogeln. Trotzdem will ich versuchen, Ihnen zu helfen."

„Das freut mich zu hören, Herr Rektor."

„Wie wäre es denn um die Hochschulselbstverwaltung bestellt, gäbe es keine so engagierten Gremienvertreter wie Sie? Da sollte sich doch auch in Ihrem Falle eine Lösung finden lassen. Bekanntlich führen viele Wege nach Rom und an mir wird es nicht scheitern. Aber bleiben wir vorerst noch kurz in Hellersdorf und bei Ihren Aufgaben als Kommissionsvorsitzende. Wir stimmen gewiss darin überein, dass es unser gemeinsames Ziel sein muss, den Kreis der Kollegen mit vorzüglichen

Neuberufungen anzureichern."

Aha, schoss es ihr in den Kopf. Jetzt kam Rossner endlich auf den Punkt. Auch wenn sie bisher noch im Dunkeln tappte, worauf das Gespräch letztlich hinauslief, stand eines bereits fest: Die Sache, um die es ging, musste ihm ungemein wichtig sein. Sonst hätte er sich kaum dazu herabgelassen, sie so auffällig zu hofieren. Es blieb also spannend.

„Ich denke, ich habe mit meinen Eingangsbemerkungen bereits deutlich gemacht, dass ich den Gremien unserer Hochschule meinen uneingeschränkten Respekt zolle. Das gilt natürlich auch und gerade für die Entscheidungen der Berufungskommissionen, in deren Auswahlprozesse ich mich nur ungern einmische."

„Was Ihnen jeder hoch anrechnet."

„Zu Recht. Aber als Rektor stehe ich mit meinem eigenen guten Namen in der Pflicht, die von der Staatsseite geforderte Qualität in Lehre und Forschung auch künftig zu gewährleisten. Und weil die erwarteten hohen Standards von einer exzellenten Personalauswahl nicht zu trennen sind, ergibt sich daraus die besondere Verantwortung unserer Berufungspolitik."

„Damit laufen Sie bei mir offene Türen ein. Oder gibt es einen Anlass, diese Selbstverständlichkeit im Falle der von mir geleiteten Kommission zu bezweifeln?"

„Um Himmels willen. Ehe Sie da was in den falschen Hals bekommen, das waren lediglich generelle Bemerkungen, ohne Bezug zu Ihrer über jeden Zweifel erhabenen Arbeit. Ich wünschte, das gleiche Problembewusstsein wäre auch bei jedem anderen Gremienvertreter an dieser Hochschule vorhanden."

„Ich kenne keinen Kollegen, der seine Verantwortung nicht ernst nähme."

„Auch das möchte ich im Grundsatz keinesfalls infrage stellen. Es gibt nur unterschiedliche Sichtweisen über die Rangfolge bestimmter Qualitäten – und, nicht zu vergessen, über deren Verknüpfung mit der konkreten Interessenlage der

Hochschule."

„Tut mir leid, da komme ich jetzt nicht ganz mit."

„Was ist daran so schwer zu verstehen? Es sei denn, sie litten an einer partiellen Begriffsstutzigkeit."

Autsch. Ein kurzer Kontrollverlust und schon hatte ihm sein altes Verhaltensmuster einen Streich gespielt. Es war eben nicht so einfach, die fast schon automatisch reagierenden Reflexe rechtzeitig zu bremsen. Dabei wäre eine störrische Kommissionsvorsitzende das Letzte, was er jetzt gebrauchen konnte.

"Pardon, mein Fehler. Ich habe mich wohl etwas unklar ausgedrückt. Lassen Sie mich erklären, was ich damit sagen will. Bekanntlich gehört der Kollege Dr. Hentschel, einer unserer engagiertesten Lehrbeauftragten, zu den Bewerbern für die derzeit vakante Professur für Sozialpolitik. Mir ist nun dank eines diskreten Winks von höherer Stelle zu Ohren gekommen, dass unser Kollege Hentschel nach den nächsten Wahlen gute Aussichten hat, das Wissenschaftsressort zu übernehmen. Jetzt überlegen Sie mal, was diese Konstellation für die Hochschule bedeuten würde. Einer unserer Professoren als der für die Hochschulen zuständige Senator. Ein wahrer Glücksfall. Nicht auszudenken, wenn der Mann im Berufungsverfahren durchfiele. Daher bitte ich Sie, bei der Entscheidungsfindung in der Kommission auch diesen Gesichtspunkt zu berücksichtigen."

„Ich hielt Sie bisher für einen Befürworter der Bestenauslese."

„Das bin ich auch weiterhin. Ich frage mich allerdings, was Sie zu der Auffassung bringt, dieses Prinzip auf einen sehr eingeschränkten Bereich zu begrenzen. Gerade für Sie sollte es doch nachvollziehbar sein, dass sich zu eng gefasste Beurteilungskriterien als nachteilig erweisen können. Nach meinem Verständnis ist es durchaus legitim, den geeignetsten Bewerber daran auszumachen, inwieweit die Hochschule insgesamt von seiner Berufung profitiert. Unter dem Aspekt sollte sich auch erklären, warum es vorteilhafter ist, jemand aus unserem Stall als künftigen Ansprechpartner im Senatorenamt zu haben als einen auf sein Lehrfach reduzierten Wissenschaftler zu berufen. Nichts gegen solche Leuchtfeuer der Wissenschaft, aber die könnten uns kaum bei Haushaltsproblemen behilflich sein oder uns vor den immer wieder mal erkennbaren Vereinnahmungsabsichten größerer Hochschulen bewahren. Nur, damit ich nicht missverstanden werde, selbstverständlich ist der Kollege Hentschel auch eine Kapazität auf seinem Fachgebiet."

„Ich habe Sie sehr gut verstanden. Natürlich ist es statthaft, bei Personalentscheidungen auch die etwas spezielleren Interessen der Hochschule im Blick zu behalten. Ich bezweifle nur, dass mein Einfluss als Vorsitzende der Berufungskommission ausreicht, das Ergebnis der Abstimmung in der gewünschten Weise zu steuern."

„Das verlangt auch niemand von Ihnen. Sie sollten nur dafür sorgen, dass die Diskussion nicht ausufert. Man weiß ja, wohin solche zügellosen Geschwätzigkeiten oft führen. Ich traue Ihnen zu, dass Sie das schaffen, zumal ich mit einigen anderen Mitgliedern der Kommission ebenfalls schon in einen fruchtbaren Gedankenaustausch getreten bin. Demnach stehen die Aussichten für den Kollegen Hentschel nicht schlecht. Ich gehe sogar davon aus, dass ihn die von Ihnen geleitete Kommission für den ersten Platz auf der Berufungsliste empfiehlt. Damit hätten Sie bereits zu einer guten Lösung beigetragen. Was die abschließende Abstimmung im Akademischen Senat betrifft, liegt die Sitzungsleitung wieder bei mir und ich denke, dass man sich auch dort von einigen vernünftigen Gesichtspunkten leiten lässt."

Martha Buddzinsky beschränkte sich auf ein Nicken. Je weniger sie sich auf eine Debatte mit Rossner einließ, desto besser war das für sie und ihre beruflichen Perspektiven. Wenn sie lieferte, was von ihr erwartet wurde, rückte auch ein positiver Bescheid ihres Antrages in greifbare Nähe.

15

„Du bist und bleibst ein blindwütiger Fundi." Corinna Lutze

war im Anschluss an die AStA-Sitzung nicht zum ersten Mal, heute aber noch heftiger als sonst, mit Frank Boltzien zusammengerasselt. Obwohl sie ihre Streitereien möglichst unter Ausschluss der Öffentlichkeit austrugen, galt es in der Hochschule als offenes Geheimnis, dass sie sich nicht mochten. Wobei die Aussage, dass sie sich schlicht und einfach nicht ausstehen konnten, ihre gegenseitige Abneigung wesentlich klarer umschrieb. Dass sich hier zwei Personen spinnefeind waren, die zugleich als rührige Jungfunktionäre der PfsG, jeweils auf ihre Art, also mit erstaunlich unterschiedlichen Sichtweisen und Argumenten, mehr gegeneinander als im Schulterschluss, für die Ziele ihrer gemeinsamen Partei warben, machte ihren Dauerclinch für die Mehrzahl ihrer Kommilitonen zu einer Quelle ständiger Irritationen.

Klar, dass Boltzien Claudia Lutzes Angriff nicht ohne Gegenschlag schlucken wollte. Bisher hatten sie es nur selten geschafft, am Ende eines Zusammentreffens, das sich zum beiderseitigen Ärger nicht vermeiden ließ, einvernehmlich auseinanderzugehen. „Ich kann nur sagen pfui Teufel" keilte Boltzien zurück. „Du besitzt keinen Funken Loyalität. Und so was nennt sich nun Genossin."

„Jetzt wirst du auch noch dramatisch. Dein Anfall ist reif fürs Studitheater. Aber nein, unsere theaterbegeisterten Mitstudierenden könnten mir diesen Vorschlag verübeln. Die legen ja in Sachen Niveau Wert auf einige Mindeststandards. Dann reicht's für dich wohl doch nur für 'ne Schmierenkomödie. Sagte ich Komödie? Was du inszenierst, ist eine Klamotte. Unterste Schublade. Bis vor ein paar Tagen waren wir uns sowohl im StuPa wie im AStA einig, Rossners Wiederwahl zu verhindern. Soweit er sich der Hochschule noch mal als Kandidat aufdrängt. Plötzlich stellst du diese klare Beschlusslage auf den Kopf. Eine Frechheit, selbst unzuverlässig zu sein und anderen Illoyalität vorzuwerfen."

„Du hast doch die gleichen Infos aus der Partei bekommen

wie ich. Dann weißt du, warum wir in der Frage noch mal umdenken müssen. Rossner setzt alles in Bewegung, damit Gerd Hentschel die freie Professur bekommt. Ich hoffe, du hast nicht vergessen, dass der Gerd einer von uns ist. Für mich reicht das, um bei der Rektoratswahl Zugeständnisse zu machen. Was ist schon dabei? Wenn Rossners zweite Amtszeit ausläuft, muss er aus Altersgründen zwangsläufig die Segel streichen. Bis dahin wird Hentschel als neuer Professor und, hurra, künftiger Senator dafür sorgen, dass *der fliegende Lothar* uns nicht gefährlich wird. Sofern der es nach seiner Wiederwahl nicht ohnehin vorzieht, wieder häufiger auf Reisen zu gehen."

„Rossner ist ein opportunistisches Arschloch. Das ist dabei. Der gehört zu diesen Alt-68'ern, die sich zwar selbst noch für links halten, in Wirklichkeit aber längst autoritärer sind, als es die Profs zu ihrer Zeit waren. Wobei die wenigstens niemand im Unklaren ließen, wofür sie stehen. Und ich weiß gerne, woran ich bei jemand bin. Wenn sich Rossner für Hentschel starkmacht, dann doch nur, weil er seine Privilegien noch eine Weile genießen möchte. Wie es aussieht, scheint seine Rechnung auch aufzugehen. Dass du das in Ordnung findest, war klar. Ich halte mich an unsere Beschlüsse."

„Dann wundere dich nicht, wenn deine Tage als AStA-Vorsitzende gezählt sind."

„Was macht dich da so sicher, dass ich nicht immer noch mehr Unterstützer mobilisieren kann, als einer von den nachgewachsenen DDR-Nostalgikern, die überall herumposaunen, dass der frühere Staat zu Unrecht schlechtgeredet wird."

„Du schämst dich wohl inzwischen dafür, dass du in der DDR geboren bist?"

„Bemerkst du den Schwachsinn eigentlich selbst noch, den du ständig absonderst? Du willst einfach nicht begreifen, dass wir einpacken können, wenn unser Kurs keine Akzeptanz findet. Das betrifft auch dein verklärtes Verhältnis zur DDR. Es ist unserer Sache nicht sehr dienlich, mit leuchtenden Augen von den vergangenen Zeiten zu schwärmen."

„Ich schwärme nicht. Ich lasse mich nur nicht davon abhalten, objektive Vergleiche anzustellen. Es stimmt doch, was Gerd Hentschel erst neulich wieder in einer Parteiversammlung festgestellt hat. Früher, und damit meinte er in der DDR, war nicht alles so schlecht, wie manche Leute behaupten. Das waren seine Worte. Schlimm genug, dass diese Wahrheit außerhalb unserer internen Versammlungen viel zu zaghaft ausgesprochen wird. Dann hat Hentschel auch noch von der kaltschnäuzigen Ellenbogengesellschaft gesprochen, in der wir heute leben. Stimmt das etwa nicht? Du musst doch nur die Augen aufmachen, um zu sehen, mit welcher Realität wir es zu tun haben. Wer sich lieber verpisst statt sich für die sozial Benachteiligten einzusetzen und denen dann auch noch die Schuld an der eigenen Misere zuschiebt, dem gebührt ein Tritt in den Arsch. Genau aus diesem Grund bin ich in die PfsG eingetreten. Und deshalb studiere ich auch nicht nur aus Jux und Tollerei Sozialarbeit. Ich will im Kampf gegen die Ungerechtigkeiten des kapitalistischen Systems auf der richtigen Seite stehen."

„Und was richtig ist, bestimmt allein Frank Boltzien, der größte antikapitalistische Klassenkämpfer und Arschtrittausteiler der Nachwendezeit. Meinst du, du hättest die Wahrheit und das Thema soziale Gerechtigkeit für dich gepachtet? Demnach handelt es sich wohl nur um einen Zufall, dass ich in der gleichen Partei bin wie du?"

„So unsolidarisch, wie du dich verhältst, liegt der Verdacht nahe. Die Partei kann niemand gebrauchen, der nicht in jeder Situation für seine Genossen einsteht."

„Verstehe. *Die Partei, die Partei, die hat immer recht.* Sing' du nur weiter das alte Lied. Aber erwarte nicht von mir, dass ich in diesen Abgesang vergangener Selbstentmündigung einstimme oder dein Verständnis von Solidarität übernehme. Einer wie du wäre in der verschrotteten SED besser aufgehoben gewesen. Aber mit der Ideologie von gestern ist heute, im wortwörtlichen Sinne, kein Staat mehr zu machen."

„Ich verdrücke mich nicht, wenn es darauf ankommt, bestimmte Werte zu verteidigen."

„Großartig. Fragt sich nur, welche du damit meinst. Vielleicht, dass es richtig war, in Berlin eine Mauer zu bauen und auf Menschen zu schießen?"

„Solche plakativen Sprüche sind mal wieder typisch für dich. Dieser primitive Antikommunismus könnte fast wortgleich aus der rechten Ecke stammen. Fehlt nur noch, dass du auch noch mit dem unsäglichen Vergleich zwischen Nazisystem und DDR kommst. Du solltest wissen, dass es nachvollziehbare Gründe gab, unseren Staat zu schützen."

„Gewiss doch, besonders solche schutzwürdigen Errungenschaften wie die berstend gefüllten Regale in den HO-Läden, den staatlich finanzierten Ferienaufenthalt in Bautzen und die gut ausgeleuchteten Grenzstreifen mit Selbstschussanlagen, falls auf den Wachtürmen mal einer der antifaschistischen Friedensschützer pennen sollte und sein menschliches Ziel verfehlt. Wie ich schon sagte: Nichts verstanden, weil nichts dazugelernt. Du bist ebenso wirklichkeitsresistent wie unsere noch ziemlich rüstigen Parteiveteranen, von denen einige sogar an jedem 9. Mai ihre liebevoll gepflegten NVA-Uniformen aus dem Schrank holen und öffentlich spazieren führen. Auch die im gemütlichen Rahmen tagenden Stasi-Kameradschaften dürften stolz auf dich sein. Du sprichst zwar nur für eine Minderheit, aber immerhin schenkst du solchen Unbelehrbaren die Bestätigung, dass ihre Ideen überlebt haben. Gleichzeitig stößt du alle vor den Kopf, die uns nicht wegen unserer Vergangenheit, sondern wegen unserer aktuellen Aussagen wählen."

„In deiner Selbstherrlichkeit erkennst du nicht mal, wie viele unserer geradlinigen alten Genossen du eben schon wieder beleidigt hast. Also, was ist jetzt? Bist du bereit, die Kröte Rossner

153

mit Rücksicht auf Gerd Hentschel zu schlucken oder nicht?"

„Kröten gehörten noch nie zu meinen Lieblingsspeisen. Hast du mir nicht richtig zugehört? Ich habe doch schon klar und deutlich Nein gesagt."

„Dann richte dich auf die Konsequenzen ein. Wir haben dich schon viel zu lange gewähren lassen."

„Was heißt wir? Sprich doch nicht in der Mehrzahl, wenn du dich meinst. Und falls es dir tatsächlich gelingt, mich in unserer Gruppe anzuschwärzen, bist du mich damit noch nicht los. Du scheinst vergessen zu haben, dass ich nicht AStA-Vorsitzende von deinen Gnaden bin."

„Möglich, dass du im ersten Anlauf noch glimpflich davonkommst. Aber wer zum Schluss den Kürzeren zieht, das wird sich noch herausstellen. Ich möchte jedenfalls nicht in deiner Haut stecken. Spätestens, wenn du Hentschel über den Weg läufst, wirst du es noch bedauern, dich gegen ihn und die Interessen der Partei entschieden zu haben."

„Es kann weder im Interesse Hentschels liegen noch zum Nutzen der Partei sein, sich auf Duckmäuser oder solche Hundertprozentigen wie dich zu stützen."

Aber so sorglos, um Boltziens hämische Prognose als reinen Bluff abzutun, war Corinna Lutze dann doch nicht. Es sprach sogar viel dafür, dass seine Drohungen einen realen Hintergrund besaßen. Zwar rühmte sich die Partei gern für die Meinungsvielfalt in ihren Reihen. Aber was besagte das schon? Auch Toleranz war eine Frage der Abwägung. Nach außen gab man sich duldsam, intern war die Geduld mit *Abweichlern* schon weniger ausgeprägt. Eine von Gewohnheiten bestimmte Denkweise trotzte auch veränderten Rahmenbedingungen.

Daneben gab es einen weiteren Grund, der Boltzien in die Hände spielte. Wenn sie in der nächsten Woche ihr Praktikum antrat, hatte der freie Bahn. Dann konnte er noch hemmungsloser gegen sie hetzen. Aber ihr Praktikum im Altenheim war eine beschlossene Sache. Auch weil sie sich die Stelle selbst ausgesucht hatte. Sozialarbeit für und mit alten Menschen, das interessierte sie. Im Gegensatz zu den meisten ihrer Mitstudierenden. Die bevorzugten es, ihr Praktikum in einem Projekt der Jugendarbeit abzuleisten.

Natürlich hatte Frank Boltzien seine Planungen längst darauf abgestellt, während ihrer Abwesenheit die entscheidenden Weichen zu stellen. Zusammen mit dem ideologisch gefestigten Kern der Hochschulgruppe würde er diese Zeit nutzen, um seine gefährlichste Widersacherin auszumanövrieren.

Als habe er nur darauf gelauert, ihr zusätzlich noch eins auszuwischen, provozierte er sie zum Schluss mit dem fetten Grinsen des bereits feststehenden Siegers. Da schwante ihr schon Übles. Dieses mulmige Gefühl wurde am Abend bestätigt, als einer aus dem engeren Umfeld Hentschels bei ihr anrief und sie erst kumpelhaft, dann zunehmend ungehaltener, zum Umdenken aufforderte. Aber als sie den auf sie einredenden Anrufer mit dem Hinweis unterbrach, dass man sich in der Partei besser dazu durchringen sollte, unterschiedliche Meinungen nicht nur theoretisch, sondern auch praktisch zu akzeptieren, wurde es am anderen Ende der Leitung erst still, dann war das Gespräch beendet. Jetzt wusste sie, dass sie gut daran tat, sich für den Rest ihres Studiums auf einige Beschwernisse einzurichten, falls Hentschel demnächst tatsächlich Professor wurde – und bald darauf vielleicht Senator. Aber zunächst freute sie sich auf ihr Praktikum. Was ihren Status in der Hochschule betraf, redete sie sich ein, dass es sich bei ihrem gegenwärtigen Ärger sogar als günstig erweisen könnte, für einige Zeit auf Tauchstation zu gehen.

Als sie sich nach reiflicher Überlegung entschloss, ihre praktischen sozialarbeiterischen Erfahrungen in einem Alten- und Pflegeheim zu sammeln, ging sie noch von der Befürchtung aus, einige der Horrorszenarien bestätigt zu finden, die ihr als Beispiele eines lieblosen Umgangs mit alten Menschen aus der Berichterstattung in den Medien im Gedächtnis haften geblieben waren. Wobei sie diese Ungeheuerlichkeiten zusätzlich bewogen hatten, ihr Praktikum gerade dort zu absolvieren. Schon, um ihren Teil zur Aufdeckung solcher Missstände beizutragen, soweit sie denn Kenntnis von ihnen erhielt.

Umso erleichterter registrierte sie daher, dass die ersten Eindrücke, die sie nach Antritt ihrer Praktikumsstelle gewann, deutlich positiver ausfielen als ihre Vorstellungen von dem, was sie hier möglicherweise erwartete. Das Heim, in dem man sie sehr herzlich willkommen hieß, vermittelte eine freundliche Atmosphäre. Sie spürte sofort die menschliche Wärme, die sich die Pflegekräfte, ungeachtet ihrer hohen Belastung, für ihre Schützlinge bewahrt hatten. Nur die Verfassung mancher Bewohner stimmte sie traurig. Bei dem Blick in so viele erloschene Gesichter kamen die Erinnerungen an die letzten Lebensmonate ihrer geliebten Oma wieder in ihr hoch. Bis heute war ihr unvergessen, wie weh es getan hatte, den körperlichen und geistigen Verfall der herzensguten alten Frau mit ansehen zu müssen. Auf dieses Aushauchen von Leben, auf diesen unumkehrbaren Prozess des Abschiednehmens, traf sie auch hier. Und so wie damals begegnete sie dieser ausweglosen Situation auch diesmal wieder mit großer Hilflosigkeit.

„Sie werden während der Zeit bei uns viel Kraft brauchen" hatte ihr die Heimleiterin, eine resolute aber sympathische Person, gleich bei der Begrüßung mit auf den Weg gegeben. „Wer Menschen in ihrer letzten Lebensphase begleitet und mit ihrem Sterben konfrontiert wird, gerät oft an die eigenen Grenzen. Daran gewöhnt man sich nie. Wer dabei dennoch in Routine verfiele, der wäre hier fehl am Platze. Wir tun, was wir können, um unseren Bewohnern im Rahmen unserer Möglichkeiten gerecht zu werden. Aber erstens sind unsere Möglichkeiten, schon von der zeitlichen Kapazität her, begrenzt und zweitens, wie sollten wir hier auch nur annähernd einer Lebensleistung gerecht werden, die uns weitgehend unbekannt bleibt? Daher sind wir für jede Hilfe dankbar." Dann hatte sie ihr noch einmal die Hand gedrückt und sie kurz, schon wieder auf dem Sprung zum nächsten Termin, mit einigen Aufgaben vertraut gemacht, die sie demnächst erwarteten.

„Als angehende Sozialarbeiterin werden Sie unsere pflegebedürftigen Alten weder waschen noch füttern müssen. Auch das Wechseln verschmutzter Windeln oder Wäsche gehört zum Alltag unserer Pflegekräfte. Ihre Aufgabe wird es sein, den Menschen etwas zu schenken, wozu wir selbst nur noch selten kommen: Zeit. Sie sollen sich mit ihnen beschäftigen, ihnen im täglichen Einerlei ein wenig Abwechslung verschaffen, in jedem Falle aber mit ihnen reden, ihnen zuhören, Mut zusprechen, sie dann und wann auch trösten. Ich sage Ihnen voraus, dass Ihnen dabei einiges abverlangt wird, worauf Sie während Ihres Studiums wahrscheinlich nicht vorbereitet wurden. Aber Sie werden auch feststellen, wie befriedigend eine Arbeit sein kann, bei der sich das gute Gefühl einstellt, gebraucht zu werden. Das entschädigt für manche Tage, an denen Sie glauben, das alles wächst Ihnen über den Kopf."

Unter den Heimbewohnern waren die Frauen in der Überzahl. So waren es auch meist alte Frauen, die mit ihren unentbehrlichen Gehhilfen auf den Fluren kurze, schleichend langsame, Spaziergänge unternahmen. Die Rüstigeren zog es auch in den kleinen Garten, der sich hinter dem Haus anschloss. Dabei waren die an ihren Rollatoren angebrachten Drahtkörbe meist mit einer Unmenge Krimskrams vollgestopft, den sie aus unerfindlichen Gründen stets mit sich führten. Andere traf sie in den liebevoll eingerichteten Aufenthaltsräumen oder auf den hübsch bepflanzten Balkonen an. Wer hier einzog, der wurde, ob er wollte oder nicht, Teil einer Schicksalsgemeinschaft. Einer Gemeinschaft, die sich niemand ausgesucht hatte, mit der er aber, dicht an dicht, die letzten Tage seines Lebens verbrachte. Seines Lebens. Denn in Wirklichkeit lebte man hier nicht miteinander, sondern nebeneinander her. Ihr war sofort aufgefallen, wie selten die Menschen an diesem Ort miteinander sprachen. Die meisten hatten sich abseits von ihren Mitbewohnern einen Platz gesucht, wo sie dann allein, mit nach innen gerichteten Augen, vor sich hindösten. Jeder in sich selbst versunken. Bis man sie zur nächsten Mahlzeit abholte.

Ihre ersten Besuche in den Zimmern verließ Corinna Lutze mit dem Eindruck, dass sich die menschliche Individualität am Ende eines Lebens in der Gleichförmigkeit von ein paar spärlich möblierten Quadratmetern auflöste. Die einheitliche Ausstattung hätte jeden Raum als eine genaue Kopie des anderen erscheinen lassen, wäre es in diesem Heim nicht erlaubt gewesen, sich mit einigen wenigen Überbleibseln aus einem früheren Leben zu umgeben. Diese Gegenstände erinnerten die Bewohner daran, dass es auch für sie einmal eine Welt außerhalb dieser Mauern gab. Der Restbestand dieser vergangenen fernen Zeit konnte in dem einen Zimmer aus einer kleinen Vitrine bestehen und in dem anderen aus einem über eine Vielzahl von Jahren schon deutlich ramponierten Sessel. Vor allem aber bemerkte sie in fast jedem Raum Familienfotos an den Wänden. Einige waren gerahmt, manche auch nur mit einer Reißzwecke angepinnt. Diejenigen, die geistig noch gut beieinander waren, besaßen oft auch ein eigenes Fernsehgerät oder ein Regal mit immer wieder gelesenen Büchern. Gelegentlich fiel ihr auch die eine oder andere platzsparend in eine Ecke gequetschte Blumenbank mit Topfpflanzen auf, denen ihre umsorgten Besitzer selbst noch ein Stück Fürsorglichkeit schenken konnten.

Alles, was sie hier sah, berührte sie stärker als die aktuellen Querelen in der Hochschule. Die schienen an diesem Ort Lichtjahre weit entfernt zu sein. In dieser Umgebung relativierte sich vieles - wenn nicht alles. Alt zu sein, das hatte sie bereits während der ersten Tage unter diesen Menschen erkannt, bedeutete für die meisten eine sich täglich wiederholende Flucht in die Vergangenheit. Dass eine Heimunterbringung nie mehr als eine Notlösung sein konnte, war auch für sie keine neue Erkenntnis. Aber dass gegen dieses Gefühl des

158

Abgeschobenenseins, des nicht mehr Dazugehörens, auch die beste Pflege nichts ausrichtete, wurde ihr erst hier bewusst. Jetzt verstand sie auch, warum ihr die Heimleiterin bei der Einweisung so dringlich ans Herz gelegt hatte, diesen Menschen etwas Besonderes zu schenken: Aufmerksamkeit und Zuwendung, den ihnen gebührenden Respekt.

Sie hatte den Ort ihrer praktischen Bewährung freiwillig gewählt und sich schon vorab mit den Schwierigkeiten auseinandergesetzt, die sie in dieser Zeit auf sich zukommen sah. Sie wollte sich selbst beweisen, dass sie dieser Herausforderung gewachsen war. Wer auf Menschen zuging, die sich schon aufgegeben hatten, der konnte ihnen für den kurzen Rest ihres Lebens bestenfalls sogar ein Stück ihrer einstigen Persönlichkeit zurückgeben. Das war ihr Ansporn und der Grund, weshalb sie hier war. Das hatte auch etwas mit Menschenwürde zu tun. Die durfte nicht deshalb außer Kraft gesetzt werden, nur, weil diese Gesellschaft seelenloser Buchhalter in Greisen primär einen Kostenfaktor sah.

Die Fallbeispiele, die ihr für das Praktikum in den gerontologischen Vorlesungen an die Hand gegeben worden waren, halfen ihr indes nicht wirklich weiter. Soweit es um den fortgeschriebenen Stand der Wissenschaft ging, war der in dicken Lehrbüchern nachzulesen oder im Internet abrufbar. Wer googelte, der fand für alle erdenklichen Fragen fundierte Antworten. Aber ein erlerntes oder abgerufenes Wissen war allenfalls ein schwacher Abklatsch der Realität. Hier lernte sie es zu schätzen, dass ein Teil des Unterrichts an der Hochschule von Lehrbeauftragten bestritten wurde. Wenn sie jetzt immerhin auf ein paar brauchbare Ansätze zurückgreifen konnte, verdankte sie das hauptsächlich diesen Dozenten. Wer *von draußen* kam, um seine im Berufsleben erworbenen Erfahrungen an junge Menschen weiterzugeben, war der Wirklichkeit außerhalb des geschützten Raumes einer Hochschule noch nicht so weit entrückt wie eine Riege eher lustloser Professoren. Der zeigte sich nicht nur engagierter, sondern bot oft auch den interessanteren Lehrstoff an. Als AStA-Vorsitzende musste sie sich ständig die Klagelieder der Studis anhören, dass die mit schmucken Urkunden auf Lebenszeit berufenen Beamten mit Professorentitel in ihrer Lehrverpflichtung nur noch ein unvermeidliches Übel sahen. Sehr viel lieber hätten sie diese Zeit der von ihnen favorisierten Forschung gewidmet. Wer forschte und in der Fachwelt mit einer Flut von Publikationen auf sich aufmerksam machen konnte, genoss Prestige. Der durfte davon ausgehen, dass ihn die Ergebnisse seiner Arbeit eines Tages überlebten. Wer dagegen zu viele geistige Ressourcen dem lästigen Trott des Lehrbetriebs opferte, vergab die Chance, sein Lebenswerk mit dem sich anschließenden Nachruhm zu krönen. Eingedenk dieser Güterabwägung verschanzten sich die etablierten Damen und Herren der Besoldungsordnung W so oft wie möglich in dem nur ihnen zugänglichen Kosmos der Wissenschaft. In den geweihten Sphären akademischer Abgehobenheit schrieben sie dann kluge Bücher, glänzten vor ehrfürchtigen Laien mit dem einen oder anderen geistreichen Vortrag und vervollkommneten schon jetzt sehr fleißig das Bild, das sich die Nachwelt dereinst von ihnen machen sollte. Wer es endlich so weit gebracht hatte, in der wissenschaftlichen Literatur und in Promotionen zitiert zu werden, konnte überdies auf ein lukratives Zubrot hoffen. Dann bestand Aussicht, als Gutachter gebucht oder als ausgewiesener Experte in verschiedene hochmögende Kommissionen berufen zu werden.

Mit dem eher dürftigen Rüstzeug, auf das sie zurückgreifen konnte, bot sich Corinna Lutze lediglich der Einstieg in eine ihr bis dahin fremde Welt. Jetzt stand sie vor der Aufgabe, ihr zusammengetragenes Halbwissen mit eigenen Erkenntnissen anzureichern. Sie bemühte sich, etwas Abwechslung in die Eintönigkeit der Heimbewohner zu bringen. Aber sie vermied es, in ihnen lediglich Versuchsobjekte zu sehen, deren Beobachtung ihr das Material für eine eventuelle Examensarbeit lieferte.

Sie behielt den Respekt vor den Alten, auch vor denen, die nur noch mit leerem Blick ins Nichts starrten. Ihr ging es darum, diesen Menschen näher zu kommen, den überall spürbaren Panzer selbst gewählter Isolation aufzubrechen. Aber war nicht gerade diese Weltentrücktheit, dieses Abtauchen in die Tiefe des eigenen Ichs, ein letzter Schutz, der sich den einsamen Alten noch bot? Soweit es sich dabei um eine Flucht in glückliche Erinnerungen handelte, schirmten die sie dann wie ein gnädiger Vorhang vor einer Gegenwart ab, in der sie sich nur selbst in jedem Augenblick ihres verbleibenden Daseins als einen Teil des sie umgebenden Elends erkannt hätten. Sie suchte nach Möglichkeiten, längst erloschenen Interessen wieder Nahrung zu geben, maskenhafte Gesichter noch einmal lebendig werden zu lassen, Verstummte zum Sprechen zu bewegen. Sich auf diese Menschen einzulassen bedeutete auch, ihnen Mut zu machen, den Kampf gegen eine übermächtige Resignation aufzunehmen. Dabei musste sie oft die Vergeblichkeit ihrer Anstrengungen erkennen. Andererseits hatte sie sich noch nie so sehr über einen Erfolg freuen können wie über den kleinsten Schritt nach vorn, der ihr hier gelang. Auch damit hatte die Heimleiterin recht behalten. Weil ihre Gesprächspartner irgendwann spürten, dass sie es ehrlich mit ihnen meinte, erfuhr sie eines Tages auch die Geschichte von Martha Reimers. Als nur eine der vielen in sich gekehrten Greisinnen, von denen jede ihr ganz persönliches Schicksal mit sich herumschleppte, war sie ihr zuvor noch nicht besonders aufgefallen.

Martha Reimers gehörte zu der kleinen Gruppe, die sie für ihr Projekt *Erinnerungen* gewinnen konnte. Dessen Konzept sah vor, ganz spontan aufzuschreiben, was den Teilnehmern zu ihrem zurückliegenden Leben einfiel und was ohnehin ihre Tage und Nächte bestimmte. Nach zwei Wochen wollte man sich erneut treffen, um gemeinsam über die dann vorliegenden Berichte zu sprechen. Weil sie sich von der anfänglichen Abwehr nicht entmutigen ließ, waren ihre Bemühungen sogar erfolgreicher verlaufen als zunächst befürchtet. Im Ergebnis hatte sie fünf Frauen und einen Mann von ihrer Idee überzeugen können. Sie erklärte allen, die sich an dem Vorhaben beteiligten, dass es dabei nicht auf eindrucksvolle Formulierungen ankam. Auch müsse niemand Hemmungen haben, bei dem es mit der Rechtschreibung hakte. Ob holprig im Text oder fehlerhaft in der Grammatik, das alles spielte keine Rolle. Wichtig war allein, ihre schon lange nicht mehr ausgesprochenen Gefühle endlich wieder einmal in Worte zu fassen. Soweit sich ihre Hoffnung erfüllte, damit wenigstens einigen Heimbewohnern aus ihrer Abgestumpftheit herauszuhelfen, war schon viel erreicht. Wer bereit war, etwas über sich preiszugeben, und sei es vorerst nur auf dem Papier, der gewann möglicherweise sogar ein Stück seines Lebenswillens zurück. Sie wäre auch nicht enttäuscht gewesen, falls dieser Versuch nur ansatzweise glückte. Um den aufgestauten Gefühlen ein Ventil zu öffnen, genügte es auf jeden Fall.

Mit gestärkter Zuversicht konnte sie in den folgenden Tagen beobachten, wie eifrig die Gruppe ans Werk ging. Als hätten diese Menschen nur darauf gewartet, noch einmal zu erfahren, dass sich jemand für sie interessierte. Zum vereinbarten Termin sammelte sie tatsächlich mehr beschriebene Blätter ein, als zu Beginn erwartet. Dabei wies vieles, was sie zu lesen bekam, irritierende Parallelen auf. Manche Schilderungen, die sie daraufhin mit anderen verglich, klangen nahezu gleichlautend. Fast erschien es so, als hätten einige der Beteiligten, wie in der Schulzeit, voneinander abgeschrieben. Aber nach nochmaligem Nachdenken fand sie für diese Übereinstimmungen eine einfache Erklärung. Hier handelte es sich um etwa gleichaltrige Menschen. Es war also naheliegend, dass sich auch die Erfahrungen ähnelten, die diese Generation im Laufe ihres Lebens gesammelt hatte. Jeder für sich, aber in gewisser Weise auch wieder gemeinsam. So lasen sich die in einer mehr oder weniger geordneten Zeitfolge verfassten Chroniken zwar hier und da wie Analogien, aber die darin verwobenen persönlichen Erlebnisse machten ihre Leben dann doch wieder voneinander unterscheidbar und jedes für sich einmalig und unverwechselbar.

Der Rückblick auf Kindheit und Jugend wurde überwiegend von einem Gefühl dankbaren Erinnerns beherrscht. Es war ein Heranwachsen zwischen den Kriegen, eine Zeit des Übergangs von einer Katastrophe in die noch größere. Wer als Nachgeborener um das Unheil wusste, das sich hinter der potemkinschen Fassade der wilden Zwanziger- und der frühen Dreißigerjahre zusammenbraute, der tat sich schwer mit dem Gedanken, gern selbst in dieser Zeit gelebt zu haben. Aber in den Aufzeichnungen der Menschen, die damals jung waren, wogen die kleinen Privatheiten noch immer schwerer als der Bezug auf das große Ganze. Die Jugend setzte ihre eigenen Schwerpunkte, deren Logik oft bis ins hohe Alter nachwirkte. Ein Grund, warum persönliche Erinnerungen nie objektiv sein konnten. Diese Regel fand sie in den Gedächtnisprotokollen, die sie jetzt in Händen hielt, einmal mehr bestätigt. Dabei musste sie gar nicht auf diese Niederschriften zurückgreifen, um sich dieser Tatsache bewusst zu werden. Es genügte, ihr eigenes, noch junges Leben zu hinterfragen. Bereits jetzt stellte sie gelegentlich fest, dass sie ihre Kindheit und Jugend in der DDR nicht vorrangig mit der Gängelei durch linientreue Lehrer oder FDJ-Leiter gleichsetzte. Weitaus häufiger dachte sie an die ersten herzklopfenden Verliebtheiten, die ihr die ansonsten nur widerwillig besuchten FDJ-Treffen versüßten. Mit solchen gefühlsmäßigen Verknüpfungen stand sie im Kreis ihrer Altersgenossen nicht allein. Sie kannte Gleichaltrige, die ihr Geschichtsbild der DDR wohl auf Dauer an der Lagerfeuerromantik und den geschlossenen Freundschaften in der Pionierrepublik Wilhelm Pieck am märkischen Werbellinsee ausrichteten.

Im Unterschied zu den Biografien späterer Generationen mündete die Jugend der unter diesem Dach versammelten Jahrgänge im Krieg. Während sich die Nachgeborenen in ihren jungen Jahren längerfristigere Ziele setzten, begann das Erwachsenenalter dieser Menschen im steten Angesicht des Todes und der Furcht, möglicherweise schon den nächsten Tag nicht mehr zu erleben. Diese Angst hatte niemand von ihnen vergessen. Die begegnete ihr in allen Berichten. Es waren diese unauslöschlichen Erfahrungen, die nicht nur die Texte, sondern auch deren Verfasser einander ähnlich machten.

Das Bündel loser Seiten, das Corinna Lutze nach Abschluss ihres Projektes in Händen hielt, war leicht. Dafür wog dessen Inhalt schwerer als manches dicke und teure Geschichtsbuch. Nichts hätte eine Epoche authentischer beschreiben können als diese mit oft schon zittriger Hand und mit teilweise ungelenken Worten verfassten Erinnerungen. Das Entsetzen des Krieges zog sich wie ein roter Faden durch alle Lebensläufe. Auch die Entbehrungen der ersten Nachkriegsjahre wurden noch in vergleichbarer Weise erlebt. Später verloren sich die Gemeinsamkeiten ihrer Zeitzeugen auf unterschiedlichen Wegen – je nachdem, auf welche Seite der nun quer durch Deutschland verlaufenden Grenze sie der Wille unversöhnlicher Politiker verschlagen hatte. Keine anderen Aufzeichnungen machten das so deutlich wie die von Martha Reimers. Als sie deren eng beschriebene Seiten durchblätterte, empfand sie auch ein wenig Stolz, dass sich ihre Überzeugungsarbeit ausgezahlt hatte. Nach einer zögerlichen Zustimmung schien es der stets so traurig wirkenden Frau, ebenso wie den übrigen Beteiligten, gutgetan zu haben, sich die unverarbeitete Last der Vergangenheit einmal von der Seele zu schreiben. Zwar hatte diese Martha Reimers vielen anderen Heimbewohnern voraus, dass sie in der jungen Ärztin, die sie häufig besuchen kam, noch eine Ansprechpartnerin besaß. Aber besonders tiefe Gefühle ließen sich vielleicht immer noch etwas leichter aufschreiben, als darüber zu sprechen. Wer schrieb, der sprach vor allem mit sich selbst.

Anfangs hatte Corinna Lutze Mühe, Martha Reimers Handschrift zu entziffern. Dabei stand ihr erneut das Bild ihrer Oma vor Augen, die ebenfalls noch so merkwürdig geschrieben hatte. Ihr verdankte sie es, dass sie dieses inzwischen ausgestorbene Sütterlin, vor dem jeder Briefträger kapituliert hätte, überhaupt noch lesen konnte.

Auf den ersten Seiten fand sie wiederum Bekanntes, das ihr so oder in ähnlicher Weise schon wiederholt begegnet war. Auch Martha Reimers Chronik führte zunächst zurück in die Kindheit. In ihrem Fall war es eine Kindheit in Schlesien. Ein Heranwachsen in Armut, aber weil es, wie sie im liebevollen Gedenken an die Eltern hervorhob, auch eine behütete und insoweit glückliche Zeit war, empfand sie die materielle Not im Rückblick als weniger beschwerlich. Dem folgte die Jugend in Berlin, die Jahre als Dienstmädchen in verschiedenen Haushalten. *Dann ging ich nach Berlin und kam in Stellung,* so nüchtern fasste Martha Reimers diesen Lebensabschnitt zusammen, als wäre mit dem Hinweis auf ihre dienende Rolle bereits alles gesagt. Eine verhuschte kleine graue Maus aus Schlesien, die sich in der für sie viel zu großen und lauten Stadt einsam und verlassen fühlte. Alles in allem eine Zeit, die nur wenig Erfreuliches für sie bereithielt, die ihr im Nachhinein gleichwohl nur halb so schlimm erschien, weil ihr noch sehr viel schlimmere Zeiten folgen sollten. Allerdings wurde sie auch noch einmal wunderschön, als sie eines Tages durch Zufall – oder war es doch Fügung? – auf ihren Herbert traf. Das war, als sie dem für Reparaturarbeiten bestellten Elektriker die Wohnungstür öffnete und plötzlich, mit wieder mal verweinten Augen, ihrem Traummann gegenüberstand. In diesem Augenblick wurde ihre Hoffnung zur Gewissheit, dass sich manchmal sogar für Mädchen wie sie eine Sehnsucht erfüllte.

Herbert Reimers hatte sie sofort gefragt, warum sie so traurig war. *So'n nettet Mädel muss doch nich heulen.* Das klang so ungewohnt für ihre Ohren, die bisher weit mehr harsche als einfühlsame Töne zu hören bekommen hatten, dass ihre Tränen daraufhin erst richtig flossen. Ganz so, als wären sie schon ewig miteinander bekannt, hatte sie ihm wenig später ihr Herz ausgeschüttet. Während er seinen handwerklichen Verrichtungen nachging, hörte er ihr geduldig zu, als sie ihm von den unzähligen kleineren und größeren Schikanen berichtete, denen sie täglich ausgesetzt war und dass es niemand gab, der sie in Schutz nahm. Das war wie ein Damm, der von einem Moment zum anderen brach, weil er nicht stark genug war, der Wucht explodierender Gefühle standzuhalten. Von diesem Tag an waren sie zusammen. Endlich gab es jemand, bei dem sie sich anlehnen konnte. Sie war nicht mehr allein. Und wer nicht allein war, konnte vieles ertragen.

Den Tag ihrer Hochzeit erlebte sie als den bisher glücklichsten Tag ihres Lebens. Es machte ihr nichts aus, dass es sich dabei um eine schmucklose Kriegstrauung handelte, die während eines kurzen Fronturlaubs des Obergefreiten Herbert Reimers ohne größere Feierlichkeiten vonstattenging. Was zählte, war allein die Liebe zu dem Mann, dessen Namen sie ab jetzt trug und von dem sie sich bereits wenige Tage später wieder verabschieden musste, weil ihn ein Befehl zu seiner an der Ostfront kämpfenden Einheit zurückbeorderte. Der Krieg nahm auf junge Liebende keine Rücksicht. Für Politik hatte sie sich bis dahin kaum interessiert. Davon glaubte sie nicht viel zu verstehen. Aber sie spürte instinktiv, dass eine Ära, in der die Begriffe Befehl und Gehorsam mehr galten als ein privates Glück, nur schrecklich enden konnte.

Was folgte, waren Jahre der Angst. Das war eine absolute, nie nachlassende Angst. Es gab keinen Tag, an dem sie von ihr verschont blieb. Sie hatte Angst um ihren Mann, Angst um das eigene Leben. Später quälte sie vor allem die Angst um ihr gemeinsames Kind, das sie inzwischen geboren hatte. In den Jahren nach der Geburt von Mathias wusste sie lange nicht, ob ihr Sohn jemals seinen Vater kennenlernte. Dabei besaß sie doch nur noch diese kleine Familie, nachdem ihre Eltern und ihre jüngere Schwester auf der Flucht aus der alten Heimat ums

Leben gekommen waren. Damals war das Schicksal ihr und ihrem Herbert gnädiger als anderen, denn sie fanden nach dem Krieg wieder zusammen, wenn auch erst viel später.

Nach Herbert Reimers Entlassung aus der Gefangenschaft musste sich Mathias erst an den körperlich und seelisch verwundeten Mann gewöhnen, der von nun an bei ihnen lebte und der ihm zunächst wie ein Fremder erschien. Dieser ausgemergelte kranke Mann hatte so gar keine Ähnlichkeit mit dem schmucken jungen Soldaten auf dem Hochzeitsfoto seiner Eltern. Alles, was er von dem Mann auf dem Foto wusste, hatte ihm seine Mutter erzählt. Fast jeden Tag hatte sie von ihm gesprochen. So viel hatte er von seinem Vater gehört, dass er begann, sich nach und nach ein eigenes Bild von ihm zu formen. Keinen Augenblick zweifelte er daran, einen Helden zum Vater zu haben. Aber als dieses Gebilde seiner kindlichen Fantasie leibhaftig vor ihm stand, da erkannte der Sohn den Vater nicht. Trotz allem wollte Martha Reimers fest daran glauben, dass nun die herbeigesehnte bessere Zeit vor ihnen lag. Die Vergangenheit war schlimm genug gewesen.

Anfangs sah es auch danach aus. Sie waren glücklich, nach langer vergeblicher Suche im zerstörten Nachkriegsberlin endlich eine eigene Wohnung zu finden. Wie hätte sie damals ahnen können, dass ihnen dieser vermeintliche Glücksfall eines Tages zum Verhängnis werden sollte. Nur, weil diese Wohnung zufällig im Bezirk Mitte, also im sowjetisch besetzten Sektor der Stadt, im Ostsektor, lag. Dem Zufall ihrer Wohnungswahl war es zuzuschreiben, dass ihr später alles genommen wurde, was ihr wichtig war. Erst der Sohn und dann der Mann.

Wie die meisten Berliner hatten auch sie Angehörige und Freunde in allen Teilen der Viersektorenstadt, im Osten, in Friedrichshain und Pankow, ebenso wie im Westen, in Kreuzberg, in Neukölln und weit draußen in Spandau. Natürlich besuchte man sich gegenseitig. Es gab ein ständiges hinüber und herüber. Bis zu jenem Sonntag im August 1961. Schon in der

Nacht vom 12. zum 13. August waren überall in der DDR Bautrupps in Marsch gesetzt worden, um quer durch Berlin eine Mauer zu errichten. Ein hässliches Monstrum aus Beton, durch das sie zum zweiten Mal in ihrem Leben Menschen verlor. Diesmal bedurfte es dafür keines Krieges, es reichten unzählige Rollen Stacheldraht, Berge von Baumaterial und viele fleißige Hände, um den Willen der Machthaber umzusetzen, ihre Untertanen einzusperren. Weil sie den eigenen Bürgern den Fluchtweg in den Westen verschlossen, glaubten die Mächtigen, ihren Staat und damit sich selbst gerettet zu haben. Auch sie gehörten jetzt zu diesen Eingemauerten, die in den Menschen auf der anderen Seite des *antifaschistischen Schutzwalls*, in der gleichen Stadt, nicht selten in derselben Straße, nicht mehr ihre Freunde und Verwandten, sondern den Klassenfeind sehen sollten. Aber weil sogar jeder Wahnsinn einer Erklärung bedurfte, versuchten die staatlichen Kerkermeister ihren fortan ausbruchssicher verwahrten Häftlingen einzureden, sie vor Gefahren schützen zu wollen, die ihnen von jenseits der nun unpassierbar gewordenen Grenze drohten.

Dann starb nach langer schwerer Krankheit ihre Schwiegermutter im West-Berliner Bezirk Kreuzberg. Hedwig Reimers wohnte keine zwei Kilometer von ihnen entfernt und doch war ihr Sterbebett für sie so unerreichbar wie ein ferner Stern. Während der gesamten Zeit ihrer Erkrankung durften sie nicht zu ihr. Als ihnen sogar die Teilnahme an der Beerdigung verwehrt wurde, erfasste sie und ihren Mann, der sehr an seiner Mutter hing, eine unbeschreibliche Verzweiflung. Dennoch hielten sie es für besser, sich auf ihre Weise mit den Verhältnissen zu arrangieren. Sie nutzten die kleinen Nischen des Privaten, um sich einen Raum persönlicher Freiheit zu schaffen. Wenn sie sich mit offener Kritik an dem System, das sie verabscheuten, zurückhielten, taten sie das, um ihren Sohn zu schützen. Der wuchs schließlich in einem Land auf, in dem jemand rasch der Sippenhaft anheimfiel, dessen familiäres Umfeld als politisch unzuverlässig galt.

Doch mit ihrem Mathias mussten sie gar nicht über die vielfältigen Schikanen sprechen, mit denen dieser Staat jedem das Leben zur Hölle machte, der aus dem ideologischen Gleichschritt ausscherte. Der erkannte den Widerspruch zwischen den bis zum Überdruss propagierten Zielen des Sozialismus und der ihn täglich zermürbenden Enge auch allein. Aber im Gegensatz zu ihnen war er nicht bereit, die allgegenwärtige Heuchelei und Verlogenheit schweigend hinzunehmen. Statt das politische Geschwätz wie die meisten seiner Mitschüler unbeteiligt an sich vorbeirauschen zu lassen, bedrängte er seine Lehrer mit unbequemen Fragen. Er fiel immer wieder unangenehm auf, weil er die ihm im Unterricht eingetrichterte Weltsicht auf ihren Wahrheitsgehalt hinterfragte. Klar, dass er sich damit die Chance auf ein Studium verbaute. Renitente Schüler wie er, die sich der Absicht ihrer Lehrer verweigerten, sich zu ausgereiften sozialistischen Persönlichkeiten heranbilden zu lassen, wurden nicht gefördert. Die durften zufrieden sein, wenn ihre Aufsässigkeit nicht gleich in speziell dafür eingerichteten Erziehungslagern aus ihnen herausgeprügelt wurde.

Je älter er wurde, desto drängender wurde sein Wunsch, nicht auf unabsehbare Zeit in den Grenzen eines Staates leben zu müssen, dessen Weltanschauung ihn knebelte. Er wollte sich nicht länger von machtversessenen Parteifunktionären vorschreiben lassen, was er für gut und für schlecht, für richtig und falsch, zu halten hatte. Seine erste Überlegung, einen Ausreiseantrag zu stellen, verwarf er nach kurzer Prüfung. Aus seinem engsten Freundeskreis wusste er um die Torturen, die mit einer solchen Lösung verbunden waren. Also blieb als letzter Ausweg nur die Flucht. Dass er nicht mit ihnen, seinen Eltern, über seine Absicht gesprochen hatte, verstand Martha Reimers. Er konnte sich denken, dass sie aus Angst um ihn alles unternommen hätten, ihm dieses Vorhaben auszureden. Nur seine Freundin Babs war frühzeitig eingeweiht und die zögerte keinen Augenblick, dieses Wagnis zusammen mit ihm einzugehen. Über Monate hatten sie ihre Flucht geplant, bis sie eines Tages wirklich glaubten, dass sie ihnen gelingen würde.

Wie viele Schüsse auf ihren Sohn und seine Gefährtin abgegeben wurden, hatten sie und ihr Mann nie erfahren. Möglicherweise war Mathias auch nicht sofort tot, als er neben seinem Mädchen im Grenzstreifen lag und verblutete. Dann hatte er vielleicht noch in den letzten Minuten seines Lebens in Gedanken von ihnen Abschied genommen.

Auf der letzten Seite wurde der Text fast unleserlich. Die Buchstaben waren in sich verlaufen, weil das Papier an verschiedenen Stellen feucht geworden war. Zum Schluss hatte Martha Reimers ihren Tränen freien Lauf gelassen. Corinna Lutze konnte nicht verhindern, dass auch sie feuchte Augen bekam, als sie den abschließenden Satz, die bis heute unbeantwortet gebliebene Frage, mit einiger Anstrengung entzifferte: *Was sind das nur für Menschen, die einem so etwas antun?* Sie faltete die Blätter sorgfältig zusammen und zum ersten Mal überkamen sie Zweifel, auf der richtigen, der besseren Seite zu stehen. Plötzlich wurde sie den Gedanken nicht mehr los, dass eine politische Idee, die mit so viel menschlichem Leid befleckt war, damit für immer den Anspruch verloren hatte, sich als die gerechtere Alternative zu dem bestehenden Gesellschaftsmodell zu empfehlen.

16

Petra Glombig genoss ihren ersten dienstfreien Abend, der sich an eine Kette von Rundumschichten anschloss. Der mit einem kaum abbaubaren Schlafdefizit verbundene Dauerstress in der Klinik zehrte an ihren Kräften. Sie fühlte sich ausgelaugt. Aber weil sie ihren Beruf trotz allem liebte, fiel es ihr schwer, sich einzugestehen, wie sehr er sie manchmal erschöpfte. Jetzt freute sie sich darauf, in den nächsten Stunden einfach nur faul abzuhängen. Sie wollte sich in bequemen Klamotten, sie nannte es ihren Gammellook, auf die Couch lümmeln, noch ein paar

Kapitel in dem Roman lesen, mit dem sie seit über einem halben Jahr nur seitenweise vorankam, dazu ein Glas Rotwein trinken und dann früh ins Bett gehen. Dass sie allein lebte, empfand sie in solchen Stunden als Segen. In diesem Zustand hätte sie sich nur ungern auf längere Unterhaltungen eingelassen, von anderen gemeinsamen Aktivitäten nicht zu reden. Wer völlig erledigt nach Hause kam und sich nur noch nach Ruhe sehnte, entsprach nicht unbedingt dem Wunschbild des idealen Partners. Das war sicherlich einer der Gründe, warum in ihrem Kollegenkreis so viele Beziehungen in die Brüche gingen. Sie nahm an, dass eine feste Beziehung in ihrem Fall mit ähnlichen Problemen behaftet gewesen wäre. Nur, um das zweifelsfrei zu ergründen, hätte es eines erneuten Anlaufs bedurft, die Verständnisbereitschaft, gegebenenfalls auch die Leidensfähigkeit, potenzieller männlicher Bewerber zu testen. Wobei das eine eher hypothetische Überlegung blieb, solange sie die wenige Freizeit benötigte, um die leeren Batterien aufzufüllen und sich lieber zu Hause einigelte, statt um die Häuser zu ziehen. Außerdem war sie schon einige Male auf die Falschen hereingefallen. Schlechte Erfahrungen machten misstrauisch - aber auch klüger. Immerhin verdankte sie diesen Fehlgriffen einen kritischeren Blick, was eine selbstkritische Diagnose der eigenen Gefühle einschloss. Seither sah sie sich die Männer, die an ihr Interesse zeigten, genauer an. Bei Großmann, dem verheirateten Oberarzt auf ihrer Station, einem aufgeblasenen Blender, der ihr seit geraumer Zeit nachstellte, hatte sich das schon ausgezahlt.

Pass bloß auf, dass du nicht als alte Jungfer endest. Diese Litanei musste sie mit schöner Regelmäßigkeit über sich ergehen lassen, wenn sie ihren Vater besuchte. Dessen gut gemeinte aber deshalb nicht weniger unerbetenen Ratschläge konnte sie kaum noch hören, zumal sie manchmal schon selbst befürchtete, dass alles auf ein solches Los hinauslief. Dabei ging es dann allerdings mehr um die gelegentlich in ihr aufkeimende Sorge,

171

allein alt zu werden. Mindestens der Frust ewiger Jungfern-schaft bliebe ihr erspart. Wie ihr einige schräge Bemerkungen im Kollegenkreis verrieten, machte sich nicht nur ihr Vater Ge-danken über ihr brachliegendes Liebesleben. Auch in der Klinik war ihr anhaltendes Singledasein ein häufig erörtertes Thema. Und wenn schon. An Abenden wie diesem war es jedenfalls ein wohltuendes Gefühl, keine partnerschaftlichen Rücksichten nehmen zu müssen.

Sie wollte sich gerade in ihrem Buch vertiefen, als ihr einfiel, dass sie noch immer nicht dazu gekommen war, sich die Fern-sehsendung anzusehen, die Martha Reimers so aufgewühlt hatte. Also steckte sie das Lesezeichen mit einem kapitulieren-den Seufzer an seinen angestammten Platz zurück, an dem es nun schon seit Wochen scheinbar festklebte, schaltete den Fernseher ein und rief die Mediathek des entsprechenden Sen-ders auf. Wie sich aus der Vorankündigung des Beitrages ergab, hatte die Redaktion des Regionalmagazins mit Lutz Hirche ei-nen als besonders scharfzüngig bekannten Reporter losge-schickt, um die ersten Wahlkampfaktivitäten der Parteien für die im nächsten Jahr stattfindenden Wahlen zum Berliner Ab-geordnetenhaus zu beobachten. Der kommentierte das Gesche-hen dann auch mit der von ihm gewohnten Schnoddrigkeit. Die unorthodoxe Art seiner Berichterstattung war beliebt und wurde gemeinhin für authentisch gehalten. Petra Glombig wusste es besser. Eine beim Fernsehen beschäftigte Freundin hatte ihr verraten, dass diese spezielle Masche nach ausgiebiger Diskussion in der Redaktion ausgetüftelt worden war. Dort ließ man sich innerhalb des Senders, bis hoch zur Intendantin, gern für den gelungenen Mix aus informativem und erfri-schend lebendigem Journalismus beglückwünschen.

Diesmal besuchte Hirche eine Veranstaltung der PfsG im Be-zirk Lichtenberg. In der angemieteten Aula einer dortigen Schule wollte die Partei die Bürger mit Bodo Breitenfeld, ihrem bereits nominierten Wahlkreisbewerber, bekanntmachen und

Hirche vermerkte sofort, dass hier wieder mal die bestellten Claqueure für die gewünschte Stimmung sorgten. Aber als er einen der Anwesenden scheinbar arglos fragte, ob sich denn der Aufwand einer öffentlichen Veranstaltung überhaupt lohne, wo doch eine interne Parteiversammlung den gleichen Zweck erfüllt hätte, drehte sich der Angesprochene nur abrupt zur Seite. „Keine Antwort ist auch eine Antwort" deutete er diese Abfuhr mit süffisantem Unterton, nicht ohne zum Beweis seiner journalistischen Neutralität sofort darauf hinzuweisen, dass auch andere Parteien bei bestimmten Anlässen einen größeren Teil der Plätze für zuverlässige Anhänger reservierten. Gleich darauf besann er sich aber schon wieder, welchen Kommentar er seinem Ruf schuldete. „Dabei ist diese Vorsicht völlig unbegründet" ätzte er in die Kamera. „Die setzte ja die Annahme voraus, die eigenen Leute könnten dabei in die Minderheit geraten. Und ein solcher Wähleransturm erscheint mir dann doch, Pardon, etwas zu optimistisch."

Petra Glombig konnte gar nicht anders, als diesen Bodo Breitenfeld, dessen Rede immer wieder von Beifall unterbrochen wurde, mit den Augen von Martha Reimers zu sehen. Die hatte ihn als einen der beiden Mitarbeiter des MfS identifiziert, die ihnen damals die Nachricht vom Tod ihres Sohnes überbrachten. Dieser Breitenfeld, auch das war ihr unvergessen geblieben, hatte sich bei der Erledigung seines Auftrages so aufgeführt, als müsste er den Staat, dem er diente, noch an Brutalität übertreffen. Als der sie über den Tod *des Grenzverletzers Mathias Reimers* unterrichtete, hatte er sie im selben Atemzug aufgefordert, die Asche ihres Sohnes unter die Erde zu bringen. *Unverzüglich, sonst übernehmen wir das. Auf unsere Weise.* Diese Stimme – für Martha Reimers unverwechselbar. Eine Stimme, die für sie erstmals einen Namen bekam, denn als die Vertreter der Staatssicherheit bei ihnen eindrangen, hatten die sich natürlich nicht namentlich vorgestellt. Als sie den Mann in dieser Nacht so unvermittelt im Fernsehen wiedersah, dessen Gesicht und

Stimme sie bis an ihr Lebensende verfolgen würde, begann ihr Herz zu rasen. Aber weil gleichzeitig irgendetwas ihre Kehle zuschnürte, während sie wie gebannt auf den Bildschirm starrte, konnte sie nicht einmal aufschreien. Dafür bebte sie am ganzen Körper. Alles war wieder so wie an jenem schrecklichen Morgen, als sie diesem Mann und seinem Kollegen hilflos ausgeliefert waren, als sie sich anhören mussten, wie ihr toter Sohn als Gesetzesbrecher geschmäht wurde. Und sie zitterte erneut, als sie Petra Glombig am nächsten Tag, mit sich überschlagenden Worten, berichtete, welche Qualen sie in der Nacht noch einmal durchlebt hatte.

Die dachte jetzt, als sie die Sendung verfolgte, dass vieles einfacher wäre, wenn das Gesicht eines Menschen unverfälscht und unauslöschlich sein wahres Wesen widerspiegelte. In dieser Lichtenberger Schulaula präsentierte sich ein Kandidat seinen Zuhörern, der in seinem eleganten dunkelblauen Anzug kaum noch eine Ähnlichkeit mit dem menschenverachtenden Zyniker aufwies, als den ihn Martha und Herbert Reimers kennenlernten. Jeden seiner Sätze hatten die beiden als einen Akt kalter Gewalt empfunden, der sie bis ins Mark erschütterte. Bei dem Redner, den sie heute sah und hörte, schien es sich nicht mehr um dieselbe Person zu handeln, die ihr Martha Reimers beschrieben hatte. Es fiel ihr schwer, in Breitenfeld noch den ehemaligen Stasi-Mitarbeiter zu erkennen, der überall, wo man ihn hinbeorderte, Angst und Schrecken verbreitete. Auf dieser Veranstaltung begeisterte ein Mann sein Publikum, dessen Erscheinungsbild nichts mehr von der Gnadenlosigkeit verriet, die er bei seinen beruflichen Einsätzen so intensiv ausleben durfte. Zwar hatte sich seine Stimme seither nicht so erheblich verändert, um von Martha Reimers nicht wiedererkannt zu werden, doch mindestens sein Tonfall hatte die schneidende Schärfe verloren. Hinzu kam, dass ihm die inzwischen leicht ergrauten Schläfen auch einen Anstrich optischer Seriosität verliehen. Um nichts von dem zu verpassen, was *unser Freund und*

Genosse, als der Breitenfeld von einem Mitglied des Landesvorstandes der Partei mit großer Herzlichkeit eingeführt worden
war, zu sagen hatte, stellte Petra Glombig die Lautstärkerege-
lung an der Fernbedienung etwas höher.

Diesen Hentschel, dem Breitenfeld ein so förderliches Entree
zu dieser Versammlung verdankte, vermochte sie nach den
Schilderungen ihres Vaters relativ gut einzuordnen. Der breiten
Öffentlichkeit genügte das Wissen, dass Dr. Gerd Hentschel
alle wesentlichen Voraussetzungen mitbrachte, um als aussichtsreicher Anwärter für künftige Spitzenpositionen der Partei gehandelt zu werden. Außerdem galt er als einer der Wortführer, der seiner PfsG nach den Wahlen eine Koalition mit
der FDSU unter Winfried Wolters schmackhaft machen
wollte. Als hätte er ihre Gedanken erraten, sprach nun auch
Lutz Hirche als unmittelbarer Beobachter des Geschehens dieses seit geraumer Zeit kursierende Gerücht an und freute sich
bereits auf die windigen, fast inhaltsgleichen, Dementis beider
Parteien, die wenig später beim Sender eintrudeln würden.

Auch wenn er Profi genug war, um sich nichts anmerken zu
lassen, nagte doch ein unterschwelliger Ärger an Hirche. Bisher
war es ihm nur selten passiert, trotz mehrerer Anläufe mit dem
Versuch zu scheitern, einige Teilnehmer für eines seiner bei den
Zuschauern so beliebten Vor-Ort-Interviews vor sein Mikrofon
zu lotsen. Nur an Hentschel führte kein Weg vorbei. Wann
immer sich Presse, Funk und Fernsehen mit der PfsG beschäftigten, war Hentschel bereits auf dem Sprung. Auch diesmal
plauderte die universal einsetzbare Allzweckwaffe der Partei
wieder in seiner bekannt launigen Art daher, die es seinen politischen Gegnern so schwermachte, ihn frontal anzugehen.
Von dieser Ausnahme abgesehen, bestand bei den übrigen Anwesenden wenig Neigung, sich ohne vorherige Abstimmung,
frei nach Schnauze, zu äußern. Zum Ärger der Traditionalisten
machte sich in den neu entstandenen Parteigliederungen im
Westen in diesem Punkt eine beklagenswerte Laxheit

bemerkbar. Zudem mündeten die dortigen Veranstaltungen nicht selten in einer heillosen Unordnung, weil die Westgenossen dazu neigten, in endlosen Richtungsstreitigkeiten aufeinander einzuschlagen. Desto entschiedener sah man sich hier, in der ehemaligen Hauptstadt der DDR, in der Pflicht, den Markenkern der Partei zu erhalten. Zu dem gehörte vor allem der enge Schulterschluss nach außen. Dabei sprachen die jüngeren Mitglieder bevorzugt von *Geschlossenheit*, während sich die Vertreter der älteren Generation, denen bestimmte Begriffe nach jahrzehntelangem Gebrauch in Fleisch und Blut übergegangen waren, auch weiterhin der *Parteidisziplin* unterzogen. Ob Geschlossenheit oder Disziplin, zu beidem gehörte es, heute nicht anders als zu früherer Zeit, dem am Rednerpult stehenden Genossen immer dann, wenn der, mit aufforderndem Blick in Richtung seiner Zuhörer, einige Passagen besonders hervorhob, durch einen kräftigen Beifall Zustimmung zu bezeugen. „Aber ganz so wie ehedem ist es natürlich nicht mehr" korrigierte Hirche seine Eingangsfeststellung in einem Detail. „Sie erinnern sich noch an die ungewollte Komik, wenn sich der Redner bei solchen Anlässen auch immer selbst beklatschte?"

Breitenfeld hütete sich, in solche verräterischen Gewohnheiten zurückzufallen. Eines hatte er nach der Wende sehr schnell erkannt: Mit der hergebrachten Gesinnung lebte es sich völlig unbehelligt, sofern sie nur den zeitgemäßen neuen Formen Rechnung trug. Er nannte das *seine* Anerkennung der Realitäten. Ein vertretbares Zugeständnis, das ihm die Möglichkeit eröffnete, die erstaunliche Duldsamkeit des ihm übergestülpten neuen Systems immer wieder neu auszuloten. Inzwischen war er darin geübt, sich in seinen Reden erst behutsam, sozusagen auf Zehenspitzen, vorzutasten, um dann im weiteren Verlauf mit zunehmender Schärfe dazu überzugehen, die Verdorbenheit der kapitalistisch geprägten Gesellschaft zu geißeln. Womit er noch weit davon entfernt war, sich dem Verdacht

176

verfassungsfeindlicher Tendenzen auszusetzen. Er nahm lediglich sein Recht in Anspruch, die im Grundgesetz verankerte Sozialstaatlichkeit etwas nachdrücklicher als andere einzufordern. *Das wird man doch noch sagen dürfen* war die dafür gängige Formulierung. Selbstverständlich schlossen solche Forderungen auch eine schonungslose Kritik an den herrschenden Verhältnissen ein. Mit seinen Aussagen befand er sich nicht nur in Übereinstimmung mit seiner Partei, die den Kampfbegriff der sozialen Gerechtigkeit nicht ohne Bedacht sogar im Namen führte, sondern auch mit dem so häufig verletzten Gerechtigkeitsempfinden vieler Bürger.

Nirgends wurden seine erfrischend deutlichen Worte begeisterter aufgenommen als in dieser Umgebung, so wie es nicht weniger gut ankam, dass er gleich anschließend, als wäre das die logische Konsequenz seiner bisherigen Ausführungen, mit Bedauern zusammenfasste, was seit dem Ende der DDR alles verlorengegangen war. Zwar vermied er aus Rücksicht auf die wenigen Außenstehenden, die sich in diese Aula verirrt hatten, ein direktes Plädoyer zugunsten des früheren Staates, aber allein durch die Verknüpfung ausgesuchter Positiv- und Negativbeispiele formte sich ganz automatisch das gewünschte Bild. Dazu passten die strahlenden Gesichter der Altgenossen, die ungeachtet einiger pragmatischer Konzessionen an ihrer von Selbstzweifeln freien Glaubenslehre festhielten. Dieser Breitenfeld, das vermerkten sie bei jedem seiner Sätze mit Dankbarkeit, war unverkennbar einer aus ihrem Stall. Das war jemand, der ihnen ihre gestohlene Würde zurückgab, der ebenso wie sie die alten Ziele nie verraten würde. Für den lohnte es sich, im Wahlkampf Plakate zu kleben, Briefkästen mit Werbematerial zu füllen und die Wähler auf Wochenmärkten, vor Arbeitsämtern und Fabriktoren zu mobilisieren.

Euphorisiert durch die Zustimmung, musste Breitenfeld gegen Ende seiner Rede die bis dahin gewahrte Balance kurzzeitig aus dem Blick verloren haben. Hatte er sich bis jetzt strikt an sein Manuskript gehalten, ging er nun, sehr zur Beunruhigung Hentschels, der nervös auf seinem Stuhl hin und her zu rutschen begann, mit einigen spontanen Bemerkungen einen gefährlichen Schritt zu weit. Zum Erstaunen, mehr noch zur Freude, seines Publikums, begann er mit sich steigernder Erregung die Hetzkampagnen gegen die Mitbürger zu geißeln, die, an welcher Stelle auch immer, für die Sicherheit und damit für den Bestand der DDR gesorgt hatten. Allein die Tatsache, dass er damit auch sich selbst meinte, blieb unausgesprochen. Aber auch ohne dieses Bekenntnis, das ihm in diesen Reihen wohl nur noch zusätzliche Anerkennung verschafft hätte, brandete ihm auch so ein orkanartiger Applaus entgegen. Angespornt durch die Bestätigung, die Gefühlslage seiner Zuhörer getroffen zu haben, setzte er zu einem pathetischen Schlussakkord an.

„Ich verlange Respekt für die Lebensleistung aller ehemaligen Bürgerinnen und Bürger der DDR. Ich dulde es nicht, dass sich irgendjemand dafür entschuldigen muss, seiner Heimat aufopferungsbereit gedient zu haben. Deshalb wird es mir ein besonderes Anliegen sein, gerade denen eine Stimme im Parlament zu geben, die es leid sind, dass alles schlechtgeredet wird, was sie über viele Jahre aufgebaut und verteidigt haben."

Da brach sie noch einmal hervor, diese befehlende, keinen Widerspruch duldende, Stimme, die Martha Reimers nie mehr aus den Ohren bekam. In dieser aufwallenden Leidenschaftlichkeit, der Breitenfeld in diesem Moment erlag, schwang noch etwas von der unveränderten Verachtung mit, die er für alle empfand, die seine fest gefügten Ansichten bekämpften. Unter den Teilnehmern dieser Versammlung gereichte ihm das zur Ehre. Nichts von dem, was er früher getan hatte, bedurfte der Rechtfertigung. Wäre ihm in diesem Augenblick aus dem Saal heraus der Name Reimers zugerufen worden, hätte er nur erstaunt den Kopf geschüttelt. Wer soll das sein? Eine ehrliche Frage, denn im Gegensatz zu der alten Frau im Heim, die bei seinem Anblick und seiner Stimme noch immer zitterte, hatte

178

er seinen dienstlichen Besuch bei den Reimers längst vergessen. Wie hätte er sich auch erinnern sollen? Es waren viele Aufträge dieser Art zu erledigen gewesen, damals, in seiner guten Zeit. Zu viele, als dass ihm einzelne davon im Gedächtnis haften geblieben wären.

Endlich bemerkte er Hentschels aufgeregte Handzeichen und fand schlagartig zu den unverfänglichen Passagen seines Manuskripts zurück. Verdammt, durchfuhr es ihn, nachdem er wieder geerdet war. Wie konnte mir das passieren? Ein paar Minuten lang hatte er sich von der Woge der Begeisterung mitreißen lassen und dabei die Anwesenheit von Presse und Fernsehen ausgeblendet. Ihm wurde siedend heiß bei dem Gedanken, dass sein aufschlussreicher Temperamentsausbruch in voller Länge dokumentiert worden war. Er würde sich einiges einfallen lassen müssen, um das zu erwartende Nachbeben mit heiler Haut zu überstehen. Auch dass er zum Schluss, um noch halbwegs die Kurve zu kriegen, pflichtschuldig einige Lippenbekenntnisse zur jetzt bestehenden *anderen* Demokratie nachgeliefert hatte, machte die Situation für ihn nicht besser.

„Na bitte, wer sagt's denn. Gut, dass wir es bis zum Schluss ausgehalten haben. Anscheinend wollte uns der Herr Kandidat mit diesem Paukenschlag für unsere Geduld entschädigen." Hirche rieb sich zufrieden die Hände. Der Groll, dass man ihn hier weitgehend hatte auflaufen lassen, war verflogen und der Genugtuung des Reporters gewichen, dessen Bericht nun doch noch die richtige Würze bekommen hatte. „Wer hätte gedacht, dass dieser stinklangweilige Parteimarathon auf den letzten Metern noch so viel hergibt." Wobei aber nur noch sein Team etwas von seiner Freude über die nicht mehr erwartete Brisanz der Versammlung mitbekam. Die Kollegen hatten sofort nach seiner Abmoderation damit begonnen, ihr technisches Equipment zusammenzupacken. Vor der Kamera hatte er, ungewöhnlich genug für ihn, auf eine Kommentierung der Breitenfeld'schen Gefühlsaufwallung verzichtet und es den

Zuschauern überlassen, sich ein eigenes Urteil zu bilden. Aber wie das außerhalb dieser Lichtenberger Schulaula ausfiel, darüber musste er nicht lange spekulieren.

Petra Glombig tat sich noch immer schwer, das Gesehene und Gehörte auf die Reihe zu bekommen. Diese dreiste Verdrehung der Wirklichkeit hatte sie während der Sendung nur mit Wut im Bauch ertragen. „Das darf doch alles nicht wahr sein." Dabei schockierte sie der Beifall des Publikums fast noch stärker als Breitenfelds unerwartete Selbstentlarvung. Natürlich ließ sich dieser deprimierende Eindruck wie alles relativieren. Bei denen, die der PfsG bereits unverhohlene Avancen machten, hieße es dann wieder mal, das wäre doch nur eine Minderheit, die noch den alten Zeiten nachtrauerte. Wer ein vorhandenes Problem kleinreden wollte, sprach gern von Minderheiten. Minderheiten waren nicht repräsentativ. Die sollten besser gar nicht erst durch zu viel Beachtung aufgewertet werden. Darin spiegelte sich die Hoffnung, diese Ärgernisse erledigten sich irgendwann von allein. Von solchen Zahlenspielereien hielt sie nichts. Oft waren schon Wenige deutlich zu Viele. Jedenfalls konnte in der gut besuchten Aula von einer Minderheit keine Rede sein. Hier hatte Breitenfeld sein Publikum gefunden, dessen Gewissheit, auf der richtigen Seite zu stehen, ohnehin nie ins Wanken geriet. Hier wurde er dafür gefeiert, dass man dank seines Zuspruchs schon wieder Morgenluft witterte. Jetzt verstand sie Martha Reimers Aufregung. Die musste dieses Geschehen natürlich als Bedrohung empfinden. Wenn Menschen wie sie bei solchen Bildern Angst bekamen, dann lief etwas total in die falsche Richtung.

Petra Glombig sah sich in ihrer Auffassung bestätigt, dass von den Anhängern des abgelösten Systems keine ehrliche Abkehr von den alten Dogmen zu erwarten war. Sie fiel auch nicht darauf herein, wenn von dieser Seite gelegentlich ein paar selbstkritische Töne zu hören waren. Dann handelte es sich um den Versuch, auch bei den Wählern einen Fuß in die Tür zu

180

bekommen, deren eigene Biografie nicht bereits genügte, sie zu geborenen Verbündeten zu machen. Besonders Hentschel setzte auf dieses stetig wachsende Milieu der Unzufriedenen und Enttäuschten. Dort, wo andere Parteien ihren Kredit verspielten, wo insgesamt Vertrauen in die Politik verloren ging, entstand ein vielversprechendes Sammelbecken für künftige Erfolge. Ein Reservoir, aus dem sich gut fischen ließ. Die Fehler anderer sorgten dafür, dass sich seine Partei im modisch aufgepeppten Design diese neuen Wählerschichten erschloss. Und Hentschel stand nicht allein mit der Hoffnung, dass sich die Idee einer sozialistischen Gesellschaft mit Hilfe Gutgläubiger am Leben hielt.

So oft, wie Petra Glombig sonst im Widerspruch zu ihrem alten Herrn stand, heute hatte der sie voll auf seiner Seite. Es machte sie fassungslos, dass Wolters, der Gegenspieler ihres Vaters in der FDSU, nicht vor dem Gedanken zurückschreckte, gemeinsam mit Leuten zu regieren, die diesem Breitenfeld ins Parlament verhalfen. Sie wünschte ihm tatkräftige Mitstreiter, die dafür sorgten, dass dieses Schreckgespenst nur eine irrlichternde Erscheinung in einer schlechten Spukgeschichte blieb.

Am Ende der Veranstaltung hatte Breitenfeld Mühe, all' die Hände schütteln, die ihm als Ausdruck vollster Übereinstimmung entgegengestreckt wurden. Obwohl er vermutete, dass Hentschel nicht weniger stolz gewesen wäre, hätten die nicht enden wollenden Sympathiebezeugungen ihm gegolten, verhießen dessen verdrießlicher Blick und die zusammengepressten Lippen nichts Gutes. Dabei lag ihm viel daran, den kommenden Mann der Partei nicht nachhaltig gegen sich aufzubringen. Aber dessen stinksaurer Miene nach zu schließen, erhellte ihn diese für seine weitere Karriere nicht unwichtige Erkenntnis bereits zu spät.

„Sag' mal Bodo, was sollte denn dieser Scheiß? Hast du vollkommen den Verstand verloren, uns für ein bisschen Beifall angreifbar zu machen? Nebenbei gesagt, sehr zur Freude von

Hirche. Dessen Anwesenheit ist dir scheinbar entgangen, weil du unbedingt dein Ego hätscheln musstest. Im Gegensatz zu dir habe ich nämlich beobachtet, wie der vergnügt in sich hinein gegrinst hat."

„Wirklich ärgerlich, dass deine Zeichen nicht sofort bei mir angekommen sind."

"Wie denn auch? Du warst doch vollauf damit beschäftigt, dich um Kopf und Kragen zu reden."

"Ich habe mich tatsächlich für ein paar Minuten von der großartigen Stimmung anstecken lassen. Wirklich toll, wie die Menschen mitgegangen sind. Da ist mir das einfach so herausgerutscht. Zugegeben, das war nicht sehr überlegt. Aber diese Zustimmung tat einfach mal gut."

„Das glaube ich jetzt nicht. Das ist doch keine Leistung, die eigenen Anhänger mit ein paar starken Sprüchen anzuheizen. Du musst doch bemerkt haben, dass der Saal zu mindestens neunzig Prozent mit unseren Leuten besetzt war. Die klatschen immer. Das ist ihre Aufgabe. Dafür werden sie eingeladen."

„Der Prozentsatz erscheint mir etwas hoch gegriffen."

„Jetzt reichts. Willst du dich auch noch über einige Köpfe mehr oder weniger mit mir streiten? Wer schon unser Parteibuch besitzt, den müssen wir nicht überzeugen. Auch dein Lichtenberger Wahlkreis dürfte dir fast mühelos in den Schoß fallen. Da hätte ich mehr Rücksicht auf die Interessen der gesamten Partei von dir erwartet. Mit deiner überflüssigen Nabelschau hast du unser Ziel gefährdet, auch in den Westbezirken zuzulegen. Für unsere Gegner war dein Auftritt ein gefundenes Fressen. Die lauern doch nur auf solche Steilvorlagen."

Breitenfeld zeigte sich echt zerknirscht. Wenn ihm die Parteiführung die Unterstützung entzog, konnte er seine politische Zukunft in den Rauch schreiben. Hentschels Anschiss begann bereits zu wirken.

„Lass' mich versuchen, den Lapsus wieder auszubügeln. Das bekomme ich hin. Bis zum Wahltag spielt der Schnitzer von heute keine Rolle mehr."

„Lapsus? Schnitzer? Du begreifst es anscheinend wirklich nicht. Du hast einen kapitalen Bock geschossen. Außerdem liegst du falsch, allein auf das Prinzip Vergesslichkeit zu setzen. Es stimmt zwar, in unserer schnelllebigen Zeit hat nichts lange Bestand. Was die Masse heute noch aufregt, ist spätestens ein alter Hut, sobald eine neue Sau durchs Dorf getrieben wird. Ein nützlicher Umstand, der grundsätzlich auch für politische Minderleistungen gilt. Aber es gibt auch Ausnahmen, die sich im Gedächtnis einnisten. Dann nämlich, wenn man sich durch bestimmte Aussagen in seiner ablehnenden Haltung bestätigt sieht. Gratuliere, das ist dir heute meisterhaft gelungen."

„Ich gehe doch schon in Sack und Asche. Also was schlägst du vor? Was soll ich tun?"

„Ab sofort Kreide fressen, Breitenfeld. Wenn's geht, eine ganze Ladung davon. Dein Fanclub geht dir nicht so schnell verloren. Der versteht es, dass du taktische Rücksichten nehmen musst. Sieh mich an. Mir brennt auch manches Unausgesprochene auf der Zunge. Damit kann man leben. Immerhin gibt es eine Perspektive. Wenn wir erst wieder mitmischen, können wir auch bestimmte Fehlentwicklungen in unserem Sinne korrigieren."

„Das klingt gut. Sehr gut sogar. Hoffentlich dauert es nicht zu lange. Bis dahin sollten sich einige Leute, die uns bis heute das Leben versauern, schon mal warm anziehen."

„Solche Bemerkungen verkneife dir bitte ebenfalls. Auch unter Genossen, sonst ist die Gefahr zu groß, dass du dich an anderer Stelle wieder mal verplapperst. Eine deiner Spezialitäten, wie du heute bewiesen hast. Dann wird es nichts mit unserem *auferstanden aus Ruinen*. Niemand wirft dir vor, dass du kräftig vom Leder ziehst, aber wenn du dabei nichts falsch machen willst, dann halte dich strikt an unser Kernthema, die soziale Gerechtigkeit. Auf dem Gebiet müssen wir unsere Siege einfahren. Dafür werden wir auch von vielen gewählt, die wir sonst nicht erreichen. Vergiss nicht, wir sind zwar eine Partei, die den Anspruch erhebt, die Gesellschaft zu verändern, aber wir sind immer noch auf die Wähler der bestehenden Gesellschaft angewiesen."

„Wie oft muss ich denn noch wiederholen, dass ich mich künftig am Riemen reiße. Glaubst du, ich will deine Koalitionspläne mit der FDSU gefährden? Die entsetzten Gesichter unserer Gegner, wenn wir wieder regieren, genieße ich jetzt schon. Dafür bringe ich gern ein persönliches Opfer. Du musst mir nur sagen, ob meine Tätigkeit für das MfS deine Vorgespräche mit Wolters belastet. Sollte ich der berühmte Knackpunkt sein, hast du mein Wort, dass ich meine Kandidatur zurückziehe und mich in nächster Zeit auf die interne Parteiarbeit beschränke. Ich nehme an, du hast Wolters schon auf meinen Fall angesprochen?"

„Nicht direkt. Aber ich habe ihm erklärt, dass es bei möglichen Koalitionsverhandlungen eine unabdingbare Forderung von uns wäre, keinen unserer gewählten Abgeordneten wegen früherer Funktionen in der DDR zu diskriminieren."

„Ob Wolters und seine Leute das so einfach schlucken?"

„So einfach bestimmt nicht. Auch in dem Zusammenhang war dein heutiger Bekenntnisdrang alles andere als hilfreich."

„Das wirst du mir wohl ewig um die Ohren hauen. Es ist mir ernst damit, mich für eine Weile unsichtbar zu machen, falls ich der weiteren Entwicklung im Wege stehe."

„Dann war der heutige Abend immerhin zu etwas nütze. Aber jetzt liegt der Ball erst mal bei der FDSU. Die dürfte zwar die Wahlen gewinnen, aber kaum allein regieren können. Also, wenn Wolters auf der Grundlage des maßgeblich von ihm konzipierten Wahlprogramms seiner Partei einen Senat unter seiner Führung bilden will, ist er auf uns angewiesen. Dafür bieten sich keine anderen Konstellationen an. Bei der Ausgangslage erwarte ich ein deutliches Entgegenkommen. Sonst könnte er gleich darauf verzichten, den Glombig demnächst in Rente zu schicken. Sei sicher, der will regieren. Da schluckt man, wenn's sein muss, auch mal 'ne bittere Pille."

„Vielen Dank für die bittere Pille."

„Sei zufrieden, dass ich dein Angebot, auf eine Kandidatur zu verzichten, mehr als abstrakte Absicht verstanden habe."

Wirklich schade, sinnierte Lutz Hirche auf der Rückfahrt von Lichtenberg zum Sender am Theodor-Heuß-Platz, dass die wirklich interessanten Dinge meist unter Ausschluss der Öffentlichkeit stattfinden. Von der Manöverkritik an Breitenfeld würde außerhalb eines engen Kreises in der PfsG niemand etwas erfahren. Aber dass der sein Fett abbekam, davon war auszugehen. Der hatte sich ja gar nicht mehr eingekriegt, als ihm vor lauter Bekenntnisfreude das Maul überlief. Ein schwerer Fehler, auch wenn ihm dafür die Sympathien der Parteibasis zugeflogen waren. Längerfristig konnte sich das für ihn noch auszahlen. Nur zählten in der Politik eher die kurzfristigen Überlegungen. Da lautete die nächstliegende Frage, wie viele Stimmen der Mann seiner Partei bei den Wählern im Westen heute gekostet hatte.

17

„Renate, schalte doch mal den Fernseher ein."

„Geht's nicht auch mal einen Abend ohne?"

„Nun mach schon. Jetzt ist keine Zeit zum Diskutieren. Gleich beginnt *Nachgehakt* und da knöpft sich Bärwald unseren voraussichtlich neuen Spitzenkandidaten vor. Das dürfen wir nicht verpassen."

„Ich dachte, den Job übernimmt einer von euch."

„Eines nach dem anderen, meine liebe Renate."

„Verstehe, in eurem jugendlichen Alter muss man nichts überstürzen."

Rainer Steffens und Norbert Teschner ließen den Tag in ihrer Stammkneipe ausklingen. Die war für sie inzwischen sehr viel mehr als nur irgendeine Kneipe. Renates kleines Reich diente ihnen als eine Art zweites Wohnzimmer. Dort kam man unter Menschen, hatte, soweit einem der Sinn danach stand, seine Unterhaltung und konnte sich dennoch fast so ungezwungen geben wie auf der heimischen Couch. Vor allem aber war das der perfekte Ort, die allgemeine Stimmungslage zu erkunden. Diese Stammtischdiskussionen waren zwar selten ausgereift, dafür aber umso authentischer. Bedauerlicherweise hatten sich diese Treffen in letzter Zeit auf sporadische Besuche reduziert. Seitdem die *Aktion fünfzig* ihre Freizeit dominierte, gehörte es zu ihren unvermeidlichen Pflichten, bei den verschiedensten Veranstaltungen Präsenz zu zeigen. Aber weil dort ständig ihre sogenannten Parteifreunde um sie herumschwirrten, ergab sich allenfalls zwischendurch die Gelegenheit, ein paar Worte zu wechseln. Ein unbeschwertes Gesprächsklima fanden sie nur bei Renate.

„Renatchen, bei dir ist es immer noch am schönsten."

„Freut mich zu hören, Rainer. Ich dachte schon, du wärst mir, äh …, ihr wärt mir untreu geworden. Früher habt ihr euch häufiger blicken lassen."

„Das haben wir auch gerade festgestellt. Ich hätte nicht geglaubt, wie sehr uns die Parteiarbeit in Beschlag nimmt. Aber diesem Heer von Wichtigtuern müssen wir doch zeigen, dass wir auch noch da sind. Was zwangsläufig heißt, von einer Veranstaltung zur nächsten zu rennen, auch wenn das alles auf ein furchtbares Arschaufreißen hinausläuft. Aber heute sind wir ja da. Und wenn du möchtest, bleibe ich nachher auch noch ein bisschen länger. Renate, du Wirtin der Herzen, sei meine Retterin in diesem Tal der Trostlosigkeit und bewahre mich davor, zum Schluss genau so langweilig abstinent zu leben wie mein Freund Norbert. Der kann sich dafür allerdings schon auf einen bequemen Sessel im Abgeordnetenhaus freuen."

„Ich bin beeindruckt, Norbert. Glückwunsch."

„Beschrei's nicht. Steffens eilt der Zeit mal wieder voraus."

„Besser, als hinter ihr zurückzubleiben. Und nun zu dir, Renate. Ich hoffe, du weißt es zu schätzen, dass wir den ganzen

Stress im Grunde nur für dich auf uns nehmen. Wir scheuen keine Mühe, nur damit deine Pinte irgendwann mal richtig berühmt wird. Gib doch vorsorglich schon mal eine Gedenktafel in Auftrag, etwa mit folgendem Text: Das war das Stammlokal der Politiker Rainer Steffens und Norbert Teschner, die sich um das Vaterland verdient gemacht haben. Meinetwegen auch umgekehrt, erst Teschner und dann Steffens. Was die Reihenfolge betrifft, bin ich nicht pingelig. Das überliest sich. Die Tafel solltest du nach unserem Ableben gut sichtbar neben dem Eingang anbringen. Kupfer wäre nicht schlecht. Und wenn ich bitten darf, immer schön putzen."

„Das versteht sich doch von selbst. Jedenfalls bin ich beruhigt, dass du wenigstens deine dummen Sprüche noch nicht verlernt hast."

„Wie sollte ich. Verbale Kreativität gehört zu den Grundvoraussetzungen für den politischen Aufstieg. Aber jetzt kredenze uns erst mal zwei Halbe – Politik macht durstig."

Bis zum Beginn der Sendung blieben noch ein paar Minuten, in denen sie einmal mehr feststellten, wie viel sich für sie seit Teschners denkwürdigem Geburtstag verändert hatte. „Hätte ich an deinem Fünfzigsten hier in unserer Kneipe angekündigt, dass du als Abgeordneter bald wichtige Entscheidungen triffst, wäre ich glatt für verrückt erklärt worden – von dir zuerst. Inzwischen bin ich Parteivorsitzender in Mariendorf und dein großer Tag rückt auch immer näher."

„Manchmal glaube ich wirklich, ich sitze im Kino und sehe mir einen ziemlich unrealistischen Schinken an. Das erscheint mir alles so surreal. Womit das Bild vom Kino nicht unbedingt beruhigend wirkt. Am Anfang eines Films ist nämlich oft noch unklar, wie er ausgeht. Häufig endet die Handlung in einem Riesenschlamassel. Hoffentlich gilt das nicht auch für mich. Noch ist meine Nominierung nicht in trockenen Tüchern. Geschweige denn, meine Wahl ins Abgeordnetenhaus. Es wäre also klüger, mich nicht bereits überall zum Sieger auszurufen."

"Ohne Siegeszuversicht kein Sieg."

"Nur darf der Optimismus nicht den Blick verstellen. Dann wird eine trügerische Sicherheit schnell zum Rohrkrepierer. Stern hat bestimmt auch noch einige Pfeile im Köcher. Nicht zu vergessen den Startvorteil, von Bollhagen protegiert zu werden. Als altgedienter Strippenzieher im Landesvorstand reicht der Einfluss unseres bisherigen Mariendorfer Abgeordneten weit über den Kreisverband hinaus. Wenn der so unermüdlich für Stern die Werbetrommel rührt, kann unser rachsüchtiger Gegenspieler durchaus hoffen, sich zum Schluss doch noch an unseren bedepperten Gesichtern zu ergötzen."

„Nun lass' dich nicht gleich wieder hängen. Der große Bollhagen kocht auch nur mit Wasser und es gibt zahlreiche Stimmen in der Partei, die ihm den Absprung an die Fressnäpfe der Wirtschaft verübeln. Aber weil Mut bekanntlich Mangelware ist, sagt ihm das natürlich keiner so offen ins Gesicht. Stattdessen zerreißt man sich darüber lieber untereinander das Maul. Oder sind dir diese Sticheleien etwa entgangen? Wenn sonst nur auf wenig Verlass ist, auf den stets irgendwie durchschimmernden Neid- und Missgunstfaktor immer. Zusammen mit einem ausgeprägten Spaß am Intrigieren ist das der kleinste gemeinsame Nenner, auf den sich unsere honorigen Parteifreunde am ehesten verständigen können. Ist es nicht schön, ein Teil dieser charakterfesten Gemeinschaft zu sein?"

„Dein sonniges Gemüt ist beneidenswert. Aber außer Bollhagen macht mir auch unser Vorstandskollege Dettmers Sorgen. Hast du nicht bemerkt, dass der uns in letzter Zeit regelrecht belauert? Dazu passt seine penetrante Pöbelei, dass die Frischlinge in der Partei, so nennt er uns allen Ernstes, nach und nach alle wichtigen Posten unter sich aufteilen. Stern und der *Alte Fritz* lagen offenbar nicht so falsch. Wenn die zwei, die sich sonst nicht grün sind, diesen Dauerquerulanten in seltener Übereinstimmung außen vor halten wollten, hätte uns das nachdenklich stimmen müssen. Bisher belässt er es zwar noch bei ein paar Andeutungen, aber die sind so speziell, dass ich manchmal denke, er könnte Wind davon bekommen haben, dass wir uns nicht erst in der Partei angefreundet haben. Mit dem steht uns garantiert noch Ärger ins Haus. Der bringt es fertig, mal wieder zur Unzeit die Seiten zu wechseln."

„Keine Panik. Dettmers ist nur ein Vertreter dieser unangenehmen aber weitverbreiteten Sorte Mensch, die sich gern hofieren lässt. Um dir solche Typen geneigt zu machen, reicht es, ihnen von Zeit zu Zeit etwas Honig ums Maul zu schmieren. Also lass' den guten Rainer ein bisschen schleimen. Wenn ich dem Herrn bei nächster Gelegenheit mit vor Dankbarkeit triefender Stimme seine Unentbehrlichkeit bescheinige, ist wieder für eine Weile Entwarnung angesagt. Wie du mit Schmeicheleinheiten Wirkung erzielst, lernst du in einem kundenorientierten Unternehmen bereits während der Lehrzeit. Das macht mich nicht unbedingt stolz, aber nützlich ist es schon.

Und was Stern betrifft, verlässt der sich zu sehr auf Bollhagen. Nicht sehr klug, wenn du mich fragst. Erstens ist sein Förderer, wie gesagt, auch nicht mehr unumstritten und zweitens umweht Günstlinge immer der Ruch der Peinlichkeit. Bisher ist es doch fabelhaft für uns gelaufen. Warum sollte sich das ändern? Im Kreisverband kommt keiner mehr an dir vorbei. Da liegst du weit vor Stern. Dem ist doch nach deiner Ankündigung, ihm bei der Kandidatenaufstellung in die Quere zu kommen, der Angstschweiß aus allen Poren geschossen."

„Einige aus seinem inzwischen geschrumpften Sympathisantenkreis, die noch unschlüssig hin und her schwanken, ob sie weiter in dessen Schlepptau mitmarschieren oder besser auf unsere Seite wechseln sollten, haben mir geflüstert, dass er daraufhin völlig ausgerastet sein soll. Seither wirft er gleich kübelweise mit Dreck, wenn mein Name nur genannt wird. Keine Spur mehr von der vorgeschützten Souveränität. Aber in dem Punkt hat er sich ja schon nach den Vorstandswahlen entzaubert."

„Na bitte. Ist doch prima, wenn der Konkurrent die Nerven verliert. Daran sollten wir weiter arbeiten."

„Ich fürchte nur, das wächst sich bei dem mittlerweile zur unversöhnlichen Feindschaft aus. Der verteufelt mich wirklich."

„Das steckst du weg. Wenn du dir erst im Parlament einen Namen gemacht hast, ist der in der Partei abgemeldet. Also bleib' gelassen, die Anziehungskraft gesunkener Sterne tendiert gleich Null."

„Ich verstehe das nicht, es ist Viertel nach Zehn. Warum fängt die Sendung mit Wolters nicht an? Ach so, deshalb..., da könnten wir noch lange warten. Wenn man sich nicht um alles allein kümmert. Renate, gib mir mal bitte die Fernbedienung. Du hast den falschen Sender eingestellt. *Nachgehakt* läuft wie immer im Ersten."

"Kann mir der künftige Herr Abgeordnete mein schändliches Versagen noch einmal verzeihen?" Renate konnte ziemlich schnippisch werden, wenn sie sich ärgerte. Dabei warf sie ihm die Fernbedienung vom Tresen aus in so hohem Bogen zu, dass er dem Teil beim Auffangen mit einem schnellen Satz entgegenhechten musste.

„Siehst du, dein bevorstehender Ruhm macht sich schon bemerkbar. Muss ich mich jetzt darauf einrichten, dass du mich demnächst auch noch als Liebhaber abhängst?"

„Wie könnte ich deinen Vorsprung jemals aufholen? Und Renate überlasse ich dir gern."

„Was soll denn das nun schon wieder heißen? Renatchen ist dir wohl nicht mehr gut genug? Noch nicht mal gewählt und schon maßlos in den Ansprüchen. Wenn du wüsstest, was Renate alles draufhat, würdest du auf der Stelle mit mir tauschen."

„Ich habe kein Wort gegen Renate gesagt, auch ohne ihre Qualitäten im Detail zu kennen. Ich wollte nur klarstellen, dass ich dir, schon um unserer langen Freundschaft willen, bei deinen wechselnden Romanzen nicht in die Quere komme."

„Eine weise Entscheidung. So wie wir bisher überhaupt gut damit gefahren sind, uns keine Konkurrenz zu machen. Was auch kommt, einer steht für den anderen."

„Das klingt mir ein bisschen zu sehr nach Blutsbrüderschaft. Großes Indianerehrenwort. Winnetou lässt grüßen. Aber in der Sache kommt das hin, weil unsere *Aktion fünfzig* nur im Doppelpack funktioniert." Dann konzentrierten sie sich aber erst einmal auf die in diesem Augenblick beginnende Sendung.

"Jetzt sieh dir bloß den Wolters an, wie der sich fast einen abbricht, besonders locker rüber zu kommen. Ich bin gespannt, ob er sein Zahnpastareklamelächeln bis zum Schluss der Sendung durchhält."

„Wohl kaum. An Bärwald haben sich schon andere Kaliber die Zähne ausgebissen."

„Was jedes Mal ein tolles Erlebnis war. Aber wenn Wolters Glombig tatsächlich aus dem Amt hebeln will, muss er sich heute als schlagfertiger Siegertyp beweisen. WiWo wird sich denken können, dass in diesen Minuten auch ein Großteil der Parteimitglieder am Fernseher hockt und miterleben will, wie sich ihr voraussichtlich neuer Landesvorsitzender und Spitzenkandidat schlägt. Bei dem sind jetzt eiserne Nerven gefragt, wenn er zeigen will, dass er auch einem Bärwald gewachsen ist. Aber manchmal hilft nicht mal Gelassenheit, wenn der es darauf anlegt, sein Gegenüber dumm aussehen zu lassen."

„Oder, wenn einer nicht nur dumm aussieht, sondern es tatsächlich ist, weil er sich hochgradig überschätzt."

„Das erinnert mich stark an unser Hickhack in Mariendorf. Da glaubte ein zu allem entschlossener Jungspund auch bis zuletzt, den alten König ganz fies abservieren zu können. Aber dann wurde der *Alte Fritz* mit allen Ehren verabschiedet, der verhinderte Königsmörder stand wie ein Trottel da und plötzlich hieß der Vorsitzende Steffens."

„Was, wie du zugeben wirst, auch gut ist."

"Ausnahmsweise kein Widerspruch. Wie im Kleinen, so im Großen."

"Ich kenne das eher umgekehrt. Egal. Außerdem gilt: Man soll den Morgen nicht vor dem Abend loben. Das trifft es noch besser. Daran hätte sich Stern halten sollen. Ein Segen, dass es in der deutschen Sprache für fast jede Lebenslage ein brauchbares Zitat gibt. Sollte einem nichts Besseres einfallen, bleibt immer noch der Rückgriff auf Vorgefertigtes. Leg' dir sicherheitshalber schon mal eine gut sortierte Sammlung davon für den Wahlkampf zurecht."

"Wolters sollte also gewarnt sein. Noch hat er Vorsitz und Spitzenkandidatur nicht in der Tasche. Bollhagens Frontberichterstattung von der Mariendorfer Basis dürfte ihm auch nicht gerade ein Hochgefühl verschaffen."

"Wobei er sicherlich auch uns zu diesen Unerfreulichkeiten rechnet, auf die ihn sein Horchposten beim gemeinen Fußvolk der Partei vorbereitet hat."

"Ist ja auch eine verstörende Aussicht, dass ihm ausgerechnet zwei unberechenbare Nobodys, von denen er vorher noch nie was gehört hat, die ganze schöne Parteitagsregie durchkreuzen könnten. Bisher ist er mir den Beweis schuldig geblieben, warum er der Richtige an der Spitze sein sollte."

„Als nützliches Stimmvieh lassen wir uns jedenfalls nicht verbraten. Außerdem erwarte ich endlich eine klare Aussage, was er nach der Wahl plant. Falls er wirklich so verrückt sein sollte, seine abenteuerlichen Koalitionsideen weiter zu verfolgen, wie in letzter Zeit immer häufiger vermutet wird, hat er bei mir schon mal verschissen."

„Glaubst du etwa, ich würde ihm für den Ausbau seiner PfsG-Connections auch nur meinen kleinen Finger reichen?"

„Damit hat er schon zwei gegen sich."

„Hoffentlich finden sich noch genug andere, die diesem

Vorhaben einen Riegel vorschieben. Die meisten Mitglieder der FDSU in dieser Stadt sind noch immer gestandene West-Berliner. In deren Ohren muss doch auch noch der Kasernen-hofjargon nachhallen, wenn sie vor dem Transitabkommen mit dem Auto unterwegs waren und ihnen schon an der Grenze die schönste Urlaubsreise verleidet wurde. *Machen Se mal das linke Ohr frei.* Gerne auch: *Hallo, brauchen Se vielleicht 'ne Extraeinladung.* So wurdest du an den Kontrollpunkten angeherrscht, falls du auf der Ein- oder Ausreisespur den Kommandos nicht schnell genug und mit der geforderten Unterwürfigkeit Folge geleistet hast. Da kommt immer noch eine Stinkwut in mir hoch, wenn ich an diese Schikanen zurückdenke. Die konnte man nur mit geballter Faust in der Tasche ertragen."

„Da hat wohl jeder noch ein paar Anekdötchen im Repertoire. *Bauen Se mal die hintere Sitzbank aus. Die Motorhaube hoch, den Kofferraum öffnen. Wenn's geht noch heute.* Dann mit dem rollenden Spiegel den Wagenunterboden abgesucht, mit dem Stock im Benzintank herumgestochert. Für den Fall, dass sich dort jemand versteckt hält. Und die ganze Zeit über die feindseligen Physiognomien dieser uniformierten Arschlöcher vor Augen. So wie die sich während der ganzen Filzerei an unserer Ohnmacht geweidet haben, ist denen doch förmlich einer abgegangen."

„Auf uns wurde immerhin nicht geschossen."

„Das wäre die positive Sichtweise. Dafür haben sie ihre eigenen Landsleute wie die Karnickel abgeknallt, wenn die von den Segnungen des Sozialismus die Schnauze voll hatten und über Grenzzäune und Todesstreifen in den Westen türmen wollten. Dabei war diesen Wächtern des Arbeiter- und Bauernstaates, die uns bei der Ein- oder Ausreise zur Weißglut gebracht haben, förmlich vom Gesicht abzulesen, wie gerne die den Klassenfeind in seinem Westschlitten noch ein eine Weile länger getriezt hätten."

„Das haben doch nicht nur wir so erlebt. Mir sind die

193

Zeitgenossen ein Rätsel, die gleich nach dem Mauerfall so taten, als wären diese Typen spurlos vom Erdboden verschwunden. Merkwürdig, wie schnell manche Dinge vergessen werden."

"Eher verdrängt als vergessen. Was die heile Welt stört, wird ausgeblendet. Obwohl sich diese einst so zuverlässigen Staatsdiener nicht etwa schamhaft verstecken. Es wird immer wieder von Veranstaltungen berichtet, auf denen sie mit glänzenden Augen von den vergangenen Zeiten schwärmen. Und so, wie sie überall dort, wo sie sich in alter Verbundenheit zusammenrotten, ihre früheren Opfer verhöhnen, lachen sie auch über die Nachsicht, die ihnen nach der Wende zugestanden wurde. Das zeigt mal wieder, wie leicht Toleranz zur Dämlichkeit mutiert."

"Das Ende der DDR hat uns eben nicht nur eine Wiedervereinigung mit den Landsleuten beschert, die dem früheren Regime das Lebenslicht ausgeblasen haben. Jetzt haben wir auch dessen Anhänger an der Backe. Diese ehedem so systemtreuen Herrschaften haben sich inzwischen, mitten unter uns, bequem eingerichtet, quatschen schon wieder munter mit, fließen über vor Selbstgerechtigkeit und freuen sich, soweit sie sogar in unseren Öffentlichen Dienst übernommen wurden, über eine auskömmliche Pension, die sie für ihre Treue zum Staat, egal zu welchem, genießen oder die sie in absehbarer Zeit erwartet. Verschwindend wenige wurden sogar zu läppischen Strafen verurteilt. Siegerjustiz nennen die das. Und weil ihre alte Partei unter ihrem vertrauten Namen heute ein paar Probleme hätte, haben sie ihr notgedrungen einen neuen verpasst. Punktum, wenn Wolters wirklich beabsichtigt, mit solchen Leuten zu regieren, ist er für mich erledigt."

„Absolut. Da müsste man ja vor sich selbst auskotzen, ihm dafür auch noch die Stimme zu geben. Leider macht auch Glombig nicht mehr viel her. Der hat seine Glanzzeit als ehemaliger Minister schon lange hinter sich. Wer erst mal das Kürzel a.D. hinter seine Amtsbezeichnung setzen muss, könnte auch gleich z. V. verwenden."

"Z. V?"

"Zum Vergessen. Als a.D.-ler bist du weg vom Fenster, egal, wie viel Macht und Einfluss du früher mal hattest. Glombigs Ausstrahlung reicht doch kaum noch über seine undurchsichtigen Dachterrassen-Soireen, über die so häufig getratscht wird, hinaus. Offen gesagt ist mir schleierhaft, wie der sich überhaupt noch so lange als Landesvorsitzender halten konnte. Trotzdem, unterm Strich ist er mir immer noch lieber als Wolters."

„Wir haben doch in Mariendorf vorgemacht, dass ein Ergebnis überraschender ausfallen kann als erwartet. Warum sollte das nicht auch auf der Landesebene funktionieren?"

„Weil die Zeit inzwischen zu knapp geworden ist, um alles noch mal auf Anfang zu stellen. Wer könnte Wolters jetzt noch stoppen? Das müsste jemand sein, der, anders als Glombig, seine Zukunft noch vor sich hat. Aber gerade unter den Jüngeren in der Partei kenne ich niemand, dem ich das zutraue. Im Gegenteil, auf diese Jahrgänge kann Glombigs gesetzter Nachfolger besonders zählen. Und so erstaunlich gut, wie sich Wolters bisher gegen Bärwald schlägt, erscheint eine Palastrevolte im letzten Moment noch unwahrscheinlicher als vorher."

„Abwarten. Bis zum Abspann kann noch viel passieren. Bärwald ist dafür bekannt, dass er seine stärkste Munition erst kurz vor Ende der Sendung abfeuert. Wenn seine Studiogäste schon im Stillen die Minuten zählen, bis sie diesen Kraftakt hinter sich gebracht haben, läuft der noch mal zu großer Form auf."

Vorhin, als die eingängige Erkennungsmelodie den Beginn der Sendung ankündigte, hatten sich schnell noch einige weitere Gäste in Renates Kneipe ihre Stühle geschnappt und sich in halbkreisförmiger Anordnung zu ihnen gesellt. Bärwalds Sendung war ein Renner, für viele Stammzuschauer sogar schon Kult. Mit seiner unvergleichlichen Art zu fragen, eilte der Gastgeber von *Nachgehakt* seiner Konkurrenz um Längen voraus. Wurde der Talk auf anderen Sendeplätzen von seichter

Geschwätzigkeit beherrscht, spielte Bärwald qualitätsmäßig in einer anderen Liga. Das Erlebnis, wie lässig ironisch er den gesammelten Vorrat seiner Gäste an nichtssagenden Gemeinplätzen bloßstellte, wurde nur ungern verpasst. Wer eine gelungene Kombination von Journalismus und Unterhaltung vom Feinsten suchte, kam hier auf seine Kosten. Garantierte bereits Lutz Hirche dem Sender mit seinen unkonventionellen Außenreportagen hohe Einschaltzahlen, war Volker Bärwald mit seinen wöchentlichen Studiorunden der ungeschlagene Quotenking. Es hieß sogar, dass der eine oder andere sonst so cool daherkommende Politiker, dem eine Einladung der *Nachgehakt*-Redaktion auf den Schreibtisch flatterte, mit einem beschleunigten Puls zu kämpfen hatte. Dem schossen sofort die bereits legendären Beispiele in den Kopf, in denen Bärwald so manche rhetorische Seifenblase zum Platzen brachte. Was deren Erzeuger noch lange nach der Sendung zum Gegenstand des allgemeinen Gespötts machte. Andererseits konnte es sich keiner leisten, vor dieser Herausforderung zu kneifen. Jedenfalls niemand, der auf dem Sprung war, in noch höhere Ämter aufzurücken. Das wäre sofort als mangelndes Selbstvertrauen ausgelegt worden. Ein Unding. Wer in seiner öffentlichen Selbstdarstellung nicht vor Siegeszuversicht strotzte, dem fehlte es an einer entscheidenden Voraussetzung, um sich auf dem unerbittlichen Schlachtfeld der Politik zu behaupten.

Schon die raumfüllende Eingangsmelodie gab dem Eingeladenen einen akustischen Vorgeschmack, was ihn in der kommenden Dreiviertelstunde erwartete. Volker Bärwald hatte sich dafür die donnernden Akkorde des ersten Satzes aus Beethovens Fünfter ausgesucht. Für einige, die sich dieser *Unterhaltung* auslieferten, konnten die vor ihnen liegenden 45 Minuten unendlich lang werden. Und das Eröffnungsritual mit den Klängen der Schicksalssinfonie geriet zugleich zum Omen, dass der Ausgang der Sendung, so oder so, auch für sie eine schicksalhafte Wirkung entfalten konnte. Alles hing davon ab, ob sie in den Augen der Zuschauer eine passable Figur machten oder zu deren Gaudi als peinliche Gestalten vorgeführt wurden. Wobei gerade diejenigen, die noch schwer an ihrer Niederlage zu schlucken hatten, am Ende gerne noch einmal tief in die Trickkiste griffen. Wenn sie sich, in die Kameras grinsend, mit vorgetäuschter Überlegenheit von Bärwald verabschiedeten und sich ungeachtet der Schweißperlen auf ihrer Stirn als Gewinner des Abends aufspielten, wirkte das immer besonders erheiternd.

Während die prallen Klänge die Zuschauer auf das Duell einstimmten, zoomte die Kamera Bärwalds Gesicht in voller Größe auf den Bildschirm, um dort bis zu seiner Anmoderation als Standbild fixiert zu werden. Auf diese Idee ließ er nichts kommen. Auch der vorsichtshalber in Frageform gekleidete Vorwurf, ob das nicht etwas zu dick aufgetragen sei, beeindruckte ihn wenig. Den Verdacht, der um seine Person entfachte Hype wäre ganz nach seinem Geschmack, ließ er ungerührt an sich abprallen. „Na und, was soll's? Wenn's der Sache dient, bin ich gern ein bisschen eitel." Wobei das einschränkende *ein bisschen* durchaus als Untertreibung gelten durfte. Bei aller Professionalität, die er sich in verschiedenen Fernsehjobs angeeignet hatte, fiel es ihm noch immer schwer, seine Genugtuung zu verbergen, wenn es ihm wieder mal gelungen war, einen mit schwammiger Beliebigkeit palavernden Politiker durch ein paar scheinbar wie nebenbei eingeworfene Nachfragen aus dem Tritt zu bringen.

Ein solcher Ausrutscher, kurz vor dem schon in Reichweite liegenden Zieleinlauf, sollte auch Wolters in der restlichen Viertelstunde nicht erspart bleiben. Hatte er den von Bärwald mit diversen Fallstricken gespickten Parcours ihres Frage- und Antwortspiels bis dahin leichtfüßig gemeistert, setzte der jetzt alles daran, ihn noch auf den letzten Metern zu Fall zu bringen.

„Endlich wird's noch mal spannend. Wurde ja auch Zeit" rief einer aus dem inzwischen weiter angewachsenen Halbkreis vor dem Gerät. „Komm, zeig' dem Quasselheini seine Grenzen. Renate, eine Lokalrunde zu Ehren von Bärwald."

Volker Bärwald, der Premiumtalker, auf dessen Wohl soeben angestoßen wurde, verstand es auch heute wieder, die Erwartungen seiner treuen Zuschauergemeinde nicht zu enttäuschen. Wie auf ein geheimes Kommando hin, fokussierten sich alle Kameras im Studio auf einen freundlich lächelnden Herrn mittleren Alters in einem bequemen Ledersessel, der versonnen den Ausführungen seines Gastes lauschte. Nichts an Bärwalds rundum entspannter Pose ließ darauf schließen, dass da jemand saß, der wie ein Tiger auf dem Sprung war. Sogar als er sein Wasserglas, an dem er eben noch genippt hatte, behutsam absetzte, um auf seine unnachahmliche Weise zuzuschlagen, behielt er seinen unaufgeregt jovialen Tonfall bei.

„Herr Wolters, soweit es in der Richtung noch Unklarheiten gab, war es für unsere Zuschauer sicherlich erhellend, an diesem Abend aus erster Hand zu erfahren, welche allgemeinen politischen Vorstellungen Sie verfolgen. Zum Abschluss unseres Gesprächs sollten Sie nun aber noch einmal kurz konkretisieren, wie Sie die von Ihnen benannten Ziele umsetzen wollen. Ein Wahlprogramm in allen Ehren. Aber wie sehen Ihre Pläne für dessen Realisierung aus? Was beabsichtigen Sie als Erstes zu tun? Und nicht zuletzt, mit wem zusammen wollen Sie das alles in Angriff nehmen? Da stellt sich doch automatisch die Frage nach der von Ihnen angestrebten Koalition. Die Antwort dürfte unsere Zuschauer mindestens so interessieren wie Ihre grundsätzlichen Ausführungen."

„Ich habe in unserem Gespräch bereits darauf hingewiesen, dass es mir um eine zukunftsorientierte Politik geht. Darunter verstehe ich auch eine Politik der Transparenz und neuen Offenheit. Deshalb will ich an dieser Stelle auch kein Geheimnis daraus machen, dass ich bereit bin, mich in die Verantwortung nehmen zu lassen. Mit anderen Worten, ich erkläre hier und heute erstmals öffentlich und verbindlich, dass ich auf unserem

Wahlparteitag für die Spitzenkandidatur zur Verfügung stehe. Natürlich hoffe ich, dass ich in meiner Partei auf eine breite Zustimmung für meine Positionen stoße und ich durch eine Nominierung die notwendige Rückendeckung für die erforderlichen Reformen erhalte. Auf dieser Grundlage werde ich mich dann um das Vertrauen der Wähler bemühen. War Ihnen das konkret genug?"

„Fragen Sie das ernsthaft? Ihre Absicht, an Glombigs Stelle zu treten, pfeifen doch schon die Spatzen von den Dächern. Übrigens war das der Grund für Ihre Einladung. Abgesehen davon ist auch die Aussage nicht so wahnsinnig originell, sich in die Verantwortung nehmen zu lassen. Das habe ich in ähnlicher Form schon häufiger gehört. Und die Hoffnung, dafür genügend Unterstützer und Wähler zu finden, ist geradezu banal. Selbstverständlich sei Ihnen mit Blick auf das Wahlergebnis der größtmögliche Optimismus zugestanden. Wer wüsste nicht, dass die Erfolgsvermutung ganz unverzichtbar zum Berufsbild eines Politikers gehört. Aber Sie erinnern sich schon noch an den Titel dieser Sendung? Verstehen Sie dieses *Nachgehakt* bitte wörtlich. Denn was die praktische Umsetzung Ihrer Pläne betrifft, sind Sie mir die Antworten auf meine Fragen bisher schuldig geblieben. Macht nichts. Uns bleiben ja noch ein paar Minuten. Zeit genug, einige aufschlussreiche Informationen nachzuliefern."

"Ich denke, ich habe schon sehr ausführlich über meine Vorhaben gesprochen."

"Gesprochen schon, aber wenig gesagt. Vor allem haben Sie sich darüber ausgeschwiegen, mit wem Sie Ihre Ziele erreichen wollen. Nun gut, dann komme ich Ihnen eben nochmals mit dem Stichwort Koalition entgegen.

Unterstellen wir jetzt mal, Ihre Partei hätte Sie schon als Nummer 1 bestätigt und die Wahlen wären bereits gelaufen. Nehmen wir weiterhin an, Sie hätten die FDSU sogar zur stärksten Partei gemacht. Also alles bestens, bis auf die fehlende

Möglichkeit, allein zu regieren. Sie vermitteln mir keinen so wirklichkeitsfernen Eindruck, um sich eine absolute Mehrheit zu versprechen. Für einen neuen Senat unter Ihrer Führung benötigen Sie folglich mindestens einen Regierungspartner. An diesem Punkt fängt es bei mir an, konkret zu werden."

„Entschuldigung, Herr Bärwald, das sind mir zu viele *hätte* und *wäre*. Die Koalitionsfrage, soweit sie sich denn stellen sollte, ist für mich im Augenblick kein Thema. Was möglich ist oder nicht sehen wir, wenn der Wähler gesprochen hat. Ich rede nicht über ungelegte Eier. Das gebietet schon der Respekt vor dem Souverän."

„Wann sollten wir denn sonst darüber reden, wenn nicht jetzt – vor der Wahl? Das müsste doch ganz in Ihrem Sinne sein, dass ich Ihnen heute gegenüber unseren Zuschauern, gegenüber dem Souverän, wie Sie das so hübsch formulierten, exklusiv die Gelegenheit biete, Ihre eben noch propagierte Politik der Offenheit mit Inhalten zu füllen. Die Wähler wollen schließlich wissen, was sie sich mit ihrem Kreuz auf dem Stimmzettel einhandeln. Und allzu viele Alternativen bleiben Ihnen doch nicht. Das lässt sich leicht durchspielen."

„Ich lasse mir ja einiges nachsagen, aber ich bin kein Spieler. Ich beteilige mich auch nicht an unseriösen Spekulationen. Wir sind hier doch nicht im Spielcasino - oder an der Börse."

„Aber bei *Nachgehakt*. Hier darf ich in die Rolle des Spekulanten schlüpfen. Nebenbei gesagt, sehr gerne. Wenn ich spekuliere, geht es mir darum, aus einem Gespräch den größtmöglichen Informationswert für unsere Zuschauer zu gewinnen. Wobei sich bestimmte Absichten nach meiner Erfahrung am ehesten durch den Vergleich verschiedener Hypothesen ergründen lassen. Am Ende steht das Ziel, alle denkbaren Möglichkeiten wie die passenden Teile eines Puzzles zu dem wahrscheinlichsten Ergebnis zusammenzufügen. Das nennt sich dann Erkenntnisgewinn und damit verdienen wir Journalisten zum größten Teil unsere Brötchen. Diese Art des Spekulierens, die den Dingen auf den Grund geht, ist auch alles andere als unseriös. Ich versichere Ihnen, dass ich ausschließlich seriöse Spekulationen an die Tatsache knüpfe, dass Sie sich um eine schlichte Frage herummogeln wollen." Dabei strahlte er den sich windenden Wolters mit gespielter Harmlosigkeit an.

„Herr Bärwald, das ist nun aber wirklich..."

„...der legitime Versuch, Sie an der Aufklärung unserer Zuschauer zu beteiligen. Selbstverständlich bin ich auch gern bereit, für Sie einzuspringen."

„Ich kann Sie nicht daran hindern, mit wackligen Vermutungen zu arbeiten. Aber was bringt's? Um deren Richtigkeit zu überprüfen, werden auch Sie das Wahlergebnis abwarten müssen. Ich kann mich nur noch mal wiederholen, dass erst, wenn am Wahlabend alle Stimmen ausgezählt sind, die Fakten auf dem Tisch liegen, die genauere Überlegungen erlauben. Was halten Sie davon, mich dann noch einmal einzuladen? Ich verspreche Ihnen, dass ich in diesem Fall keine Ihrer Fragen unbeantwortet lasse."

„Ich dachte, Sie hätten mindestens schon eine Grundidee, welches Bündnis für Sie am ehesten infrage kommt. Braut und Bräutigam wissen doch auch nicht erst am Tag ihrer Hochzeit, mit wem sie nachts ins Ehebett steigen. Somit bleibt mir tatsächlich nichts weiter übrig, als Ihnen beim Sortieren und Bewerten der Möglichkeiten behilflich zu sein."

„Sehen Sie, schon Ihr Bild ist grundfalsch. Eine Koalition ist keine Liebesbeziehung. Mit etwas Glück läuft so eine Verbindung auf eine einigermaßen funktionierende Vernunftsehe hinaus, bei der die spätere Scheidung von vornherein eingeplant ist. Sprechen wir also besser von einem Zweckbündnis, das lediglich so lange Bestand haben muss, bis die vereinbarten Ziele abgearbeitet und damit auch die gemeinsamen Interessen aufgebraucht sind. Immerhin haben sie jetzt meine Neugier geweckt. Mit wem gedenken Sie denn, meine Partei zu verkuppeln? Vielleicht bringen Sie mich sogar auf die richtige Idee."

„Dann korrigieren Sie mich bitte, falls ich mit den drei denkbaren Varianten einer Koalition unter Ihrer Führung falsch liege. Vorausgesetzt, die FDSU ist aufgrund des Wahlergebnisses in der Lage, den weiteren Verlauf des Geschehens zu bestimmen. Sonst bliebe zwar die Koalitionsfrage weiter interessant, nur hätte sich mit einem anderen Resultat Ihr Führungsanspruch erledigt."

„Bis dahin kann ich Ihnen folgen. Aber bleiben Sie ruhig bei der richtigen Einschätzung, dass die FDSU am Wahltag die Nase vorn hat."

„Gerade eben haben Sie sich noch darüber beschwert, dass ich nur spekuliere. Dann wollen wir es auch dabei belassen, dass ich nach wie vor von theoretischen Modellen ausgehe. Von Gedankenspielereien. Nichts weiter. Also nehmen wir mal an, die FDSU könnte sich nach der Wahl einen Regierungspartner aussuchen. Dann gäbe es die Möglichkeit, das bisherige Bündnis unter umgekehrten Vorzeichen fortzuführen. Gesetzt den Fall, ihr derzeitiger Koalitionspartner erklärte sich bereit, als künftiger Juniorpartner in den Senat einzutreten. Aber nach übereinstimmenden Aussagen Ihrer beider Parteien sollte es zu keiner Neuauflage einer Großen Koalition kommen."

„Das ist richtig."

„Damit wäre die Möglichkeit 1 zu streichen."

„Im Prinzip wünscht sich doch niemand eine solche Elefantenhochzeit."

„Im Prinzip? Oha! Sobald ein Prinzip bemüht wird, werde ich sofort hellhörig. Das wirft doch gleich die Anschlussfrage auf, welche Gründe es geben könnte, von diesem Grundsatz abzuweichen. Aber geschenkt. Die Antwort erlasse ich Ihnen. Wir bewegen uns schließlich weiterhin im Bereich des Spekulativen. Da sind auch Fragen des Prinzips und der Ausnahmen von diesem Prinzip rein hypothetisch.

Nach der derzeitigen politischen Gemengelage könnte es auch zusammen mit den Liberalen, falls die es noch mal ins Parlament schaffen, und den Ökos für die erforderliche Regierungsmehrheit reichen. Allerdings können die beiden partout nicht miteinander. Kommt hinzu, dass auch Sie sich mit Blick auf die Liberalen bereits ziemlich weit aus dem Fenster gelehnt haben. Danach halten Sie eine Zusammenarbeit aufgrund der programmatischen Unterschiede für eher unwahrscheinlich. Version 2 also ebenfalls ab in den Orkus? Oder wird eher unwahrscheinlich in der Parallelsprache der Politiker richtigerweise mit nicht völlig ausgeschlossen übersetzt? Na schön, betrachten wir die Antwort auf diese Frage als ebenso offen wie die vorhergehende. Last not least hätte ich auch noch die Spielart Nummer 3 im Angebot. Ich spreche von einem Bündnis mit der in letzter Zeit erstarkten PfsG. Insider aus Ihrem Umfeld wollen wissen, dass Sie dieser Konstellation einiges abgewinnen können. Von denen wiederum gibt es einige offenbar besonders gut Informierte, die vorerst noch hinter vorgehaltener Hand raunen, eine solche Koalition wäre längst eine beschlossene Sache, weil sie von Ihnen klar favorisiert wird."

"Es gibt immer Leute, die glauben, das Gras wachsen zu hören Mit solchen Spökenkiekern haben Sie bestimmt auch schon Ihre Erfahrungen gesammelt. Und gaukeln Sie mir jetzt bitte nicht vor, Sie würden alle Latrinenparolen unbesehen übernehmen, die mit regelmäßigen Updates über mich und meine Absichten verbreitet werden."

"Umso besser, dass Sie jetzt persönlich für eine Aufhellung sorgen können. Auch wenn ich Ihnen zustimme, dass letztlich erst das Wahlergebnis über die Regierungsbildung entscheidet, würden unsere Zuschauer sicherlich ebenso gerne wie ich erfahren, wohin die Reise geht. Es ist doch kein unbilliges Verlangen, sich auf eine Rangfolge Ihrer Koalitionspräferenzen festzulegen. Wie gesagt, immer unter der Voraussetzung, dass

Sie erst Ihre Partei und dann die Wähler von sich und Ihrer Politik überzeugen."

„Guter Versuch. Sie können auch gerne noch ein paar weitere Anläufe starten. Ich bleibe dabei, dass sich die Koalitionsfrage, wenn überhaupt, ganz bestimmt nicht in dieser Sendung stellt."

„Finden Sie diesen Eiertanz nicht selbst etwas kurios? Eine Antwort kann doch nicht so schwer sein, zumal Sie zwei Varianten bereits als nicht wünschenswert oder als eher unwahrscheinlich ausgeklammert haben. Nun mal raus mit der Sprache, Herr Wolters, falls Ihre Partei nach den Wahlen entscheiden könnte, mit wem sie regieren will, wer ist dann Ihr Wunschpartner und wer die zweite oder dritte Wahl?"

„Soweit es für eine Alleinregierung nicht reicht, werde ich mit allen im Abgeordnetenhaus vertretenen demokratischen Parteien Gespräche führen. Ausschlaggebend wird dabei sein, mit welchem Partner die FDSU, bei aller Kompromissbereitschaft, ihr eigenes Wahlprogramm am besten umsetzen kann."

„Das ist doch schon mal ein brauchbarer Hinweis. Allzu schwer machen Sie es mir damit nicht, die richtigen Schlüsse zu ziehen. Nach den inoffiziellen Texten des Wahlprogramms Ihrer Partei, die erkennbar Ihre Handschrift tragen, kann das doch nur bedeuten, dass..."

„Dass es sich, wie Sie richtig bemerken, um inoffizielle Fassungen handelt, die erst noch von einem Parteitag abgesegnet werden müssen."

„Soweit ich die dortigen Mehrheitsverhältnisse richtig einschätze, dürfte Ihnen dieser Segen mit großer Wahrscheinlichkeit zuteilwerden. Dabei lassen die bereits durchgesickerten Passagen eine deutliche Richtungskorrektur der bisherigen Parteilinie erkennen. Auch in unserem heutigen Gespräch haben Sie deutlich gemacht, dass Sie die Schwerpunkte Ihrer Partei wieder stärker auf die gesellschafts- und sozialpolitischen

Themen lenken wollen."

„Sehen Sie, das verstehe ich unter Offenheit. Was wäre an dieser Rückbesinnung auf die in letzter Zeit leider etwas vernachlässigten Kernkompetenzen meiner Partei auszusetzen?"

„Es ist nicht meine Aufgabe, Ihre innerparteilichen Klärungsprozesse zu bewerten. Aber nachdem Sie mit Ihren Zielvorstellungen weder bei Ihrem gegenwärtigen Koalitionspartner noch bei den Liberalen auf große Gegenliebe stoßen und es allein mit den Ökos kaum reicht, bleibt doch nur noch die PfsG als Partner übrig. Möglicherweise auch in einem Dreierbündnis. Das nenne ich eine klassische, wenngleich noch unbestätigte, Vorabfestlegung. Was sofort Herrn Glombig alarmiert hat, der postwendend ankündigte, diesen Weg nicht mitzugehen. Ich nehme an, dass er Ihnen Landesvorsitz und Spitzenkandidatur nicht kampflos überlassen wird?"

„In unserer Partei steht es jedem frei, sich um ein Amt zu bewerben. Das ist, wie gesagt, meine Absicht. Natürlich hat auch jeder das Recht, seine Wiederwahl anzustreben. Wer sich letztlich durchsetzt, entscheidet der Parteitag. Dessen Votum werde ich ohne Wenn und Aber akzeptieren."

„Womit Sie eine Bestätigung der von mir erkannten Wunschkoalition unter Hinweis auf formale Selbstverständlichkeiten mehr oder weniger elegant umschifft haben. Gut, starten wir unser Spielchen noch mal von vorn. Ich setze wiederum voraus, Sie gehen aus dem innerparteilichen Richtungsstreit als Sieger hervor. In dem Fall erscheint eine Koalitionsaussage zugunsten der PfsG doch geradezu vorprogrammiert."

„Sie können zu diesem Zeitpunkt weder etwas voraussetzen noch ist irgendetwas vorprogrammiert. Sicher ist nur, dass ich bestimmt keinen Koalitionswahlkampf plane, falls mir die Ehre der Spitzenkandidatur für meine Partei zufallen sollte. Dann werde ich um jede einzelne Stimme kämpfen. Daher sehe ich in der PfsG vor allem eine konkurrierende Partei, wie alle anderen auch."

„Tatsächlich wie alle anderen? Ohne Unterschied? Wie stehen Sie zu deren Vergangenheit?"

„Ich habe in dieser Sendung wiederholt bekräftigt, dass es mir um die Gestaltung der Zukunft geht. Wer in der Vergangenheit lebt, gerät leicht in Gefahr, Chancen zu verpassen. Warum überlassen wir solche rückwärts gerichteten Fragestellungen nicht den Historikern? Mir scheint auch ein wenig Demut angezeigt, wenn es um die Beurteilung der Fehler anderer geht. Niemand ist fehlerfrei."

"Eine nette Aussage. Die sie vielleicht noch etwas näher erläutern?"

"Was in den Aufbaujahren der jungen Bundesrepublik richtig war, nämlich auch Menschen in die Verantwortung einzubinden, die als sogenannte Belastete eingestuft wurden, kann heute nicht falsch sein. Daher halte ich nichts davon, Mitbürger, auch keine Wähler oder Mitglieder der PfsG, auszugrenzen, nur weil sie ihre Sozialisation zum großen Teil in der ehemaligen DDR erfahren haben und dort vielleicht auch politisch aktiv waren."

„Ich kenne niemand, der ernsthaft daran denkt, Bürger mit DDR-Hintergrund zu Bürgern zweiter Klasse herabzustufen. Der Einwand ist, entschuldigen Sie, ziemlich absurd. Jeder, der unsere verfassungsmäßige Ordnung anerkennt, hat den Anspruch, sich an der politischen Willensbildung zu beteiligen. Dieses demokratische Prinzip gilt selbstverständlich auch für ehemalige Staatsfunktionäre der DDR und für SED-Mitglieder. Aber das steht auf einem anderen Blatt als die Absicht, mit ihnen zu regieren und dabei sogar frühere Stasi-Mitarbeiter oder deren Zuträger mit ins Boot zu holen. Das hieße, gerade die DDR-Bürger vor den Kopf zu stoßen, die sehr viel auf sich genommen haben, das Ende des Systems zu beschleunigen."

„Von einer gemeinsamen Regierung war auch nicht die Rede. Trotzdem verdient die Mitgliederstruktur der PfsG eine etwas differenziertere Betrachtung. Die Mehrheit in der Partei ist längst in unserer Demokratie angekommen. Wobei ich diese positive Entwicklung für noch erfreulicher hielte, wenn sie nicht auch teilweise der Blutzufuhr durch frühere Mitglieder der FDSU geschuldet wäre. Hier rächen sich die zurückliegenden sozialpolitischen Defizite meiner eigenen Partei. Aber noch mal, damit keine Missverständnisse aufkommen, das war keine Koalitionsaussage."

„Darf ich das so verstehen, dass Sie eine Koalition mit der PfsG definitiv ausschließen?"

„Ich strebe sie jedenfalls nicht an."

„Womit einige weitere Fragen unbeantwortet bleiben, denn leider ist die Sendezeit schon wieder zu Ende. Ich danke Ihnen, Herr Wolters, für Ihren Besuch und verabschiede mich bei unseren Zuschauern bis heute in einer Woche, zu einer neuen Ausgabe von *Nachgehakt*."

Dann folgte der Abspann in der gleichen Reihenfolge wie zum Beginn der Sendung. Während die letzten Akkorde von Beethovens Fünfter noch in ihm nachklangen, beschlich Wolters beim Verlassen des Studios das unbehagliche Gefühl, dass ihn Bärwald am Ende doch noch aufs Glatteis gelockt und dabei prompt ins Schlingern gebracht hatte. Gegen seinen Willen war ihm eine Aussage herausgerutscht, die ab sofort für Zündstoff in den Diskussionen sorgen würde. Ein schwerer Patzer. Am ärgerlichsten war, dass ihn nach den Wahlen jeder auf sein heutiges Statement festnageln konnte. Aber gesagt war gesagt. Davon ließ sich nichts mehr zurücknehmen. Jetzt ging es darum, halbwegs ungeschoren die Kurve zu kriegen.

Ich strebe sie jedenfalls nicht an, hatte er geantwortet, als Bärwald geradezu penetrant auf seinen möglichen Koalitionsabsichten mit der PfsG herumritt. Ja und? Das stimmte doch auch. Er strebte tatsächlich keine Koalition an, mit keiner anderen Partei. So und nicht anders war seine Antwort zu verstehen. Er hatte klipp und klar darauf hingewiesen, dass er in jeder

Koalition nur eine Notlösung sah und es ihm lieber wäre, allein zu regieren. Bedauerlicherweise war die Politik kein Wunschkonzert. Falls am Ende die entsprechenden Voraussetzungen fehlten, mussten eben neue Überlegungen her. Aus diesem Bezug zur Realität durfte ihm doch niemand einen Strick drehen, zumal er gegenüber Bärwald oft genug betont hatte, dass er in der Sendung schon deshalb keine verbindliche Aussage treffen könne, weil die letzte Entscheidung ohnehin weniger von ihm, sondern von den Gegebenheiten des Wahlergebnisses abhing.

Je länger er darüber nachdachte, desto gelassener wurde er. Genaugenommen war er von seinem Grundsatz, möglichst vage zu bleiben, kaum abgewichen. Er hatte sich nicht wirklich festgelegt. Erst recht hatte er nichts versprochen, auch nicht, dass er ein Bündnis mit der PfsG ausschloss. Etwas nicht anzustreben war nicht dasselbe wie es kategorisch abzulehnen. War es etwa seine Schuld, wenn er falsch verstanden worden war? Das hielte seine Gegner natürlich nicht davon ab, ihn dennoch des Wortbruchs zu bezichtigen, wenn er nach den Wahlen, mangels einer eigenen Mehrheit, gezwungen wäre, auf eine Koalitionslösung mit der PfsG zurückzugreifen. Aber gegenüber allen anderen Kritikern bekäme er es schon irgendwie gebacken, dass ihm die heute abgerungene Erklärung nicht als gebrochenes Wahlversprechen angelastet werden konnte. Was seine tatsächlichen Pläne betraf, erschien es ihm allerdings ratsam, gleich nachher bei Hentschel anzurufen. Der sollte bestimmte Aussagen bei *Nachgehakt* nicht auf die Goldwaage legen. Es gab keinen Grund, nervös zu werden.

18

Auch im Bundesvorstand der FDSU, der am nächsten Morgen routinemäßig zusammentrat, wurde Wolters Auftritt in der Bärwald-Sendung vom Vorabend diskutiert, wenn auch nur außerhalb der Tagesordnung. Bis zu den Berliner Wahlen blieb zum Glück noch genügend Zeit. Die würden die Berliner Parteifreunde allerdings auch brauchen, um den in ihrem

208

Landesverband entbrannten Personal- und Richtungsstreit glattzubügeln. Spätestens nach dem Wahlparteitag musste diese leidige Führungsdiskussion vom Tisch sein, wobei die innere Befriedung Vorrang genoss. Jedenfalls prinzipiell, denn während der bestehende Regelungsbedarf noch einvernehmlich anerkannt wurde, waren die damit verbundenen Erwartungen, wer am Ende den Sieg davontrug, schon wieder sehr unterschiedlich verteilt. Einige Vorstandsmitglieder zeigten sich empört, dass die Parteiorganisation in der Hauptstadt offensichtlich einen einschneidenden Kurswechsel beabsichtigte, dessen prominentestes Opfer, der bisherige Landesvorsitzende und Ex-Minister Glombig, bereits feststand. Dagegen befürchteten Wolters Sympathisanten, dass Glombigs Ablösung noch im letzten Moment durch ein unvorhergesehenes Ereignis in Gefahr geriet, wobei sie Glombig selbst allerdings keinen entscheidenden Befreiungsschlag mehr zutrauten.

Dass Glombig dem Bundesvorstand bereits seit seinen Ministerjahren angehörte, machte die Situation menschlich kompliziert. Man war aneinander gewöhnt und blickte auf manchen gemeinsam bestandenen Kampf zurück. Andererseits wusste jeder, der es bis in die Führungsebene geschafft hatte, dass es ein gesundes Eigeninteresse verbot, sich aus sentimentalen Gründen mit einem absehbaren Verlierer zu solidarisieren. Auch wenn einige Details noch einer genaueren Betrachtung bedurften, bestand über die Hintergründe des Streits in der Berliner FDSU und seines mutmaßlichen Ausgangs hinreichende Klarheit. Inzwischen glaubte nur noch eine Minderheit, dass Glombig den im Herbst anstehenden Wahlparteitag im Amt überlebte. Vielen Vorstandsmitgliedern war daher die Erleichterung anzumerken, dass sich Glombig aus Krankheitsgründen für die heutige Sitzung entschuldigt hatte.

So unterschiedlich die gegenwärtigen Turbulenzen in Berlin bewertet wurden, so einig zeigte man sich in der Feststellung, wie vorausschauend die Bundespartei gehandelt hatte, sich schon früh auf die offizielle Sprachregelung einer Nichteinmischung in die Angelegenheiten der Landesverbände festzulegen. Diese Richtlinie machte es einfacher, die Berliner Entwicklungen erst einmal aus sicherer Distanz zu beobachten und auf eine gütliche Einigung zu hoffen. Zudem gelang mit dieser Vorsichtsmaßnahme der Nachweis, wie konsequent die oberste Parteiführung die demokratischen Prozesse auf allen Ebenen der Partei respektierte. Bei kritischen Nachfragen konnte dann mit dem Ausdruck schlichten Unverständnisses, dass solche Fragen überhaupt gestellt wurden, darauf verwiesen werden, dass es in der FDSU einer guten Tradition entsprach, die Entscheidungen der regionalen Gliederungen zu achten. Auch in der aktuellen Situation sprach vieles dafür, den Zeitvorteil zu nutzen, den der Status eines nicht unmittelbar Beteiligten mit sich brachte. Wobei sich der Abstand zu den Problemen diesmal etwas schwieriger wahren ließ als in ähnlichen Fällen. Hier in der Hauptstadt tagte der Bundesvorstand quasi in direkter Nachbarschaft zu den Berliner Streithähnen.

Dabei diente die Achtung des föderalen Prinzips, wie einige ihren Tribut gegenüber den auf Landesebene ablaufenden Ereignissen dialektisch aufwerteten, vorrangig dem Ziel, der Öffentlichkeit das Bild einer über alle Querelen erhabenen Parteiführung zu bieten. Und weil die Vorstandssitzungen natürlich unter Ausschluss dieser Öffentlichkeit stattfanden, sickerte auch immer nur bruchstückhaft durch, wie wenig man sich in den internen Diskussionen schenkte. War es nach außen angezeigt, den schönen, wenn auch wenig glaubwürdigen, Schein der Eintracht zu wahren, wollte es sich intern niemand nehmen lassen, die aktuellen Entwicklungen zwischen Kiel und München oder Düsseldorf und Dresden entweder mit offenem Beifall oder mit schroffer Ablehnung zu kommentieren. In diesen Debatten stieß die persönliche Duldsamkeit, je nach eigener Ausrichtung oder Abhängigkeit, schnell an ihre Grenzen.

Wie sehr das Gerangel zwischen Glombig und Wolters die

Gemüter erhitzte, zeigte sich auch bei dem gewohnheitsmäßigen Small Talk im Anschluss an die Sitzung. Im formlosen Rahmen, außerhalb der Tagesordnung, wurden dabei die letzten, noch unbestätigten, Neuigkeiten ausgetauscht. Wen es allerdings mit der Absicht auf diesen Markt aufgeplusterter Geschwätzigkeit zog, von dem vermeintlichen Insiderwissen seiner jeweiligen Gesprächspartner zu profitieren, war gut beraten, sich mit besonderem Misstrauen zu wappnen, sobald ein Beitrag mit einem relativierenden *nach Hörensagen* eröffnet wurde oder ein Teilnehmer windige, von dritter Seite aufgeschnappte, Mitteilungen und Berichte unter dem Siegel der Vertraulichkeit weiterreichte. Es bedurfte schon einiger Übung, um aus dem unüberschaubaren Wust der zu Nachrichten stilisierten Gerüchte und Halbwahrheiten ein paar verlässliche Hinweise herauszufiltern. Nur wer sich diese Fähigkeit über die Jahre und nach etlichen Flops antrainiert hatte, konnte hin und wieder um die eine oder andere nützliche Information bereichert nach Hause fahren.

Martin Münter, der Bundesvorsitzende, hatte sich heute nicht an dem üblichen *Basar*, wie er den geselligen Ausklang der Vorstandssitzungen etwas herablassend nannte, beteiligt. Stattdessen war er gleich anschließend, zusammen mit Thorsten Heidemann, dem Generalsekretär, in seinem Büro verschwunden. Ehe er dort mit einem Ächzen in einem der Sessel versank, schenkte er sich rasch noch ein halbes Glas Rotwein ein und blickte fragend zu Heidemann, ob der sich anschließen wolle. Doch anders als sonst, wenn er als bekennender Weinliebhaber den Vorgang der Verkostung fast wie eine kultische Handlung zelebrierte, nippte er heute nur lustlos und in Gedanken versunken an seinem Glas.

„Was ist los? Schlechte Laune? Seit wann schmeckt dir dein geliebter Bordeaux nicht mehr? Dieses edle Gesöff hätte es verdient, mit der gebotenen Ehrerbietung genossen zu werden. Stattdessen süffelst du diese Köstlichkeit wie ein

Sonderangebot vom Discounter. Deine Geringschätzung grenzt fast schon an eine Beleidigung des Winzers."

"Dann wäre es an dir, ihn wieder auszusöhnen. Ich habe dir ja ein Glas angeboten."

"Später gerne. Statt mir dieses schale stille Wasser zuzumuten, hätte ich auch lieber beim vin rouge zugeschlagen. Aber Alkohol wirkt auf mich immer leicht ermüdend und wie du weißt, habe ich mir in Vertretung unseres erkrankten Pressesprechers diese blöde Pressekonferenz aufgehalst. Die beginnt schon in einer knappen Viertelstunde. Wenn ich die Mediengeier mit unseren heutigen Vorstandsbeschlüssen füttere, möchte ich hellwach sein. Sonst legen die mich mit ihren Fragen noch aufs Kreuz. Aber das sollte dir den Genuss nicht vermiesen. Was war doch gleich noch deine bevorzugte Sorte? Korrigiere mich, falls ich mich irre: ein Wein aus dem Médoc, Appellation Saint-Estèphe, ein Cru bourgeois vom Château Meyney, die Flasche nicht gerade ein Schnäppchen, aber durchaus noch erschwinglich. Jedenfalls für die Kategorie der Besserverdienenden, zu der dem Vernehmen nach auch Parteivorsitzende zählen sollen."

„Was den Wein betrifft, ein Volltreffer. Dass du dir sogar den Namen des Châteaus gemerkt hast, Kompliment. Über so ein Gedächtnis verfügt nicht jeder. Ich bin natürlich den Lagen aus dem Médoc treu geblieben. Wenn du willst, ist das meine Art, mich wertkonservativ zu verhalten. Ich fürchte nur, dein Durchblick in Sachen Weinkultur steht in krassem Missverhältnis zu der Treffsicherheit deiner Einschätzung, wie das entsetzliche Kuddelmuddel in der Brunnenstraße zu bewerten ist. Da liegst du meiner Meinung nach erheblich daneben. Oder willst du mir einreden, es ließe unsere Wähler kalt, wenn der Wolters hier in Berlin den Glombig aus dem Amt jagt, die Partei in der Hauptstadt auf zackigen Gegenkurs zur bisherigen Linie trimmt und als krönenden Abschluss demnächst sogar zusammen mit der PfsG regiert?"

„Alles kein Anlass, sich über Gebühr zu echauffieren. Nenne mir ein Beispiel aus der Vergangenheit, bei dem Veränderungen völlig geräuschlos über die Bühne gegangen wären. Wer es wagt, die ausgetretenen Pfade zu verlassen, dem ist der übliche Protest sicher. Dieses Geschrei gehört zum Spiel und ist, vom Ergebnis her, meist belanglos. Du weißt doch, wie kurzlebig solche Empörung ist. Kurz aufgeflammt und gleich darauf schon wieder verpufft. Das war's dann auch schon. Bis sich der nächste Ärger entzündet, sitzen wir unser kleines Problem eben mal wieder in bewährter Manier aus. Ein neuer Grund, der die Aufregung über vorangegangene Ereignisse vergessen macht, lässt zum Glück nie lange auf sich warten."

„Auf das Kurzzeitgedächtnis der Wähler ist aber nicht immer und überall Verlass. Was Wolters gerade ausheckt, ist für uns brandgefährlich. Wenn wir bei den nächsten Wahlen im Bund nicht abschmieren wollen, sollten die Provinzfürsten gefälligst mal über den Tellerrand ihrer Eigeninteressen hinausdenken. Sonst könnten wir auch gleich die Wiedereinführung der Kleinstaaterei in unser Programm aufnehmen."

„Warum willst du durch ein Machtwort unnötige Empfindlichkeiten schüren? Es reicht, der geneigten Öffentlichkeit zu vermitteln, dass der Bundesverband die auf Landesebene getroffenen Entscheidungen als Sonderfälle betrachtet. Du kannst also weiterhin guten Gewissens darauf verweisen, dass du eine Zusammenarbeit mit der PfsG im Bund ausschließt."

„Wie lange glaubst du, wird man uns das noch abnehmen? Heute ist es Wolters und morgen sind es vielleicht schon seine Nacheiferer, die sich anschicken, das genaue Gegenteil zu tun. Wer sich mal richtig verarscht gefühlt hat, dürfte den Anlass für seine Wut wahrscheinlich bis zur nächsten passenden Gelegenheit im Gedächtnis abspeichern. Dann versagt die Hoffnung auf eine partielle Amnesie der Wähler. Falls die sich ausgerechnet bei der nächsten Bundestagswahl daran erinnern, dass sie noch eine Rechnung mit uns offen haben, dann hätte Wolters die Partei voll in die Scheiße geritten. Warte mal die nächsten Meinungsumfragen ab. Eigentlich müsste ich Wolters mit Konsequenzen drohen, falls er seine Pläne weiterverfolgt. Egal, welchen Ärger ich mir damit einhandele."

„Also jetzt mal ruhig Blut. Ich empfehle dir dringend, die weitere Entwicklung abzuwarten. Wenn du anfängst, Wolters aus einem augenblicklichen Ärger heraus zu gängeln, ginge das garantiert nach hinten los. Bisher hast du doch auch immer Nervenstärke bewiesen."

„Ich wünschte, du könntest mir ein Stück deiner Dickfelligkeit abgeben."

„Wenn's dir hilft, gerne. Aber auch falls Wolters in Berlin das Ruder übernimmt, wäre das keine Katastrophe. Das ist einer, der genau weiß, was er tut. Außerdem kommt seine unkonventionelle Art bei den Menschen an. Die mögen ihn. Pass mal auf, der dreht das so geschickt, dass die Gesamtpartei am Ende sogar noch von seinen reformerischen Ideen profitiert."

„Dein Wort in Gottes Gehörgang. Dann sollte ich mich also weiterhin bedeckt halten?"

„Unbedingt. Aussitzen ist auch diesmal das Gebot der Stunde. Nur gilt das leider nicht für mich. Ich muss jetzt wirklich los. Meine Freunde da unten werden bestimmt schon ungeduldig und in gereiztem Zustand sind die noch schwerer zu ertragen als sonst. Sollte wider Erwarten schon eine Frage über die Situation im Berliner Landesverband gestellt werden, bleibe ich, wie abgesprochen, bei unserer Sprachregelung."

Auf dem Weg in den großen Konferenzsaal im Erdgeschoss war Heidemann bester Laune. Er ertappte sich sogar dabei, wie er die Melodie irgendeines Schlagers in verschiedenen Interpretationen vor sich hin pfiff. Im Saal angekommen nahm er sich zunächst die Zeit, die bekannten Gesichter mit einem kurzen Blick zu streifen und diesem und jenem, nach einem sich nur ihm erschließenden Auswahlverfahren, vertraut zuzunicken.

Die Mehrzahl der Versammelten kannte er schon von früher. In einem anderen Leben, wie er die Jahre nannte, bevor er die Seiten wechselte und in die Politik ging, hatte er sich selbst einmal als Journalist versucht. Nicht einmal so erfolglos, wie er sich zu erinnern glaubte. Das schien zwar schon Ewigkeiten zurückzuliegen, reichte aber immer noch aus, um sich in die Denkweise seiner ehemaligen Kollegen hineinzuversetzen. Eine Fähigkeit, die er zu nutzen verstand. Die Bestätigung, die üblichen Verdächtigen wieder mal vollzählig vor sich zu sehen, vermerkte er mit Genugtuung. Bei dem Gedanken, dass es inzwischen in seiner Macht lag, Leute warten zu lassen, der vorgesehene Beginn der Pressekonferenz war bereits um eine Viertelstunde überschritten, achtete er aber darauf, nicht übermäßig zufrieden zu wirken. Gleich nach der Begrüßung und den abzuarbeitenden Infos zu der vorausgegangenen Vorstandssitzung rechnete er natürlich mit der Frage, ob der Bundesvorstand, namentlich der Bundesvorsitzende, gedenke, Einfluss auf die parteiinternen Grabenkämpfe in Berlin zu nehmen. Die gegenüber Münter eben noch als unwahrscheinlich bezeichnete Frage war eine ausgemachte Sache. Dafür war in Person von Dagmar Gödecke vom Deutschen Wochenmagazin gesorgt. Der resoluten Dame hatte er gestern Abend mehr als zwei Stunden seiner knappen und daher kostbaren Zeit für eines der beliebten Hintergrundgespräche geopfert. Unter der Bedingung, außen vor zu bleiben, hatte er dabei auch etliche süffisante Bemerkungen über Münter eingestreut. Dem trug er nach, ihn, den Generalsekretär, mit einem etwas besseren persönlichen Referenten zu verwechseln. Der erwartete ganz selbstverständlich, dass er den Auspuzter für ihn spielte, ohne ihn mit eigenen Ambitionen zu vergrämen. Manchmal fühlte er sich wie der Aktenkofferträger seines Herrn. Als einer aus der großen Schar dienstbarer Geister, die gebraucht aber wenig respektiert wurden und denen bei offiziellen Fototerminen allenfalls ein Platz in der zweiten Reihe zustand. Das wollte er ändern.

Solche Hintergrundgespräche wie das mit Dagmar Gödecke, die im kleinen, öfter noch im kleinsten Kreis stattfanden, waren für alle daran Beteiligten wertvoll. Die Journalisten schätzten sie als ihre ergiebigsten Informationsquellen, vorausgesetzt, ihre berufliche Skepsis bewahrte sie davor, angesichts eines plötzlich sehr menschelnden Gegenübers in eine unkritische Vertrauensseligkeit zu verfallen. Dagegen bot sich ihren Gesprächspartnern aus der Politik die Chance, durch eine genauere Darlegung sonst nur unzulänglich gewürdigter Zusammenhänge um ein gewisses Verständnis für die eigene Position zu werben. Der bei diesen Treffen unausgesprochen vereinbarte Deal bestand somit, dem Prinzip von Angebot und Nachfrage folgend, aus der Bereitstellung politischer News, die gewöhnlich nicht auf dem offenen Markt zugänglich waren, gegen ein Entgegenkommen auf journalistischer Seite. Das konnte darin bestehen, die Verwertung einiger sensibler Fakten noch ein paar Tage hinauszuzögern. Oder man zeigte sich durch ein knappes Nicken bereit, das negative Image eines Politikers in der öffentlichen Wahrnehmung etwas aufzupolieren, indem dessen Begründung, warum er gewisse Entscheidungen so und nicht anders getroffen hatte, an der einen oder anderen Stelle in die Kommentare einfloss. Es gab zahlreiche Möglichkeiten, sich für den Vorzug der Exklusivität auf eine unverdächtige Weise erkenntlich zu zeigen, ohne sich damit gleich zu korrumpieren. Außerdem glichen sich die auf diesem Wege erzielten Vorteile auch wieder aus. Andere Kollegen nutzten andere Quellen, gelegentlich sogar dieselben. Es bestand also keine Veranlassung, sich mit dem Gedanken zu belasten, als Journalist im grenzwertigen Bereich zu operieren.

Dagegen zählte die heutige Pressekonferenz zu den lästigen Pflichtterminen, weil der Job nun mal die von der Chefredaktion geforderte Präsenz verlangte. Niemand, der sich hier blicken ließ, verknüpfte mit seinem Erscheinen die Hoffnung, an einem Ort förmlicher Verlautbarungen auf wirklich interessante Mitteilungen zu stoßen. Und weil ohnehin nur das offizielle Wortgeklingel erwartet wurde, konnte Heidemann die Fragen von Dagmar Gödecke vor diesem Auditorium auch in der mit dem Parteivorsitzenden verabredeten Weise beantworten. Um Zeit zu schinden, die dann nach seinem Kalkül für verfänglichere Nachfragen von anderer Seite fehlte, schmückte er die oft genug verwünschte Eigenwilligkeit der Landesverbände einmal mehr in leuchtenden Facetten aus. Da wurde ein Ärgernis kurzerhand zur schutzwürdigen Maxime befördert.

„Ich darf Ihnen versichern, dass der Bundesvorsitzende nicht daran denkt, in die Zuständigkeiten eines Landesverbandes einzugreifen" hörte er sich abschließend im Brustton der Überzeugung resümieren, womit er gleichzeitig noch einmal die unmittelbare Verantwortung Münters hervorgehoben hatte. Die Wirkung dieser so harmlos klingenden Feststellung, die er später als Ausdruck der Loyalität mit dem Vorsitzenden verstanden wissen wollte, war ebenso absehbar wie beabsichtigt.

Verschiedene Medien, allen voran das vorab mit einigen Sahnestückchen bedachte Deutsche Wochenmagazin, würden morgen erhebliche Zweifel an Münters Führungsqualitäten anmelden. Einige Anwesende hatten ihre Texte bereits während der Pressekonferenz in ihre Laptops getippt. *Martin Münter fällt offenbar nichts Besseres ein, als die Probleme wieder mal auszusitzen, während ihm die Partei mehr und mehr entgleitet.* Solche und ähnliche Kommentare wären dann landauf-landab in seltenem Gleichklang zu hören und zu lesen. Das war ein Medienecho nach seinem Geschmack. Damit musste sich doch jedem in der Partei die Frage aufdrängen, wie lange ein schon zuvor als führungsschwach geltender Vorsitzender noch zu halten war. Einer, der inzwischen zum Gespött der Medien wurde, der die Partei nur noch kleinmütig verwaltete statt sie kraftvoll voranzubringen. Darüber musste im Bundesvorstand sehr bald und sehr deutlich gesprochen werden.

Thorsten Heidemann war mit seiner Vorarbeit zufrieden. Die entscheidende Botschaft war angekommen, obwohl er sich strikt an die Parteilinie gehalten und formal sogar im Einvernehmen mit Münter gehandelt hatte. Eine strategische Meisterleistung. Dafür hatte es sich gelohnt, einen Teil des gestrigen Abends dieser arroganten Schnepfe aus Hamburg zu opfern. Zudem dürfte es sich für ihn noch auszahlen, dass er Wolters den Rücken freigehalten hatte. Auf seinen Rat hin würde Münter vor dem Wahlparteitag nichts mehr unternehmen. Er schätzte den Berliner Aufsteiger schon deshalb, weil der ihm häufiger mit einem Augenzwinkern zu verstehen gab, wen er schon jetzt für den eigentlichen Vorsitzenden hielt. Das verriet Durchblick und die Anerkennung, die ihm Münter vorenthielt. Mittlerweile mehrten sich auch die Stimmen in der Partei, die Wolters Kurs mindestens mit wohlwollendem Interesse begleiteten. Da war in zahlreichen Ortsverbänden, über die Kreisverbände, die Bezirks- und Landesverbände, bis hinein in Teile des Bundesvorstandes etwas in Bewegung geraten, was sich kaum noch aufhalten ließ. Damit sah er nun auch den richtigen Zeitpunkt gekommen, sich bei nächster Gelegenheit offen zu den Erneuerern zu bekennen. Wenn er weiterhin klug agierte und seine Kontaktpflege noch intensivierte, gelang es ihm vielleicht sogar, sich als Wortführer an deren Spitze zu setzen. Münter war für die Neuausrichtung der Partei inzwischen ebenso hinderlich wie sein Spezi Glombig, mit dem sich Wolters in Berlin herumschlagen musste. Oder wie all die anderen Störenfriede aus diesem Bestand unflexibler Parteiveteranen, die mit dem Zeitgeist auf Kriegsfuß standen. Mit der heutigen Pressekonferenz war Münters Demontage jedenfalls einen großen Schritt näher gerückt.

Mit Winfried Wolters teilte er das Ziel, die Partei nicht länger den *Betonköpfen* zu überlassen. Betonköpfe hatte er solche Mandatsträger und Mitglieder getauft, die sich mit ihrem altbackenen Weltbild dem von Wolters angestoßenen neuen Denken verweigerten. Zu denen hätte er mit Sicherheit auch Friedrich Schneider, den *Alten Fritz*, gerechnet. Aber den kannte er bisher nicht. So, wie ihm auch die Namen Norbert Teschner und Rainer Steffens nichts sagten. Dass sich das bald ändern sollte, konnte er zu diesem Zeitpunkt noch nicht ahnen. Dieses Wissen hätte ihm die Freude über die gelungene Intrige ziemlich verhagelt.

19

Es war spät geworden in der vergangenen Nacht und Teschner hatte lange in sein arbeitsfreies Wochenende hinein geschlafen. Sehr lange sogar, wie ihm der Blick auf seine Armbanduhr verriet, nachdem er sich endlich soweit aufgerappelt hatte, um die Augen einen Spalt weit zu öffnen. Aber dann dauerte es doch noch eine Weile, bis er seinen schlaffen Körper soweit unter Kontrolle bekam, um sich gähnend ins Bad und unter die Dusche zu schleppen. Da ging es bereits auf halb elf zu. Mit zusammengebissenen Zähnen ertrug er den eiskalten Wasserschwall, der gnadenlos auf seinen noch immer schläfrigen Körper niederprasselte. Dass er sich freiwillig einer solchen Prozedur aussetzte, bei der seine Haut wie durch einen Beschuss mit unzähligen spitzen kleinen Nägeln malträtiert wurde, erstaunte ihn von Morgen zu Morgen aufs Neue. Wie ein eifernder Flagellant, dessen Sinne erst im Schmerz zur vollen Entfaltung gelangten, verwarf er dennoch jeden Gedanken an eine mildere Form der Selbstkasteiung. Irgendwann hatte sich die fixe Idee in seinem Kopf festgesetzt, sich selbst beweisen zu müssen, ein erwiesenermaßen harter Kerl zu sein. Da nutzte es auch wenig, wenn ihm das Motiv, auf keinen Fall in den abträglichen Ruf eines Warmduschers zu geraten, sofort darauf schon wieder albern erschien. Immerhin half ihm dieser allmorgendlich wiederholte Kampf gegen die Versuchungen eines weniger martialischen Einstiegs in den Tag, von einem Augenblick zum nächsten munter zu werden. Als er sich anschließend abfrottierte, war er tatsächlich hellwach.

Für die Zubereitung seines Frühstücks benötigte er keine fünf Minuten. Es war wie an jedem Morgen der gleiche Ablauf und die gleiche Auswahl. Dazu gehörten stets zwei Schwarzbrotscheiben, die eine mit Käse, die andere wahlweise mit Wurst oder Schinken belegt, dazu ein Ei von mittlerer Konsistenz, zwei Tassen Kaffee mit Milch aber ohne Zucker, ein Glas Vitaminsaft und ein Stück Obst. Immerhin hierbei variierte er zwischen verschiedenen Sorten, je nachdem, was ihm gerade zur Verfügung stand. Dass sein Freund Steffens den bei ihm zu beobachtenden Prozess, wiederkehrende Abläufe an einem feststehenden Muster auszurichten, als weiteren Beleg fortgeschrittener Schrulligkeit bewertete, focht ihn nicht an. Für ihn war diese ritualisierte Vorgehensweise, der auf den ersten Blick der Eindruck eines befremdlichen Ticks anhaften mochte, vor allem rationell. Durch die im Laufe der Zeit schematisierten Allerweltsverrichtungen verringerte sich die Mühe, an die ihm nebensächlich erscheinenden Anforderungen des Alltags eine unangemessene Gedankenarbeit zu verschwenden. Sein persönliches ökonomisches Prinzip trug somit dazu bei, dass die für die nachrangigeren Aufgaben eingesparte Zeit den wichtiger erachteten Überlegungen zugutekam. Zumindest redete er sich das ein. Um sich von der Richtigkeit seiner These auch heute wieder selbst zu überzeugen, war er zwischen einem vorsichtigen Schluck heißen Kaffees und einem herzhaften Biss in sein Käsebrot bereits bei der Chronologie der vergangenen Wochen angelangt. Mit dem am gestrigen Abend erzielten Zwischenergebnis konnte er mehr als zufrieden sein.

Obwohl er erschöpft und todmüde ins Bett gefallen war, hatte er sich dann doch nur ruhelos von einer Seite auf die andere gewälzt, während sich die Ereignisse der letzten Stunden noch wie ein Karussell in seinem Kopf drehten. Sogar jetzt fiel es ihm noch schwer, zu realisieren, dass er auf der entscheidenden Wahlversammlung mit einer nicht gerade überwältigenden aber doch ausreichenden Mehrheit zum Abgeordnetenhaus-Kandidaten seiner Partei für den Wahlkreis Mariendorf-Süd/Marienfelde-Nord aufgestellt worden war. Ein Erfolg, der noch wenige Tage vor der Nominierung auf wackligen Füßen stand. Da gingen die meisten Befragten noch davon aus, dass Stern drauf und dran war, seine Pläne zu durchkreuzen. Dessen Chancen, für die unverdaute Schlappe bei den Mariendorfer Vorstandswahlen Revanche zu nehmen, waren wegen einiger heftiger Stürme, die den Ortsverband zuletzt durcheinandergewirbelt hatten, erheblich gestiegen. Aber dann war es wieder mal anders gekommen. Dieser chaotische Gedankenwirrwarr, gespeist aus der noch nachwirkenden Angst eines möglichen Scheiterns und des darauffolgenden Gefühls der Befreiung, als es dann doch mit einigem Zittern geschafft war, ließ ihn erst im Morgengrauen in einen unruhigen Halbschlaf fallen.

Es begann damit, dass Bollhagen vor einigen Wochen überraschend in seinem Dienstzimmer aufkreuzte. An den Dialog, der sich während dieses unerfreulichen Besuchs zwischen ihnen entwickelte, erinnerte er sich schon deshalb so gut, weil ihn Ärgernisse immer am längsten verfolgten.

Zunächst war Bollhagens Mission allerdings vom lauten Protest seiner *Hartzer* begleitet, die die Wartezeit auf den Bänken vor seinem Büro verdösten oder angespannt auf dem Flur hin und her irrten. Die machten ihrem aufgestauten Frust Luft, als der Noch-Abgeordnete mit scheelem Seitenblick an ihnen vorbei stürmte. "Der Schnösel ist wohl nicht ganz sauber. Hier drängelt sich keiner vor" bellte ihm einer aus der Menge noch hinterher, als er mit einem unwirschen Abwinken bereits die Tür öffnete, um, wie er seine Absicht gleich darauf kundtat, mal eben auf einen Sprung vorbei zu schauen.

„Menschenskind, Teschner, die Meute da draußen hätte mich um ein Haar gelyncht. Man war wohl der Meinung, ich müsste mich, um hier vorgelassen zu werden, an letzter Stelle in die Schlange einreihen."

„Nachdem Sie zuvor eine Wartenummer gezogen haben. So sind hier halt die Sitten."

„Das fehlte noch. Peinlich genug, für einen Empfänger von Sozialleistungen gehalten zu werden. Aber wenn sich ein halbwegs gut situierter Bürger von seinem Erscheinungsbild her nicht wesentlich von Ihrer Kundschaft unterscheidet, dann zeigt sich damit auch, dass das ständige Gejammer über den sozialen Abstieg in unserer Gesellschaft augenscheinlich übertrieben ist." Dabei war er noch immer schwer atmend, wie von einer siegreich überstandenen Schlacht abgekämpft aber rundum mit sich zufrieden, auf einen der Besucherstühle vor seinem Schreibtisch gesackt, nicht ohne sich zuvor noch einmal von dessen Sauberkeit zu überzeugen.

„Falls dieser Abstieg für Sie erst bei den Bewohnern der Favelas in Rio de Janeiro oder bei den Obdachlosen in den Straßen Kalkuttas sichtbar wird, mag das so erscheinen. Trotzdem, seien Sie mir willkommen. Welchem Umstand verdanke ich Ihren unerwarteten Besuch?"

„Ich bin auf dem Weg zu Ihrem obersten Chef. Wir kennen uns schon eine halbe Ewigkeit. Schrader ist übrigens, falls Sie das nicht wissen, ein langjähriger Parteifreund. Als wir damals die Reform der Sozialsysteme in Angriff genommen haben, hat der eng mit dem Hartz zusammengearbeitet. Ein fähiger Mann. Schade, dass er seinerzeit nicht die erste Geige gespielt hat. Sonst sprächen wir heute wahrscheinlich von Schrader IV. Was der Sache weit dienlicher wäre, nachdem der tatsächliche Namensgeber mit den aus der VW-Kasse finanzierten Lustreisen für verdiente Betriebsräte, inklusive Nuttenservice, nicht mehr so gut ankommt. Aber was soll's? Niemand ist perfekt."

Anders als Bollhagen, der sich seines guten Drahts zu seinem Chef rühmte, begegnete er dem Leiter der Behörde nur selten. Dass der sich in seiner Verwaltung eher rarmachte, ließ sich verschmerzen. Dagegen war es leider unvermeidbar, ihn umso häufiger im Fernsehen zu sehen. Für die Medien war Schrader ein beliebter Ansprechpartner, der nie lange gebeten werden musste, die ihm zugesprochene Kompetenz auf dem Gebiet der Arbeitsmarktpolitik für einschlägige Debatten zur Verfügung zu stellen. Dort konnte er, wohl auch, weil vielen seiner Gesprächspartner oder Mitdiskutanten der tiefere Einblick fehlte, als ein in der Thematik verwurzelter Fachmann glänzen. Im Gegensatz zu deren prestigefördernder Darstellung nach außen, sagte ihm die profane Praxis der Materie deutlich weniger zu. Da verbarrikadierte er sich während der festgesetzten Sprechzeiten, unduldsam gegenüber allen Störungen, in seinem schicken Büro im obersten Stockwerk. Die lästigen Begleiterscheinungen, wie den Andrang auf den Fluren unterhalb seiner abgeschotteten Fluchtburg und die unappetitlichen Wutausbrüche der Betroffenen, überließ er dann doch lieber seinen in den unteren Etagen und damit auch im unteren Bereich der Hierarchie angesiedelten Mitarbeitern. Allenfalls auf den halbjährlichen Personalversammlungen kam er nicht umhin, seiner Belegschaft mit ein paar leutseligen Bemerkungen ins Gedächtnis zu rufen, wer diesem Hause vorstand.

„Wie gesagt, ich habe eine Verabredung mit meinem alten Freund Schrader. Da dachte ich mir, ich schaue bei der Gelegenheit auch mal bei Ihnen vorbei. Hoffentlich kommt Ihnen dieser Überfall nicht ungelegen. Aber nachdem Sie Ihr Interesse angemeldet haben, meine Nachfolge im Parlament anzutreten, erschien mir ein Gespräch unter vier Augen naheliegend."

„Warum nicht. Ein Gespräch schadet nie. Sollten Sie mir allerdings eine Kandidatur, wie Sie so schön sagten *unter vier Augen*, ausreden wollen, hätten Sie die feindlichen Linien draußen auf dem Flur umsonst durchbrochen. Sehen Sie's positiv. Damit haben die Delegierten auf dem Kreisparteitag die Auswahl zwischen mindestens zwei Bewerbern. Ein guter demokratischer Brauch. Warten wir doch deren Entscheidung in aller

Ruhe ab."

„Mit Ihrer Ruhe dürfte es bald vorbei sein. Ich frage mich, woher Sie Ihr Selbstvertrauen nehmen. Oder sollte ich besser sagen, Ihre Selbstüberschätzung? Glauben Sie wirklich, Sie hätten die geringste Chance?" Bollhagens Nachfrage kam abrupt und im Tonfall eines bereits feststehenden Ergebnisses. Als läge die Möglichkeit seiner Nominierung außerhalb jeder Realität.

„Das können Sie natürlich bezweifeln. Ich bin da weitaus zuversichtlicher."

Während sie nach dem ersten, noch verhaltenen, Schlagabtausch auf die eigentliche, nun unvermeidlich gewordene, Auseinandersetzung zusteuerten, streifte der Blick seines Besuchers mit unverhohlenem Abscheu über die spartanische Ausstattung seines Büros. Dessen in die Jahre gekommene Hässlichkeit wurde anschließend mit einem ungnädigen Kopfschütteln quittiert. Offensichtlich beleidigten der sperrmüllreife Holzschreibtisch, der bereits von unzähligen Beamtenhintern abgewetzte Drehstuhl sowie der reparaturbedürftige Aktenschrank mit der nur noch behelfsmäßig im Rahmen hängenden Tür Bollhagens Sinn für Ästhetik. Zum Schluss verharrten seine Augen auf dem billigen Wandkalender einer Krankenversicherung, der seinen Platz an der dem Fenster gegenüberliegenden Seite des Raumes gefunden hatte. Darauf, dass er in einem äußerst tristen Umfeld arbeitete, musste ihn niemand aufmerksam machen. Anscheinend wollte sich Bollhagen diesen irgendwie kränkenden Hinweis aber nicht verkneifen.

„Völlig unzumutbar, wie sie hier hausen, mein Lieber. Jetzt verstehe ich, warum Sie hier unbedingt raus wollen. Aber um ein ansprechenderes Büro zu beziehen, was im Zweifel meist mit einem beruflichen Aufstieg einhergeht, gibt es auch andere Wege, als von der Administrative in die Legislative zu wechseln. Ich werde Schrader gleich nachher darauf ansprechen. Das ist doch kein Zustand. Das muss Ihr Chef einsehen. Seien Sie froh, der hört auf mich. Außerdem schuldet er mir noch einen

Gefallen."

„Danke, bemühen Sie sich nicht. Soweit es nach mir geht, habe ich ohnehin die längste Zeit in diesem Kabuff verbracht."

„Nur richtet sich eben nicht alles nach Ihren Wünschen. Ich rate Ihnen dringend, auf dem Teppich zu bleiben. Entschuldigen Sie meine Direktheit, aber ich bin nun mal eine ehrliche Haut. Außerdem bin ich im Gegensatz zu Ihnen mit dem Innenleben unserer Partei um einiges länger vertraut. Schließlich habe ich einen Großteil meiner bisherigen Lebenszeit in die politische Arbeit investiert. Sie denken offenbar, das wäre alles im Hoppla-Hopp-Verfahren zu schaffen."

„Schön wär's. Aber so optimistisch, dass mir Ihre Nachfolge in den Schoß fällt, bin ich auch wieder nicht. Was den reinen Zeitfaktor betrifft, sind Sie mir zweifellos um Längen voraus. Nur, was heißt das schon? Die Zeit allein von der Uhr oder vom Kalender abzulesen, ist noch die leichteste Übung. Das hieße, sie auf ihre unmittelbare Funktion zu reduzieren. Dabei ist doch nicht deren Messbarkeit der Maßstab, sprich die Summe, die davon schon verbraucht ist. Wichtiger ist die Frage, was man mit ihr angefangen hat. Genauer betrachtet handelt es sich also um zwei Fragen: Wie lange? - Wofür? Erst in dieser Kombination wird die Antwort interessant. Zugegeben, es ist erheblich komplizierter, die Zeit nach ihrer inhaltlichen Substanz zu bewerten, als sie nur in Form einer Addition zu berechnen."

"Haben Sie's eventuell auch eine Nummer kleiner? Das ist mir alles viel zu aufgeblasen. Oder, um Ihnen eine Freude zu machen, für den Alltagsgebrauch zu philosophisch."

"Damit wollte ich nur noch mal feststellen, dass unser Ortsverband seit Kurzem von einem Neumitglied geführt wird. Aus Ihrer Sicht ein Regelverstoß, obwohl Ihr Favorit Stern, ich nehme an, nicht ohne vorherige Abstimmung mit Ihnen, den Plan verfolgte, mich zum Nachfolger vom *Alten Fritz* zu machen. Merkwürdig, denn bekanntlich bin ich auch nicht länger in der Partei als Steffens, was Sie mir eben noch mal als Manko angekreidet haben. Womit bewiesen wäre, dass es manchmal auch in kürzerer Zeit gelingt, ein bestimmtes Ziel zu erreichen. Steffens Beispiel ist jedenfalls eine zusätzliche Ermutigung, mich um eine Nominierung in Ihrem bisherigen Wahlkreis zu bewerben. Dass mir dafür innerhalb der Partei der zeitliche Vorlauf fehlt, wird mir, wie man hört, von einigen Delegierten sogar als Pluspunkt gutgeschrieben. Wenn es gut läuft, könnte deren Zahl bis zum entscheidenden Termin noch steigen."

„Träumen Sie weiter. Aber das lag ja auf der Hand, mir Steffens Erfolg aufzutischen. Für dieses Anfängerglück gibt es eine einfache Erklärung. Da sind ein paar außergewöhnliche Komponenten zusammengekommen, die dieses Ergebnis erst ermöglicht haben. Das war eine der seltenen Ausnahmen, die als solche die Regel nur bestätigen. Um Abgeordneter zu werden, läuft nichts ohne gewachsene Beziehungen. Allerbeste Beziehungen. Bis hoch in die Parteispitze. Jemand, der über Mariendorf hinaus bisher kaum in Erscheinung getreten ist, guckt da garantiert in die Röhre."

„Nur mal zur Information. Was genau wollen Sie mir eigentlich beibringen, Herr Bollhagen."

„Dass Sie einen wohlmeinenden Berater in mir sehen sollten. Ich habe nichts gegen Sie. Würde ich Sie sonst vor der Peinlichkeit bewahren wollen, sich unmöglich zu machen? Mit Ihrer Absicht, gegen den Parteifreund Stern anzutreten, bringen Sie die wichtigsten Leute im Landesverband gegen sich auf. Das wäre wenig vorausschauend, Ihre weitere Karriere aus falschem Ehrgeiz aufs Spiel zu setzen. In der Partei, wie als Beamter dieser Behörde. Ich rate Ihnen dringend, sich gut zu überlegen, wie weit Sie wirklich gehen wollen."

„Danke für den Hinweis. Aber im Augenblick überlege ich gerade, ob Ihr unmissverständlicher Fingerzeig etwa dazu dienen sollte, mich mit ein paar Drohungen einzuschüchtern."

Teschner musste gegen seinen Willen grinsen. Bollhagen

hatte ziemlich lange herumgeeiert, bis er, nach einigen Umwegen, auf den einzigen Punkt zugesteuert war, der ihn wirklich interessierte. Zwar ärgerte ihn die Plumpheit der Drohung, aber weil er während des ausgedehnten Vorgeplänkels nur auf diese Wendung gewartet hatte, sah er sich auch in seiner Erwartung bestätigt. Als ob er Bollhagen nicht von Anfang an durchschaut hätte. Dass man ihn für so billig einschätzte, um ihn mit dem Lockmittel beruflicher Verbesserungen zu kaufen, empörte ihn noch stärker als die Chuzpe, mit der ihm Druck gemacht werden sollte. Zu allem Überfluss entglitten Bollhagen jetzt auch noch die Gesichtszüge. Nicht nur, dass sein ausgelegter Köder verschmäht worden war, machte es ihm schwer, sich zu beherrschen. Noch mehr hatte er an der aus dieser Abfuhr herauszuhörenden Geringschätzung zu kauen.

„Muss ich Ihrer unangemessenen Reaktion entnehmen, dass Sie meinen gut gemeinten Rat in den Wind schlagen?"

„Das soll heißen, dass ich Sie auf dem Weg in die Chefetage nicht länger aufhalten will. Bei Ihrem Freund im obersten Stockwerk dürften Sie auch ein stilvolleres Ambiente vorfinden als in meinem bescheidenen Arbeitsumfeld, dem Sie schon unverhältnismäßig lange ausgesetzt waren."

Mit seinem kaum verhüllten Rausschmiss glaubte er, alles gesagt zu haben, was in dieser Situation zu sagen war. Aber als Bollhagen wie festgenagelt auf seinem Stuhl verharrte, sah er sich veranlasst, dieser Provokation mit einer noch deutlicheren Klarstellung ein Ende zu machen.

"Ich kann Ihnen auch gerne bestätigen, dass Sie Ihren Auftrag pflichtgemäß erledigt haben. Wenn auch nicht mit dem erwarteten Resultat. Sie hätten mir eben nicht so nachdrücklich die Ungnade irgendwelcher wichtiger Leute prophezeien sollen. Deren Gunst ist mir relativ schnuppe. Sowohl in diesem Haus wie in der Partei. Pech, der Schuss ging dann wohl nach hinten los. Also richten Sie meinem Mitbewerber Stern aus, dass er mich nicht so schnell loswird. Daran werden auch Boten mit einem guten Draht nach oben und ein paar unüberhörbaren Drohungen im Handgepäck nichts ändern."

„Ihnen ist wirklich nicht zu helfen." Das sollte zackig klingen. Wie eine vorgezogene Abrechnung. Mindestens einen auftrumpfenden Abgang wollte sich Bollhagen nach dieser Pleite noch verschaffen. Aber mit zusammengepressten Lippen und kippender Stimme ließ sich kein martialischer Effekt erzielen. Bei einem Verlierer bekam selbst noch die Wut einen defensiven Unterton. Vor allem der Hieb mit dem Boten, die Herabstufung zu Sterns Laufburschen, hatte gesessen.

Anstelle einer weiteren Retourkutsche, die nur ähnlich ungerührt abgeschmettert worden wäre, beließ er es bei dieser gezischten Erwiderung. Um dann allerdings die Bürotür hinter sich mit voller Wucht ins Schloss krachen zu lassen. Gleich darauf war sogar noch durch die geschlossene Tür zu hören, dass es draußen erneut laut wurde. Soweit Teschner den Radau richtig deutete, wurde dem scheinbaren Vordrängler auf dem Flur wieder kräftig eingeheizt. Womit der in Warteschlangen aufgestaute Unmut gelegentlich auch sein Gutes hatte. Immerhin gab es nach Bollhagens Vorstoß nun keine Zweifel mehr, dass der parteiinterne Kampf um das Mariendorfer Abgeordnetenmandat voll entbrannt war.

Am gleichen Abend tagte der Vorstand des Ortsverbandes. Diesen Termin absolvierten Steffens und er seit ihrer Wahl mit wenig Begeisterung. Viel lieber hätten sie sich stattdessen bei Renate auf ein Feierabendbier verabredet. Diesmal nahm ihn Steffens kurz vor Beginn der Sitzung beiseite, um ihn noch rasch darauf vorzubereiten, dass ihnen in den nächsten Stunden wohl einige unschöne Reibereien bevorstanden.

„Der *Alte Fritz* hat mich heute Nachmittag angerufen. Mein weiterhin sehr rühriger Vorgänger will über verschiedene Kanäle Wind davon bekommen haben, dass Dettmers plant, mal wieder ein bisschen Stunk zu machen."

„Ja und? Wo bleibt bei diesem *mal wieder* der

228

Neuigkeitswert? Die Querelen mit Dettmers gehören doch zum normalen Programmablauf. Hast du vergessen, dass ich dich erst neulich darauf ansprach? Ich wäre baff, wenn uns dieser Nörgler ausnahmsweise mal nicht auf den Wecker fiele."

Tatsächlich hätte diese Information für sich allein noch keinen Anlass zur Sorge gegeben. Dem *Unberechenbaren*, wie sie ihren streitbaren Vorstandskollegen untereinander nannten, konnten sie nichts rechtmachen. Obwohl sie sich bereits bis an die Schmerzgrenze bemühten, Dettmers bei Laune zu halten, zeigte der sich äußerst erfindungsreich, ihnen auf jede erdenkliche Weise Steine in den Weg zu legen.

„So gelassen habe ich zunächst auch reagiert. Aber Schneider hat uns sehr eindringlich gewarnt, die letzte Entwicklung auf die leichte Schulter zu nehmen. Angeblich hat sich Dettmers wieder mit Stern versöhnt, wobei auch Bollhagen als Vermittler seine Hand im Spiel gehabt haben soll. Jedenfalls vollzieht unsere Nervensäge gerade eine radikale Wende rückwärts. Das hat Schneider dem Plappermaul Brose entlocken können, der es liebt, mit vielsagenden Andeutungen zu prahlen. Diesmal, so tönt der *Unberechenbare* unter seinen Anhängern schon krawallmäßig herum, will er deine Pläne für die Abgeordnetenhauskandidatur zu Fall bringen."

Damit stand ihnen offenbar Übleres bevor als die regelmäßigen kleineren Scharmützel, die sie in fast jeder Sitzung miteinander austrugen. Wenn es stimmte, was der *Alte Fritz* in Erfahrung gebracht hatte, dann beabsichtigte Dettmers, ihnen heute auch formal den Krieg zu erklären. Da gedachte wohl einer, der den größten Teil seines Lebens unter seiner Erfolglosigkeit gelitten hatte, kurz vor Toresschluss noch mal va banque zu spielen. Und von einem, der seine vermutlich letzte Chance nicht verpassen wollte, ging immer eine Gefahr aus. Mindestens der Bezug auf diese letzte Chance erinnerte sie irgendwie an ihre eigene Situation, auch wenn sie sich selbst natürlich nicht als Gefahr sahen und auch sonst jede weitere

Gemeinsamkeit mit Dettmers weit von sich wiesen.

"Dann sollten wir Schneiders Warnung besser ernst nehmen. Wenn Dettmers richtig aufdreht, ist ihm alles zuzutrauen."

„Abblasen können wir die Sitzung jetzt auch nicht mehr. Wahrscheinlich wird es harmloser als befürchtet. Du weißt doch, was von der Großspurigkeit solcher Egomanen zu halten ist. Denen gelingt es zwar immer wieder, mächtig Dampf zu produzieren, aber wenn der sich verzogen hat, ist von seinen Verursachern meist auch nicht mehr viel zu bemerken. Fast so, als hätten sie sich dabei gleich selbst in Luft aufgelöst." Allerdings wollte Steffens Zweckoptimismus nicht so recht zu den Sorgenfalten auf seiner Stirn passen.

„Wir werden uns doch nicht von Dettmers kopfscheu machen lassen" wurde er von Teschner unterstützt. „Bisher ist uns noch immer was eingefallen, wenn es eng wurde. Und heute wurden wir sogar vorgewarnt." Vorsichtshalber verordnete er sich aber bereits vor der Sitzung Nerven wie Drahtseile. Dettmers konnte allein schon mit seinem berüchtigten Schandmaul jemand zur Weißglut bringen. Stern hatte das zu spüren bekommen. Auch diesmal wäre dessen Vorteil nur von begrenzter Dauer, falls Dettmers erneut die Seiten gewechselt haben sollte. Somit bestand die Gefahr auch nicht darin, dass der sich vielleicht gerade wieder umorientierte. Bedenklicher war der Umstand, dass dessen mögliche Aufkündigung bisheriger Verbindlichkeiten ausgerechnet in die Zeit der Kandidatenaufstellung für die Abgeordnetenhauswahl fiele. In der Partei gab es genug Hohlköpfe, bei denen die Polemik solcher Schreihälse auf fruchtbaren Boden fiel. Feiglinge, die sich selbst nicht aus der Deckung wagten, schätzten Draufgänger dieses Kalibers, die es stellvertretend für sie übernahmen, andere durch den Dreck zu ziehen. Sollte ihr unleidlicher Vorstandskollege seinen Vorrat an Gehässigkeiten in der nächsten Zeit zur Abwechslung mal wieder in den Dienst Sterns stellen, konnte es für Steffens und ihn eklig werden.

Der übrige Vorstand hatte sich bereits vollzählig in Heinz und Ellis Hinterzimmer eingefunden, als mit einiger Verspätung auch der Anlass ihrer Besorgnis auftauchte. Schon an der Art, wie Dettmers sie beim Betreten des Raumes mit zusammengekniffenen Augen fixierte, ließ sich ablesen, dass die Warnung vom *Alten Fritz* nicht aus der Luft gegriffen war. Schneider besaß noch immer einen untrüglichen Riecher, um aus verschiedenen Andeutungen und versteckten Hinweisen die richtigen Schlüsse zu ziehen.

Dettmers Vorliebe für den großen Auftritt war nicht neu. Aber als er jetzt eine Sitzgelegenheit am entgegengesetzten Ende des Tisches ansteuerte, um ihnen auch durch die räumliche Entfernung seine persönliche Distanz vor Augen zu führen, wirkte sein Gehabe noch überzogener als gewöhnlich. So entgeistert, wie die übrigen Vorstandsmitglieder Steguweit, Frau Köhler und Frau Witte das Geschehen beobachteten, war die Kunde von Dettmers Seitenwechsel demnach noch nicht überall angekommen. Mürrisch bestellte der sich jetzt bei Elli einen grünen Tee, an dem er dann aber nur in längeren Abständen nippte. Als Steffens mit einer bösen Vorahnung die Sitzung eröffnete, begann er wie wild in irgendwelchen Unterlagen zu blättern, die er anschließend weiträumig vor sich ausbreitete und an verschiedenen Stellen mit Unterstreichungen oder Randnotizen versah. Wiederum viel zu demonstrativ, um seine Beflissenheit echt erscheinen zu lassen. Alles an dem Mann wirkte gekünstelt. Hier ging es ihm um den Eindruck, dass er Steffens einleitende Bemerkungen zur Tagesordnung für zu unbedeutend hielt, um ihnen Gehör zu schenken. Tatsächlich aber registrierte er hinter der Fassade gelangweilten Desinteresses noch die kleinste Unsicherheit.

Steffens startete mehrere Anläufe, um die eisige Atmosphäre, die den Raum seit Dettmers Eintreffen in eine Gefriertruhe verwandelte, aufzulockern. Mit einem antrainierten Gespür für die Denkweise seines zweiten Stellvertreters hatte er die Tagesordnungspunkte vorgezogen, von denen er annahm, dass sie den geringsten Konfliktstoff boten. Alles, was ihm diese Vorleistung eintrug, waren ein paar spöttische Blicke, gelegentlich auch einige verächtlich hingeworfene Bemerkungen, die Dettmers zur Schau gestellte Gleichgültigkeit spätestens damit als aufgesetzt entlarvten.

„Allmählich stinkt's mir" raunte Steffens Teschner zu. Mit dem sich auferlegten Langmut war er schon weit über sich hinausgewachsen. So zurückhaltend, dass er Dettmers sogar bis an den Rand der Selbstverleugnung entgegenkam, kannte ihn bisher kaum jemand, am wenigsten er sich selbst. Das wurde ihm auf Dauer zu anstrengend. War er bis eben noch darum bemüht, seinen heftiger werdenden Atem ruhig zu stellen, machte er seinem Ärger unmittelbar darauf mit einem wiederum in Teschners Richtung gezischten Versprechen Luft. „Was bildet sich dieser Mistkerl ein? Wenn der glaubt, er könnte mich wie den letzten Trottel vorführen, werde ich ihm beim nächsten falschen Wort gegen die Wade pinkeln."

Nachdem nun feststand, dass der bevorstehende Schlagabtausch mit den begrenzten Mitteln der Diplomatie nicht mehr zu umgehen war, sah er dem unvermeidlichen Gang der Dinge beinahe mit Erleichterung entgegen. Schluss mit den unangebrachten Zugeständnissen. Dettmers war kein Kunde, dem er am Bankschalter eine beruflich bedingte Zurückhaltung schuldete. Wenn dieser Kotzbrocken mit ihm in den Clinch gehen wollte, war er dazu bereit. Niemand sollte einem Steffens nachsagen dürfen, er wäre inzwischen zum Weichei degeneriert. *Watt mutt, dat mutt* fiel ihm der Sinnspruch seines Patenonkels von der Küste ein, bei dem er in seiner Kindheit oft die Ferien verbrachte. Jetzt ergänzte er ihn seinerseits mit einem forschen berlinischen *denn woll'n wa mal*.

„Liebe Parteifreunde. Wir kommen nun zum letzten Tagesordnungspunkt der heutigen Sitzung. Hierbei geht es um eine

Wahlempfehlung des Vorstandes für die vom Ortsverband gewählten Delegierten des Kreisparteitages, auf dem auch über eine Kandidatur für den bisherigen Bollhagen-Wahlkreis entschieden wird. Ich gehe davon aus, dass wir uns geschlossen für eine Aufstellung unseres Freundes Teschner aussprechen."

Was da in hölzern monotoner Sitzungssprache an die Runde weitergegeben wurde, weckte augenblicklich Dettmers Lebensgeister, obwohl Steffens seine Vorlage gewollt eine Spur zu undeutlich, mit leicht nuschelnder, abgesenkter Stimme, eingebracht hatte. Wer nicht genau bei der Sache war, für den hätte sich der aufgerufene Tagesordnungspunkt so unverdächtig angehört, als ginge es mit dem angestrebten Beschluss lediglich darum, eine weitere Formalie abzunicken. Natürlich erwartete Steffens nicht wirklich, dass der zäh dahinfließende bürokratische Trott, der diese Sitzung bisher noch stärker beherrschte als vergleichbare Veranstaltungen dieser Art, Dettmers schon so weit eingelullt hatte, um sein punktgenaues Eingreifen zu verpassen. Immerhin war es einen Versuch wert gewesen.

Er hatte den letzten Satz kaum beendet, als ihm Dettmers reflexartiges Kopfschütteln das Scheitern seiner Absicht bestätigte. „Sagen Sie, Steffens, geht's noch plumper?" Dabei wischte er die vor ihm ausgebreiteten Papiere mit einer mechanischen Handbewegung zur Seite. Die hatten ihren Zweck erfüllt, den bisherigen Sitzungsverlauf durch Ignoranz zu strafen. Nach einem prüfenden Rundumblick, mit dem er sich einer ungeteilten Aufmerksamkeit versicherte, führte er zunächst das fast noch volle Glas mit dem inzwischen kalten Tee an den Mund, um es jetzt Schluck für Schluck und mit verdrießlicher Miene zu leeren. Der Herr geruhte, seine Vorstandskollegen auf eine Geduldsprobe zu stellen. Doch unmittelbar darauf straffte er den Rücken, verlieh seinen Gesichtszügen einen Ausdruck wilder Entschlossenheit und donnerte seine Faust mit voller Wucht auf die Tischplatte. Mit der Folge, dass Gläser und Tassen die damit für eröffnet erklärte Ein-Mann-Show mit unmelodisch klirrenden Geräuschen unterstrichen. Dettmers unfreiwilligem Publikum blieb nichts weiter übrig, als sich mit einem resignierenden Achselzucken in das nun nicht mehr abzuwendende Spektakel zu fügen.

„Ich will es kurz machen." Das daraufhin vernehmbare Aufatmen veranlasste ihn umgehend zu einer Kehrtwende. „Falsches Signal. Ich meinte natürlich nicht so kurz, um meinen Rücktritt aus dem Vorstand nicht mit der notwendigen Klarheit zu begründen."

„Zu früh gefreut" murmelte Fred Steguweit und verdrehte in Erwartung des Kommenden die Augen. Wenn Dettmers indes hoffte, seine schneidig hingeworfene Ankündigung würde die erwartete Aufregung auslösen, sah er sich getäuscht. Zu seinem Ärger musste er feststellen, dass die als Akt des Protestes geplante Bekanntgabe seines Rücktritts ohne ein Wort des Bedauerns verpuffte. Lediglich über Edeltraud Wittes Gesicht huschte ein spontaner Ausdruck von Kümmernis. Die hatte das Harmoniegebot vom *Alten Fritz* so sehr verinnerlicht, dass jeder Unfrieden sofort den Impuls eines vermittelnden Eingreifens in ihr auslöste. Allerdings hielt auch deren Bereitschaft, noch einmal auf Dettmers zuzugehen, nur so lange an, bis der die Dummheit beging, ihre fortbestehende Loyalität zu Friedrich Schneider herauszufordern. Denn auch in diesem Zusammenhang wollte Dettmers nicht darauf verzichten, seinen Intimfeind mindestens als negative Fußnote in seinen vorbereiteten Monolog aufzunehmen.

„Jeder weiß, wie lange ich mich Schneiders Vorherrschaft widersetzt habe. Und als mich Sterns ausgebliebene Unterstützung zutiefst verletzte, glaubte ich wirklich, damit sei nun der absolute Tiefpunkt erreicht. In beiden Fällen habe ich mich geirrt. Schlimmer geht immer. Das habe ich begriffen, seitdem ich beobachten muss, wie dreist sich das Duo Steffens und Teschner unseren Ortsverband zur Beute macht. Diese Herren verfügen über unsere Partei in Mariendorf, als wäre sie ihr persönliches Eigentum. Dieser beispiellose Machtmissbrauch stellt alles vorher Dagewesene in den Schatten."

„Warum sachlich bleiben, wenn es auch polemisch geht? Wer so überzieht wie Sie, wirkt nur noch lächerlich." Dettmers hatte es tatsächlich geschafft, Steffens explodieren zu lassen. „Bevor Sie weiterhin solchen Schwachsinn verbreiten, bemühen Sie doch bitte erst mal Ihr Gedächtnis. Wer hat Sie denn als stellvertretenden Vorsitzenden vorgeschlagen? Haben Sie das vergessen? Das war doch ich. Mit Zustimmung von Teschner. Was soll diese böswillige Verdrehung der Tatsachen?"

„Natürlich haben Sie mich mit ins Boot geholt. Sie waren ja auf mich angewiesen. Schließlich verdanken Sie nicht zuletzt meinen Anhängern, die Schneider loswerden und Stern einen Denkzettel verpassen wollten, Ihre Ämter. Die durften Sie verständlicherweise nicht gleich nach Ihrer Wahl vor den Kopf stoßen. Aber im Vorstand haben Sie mich schon bald darauf wie Ballast behandelt, der irgendwie mitgeschleppt werden musste. Das ist die schlichte Wahrheit."

„Schlicht stimmt, ansonsten ist das Ihre Wahrheit, Herr Dettmers, allein **Ihre** Wahrheit."

„Wollen Sie mir jetzt auch noch eine Diskussion über den Wahrheitsbegriff aufzwingen? Das sind doch alles nur Wortklaubereien. Sie werden mich nicht daran hindern, endlich einmal Klartext zu reden."

„Wann hätten Sie sich jemals davon abhalten lassen?"

„Hören Sie doch auf, mir ständig ins Wort zu fallen. Ihre Arroganz ist unerträglich. Das ist ein weiterer Grund, warum es mir bis hierher steht." Dabei vollführte er mit der rechten Hand eine fahrige Bewegung an den Hals, markierte mit der Handkante eine Stelle oberhalb der Kehle und imitierte einen krächzenden Würgelaut. Als die übrigen Vorstandsmitglieder, die dem Geschehen bisher mehr apathisch als interessiert gefolgt waren, daraufhin das erste Mal kurz zusammenzuckten, verbuchte er deren Reaktion als sichtbares Erfolgserlebnis.

„Mir reicht's. Und das schon lange. Sie und Ihr siamesischer Zwilling Teschner waren noch nicht in der Partei, da habe ich mich schon für unsere Ziele krummgelegt, ohne dass mir das je gedankt wurde. Aber Ihnen ist es noch nicht genug, innerhalb kürzester Zeit den Ortsverband zu beherrschen. Jetzt drängt es Sie in noch höhere Gefilde. Und diesmal", dabei bekam seine Stimme einen vielsagenden Unterton, „hat sich das erprobte Zweiergespann auf Teschner geeinigt, der sich nach Bollhagens Ausstieg schon im Abgeordnetenhaus sieht. Ich bin gespannt, was diesen Herren demnächst noch so alles einfällt."

Die Sache fing an, brenzlig zu werden. Wenn sie dem jetzt aus allen Rohren schießenden Dettmers nicht bald das Wasser abgruben, drohte die Sitzung aus dem Ruder zu laufen. An dieser Stelle fing Teschner einen beunruhigten Blick von Steffens auf. Dieses Signal kannte er. Das hieß: Ich bin mit meinem Latein am Ende, mach' du was. Also musste er jetzt selbst in die Bresche springen, immerhin ging es ja auch um ihn.

„Was ist so verwerflich daran, sich um ein Parlamentsmandat zu bewerben? Außerdem warten Sie doch erst mal das Nominierungsverfahren ab, ehe Sie bereits Ihr gesamtes Pulver verschießen. In dieser Sitzung geht es lediglich um eine Vertrauenserklärung des Vorstandes meines eigenen Ortsverbandes. Es ist doch wirklich nicht so vermessen, um ein unterstützendes Votum des engsten Umfeldes zu bitten. Wobei durch eine Empfehlung niemand verpflichtet wird, für mich zu stimmen. Nicht nur Sie, auch die übrigen Mariendorfer Delegierten sind in ihrer Entscheidung frei."

"Sie wollen wohl noch dafür gelobt werden, dass Sie auf zusätzlichen Druck verzichten? Falls Sie bei Ihrem Vorhaben auf meine Hilfe hoffen, liegen Sie falsch."

"Kein Problem. Auf den Gedanken bin ich ohnehin nicht gekommen. Aber Ihre Verschwörungstheorien sind einfach nur albern. Wie abgedreht ist das denn, Steffens und mir vorzuwerfen, dass wir uns nach besten Kräften für die Partei engagieren, obwohl wir zugegebenermaßen noch nicht so viele Jahre dabei sind wie Sie. Übrigens habe ich diesen Quatsch kürzlich schon mal gehört. Ich halte es auch nicht für ehrenrührig, dass sich unser Bemühen im Vergleich zu Ihren Krawalleinlagen als erfolgreicher erwiesen hat. Was wäre das auch für ein unsinniger Maßstab, eine Leistung an der Dauer einer abgesessenen Mitgliedschaft zu bemessen. Das wäre dann endgültig der Triumph des Hinterns über den bereichernden Einfluss konstruktiver Ideen. Letztere sind Ihrerseits leider ausgeblieben. Statt aktiv im Vorstand mitzuarbeiten, gefallen Sie sich in der Rolle des Störenfrieds. Wer hindert Sie daran, als Mitbewerber für ein Abgeordnetenmandat anzutreten? Tun Sie's doch einfach. Aber Ihnen macht es ja mehr Spaß, den Beleidigten zu spielen."

„Das ist infam." Dettmers höhnisches Gelächter musste ihm sogar in den eigenen Ohren zu schrill geklungen haben, denn es brach mittendrin ab. „Von welchen Möglichkeiten der Mitwirkung sprechen Sie? Ich war nicht mal in Ihre Absicht eingeweiht, an Bollhagens Stelle zu treten. So viel zur Wertschätzung meiner Person und dieses Vorstandes, der längst nur noch eine Alibifunktion erfüllt. Was auch für diese Sitzung gilt, deren Beschlüsse von Steffens und Ihnen doch längst, wie ich annehme im besten Einvernehmen, vorentschieden wurden. Für dieses Spielchen bin ich mir zu schade. Und damit dieser Skandal nicht unter den Teppich gekehrt werden kann, habe ich die Gründe für meinen Rücktritt sicherheitshalber auch schriftlich fixiert. Eine Vorabkopie ist bereits dem Landesverband zugegangen. Dort sollte man wissen, dass die Mariendorfer FDSU, nachdem der *Alte Fritz* die Partei schon wie ein Firmenchef geführt hat, nun vollends zum Selbstbedienungsladen für zwei karrierebesessene Neumitglieder verkommen ist." Als er Steffens daraufhin mit manierierter Geste einen Umschlag überreichen wollte, drehte der ihm abrupt den Rücken zu. Nach einem Moment ratloser Unentschlossenheit, während der er wie ein begossener Pudel dastand, drückte er das Schreiben daraufhin der verdutzten Stefanie Köhler in die Hand. "Dann reichen Sie das eben weiter." Dass er sie dabei mit rot angelaufenem Gesicht anfauchte, ließ die arme Frau vor Schreck zusammenzucken. Die Steffi, das war noch mal eine ganz eigene Geschichte.

So gern sich Steffens und er gegenseitig bestätigten, dass sie bisher noch niemand in das Korsett einer vorab festgelegten Postenverteilung pressen konnte, so ungern räumten sie ein, ihre Unabhängigkeit vor allem ein paar glücklichen Umständen zu verdanken. Allerdings waren sie inzwischen ebenfalls nicht mehr frei davon, in quotenmäßigen Kategorien zu denken. Daher hielten sie sich auch nur noch selten mit der Frage auf, wie viele aussichtsreiche Talente wohl schon auf der Strecke geblieben waren, weil sie durch das Raster einer unerbittlichen Vorsortierung fielen. So, wie sie es umgekehrt hinnahmen, dass sich zahlreiche Nieten eines beachtlichen Aufstiegs erfreuen durften, nur, weil die Tatsache für sie sprach, irgendeiner parteiinternen Gruppierung von hinreichender Bedeutung anzugehören. In dem Falle wäre es höchst unprofessionell gewesen, deren Mitglieder bei der Zuteilung von Ämtern zu übergehen. Und so, wie Steffens und er sich darauf verständigten, das Dauerproblem Dettmers durch dessen Einbindung in den Vorstand zu entschärfen, ein untauglicher Versuch, wie sich jetzt herausstellte, ergriffen sie unmittelbar nach ihrer Wahl die Initiative, um eine aufgekommene Unruhe unter den weiblichen Mitgliedern des Ortsverbandes aus der Welt zu schaffen.

„Das ist ein himmelschreiendes Missverhältnis" hatte ihnen Ruth Weber, die ebenso wortgewaltige wie kämpferische Vorsitzende der Arbeitsgemeinschaft der Parteifrauen im Kreisverband, unter Hinweis auf die *unerträgliche männliche Dominanz* des neuen Vorstandes, vorgeworfen. Weil dem, außer der

Beisitzerin Edeltraud Witte, die sie kurzerhand zur Alibifrau erklärte, nur Männer angehörten, ergab sich bei einer Mehrheit der anwesenden Frauen umgehend die Forderung nach mindestens einem zusätzlichen weiblichen Vorstandsmitglied. Ein Vorstoß, den dessen Wortführerin, wegen der weiterhin bestehenden männlichen Übermacht, bereits als ein großzügiges Entgegenkommen verstanden wissen wollte.

Nun wäre Steffens gewiss die eine oder andere menschliche Schwäche nachzusagen gewesen, das Etikett der Frauenfeindlichkeit ließ er sich von keinem anhängen. Nach eigener Einschätzung, die selten an besonderer Bescheidenheit krankte, hielt er sich sogar für einen ausgewiesenen Frauenversteher. Dass er diesen Wesenszug weniger mit einer gesellschaftspolitischen Aufgabe verknüpfte, verbarg er wohlweislich, als ihn zahlreiche weibliche Mitglieder im Anschluss an seine Wahl bedrängten, den Vorstand um eine weitere Beisitzerin zu erweitern. Nach der von ihm entwickelten Skala unterschied er zwischen drei Kategorien von Frauen. Es gab einige, die seinem Weiblichkeitsideal voll entsprachen oder ihm mindestens nahekamen. Bei denen reichte meist schon ein erster Blickkontakt, um sofort zu entflammen. Und es gab andere, die ihm unsäglich auf die Nerven gingen. Die versuchte er nach Möglichkeit zu meiden. Schließlich kreuzten auch noch solche Frauen seinen Weg, die er von ihrem Naturell her in die Abteilung unerotisch einordnete. Die empfand er manchmal als durchaus liebenswert aber nie der Liebe wert. Ein ziemlich billiger Kalauer, den er dessen ungeachtet in ihrer Stammkneipe häufiger zum Besten gab. Persönlich hielt er es natürlich am ehesten mit den Vertreterinnen der ersten Gruppe, die seine Sinne stimulierten und ihn nicht mit frauenbewegten Themen vollquatschten. Wenn er einer dieser Frauen begegnete, ging das meist mit der Vorstellung einher, wie es wohl wäre, mit ihr zu schlafen. Trat dieser Gedanke in den Hintergrund, erlosch zugleich der entscheidende Teil seines Interesses. Ein schwanzgesteuertes Machoverhalten hatte ihm eine von diesen humorfreien Oberfeministinnen einmal in einer öffentlichen Diskussion mit einem Aufschrei der Empörung unterstellt, als er die Meinung vertrat, dass die Wirkung von Frauen auf Männer vor allem durch deren sexuelle Ausstrahlung bestimmt werde. Diese fast schon hysterische Reaktion amüsierte ihn bis heute. Nur das Gegeifer auf eine rasch noch nachgeschobene Erklärung fand er noch belustigender. Da wollte er, vereinzelte Pfiffe aus dem Publikum ignorierend, gegenüber seiner geschätzten Widersacherin nicht auf die Entwarnung verzichten, dass sie selbst nicht die geringste Veranlassung habe, seine schwanzgesteuerten Triebe zu fürchten, weil Frauen, die seine Art zu leben als Kampfansage verstanden, ohnehin nicht in sein Beuteschema passten.

Somit hatten seine wechselnden Freundinnen bei aller Unterschiedlichkeit doch immer eines gemeinsam: Die Hingabe, mit der manche Frauen ihre Weiblichkeit zu einer politischen Mission erhöhten, war ihnen fremd. Deren Leidenschaft war anderer Art. Die genossen, in schönster Gleichberechtigung, den Sex nicht weniger wie er. Schon deshalb war ihnen eine verdrießliche Geschlechterideologie auch ebenso suspekt. Es gab bereits genug Probleme auf der Welt, da wollte er es nicht dulden, dass ihm die Predigerinnen des Geschlechterkampfes mit der aggressiven Intoleranz aller selbst ernannten Volkserzieher sogar noch den Spaß am Liebesspiel verdarben. Besonders giftig konnte er werden, wenn seine Gespielinnen zu Opfern eines unverbesserlichen männlichen Chauvinismus herabgesetzt wurden und sich einem unerwünschten Bedauern ausgesetzt sahen.

Daher begrüßte er es auch, dass sich der zwischen unfreiwilliger Komik und Engstirnigkeit angesiedelte Radikalfeminismus früherer Jahre weitgehend auf dem Rückzug befand. Immer weniger Frauen ließen sich vor den Karren der militanten Zwangsbeglückerinnen unter ihren Geschlechtsgenossinnen spannen. Auch die weiblichen Mitglieder des Ortsverbandes, einschließlich ihrer Sprecherin Ruth Weber, sahen in deren noch vereinzelt aufflackernder Scharfmacherei längst eine peinliche Verirrung. Wie wenig verbissen sie ihre Interessen inzwischen vertraten, zeigte sich auch daran, dass sie seine Wahl zum Vorsitzenden, trotz gelegentlicher Plänkeleien, nicht torpediert hatten. So stimmte er deren Forderungen auch ohne langes Gezerre zu, wenngleich er weiterhin der These anhing, dass zu viele Köche, oder auch Köchinnen, den Brei verdarben. Dabei wäre Steffens aber nicht Steffens gewesen, hätte er das Unabwendbare nicht genutzt, um auch daraus noch das Beste zu machen. Indem er Ruth Webers Forderung nach einer weiteren Frau im Vorstand sofort zur Chefsache erklärte, stiegen seine Sympathiewerte unter den weiblichen Mitgliedern noch einmal an. Ein Umstand, von dem er sich aufgrund einschlägiger Erfahrungen eine gewisse Vorzugsbehandlung versprach. Bei solchen Gelegenheiten war er froh, dass ihm auch im Umgang mit den etwas sperrigen Parteifrauen seine langjährige Praxis als bekennender Freund des weiblichen Geschlechts entgegenkam. Einem Mann wie ihm konnte schwerlich entgehen, dass sich Ruth Weber und ihre Mädels für seinen männlich herben Charme nicht weniger empfänglich zeigten als seine jeweiligen Freundinnen, auch wenn die frauenpolitischen Aktivistinnen solche Anwandlungen natürlich weit von sich wiesen.

Jetzt war er es, der in der Geschlechterdebatte das Tempo forcierte. Besser, er bestimmte das Geschehen, bevor ihm eine besonders streitbare Vorstandskollegin aufs Auge gedrückt wurde. Also ergriff er noch am Abend seiner Wahl die Initiative und nahm in einem beinahe handstreichartigen Coup die Endfünfzigerin Stefanie Köhler in die Pflicht. Die Steffi, wie sie von den meisten genannt wurde, war eine der unauffälligen grauen Mäuse, die mit ihrem betulichen Wesen am ehesten dem Bild einer in Ehren ergrauten Diakonisse entsprach. Damit setzte er auf einen für alle Beteiligten vertretbaren Vorschlag. Stefanie

Köhler erregte auch bei den Parteifrauen der stutenbissigen Art keinen Argwohn, die ihren Geschlechtsgenossinnen, vorzugsweise solchen, die bei Männern mit seiner Lebensweise mehr als nur freundliche Reaktionen auslösten, aus alter Gewohnheit misstrauten. Außerdem garantierte Steffis friedliches Naturell eine reibungslose Zusammenarbeit im Vorstand. So hatte ihm mindestens Teschner die Erleichterung angesehen, dass ihn seine Favoritin, nachdem sie sich von ihrem ersten Schreck erholt hatte, nicht im Regen stehen ließ.

In der heutigen Sitzung war von Stefanie Köhler bisher wenig zu hören gewesen. Das erschien bei einer Frau, deren auffälligstes Merkmal die Unauffälligkeit war, indes nicht weiter bemerkenswert. Nur selten wurde sie anders wahrgenommen als die stille ältere Dame, die sich, wie es einige leicht spöttisch formulierten, in vornehmer Zurückhaltung übte. Womit gemeint war, dass sie meist nur still dabeisaß, ein bisschen verloren in die Runde lächelte und nicht ständig darauf bedacht war, auf sich aufmerksam zu machen. Auch bei den heftigsten Diskussionen blieb sie in sich gekehrt und überließ es ihrer Umgebung, sich wort- und gestenreich in Szene zu setzen. Aber wessen Blick sie doch einmal beiläufig streifte, der konnte an ihrem Gesichtsausdruck erkennen, dass sie an dem, was sich um sie herum abspielte, durchaus Anteil nahm. Dabei reichte das Interesse an ihrer Person aber nie so weit, um mitzubekommen, wie sehr sie diese Ignoranz kränkte.

Stefanie Köhler gehörte zur Spezies der großen Schweiger, die, egal wo sie auftauchten, allenfalls beiläufig wahrgenommen wurden. Dennoch war sie für den Ortsverband so unentbehrlich, wie die Kulisse der stillen Zuhörer, zu der sie gehörte, auch sonst für jede beliebige Ansammlung von Menschen unverzichtbar war. Die Schweigsamen sorgten allein durch ihre Anwesenheit dafür, dass die Wortführer ihr Publikum bekamen.

Als Dettmers mit gewohnter Dramatik seinen Rücktritt verkündete, hätte sich Stefanie Köhler eigentlich von einer ständigen Bedrohung befreit fühlen müssen. Machte sie das Desinteresse anderer an ihrer Person nur traurig, so litt sie unter dessen unverhohlener Ablehnung. Dettmers hatte Gefallen daran gefunden, sie regelmäßig mit allerlei fiesen Bemerkungen, die sich keinesfalls auf gelegentliche Sticheleien beschränkten, herabzusetzen. Der rieb ihr, bevorzugt vor Zeugen, mit brutaler Direktheit unter die Nase, dass er sie für eine Fehlbesetzung im Vorstand hielt. Und weil die Steffi nicht zu den Menschen gehörte, die Gemeinheiten in gleicher Weise beantworteten, schluckte sie diese Demütigungen mit der Ergebenheit aller Friedfertigen. Sie war schon dankbar, dass wenigstens Steffens und Teschner sie mit Respekt behandelten und vor Dettmers Attacken in Schutz nahmen. Dabei hatte sie die ihr zugeordnete Rolle von Anfang an durchschaut.

Tatsächlich ging es Dettmers mit seinen Angriffen auf Stefanie Köhler vor allem darum, Steffens zu beschädigen. Schließlich hatte der *diese Dame*, wie er seine Vorstandskollegin mit aufgeblähter Tonlage titulierte, angeworben. Für ihn ein zusätzlicher Beweis für das dem Vorsitzenden ohnehin angelastete Führungsversagen. Dagegen betrachtete Steffens die Steffi weiterhin als einen Glücksgriff. Die wäre nie auf die Idee gekommen, im Stile Dettmers aufzutrumpfen. Der hatte sofort nach seiner knappen Wahl verdrängt, dass er seinen Sitz im Vorstand seiner Wahlempfehlung verdankte. Stattdessen legte er es mit seinem immer provokanteren Auftreten darauf an, sich als der sehr viel bessere Vorsitzende in Stellung zu bringen.

Bei der Gelegenheit fiel Steffens auch wieder ein, wie ihm Teschner die besondere Aufgabe *der Stillen im Lande* einmal auf seine immer leicht dozierende Weise erklärt hatte. Er erinnerte sich sogar noch an den Auslöser, der ihr Gespräch auf dieses Thema lenkte.

„Du kannst dir nicht vorstellen, wie sehr mich dieser Langweiler anödet. Zum Dienstbeginn ein gegrummeltes *Morgen*, zur Mittagspause ein lustloses *Mahlzeit* und zum Feierabend ein mürrisches *Tschüs*. Mehr ist von Herrn Maulfaul den ganzen Tag über nicht zu hören." Mit dieser Beschreibung hatte er sich bei Teschner über einen Arbeitskollegen beschwert, dessen Verschlossenheit ihm den Tag verleidete. Aber in dieser Absolutheit wollte Teschner seine Ablehnung nicht gelten lassen.

„Also ich sehe das so..." Diese Einleitung kannte er. Die zählte zu Teschners stehenden Redensarten, wenn er erkennbar anderer Meinung war und sich anschickte, eine von ihm missbilligte Ansicht zu korrigieren. „Gut möglich, dass es sich bei deinem Kollegen wirklich um einen Extremfall handelt. Ein verhinderter Einsiedler im falschen Leben. Das gibt's. Sicherlich ein Manko in einem Job, bei dem Mitarbeiter gefragt sind, die den Kunden auf kommunikative Weise das Geld aus der Tasche ziehen sollen. Damit hat eine Plaudertasche wie du natürlich weniger Probleme. Ich kann Menschen verstehen, die hin und wieder für eine Weile dichtmachen. Gelegentlich braucht jeder einen Freiraum, wo man ihn einfach nur in Ruhe lässt." Daraufhin hatte er die Redner und die Schweiger, die seiner Auffassung nach einander bedingten, mit einem Schriftstück verglichen.

„Überleg' doch mal, wie sich ein Schreiben zusammensetzt." Als er nicht sofort kapierte, worauf Teschner mit seiner wieder mal ziemlich kryptischen Aufforderung hinauswollte, lieferte der ihm die Antwort umgehend nach. „Also jedes Schreiben, egal ob Liebesbrief, Buchmanuskript oder Parteiprogramm, besteht bekanntlich aus Buchstaben." Während er daraufhin noch stärker rätselte, zu welcher höheren Erkenntnis ihm diese Banalität verhelfen sollte, fuhr Teschner unbeirrt von seinem Kopfschütteln in seinem Vortrag fort. „Diese Buchstaben addieren sich zu Worten und Sätzen, bis daraus ein fertiger Text entsteht, mithin die schriftliche Form von Sprache. Aber ein Text besteht eben auch aus dem Raum zwischen den Worten und Sätzen. Ohne dieses eingeschobene scheinbare Nichts bliebe alles eine wirre, unlesbare Aneinanderreihung von

Buchstaben und Interpunktionszeichen. Und so, wie erst die unbeschriebenen Zwischenräume auf dem Papier ein Schreiben entzifferbar machen, ihm einen Sinn geben, sorgt die Schweigsamkeit einiger Weniger dafür, dass in einer sich lautstark überlagernden allgemeinen Schwatzhaftigkeit überhaupt noch etwas verstanden wird."

Unabhängig von Teschners Ehrenrettung für die Schweiger, hatte auch er schon häufiger festgestellt, dass ihnen ein entscheidender Vorteil zugutekam. Immer dann, wenn sie eine Angelegenheit für so wichtig erachteten, um sich ausnahmsweise doch einmal Gehör zu verschaffen, war ihnen eine exklusive Aufmerksamkeit sicher. Daher fand die Wortmeldung Stefanie Köhlers nicht nur Beachtung, weil schon der Vorgang als solcher ungewöhnlich war. Jetzt wollte auch jeder wissen, was sie zu sagen hatte. Wobei sie das plötzliche Interesse an ihrer Person eher verlegen machte. Sie empfand es als unangenehm, von allen Seiten angestarrt zu werden. Fast so, als setzte sie sich in unziemlicher Weise über eine festgelegte Rollenverteilung hinweg. Aber noch bevor ihre Beklommenheit, so ungeschützt im Mittelpunkt zu stehen, wieder die Oberhand gewann und sie zu einem Rückzieher verleitete, wies sie sich, für ihre Umgebung unhörbar, zurecht.

Stefanie Köhler benötigte einen Moment, um sich zu sammeln. Zu viel, was sie erst noch auf die Reihe bekommen musste, schwirrte ihr durch den Kopf. Obwohl sie ihren Entschluss, eine längst überfällige Entscheidung bekannt zu geben, schon seit geraumer Zeit mit sich herumtrug, fiel es ihr sichtbar schwer, für ihre Absicht die richtigen Worte zu finden. Sonderbar, dachte sie, immer suchte man angestrengt nach den richtigen Worten und wurden die nicht sofort gefunden, blieb das, was man sagen wollte, allzu oft ungesagt. Als wäre nicht jeder unvollkommene Versuch immer noch besser, als aus Angst, sich falsch auszudrücken, ein Vorhaben bereits im Ansatz scheitern zu lassen. Werde jetzt bloß nicht wieder schwach. Es geht doch nur um einen einzigen Satz, hämmerte sie sich ein. Sie beschwor ihren ganzen Mut, um ihre Aufregung zu besiegen. Ein einziger Satz. Das wirst du doch noch schaffen. Dann brach es so abrupt aus ihr heraus, als müsste sie der Gefahr zuvorkommen, ihre Courage könnte sie unmittelbar darauf schon wieder verlassen.

„Hiermit erkläre ich meinen Austritt aus der Partei." Endlich war er draußen, dieser eine kurze quälende Satz, den sie bei aller Gewissheit, das Richtige zu tun, immer wieder hinausgezögert hatte. So schnell, wie ihr diese wenigen Worte über die Lippen kamen, klang es wie ein hastiges Abschütteln letzter Selbstzweifel. Damit löste sich die Belastung, die sie eben noch beschwerte, in einem befreiten Atemzug auf. Dann schob sie noch ein leises, kaum wahrnehmbares „es tut mir leid" nach.

Nach dem schon bis dahin ungewöhnlichen Verlauf der Sitzung hatten die Teilnehmer noch manches für möglich gehalten. Aber auf diesen Paukenschlag war keiner vorbereitet. Ausgerechnet von einer Seite, von der niemand mehr erwartete als die bloße Anwesenheit. Wobei sich das Bild eines Paukenschlages angesichts der mit belegter Stimme abgegebenen Erklärung allerdings von allein widerlegte. Was, um Himmels willen, war denn in die Steffi gefahren? Immer zuverlässig gewesen, nie aus der Reihe getanzt. Immer nur still dagesessen, aufmerksam zugehört, selten was gesagt. Und jetzt das! War etwa wieder mal Vollmond? Fingen denn heute alle an zu spinnen?

„Bitte Steffi, helfen Sie mir, das zu verstehen. Habe ich Sie irgendwie verletzt? Dann geben Sie mir die Chance, meinen Fehler in Ordnung zu bringen."

Während alle Übrigen in Fassungslosigkeit verharrten, hatte sich Steffens als Erster gefangen. Noch unter dem Eindruck des Gehörten unternahm er den fast schon verzweifelten Versuch, Stefanie Köhler weitere Erklärungen zu entlocken. Als er die Vergeblichkeit seiner Bemühungen erkannte, streifte Teschner erneut sein hilfesuchender Blick. „Wenn es mir nicht gelingt,

Sie umzustimmen, dann hat vielleicht Norbert Teschner mehr Glück als ich."

Der nahm den Ball ohne große Hoffnung auf. Zu weit hatte sich die Steffi bereits vorgewagt, um jetzt noch einzuknicken. „Ich habe nie bemerkt, wie unzufrieden Sie mit uns gewesen sind. Allein das ist unentschuldbar." Die wenig zuversichtliche Feststellung wirkte immerhin wie ein Schlüssel zu Stefanie Köhlers verschlossenem Wesen. Plötzlich, völlig unerwartet, fing sie tatsächlich an zu reden. Zuerst stockend, erneut um Worte ringend, sich langsam vortastend, dann immer flüssiger. Und weil sich über die Zeit so viel Unausgesprochenes in ihr aufgestaut hatte, konnte die große Schweigerin auf einmal gar nicht mehr damit aufhören.

„Der eine oder andere hat sich bestimmt schon gewundert, was jemand wie ich in einer Partei sucht. Abgesehen davon, dass pünktliche Beitragszahler den Kassenwart erfreuen und Mitglieder ohne eigenen Ehrgeiz weitgehend unproblematisch sind, weil sie für die Zielstrebigeren, denen es um eine politische Karriere geht, als Konkurrenten ausscheiden, sieht man in mir doch keine große Bereicherung."

Daraufhin hielt sie kurz inne, als erwarte sie aus dem Kreis ihrer Vorstandskollegen eine Reaktion. Aber nur Dettmers wollte sich ein bestätigendes *stimmt* nicht verkneifen.

„Wer sich das fragt, sollte auch verstehen, warum ich mir diese Frage in letzter Zeit selbst immer häufiger gestellt habe. Die ging mir nicht mehr aus dem Kopf, seitdem es mir wie Schuppen von den Augen fiel, dass man in mir nie mehr als die brave Abnickerin der Pläne und Absichten anderer gesehen hat. Dafür wurde ich gern in Anspruch genommen. Häufig auch in Mithaftung, wenn sich ein Vorhaben später als Flop erwies. Obwohl sich vorher keiner dafür interessiert hat, was ich will und was ich denke. Vielleicht wurde geglaubt, dass jemand, der nicht viel sagt, auch darauf verzichtet, sich eigene Gedanken zu machen. Wichtig war nur, dass ich in dieser oder jener

247

Abstimmung zum richtigen Zeitpunkt die Hand hob. Als Mehrheitsbeschafferin war ich für einen kurzen Augenblick die allseits umworbene Steffi, die liebe Parteifreundin, deren Loyalität nie zur Debatte stand. Ich habe einige Zeit gebraucht, um zu erkennen, dass man als Parteimitglied die Funktion eines Dienstleisters übernimmt, der bei Bedarf parat zu stehen hat."

Steffens an dieser Stelle eingeworfenen Widerspruch blockte sie mit einer überraschend energischen Handbewegung ab. Auch diese Bestimmtheit hatte ihr bisher niemand zugetraut. Sie sah Steffens wohl auch an, dass er ihr mehr aus der Perspektive eines Überführten widersprach.

„Nein, nein, lassen Sie nur. Es liegt sogar eine innere Logik darin, Leute wie mich nicht ernst zu nehmen. Das sind ja auch merkwürdige Wesen, diese milde belächelten Außenseiter, die sich ganz naiv in den Dienst einer politischen Idee stellen, ohne daraus persönliche Vorteile zu ziehen. Nur Exoten treten aus Idealismus in eine Partei ein. Die werden von den sogenannten Realisten, die mit kühler Berechnung ihren Aufstieg planen, mit einer Mischung aus Unverständnis und Belustigung betrachtet. Aber dass in dieser Geringschätzung manchmal sogar ein offener Widerwillen mitschwingt, konnte ich anfangs am wenigsten verstehen. Wie war es möglich, sich sogar durch den Verzicht auf eigene Ambitionen angreifbar zu machen? Bis mir klar wurde, dass die mir in allem überlegenen Selbstdarsteller, die sich bei jeder Gelegenheit in den Vordergrund spielen und sich mithilfe der Partei Stufe um Stufe nach oben hangeln, niemand mögen, durch den sie sich ertappt fühlen. Wer ständig behauptet, sich für die gemeinsame Sache aufzureiben, wo es ihm in Wirklichkeit nur um die eigene Karriere geht, muss doch gereizt reagieren, wenn es Gegenmodelle gibt, die seine wahren Motive so unverfälscht hervortreten lassen."

Während Stefanie Köhler kurz Atem schöpfte, bemühte sich Steffens erneut, die tief enttäuschte Frau zu besänftigen.

Vergeblich.

„Anfangs glaubte ich tatsächlich, in der Partei so etwas wie eine politische Heimat zu finden, in der Menschen durch gemeinsame Werte verbunden sind. Wie konnte ich nur so weltfremd sein, um nicht gleich zu bemerken, dass all die wertvollen Grundsätze, die die Partei nach außen hin noch im Angebot führt, längst ausverkauft sind. Übriggeblieben ist billige, von abgestandenem Pathos umwehte Ramschware. Die wird dann hübsch dekoriert ins Schaufenster gestellt, bis sie am Wahltag ihre Abnehmer gefunden hat. So gesehen bin ich fraglos eine komische Figur. Verständlich, dass ich auch so behandelt wurde. Aber irgendwann erkennen auch die Steffis dieser Welt, dass sie einen Anspruch auf Selbstachtung haben."

"Sie sind alles andere als eine komische Figur. Aber ich fange an zu verstehen, wie sehr wir Sie gekränkt haben." Stefanie Köhler streifte Steffens mit einem durchaus freundlichen Blick. Sie erkannte an, dass seine Betroffenheit nicht gespielt war.

"Schade, dass ich das nicht schon früher gehört habe. Doch inzwischen habe ich etwas begriffen, was meine Einstellung grundsätzlich verändert hat. Wer in der Politik bestehen will, darf sich nicht selbst behindern, wenn ihn die Verlockungen der Macht korrumpieren. Aber bei dieser Art von Macht handelt es sich nicht um die Macht, die unerlässlich ist, um etwas zum Guten voranzubringen. Statt für seine Überzeugungen zu streiten, begnügt man sich damit, kleinlichen Eitelkeiten neue Nahrung zu geben. Und wer seine Ziele schon so weit reduziert hat, dem fällt es auch leichter, hinderliche Skrupel abzustreifen. Der wird sich, wenn er sich seinen Weg freikämpft, hier und da schon mal wie ein Gauner verhalten, wird falsche Versprechen abgeben, wird lügen und Vertrauen missbrauchen. Auch die letzten Hemmungen werden schnell verflogen sein, sobald er feststellt, dass das alles seinem Fortkommen nicht schadet. Erst wer sich von der lästigen Angewohnheit befreit hat, ständig sein Gewissen zu erforschen, dem wird die nötige

Durchsetzungsstärke attestiert, um richtig dazuzugehören. Wer diese Feuertaufe bestanden hat, der ist endlich angekommen. Der hat seinen Platz im Kreis der Realpolitiker gefunden. Für mich war es überfällig, die Reißleine zu ziehen, ehe ich eines Tages vielleicht doch noch so tief sinke, um dieses Verhalten normal zu finden. Ich bin auch sicher, keine Lücke im Vorstand zu hinterlassen. Überall dort, wo jemand aufgibt, steht längst ein Nachfolger mit weniger Bedenken in den Startlöchern."

Nach ihrer bisher längsten Rede als Mitglied des Vorstandes, vielleicht sogar ihres Lebens, wirkte Stefanie Köhler erleichtert, einen Irrtum noch rechtzeitig korrigiert zu haben. Gleich darauf stand sie auf, nickte allen noch einmal kurz zu und ging ohne ein weiteres Wort nach Hause. Auch Steffens wollte nur noch weg. Er schloss die Sitzung, ohne den Unterstützungsantrag für Teschner formal zur Abstimmung zu stellen. Was für ein miserabler Ausgang. Was für eine rundum verkorkste Situation. Welch ein Rückschlag für ihre *Aktion fünfzig*.

20

Wie zwei arg lädierte Heimkehrer aus einem verlorenen Gefecht, so hatten sie in dieser Nacht noch lange in Renates Kneipe zusammengehockt. Erst hier, in ihrer vertrauten Umgebung, kamen sie dazu, ihre Wunden zu lecken. Das tat jeder auf seine Weise. Steffens mit einer unsäglichen Wut im Bauch und Teschner um eine nüchterne Einschätzung des entstandenen Schadens und seiner möglichen Folgen bemüht. Dabei ließ sie die Bilanz des vorausgegangenen Abends gleichermaßen einsilbig werden. Bis Steffens diese Schweigsamkeit mit einem seiner berühmten Ausbrüche beendete.

„Katastrophaler hätte es nicht laufen können. Der Vorstand an einem einzigen Abend gleich um zwei Personen dezimiert, einmal durch Rücktritt und einmal sogar durch Parteiaustritt. Dieses Kunststück dürfte uns so schnell keiner nachmachen."

"Es sei denn, jemand fände Gefallen daran, sich selbst zu

250

zerlegen. Hast du eine Idee, wie wir die Situation den Mitgliedern erklären?"

"Ich wünschte, ich hätte eine. Stattdessen höre ich Dettmers Wasserträger schon aufheulen. Stern wird sich beglückt die Hände reiben. Bollhagen wird das Geschehen schnurstracks *nach oben* melden. Und Ruth Weber wird uns den Waffenstillstand aufkündigen. Bedaure, aber für deine Kandidatur sehe ich zum ersten Mal schwarz."

„An dir hat es nicht gelegen. Du hast getan, was du tun konntest."

„Nicht genug, wie sich gezeigt hat. Und wie soll's jetzt weitergehen?"

Die Frage blieb vorerst unbeantwortet, weil ihnen keine annähernd befriedigende Antwort einfallen wollte. Sogar ihr Versuch, Wut, Enttäuschung und Ratlosigkeit an Renates Theke runterzuspülen, war gescheitert. Als sie sich gegen halb drei voneinander verabschiedeten, taten sie das in der gleichen miesen Verfassung wie zu Beginn ihrer *Krisensitzung*. Teschner ging ohne eine konkrete Vorstellung, wie jetzt zu verfahren war, nach Hause und Steffens verbrachte den Rest der Nacht mit Renate, die es immerhin schaffte, ihn in den nächsten Stunden auf angenehmere Gedanken zu bringen.

Am nächsten Morgen saß Teschner noch immer verkatert in seinem Büro. Zum einen lag ihm das unverdaute Ergebnis der gestrigen Vorstandssitzung weiterhin im Magen, zum anderen spürte er die Nachwirkungen der anschließenden *Lagebesprechung*. Zu allem Überfluss fiel ihm auch wieder ein, wie er Bollhagen erst kürzlich mit der flapsigen Bemerkung abgebürstet hatte, dass er nicht beabsichtige, seine Zeit noch lange hinter diesem klapprigen alten Schreibtisch zu vergeuden. Da hatte er wohl etwas zu voreilig auf den Putz gehauen. Seit gestern sah es verdammt nach einigen weiteren unerquicklichen Jahren in dieser Umgebung aus. Er rechnete damit, dass Bollhagen seinem Kumpan im obersten Stockwerk bestimmt in den Ohren lag, ihm den in seinen Augen unverzeihlichen Anfall von Größenwahn mit allerlei dienstlichen Gängeleien heimzuzahlen. Mindestens die Rachsucht derer, die sich vom gestrigen Abend Aufwind versprechen durften, war in der nun wieder vorherrschenden Unsicherheit ein verlässlicher Faktor. Deprimierende Aussichten, die nicht dazu beitrugen, seine Stimmungslage aufzuhellen.

Steffens Befindlichkeit zeigte zunächst ähnliche Symptome, nur, dass zusätzlich eine anstrengende Nacht mit Renate hinter ihm lag. Die hatte ihm ungeachtet des Dilemmas, in dem er und Teschner steckten, seinen vollen Einsatz abverlangt. Entsprechend übermüdet versuchte er, wenigstens einigermaßen über die Runden zu kommen. Weil seine sprichwörtliche Plauderhaftigkeit dabei auf der Strecke blieb und das erwartete Schwätzchen heute ausfiel, wurde seine ungewohnte Wortkargheit von seiner reiferen Kundschaft mit Verstimmung quittiert.

Nach mehreren Tassen starken Kaffees hatte er sich dann soweit gefangen, um wenigstens wieder klar denken zu können. Irgendetwas musste ihm einfallen - und das möglichst bald. Obwohl ihm Teschner keine Vorwürfe machte, belastete ihn weiterhin das Gefühl des Versagens. **Er** hatte die Sitzung geleitet und **ihm** war es nicht gelungen, den entstandenen Schlamassel zu verhindern. Also war er es seinem Freund schuldig, alles zu tun, damit der jetzt nicht in einem Anfall von Resignation ans Aufgeben dachte. Während er eine Überlegung nach der anderen als untauglich verwarf, erreichte ihn ein Anruf vom *Alten Fritz.* Dass der im Hintergrund noch immer mitmischte, war ihm spätestens seit dessen Warnung vor Dettmers wieder ins Bewusstsein gerückt. Keine grundlose Warnung, wie sich gezeigt hatte. Jetzt wünschte Schneider die neue Lage unbedingt noch am selben Abend mit ihm zu besprechen und auch Teschner zu dem Gespräch mitzubringen. Nach einer ersten, eher abwehrenden, Reaktion, befand er ein solches Treffen gleich darauf schon nicht mehr so verkehrt. Schneider war ihnen an Erfahrungen über das Innenleben der Partei noch immer weit voraus. Mit seinem Wissen konnte er ihnen bei der Lösung ihres Problems vielleicht sogar behilflich sein.

Wie intensiv sein Vorgänger die Entwicklung *seines* Ortsverbandes weiterhin verfolgte, bemerkte er auch daran, dass sich Schneider über die Ereignisse des vergangenen Abends bestens informiert zeigte. Jedenfalls soweit man, wie er seinen Kenntnisstand selbst relativierte, die Einseitigkeit der Berichterstattung nicht außer Acht ließ. Diese Einschränkung erschien angebracht, denn Dettmers war in den letzten Stunden nicht untätig geblieben. Der hatte noch in der Nacht alle per Mail erreichbaren Mitglieder sowie diverse andere Adressaten über seinen Rücktritt unterrichtet und ihnen als zusätzliches Schmankerl brühwarm einen Bericht über das weitere *unglaubliche Geschehen* im Vorstand serviert. Damit war absehbar, dass auch die restlichen Mitglieder spätestens in den nächsten Tagen ein Schreiben gleichen Inhalts in ihrer Post vorfanden. Wenn Dettmers so richtig auf Touren kam, was in seinem Falle bedeutete, sich mit vollem Elan auf jemand einzuschießen, scheute er wirklich keine Mühe.

Allerdings stützte der *Alte Fritz* sein Wissen nur begrenzt auf Dettmers Polemik, die diesmal noch bösartiger ausfiel als bei früheren Aktionen. In dessen Postverteiler war er längst gestrichen. Dafür war der elektronische Brandbrief von verschiedenen Empfängern, mit eigenen Kommentaren angereichert, umgehend an ihn weitergeleitet worden. Seinerseits hielt er sich lieber an Edeltraud Witte. Seine enge Vertraute im Vorstand hatte ihn noch zu später Stunde angerufen und ihm ihre Sicht der Ereignisse geschildert. In deren Bericht mussten Teschner und er verhältnismäßig glimpflich davongekommen sein, denn Schneider begrüßte sie nicht unfreundlich, als sie seiner Einladung am Abend folgten.

„Wie ich hörte, hat es ja gestern mächtig im Karton gerappelt." Dass sich dabei ein vielsagendes Grinsen auf sein Gesicht

253

stahl, hatten sie nicht erwartet. Diese Reaktion stand in krassem Gegensatz zu dem während seiner Amtszeit hoch gehaltenen Harmoniegebot. Sogar in seinem Tonfall klang eine kaum verheimlichte Genugtuung durch, als er mit knappen Worten seine Bewertung des Geschehens abgab. „Was Dettmers betrifft, ist das kein Verlust. Gut, dass Sie diesen Rabauken los sind. Ich wusste schon, warum ich von Anfang an Bauchschmerzen hatte, den Mann in den Vorstand zu wählen."

"Jetzt sind wir auch klüger."

"Dann wäre es vielleicht nicht völlig abwegig, den einen oder anderen Hinweis von mir mindestens zu überdenken. Auch wenn's schwerfällt, Steffens. Aber das ist der Schnee von gestern. Demnächst darf sich Stern wieder mit ihm herumschlagen. Geschieht ihm recht. Dagegen ist Steffi Köhlers Austritt ein echtes Drama. Schade, dass es Ihnen nicht gelungen ist, sie umzustimmen. Den Luxus sollte sich jede Partei gönnen, sich mit ein paar solcher grundanständigen Charaktere zu schmücken. Ist da wirklich nichts mehr zu machen?"

„Ihre Entscheidung klang ziemlich endgültig."

„Ziemlich endgültig, mein lieber Steffens, ist ein Widerspruch in sich. Manchmal sind es die Feinheiten der Sprache, die noch hoffen lassen. Ich werde Edeltraud Witte bitten, noch mal mit ihr zu reden. Vielleicht hilft so ein Gespräch von Frau zu Frau. Aber jetzt zum eigentlichen Grund meiner Einladung. Es geht um die Bollhagen-Nachfolge."

„Nach dem gestrigen Kladderadatsch habe mich fast schon mit meiner Niederlage abgefunden."

„Sachte, Herr Teschner. So überstürzt sollten Sie nicht kapitulieren. Oder, um dem mir verliehenen Spitznamen mit einem Zitat endlich mal gerecht zu werden: So schnell schießen die Preußen nicht. In der Politik kann sich der Wind, der Ihnen momentan ins Gesicht bläst, bald wieder drehen. Ich halte Ihre Kandidatur noch lange nicht für verloren, auch wenn gestern einiges schiefgelaufen ist. Im Übrigen entscheidet nicht der

Ortsverband, sondern der Kreisparteitag über die Aufstellungen. Dort sind die Mehrheiten noch völlig offen. Also nutzen Sie die verbleibende Zeit, um durch die bessere Überzeugungsarbeit genügend Verbündete zu gewinnen."

„So schlau dürfte die Gegenseite auch sein. Bisher war ich zwar der Meinung, dass es Teschner nicht unbedingt schaden muss, wenn Bollhagen seinen Favoriten Stern bei den Delegierten mit dem Bonus des bisherigen Abgeordneten anpreist. Aber wenn er seinen Personalvorschlag ab sofort mit einem Verweis auf die beklagenswerten Zustände im Ortsverband untermauern kann, hat Teschner voraussichtlich die Arschkarte gezogen." Bei dem Gedanken an ein Kartenspiel fielen Steffens sofort ihre Würfelspiele in Renates Kneipe ein. Wie sich zeigte, garantierte das Glück mit den Würfeln nicht gleichzeitig die besseren Karten. Diesen Zusammenhang behielt er in Schneiders Gegenwart natürlich für sich.

„Hallo, Steffens! Sollte sich mein Wunschnachfolger etwa zum Schwarzmaler entwickelt haben? Hören Sie sich doch mal um. Es gibt haufenweise Verärgerte in der Partei, die Bollhagen seit seinem angekündigten Wechsel in finanziell lukrativere Bereiche nicht mehr grün sind. Wahrscheinlich verfolgen die die letzten Ereignisse im Ortsverband auch nicht gerade mit Begeisterung, aber noch stärker stinkt ihnen Bollhagens Absicht, die Partei im Stich zu lassen, um künftig das große Geld zu scheffeln. Nennen Sie es Futterneid oder wie auch immer. Die Hauptsache ist doch, dass es eine solche Grundstimmung gibt und sie in diesem Falle Teschner zugutekommt."

„An den Neidfaktor haben wir auch schon gedacht."

„Was läge näher? Selbstverständlich wird jeder den Verdacht, er ließe sich von solchen niederen Instinkten leiten, als beleidigend zurückweisen. Wer's glaubt, der glaubt auch an den Weihnachtsmann. Zudem gibt es einen weiteren Grund, der Bollhagens Einsatz für Stern eher kontraproduktiv erscheinen lässt. Im Kreis tut sich WiWo bisher noch schwer, einen Fuß in die Tür zu bekommen. Das ist mehrheitlich immer noch Glombigs Domäne. Und weil Bollhagen ein erklärter Anhänger Wolters ist, wird das logischerweise auch von Stern angenommen. Sonst wäre der wohl kaum sein Favorit. Das heißt für Sie, Herr Teschner, das entsprechende Kontrastprogramm zu liefern. Es wäre gut, mit Glombigs Positionen in die bevorstehenden Auseinandersetzungen zu gehen."

„Damit rennen Sie bei mir offene Türen ein. Ich freue mich schon darauf, meine Meinung über Wolters öffentlich zu machen." Schneiders Optimismus schien auf ihn abgefärbt zu haben. Jetzt wirkte er beinahe schon wieder heiter. Das war schon immer so gewesen, wenn er plötzlich sehr genau wusste, welche Aufgabe vor ihm lag und wie er sie angehen musste.

„Also dann, meine Herren, packen wir's an. Wenn Sie sich voll ins Zeug legen und wir Ihnen parallel dazu ein bisschen unter die Arme greifen, wird's schon klappen."

Steffens war nicht entgangen, dass Schneider in der Mehrzahl gesprochen hatte. „Wen genau meinen Sie mit *wir*?"

„Ich nehme an, neben Ihnen und mir werden sich bestimmt noch einige weitere Parteifreunde finden, die Teschner im Zweifel den Vorzug vor Stern geben. Ein paar davon habe ich bereits kontaktiert. Sie wissen, wie sehr mir die Frage meiner Nachfolge am Herzen lag. Aber bei der Entscheidung, welche Kandidaten für die Wahlen zum Abgeordnetenhaus aufgestellt werden, geht es um wesentlich mehr. Da wäre es dumm, den bescheidenen Einfluss, der mir noch geblieben ist, zu verschenken. Das bin ich schon meinem Freund Glombig schuldig, für den es leider deutlich schlechter aussieht als für Teschner. Zwar dürfte Wolters kaum noch zu stoppen sein, gerade deshalb sollten wir bereits heute über das Unvermeidliche hinausdenken. Es wäre schon ein Lichtblick, wenn er mindestens in der künftigen Fraktion auf Widerstand stößt."

„Noch besser wäre es, ihm schon vorher einen Dämpfer zu

verpassen."

„Keine Frage. Aber leider werden auch Teschner und Sie seine Spitzenkandidatur nicht mehr verhindern. Die Mehrheit der Delegiertenstimmen auf dem Wahlparteitag ist ihm sicher. Der Mann versteht es eben, sich geschickt zu verkaufen. Neulich in *Nachgehakt* hatte sogar Bärwald Mühe, ihm die Schau zu stehlen."

„Das Kunststück gelingt keinem, einen Pudding an die Wand zu nageln. Aber wahrscheinlich werden wir uns damit abfinden müssen, dass er Glombig aus dem Amt hebelt."

„Dann sollten wir wenigstens noch versuchen, seine Koalitionsabsichten zu Fall zu bringen."

„An mir wird's nicht scheitern – falls ich wirklich aufgestellt und gewählt werde. Bis jetzt sehe ich mich allerdings noch nicht in der Rolle des unbeugsamen Parlamentariers."

„Jetzt keinen Salto rückwärts, Teschner. Eben waren Sie schon mal positiver eingestimmt. Da bedarf es anscheinend noch einer intensiveren psychologischen Aufrüstung."

„Nicht mit mir. Glauben Sie bloß nicht, ich würde mich für ein Abgeordnetenmandat in die Fänge irgendeines schrägen Politikberaters oder Psycho-Gurus begeben, der mir für teures Geld das passende Politikerimage aufdrücken will."

„Ruhig Blut. Was Sie am wenigsten brauchen, ist ein Coach, der Sie auf das politische Einheitsmaß trimmt. Oder, richtiger ausgedrückt, zurechtstutzt. Von der Sorte Politiker, die sich zum Verwechseln ähnlich sind, laufen schon mehr als genug herum. Das fängt bei der Sprache an und hört beim Dauergrinsen auf. Ich habe einen besseren Vorschlag. Sie müssen wissen, dass auch Glombig große Erwartungen in Sie setzt. Ich habe ihm natürlich von Ihnen und Steffens erzählt und er brennt darauf, Sie beide bald mal persönlich kennenzulernen. Das sollten Sie nutzen, denn wie man Menschen motiviert, hat der bis heute nicht verlernt. Betrachten Sie sich in seinem Namen als eingeladen. Ich schätze, Sie werden den alten Haudegen

257

mögen. Außerdem ist allein schon die spektakuläre Aussicht von seiner Dachterrasse einen Besuch wert."

21

Glombig war müde. Aber das, was zunächst vom Kopf her Besitz von ihm ergriffen hatte und inzwischen seinen gesamten Körper erfasste war keine wohlige Mattigkeit, wie sie sich oft nach einer ausgedehnten Wanderung oder einem guten Essen einstellte. Das war ein Gefühl purer Erschöpfung. Seine Tochter sah ihm diese Abgespanntheit an, obwohl er ihr gegenüber wie immer so tat, als wäre er in bester Verfassung. Petra Glombig kannte dieses schamhafte Verdrängen der eigenen Schwäche aus dem Krankenhaus. Manche ihrer Patienten spielten ihr auch vor, bereits wieder Bäume ausreißen zu können. Doch kaum, dass sie ihnen den Rücken zuwandte, fielen sie kraftlos in ihr Kopfkissen zurück.

„Du hättest dir heute Abend keinen Besuch einladen dürfen. In deinem Zustand solltest du dich ausruhen und früh schlafen gehen."

„In meinem Zustand? Was soll denn das heißen? Ich bin völlig okay. Musst du mich ständig daran erinnern, dass ich eine Medizinerin zur Tochter habe? Wenn du deine ärztliche Autorität beweisen willst, kümmere dich besser um deine Patienten. Die kannst du nach Belieben herumkommandieren."

„Ja, natürlich. Du bist so toll in Form wie einer, der nicht wahrhaben will, dass es ihm zunehmend schwerer fällt, den starken Mann zu spielen."

„Kommt jetzt wieder deine Fürsorgenummer?" Sie kannte auch dieses gereizte Stöhnen, mit dem ihr Vater gewöhnlich dazu ansetzte, das Thema zu wechseln. Aber diesmal ließ sie sich nicht so schnell abwimmeln.

„Du wirst dich entscheiden müssen. Entweder du trittst in Zukunft etwas kürzer oder du reibst dich wie bisher auf. Wirf mir dann bitte nicht von da oben vor, ich hätte dich nicht rechtzeitig gewarnt."

Dabei wusste niemand besser als sie, dass ihr Vater in diesem Punkt nicht mit sich reden ließ. Der konnte wahnsinnig stur sein, wenn sie ihm mit ihren Besorgnissen in den Ohren lag oder ihn sogar drängte, ans Aufhören zu denken. Dieses aussichtslose Anreden gegen eine vorgeschützte Taubheit führte ihr die eigene Ohnmacht vor Augen. Wer sich nicht helfen lassen wollte, dem war auch nicht zu helfen. Irgendwie verstand sie ihn aber auch. Blieb ihm denn eine andere Wahl, als bis zum bitteren Ende durchzuhalten? Die Werte, für die er ein Leben lang gearbeitet und gestritten hatte, die ihn prägten und denen er sich auch weiterhin verpflichtet fühlte, waren heute gefährdeter denn je. Wolters prahlerisch verkündete Absicht, von Grund auf alles umzukrempeln, wofür er stand, konnte ihn doch nicht kaltlassen. Dabei spürte er seine nachlassende Kraft selbst am deutlichsten, so wie er auch sein Scheitern voraussah. Doch wenn er sich jetzt kampflos aus dem Amt drängen ließ, wie hätte er da seine innere Ruhe finden können?

Während sich Petra Glombig noch um ihren Vater sorgte, atmete der einmal kräftig durch und ganz so, als wollte er damit einen letzten Rest verräterischer Müdigkeit abstreifen und die zurückgekehrte Spannkraft demonstrieren, dehnte und streckte er seinen Körper. Sieh mich doch an, sollte dieses mit einem Wohllaut verbundene Signal in ihre Richtung bedeuten, ich bin schon wieder fit. Deine Sorgen sind völlig unbegründet.

Was er nicht abstreifen konnte, war die Ahnung, dass seine Zeit knapp wurde. Aber so, wie er diese unterschwellige Angst vor anderen zu verbergen suchte, so verdrängte er auch weitgehend aus dem eigenen Bewusstsein, dass es gesundheitlich tatsächlich nicht zum Besten um ihn stand. Nach der Aufzählung seines Hausarztes, der ihn nicht weniger kritisch beobachtete wie seine Tochter, waren über die Jahre eine Reihe bedenklicher Befunde zusammengekommen. Er litt an chronischem Bluthochdruck und immer häufigeren Herz- und

Kreislaufbeschwerden. Hinzu kamen eine lädierte Bandscheibe, Gelenkschmerzen, Prostataprobleme und sich regelmäßig verschlechternde Laborwerte – abgesehen von dem, was möglicherweise noch unentdeckt geblieben war. Keine günstigen Voraussetzungen für den letzten großen Kraftakt, der ihm noch bevorstand.

Dass ihr Vater seine Kräfte überforderte, konnte Petra Glombig nicht verborgen bleiben. Dabei wusste sie nicht, dass ausgerechnet sie dazu beigetragen hatte, dass er sich nicht so schonte, wie sie sich das gewünscht hätte. Er war sogar schon einmal kurz davor gewesen, ihrem Rat zu folgen und sich mit Rücksicht auf seine angeschlagene Gesundheit von den Fesseln seiner Pflichten zu befreien. Aber gerade als er diese Möglichkeit zum ersten Mal ernsthaft in Erwägung zog, war ihr bei einem ihrer Besuche eingefallen, ihm die Geschichte von Martha Reimers zu erzählen.

Siegfried Glombig hatte immer darauf geachtet, seine innersten Gefühle nicht nach außen zu kehren. Deshalb wirkte er auf Außenstehende oft etwas unterkühlt. Tatsächlich diente diese Abschottung nur seinem Selbstschutz. So hatte ihn auch die Tragödie dieser ihm unbekannten Frau sehr viel stärker aufgewühlt, als seine Reaktion verriet. Um seine Bewegung zu beherrschen, war ihm nichts Besseres eingefallen, als seine Tochter einmal mehr mit ihrem ausgeprägten Helfersyndrom aufzuziehen. Die kannte seinen gutmütigen Spott und hatte sich angewöhnt, ihn einfach zu überhören. Am Ende ihres Berichtes hatte er sie dann aber doch mit väterlichem Stolz in den Arm genommen. Ihm imponierte die Selbstverständlichkeit, mit der sie sich um die einsame alte Frau kümmerte. Dass Petra keine große Sache daraus machte, dafür liebte er sie. Damit zeigte sie ihm auch, dass sie seine Tochter war.

Nachdem er erfahren hatte, welches Schicksal diese Martha Reimers für den Rest ihres Lebens mit sich herumschleppte, war die kurze Anwandlung, sich freiwillig von allen Ämtern zurückzuziehen, sofort vom Tisch. Solange es seine Kraft noch zuließ, solange erlaubte er es sich nicht, Menschen wie sie um der eigenen Bequemlichkeit willen abzuschreiben. Schlimm genug, dass solche Einzelschicksale in der späteren Aufarbeitung einer unheilvollen Epoche in dem anonymen Oberbegriff der Opfer untergingen. Dabei wurde die Dimension eines Geschehens immer erst durch das Erleben Einzelner, wie das von Martha Reimers, erfassbar. Auch wenn er als Politiker nicht umhinkam, die unterschiedlichsten Erwartungen zu bedienen, fühlte er sich diesen ungewürdigt bleibenden Zeitzeugen, die Willkür und Unrecht aus eigener Erfahrung kannten, auf eine tiefe Weise verbunden. Wie hätte er sie jetzt einem Wolters ausliefern können? Der witterte in ihnen eher einen Störfaktor, weil deren Geschichten die Unanständigkeit seiner Politik offenbarten. Für den traf es sich gut, dass eine Mehrzahl dieser weitgehend Namenlosen zugleich auch zu den Sprachlosen gehörte, die längst nicht mehr die Kraft fanden, sich noch selbst zu Wort zu melden. Wenn Wolters darauf spekulierte, die Schuld, die diesen Menschen angetan wurde, möglichst geräuschlos abzuhaken, dann war es seine Pflicht, ihnen weiterhin eine Stimme zu geben. Seine Stimme. Bis auch die verstummte, bis auch seine Kraft erschöpft war.

„Ich weiß, du willst nur mein Bestes. Und ich verspreche dir, mich stärker um mein eigenes Wohlbefinden zu kümmern, sobald erkennbar ist, wie es mit der Partei weitergeht." Dass ihr Vater sie dabei, aus einer plötzlichen Rührung heraus, wie schon einmal, nach ihrem Bericht über Martha Reimers, in den Arm nahm, war für Petra Glombig Anlass genug, ihn noch eine Spur beunruhigter zu beobachten. Solche Spontanität fühlte sich bei ihm seltsam an. Zugleich bekam ihre Besorgnis damit erstmals einen Anstrich von Angst.

„Mit anderen Worten, du wirst dir auch weiterhin viel zu viel zumuten."

„Warts ab. Mir genügte das Wissen, dass nach mir nicht alles den Bach runtergeht."

„Das glaube ich erst, wenn dein Hauptinteresse den Pflanzen auf deinem Dachgarten gilt. Den zweiten Glombig, den du vielleicht irgendwo zu entdecken hoffst, wird es so schnell nicht geben."

„Mich soll auch niemand kopieren. Aber wenn ich schon damit leben muss, keinen unmittelbaren Nachfolger zu finden, der meine Arbeit in meinem Sinne fortführt, wäre es immerhin noch möglich, auf den einen oder anderen eigenständigen Kopf zu stoßen. Auf jemand, der so ähnlich tickt wie ich. Du hast mir doch neulich aufgetragen, meinen Freund Schneider, den du als Kind immer Onkel Fritz genannt hast und den sie in Mariendorf zum *Alten Fritz* befördert haben, von dir zu grüßen. Das ist auch noch einer von der langsam aussterbenden Sorte, die mein Verständnis von Politik teilt. Der Friedrich hat mich auf zwei Mitglieder seines Ortsverbandes neugierig gemacht, die dem allseits grassierenden Wolters-Hype noch nicht verfallen sind. Die möchte ich heute Abend kennenlernen. Es wäre schön, wenn du noch ein Weilchen bleibst. Mich interessiert deine Meinung, besonders über den einen der beiden, der auf dem Sprung ins Abgeordnetenhaus ist."

Eigentlich verspürte sie wenig Lust, sich dieser politischen *Abendunterhaltung* auszusetzen. Die Themen dieser Treffen waren ihr zu einseitig. Es interessierte sie nur mäßig, wem, wann und warum ein bestimmter Posten in Aussicht gestellt wurde – oder auch nicht. Zudem hatten sie die in der Regel austauschbaren Teilnehmer der väterlichen Diskurse mit Parteifreunden, oder solchen, die sich dafür ausgaben, schon immer gelangweilt. Den wahren Grund, warum sie sich dennoch zum Bleiben überreden ließ und ihre Abneigung gegen den ihr vermutlich gleich wieder bevorstehenden Ritus der Selbstbeweihräucherungen und falschen Verbundenheitsbeteuerungen zurückstellte, verriet sie freilich nicht. Bei der heutigen Verfassung ihres Vaters, über die er nicht mehr so locker wie sonst hinwegwitzeln konnte, wollte sie verhindern, dass er sich in den zu erwartenden Debatten wieder zu sehr verausgabte.

Aber dann gestaltete sich der Abend völlig anders als sie erwartet hatte. Die zwei Besucher, die kurz darauf im Schlepptau ihres ihr seit Kindheitstagen bekannten Nennonkels eintrafen, sichtbar beeindruckt die ihnen schon vorab beschriebene grüne Oase auf dem Dach inklusive Aussicht inspizierten und ihrem Vater und ihr völlig unbefangen begegneten, gewannen auf Anhieb ihre Sympathie. Die hatten nicht die geringste Ähnlichkeit mit den immer etwas blutleer und verkrampft daherkommenden Pappkameraden, die sie sonst in den Kungelrunden ihres Vaters antraf. Schauerliche Gestalten waren das, die sich die ganze Zeit über wie an verbalen Krücken vortasteten, nur, damit ihnen kein falsches Wort über die Lippen kam. Auch wenn sie sich bemühte, gewisse politische Notwendigkeiten zu verstehen, nahm sie ihm den Umgang mit solchen Speichelleckern krumm. Wo er doch wusste, dass jeder von denen, die wie Musterschüler an seinen Lippen hingen und seinen Ansichten uneingeschränkten Beifall zollten, bereits seine eigenen Pläne schmiedete. Dieses wie einstudiert klingende Gemisch aus Unwahrhaftigkeit, Eigenwerbung und Anbiederei ertrug sie von Mal zu Mal schwerer.

Dagegen standen die beiden Männer, die sie heute auf Wunsch ihres Vaters etwas genauer in Augenschein nehmen sollte, im wohltuenden Kontrast zu den üblichen Gästen. Sie konnte sich sogar vorstellen, sie in den ausgesucht kleinen Kreis von Menschen aufzunehmen, die sie selbst gern zu sich einlud. Sie bemerkte sofort, dass Steffens und Teschner von ihrem Wesen her grundverschieden waren, was deren Freundschaft aber keinen Abbruch tat. Der eine, Steffens, wirkte extrovertierter, ohne jedoch in diese aufdringlich kumpelhafte Art zu verfallen, hinter der manche Leute ihre Unsicherheit verbargen. Der andere, Teschner, der mögliche künftige Abgeordnete, für den sich ihr Vater besonders interessierte, punktete bei ihr mit seiner Besonnenheit, auch weil er dabei der oft als überheblich empfundenen Neigung widerstand, diesen Ernst durch eine hervorgekehrte Kühle zu unterstreichen. Sie fand, dass sich die beiden, gerade in ihrer Unterschiedlichkeit, hervorragend ergänzten. Die verstanden sich nicht als Konkurrenten, sondern bildeten ein gut aufeinander eingespieltes Team, das wohl auch nur in dieser, nicht austauschbaren, Kombination so effizient funktionieren konnte. Dergleichen war im Umfeld ihres Vaters die absolute Ausnahme. Dem mussten ähnliche Gedanken durch den Kopf gegangen sein, denn er wirkte zufriedener als gewöhnlich. In solchen Momenten war sie ihm dankbar, dass er ihr anscheinend seinen sicheren Instinkt für Menschen vererbt hatte. Dummerweise war ihr dieser klare Blick, ausgerechnet in ihrem Liebesleben, gelegentlich abhandengekommen. Aber aus diesen kurzzeitigen Verirrungen hatte sie gelernt. Jetzt sah sie noch gründlicher hin, wen sie vor sich hatte und auf wen sie sich möglicherweise einließ.

Sie hätte gerne noch das eine oder andere Detail aus dem Leben der heutigen Besucher erfahren. Doch jedes Mal, wenn sie einen Anlauf unternahm, die politischen Diskussionen zugunsten persönlicherer Themen zu begrenzen, funkte ihr Vater sofort dazwischen und kam umgehend auf den Ausgangspunkt der Unterhaltung zurück. Sie hatte sich schon oft über die Unduldsamkeit geärgert, mit der er Gespräche in die von ihm gewünschte Richtung lenkte. Diese einseitige Fixierung vermittelte ihr häufig das Gefühl, mehr einer Lagebesprechung als einer Unterhaltung beizuwohnen. Auch an diesem Abend war ihm vor allem daran gelegen, den politischen Ansichten und Absichten der zwei eigenwilligen Späteinsteiger aus Mariendorf nachzuspüren, die ihm sein alter Weggefährte Schneider, bestimmt nicht ohne tieferen Grund, so nachdrücklich empfohlen hatte. Nicht nur während der ersten Kennenlernphase, auch im weiteren Verlauf des Abends, widerstrebte es ihm, in eine breiter angelegte Plauderei abzudriften, die über

Parteiangelegenheiten und Fragen von eher grundsätzlicher Natur hinausreichte. Letztlich hatte sich der Homo Politikus in ihm, mit seiner Vorliebe für die einschlägigen Themen, noch immer gegen alle Versuchungen einer weitschweifigen und insoweit für ihn fruchtlosen Unterhaltsamkeit durchgesetzt.

„Wie ich hörte, meine Herren, gehören Sie der Partei noch nicht sehr lange an. Umso erstaunlicher sind die Erfolge, die Sie sich bereits nach so kurzer Zeit auf Ihre Fahnen heften können. Sie, Herr Steffens, haben in Mariendorf den beinahe schon legendären *Alten Fritz* beerbt. Das ist einer meiner wenigen wirklichen Freunde. Und Sie, Herr Teschner, sind auf dem besten Wege, den dortigen Wahlkreis, ungeachtet einiger aktueller Irritationen, mit etwas Glück schon bald im Abgeordnetenhaus zu vertreten. Respekt. Das nenne ich ein forsches Tempo."

Friedrich Schneider kannte Glombig länger und damit fast noch besser als Petra Glombig ihren Vater kannte. Daher hörte er, anders als die direkt Angesprochenen, aus dieser generellen Anerkennung auch das darin mitschwingende Misstrauen heraus. Das tarnte sich bei ihm oft in Form einer wie beiläufig angefügten Bemerkung. Schnellstarter waren Glombig im Grunde suspekt. Von diesen *Überfliegern*, wie er sie unter der Hand verspottete, hatte er schon zu viele rekordverdächtig schnell aufsteigen aber ebenso rasant auch wieder abstürzen sehen. Um Steffens und Teschner täte es ihm sogar leid. Die waren mindestens dem ersten Anschein nach auf eine erfrischende Weise anders als die meisten der vom Ehrgeiz zerfressenen Parteikollegen, die schon vor ihnen hier saßen und sich in gesetzten Worten als die künftigen Gesichter der Partei empfahlen.

„Ich kann dir versichern, Siegfried, dass ich mein Erbe in Mariendorf in gute Hände gelegt habe. Und dass die beiden nicht lange zaudern, wenn es darum geht, eine Chance zu nutzen, zeigt doch, dass sie keine versponnenen Schwarmgeister sind. Für die habe ich bekanntlich ebenso wenig übrig wie du.

Steffens und Teschner beurteilen die Dinge ähnlich rational wie wir. Die haben auch vergleichbare Ansichten, was machbar ist und was nicht." Schneider wollte vermeiden, dass Glombig zu falschen Schlüssen gelangte. Solche Fehleinschätzungen sollten sich gar nicht erst festsetzen, zumal er in Steffens auch weiterhin seine Entdeckung sah.

„Sei ehrlich, wer schon so lange dabei ist wie wir, neigt manchmal wirklich dazu, alles so zu belassen wie es ist. Dabei wissen wir doch aus eigener Erfahrung, dass sich das Neue nicht aufhalten lässt. Das haben schon unsere Vorgänger nicht geschafft, als wir ihnen damals mit unseren Ideen auf die Pelle rückten. Es kommt nur darauf an, ob sich etwas in die richtige oder falsche Richtung bewegt. Soweit Weg und Ziel stimmen, schadet es auch nichts, wenn jemand noch nicht den Stallgeruch einer jahrelangen Mitgliedschaft angenommen hat. Ich ahne, was ich dir als eingefleischtem Charlottenburger damit antue, aber es wäre doch prima, ein Personalangebot aus Mariendorf in Reserve zu haben, wenn WiWo irgendwann entzaubert vom Sockel stürzt und sich die Partei auf die Suche nach neuen Akteuren begibt."

„Dann sollte ich mich wohl auf dein Urteil verlassen. Realisten sind mir immer willkommen. Aber, um auch an der Stelle die Wirklichkeit nicht auszublenden, so schnell wird Wolters seine Anziehungskraft sicherlich nicht einbüßen."

„Ich blende nichts aus, Siegfried. Zu einem realistischen Denken gehört für mich aber auch, auf alle Eventualitäten vorbereitet zu sein."

„Ihr mit eurem Realismus. Alles gut und schön. Aber macht daraus bitte kein Dogma. Es muss schon noch erlaubt sein, dann und wann ein wenig von einer gerechteren Welt zu träumen. Okay, falls sich das mit dem Träumen zu naiv anhört, spreche ich besser von Visionen. Völlig ohne Visionen, ohne die Bereitschaft, über den nächsten Wahltag hinauszudenken, machte doch die ganze Politik keinen Sinn. Dann könntet ihr die weitere Entwicklung doch gleich den Beamten überlassen, die das Bestehende nur verwalten." Der Einwand kam von Petra Glombig, die sich daraufhin ein Stirnrunzeln ihres Vaters und ein mildes Lächeln vom *Alten Fritz* einhandelte.

„Na klar, Visionen. Mädchen, Mädchen, darauf habe ich schon gewartet. Ohne ein paar Weltverbesserungsfantasien kommst du offenbar nicht aus. Du hast eine Menge von mir, aber in einer bestimmten Art zu denken, bist du doch eher nach deiner Mutter geraten.

„Ach ja? Und das wäre in deinen Augen ein Fehler?"

„Was heißt Fehler? Die Menschen sind zum Glück nicht alle gleich. Deine Mutter hat mir meinen Pragmatismus auch übelgenommen. Meine konventionelle Sichtweise, so lautete ihr Standardvorwurf, hindere mich daran, eingefahrene Denkmuster zu überprüfen. Bei dir habe ich diese Kritik eben auch wieder herausgehört. In gewisser Weise ist die sogar berechtigt. Konkrete Aufgaben waren mir schon immer wichtiger als Wunschträume von einer besseren Welt. Wobei der Vorwurf, mir mangele es an der Fantasie, diese Welt optimaler zu gestalten, in dieser Absolutheit schon immer falsch war. Ich konnte und kann mir allerlei vorstellen. Auch was das große Thema Gerechtigkeit betrifft. Aber es stimmt schon, am sichersten bewege ich mich auf dem Boden der Tatsachen. Das wirkliche Leben ist nun mal kein Experimentierfeld für Träumer."

„Immerhin räumst du damit ein, dass es noch etwas Besseres geben kann, als das, was ist. Warum konstruierst du dann einen Gegensatz, der so nicht besteht? Rationalität und Utopie schließen sich doch nicht zwangsläufig aus. Für mich sind Träume die Voraussetzung, um sich, wenn schon nicht neu zu erfinden, immer wieder neu zu motivieren. Wer Visionen in seinem Denken zulässt, ist anderen einen Schritt voraus. Und dessen Realismus zeigt sich in der Einsicht, dass es eines langen Atems bedarf, damit aus einer Idee irgendwann Wirklichkeit wird."

„Wer vollauf damit beschäftigt ist, die Gegenwart zu

meistern, dem bleibt selten die Muße, weitschweifigen Gedankenspielereien über eine fernere Zukunft nachzuhängen. Gerade dir sollte eine solche Situation bekannt vorkommen, nur müsstest du dich diesem Komplex dann vernünftigerweise aus deiner beruflichen Sicht nähern. Die spielt doch in deinen Überlegungen sonst auch immer eine zentrale Rolle."

„Du meinst, ich dürfte als Ärztin nicht auch mal träumen?"

„Ich spreche nicht von *auch mal*. Auch mal ist noch kein Problem. Aber wenn dich Tag für Tag die traurige Wirklichkeit von Krankheit und Verfall einholt, kannst du es dir nicht leisten, in Idealvorstellungen von Gesundheit und Unversehrtheit zu schwelgen. Dann hat das Nächstliegende Vorrang. Das ist in der Politik nicht anders. So, wie du dich bemühst, einen Patienten mit verschiedenen Wehwehchen wieder auf die Beine zu stellen, ist es die Aufgabe der Politik, für akute Schwierigkeiten nach einer vertretbaren Lösung zu suchen. Wenn die Hütte brennt, sind keine Visionen, sondern ein entschlossenes Handeln gefragt. Man ist ungeduldig und gibt dir nicht viel Zeit. Dieser Erwartungsdruck zwingt dich zu Entscheidungen, die du für notwendig hältst, die aber selten optimal sind. Du kannst dich noch so sehr abstrampeln und hast am Ende doch nur einen halbwegs akzeptablen Kompromiss vorzuweisen. Bestenfalls. Bei dir in der Medizin kann das ein Medikament mit heftigen Nebenwirkungen sein und in meinem Job ein Gesetz, das einige zufriedenstellt und ebenso viele verärgert. Trotzdem bleibt dir nur die Wahl, dich den aktuellen Erfordernissen zu stellen. Wer immer nur ein Ideal beschwört, wird in der Praxis versagen. Als Verfasser von Gedichten und philosophischen Traktaten kann ein Schöngeist Großes vollbringen. Aber der sollte weder Arzt noch Politiker werden."

In der Fähigkeit zu argumentieren war ihrem Vater noch immer schwer beizukommen. Einmal richtig in Fahrt, bemerkte er allerdings nur noch selten, wenn er sich im Eifer des Gefechts verrannte und sich selbst widerlegte. Wäre er tatsächlich nur der pragmatische Tagespolitiker gewesen, der mit den Idealen, die ihr noch immer wichtig waren, nichts anzufangen wusste, dann hätte er die Verletzungen der zurückliegenden Monate, mindestens nach außen hin, nicht so scheinbar ungebrochen ertragen. Dabei hatten Wolters Anhänger keine Gelegenheit ausgelassen, ihn zu demütigen. Es war wohl eher so, dass er das, was sie unter Idealen verstand, nur anders bezeichnete. Für ihn waren das *Prinzipien*. Prinzipien, das klang weniger pathetisch. Mit dem Begriff konnte er umgehen. Wer sich auf Grundsätze berief, geriet weniger in Gefahr, mit wirklichkeitsfernen Gutmenschen in einen Topf geworfen zu werden. Wenn es ihm um seine Werte ging, dann schonte er weder sich noch andere. Dazu gehörte es auch, sich den von seinem voraussichtlichen Nachfolger beabsichtigten Umwälzungen weiterhin zu widersetzen. Aber ein absehbarer Verlierer konnte seine verbliebenen Unterstützer an einer Hand abzählen. Die meisten wären nur peinlich berührt gewesen, hätte er sie in diesen Wochen daran erinnert, wie angestrengt sie früher seine Nähe suchten. Es war einsam um ihn herum geworden. Umso dankbarer war er für jeden, der nicht zum Verräter wurde.

„Ich nehme an, Ihnen sind Wolters Koalitionspläne auch schon zu Ohren gekommen. Die machen ja seit *Nachgehakt* überall die Runde. Er hätte wissen müssen, dass sich eine einmal in Gang gekommene Debatte nicht mehr stoppen lässt. Da hilft es ihm wenig, wenn er sein Vorhaben mit der Behauptung, es wäre noch nichts entschieden, nachträglich herunterspielt. Was halten Sie denn von dieser Idee?" Die Frage richtete sich an Teschner, dem die Antwort bereits auf der Zunge lag.

„Mir reichte schon dieser eine Grund, um den Mann auf den Mond zu schießen." Mit lauter werdender Stimme steigerte sich auch sein Zorn. „Hätte mir nach der Wende jemand vorausgesagt, irgendein Politiker ginge einige Jahre später ausgerechnet unter den früheren Bonzen und ihren Erben auf

Partnersuche, den hätte ich glatt für verrückt erklärt."

"Das schien nach der Maueröffnung tatsächlich abwegig. Besonders in unserer Partei, die sich in ihrer langen Geschichte wenig vorzuwerfen hat. Heute ist das Undenkbare fast schon in greifbare Nähe gerückt, wobei Wolters natürlich darauf achtet, kein unkalkulierbares Risiko einzugehen. Der hat mit einem engeren Kreis in der Partei jeden Schritt generalstabsmäßig vorbereitet."

"Was diese Charakterlosigkeit noch beschämender macht. Gut, Politik war noch nie eine Veranstaltung für Chorknaben, aber wer um der eigenen Karriere willen auf die Empfindungen der Menschen pfeift, die durch politische Willkür um ihre Lebenschance betrogen wurden, der überschreitet die Grenzen des Zumutbaren."

An dieser Stelle griff Steffens den Faden auf. „Wir gehören auch nicht zu den Versöhnlern, die schnell zur Stelle sind, wo es um das Vergeben und Vergessen geht. Und wo deren eilfertige Absolution auf Bedenken stößt, entlasten sie die Verantwortlichen mindestens mit dem Recht des Irrtums. Egal, welche Folgen dieser *Irrtum* für die Betroffenen hatte. Immer dann, wenn ein Teil der Gesellschaft an einem anderen Teil schuldig geworden ist, können sich diese Schlussstrich-Aktivisten, als Anwälte der Täter, auf eine lang geübte Tradition berufen. Diesmal scheint man es mit der Vergangenheitsbewältigung besonders eilig zu haben. Die geht geradezu im Schweinsgalopp über die Bühne.“

„Bis diese neuerliche Schwamm drüber-Mentalität von künftigen Generationen wieder mal als Versagen verstanden wird. Dann wird man sich fragen, warum es die Gesellschaft den Schuldigen so leichtgemacht hat, wieder nach oben zu kommen, während viele, die ihnen ausgeliefert waren, für den Rest ihres Lebens von dieser Vergangenheit nicht loskamen.“

„Aber so lange wollen wir nicht warten. Wir stellen diese Frage schon heute und lassen uns auch nicht mit ein paar bedauernden Lippenbekenntnissen abspeisen." Fast so, als sprächen sie aus einem Mund, hatte Teschner das Wort nun wieder an Steffens übergeben. „All die Unglücklichen, die eingesperrt und gequält wurden oder die im Grenzstreifen ihr Leben verloren, haben es verdient, dass wir nicht vergessen, warum und von wem sie getötet und drangsaliert wurden. Soll das alles nicht mehr zeitgemäß sein, nur, weil es Wolters und seinen Anhängern gerade in den Kram passt, sich mit Rücksicht auf neue Mehrheiten weniger belastete Themen zu suchen? Ganz so, als hätte es ein paar Jahrzehnte DDR nie gegeben?"

Glombig zweifelte nicht an der Ehrlichkeit seiner Gäste. Aus allem was gesagt und vor allem wie es gesagt wurde, sprach nicht die sorgfältig arrangierte Gefallsucht, die er bei früheren Besuchern häufig herausgehört hatte. Wobei das Interesse derjenigen, die ihm in der Vergangenheit so beflissen nach dem Munde geredet hatten, an einer Einladung abrupt erloschen war, nachdem es nicht mehr in seiner Macht lag, ehrgeizigen Parvenüs den Weg zu ebnen. Wer aufsteigen wollte, versprach sich längst mehr davon, sich bei Wolters einzuschleimen.

Als Schneider vorhin so anerkennende Worte für Teschners und Steffens spät entdecktes politisches Engagement fand, war ihre Verlegenheit als Zeichen von Bescheidenheit ausgelegt worden. Dabei hatte sich bei ihnen nur wieder dieses schwer einzuordnende Gefühl gemeldet, das sie seit einiger Zeit irritierte. Vor ihrem Besuch bei Glombig hatten sie sich erstmals eingestanden, dass sich an ihrer Art zu denken etwas verändert hatte. In den letzten Wochen war erst unmerklich, dann zunehmend deutlicher, ein Prozess in Gang gekommen, von dem sie selbst noch nicht wussten, wohin er sie am Ende führte.

Der Sinn und Zweck ihrer *Aktion fünfzig*, die sie an Teschners fünfzigstem Geburtstag in Renates Kneipe eher aus dem Bierglas als aus der Taufe hoben, erschöpfte sich zunächst in der Absicht, ihre deprimierend unergiebigen Lebensläufe mit einigen markanten Daten aufzupeppen. Nicht die sogenannten *höheren Werte* beflügelten ihre Pläne. Das war der Wunsch, nach den zurückliegenden mageren Jahren endlich auf die lukrativere Seite des Lebens zu wechseln und ihr mit Versäumnissen und Niederlagen gefülltes Negativkonto durch ein paar schöne Erfolgserlebnisse auszugleichen. Bis sie irgendwann feststellten, dass es ihnen nicht mehr genügte, sich allein an der Vorstellung zu berauschen, eines Tages zu den hofierten Amtsträgern zu gehören, die mit ihrer Verfügungsgewalt über Vorzimmer, Mitarbeiterstab und Dienstwagen aller Welt beweisen konnten, dass sie es geschafft hatten.

Anfangs erschienen ihnen ihre neuen Einsichten noch zu verwirrend, um zugleich die Verpflichtungen zu erkennen, die damit auf sie zukamen. Vielleicht wären sie sonst vor einer Entwicklung zurückgeschreckt, die ihr ursprüngliches Konzept nicht vorsah. Aber gerade eben, als ihre gemeinsame Entrüstung über Wolters Absichten so ungefiltert aus ihnen herausplatzte, war ihnen bewusstgeworden, dass ein verändertes Denken auch eine neue Form der Verantwortung verlangte. Es reichte nicht, ihre Überzeugungen nur als allgemeine Meinungsäußerung zu vertreten. Dafür mussten sie notfalls sogar bereit sein, Prügel einzustecken.

Nachdem die ersten wichtigen Schritte besser als erwartet zurückgelegt waren und bereits ein paar abgehakte Erfolge hinter ihnen lagen, streifte sie immer häufiger die Ahnung, sich mit ihrem Streben nach persönlicher Aufwertung nur selbst zu begrenzen. Wenn ihnen das Erreichte lediglich dazu diente, ihrer Selbstgefälligkeit einen dekorativen Rahmen zu geben, machten sie sich ebenso klein wie die vielen konkurrierenden Aufsteiger, die dieser Effekthascherei bedurften, um wenigstens einen flüchtigen Moment lang das Gefühl der eigenen Großartigkeit zu genießen. Damit vergaben sie die Chance, etwas Grundlegendes zu bewirken oder gegebenenfalls auch zu verhindern. Wobei sie für diese neuen Erkenntnisse untereinander weniger hochtrabende Worte fanden. Da sprachen sie davon, sich für den ganzen Scheiß nicht korrumpieren zu lassen.

Spätestens seit diesem Abend wären sie sich wie Hochstapler vorgekommen, sich in irgendein Amt wählen zu lassen, nur, um sich bequem darin einzurichten. Ämter, mit denen ihre Inhaber nichts Besseres anzufangen wussten, als die damit verbundenen Privilegien wie einen privaten Besitzstand zu nutzen, blieben eine leere Hülle. Zugleich widerstanden sie der Versuchung, nun mit großer Geste ihren Wechsel ins Lager der gesellschaftlichen Moralprediger zu verkünden. Sie hatten den ganz eigenen Wert der Glaubwürdigkeit entdeckt, da wollten sie auch in diesem Punkt nicht zu Falschspielern werden und sich mit Leuten gemein machen, deren politisch korrekte Formelsprache sie ankotzte. Sie dachten gar nicht daran, ihre nüchterne Einschätzung realer Gegebenheiten einem weit anspruchsvolleren aber sich selbst genügenden Gutmenschentum zu opfern. Wichtiger, als sich im Lichte wohlfeiler Bekenntnisse zu sonnen, war ihnen der Wille, ein paar aktuelle Probleme zu lösen. Und im Wissen um diese Geistesverwandtschaft mit Glombig, öffnete sich damit für sie an diesem Abend wieder einmal eine bisher verschlossene Tür.

Petra Glombig hatte die Unterhaltung schon längere Zeit den anderen überlassen. Obwohl sie sich an den Gesprächen nur vereinzelt beteiligte, zeigte sie doch durch die Art, wie sie zuhörte, dass sie ihnen nicht nur folgte, sondern sie nach ihren Kriterien bewertete. Wobei sie die seltene Fähigkeit besaß, bei allem, was gesagt wurde, auch die feineren Nuancen herauszuhören. Sie verstand es sogar, manche Gesprächspausen richtig zu deuten. Die verrieten oft mehr als das gesprochene Wort. Daher stellte sie auch mit größerer Erleichterung, als sie es sich selbst eingestehen wollte, fest, dass ihre erste positive Einschätzung von Steffens und Teschner nicht getrogen hatte. Das waren zwei, die sich nicht um einer vermuteten Zustimmung willen verbogen. Die biederten sich nicht an und sagten, was sie meinten. Das gefiel ihr, obwohl sie nicht alles davon teilte. In dieser Beurteilung, auch das spürte sie ohne ausdrückliche Bestätigung, stimmten sie und ihr Vater wiederum überein. Sie überlegte gerade, ob sie dessen Besucher an dieser Stelle auf das Schicksal von Martha Reimers ansprechen sollte. Die Reaktion auf dieses Thema würde ihr letzte Gewissheit verschaffen, ob ihr nun schon ziemlich gefestigtes Bild von Steffens und Teschner auch dieser entscheidenden Prüfung standhielt. Aber noch bevor sie ihren Gedanken zu Ende gebracht hatte, kam ihr Vater ihr unwissentlich zuvor.

„Meine Tochter betuttelt seit einigen Wochen in ihrer Freizeit eine pflegebedürftige alte Frau. Und wenn ich sie hin und wieder darauf hinweise, dass sie sich nicht das Leid der gesamten Welt auf ihre Schultern laden kann, faucht sie mich immer wütend an."

"Ich wehre mich nur dagegen, mir ständig ein pathologisches Helfersyndrom aufschwatzen zu lassen."

"Falls dir das lieber ist, nenne ich es künftig einen gefährlichen Hang zur Selbstüberforderung."

"Das hört sich nicht besser an. Wie wär's stattdessen mit einem Stück praktizierter Mitmenschlichkeit? Oder findest du diese Erklärung zu simpel? Dabei gehört die Nächstenliebe doch zu den wesentlichsten Grundlagen des Christentums. Nur wer es damit allzu wörtlich nimmt, muss sofort gegen den Ruf der Verschrobenheit ankämpfen. Deshalb klingt der Begriff des Gutmenschen, gern auch in Kombination mit dem Adjektiv weltfremd, in manchen Ohren inzwischen wie ein Schimpfwort. Du magst dieses Wort ja auch nicht."

"Stimmt. Gut gemeint ist das eine, verantwortlich handeln das andere. Ich war neulich in der Stimmung, mich mal wieder in den Faust zu vertiefen. Du weißt doch noch, was Goethe seinem Mephistopheles in den Mund legt? *Ich bin ein Teil von jener Kraft, die stets das Böse will und stets das Gute schafft.* Heute wäre der große Meister von unzähligen Mephistos eingekesselt, die alle das Gute wollen, aber das Bessere zum Schlechteren verwandeln. Aber lass' uns darüber bei anderer Gelegenheit diskutieren. Also, diese Martha Reimers, von der hier die Rede ist, hat zu Zeiten der Mauer ihren einzigen Sohn und die künftige Schwiegertochter bei einem Fluchtversuch verloren. Die zwei jungen Leute sind, wie viele vor und nach ihnen, elend im Grenzstreifen umgekommen."

"Was die meisten dieser Grenzwächter, die damals die Minen verlegt oder von den Wachtürmen aus geschossen haben, nicht davon abhält, bis heute jede Schuld zu bestreiten. Die werden ihre Erbärmlichkeit bis an ihr Lebensende entweder wirklich nicht erkennen oder sich in bekannter Manier auf Befehle berufen. Die haben zu jedem Zeitpunkt genauso unmenschlich funktioniert, wie es von ihnen verlangt wurde." Schneiders Einwurf traf auf die Zustimmung Glombigs, der sich jetzt erneut an Steffens und Teschner wandte.

"Damals berichteten die Zeitungen fast täglich von immer neuen Dramen, die sich an der innerdeutschen Grenze abspielten. Aber wen diese Verbrechen bis heute verfolgen, wer die Schuldigen beim Namen nennt, erscheint vielen nur noch rückwärtsgewandt. Heute bestimmen die Ausklammerer den Zeitgeist. Nur sehen Sie sich deren Motive mal etwas genauer an, dann wird schnell klar, warum die keine schlafenden Hunde wecken wollen. Ich bin froh, dass Sie nicht zu den Abwieglern und Relativierern gehören, die den zum Teufel gejagten Stasi-Sozialismus gegen verloren gegangene Kindergartenplätze und sichere Arbeitsplätze aufrechnen. Für mich ist es unter anderem die Lebensgeschichte dieser alten Frau, die mich davon abhält, Wolters und seiner sogenannten Reformpolitik das Feld zu überlassen. So ähnlich habe ich das übrigens auch schon meinem Freund Schneider erklärt, als er mir, sehr im Sinne meiner Tochter, riet, mir noch ein paar erholsame Jahre zu gönnen. Ausgerechnet der *Alte Fritz* muss das sagen, der sich an meiner Stelle keinen Deut anders verhielte."

„Wieso? Ich habe mich doch von meinem Amt verabschiedet,

wobei die Betonung auf dem *Ich* liegt. Mich konnte keiner verdrängen, weil ich den Zeitpunkt meines Abschieds selbst bestimmt habe. Das sollte jeder tun, der erhobenen Hauptes abtreten will."

„Könnte ich mein Amt auch einem Nachfolger meiner Wahl übergeben, wäre ich sofort bereit, deinem Beispiel zu folgen. Das meine ich völlig ernst. Oder glaubst du, es wäre ein tolles Gefühl, mir nach all den Verunglimpfungen der letzten Zeit auch noch die eigene Abwahl anzutun? Darauf wird es im Ergebnis hinauslaufen. Aber sogar eine Abwahl halte ich für weniger unwürdig, als mich feige aus dem Staube zu machen."

„Was soll man dazu noch sagen?" Die Frage Schneiders war eher allgemeiner Art. Teschner, der aus ihr die Sympathie und die Bewunderung für die Entscheidung Glombigs heraushörte, wollte sie dennoch nicht unbeantwortet lassen.

„Ich glaube, Selbstachtung setzt immer ein Stück Leidensbereitschaft voraus. Wer es leichter haben will, passt sich rechtzeitig an. Wer kennt nicht den Spruch, dass der, der kämpft, verlieren kann. Aber wer nicht kämpft, der hat schon verloren. Wann wäre diese Feststellung jemals zutreffender gewesen als in der Situation unseres Gastgebers?" Schneider nickte und sogar Glombigs Tochter, die ihren Vater weiterhin lieber im wohlverdienten Ruhestand gesehen hätte, lächelte ihm zu.

„Dann, meine Herren, werden Sie mir also auf dem Nominierungsparteitag Flankenschutz geben? Es wäre schon ein gutes Gefühl, in dem zu erwartenden Hexenkessel nicht völlig auf mich allein gestellt zu sein."

„Sie werden bestimmt nicht nur auf den *Alten Fritz* und uns zählen können."

„Das hoffe ich. Ich danke Ihnen auch für Ihre Ermutigung, Herr Teschner. Aber wie gesagt, ich bin und bleibe ein in der Wolle gefärbter Realist. So, wie die Dinge liegen, erscheint es höchst unwahrscheinlich, dass es noch mal für eine Mehrheit reicht. Bereiten Sie sich besser darauf vor, am Ende zu den

Verlierern zu gehören."

„Wir nehmen das sportlich. Immerhin wird später nicht jeder von sich behaupten dürfen, er hätte Wolters schon frühzeitig durchschaut." Und Steffens schloss sich ihm sofort an. „Natürlich, der Erfolg schmeckt süß. So heißt es doch. Das ist auch eine dieser Standard-Redensarten, die nie ganz falsch aber auch nie ganz richtig sind. Ich denke, dass nur der den Erfolg verdient, der vorher schon mal die Bitterkeit des Scheiterns verspürt hat. Auch wenn das jetzt so klingt, als wollte ich einer Niederlage schon vorsorglich etwas Positives abgewinnen."

„Stimmt auffallend, was Steffens sagt. Wer es nicht aushält, auch mal aufs Maul zu fallen, der hat auch nicht das Zeug zum Sieger. Da trennt sich die Spreu vom Weizen. Wenn Wolters gewinnt, ja klar, das wäre Mist. Aber für Steffens und mich noch lange kein Grund, zu resignieren. Dann erst recht nicht. Und Sie sollten das auch nicht. Wer eine Niederlage kassiert, ist noch lange nicht besiegt. Oft zeigt sich erst später, wer die wahren Sieger und Verlierer sind."

„Das waren kluge Bemerkungen. Es macht nur einen Unterschied, wann jemand verliert. Wer noch genug Zeit vor sich hat, dem dient ein Rückschlag bestenfalls sogar als zusätzlicher Ansporn. Der ist in einer komfortableren Situation als einer, dessen Zukunft schon vom Alter her begrenzt ist. Trotzdem, es ist ein Lichtblick, dass sich in der Partei noch Menschen mit Ihrer Haltung finden. Na, Friedrich, dann können wir der Zeit nach uns wohl wieder etwas hoffnungsvoller entgegensehen."

"Schön, dass das endlich bei dir angekommen ist."

„Aber unabhängig vom Ausgang des Parteitages empfehle ich Ihnen wirklich, einmal mit dieser Martha Reimers zu sprechen. Dann werden Sie noch besser verstehen, dass sich jede Form von Macht erst durch die Absicht legitimiert, sie in den Dienst einer gerechten Aufgabe zu stellen. Verzeihen Sie diesen entsetzlich feierlichen Satz. Sie haben hoffentlich bemerkt, dass ich es sonst eher vermeide, mich so geschwollen auszudrücken.

Nur in dem Zusammenhang erlaube ich mir ausnahmsweise einmal diese großen Worte. Zumal die Gerechtigkeit, von der ich spreche, nicht diese Worthülsen-Gerechtigkeit meint, von der sich viele meiner Kollegen einen billigen Applaus versprechen. Gerechtigkeit hat für mich einen sehr direkten Bezug. Dann sehe ich die Menschen vor mir, die die Folgen einer ungerechten Politik ihr Leben lang mit sich herumschleppen. Für die fühle ich mich verantwortlich. Und einer dieser Menschen, die es besonders hart getroffen hat, trägt für mich, dank meiner Tochter, auch einen Namen: Martha Reimers. Wen solche Schicksale nicht aufrütteln, täte der Gesellschaft einen großen Gefallen, seine Finger von der Politik zu lassen."

Damit hatte er seiner Tochter zugleich das erhoffte Stichwort geliefert, um ihn aus ihrer Sicht zu überführen. „Da setzt mein Vater nun alles daran, seinen Ruf als konsequenter Rationalist zu festigen. Aber es wird ihm nichts nützen. In Wahrheit war er schon immer ein Idealist. Egal, als was er sich selbst bezeichnet. Gibt es etwas Besseres als einen Idealisten, der seine Ideale, Pardon Prinzipien, nicht wie ein blindwütiger Eiferer, sondern mit rundum vernünftigen Argumenten vertritt? Also, falls Sie mögen, mache ich Sie gerne mit Martha Reimers bekannt. Es tut ihr gut, sich ihren Kummer hin und wieder von der Seele zu reden. Außerdem wird es sie freuen, zur Abwechslung auch mal ein paar andere Gesichter zu sehen, denn außer dem organisierten Besucherdienst des Heimes und mir besucht sie sonst niemand. Wie wäre es nächsten Sonnabend? Am frühen Nachmittag? Da habe ich mich ohnehin bei ihr angesagt. Wenn ich dabei bin, fällt es ihr bestimmt leichter, Fremden gegenüber Vertrauen zu fassen." Ihr selbst waren Teschner und Steffens inzwischen gar nicht mehr so fremd.

„Vielen Dank für die Einladung. Sonst hätten wir Sie darum gebeten."

„Schön. Dann schreibe ich Ihnen nur noch die Adresse auf,

wo Sie uns finden."

Als sie wenig später aufbrachen, hatte sie Glombigs noch immer starke Persönlichkeit nicht unbeeindruckt gelassen. Auch wenn sie schon zuvor zu einigen neuen Einsichten gelangt waren, hatte ihr Gastgeber in den letzten Stunden noch einmal ihren Blick für die Möglichkeiten geschärft, die die Politik denen bot, die sie nicht auf den Tellerrand der eigenen Begehrlichkeiten begrenzten. Wie es aussah, stand Glombig wirklich eine Ablösung durch Wolters bevor. Dankbarkeit durfte er kaum erwarten. Aber das, wofür er sich einsetzte, war ab sofort auch ihre Sache.

„Jetzt sollten wir uns schnellstens ein paar Gedanken machen, wie wir Wolters demnächst von seinem hohen Ross herunterholen."

„Dumm für ihn, dass er uns bisher noch nicht auf dem Schirm hat. Wenn er glaubt, die Partei tanzt nur noch nach seiner Pfeife, wird er bald sein blaues Wunder erleben."

Auch Glombig und der *Alte Fritz* zeigten sich mit dem Verlauf des Abends zufrieden. „Ich muss mich bei dir bedanken, Friedrich. Das war eine ausgezeichnete Idee, mir deine zwei Mariendorfer Geheimwaffen vorzustellen."

22

Seitdem er am Vormittag sein Büro betreten hatte, tigerte Prof. Dr. Lothar Rossner hektisch in dem Raum auf und ab. Sogar *seine* Frau Zastrow, normalerweise die Ausgeglichenheit in Person, hatte er bereits mit seiner Nervosität angesteckt. Insoweit verriet er ähnliche Symptome der Aufgeregtheit wie einige Prüflinge, die draußen, auf einem der vielen Flure des Gebäudes, mit einem flauen Gefühl im Magen herumirrten. Die jungen Leute bangten mit einer Mischung aus Angst und Hoffnung dem Augenblick entgegen, in dem sich eine der noch verschlossenen Türen öffnete und einer nach dem anderen hereingerufen wurde, um vor einer dort drinnen versammelten

Kommission sein mündliches Examen abzulegen.

Kaum hatte Rossner hinter seinem mit Papierbergen zugemüllten Schreibtisch eine kurze Pause eingelegt, sprang er auch schon wieder auf und setzte seine unterbrochene Wanderung durch das Zimmer fort. Bis er für ein paar Minuten an der lang gezogenen Fensterfront verharrte. Von hier aus hatte er die dichte Traube der Studierenden im Blick, die sich auf dem Vorplatz, vom nahen U-Bahnhof her, der Hochschule näherte. *Seiner* Hochschule. Schon bald nach seiner Wahl zum Rektor war es ihm zur Gewohnheit geworden, von seiner Hochschule zu sprechen. Mit dieser besitzergreifenden Sprache stand er nicht allein. Wenn er mit seinen Hochschulleiter-Kollegen in den routinemäßigen Konferenzen zusammentraf, war es in diesem Kreis üblich, den jeweiligen Redebeiträgen einen besonderen Nachdruck zu verleihen, indem diese mit Formulierungen eingeleitet wurden wie ... *Meine Universität sieht das so und so...*, oder auch... *möchte ich im Namen meiner Hochschule erklären, dass...* Nicht anders äußerte sich der Wissenschaftssenator, wenn er die Rektoren und Präsidenten wie nachgeordnete Dienstkräfte in die Senatsverwaltung beorderte, um sie dort über neue Überlegungen *seines* Hauses in Kenntnis zu setzen. Womit er im Zweifel seine eigenen Erwartungen an die Runde weitergab und zugleich das Primat der Politik unterstrich. Wissenschaft, Forschung und Lehre mochten nach dem Willen der Verfassung frei sein, aber wer am Geldhahn saß, bestimmte letztlich doch, wer von dieser Freiheit profitierte und wer hinten runterfiel.

Rossner war gerne Rektor. Ungeachtet seiner Biografie hatte er als vormaliger Verfechter antiautoritärer Grundsätze herausgefunden, dass es eine äußerst zufriedenstellende Angelegenheit war, als Chef das letzte Wort zu behalten. Von diesem Vorrecht machte er, Kollegialität hin und linkes Bekenntnis her, oft und reichlich Gebrauch. So bedurfte es auch immer einiger Verrenkungen, vor anderen die Genugtuung zu verbergen, mit der er sein lieb gewonnenes Amt ausübte. Die seufzend vorgetragene Klage über die Bürde dieser Aufgabe nahm schon lange keiner mehr ernst, so wie sich auch kaum noch jemand von seinem Stöhnen über die Beschwernisse seiner unzähligen Dienstreisen beeindrucken ließ. Wie eng er mit seiner Funktion verwachsen war, zeigte sich an der Unruhe, die er an diesem Morgen verbreitete. Gleich neben den Zimmern des Rektorats lag der Konferenzraum, in dem gewöhnlich der Akademische Senat tagte. Im „005", wie dieser Raum wegen seiner Zimmernummer verkürzt genannt wurde, trat zur Stunde die Berufungskommission für die Besetzung der vakanten Professur für Sozialpolitik zusammen.

Aus zuverlässiger Quelle war ihm gestern noch einmal bestätigt worden, dass dem Lehrbeauftragten Dr. Hentschel, im Falle einer als ausgemacht geltenden Koalition zwischen FDSU und PfsG, beste Aussichten bescheinigt wurden, das Wissenschaftsressort zu übernehmen. Dabei hätte es des mit einem unüberhörbaren Unterton verstärkten Hinweises gar nicht bedurft, um sich die Chancen auszurechnen, die sich aus dieser Konstellation für die Hochschule und damit auch für seine eigenen Pläne ergaben. Sein Einsatz für Hentschel war im politischen Bereich nicht unbemerkt geblieben. Das stärkte seine Erwartung, für seine angestrebte Wiederwahl als Rektor nicht nur einen wichtigen Fürsprecher gewonnen zu haben, damit wäre er auch für dessen Anhänger in der Hochschule wählbar. Aber ob sich die Dinge in der erhofften Weise fügten, hing nicht zuletzt von Hentschels heutigem Erfolg ab. Was er dazu beitragen konnte, den vermutlich neuen Wissenschaftssenator mit einem Professorentitel aufzuwerten, hatte er getan. Dennoch war die benötigte Mehrheit nicht halb so sicher, wie er das gegenüber dieser trutschigen Buddzinsky und einigen anderen behauptet hatte. Immerhin erwies die sich, wenn auch sonst nicht die Hellste, in ihrem Gespräch als nicht so begriffsstutzig, um seine klaren Signale falsch zu deuten. Die musste sich bei der

Sitzungsleitung nur etwas kooperativ verhalten, dann rückte die von ihr beantragte und immer wieder aufgeschobene Leistungszulage für sie in greifbare Nähe. Zum Teufel mit den Ergebnissen der Lehrevaluation und den sich daraus ableitenden Konsequenzen. Hier standen höherrangigere Gesichtspunkte auf dem Spiel.

Bei dem Gedanken, wie viel dort drüben im 005 trotzdem noch schiefgehen konnte, wurde er sofort wieder hibbelig. Auch wenn die Buddzinsky ihren Job machte, blieben die Möglichkeiten einer Kommissionsvorsitzenden begrenzt, ein gewünschtes Ergebnis herbeizuführen. Sollte sie die Sitzung allzu offensichtlich mit einem bestimmten Ziel steuern, provozierte sie unter Umständen sogar dessen genaues Gegenteil. Außerdem traute er einigen Wackelkandidaten in der Kommission, darunter auch solchen, die er persönlich ins Gebet genommen hatte, nicht über den Weg.

Seine eigenen Leute dürfte Hentschel natürlich auf seiner Seite haben. Oder auch im Griff. Je nachdem, aus welcher Warte das gesehen wurde. Aber schon bei den Anhängern der FDSU blieb das Abstimmungsverhalten fraglich, obwohl deren neuer starker Mann Wolters zusammen mit der PfsG, und damit auch mit Hentschel, den nächsten Senat bilden wollte. Möglicherweise waren es gerade diese Pläne, die Hentschel schaden konnten. Weil sie nicht jedem gefielen. Und dann gab es immer noch eine größere, unberechenbare Gruppe, deren Mitglieder sehr selbstbewusst das Banner der Unabhängigen vor sich her trugen. Zu ihnen gehörte auch eine Anzahl freischwebender Linker, die nirgends richtig zuzuordnen waren. Von denen hätte wahrscheinlich jeder Einzelne am liebsten seine eigene Partei gegründet, die seine sehr persönlichen Vorstellungen von fortschrittlicher Politik zum Programm erhob. Dort reichten die Schattierungen von ausgeflippt linksalternativ bis bürgerlich linksliberal. So wenig man sich in deren Reihen einer Partei oder hochschulpolitischen Gruppierung

282

verpflichtet fühlte, achtete man andererseits streng darauf, als unentbehrliches Zünglein an der Waage hofiert zu werden. Dennoch blieben diese Einzelkämpfer bei knappen Mehrheiten, wie Rossner zu seinem Leidwesen im Akademischen Senat häufig erfahren musste, mit ihren schon aus Prinzip widerstreitenden Meinungen eine tickende Zeitbombe. Um die unter einen Hut zu bekommen, halfen ihm auch seine langjährigen Gremienerfahrungen nichts, mit denen er so gern renommierte. Er atmete jedenfalls immer erleichtert auf, wenn eine dieser wieder mal turbulenten AS-Sitzungen zu Ende ging. Von daher schwante ihm nichts Gutes bei dem Gedanken, wie es ausgerechnet der Buddzinsky gelingen sollte, diesen Haufen selbstverliebter Egozentriker zu bändigen. Ihm wäre wohler gewesen, schon jetzt zu wissen, wer zum Schluss für Hentschel die Hand hob. Erschwerend kam hinzu, dass der sich mit hervorragenden Mitbewerbern zu messen hatte.

Im Augenblick verlief die Anhörung der ersten Aspiranten noch nach dem eingespielten Muster. Das hieß, der Eindruck neutraler Aufgeschlossenheit, der allen Bewerbern gleichermaßen vermittelt wurde, ließ auch alle noch gleichermaßen hoffen. Dabei brachten gerade die Kommissionsmitglieder, deren Entscheidung für Hentschel längst feststand, den mal selbstbewusst und mal vom Lampenfieber gebeutelt vor ihnen Sitzenden ein betont freundliches Interesse entgegen. Wer durch frühere Bewerbergespräche geübt und mit den Raffinessen der hochschulinternen Personalpolitik vertraut war, für den lag in einer vorgeblichen Gleichbehandlung noch die geringste Herausforderung. Weitaus schwieriger würde sich die anschließende Bewertung der weiblichen Bewerber gestalten. Hier waren nicht nur die formalen Kriterien zu berücksichtigen, die mindestens dem Anschein nach dem Erfordernis der Bestenauslese, gemessen an der wissenschaftlichen Qualifikation, Rechnung trugen. Da stand zusätzlich die bisher von allen Gruppierungen unterstützte Forderung im Raum, künftig deutlich mehr Hochschullehrerinnen zu berufen. Hoffentlich fielen besonders Hentschels Unterstützerinnen in der Kommission genug plausible Argumente ein, warum sie sich in der Schlussabstimmung letztendlich doch wieder für einen Mann entschieden.

Was diesen sensiblen Punkt betraf, hatte Rossner immerhin einige Veranlassung, dem Ausgang optimistisch entgegenzusehen. Wie es aussah, würde ihm die Frauenbeauftragte einmal nicht in die Suppe spucken. Das war im Nachhinein betrachtet sein härtestes Stück Arbeit gewesen, Dr. Bettina Zülch, die sich schon kraft Amtes der Frauenförderung verpflichtet fühlte, in diesem Fall zu einem vielleicht ausschlaggebenden Entgegenkommen zu bewegen.

Vermutlich hatte er sich nur deshalb so lange an der Spitze dieses komplexen Apparates halten können, weil er die Hoffnungen und Schwächen der Menschen, die auf die eine oder andere Weise auf ihn angewiesen waren, sehr zielgerichtet in sein Kalkül einbezog. So konnte ihm auch nicht dauerhaft verborgen bleiben, dass Bettina Zülch, wie viele Angestellte mit Zeitverträgen, unter latenten Zukunftsängsten litt. Aber weil die Zülch nicht zu den Hochschulangehörigen gehörte, die mit ihren Gefühlen hausieren gingen, dauerte es bei ihr etwas länger, bis er ihren wunden Punkt erkannt und die dafür passende Strategie entwickelt hatte. Irgendwann war der Druck in ihr wohl doch so stark geworden, dass sie sich gegenüber ihren Geschlechtsgenossinnen, die sie einmal monatlich zu einem Frauenfrühstück in einem abgegrenzten Teil der Mensa zusammentrommelte, aussprechen musste. Gut für ihn, dass an dieser Hochschule nichts über den Zeitpunkt einer Bemerkung hinaus vertraulich blieb. Daher erfuhr er schon unmittelbar darauf von ihren Befürchtungen.

So sehr sich die Zülch mit ihrer Tätigkeit identifizierte, unterlag sie doch nicht der Illusion, dass der Arbeitsmarkt jenseits des geschützten Raumes einer Hochschule mit ausgebreiteten

Armen auf eine Sozialwissenschaftlerin wartete, die inzwischen 46 Jahre alt war und in ihrem bisherigen Erwerbsleben lediglich einige weitere, ebenfalls befristete, Genderprojekte vorzuweisen hatte. Auch ihr gegenwärtiger Job, zwar gut bezahlt und mit einem dem Selbstwertgefühl schmeichelnden Einfluss ausgestattet, hing von ihrer unsicheren Wiederwahl ab. Indem er es verstand, ihre Sorgen mit seiner eigenen Situation zu verknüpfen, hatte er offensichtlich die maßgeschneiderte Angriffsfläche gefunden, um auch ein Kaliber wie die Zülch zu knacken. Kein ungeschickter Schachzug, zu dem er sich hinterher selbst gratulierte. Darauf, dass ihm im Gegensatz zu ihr auch im Falle seiner Abwahl kein Abstieg zum Hartz-IV-Empfänger drohte, ging er indes nicht weiter ein, als er *die geschätzte Kollegin* Dr. Zülch, wie schon zuvor die Buddzinsky, zu einem vertraulich kollegialen *Meinungsaustausch* empfing.

Bereits vor diesem Treffen hatte er sorgsam darauf geachtet, allen Streitigkeiten mit der energischen Dame aus dem Weg zu gehen. Wenn es ihm gelingen sollte, in dem aktuellen Besetzungsverfahren für die vakante Professur für Sozialpolitik ihr Stillhalten auszuhandeln, durften ihm keine neuen Differenzen in die Quere kommen. Zählten die Regeln der Diplomatie und die sich daraus ergebenden Umgangsformen und Tonlagen sonst weniger zu seinen Stärken, hätte er bei der Zülch sofort auf Granit gebissen, wenn er nicht wenigstens für die Dauer des Gesprächs die ihm lieb gewordene Rolle des Chefs gegen die eines einfühlsamen Kollegen tauschte. Also ließ er sich gegen seine Gewohnheit nach der Begrüßung sogar zu einem einleitenden Plausch herab. In dieser Lage kam auch er, wie schon in dem vorausgegangenen Gespräch mit der Buddzinsky, um ein paar Zugeständnisse nicht herum, auch wenn es ihm weiterhin widerstrebte, eine Besprechung durch ein zeitaufwendiges Gedöns in die Länge zu ziehen. Somit rückten seine zentralen Anliegen auch erst etwas verzögert in den Vordergrund, nachdem er sich zunächst noch einmal recht sibyllinisch über die Unsicherheit von Wahlämtern im Allgemeinen und der von ihnen besetzten im Besonderen verbreitet hatte.

"Wer, wenn nicht Sie, Frau Kollegin, könnte besser verstehen, wie angreifbar man sich auf so einem Schleudersitz macht. Heute noch umschmeichelt und morgen schon ausgemustert." Dann lenkte er die bisher ziemlich einseitige Unterhaltung, als läge darin der eigentliche Anlass für ihr Treffen, auf ein paar frühere *Missverständnisse*, die er dringend aus der Welt zu schaffen wünschte. Nur, um gleich darauf, in einer Art Tour d'Horizon, die aktuellsten Fragen des Hochschulgeschehens anzusprechen. Womit das anstehende Berufungsverfahren automatisch in den Mittelpunkt rückte.

"Wie schätzen Sie übrigens den Kollegen Hentschel ein, der sich um diese Stelle beworben hat? Mich interessiert Ihre Meinung." Natürlich war es ihm herzlich gleichgültig, was die Zülch menschlich von Hentschel hielt oder wie sie ihn fachlich beurteilte. Wichtig war allein, dem Gespräch die entscheidende Wendung zu geben. Daher verband er bereits die Frage in einem Nachsatz mit seiner eigenen, unmissverständlichen Wertung. „Also ich habe Hentschel stets als einen sehr angenehmen Kollegen erlebt." Nicht ohne anschließend auch noch seine wissenschaftliche Kompetenz und seine Erfahrungen als praktizierender Sozialpolitiker hervorzuheben. "Seine neueste Veröffentlichung über das Problem der Arbeitslosigkeit unter Akademikern hat ja in Fachkreisen höchste Anerkennung gefunden. Ein äußerst bemerkenswerter Beitrag zu dieser Thematik, zumal seine Ausführungen auch den besonders bedauerlichen Aspekt weiblicher Arbeitslosigkeit berühren. Aber den Text Ihrer Aufmerksamkeit zu empfehlen, hieße wohl nur, Eulen nach Athen zu tragen. Als Kennerin der Materie ist Ihnen die Arbeit sicherlich länger vertraut als mir."

Hatte schon dieser Wink mit dem Zaunpfahl die Zülch aufhorchen lassen, ließ eine weitere Bemerkung ihre restlichen Hemmungen dahinschmelzen. Als er, wie beiläufig, für den

Fall des Auslaufens ihrer derzeitigen Funktion die Möglichkeit einer Festanstellung mit anderen Aufgaben andeutete, war diese Option sofort verstanden worden. Ein vorhersehbares Ergebnis. Bestimmte Hinweise, mochten sie sich auch in einem schier unerschöpflichen Wust sonstiger Themen verbergen, wurden selten überhört.

Jetzt legte Rossner auf dem Marsch durch sein Büro erneut einen Zwischenstopp am Fenster ein. Von hier oben schweifte sein Blick über den mit Betonelementen gepflasterten Vorplatz mit seinen als Alibi-Grün dahinkümmernden Bäumchen und dem ewig verstopften Springbrunnen, bis er schließlich an der in Sichtweite der Hochschule aufragenden Plattenbaukulisse abprallte. Er verweigerte sich allein schon der Vorstellung, sein behagliches Eigenheim in Frohnau gegen eine Mietwohnung in einem dieser Häuser eintauschen zu müssen. Jedes Mal, wenn er an diesem Fenster stand und sich der genormten Tristesse seiner näheren und weiteren Umgebung ausgesetzt sah, empfand er diesen Anblick als Beleidigung seines im Laufe der Jahre gewachsenen Anspruchs an Form und Stil. Außerdem schreckte ihn der Gedanke, mit welcher Nachbarschaft er es dann zu tun bekäme. Es gab Grenzen der Zumutbarkeit, auch für einen bekennenden Alt-Linken wie ihn. Wenn er sich als Professor mit sozialen Fragen auseinandersetzte und dabei niemand über seine politische wie menschliche Nähe zu den gesellschaftlich Benachteiligten im Unklaren ließ, dann verstand sich diese Parteinahme selbstverständlich in einem übertragenen Sinne. Von einem akademischen Lehrer wurden generelle Aussagen erwartet. Um die praktische Sozialarbeit sollten sich später die Absolventen *seiner* Hochschule kümmern.

Solche Momente, in denen er den zubetonierten Hellersdorfer Horizont, der sich vor seinen Augen ausbreitete, noch bewusst wahrnahm, waren selten geworden. Dabei bedrängte ihn sofort wieder die Erinnerung, dass er zu den streitbarsten Wortführern gehörte, die sich dem Umzug der Hochschule aus dem heimeligen Schöneberger Kiez mit seiner alternativ angehauchten Bürgerlichkeit an den zugewiesenen Standort am entschiedensten widersetzten. Aber weil die ehedem so massive Ablehnung des neuen Hochschulsitzes an der östlichen Peripherie der Stadt schon lange nicht mehr opportun war, wirkte eine Rückbesinnung auf die Anfänge nur störend. Man hatte sich arrangiert. Den Rest erledigte wie immer die Gewohnheit. Als Rektor hob er jetzt verstärkt die Weitsicht hervor, eine Hochschule für Sozialarbeit an einem der sozialen Brennpunkte der Stadt anzusiedeln. Seine veränderte Einstellung untermauerte er gleich noch mit der Bereitschaft, den Nachbarn im Rathaus auf der gegenüberliegenden Seite des Platzes eine gedeihliche Zusammenarbeit anzubieten. Viele, die dort drüben Verantwortung trugen, hatten bereits zu Ostzeiten, als die Leute aus der Enge ihrer Hinterhöfe noch gerne in die Platte zogen, das Sagen. Diese Form der Kontinuität prägte das politische Leben des Kiezes, in dem die PfsG regelmäßig satte Wahlergebnisse einfuhr.

Wer an der Vertrautheit seiner Kontakte Anstoß nahm, wurde von ihm zusammengestaucht. „Was soll diese Voreingenommenheit?" Wenn es der Hochschule nutzte, hatte er noch nie lange gezögert, die Entscheidungsträger unterschiedlichster Couleur zu umwerben. *Was der Hochschule dient, ist auch gut für mich.* Wobei er seinem Leitsatz, mittels einer Frage, allerdings einen unverfänglicheren Inhalt gab. „Ist es nicht wünschenswert, dass unsere Hochschule als Bereicherung des Bezirks wahrgenommen wird?" Auch persönlich sah er keinen Anlass, ein fehlendes Entgegenkommen zu beklagen, wohl auch, weil ihm ein entsprechender Wink des Hellersdorfer Abgeordneten Hentschel manche Tür öffnete. So wie seine Gesprächspartner mit ihm auf gutem Fuße standen, zeigten sie sich auch im Umgang mit der gewendeten Ordnung flexibel. Sie hatten rasch herausgefunden, wie sich der Abstand zum neuen System etwas gefälliger formulieren ließ, ohne die fortbestehende

Distanz zu leugnen. Dass diese Ablehnung im Kern erkennbar blieb, stieß bei dem Alt-68'er, dessen revolutionsbewegte Jugend ihn bis heute mit Stolz erfüllte, durchaus auf Sympathie. So wenig Rossner aus seiner zurückliegenden Sturm- und Drangzeit ein Geheimnis machte, so sehr bedauerte er das Ärgernis, dass ihm leider nichts einfallen wollte, was den gerade eben grandios gescheiterten Feldversuch in Sachen Sozialismus mit dem ihm inzwischen unentbehrlich gewordenen Lebensstandard kompatibel gemacht hätte. Somit erschien es ihm ratsamer, besser keinen direkten Vergleich mit seinen gehobenen Lebensumständen als arrivierter Hochschullehrer und Rektor anzustellen. Zwar nahm er die Vorzüge des marktwirtschaftlichen Systems gern in Anspruch, doch sollten dessen Kritiker, für die er eine noch aus seiner Studentenzeit herrührende Verbundenheit empfand, nicht an seiner im Herzen revolutionären Überzeugung zweifeln.

Er kokettierte sogar immer häufiger mit dem Gedanken einer progressiven Allianz. So ein hochschulpolitisches Bündnis mit den Anhängern der PfsG konnte sich auch mit Blick auf seine angestrebte Wiederwahl als kluge Strategie erweisen. Zumal die Zusammenarbeit mit den Vertretern bodenständig sozialistischer Positionen, zu denen er vor allem Hentschel und dessen Ex-DDR-Seilschaften zählte, schon jetzt erheblich besser klappte als mit vielen dieser aufsässigen Westlinken, die ihm das Leben in der Hochschule vergrämten. Die hatten ihn sogar schon als reaktionäres Arschloch beschimpft. Nein wirklich, da standen ihm Hentschels Leute um vieles näher als diese Unruhestifter, die nichts und niemand respektierten. Und es gab immer mehr, die das ähnlich sahen. Auch außerhalb der Hochschule. Wenn Wolters die Wahl gewann, wollte er sogar zusammen mit Hentschel regieren. Dann würde es sich auszahlen, dass er alle Hebel in Bewegung gesetzt hatte, um dem künftigen Senator den Weg ins Professorenamt zu ebnen. Im Augenblick blieb ihm aber nur die Möglichkeit, die Entscheidung im angrenzenden 005 abzuwarten.

Dort hatte die Protokollführerin Hentschel soeben als letzten Bewerber in den Saal gebeten. Als Mathilde Buddzinsky ihn mit den stets gleichlautenden Höflichkeitsfloskeln begrüßte, wusste jeder um die Brisanz dieser Personalie. Dagegen hätte ein Uneingeweihter keinen Unterschied zum Ablauf der vorausgegangenen Anhörungen erkennen können.

Auf den ersten Blick wirkte Hentschel gelassen, was aber niemand überraschte. Mit ihm trat ein Profi vor die Kommission, der sich das Rüstzeug eines sicheren Auftretens im politischen Tagesgeschäft angeeignet hatte. Dazu gehörte auch das Wissen, dass der zu vermittelnden Souveränität nicht mal ein Hauch von Überheblichkeit anhaften durfte. Auf das richtige Maß kam es an, hier wie überall. Manchmal konnte eine Spur zu viel oder ein Quäntchen zu wenig Selbstbewusstsein alles kaputtmachen. Hentschel beherrschte diese Kunst der Ausgewogenheit. Nur wer sich nicht von der Eloquenz seiner Vorstellung und der gewinnenden Verbindlichkeit täuschen ließ, bemerkte am Wippen seiner Füße unter dem Tisch und an dem kaum merklichen Zucken um die Mundwinkel, dass auch er seine Nervosität nicht völlig verbergen konnte.

Tatsächlich blieb Hentschel von der auch für ihn ungewohnten Situation längst nicht so unbeeindruckt, wie es sein Auftreten suggerierte. Zwar musste er bei einem Misserfolg nicht gleich das Scheitern seiner parallel verlaufenden politischen Karriere befürchten, aber als künftiger Wissenschaftssenator wäre es zweifellos ein Vorteil, seinem Namen bis dahin den Professorentitel voransetzen zu können. Als Prof. Dr. Hentschel hatte er bei denen, die auf eine akademische Kleiderordnung Wert legten, schon mal bessere Karten als in der Funktion des niederen Lehrbeauftragten. Professor, na immerhin, würde sogar der erlauchte Lehrkörper der Universitäten einräumen müssen, ungeachtet des weiterhin bestehenden Vorbehalts, dass einem erst kürzlich aufgestiegenen Kollegen an einer besseren Fachschule im Vergleich zur höheren Gattung der Universitätsprofessoren lediglich ein Platz in der Zweiten Liga des Wissenschaftsbetriebes zustand. Sobald er erst einmal die Schalthebel der Hochschulpolitik bediente, würde man ihn, den Parvenü, schon bald zu akzeptieren lernen. Bereits der Gedanke, wer künftig wem die Richtung diktierte, ließ ihn in heimlicher Vorfreude schwelgen. Einen spürbaren Gegenwind befürchtete er nicht. So sehr wie auf die Etikettenhascherei des akademischen Adels Verlass war, so sehr durfte er dem Umstand vertrauen, dass diese Geistesgrößen nicht zu den Mutigsten im Lande gehörten.

Rossner ging rasch noch einmal die Namen der im 005 versammelten BK-Mitglieder durch. Vor wichtigen Abstimmungen hatte er es sich zur Regel gemacht, die Zuverlässigen, die sich gewöhnlich absprachegemäß verhielten, in eine virtuelle Positivliste einzuordnen, während er die notorischen Wackelkandidaten der entsprechenden, jeder Datenschutzrichtlinie entzogenen, Negativliste in seinem Kopf zuordnete. Im Akademischen Senat hatte sich diese Praxis der vorherigen Chancenabwägung bereits bewährt. Und ebenso, wie er es im Vorfeld wichtiger AS-Entscheidungen nie versäumte, mit den schwierigen Fällen ins Gespräch zu kommen, war er auch vor der Sitzung der Berufungskommission auf die noch Unentschlossenen zugegangen. Auch wenn er vorsichtshalber einkalkulierte, dass ihn einige gelinkt hatten, die ihm ein Votum in seinem Sinne in Aussicht stellten, dürfte es für Hentschel wohl dennoch reichen. Er vermochte nämlich ziemlich genau vorherzusehen, was vielen Mitgliedern der Kommission durch den Kopf ging. Dabei wären es wieder mal die unausgesprochenen Motive, die letztlich den Ausschlag gaben. Ein Kollege, der seine Professur meiner Unterstützung verdankt, sollte sich mir gegenüber doch verpflichtet fühlen. Das könnte sich für mich auszahlen, wenn dieser Kollege als künftiger Senator den Vorsitz des Kuratoriums übernimmt. Genau das würden sie denken, seine leicht durchschaubaren Kollegen, während sie gleichzeitig die brillantesten Argumente bemühten, den Bewerber Hentschel *nach eingehender Prüfung aller objektiven Fakten* zum Bewerber ihrer Wahl auszurufen. Um wenig später, aller Vertraulichkeit zum Hohn, unter der Hand in Umlauf zu bringen, wie stark gerade sie sich für ihn eingesetzt hatten. Nutzt es mir oder schadet es mir, mich für oder gegen jemand zu entscheiden? Das war die dauerhaft gültige Frage, die Aufstiege forcierte oder Niederlagen herbeiführte. Die wurde von der Mehrheit seiner linksorientierten Standesgenossen nicht wesentlich anders beantwortet als von den alten Säcken in den erzreaktionären Studentenverbindungen. Wenn die den jungen Spunden während der obligatorischen Saufgelage ihre Weisheiten für die spätere Karriere eintrichterten, bedienten sie sich nur eines anderen ideologischen Untertons.

Wäre da nur nicht sein Intimfeind Holzmann gewesen, für den es kein größeres Vergnügen gab, als ihn auf seine unnachahmliche Weise, vorzugsweise im Akademischen Senat, auflaufen zu lassen. Dort bot sich dann in jeder Sitzung ein ähnliches Bild: Holzmann lehnte sich bequem zurück, blinzelte leicht gelangweilt in die Runde und wenn er sich schließlich, immer etwas gespreizt, zu Wort meldete, dann in der Regel, um das genaue Gegenteil dessen zu fordern, was er als Rektor kurz zuvor vorgeschlagen hatte. Zwar stand der Mann gemeinhin im Ruf eines Querkopfs, der wenig Unterstützung fand. Andererseits sprach er mit größter Gelassenheit aus, was die übrigen Kollegen allenfalls in seiner Abwesenheit zu tuscheln wagten. Daher wurde ihm auch die verschleierte Anerkennung einiger zuteil, die nach außen hin, ganz auf der Linie des Rektorats, kein gutes Haar an ihm ließen. Klar, dass Holzmann längst mitbekommen hatte, wie viel ihm an Hentschels Berufung lag. Und ausgerechnet der saß jetzt als Mitglied dieser Berufungskommission ebenfalls dort drüben im 005.

So wie er nicht bestreiten konnte, dass ihm Holzmann als

bevorzugtes Feindbild diente, musste er widerstrebend einräumen, dass der Jurist zu den wenigen Lehrkräften der Hochschule zählte, deren Autonomie weitgehend unbeschädigt geblieben war. Wenn es zutraf, dass sich den Luxus wirklicher Freiheit nur jemand leisten konnte, der nichts mehr werden wollte und daher für das übliche Tauschgeschäft gelegentlicher Zugeständnisse gegen eine erwartete Protektion nicht zur Verfügung stand, dann gehörte Holzmann definitiv zu diesen Ausnahmeerscheinungen. Der Gedanke, dass der seinen exklusiven Status möglicherweise gerade in diesem Augenblick wieder einmal ausspielte, machte ihn zusätzlich nervös.

Professor Holzmann liebte es, seine Auftritte mit großem Tamtam in Szene zu setzen. Dass sein darauf verwendetes Pathos häufig in einem merkwürdigen Kontrast zu dem eher banalen Auslöser stand, focht ihn nicht an. Gerade weil er hinsichtlich der Anlässe nicht besonders wählerisch war, war er auch nie um Gründe verlegen, die ihm für eine neuerliche Demonstration seiner Eigenständigkeit geeignet erschienen. Wenn andere ihn daraufhin mit Adjektiven wie unpassend, überzogen oder peinlich attackierten, erfüllte ihn das mit Genugtuung. Man rieb sich an ihm, also setzte man sich, entgegen der eigenen Absicht, mit seinen Ansichten auseinander. Seine Unabhängigkeit stützte sich vor allem auf den Umstand, dass er weder finanziell noch zur Mehrung gesellschaftlicher Anerkennung auf seine Lehrtätigkeit angewiesen war. Weil er nur mit dem halben Lehrdeputat unterrichtete, konnte er die verbleibende Zeit seiner florierenden Anwaltskanzlei in Wilmersdorf widmen, die er zusammen mit einem Kompagnon betrieb. Dass er sich nicht darauf beschränkte, gut betuchten Mandanten zum Nutzen des eigenen Kontostandes aus der einen oder anderen rechtlichen Patsche zu helfen, begründete er damit, dass ihm der Umgang mit jungen Menschen Spaß machte – jedenfalls meistens. Nur wenn er sich über die Hochschulpolitik des Rektors und dessen Entourage aufregte oder ihm die verblasenen Tiraden eifernder Politspinner, die die Hochschule als beschütztes Experimentierfeld betrachteten, auf den Geist gingen, überlegte er schon hin und wieder, diesem von Leisetreterei und Irrationalität geprägten Laden tatsächlich den Rücken zu kehren. Den Professorentitel, der seiner anwaltlichen Reputation zusätzliches Gewicht verlieh und der das Schild am Hauseingang seiner Kanzlei sowie seine Visitenkarten zierte, konnte ihm schließlich niemand mehr nehmen. Einmal Professor, immer Professor. Eine fabelhafte Regelung, die dem Gesetzgeber zur dauerhaften Absicherung seines Prestiges eingefallen war.

Heute leitete Professor Holzmann offenbar die Absicht, sich selbst zu übertreffen. Rossner hätte sich bestimmt der eigenen Hellsichtigkeit gerühmt, wäre ihm in diesen Minuten, während er sich mit verstärktem Pulsschlag ausmalte, was dem ewigen Opponenten zur Durchkreuzung seiner Pläne wohl heute wieder einfiel, der weitere Fortgang im angrenzenden Sitzungssaal bekannt gewesen.

„Herr Kollege Holzmann, bitte sehr." Mathilde Buddzinsky nahm Holzmanns Wortmeldung mit einer dunklen Vorahnung des Kommenden entgegen. Nicht nur sie erwartete, dass sich damit für den bisher eher langatmig dahinplätschernden Gesprächsverlauf eine abrupte Wende zu mehr Schärfe oder, wie Holzmann das formulierte, zu mehr Substanz ankündigte.

„Verbindlichen Dank, Frau Kollegin." Holzmann verharrte weiterhin in seiner legeren Sitzposition. Dabei nickte er der schon erkennbar beunruhigten Kommissionsvorsitzenden mit einem diabolischen Grinsen zu und bedachte nach ihr auch die übrigen Mitglieder der Kommission mit ironischer Aufmerksamkeit. Erst danach wandte er sich mit unaufgeregtem Tonfall aber mit eisiger Miene dem Bewerber Hentschel zu. Dass er es, wie immer, schrittweise angehen ließ, machte ein Vorhaben für ihn noch reizvoller. Wie auch sonst im Gerichtssaal, im Hörsaal oder in den Hochschulgremien, spielte er zunächst mit den für ihn unverzichtbaren Präliminarien. Schon dieses typische Sich-in-Positur-Bringen wirkte auf seine Kollegen wie eine unmissverständliche Ankündigung, dass einer seiner berüchtigten Redebeiträge unmittelbar bevorstand.

Hentschel war bemüht, seinem durchdringenden Blick standzuhalten, aber die Ahnung, gleich richtig in die Mangel genommen zu werden, ließ ihn ungewollt heftiger atmen. Wobei es nicht eben hilfreich war, ausgerechnet jetzt an eine höchst turbulent verlaufene Sitzung des AS zu denken. In der hatte ihn Holzmann, mit ähnlich vernichtendem Blick, zusammengefaltet. Das war zugleich als Affront gegen den mit hochrotem Kopf auf seinem Platz hockenden Rossner verstanden worden, der seinen Diskussionsbeitrag noch kurz zuvor über den grünen Klee gelobt hatte. Mit dem Ergebnis, dass Holzmann den Rektor mit seiner süffisanten Replik fast an den Rand eines Tobsuchtsanfalls brachte. Rossner wäre diesem Provokateur daraufhin am liebsten an die Gurgel gegangen. Derweil übte sich der Auslöser seiner Wut wieder mal in stoischer Gelassenheit und ließ die auf ihn niederprasselnden Angriffe wirkungslos an sich abprallen.

„Verehrter Herr Kollege Hentschel", dabei rekelte sich Holzmann wohlig auf seinem Sitz, „gestatten Sie mir, Ihnen zu der beachtlichen Zahl Ihrer wissenschaftlichen Publikationen zu gratulieren." Natürlich wusste jeder im Raum, wie das gemeint war. Alle, die damals dabei waren, hatten bis heute im Ohr, wie er in einer anderen denkwürdigen AS-Sitzung, mit einer fast beiläufig angefügten Frage, von ihm zu wissen begehrte, wie viele Mitarbeiter in der Parteizentrale der PfsG damit beschäftigt wurden, die Rohfassungen seiner in den verschiedensten sozialwissenschaftlichen Fachzeitschriften veröffentlichten Aufsätze zu entwerfen. Das hatte sogar ihm, der sonst nicht auf den Mund gefallen war, die Sprache verschlagen. Wie es aussah, gedachte Holzmann, seine schon einmal erfolgreiche Strategie heute noch zu optimieren. Dabei behielt seine Stimme einen so sachlichen Tonfall, als sei alles Gesagte, einschließlich des vergifteten Lobes, sein völliger Ernst.

„Ich halte mir zugute, Herr Kollege Hentschel, die meisten Ihrer Veröffentlichungen zu kennen. Ich habe sogar einiges gelesen, was Sie in der Anlage zu Ihrer Bewerbung nicht ausdrücklich auflisten. Warum so bescheiden? Wo doch gerade diese Beiträge wertvolle Rückschlüsse auf Ihre unverfälschte Sicht- und Denkweise erlauben. Besonders Ihre kritischen Vergleiche zwischen den Sozialsystemen der DDR und der heutigen Bundesrepublik, die auch in Ihrem politischen Umfeld gerne herangezogen werden, halte ich für bemerkenswert. Nicht nur, weil die sich mit den von Ihnen schon bekannten Aussagen decken oder wegen der hübschen bunten Grafiken und eindrucksvollen Tabellen. Gleich in mehreren dieser leider unerwähnt gebliebenen Abhandlungen gelangen Sie zu dem für mich nicht sehr überraschenden Ergebnis, dass mit der DDR, in diesem Fall wohl eher mit Ihrer DDR, der sozialere Staat untergegangen ist. Nachzulesen in zahlreichen höchst aufschlussreichen Papieren der PfsG. Deren Studium habe ich mir speziell für den heutigen Anlass angetan, obgleich die wohl nicht so sehr für meine Weiterbildung, sondern mehr als parteiinterne Argumentationshilfe bestimmt waren. Niemand soll mir vorwerfen, ich hätte mich nicht gründlich auf diese Anhörung vorbereitet. Falls gewünscht, bin ich gerne mit den interessantesten Zitaten aus dieser Kollektion der Rechtfertigungen und Umdeutungen dienlich."

"Wollen Sie mich als Literaturkritiker beeindrucken? Das gehört alles nicht hierher."

„Aber wohin denn sonst? In Anbetracht des sentimentalen Bedauerns über den Verlust vergangener besserer Zeiten, das in jedem Ihrer Aufsätze durchschimmert, frage ich mich natürlich und gebe die Frage an Sie weiter, ob jemand, der einem so verklärten Geschichts- und Gesellschaftsbild anhängt und dafür als aktiver Politiker wirbt, als Hochschullehrer wirklich in der

Lage wäre, eine unvoreingenommene Ausbildung junger Menschen zu gewährleisten. Die Zeiten, in denen eine Partei eine Weltanschauung kurzerhand zur Wissenschaft umwidmen konnte und über die Kriterien zur Beurteilung von Wissenschaftlichkeit befunden hat, sind zum Glück vorbei."

„Sie sprechen von Unvoreingenommenheit und überziehen mich gerade wieder mit Ihren Standardvorwürfen. Ein bisschen mehr Fairness könnte nicht schaden."

„Ich finde auch, Herr Kollege Holzmann, das ufert aus. Diese Kommission befindet nicht über die politischen Ansichten von Herrn Hentschel. Sie sind auch nicht der Ankläger in einem Untersuchungsausschuss zur Überprüfung von Gesinnungen. McCarthy war früher."

„Gesinnung ist ein gutes Stichwort. Mir gibt es schon zu denken, Frau Kollegin Buddzinsky, dass ich offensichtlich das einzige Mitglied dieser hochmögenden Runde bin, das mit Herrn Hentschels Gesinnung Probleme hat. Aber ich war noch nicht fertig."

„Dann vermeiden Sie bitte weitere persönliche Angriffe."

„Ich kann Sie beruhigen, ich bin nicht McCarthy. Im Unterschied zu einem anderen Herrn in diesem Raum habe ich auch nicht die Absicht, demnächst Senator zu werden."

Holzmann rang sich sogar ein Lächeln ab. Aber das strahlte keine Wärme aus. Das wirkte wie festgefroren und passte damit gut zu seinem eisigen Gesichtsausdruck und der inzwischen schneidenden Stimme, die wie ein meisterhaft geführtes Skalpell in der Hand des Chirurgen eine Oberfläche durchdrang und ein darunter verborgenes Krebsgeschwür freilegte.

„Seit wann bedürfen Nachfragen in diesem Gremium einer Rechtfertigung, Frau Vorsitzende? Also, Herr Hentschel, Sie sind mir bisher eine Antwort schuldig geblieben. Wollen Sie auch unseren Studierenden die DDR, wie es Ihre uns leider vorenthaltenen Traktate vermuten lassen, als das gerechtere Gesellschaftsmodell empfehlen? Es steht Ihnen natürlich frei, mir nicht zu antworten. Nur müsste ich aus Ihrer Verweigerung ableiten, dass Ihnen nichts daran liegt, meine Annahme zu korrigieren. Ich könnte das sogar verstehen. Dann bekämen Sie in Teilen Ihrer Partei wahrscheinlich Ärger. Es wird Sie aber nicht überraschen, dass ich meinerseits nicht zögere, Ihre DDR als einen Unrechtsstaat der übelsten Sorte zu bezeichnen."

„Ach wissen Sie, abgesehen davon, dass dies der falsche Ort für solche Diskussionen ist, bin ich diese gebetsmühlenartig wiederholten Pauschalverrisse inzwischen leid. Woraus leitet eigentlich jemand wie Sie, der nie in der DDR gelebt hat, den Anspruch ab, etwas zu beurteilen und gleichzeitig zu verurteilen, was er nur von außen kennt? Nein, ich korrigiere mich, von dem er vorgibt, es zu kennen."

„Eine verquere Logik, aber aus Ihrer Sicht verständlich. Ihnen käme es natürlich gelegener, wenn nur Leute mit Ihrer Vita über den Wert oder Unwert eines Systems befinden dürften. Im Übrigen habe ich nach dem Studium Ihrer fast schon rührenden Liebeserklärungen an Ihre verlorene Heimat den Eindruck gewonnen, Sie hätten nicht in der DDR, sondern in irgendeinem anderen Staat mit beneidenswerter Lebensqualität gelebt. Was sich wiederum leicht erklärt, weil es nicht jedem in der DDR so gut ging wie Ihnen. Die wurde von der Mehrheit Ihrer ehemaligen Mitbürger nämlich zum Teufel gewünscht. Umso infamer, dass sich ausgerechnet Ihre Partei als deren Interessenvertretung aufspielt. Wenn Sie schon die Objektivität meiner externen Expertise anzweifeln, schenken Sie wenigstens den Aussagen dieser systemgeschädigten Zeitzeugen Beachtung. Aber in Wahrheit wollen Sie mir nur ausweichen, weil Ihnen das ganze Thema nicht passt. Unrechtsstaat ja oder nein. Darum geht es. Eine einfache Frage. Die sollte doch für einen Wissenschaftler, der gerne Professor werden möchte oder für einen Politiker, der ein Regierungsamt anstrebt, nicht so schwer zu beantworten sein."

„Ja, ja, wenn andere Argumente versagen, wird einem mit

schöner Regelmäßigkeit und mit triumphaler Empörung in der Stimme ein einziger Begriff um die Ohren gehauen: *Unrechtsstaat*. Das ist ein so griffiges Wort. Und ein wunderbares Gruselklischee obendrein. Das jagt einem sofort einen kalten Schauer über den Rücken. Kaum vorstellbar, dass Sie auf diese Floskel verzichten könnten. Nichts eignet sich besser als Synonym für das Böse schlechthin."

"Für das Böse schlechthin. Eine bemerkenswerte Aussage. Aber das war jetzt O-Ton Hentschel, nur sicherheitshalber fürs Protokoll."

"Sie könnten Ihren Katalog bekannter Unterstellungen gelegentlich mal um ein paar originellere Vorwürfe erweitern. Ich drücke mich auch nicht um eine Antwort herum. Nur müssten Sie mir zunächst verraten, was Sie konkret unter einem Unrechtsstaat verstehen. Beziehen Sie diesen Begriff auch auf die heutige Bundesrepublik, weil sie einen unverschuldeten sozialen Abstieg einschließlich Kinderarmut zulässt, während sich gleichzeitig ein kleinerer Teil der Gesellschaft auf Kosten der Mehrheit bereichert? Oder ist es etwa kein Unrecht, wenn unfähige Manager mit Millionensummen abgefunden werden, während man die Verlierer des Systems mit Hartz-IV abspeist?"

„Was soll das jetzt werden? Ein Rechtfertigungsversuch für die Zustände in der ehemaligen DDR?"

„Was heißt Rechtfertigung? Verlangen Sie von mir, dass ich vor heutigen Missständen die Augen verschließe, nur um die DDR noch dunkler erscheinen zu lassen? Und ja, dort bin ich geboren und aufgewachsen, dort habe ich gelebt und gearbeitet. Dort habe ich meine Wurzeln. So gesehen, war das tatsächlich meine Heimat."

„Die Sie schmerzlich vermissen."

„Man sucht sich nicht aus, wo man geboren wird. Aber wenn sich manche Leute in den alten Ländern mit der Attitüde von Eroberern die Deutungs- und Meinungshoheit über Begriffe anmaßen, macht mich das ärgerlich. Dass die DDR ihren eigenen Ansprüchen nicht immer gerecht wurde, ist leider wahr. Trotzdem ist es falsch, mit dieser Ausschließlichkeit von einem Unrechtsstaat zu sprechen. Neben beispielhaften sozialen Rechten, mit denen ich mich wissenschaftlich beschäftige, gab es schließlich auch eine verfassungsmäßige Ordnung, auf die sich die Bürger berufen konnten."

„Warum überkommt mich dabei wieder so ein Déjà-vu-Erlebnis? Der Führer hat die Arbeitslosen von der Straße geholt und ihnen Arbeit und Brot gegeben. Diesen Spruch haben die unverbesserlichen Nazis noch lange nach Kriegsende ebenso gläubig daher gebetet, wie sie ein Loblied auf den Autobahnbau, den fast geschenkten KdF-Urlaub oder die Lagerfeuerromantik in schön gelegenen Ferienlagern der Hitlerjugend sangen. Glückliche Erinnerungen, mit glänzenden Augen vorgetragen, weitergegeben an ihre Nachkommen. Wie oft habe ich mir diese Litanei anhören müssen. Auch in den Aufbaujahren der Bundesrepublik gab es noch viele, zu viele, Unbelehrbare, die vor allem das Positive in dieser Zeit sehen wollten. Schon, um sich nicht selbst zu belasten. Und selten fehlte der Hinweis auf Gesetz und Ordnung, die damals noch etwas galten. *Beim Adolf konnte man sich als Frau auch noch nachts auf die Straße wagen.* Die Herrschaft der Nazis, legitimiert durch freie Wahlen. Das Dritte Reich, gegründet auf den Fundamenten des Rechts. Darf man einen solchen Staat pauschal als Unrechtsstaat bezeichnen? Die Sache mit den Juden, na ja, das lief dann doch etwas aus der Spur. Aber sonst...

Wie sehr sich doch die Rechtfertigungen gleichen. Die DDR ein Unrechtsstaat? Aber nicht doch. Solche undifferenzierten Vereinfachungen verbieten sich angesichts ausreichender Kindergartenplätze, der Ausbildungs- und Beschäftigungsgarantie für alle arbeitsfähigen Bürger, erschwinglicher Mieten und der weitgehenden Sicherheit auf den Straßen - nicht zu vergessen an den Grenzen."

„Ich verbitte mir diesen schamlosen Vergleich zwischen der

Nazibarbarei und der DDR."

„Sie glauben jetzt aber nicht wirklich, mich mit Ihrer vorher-
sehbaren Empörung zu beeindrucken? Jede andere Reaktion
hätte mich an mir zweifeln lassen. Aber ich ahnte bereits, dass
ich mit dieser Analogie einen wunden Punkt bei Ihnen berühre.
Beschweren Sie sich am besten bei den Kommissaren für politische Korrektheit in diesem Land, die Ihnen sofort die Unan-
gemessenheit eines solchen Vergleichs bescheinigen werden.
Eine merkwürdige Kulanz, die hier an den Tag gelegt wird. Als
stellte irgendein vernünftiger Mensch infrage, dass die Schoah,
der staatlich organisierte, fabrikmäßige Judenmord in der deutschen Geschichte einmalig war. Aber auch ein beispielloses
Verbrechen darf doch nicht automatisch dazu führen, dass für
alle anderen politischen Untaten mildernde Umstände geltend
gemacht werden. Deshalb lasse ich mich nicht davon abhalten,
auch von den Verbrechen in der DDR zu sprechen. Wenn die
alten Herren des Politbüros nicht müde wurden, den Antifa-
schismus zur Staatsdoktrin zu erheben, dann klang das in Ohren der inhaftierten Regimegegner nur zynisch. Sollten diese
geschundenen Menschen etwa noch dankbar dafür sein, dass
sie in einem Stasi-Knast statt in einem Nazi-KZ gequält wurden? Durften sich die Toten an der Grenze glücklich schätzen,
von sozialistischen Friedenswächtern erschossen statt im Fa-
schismus aufgehängt zu werden? Sollten die Eltern, deren Kinder bei einem Fluchtversuch umkamen, ihr Leid gegen die Leistung aufrechnen, dass ihr Staat genügend Krippenplätze für
nachwachsende künftige Opfer zur Verfügung stellte?"

„Herr Kollege Holzmann, das reicht. Ich verstehe nicht, was
Ihre Generalabrechnung mit den beklagenswerten demokratischen Defiziten in der früheren DDR in diesem Bewerberge-
spräch zu suchen hat." Mathilde Buddzinsky fürchtete bereits,
dass ihr die Kontrolle über den weiteren Sitzungsverlauf ent-
glitt, konnte dann aber feststellen, dass ihre Zurechtweisung
von der Mehrheit der Kollegen mit beifälligem Nicken oder

301

einem zustimmenden *wie wahr* quittiert wurde.

„Ich nahm auch nicht an, verehrte Frau Kollegin, dass **Sie** das verstehen." Und weil er gerade so schön in Fahrt war, schickte er nach einem Blick auf seine Sitznachbarn noch eine Feststellung hinterher: „Aber das gilt offenbar nicht nur für Sie."

Den von ihm ausgelösten Aufruhr wischte er mit einer Handbewegung beiseite, ehe er sich wieder direkt an Hentschel wandte. „Ich hatte noch nie ein Problem damit, andere politische Ansichten zu respektieren. Aber wo ein verbrecherisches System mit dem Hinweis auf dessen vermeintlich positive Seiten rehabilitiert werden soll, wo Toleranz zu einem anderen Wort für Feigheit oder Dummheit wird, hört meine Duldsamkeit auf. Jetzt können Sie gleich noch mal ausrasten, denn ich komme schon wieder mit einem Vergleich. Keinem alten oder neuen Nazi wird erlaubt, das Dritte Reich schönzureden. Das ist auch richtig so. Aber wenn sich heute jemand hinstellt und den Sozialismus à la DDR im Prinzip noch immer für eine vertretbare Sache hält, die nur leider schlecht umgesetzt wurde, dann erhebt sich lediglich hier und da noch ein lauer Protest. Gegen diese Einäugigkeit wende ich mich. Deshalb werden Sie sicherlich schon ahnen, dass ich die Berufung von Herrn Hentschel zum Professor an dieser Hochschule ablehne."

„Das sei Ihnen unbenommen, Herr Kollege Holzmann. Aber jetzt sollten wir endlich zu den fachlichen Kriterien zurückkehren. Entschuldigen Sie Herr Hentschel, dass sich bei Ihnen der Eindruck fehlender Objektivität einstellen muss. Ich bin sicher, dass die übrigen Mitglieder der Kommission das ebenso missbilligen wie ich. Gibt es weitere Wortmeldungen?"

Weil es der Getadelte während ihres Kotaus vor Hentschel darauf anlegte, sie mit hochgezogenen Augenbrauen und einem spöttischen Blick aus dem Konzept zu bringen, verfing sich die Buddzinsky dabei zum eigenen Ärger in einem wenig souveränen Stottern. Dass sie überdies noch knallrot anlief und ihre Wut nur mit größter Mühe zurückhalten konnte, ähnlich wie

Rossner in vergleichbaren Situationen, ließ Holzmann vermuten, dass sie in diesem Moment nichts lieber getan hätte, als ihn schnurstracks des Raumes zu verweisen. Der sah in dem unerfüllt bleibenden Wunsch der Kommissionsvorsitzenden einen weiteren Grund, mit seinem Anteil am Verlauf der Sitzung nicht unzufrieden zu sein. Natürlich hegte er zu keinem Zeitpunkt die Illusion, seine Kollegen von der Unmöglichkeit dieser Berufung zu überzeugen. Dafür hatte er die Gelegenheit genutzt, die gewöhnlich so wortreichen Verfechter der Hochschulautonomie einmal mehr der Liebedienerei zu überführen. Er erwartete auch nicht, dass der Akademische Senat den absehbaren Berufungsvorschlag der Kommission zugunsten Hentschels noch kippte. Die Hochschule würde ihn als Erstplatzierten auf der Berufungsliste dem politischen Senat als ihren gewünschten Bewerber präsentieren. Hinzu kam, dass die Bürokraten der Wissenschaftsverwaltung in ihm bereits ihren künftigen Chef sahen. Das sprach für seine zügige Ernennung. Den Schuh eines Verlierers wollte sich Holzmann dennoch nicht anziehen. Vor der Sorge zu scheitern, schützte ihn seine Überzeugung, dass es einen Unterschied machte, in einer Auseinandersetzung den Kürzeren zu ziehen oder als Mensch zu versagen. Nur ein persönliches Versagen bewertete er als Scheitern, während einer, der sein Ding konsequent durchzog, ohne sich vorab nach allen Seiten abzusichern, auch bei einem Misserfolg nicht wirklich zu Fall kam. Das setzte allerdings voraus, das unbestimmte aber vorhandene Verfallsdatum von Mehrheitsmeinungen nicht zu ignorieren. Wer keine andere Option kannte, als im Fahrwasser aktueller Stimmungen mitzuschwimmen, der übersah die Gefahr, irgendwann in diesem Mainstream abzusaufen. Eines Tages, daran glaubte er, würde sich sein Weitblick bestätigen, auch wenn es heute noch danach aussah, als wäre diese Gegenwart auf Dauer festgeschrieben.

Hentschels anstehende Berufung ärgerte ihn, brachte ihn aber nicht aus dem Gleichgewicht. Entsprechend ungerührt nahm er dann auch am Ende der Sitzung das von Applaus begleitete Ergebnis der Abstimmung zur Kenntnis. Bis auf zwei Gegenstimmen war Hentschel auf den ersten Platz der Berufungsliste gesetzt worden. Dass er mit seiner Ablehnung nicht völlig alleinstand, bedeutete schon einen kleinen Erfolg. Im allgemeinen Aufbruch bemerkte er noch, wie sich die Buddzinsky sichtlich erleichtert aus dem 005 sofort auf den Weg ins angrenzende Rektorat machte. Rossner wartete bestimmt schon ungeduldig auf ihre Vollzugsmeldung.

23

Bodo Breitenfeld genoss die Zustimmung, die ihm seit seinem Wahlkampfauftakt in Lichtenberg unvermindert entgegenschlug. Demnach musste er bei seinen Zuhörern einen entscheidenden Nerv getroffen haben. Dieses Hochgefühl ließ er sich auch von Hentschels ständig neuen Bedenkenträgereien nicht vermiesen. Offenbar neigte der zu gewissen Eifersüchteleien und sah es nicht gern, wenn sich jemand aus seinem Schatten löste.

Hentschel registrierte die Flut der eingegangenen Glückwünsche, deren Absender Breitenfeld für seine unerschrocken klare Sprache dankten, mit säuerlicher Miene. Wer seine Begeisterung in dieser Form zum Ausdruck brachte, gehörte unverkennbar zu den eigenen Anhängern. Umso ernüchternder wirkten daher die anderen Rückmeldungen, in denen der Vorwurf überwog, seine Partei zeige endlich einmal ihr wahres Gesicht. Wie sonst, hieß es dort, hätte sie einem Vertreter des alten DDR-Miefs nicht nur ein Podium für seine ideologischen Entgleisungen bieten, sondern ihn sogar als Parlamentskandidaten aufstellen können. Diese Reaktionen waren in hohem Maße alarmierend. Die gefährdeten das Wahlziel der PfsG, auch in den Westbezirken Fuß zu fassen. Nur wenn sie dort an Boden gewann, konnte es ihr gelingen, ihren Einfluss auf die gesamte Stadt auszuweiten.

Breitenfeld steckte der Anschiss, den er für seine umjubelte

Kandidatenrede von Hentschel kassiert hatte, noch in den Knochen. Zumal der ihn, kaum, dass er einen Standpunkt wieder mal sehr forsch vertrat, sofort wieder ausbremste. Vorerst gebot ihm jedoch ein gesundes Eigeninteresse, sich nicht mit dem Aushängeschild der Partei anzulegen. Wie ein solches Kräftemessen ausgegangen wäre, war klar. Seither agierte er in der Öffentlichkeit deutlich vorsichtiger, auch wenn ihm diese auferlegte Zurückhaltung den Spagat nicht gerade erleichterte, in der Gunst seines Aufpassers wieder zu steigen und gleichzeitig seine Sympathisanten bei Laune zu halten. Aus deren Reihen hatte ihn kurz nach der Wahlversammlung der Wunsch erreicht, sich demnächst noch einmal in einem engeren Kreis zu treffen. Bestimmte Themen, die derzeit noch im Tabubereich lagen, besprach man besser nur in einer abgeschirmten Runde. Eine solche Einladung, die unter anderem auch von einigen ehemaligen Vorgesetzten aus dem Ministerium initiiert worden war, wollte er auf keinen Fall ausschlagen.

Also fand man sich schon bald darauf zusammen, um in geschlossener Gesellschaft die alten Zeiten nicht nur aufleben, sondern mehr noch hochleben zu lassen. So sehr es Breitenfeld guttat, unter Seinesgleichen endlich wieder einmal ganz er selbst sein zu dürfen, konnte er dieses Treffen dennoch nicht unbeschwert genießen. Ständig saß ihm die Angst im Nacken, Hentschel könnte etwas von dieser sehr diskreten Kontaktpflege mitbekommen. Natürlich würde der ihm diesen Termin, mindestens in der aktuellen Vorwahlzeit, erneut als schweren Fehler ankreiden. Besonders wenn er erfuhr, dass es einigen Teilnehmern dieses gegenseitig motivierenden Kameradschaftsabends nicht genügte, in schönen Erinnerungen zu schwelgen. Die Geschichten von früher durften natürlich nicht fehlen. Erst die gemeinsame Rückbesinnung auf das Damals, auf das, was sie alle verband, versetzte diesen Kreis der Ehemaligen in die richtige Stimmung. Aber nicht weniger deutlich spürte er die Absicht, dem künftigen Abgeordneten ein paar in die Zukunft gerichtete Aufträge mit auf den Weg zu geben.

Runge, ein ehemaliger General der Grenztruppen, hatte ihnen für diesen Anlass seine Villa am Zeuthener See als Veranstaltungsort zur Verfügung gestellt. Wenn der Gastgeber von den Eingeladenen nachdrücklich den seinem Rang entsprechenden Respekt einforderte, wäre es keinem seiner Besucher in den Sinn gekommen, ihm eine solche Ehrenbezeugung zu verweigern.

„Wir betrachten es als eine Auszeichnung, Genosse General, dass Sie uns in Ihrem schönen Haus die Möglichkeit eines vertraulichen Gedankenaustauschs bieten." Runge quittierte Breitenfelds artig formulierten Dank für die Einladung mit einem knappen aber bestimmten Nicken. Dass er sich gegenüber seinen Gästen in der Rolle des alten Befehlshabers präsentierte, vor dem in seinen besseren Tagen sogar hochrangige Offiziere gekuscht hatten, konnte aber nicht darüber hinwegtäuschen, dass er sich in Zivil noch immer zweitklassig fühlte. Nur zu gern wäre er jetzt an seinen Kleiderschrank gegangen, hätte die sorgfältig verwahrte Generalsuniform von den Mottenkugeln befreit und sie zusammen mit den diversen Ordensspangen angelegt. Lausige Zeiten waren das, in denen Männer wie er nur noch im Verborgenen etwas galten. Das Schlimmste jedoch war, dass er sich durch den Beschluss zur Grenzöffnung von den eigenen Genossen im Politbüro verraten fühlte. Diese Enttäuschung saß tief, auch wenn hinterher klar wurde, dass nur dieser unsägliche Schabowski in seiner Einfalt vorgeprescht war. Mit etwas mehr Mumm hätte man die Lage schon in den Griff bekommen. Nichts war vergeben und vergessen. Die zähneknirschenden Zugeständnisse an das kapitalistische System, wie die teure Unterhaltungselektronik im Wohnzimmer oder die Oberklasselimousine in der angrenzenden Garage, waren kein Ersatz für das, was verloren ging.

Breitenfeld hatte unter den Anwesenden sofort einige frühere Vorgesetzte und Kollegen aus dem MfS entdeckt, allesamt gestandene Männer, die sich bei ihrem Eintreffen wechselseitig mit militärischer Akkuratesse begrüßten. Da war er wieder, der alte Geist und die alte Verbundenheit mit den Besten der Besten. Ein ausgezeichnetes Gefühl, zu erfahren, dass es beides noch gab. Dass sich hier eine reine Herrenrunde zusammengefunden hatte, entsprach der Tradition. In seiner Partei und in seinem Staat standen Frauen, wenn sie nicht gerade Margot Honecker oder Hilde Benjamin hießen, nur selten in erster Reihe. Die waren dafür in anderer Weise, vor allem in der Produktion, für die sozialistische Gesellschaft unentbehrlich.

Er hatte sich schon erhoben, um diese *Versammlung der Aufrechten* mit einer politischen Grundsatzerklärung nach Art seiner Lichtenberger Rede zu eröffnen, als ihn Runge abrupt stoppte, um selbst das Wort zu ergreifen. Das wäre ja noch schöner, mochte der sich geärgert haben, wenn ich nicht einmal mehr in meinem eigenen Haus den Ablauf bestimme.

„Genossen." Das klang eher wie ein Fanal als nach einer Begrüßung. Nur ein Wort, kurz, knapp und zackig. Aber darin schwang alles mit, was sie nach dem Ende der DDR so schmerzlich vermissten. Als Schwert und Schild ihrer Partei und ihres Staates hatten sie einer großartigen Sache gedient, sei es an den Grenzen, überall im Lande oder draußen an der unsichtbaren Front, mitten im Lager des Klassenfeindes. Sogar im westdeutschen Kanzleramt hatten sie einen der ihren platziert. Tolle Kerle waren sie gewesen, einer wie der andere. Bis ihr Staat und damit auch sie von Feiglingen in den eigenen Reihen dem Gegner kampflos ausgeliefert wurden. Schimpf und Schande den Verrätern. Kein Zweifel, der General beherrschte sie noch, ihre Sprache. Und wo es noch eine Sprache gab, die einte, da war auch das, wofür sie standen, allem Anschein zum Trotz, noch nicht besiegt. Da lebte sie weiter, ihre DDR. Wer wäre berufener gewesen als Runge, an diesem Abend die Sitzungsleitung zu übernehmen? Das sah auch Breitenfeld ein, der sich damit ohne Wenn und Aber dem Reglement des

Hausherrn unterwarf.

„Ihr zahlreiches Erscheinen beweist mir, dass es an der Zeit war, eine solche Versammlung einzuberufen." Der General bevorzugte eine militärische Etikette, die es verbot, sich zu einem gleichmacherischen Du unter Genossen herabzulassen. „Wir haben uns schon viel zu lange unsichtbar gemacht. Das verleitet manche zu dem Irrglauben, wir wären spurlos von der Bildfläche verschwunden, so, als hätte es uns nie gegeben. Es ist wahr, in der Vereinzelung ist nur wenig von uns zu bemerken. Da können wir nichts Entscheidendes bewirken. Umso dringlicher wird unsere Pflicht, uns endlich wieder als eine vereinte Kraft in der Gegenwart zurückzumelden. Dann werden sich einige Herrschaften bald verblüfft die Augen reiben, wie stark wir noch sind." Und mit einem Appell an den Offiziersstatus vieler Anwesender, die sich schon früher als gesellschaftliche Elite verstanden und die den gewöhnlichen Genossen dann und wann vor Augen führen mussten, dass es auch im Sozialismus Standesunterschiede gab, setzte er noch eins drauf. "Es ist eine Frage der Ehre, meine Herren, den Schmähungen entgegenzutreten, mit denen uns dieses System überzieht. Fakt ist, dass jeder von uns stolz darauf sein darf, in vorderster Reihe einer besseren Sache gedient zu haben."

Der General behielt auch ohne Uniform und Orden die Zügel fest in der Hand. Seine befehlsgewohnte Stimme, verbunden mit einem mürrischen Abwinken, ließ sogar den aufbrausenden Beifall schlagartig verstummen. „Es ist in Ordnung, dass es Genosse Breitenfeld übernommen hat, unsere Überzeugungen in seine politische Arbeit einfließen zu lassen." Und dann direkt in seine Richtung: „Hat mir gefallen, was Sie neulich in Lichtenberg gesagt haben. Endlich wieder mal ein paar unmissverständliche Ansagen. Klare Kante, das hat lange gefehlt. Damit haben Sie gezeigt, dass Sie aus dem richtigen Holz geschnitzt sind. Aber das entbindet Sie und uns nicht von weiteren Anstrengungen. Wir alle sind aufgerufen, die

Verfälschung der geschichtlichen Wahrheit zu korrigieren. Nicht nur an Abenden wie heute, sondern künftig auch wieder in aller Öffentlichkeit. Ich erwarte…"

„Verzeihen Sie, Genosse General, in der Sache stimme ich Ihnen vollkommen zu. Aber…"

Runge bedachte den Zwischenrufer, der die Frechheit besaß, ihn mitten im Satz zu unterbrechen, mit einem strafend gedehnten *wie bitte?* Da verwechselte wohl jemand dieses Treffen mit einer dieser undisziplinierten Diskussionsveranstaltungen, die jetzt sogar in Teilen der PfsG in Mode gekommen waren. Dennoch ließ er den Mann, der sich nun als Volker Roth vorstellte, ausreden. Niemand sollte ihm nachsagen, er hätte noch stalinistische Züge.

„…aber Sie als Ruheständler brauchen sich auch keinen Zwang mehr anzutun."

Sie als Ruheständler. Was erlaubte sich dieser Mensch? Das hörte sich an, als gehörte er schon nicht mehr dazu. Ein General außer Dienst mochte vielleicht noch aus Gewohnheit respektiert werden, zugleich wurde ihm aber auf diese Weise untergeschoben, dass seine Kommandogewalt erloschen war. Was ihn überdies daran erinnerte, dass er seine monatlichen Altersbezüge aus den Kassen der ihm verhassten BRD bezog. Dieser Scheißstaat ließ wirklich nichts aus, um ihn zu demütigen.

Volker Roth, der Runge unter Missachtung der Rangordnung ins Wort gefallen war, lag allerdings nichts ferner, als dessen Stellung in diesem Kreis infrage zu stellen. Ihn beunruhigte allein der Gedanke, was die Forderung des Generals, sich fortan wieder überall und mit Stolz zur eigenen Vergangenheit zu bekennen, für ihn bedeutete. Bestimmt würde er ein solches Bekenntnis später einmal abgeben können, ohne Nachteile befürchten zu müssen. Dann konnten die Genossen natürlich auf ihn zählen. Im Augenblick, das versuchte er gleich darauf zu erklären, war es aber noch zu früh, die schützende Deckung aufzugeben.

„Viele von uns müssen sich notgedrungen mit den veränderten Verhältnissen arrangieren. Die können es sich nicht leisten, so offensiv aufzutreten. Auch die tiefste Überzeugung ersetzt kein geregeltes Einkommen. Nehmen Sie meine Situation als Beispiel. Ich habe mir inzwischen ein einigermaßen florierendes Sicherheitsunternehmen aufgebaut, in dem ich auch eine Reihe ehemaliger Kollegen unterbringen konnte. Würde ich mich jetzt Knall auf Fall als langjähriger Mitarbeiter der Staatssicherheit outen, so heißt das ja heute, wenn man sich öffentlich zu sich selbst bekennt, wäre demnächst Schicht im Schacht." Dabei dachte er daran, dass seine Firma seit geraumer Zeit den Wachdienst in verschiedenen Dienstgebäuden des Senats organisierte und seine Vertragspartner bestimmt nicht sehr erfreut reagierten, wenn seine bis heute unentdeckt gebliebenen Funktionen im früheren Staat ans Licht kämen.

„Versteht sich, Roth. Kein Grund, dass Ihnen der Arsch gleich auf Grundeis geht." Runge hatte auch andere in der Runde nicken sehen, während Roth seine Bedenken vortrug. Sogar Breitenfeld schlug sich dabei mit dem mulmigen Gefühl herum, dass ihn in diesem Falle nicht nur Hentschel wie eine heiße Kartoffel fallenließe. Möglicherweise geriet damit sogar sein hauptamtlicher Job in einer parteinahen Stiftung in Gefahr, bei der die sogenannten Erneuerer in der Partei den Ton angaben.

„Halten Sie mich für einen Traumtänzer? Einem alten Militär muss niemand erklären, dass die Reservisten für einen aussichtsreichen Feldzug ebenso unverzichtbar sind wie die kämpfende Truppe. Auch Genosse Breitenfeld kennt das Dilemma, dass ihn die äußeren Umstände oft behindern. Aber trotz mancher taktischer Verrenkungen behält er doch seinen Auftrag im Blick. Weil er das richtige Bewusstsein nicht verloren hat. Allein darauf kommt es an. Kurzum, ich verstehe, dass sich einige von uns noch bedeckt halten müssen. Aber alle anderen sind jetzt gefordert, Flagge zu zeigen." Während er mit schnellen Zügen ein Glas Wasser leerte, sinnierte er allerdings über das Los eines Generals, der einen Trupp potenzieller Deserteure befehligte.

„Noch glauben einige Leute, sie dürften uns folgenlos in den Dreck ziehen. Damit muss Schluss sein. Künftig werden wir diese Angriffe nicht mehr tatenlos hinnehmen."

Damit hatte Runge einmal mehr den richtigen Ton getroffen. Von dieser Sprache konnte man gar nicht genug bekommen. Das war wie ein kollektives Eintauchen in glückliche Erinnerungen. Das brachte die Gesichter der Anwesenden zum Leuchten. Das war wie eine Befreiung, die sie daran denken ließ, wie klein und ängstlich diese Bagage von Republikfeinden ihnen damals gegenübersaß. Ein Häufchen Elend, das sie nach Strich und Faden auseinandergenommen hatten. Jeder von ihnen nach seiner speziellen Methode. Wer in ihre Fänge geriet, war gut beraten, sie nicht zu reizen. Die meisten dieser Hetzer wurden weitgehend davon geheilt, irgendwann noch mal aufmüpfig zu werden. Aber schon die Wenigen, die ihnen mit ihren Tiraden weiter auf die Nerven gingen, waren lästig genug.

Auch in Roth regte sich wieder der ehemalige Vernehmungsoffizier, der mit Wehmut an seine Dienstzeit in Hohenschönhausen zurückdachte. Gute Jahre waren das gewesen. In Hohenschönhausen galt er sogar unter Kollegen als verdammt scharfer Hund, als einer, der es draufhatte, den Häftlingen das geforderte Schuldbekenntnis abzutrotzen. Um zu zeigen, wie viel aus dieser Zeit noch in ihm steckte, zollte er dem General ein kräftiges Bravo. Der nahm die Zustimmung sofort zum Anlass, von den Genossen, die ihn aus den bekannten Gründen derzeit noch nicht aktiv unterstützen konnten, auf andere Weise Schützenhilfe einzufordern.

„Es gibt verschiedene Möglichkeiten, Einfluss zu nehmen. Jeder kann etwas dazu beitragen, das Geschichtsbild der DDR in den Köpfen der Menschen gerade zu rücken. Mal etwas direkter oder, wenn es nicht anders geht, eben etwas konspirativer. Auch die Nachwachsenden müssen wissen, dass ihnen der bessere Staat gestohlen wurde. Allerdings stehe ich nicht allein mit der Hoffnung, dass unsere Ziele nicht verloren sind, solange wir sie – und uns – nicht aufgeben. Die Idee des Sozialismus, die uns geprägt hat, ist nicht tot. Alles, was einmal in der Welt war, lebt auf irgendeine Weise weiter. Das schwächelt vielleicht eine Weile, aber auch aus einem nur noch schwach glimmenden Funken kann sich wieder ein Feuer entwickeln. Deshalb setzen alle, die so denken wie ich, hohe Erwartungen in die PfsG. Jedenfalls solange es in ihren Reihen noch genug Verbündete gibt, auf die wir zählen können." Dass sein Blick dabei für einen Moment bei Bodo Breitenfeld verweilte, wurde allseits als Auszeichnung verstanden. Auch weil dessen Lichtenberger Rede den Auslöser für das heutige Treffen geliefert hatte.

„Wir alle sichern dem Genossen Breitenfeld für seine Kandidatur unsere tatkräftige Unterstützung zu. Zugleich gilt meine Hochachtung aber auch der strategischen Leistung Hentschels. Der weiß, dass sich der politische Kampf immer den jeweiligen Umständen anpassen muss. Dadurch erscheint er manchen zu kulant. Aber das täuscht. Dank seiner Fähigkeiten bekommt die Partei am ehesten wieder einen Fuß in die Tür. Nur so wird es möglich, dass sich Genossen wie Breitenfeld mittelfristig wieder in einflussreichen Positionen etablieren. Dann können sich auch diejenigen unter uns, die heute noch vorsichtig sein müssen, endlich wieder offen zu ihren Verdiensten bekennen."

Breitenfeld beneidete Runge. Dem stand nicht ständig ein Kontrolleur auf den Füßen, der ihn veranlasste, Kreide zu fressen. Doch sogar Runge hatte Hentschel gelobt und ihm eine durchdachte Taktik bescheinigt. Somit war es wirklich klüger, der Fährte seines Wachhundes zu folgen, obwohl er sehr viel lieber an der Seite des Generals dem anklägerischen Geschrei ihrer früher so wirksam in Schach gehaltenen Gegner entgegengetreten wäre. Besonders, nachdem Runge im weiteren Verlauf des Abends mit militärischer Akribie seinen Schlachtplan für die nächste Zeit entwickelt hatte.

„Mir ist zu Ohren gekommen, dass eine Handvoll ehemaliger Insassen der Haftanstalt Hohenschönhausen auf die Idee verfallen ist, symbolhaft zu einer Veranstaltung an den Ort ihrer Inhaftierung einzuladen. Die jiepern schon darauf, ein paar weitere Gräuelgeschichten über ihre Haftbedingungen in die Welt zu setzen. Wenn sich diese verkappten Faschisten ein Aufklärungsmonopol über das Rechtssystem der DDR anmaßen, wird es höchste Zeit, ihnen wieder mal einen kräftigen Tritt in den Hintern zu verpassen. Einige Genossen, die über hinreichende Erfahrungen mit solchen Elementen verfügen, haben mir dankenswerterweise schon ihre Unterstützung angeboten. Weitere Freiwillige sind willkommen. Gemeinsam werden wir dieser reaktionären Bande in Hohenschönhausen in Erinnerung rufen, warum es gute Gründe gab, sie als Gäste der Staatssicherheit für eine Weile aus dem Verkehr zu ziehen."

Die Süffisanz, mit der Runge den letzten Satz betont hatte, veranlasste die Runde, auch ohne weitere Nachfragen über die Art des geplanten Gegenschlages, zu einem herzhaften Gelächter, so wie die Anmerkung, dass die Einrichtung des MfS in Hohenschönhausen nach der Wende zu einer Gedenkstätte umfunktioniert worden war, mit Hohn bedacht wurde. Auch wenn der Gastgeber dieses Abends aus seinen Ansichten gewöhnlich kein Geheimnis machte, hielt er bestimmte Äußerungen doch für geeigneter, sie in Originalfassung nur in einer über jeden Zweifel erhabenen Gemeinschaft wie dieser auszusprechen. Das betraf auch sein ureigenes Thema, die Grenzsicherung, bei dem er unter beifälligem Gemurmel der Anwesenden den Schusswaffengebrauch seiner Soldaten verteidigte.

„Ich nehme an, dass die geplante Inszenierung den bekannten Radaubrüdern als Bühne dienen soll, um meine Kameraden von den Grenztruppen einmal mehr als schießwütige Mörder und das Personal in den Haftanstalten als Sadisten zu beschimpfen. Eine Unverschämtheit. Wer dort einsaß, ist mit seiner Haftstrafe doch unverhältnismäßig glimpflich davongekommen." Das darin mitschwingende Bedauern war unschwer herauszuhören.

„Bei freier Kost und Logis haben sie dann Zeit und Muße gefunden, sich ein paar rührselige Geschichten über ihren Leidensweg unter den Stasi-Schergen auszudenken." Mit seiner Ergänzung erntete Roth nicht nur ein erneutes Gelächter, damit gewann er auch die Gunst des Generals, der solcher Art von Ironie einiges abgewinnen konnte.

Runge war es also ernst mit der Absicht, die notorischen Unruhestifter in die Schranken zu weisen. An dieser Entschlossenheit hatte es, wie sie untereinander selbstkritisch einräumten, zwischenzeitlich doch sehr gemangelt. Vorbei die Zeit der eingekniffenen Schwänze, von Hohenschönhausen sollte ein Signal ausgehen. Von dort aus wollte man sich für alle sichtbar zurückmelden. Breitenfeld war sauer, vorerst in die zweite Reihe verbannt zu sein, während andere vorangingen, neue Stärke zu demonstrieren. Oder zu alter Stärke zurückzufinden. Auch Volker Roth bedauerte es, seiner früheren Wirkungsstätte nicht wieder mal einen Besuch abstatten zu können.

24

„Gib zu, diese Petra Glombig hat es dir angetan."

„Wie kommst du jetzt darauf? Ach so, entschuldige, ich vergaß. Du verfügst ja in solchen Dingen über einen untrüglichen Instinkt."

„Schön, dass du es endlich kapiert hast. Aber wie heißt es so treffend? Besser spät als nie. Nur ziehe ich es vor, statt von Instinkt von Durchblick zu sprechen. Ich sehe, was ich sehe. Als uns Schneider zum alten Glombig schleppte, zeigtest du jedenfalls deutlich mehr Interesse für die attraktive Tochter des Hauses als für den Hausherrn. Was ich übrigens gut verstehe. Bestimmt war ich nicht der Einzige, dem deine offenkundige Präferenz aufgefallen ist." Auf dem Weg zu Martha Reimers konnte es sich Steffens nicht verkneifen, den Freund mit seinen Beobachtungen aufzuziehen.

„So ungestüm, wie du jetzt losstürmst, kannst du es wohl kaum noch erwarten, die hübsche Petra wiederzusehen? Erstaunlich, zu welchen sportlichen Leistungen dich ein paar schöne Gefühle animieren. Schon auf Glombigs Dachterrasse hast du sie angesehen, als plantest du bereits die Hochzeitsreise. Hoffentlich verpasst du vor lauter Planspielen nicht wieder den richtigen Moment. Dein alter Fehler."

„Toll, du liest meine geheimsten Gedanken. Ich gestehe alles. Frau Doktor Glombig ist der Traum meiner einsamen Stunden. Aber jetzt hör' auf mit dem Quatsch. Denkst du, ich merke nicht, worauf das wieder mal hinausläuft? Du müsstest inzwischen wissen, dass ich auf deine Verkuppelungsversuche allergisch reagiere."

Während Steffens daraufhin nur lakonisch mit den Schultern zuckte, machte es ihn nachdenklich, dass dessen Gespür offenbar verlässlicher funktionierte als seine eigene Fähigkeit, Gefühlen zum richtigen Zeitpunkt eine Chance zu geben. Dabei war seit ihrem Besuch bei den Glombigs wirklich etwas mit ihm passiert, was er sich nicht wieder mit dieser hemmenden Kopflastigkeit verderben wollte. Aber statt zuzugeben, dass Steffens mit seiner Vermutung richtiglag, wischte er die ihm unterstellten Empfindungen nur wieder mit einem gereizten Dementi beiseite. „Tut mir leid, wenn ich dich enttäusche, aber ich fühle mich so, wie ich lebe, ausgesprochen wohl."

„Ja klar. Die Zufriedenheit ist dir förmlich vom Gesicht abzulesen. Aber es ist schließlich dein Leben, das du dir unnötig schwermachst. Wie oft muss ich das noch sagen? Du kommst einfach nicht aus deiner Haut. Armer Kerl."

„Wem gelingt das schon? Ich bin nicht so wie du und du bist nicht so wie ich. Jeder nach seiner Fasson. Was ist so schlimm daran?"

"Grundsätzlich   nichts.   Gut,   dass   die   Menschen unterschiedlich ticken, sonst wäre es auch ziemlich langweilig. Also bitte, wenn es dir Spaß macht, schlage dich bis ans Ende deiner Tage als einsamer Wolf durchs Leben. Ich kenne allerdings nur wenige, die das tatsächlich wollen."

"Rührend, wie sehr dir mein Wohlbefinden am Herzen liegt, mal abgesehen davon, dass deine Anteilnahme völlig überflüssig ist. Deshalb solltest du auch, wenn wir gleich da drinnen bei Martha Reimers sind, nicht wieder nur auf Petra Glombig und mich achten. Mich interessiert nämlich wirklich, was die alte Frau zu erzählen hat."

Ihr Geplänkel dauerte an, bis sie das Heim betreten hatten. In dieser Umgebung verbot sich das Seichte und Spielerische. Dabei war es nicht das Gebäude, das sie von einem Augenblick zum anderen ernst werden ließ. Alles, was sie sahen, wirkte hell und freundlich. Fast einladend. Dennoch glaubten sie plötzlich, einen Kloß im Hals zu spüren. Auch ihr erster Eindruck, dass es den alten Menschen hier so wohnlich wie möglich gemacht wurde, änderte nichts an der Melancholie, die diesen Ort überlagerte. Sie empfanden jene Art von Traurigkeit, die jedem Abschied vorausging. Wer hier lebte, der nahm Abschied vom Leben. Der lebte nur noch auf Abruf – und wusste das. So wie es auch alle anderen wussten, die hier arbeiteten oder mit vorgetäuschter Unbeschwertheit, um sich die eigene Beklommenheit nicht anmerken zu lassen, einem der Bewohner einen Besuch abstatteten.

„Kann ich Ihnen helfen?" Das Mädchen, das ihnen im Empfangsbereich entgegenkam, musste ihren suchenden Blick bemerkt haben, mit dem sie etwas orientierungslos in der großen Eingangshalle herumirrten.

„Wir suchen Frau Martha Reimers."

„Ah ja, ich bin informiert. Ich bringe Sie zu ihr. Frau Doktor Glombig ist auch schon da." Das Mädchen übernahm die Führung und begleitete sie bis an die Zimmertür. Bevor sie eintraten, flüsterte sie ihnen aber noch zu, dass es der Frau Reimers seit gestern leider nicht gut ginge. Der Hinweis, dass jemand gesundheitlich nicht ganz auf der Höhe war, bedeutete andernorts nicht viel mehr als das, was damit gesagt wurde. Hier war damit auch immer ein zweiter, unausgesprochen bleibender, Satz verbunden.

Petra Glombig saß am Bett der alten Frau und hielt ihre Hand. Sie wirkte bedrückt, lächelte ihnen aber dennoch ermutigend zu, als sie nun ebenfalls an das Bett der Kranken traten, um sich vorzustellen. Dabei hofften sie, die in ihnen aufgekommene Befangenheit bliebe unbemerkt.

„Falls Sie unser Besuch heute zu sehr anstrengt, Frau Reimers, können wir auch gern ein anderes Mal wiederkommen. Das wäre kein Problem."

„Aber nein, die junge Frau Doktor sprach schon davon, dass ich heute noch mehr Besuch erwarten darf. Ich freue mich, dass Sie wirklich gekommen sind." Während sie ihren Kopf leicht anhob, versuchte sie, ihrem leisen Stimmchen ein wenig mehr Festigkeit zu geben. „Ich freue mich sehr, Sie kennenzulernen" wiederholte sie daraufhin noch einmal. Dabei bemerkten sie den verstohlenen Blick, den ihnen Petra Glombig zuwarf. Die hatte vorhin auch schlucken müssen, als sie ihren Schützling in einer so schlechten Verfassung antraf.

„Entschuldigen Sie, dass ich Sie bitten muss, sich ebenfalls an mein Bett zu setzen. Ich würde jetzt natürlich viel lieber am Tisch sitzen und eine Tasse Kaffee mit Ihnen trinken. Aber ich fürchte, dafür fehlt mir heute doch ein wenig die Kraft."

„Bitte machen Sie sich um uns keine Gedanken. Es ist völlig in Ordnung, wenn Sie liegen bleiben. Wir setzen uns gern zu Ihnen." Gleichzeitig fragte sich Teschner, warum sich Worte und Gefühle so häufig widersprachen. Eine vergleichbar bedrückende Situation hatte er schon lange nicht mehr erlebt. Dabei entnahm er Steffens Schweigsamkeit, dass den ähnliche Gedanken bewegten. Aber hier ging es nicht um ihre Befindlichkeit. Sie mussten sich nicht erst darüber verständigen, dass sie dieser

Frau, die ihnen aus dem Bericht Glombigs und mehr noch seiner Tochter schon sehr vertraut erschien, etwas schuldeten.

Als ihre Absicht fehlschlug, sich aus eigener Kraft aufzurichten, schob ihr Petra Glombig rasch das Kopfkissen in den Rücken, sodass sie nun eine fast aufrechte Sitzhaltung einnahm. „Danke, so ist es besser. Geben Sie mir bitte etwas zu trinken?" Die junge Frau Doktor, wie sie Petra Glombig noch immer mit liebevollem Ton nannte, füllte aus der auf dem Nachttisch stehenden Mineralwasserflasche ein Glas und reichte es ihr. Dabei sahen alle, dass sie es gerade noch schaffte, das Glas mit zittriger Hand zum Mund zu führen.

„Ich habe nicht mehr lange zu leben." Der Satz stand so unvermittelt im Raum, dass er sie völlig unvorbereitet traf. Aber als Steffens zu einem hilflosen Widerspruch ansetzen wollte, hielt ihn Petra Glombig mit einem Kopfschütteln davon ab. Sie sah sehr wohl, dass sich Martha Reimers nicht irrte und sie gehörte nicht zu den Ärzten, die ihren Patienten, wenn auch mit bester Absicht, falsche Hoffnungen machten. Martha Reimers erweckte auch nicht den Eindruck, als bedürfte sie einer gnädigen Lüge. Die innere Ruhe, mit der diese Aussage getroffen wurde, nahm ihrem Inhalt die Wucht und wirkte eher wie eine sachliche Feststellung. Sie ahnten, dass die in ihrem Bett aufgerichtete kleine alte Frau bereits losgelassen hatte, nicht erst heute, sondern schon lange. Sie trank noch einen Schluck Wasser und betrachtete dabei mit wachen und klaren Augen die um ihr Bett versammelten Besucher.

„Es ist schön, dass jemand da ist, von dem ich mich verabschieden kann. Jetzt allein zu sein wäre schlimm." So furchtlos sie dem Tod auch entgegensah, rannen ihr dabei doch ein paar Tränen übers Gesicht. Dann versank sie für einen Augenblick tief in sich selbst, nur ihr Atem wurde heftiger und auch die Tränen tropften nun zahlreicher auf die Bettdecke. „Aber es tut weh, dass ich keine Familie mehr habe, die mich begraben wird. Es wäre so tröstlich, wenn mein Sohn jetzt bei mir sein könnte, zusammen mit Babs, seiner Frau, und vielleicht sogar mit meinen Enkeln. Alle Eltern wünschen sich doch, dass ihre Kinder sie überleben. Das wäre die richtige Reihenfolge. Mein Herbert und ich durften von unserem Mathias nicht einmal Abschied nehmen. Die Urne mit seiner Asche war alles, was uns von ihm geblieben ist, nachdem man ihn und seine Freundin erschossen und ohne unser Wissen eingeäschert hatte."

Petra Glombig kannte alle Einzelheiten dieser Geschichte. Dabei schlich sich jedes Mal, wenn Martha Reimers vom Tod ihres Sohnes sprach, auch Zorn in ihr Mitgefühl. Als wollte sie stellvertretend für die Schuld anderer, die sich selbst mit keinerlei Vorwürfen belasteten, um Vergebung bitten, streichelte sie die Wange und die Hand der alten Frau. Die sah sie daraufhin dankbar und mit fast kindlichem Vertrauen an. Es war dieser ganz besondere Blick, der ihren Besuchern die Tür zu den Tiefen einer menschlichen Seele öffnete. Zugleich ließ er den Kloß, der Steffens und Teschner im Hals steckte, seitdem sie das Heim betreten hatten, noch anwachsen. Der machte es ihnen unmöglich, etwas zu sagen. Aber das schadete nichts. Das war einer dieser Momente, in denen Worte nur störten. Sogar der einfühlsamste Satz hätte es nicht vermocht, das, was sie in diesen Minuten empfanden, auch nur annähernd zu beschreiben. Dagegen schenkte ihnen gerade ihre Sprachlosigkeit die Fähigkeit wirklichen Verstehens.

Für Steffens und Teschner war es eine andere Situation gewesen, als die beiden Glombigs sie mit den Ereignissen im Leben einer ihnen unbekannten Frau konfrontierten. Tragisch, gewiss. Aber nur ein Schicksal unter vielen. Sie hatten schon vergleichbare Geschichten gehört. Aber da besaß diese Martha Reimers für sie noch kein Gesicht. Da war es nur ein Name. Und Namen, die sich mit keinem Gesicht verbanden, wurden bald wieder vergessen. Zwar hatte sie die Schilderung ihres Leidensweges spontan empört, aber auch die ehrlichste Betroffenheit über das einem fremden Menschen zugefügte Unrecht war nicht vergleichbar mit dem eigenen Betroffensein. Erst heute, am Bett dieser dem Tode so nahen Frau, verstanden sie, dass zwischen diesen so ähnlich klingenden Begriffen Welten lagen. Plötzlich fühlte es sich für sie so an, als wären sie von dem Leid, das Martha Reimers und ihrer Familie angetan wurde, unmittelbar selbst betroffen.

Während sie weiterhin schweigend ihren Gedanken nachhingen, begann Martha Reimers mit plötzlicher Unruhe in ihrer Nachttischschublade zu kramen. Die eng beschriebenen Seiten, die sie schließlich unter allerlei Krimskrams zutage förderte und die sofort durch ihre ungewohnte Sütterlinschrift auffielen, breitete sie zunächst auf der Bettdecke aus.

„Hier im Heim gibt es eine nette Praktikantin. Eine Studentin, soweit ich das richtig verstanden habe. Die Corinna unternimmt viel mit uns. Sie hat uns auch Mut gemacht, unsere Lebenserinnerungen aufzuschreiben. Beinahe so wie berühmte Leute." Fast zärtlich strich sie die vor ihr liegenden Seiten glatt und blätterte sie, als wollte sie sich noch einmal ihrer Vollzähligkeit versichern, sorgfältig durch. Nachdem sie sich davon überzeugt hatte, dass auch wirklich keine Seite fehlte, fügte sie ihre Aufzeichnungen wieder zu einem schmalen Stapel zusammen, den sie Petra Glombig über die Bettdecke zuschob.

„Wenn ich…", dabei überdeckte sie ein mühsam unterdrücktes Stöhnen mit einem schnellen Hüsteln, „…wenn ich nicht mehr bin, möchte ich nicht, dass diese Seiten weggeworfen werden. Die paar Habseligkeiten, die ich sonst noch besitze, sind mir egal. Aber nicht diese Seiten, die bitte nicht. Es hat mir immer einen Stich versetzt, mir ansehen zu müssen, wie die persönlichsten Dinge, weil sie für andere keinen Wert besaßen, achtlos entsorgt wurden. Einfach so, als sollte mit dem Tod eines Menschen zugleich auch alles ausgelöscht werden, was ihm zu Lebzeiten wichtig war. Sie haben schon so viel für mich getan, bitte tun Sie mir noch diesen letzten Gefallen und nehmen Sie diese Seiten an sich. Mein kostbarstes Vermächtnis soll in die richtigen Hände kommen."

Als sie die Seiten von Martha Reimers entgegennahm, wollte es Petra Glombig nicht gelingen, mit feuchten Augen ihre Rührung wegzulächeln. So behalf sie sich ein weiteres Mal damit, ihre runzlige Hand zu streicheln. Ohne, dass es ausdrücklich gesagt worden war, erkannte sie sofort die Verantwortung, die sie mit dieser Hinterlassenschaft übernahm. Als Sachwalterin eines Letzten Willens sollte sie dafür sorgen, dass mit diesen Aufzeichnungen etwas von ihrer Verfasserin in der Welt blieb. Besser als jede historische Abhandlung beschrieb Martha Reimers Autobiografie mit einfachen Worten die Geschichte eines Unrechts, das nicht vergessen werden durfte.

„Vielen Dank für Ihr Vertrauen. Ich verspreche Ihnen, dass Ihre Erinnerungen bei mir gut aufgehoben sind." Dabei wusste sie, dass es nicht leicht werden würde, dieses Zeugnis der Vergangenheit für eine Öffentlichkeit zu erhalten, die beim Verdrängen lästiger Rückblicke nur allzu gern ein Bündnis mit der Schnelllebigkeit der Zeit einging.

Die Übergabe ihres Erbes hatte Martha Reimers letzte Reserven aufgebraucht. Aber als sie erschöpft in ihr Kissen zurücksank, spiegelte sich auch eine große Erleichterung in ihrem Gesicht. Sie hatte erledigt, was noch zu erledigen war.

„Jetzt fällt es mir leichter, zu gehen. Ich hoffe so sehr, dass der Tod meines Jungen, so sinnlos er auch war, durch meinen Bericht eines Tages vielleicht doch noch etwas bewirkt. Wenn Menschen erfahren, wie und warum er sterben musste, wäre mir mein Mathias nicht ganz umsonst genommen worden. Nur das ist wichtig. Es macht nichts, wenn ich diesen Tag selbst nicht mehr erlebe." Sie bemerkten, dass ihr nun, nachdem sie ihren inneren Frieden gefunden hatte, vor Müdigkeit die Augen zufielen.

„Auf Wiedersehen, Frau Reimers" verabschiedete sich Petra Glombig auch im Namen ihrer Begleiter. Dann, schon an der Tür, sahen sie, wie die alte Frau bei diesem *auf Wiedersehen* ihre

Augen noch einmal einen Spalt weit öffnete und mit einem angedeuteten Lächeln den Kopf schüttelte.

Als sie kurz darauf wieder auf der Straße standen und sie die gewohnte Hektik der Stadt empfing, machte ihnen diese aufdringlich laute Alltagswirklichkeit den Übergang schwer. Bis vor wenigen Minuten hatte sich ihnen eine andere Wirklichkeit offenbart. Das war eine sehr viel stillere Wirklichkeit gewesen, die sie gerade deshalb so intensiv erlebt hatten. Dort, hinter den Mauern des Alten- und Pflegeheimes St. Elisabeth, lag in einem kleinen Zimmerchen, noch in dieser Welt aber ihrer Geschäftigkeit schon endlos weit entrückt, eine sterbenskranke alte Frau, die mit Ergebenheit ihrer Vergänglichkeit entgegensah. Deren Zeit nur noch reichte, um sich auf einige wenige wirklich wichtige Dinge zu beschränken. Martha Reimers hatte in der zurückliegenden Stunde auch viele vermeintliche Wichtigkeiten ihres eigenen Lebens an den Rand gedrängt.

Nun waren sie wieder in ihre Welt, in diese befristete Welt der falschen Gewichtungen, eingetaucht. Aber eine Frage hatten sie doch von da drinnen mitgenommen, die sie künftig wohl stets begleitete. Worin würde ihre Hinterlassenschaft bestehen, wenn sie eines Tages an Martha Reimers Stelle wären? Wer würde sich ihres Erbes annehmen, soweit sie denn eines weiterzugeben hatten? Damit meinten sie nicht das über die Zeit angesammelte Hab und Gut. Dafür fanden sich immer Abnehmer. Was hätten sie im Augenblick des Abschieds vorzuweisen, dessen Erhalt ihnen ebenso wichtig war, wie ein dünnes Bündel beschriebener Seiten für Martha Reimers?

„Tut mir leid, ich wusste nicht, wie dramatisch sich ihr Zustand verschlechtert hat. Sonst hätte ich Ihnen den Besuch nicht vorgeschlagen." Petra Glombig machte sich Vorwürfe, dass sie ihre neuen Bekannten dieser belastenden Situation ausgesetzt hatte. Aber die winkten nur ab.

„So etwas geht einem ganz schön an die Nieren. Das ist wahr. Man wird nicht häufig Zeuge, wie jemand seine Letzten Dinge regelt. Aber wie das geschehen ist, mit dieser Würde, dieser menschlichen Größe, haben wir allen Grund, Ihnen dankbar zu sein, dass wir diese Frau kennenlernen durften."

Gegen seine Gewohnheit war Steffens nach diesem Besuch der Schweigsamere von ihnen. Auch jetzt bestätigte er Teschners Bemerkung nur mit einem Kopfnicken. Aber nach einer Weile griff er sie doch noch einmal auf.

„Ist es nicht seltsam, wie wenig Ereignisse einem dauerhaft im Gedächtnis haften bleiben? Aber die Begegnung mit Martha Reimers wird bestimmt zu diesen Ausnahmen gehören. Wie könnten wir uns jetzt wie Unbeteiligte davonstehlen, als wären wir ihr nie begegnet, als hätten wir nie etwas von der Existenz ihrer Aufzeichnungen erfahren? Deshalb habe ich eine Bitte. Ich möchte gerne eine Kopie davon für Teschner und mich anfertigen. Als Gedächtnisstütze. Martha Reimers hat gewollt, dass sie diese Seiten überleben. Nicht für sich, dafür ist sie viel zu bescheiden. Aber sie hat verstanden, dass es solcher bildhaften Einzelschicksale bedarf, um das gesamte Ganze zu erfassen. Diese paar Seiten erzählten Lebens sind wertvoller als jeder Versuch einer allgemeinen Aufarbeitung. Weil das Allgemeine doch nur wieder als Ausflucht in die Unverbindlichkeit dient. Um in einer Gesamtschau unterzugehen, dafür ist Martha Reimers Erleben zu persönlich. So wie jedes menschliche Schicksal einzigartig ist und für sich zählt. Jetzt sind wir gefordert, ihr Vermächtnis in praktische Politik umzusetzen."

„Genau das werden wir auch tun. Das ist ein Versprechen" ergänzte ihn Teschner.

„Ich hatte mir gewünscht, dass Sie das sagen." Bei ihrem ersten Zusammentreffen war sich Petra Glombig noch unschlüssig, ob sie ihrer Menschenkenntnis vertrauen konnte. Sympathisch waren ihr die beiden sofort gewesen. Aber auch eine Grundsympathie konnte täuschen und den Blick hinter die Fassade verstellen. Jetzt wusste sie, dass ihr erster Eindruck nicht getrogen hatte. Zwar stimmte sie nicht in allem mit

Steffens und Teschner überein, so wie sich die zwei auch untereinander oft uneins waren, aber in den entscheidenden Punkten überwogen die Gemeinsamkeiten. Als sie sich voneinander verabschiedeten, taten sie das mit der Gewissheit, an diesem Tag, am Bett von Martha Reimers, stillschweigend einen Pakt geschlossen zu haben, der sie von nun an zu Verbündeten machte.

Außerdem beherrschte Teschner noch ein weiteres Gefühl. Seitdem er Petra Glombig kannte, wünschte er, dass mehr aus dieser Begegnung wurde. Dabei vermeinte er bereits wieder die vielen guten Ratschläge zu hören, mit denen Steffens sofort zur Stelle gewesen wäre, wenn der seine Beobachtung bestätigt sah. Diese Vorstellung versetzte ihn in eine gutmütige Schadenfreude. Alles musste er Steffens nun wirklich nicht auf die Nase binden. Bestimmt wäre er noch glücklicher gewesen, wenn er gewusst hätte, dass Petra Glombig ähnliche Gedanken durch den Kopf gingen. Die dachte auf dem Weg nach Hause daran, dass sie heute nicht nur zwei neue Freunde gewonnen hatte, sondern dass es sich für den einen der beiden, für diesen Norbert Teschner, vielleicht sogar lohnte, ihren Single-Status zu überprüfen. Im Augenblick allerdings ließ ihr die Sorge um Martha Reimers wenig Raum, sich um ihre eigene Zukunft zu kümmern. Die damit verbundenen Erwartungen vertagte sie vorerst auf einen späteren Zeitpunkt.

25

Stern war es noch nie gelungen, eine Niederlage ohne bohrende Revanchegelüste abzuhaken. Allein schon, dass mit diesem Steffens nun der Favorit vom *Alten Fritz* der Mariendorfer Partei vorstand, schürte seinen Ärger. Aber nichts hatte ihn nachhaltiger beschädigt als die ihm von Teschner zugefügte Schmach. Wie den letzten Trottel hatte der ihn aussehen lassen, als er seine Kandidatur zugunsten von Steffens zurückzog. Ohne jede Vorwarnung. Diese öffentliche Deklassierung fraß ihn regelrecht auf. Er musste nur an diese gründlich schiefgelaufene Vorstandswahl denken und sofort explodierte in seinem Kopf die frisch entflammte Wut. Da lagerte noch ein reiches Arsenal bisher nicht entschärfter Sprengsätze. Aber nicht nur die zurückliegende Blamage saß tief, jetzt kam ihm Teschner auch noch bei der schon sicher geglaubten Nominierung für den Wahlkreis in die Quere. Aber der würde bald merken, dass es noch immer gefährlich war, ihn bis aufs Blut zu reizen. Nichts steigerte die Kampfbereitschaft effektiver, als aus Wut und Verbitterung gespeiste Racheinstinkte. Er musste nur aufpassen, dass diese Motive unentdeckt blieben und seine Sympathiewerte nicht beeinträchtigten.

Der unvermeidliche Gegenschlag war fest eingeplant, wobei es seiner Absicht entgegenkam, dass er mit seinem Groll auf Teschner nicht alleine stand. Dabei dachte er weniger an Roland Dettmers, der jetzt wieder reumütig angekrochen gekommen war. Das Wort reumütig strich er aber sofort wieder aus seinen Überlegungen. Diese Beschreibung passte nun wirklich nicht zu einem Egomanen, den solche Gefühle nicht mal ansatzweise streiften. Wem sich dieser Quertreiber als Bündnispartner andiente, der musste unablässig auf der Hut sein, um ihn wenigstens halbwegs unter Kontrolle zu halten. Andererseits gab es keine schlagkräftigere Waffe als einen Dettmers im Angriffsmodus. Er hatte nicht vergessen, was der sich seinerzeit alles einfallen ließ, um ihn fertigzumachen. Das durfte ihm nicht noch mal passieren. Im Grunde widerstrebte es ihm, sich überhaupt noch einmal auf diesen Menschen einzulassen. Wenn er seine Bedenken zurückgestellt hatte, dann nur, weil sich die Ausgangslage jetzt entscheidend anders darstellte. Jede neue Situation suchte sich neue Lösungen - auch wenn es manchmal die alten waren. Diesmal konnte Dettmers, der im Streit mit seinen wechselnden Gegnern bevorzugt die grobe Keule schwang, den unappetitlichen Teil der Kampagne gegen Teschner übernehmen. Waren dessen Qualitäten sonst eher begrenzt, zeigte er sich in seiner Rücksichtslosigkeit den meisten überlegen. Darin lag zugleich sein zeitlich begrenzter Nutzen. Wenn der wie vorgesehen den Schurken gab, konnte er selbst noch überzeugender in seiner Lieblingsrolle glänzen. Als ein anständiger Kerl, als Feingeist, der auf kultivierte Umgangsformen achtete und mit dem Degen geschliffener Argumente focht. Das hatte er drauf. Und sollte die Empörung über Dettmers rhetorische Prügeleien allzu heftig werden, wäre er der Erste, der ihn ohne Bedauern fallen ließ. Ein Bauernopfer, nichts weiter.

Dagegen war Bollhagens Unterstützung für ihn unverzichtbar. Der bisherige Mariendorfer Abgeordnete hatte seine Anstrengungen, ihn als seinen Nachfolger aufzubauen, nach seinem Fiasko in Teschners Büro noch verstärkt. Auch diese Zurückweisung hatte Wunden hinterlassen. Ein zusätzlicher Vorteil für ihn, weil ein gemeinsamer Gegner einem Zweckbündnis mindestens so dienlich war wie ein gemeinsames Ziel. War denn dieser Teschner tatsächlich so tolldreist, sich mit Gegnern ihres Formats anzulegen? Ein subalterner Beamter, der seinen Arsch schon jahrelang auf einem schäbigen Bürostuhl platt saß? Um die nächsten Schritte abzustimmen, hatte Bollhagen Stern in dessen Kanzlei aufgesucht. Das war an jenem Nachmittag, als Teschner, Steffens und Petra Glombig am Bett von Martha Reimers saßen und ihnen alles Mögliche durch den Kopf ging, mit Ausnahme des Gedankens an zwei Leute, die zur gleichen Zeit ihre Rachepläne schmiedeten.

„Ich komme gerade von WiWo. Der lässt dir ausrichten, dass er fest davon ausgeht, mit dem künftigen Mariendorfer Abgeordneten auch weiterhin eine verlässliche Stütze in der Fraktion zu haben. Natürlich erwartet er, dass wir den Wahlkreis erfolgreich verteidigen. Den Bollhagen-Wahlkreis, wie er aus alter Gewohnheit sagte. Pardon, Stern, aber für ihn wird das noch eine Weile der Bollhagen-Wahlkreis bleiben."

"Damit kann ich leben."

"Ohne Rückhalt in der neuen Fraktion läuft gar nichts. Ich

habe ihm hoch und heilig versprechen müssen, dass bei der Nominierung meines Nachfolgers keine Panne passiert. Also Stern, ich nehme an, es reizt dich noch immer, meinen Job zu übernehmen. Dann wartet jetzt eine Menge Arbeit auf uns, um Teschner zu verhindern. Eine weitere Schlappe kannst du dir nicht leisten." Bollhagen und Stern waren schon seit geraumer Zeit per Du, bevorzugten es aber, sich weiterhin mit ihren Nachnamen anzusprechen.

„Das bedeutet, noch ein Weilchen als Klinkenputzer über Land zu ziehen. Vielleicht sollte ich einen lukrativen Nebenjob bei interessierten Möbelhäusern annehmen. Denen könnte ich schon heute eine aussagefähige Aufstellung liefern, was unseren Kreisparteitagsdelegierten noch für ihr häusliches Glück fehlt. Inzwischen kenne ich zwar deren Geschmack in Sachen Wohnkultur, kann aber immer noch nicht ihr Verhalten bei der Kandidatenaufstellung abschätzen. Jetzt verstehe ich auch die Bedeutung des Begriffs Ochsentour. Langsam fühle ich mich wirklich wie ein Rindvieh, ständig den gleichen Text wiederzukäuen. Wobei die Ausbeute meiner Bittgänge mager bleibt. Freundlichen Zuspruch gibt's reichlich. Dafür höre ich kaum klare Absichtserklärungen. Die Herrschaften ziehen es vor, sich bedeckt zu halten. Wenn es eng wird, werden wir am Ende doch auf Dettmers angewiesen sein. Der ist darin geübt, die Dreckschleuder anzuwerfen und die abwegigsten Behauptungen als alternative Fakten unter die Leute zu bringen."

"Du musst es ja wissen."

"Das kannst du laut sagen. Daher habe ich auch nicht vergessen, dass der mit dem Schmutz, den er mit seinen Aktionen aufwirbelt, eine Weile für Gesprächsstoff sorgt."

Bollhagen schüttelte den Kopf. „Schlag' dir das aus dem Kopf. Das wäre wirklich nur die Ultima Ratio, wenn wir mit dem Rücken zur Wand stehen. Oder willst du Harakiri begehen? Ginge Dettmers noch als Restrisiko durch, dann meinetwegen. Aber der Mann ist und bleibt eine tickende Zeitbombe.

Soll er ruhig sein eigenes Süppchen kochen. Bitteschön. Daran werden wir ihn nicht hindern. Solange er seinen Privatkrieg zur Abwechslung mal gegen Teschner und Steffens führt, sind wir immerhin vor ihm sicher. Das ist noch das Beste, was von ihm zu erwarten ist. Darüber hinaus sollten wir ihn gerade noch so weit einbinden, um ihn nicht gleich wieder gegen uns aufzubringen. Sozusagen eine Zusammenarbeit in homöopathischer Dosierung, damit niemand merkt, dass wir überhaupt etwas mit ihm zu tun haben."

„Dann werde ich mir aber unbedingt etwas zu Stefanie Köhlers Parteiaustritt einfallen lassen. Eine ziemlich spinnerte Person, die Steffi. Eine Moralistin, die offenbar jeden Satz im Parteiprogramm wortwörtlich genommen hat. Grenzenlos naiv, das späte Mädchen. Für die politische Praxis völlig unbrauchbar. Dafür hat sie der Partei gerade zum richtigen Zeitpunkt den Rücken gekehrt. Ab sofort werde ich das Hohelied auf eine ungewürdigt gebliebene Idealistin singen und mit der gebotenen Entrüstung beklagen, wie bedenkenlos Teschner und Steffens unliebsame Mitglieder aus der Partei ekeln. Ich sehe mich schon vor mir, wie ich einer verhuschten grauen Maus Genugtuung verschaffe. So eine Prise Gefühlskitsch im Vorfeld könnte den Ausgang der Nominierung entscheiden. Zusätzlich lässt sich mit der Köhler auch noch auf unverdächtige Weise die Frauenkarte ins Spiel bringen."

„Chapeau. Nicht übel, die Idee. Wenn du es schaffst, Ruth Weber einzuspannen, wäre das schon mal die halbe Miete. Also verhalte dich kooperativ. Kündige an, dass du dich als Abgeordneter für die Forderungen ihrer Arbeitsgemeinschaft starkmachen wirst. Dir wird schon das passende Vokabular einfallen. Und geize auch sonst nicht mit Versprechungen, die von einem großen Frauenflüsterer erwartet werden."

„Falls erforderlich, verspreche ich alles. Allerdings dürfte Teschner mit ähnlichen Zusagen hausieren gehen. Solche Ergebenheitsadressen gehören doch inzwischen zum

Standardrepertoire für jeden, der sich auf Stimmenfang begibt. So dumm ist keiner, den wichtigsten Interessengruppen vor Wahlen und Abstimmungen seine Aufwartung zu verweigern."

„Das zeigt doch nur, dass dein Ansatz goldrichtig ist. Als Kreisvorsitzende der FDSU-Frauen hat es Ruth Weber in der Hand, ihrem Damenkränzchen eine Wahlempfehlung zu deinen Gunsten mitzugeben. Außerdem wäre es hilfreich, ihr für ihre eigene Kandidatur in Lichtenrade Unterstützung anzubieten. Last not least musst du natürlich auch die Teilnehmerinnen deines früheren Gesprächskreises zusammentrommeln. Den solltest du sowieso schnellstens wieder reaktivieren, schon wegen der zwischenmenschlichen Note, die du in solche Runden einbringen kannst."

„Die Einladungen sind bereits unterwegs. Mich belastet auch weniger die Sorge, unsere etwas simpler gestrickten Parteifreunde unter den Delegierten am Ende nicht doch mit dem üblichen Schmus zu ködern. Mir klebt ein anderes Problem an der Backe."

„Und das wäre?"

„Man wird von mir wissen wollen, wie ich zu Wolters Koalitionsplänen stehe, die seit *Nachgehakt* in aller Munde sind. Du weißt, dass er damit auf Kreisebene noch immer auf Skepsis stößt. Das wird also kein Spaziergang, im Wahlkreis aufgestellt zu werden. Gut, die letzten Querelen in Mariendorf sind dabei eine Hilfe. Aber auch, wenn es für die Kandidatur reicht, kommt dieser Bumerang spätestens im Wahlkampf erneut auf mich zu. Als triezten mich Teschner, Steffens und der immer noch umtriebige Schneider nicht schon genug. Verdammt noch mal, Bollhagen. Wenn ich antrete, dann doch nicht nur unter dem Motto *Dabeisein ist alles*. Solche Parolen überlasse ich gern den ungedopten Olympiateilnehmern. Meine Devise ist das nicht. Ich will auch gewählt werden."

„Wovon du weiter ausgehen solltest. Mit fehlendem Selbstvertrauen gewinnt man keine Wahl. Muss ich dir wirklich erklären, wie mit solchen Situationen umzugehen ist? Warum vertraust du nicht wie bisher auf die Kunst der Ablenkung?"

"Das heißt, ich sollte mir an Wolters ein Beispiel nehmen?"

"Genau. Am besten, du bleibst bei allem, was du sagst, vage. Nichts dementieren, aber schon gar nichts bestätigen. Behaupte unbeirrt, die Partei kämpfe für eine eigene Mehrheit."

"Das glaubt doch keiner, dessen Intelligenz nicht schon bei den Grundrechenarten versagt."

"Na und? Der Glaube gehört in die Kirche. Und du bewirbst dich nicht um ein Pfarramt. Lass' dich durch Was-wäre-wenn-Fragen nicht auf eine falsche Fährte locken. Du bestimmst die Themen, über die du reden willst. Dabei darfst du auf keinen Fall die Deutungshoheit über Begriffe verlieren. Wenn du die Begriffe vorgibst und gleichzeitig erklärst, wie sie zu verstehen sind, bist du schon mal im Vorteil. Alles Weitere findet sich. Später bleibt noch reichlich Zeit, diese oder jene Entscheidung zu rechtfertigen, die nach den Wahlen fällig wird. Möglich, dass du dann eine Weile mit der Wut deiner Wähler leben musst. Kein Grund, unruhig zu werden. Eine Wahlperiode ist lang. Am Ende wissen die meisten gar nicht mehr, worüber sie sich am Anfang so aufgeregt haben."

„Also Bollhagen, ich frage mich, warum ein Naturtalent wie du der Politik den Rücken kehrt. Du müsstest dich nicht mal besonders abstrampeln, um ganz oben mitzuspielen."

„Wer sagt dir denn, dass so ein Ausflug in die Wirtschaft zwangsläufig mit einem Abschied für immer verbunden sein muss? Außerdem ziehe ich mich auch nicht völlig aus dem Metier zurück. Die eingespielten Kontakte werde ich natürlich weiterhin pflegen. Abgesehen davon, hat auch meine künftige Arbeit eine Menge mit Politik zu tun."

„Nur, dass sie erheblich besser bezahlt wird."

"Richtig, wobei mich dieser Einwand inzwischen langweilt. Apropos Langeweile: Sollte es mir eines Tages tatsächlich zu fade werden, den politischen Entscheidungsträgern im In- und

Ausland meine Windkrafträder und Solaranlagen schmackhaft zu machen, könnte es mich vielleicht reizen, selbst wieder die politische Arena zu betreten. Beispielsweise als Umweltminister in der Bundesregierung mit mittelfristiger Aussicht auf das Kanzleramt? Das wäre doch keine schlechte Option. Als Experte für eine zukunftsfähige Energie, mithin als Verfechter einer Politik der Nachhaltigkeit und der Verantwortung gegenüber künftigen Generationen, hätte ich bereits bewiesen, auf der Seite der Guten zu stehen. Gibt es eine bessere Ausgangslage für ein Comeback auf höherem Niveau? Bis dahin beobachte ich die Entwicklung in der Partei eben eine Weile aus der Distanz. Sozusagen in der Warteschleife."

„Womit du en passant einräumst, dass dich Wolters Pläne auch nicht völlig überzeugen."

„Ich bitte dich. Seit wann ist es ein Kriterium, von den Absichten anderer Leute rundum überzeugt sein zu müssen? Ich war noch nie ein Freund des Absoluten. Außerdem muss mich Wolters Politik auch nicht begeistern. Es reicht, dass er ein gutes Wahlergebnis einfährt. Dann hat er immerhin den richtigen Riecher bewiesen. Wer gewinnt, hat recht."

„Denkst du, dass er Erfolg haben wird?"

„Ich nehme es an. In gewisser Weise hat er nämlich auch was vom *Alten Fritz*. Schneider hat den Ortsverband mit seinem Harmoniegedöns nicht nur zufällig so lange geführt. Und Wolters geht gleich noch einen Schritt weiter. Der versteht es sogar, das weitverbreitete Harmoniebedürfnis in der Gesellschaft für sich zu nutzen. Versöhnen statt spalten. Das kommt an. Das ist sympathisch. Das ist menschlich. Die Leute mögen keine streitbaren Politiker, die ihnen mit dem Herumkramen in der Vergangenheit auf die Nerven gehen. Der Mehrzahl ist das Menschelnde wichtiger als das Aufklärerische. Wer die Vergangenheit ruhen lässt, hatte schon immer die Verdränger und Ausklammerer auf seiner Seite. Die garantieren am ehesten eine solide Mehrheit. Nicht umsonst ist bei uns Politikern kein

Spruch beliebter als die Forderung, die Menschen mitzunehmen. Und wohin nimmt man sie mit? Natürlich nicht in die Vergangenheit, sondern in die Zukunft."

„Sollte das auch für die ehemaligen Staats- und Parteifunktionäre aus dem Osten gelten? Auf die wäre Wolters in seiner Wunschkoalition schließlich angewiesen."

„Damit hast du dir die Antwort schon selbst gegeben. Wer auf jemand angewiesen ist, kann ihn schlecht ausgrenzen. Warum auch? Heute ist heute. Die Stasi-Opfer und die Toten an der Grenze, alles sehr schlimm, aber das war gestern. Denen mag man aus Pietätsgründen bis auf Weiteres ein paar mitfühlende Worte widmen. Ich finde, das reicht. Die Geschichte bleibt nicht stehen. Die hat in den Anfangsjahren der Bundesrepublik aus überzeugten Nazis gute Bundesbürger gemacht, in der DDR übrigens auch gute Sozialisten - ohne die Beifügung national. Warum sollte der gleiche Reinwaschungsprozess nicht auch bei früheren DDR-Apparatschiks funktionieren? Ehe nachwachsende Generationen eventuell wieder mal ein rückblickendes Geschichtsbewusstsein entwickeln, bleibt noch ausreichend Zeit, politische Pflöcke zu setzen. Das hat Wolters erkannt."

„Dann sollte er auch wissen, dass es in unserer Partei nach wie vor Mitglieder gibt, denen die ganze Richtung stinkt. Nicht nur bei uns in Mariendorf. Ich kenne auch andere Orts- und Kreisverbände, in denen die Gegner einer Zusammenarbeit ihren Widerstand gegen seine Pläne noch nicht aufgegeben haben. Oder ist dir das entgangen?"

„Keinesfalls. Aber ebenso richtig ist, dass Wolters die Mehrheit im Landesverband hinter sich hat. Was den Rest betrifft, hängt das wahrscheinlich mit der Altersstruktur zusammen. Auch in unserem Verein haftet die Generation Fünfzig plus doch noch sehr am alten Denken. Wer zur Zeit der Wende bereits ein gefestigtes Weltbild hatte, der ist, je nach eigener Prägung, entweder für ostalgische Verklärungen oder für eine

Romantisierung des früheren Westens empfänglicher. Daher umwirbt Wolters auch vorzugsweise die jüngeren Jahrgänge, für die die Storys aus dem Kalten Krieg nur noch so interessant sind wie ein Packen alter Zeitungen."

„Es sei denn, sie wären den DDR-Schönrednern auf den Leim gegangen. Du kennst doch diese Leute, die den Ungerechtigkeiten des kapitalistischen Systems allzu gerne die verlorenen sozialen Errungenschaften im früheren Staat gegenüberstellen. Deren Stimmen werden umso lauter, je stiller es um dessen Opfer wird."

„Na ja, irgendwie stören die notorischen Kommunistenfresser auch den Einheitsgedanken. Solche verstaubten Ressentiments sind nicht sonderlich nützlich. Wie heißt es gleich so schön? Es war nicht alles schlecht in der DDR."

„Den Spruch hast du dir doch nicht etwa angeeignet?"

„Ich zitiere nur. Aber vielleicht ist die menschliche Eigenschaft wirklich nicht so verkehrt, sich die Vergangenheit ein bisschen zum Besseren zurechtzubiegen. Schon mit Rücksicht auf den eigenen Lebenslauf. Wer mit sich selbst im Reinen ist, dem fällt es leichter, nach vorn zu sehen. In der Beurteilung bin ich vollkommen bei Wolters. Wie war das doch gleich noch mal mit der Deutungshoheit über Begriffe und Sichtweisen? Wenn mit Wolters und Hentschel demnächst die Umformulierer die Sprachregelungen vorgeben, dürfte die Bereitschaft, sich mit den Verhältnissen zu Zeiten der Mauer auseinanderzusetzen, bald nur noch auf Sparflamme vor sich hin köcheln. Außerdem erkenne ich in der Politik unseres künftigen Vorsitzenden durchaus den roten Faden. Keiner stört sich daran, dass wir beste Beziehungen zu den zum Kapitalismus konvertierten Kommunisten in Russland und China pflegen. Wenn wir mit denen Geschäfte machen, sehen wir doch auch großzügig darüber hinweg, dass es im Kern die Alten geblieben sind. Sogar ihre Politik betreiben die noch weitgehend mit den alten Methoden. Warum sollten wir dann die Ex-DDR-Eliten im eigenen Land verteufeln, zumal wir demnächst mit ihnen oder mit ihren Nachfolgern regieren wollen?"

„Von wollen kann kaum die Rede sein."

„Die Politik ist kein Wunschkonzert. Wolters hat das neulich in Bärwalds Sendung sehr schön auf den Punkt gebracht. Niemand erwartet, dass die Partner einer Interessengemeinschaft zugleich eine Liebesbeziehung eingehen. Die haben lediglich vereinbart, es zum beiderseitigen Nutzen eine Weile miteinander auszuhalten. Aber angeblich, so wird das jedenfalls oft behauptet, sollen Vernunftehen ja die stabilsten sein."

„Wie kommst du in dem Zusammenhang auf Vernunft? Sieh dir doch das Personal der anderen Seite mal etwas genauer an. Ich habe, gelinde gesagt, meine Zweifel, ob Wolters Vorhaben wirklich bis in die letzte Konsequenz durchdacht ist."

„Immerhin scheinen er und Hentschel gut miteinander zu können. Das wird die Zusammenarbeit erleichtern. Außerdem gibt es in der PfsG inzwischen eine Vielzahl neuer Mitglieder, die mit der geschrotteten DDR nichts mehr zu tun haben."

„Darunter viele alte Bekannte, die uns im Laufe der Zeit davongelaufen sind. Toll finde ich das auch nicht, sich wieder mit Abtrünnigen an einen Tisch zu setzen, die ihre politische Heimat im Stich gelassen haben."

„Geht's noch etwas großspuriger? Das eine oder andere Gesicht dürfte uns von früher her tatsächlich bekannt vorkommen. Und wenn schon. Ein Parteiwechsel ist kein Verbrechen. Ich sehe das positiv. Da findet sich wieder zusammen, was zusammengehört."

„Bist du dir sicher, dass die Bundespartei Wolters den Rücken freihält?"

„Ob unsere Parteioberen über sein Vorpreschen glücklich sind, wage ich zu bezweifeln. Aber Steine werden die ihm auch nicht in den Weg legen. Die Bundesspitze ist doch bereits mit der Formel von der souveränen Entscheidungsgewalt der Landesverbände zu Kreuze gekrochen. Das hört sich auch super an, aber je häufiger die Landesverbände darin einen Freibrief sehen, ihr eigenes Ding zu machen, desto stärker werden sich auch auf Bundesebene die Kräfte durchsetzen, die Gefallen an neuen Machtoptionen finden. Früher oder später, ich denke eher früher, wird die normative Kraft des Faktischen, oder, weniger akademisch ausgedrückt, die Kraft des steten Tropfens, der den Stein höhlt, überall die bisher noch gültigen Positionen aufweichen. Falls du allerdings speziell an Martin Münter denkst, ist der über diese Entwicklung natürlich kreuzunglücklich. Geschenkt. Mir ist zu Ohren gekommen, dass Heidemann schon in den Startlöchern hockt. Der wird dafür sorgen, dass Münter demnächst Glombigs Schicksal teilt. Wenn WiWo in Berlin durchmarschiert, wird Thorsten sein Modell bundesweit kopieren. Die beiden surfen mit ihrem Politikverständnis doch schon lange auf der gleichen Welle. Spätestens wenn Münter dem Druck nicht mehr standhält und ihm Heidemann den Posten wegschnappt brechen alle Dämme."

„Mit noch höherem Risiko."

„Wer wagt, gewinnt. Ausgesprochen dienlich, dass die deutsche Sprache für fast jede Lebenslage eine Spruchweisheit parat hält. Aber als ein bald global operierender Manager sei mir auch ein Zugeständnis an das Zeitalter der Anglizismen gestattet: no risk no fun. Oder in diesem Falle wohl eher no risk no government."

„Dann vergiss nicht die Sprichworte, die vor dem Übermut warnen. Wie auch immer, für mich geht es jetzt erst mal darum, in Mariendorf heil über die Runden zu kommen. Deshalb entschuldige, wenn wir unsere Strategiedebatte an dieser Stelle vertagen. Ich müsste schon längst wieder unterwegs sein. Noch steht die Hälfte meiner Hausbesuche bei den Parteifreunden aus, die ich noch davon überzeugen muss, mit mir die bessere Wahl zu treffen. Da sollte mir Teschner nicht zuvor ins Gehege kommen."

26

Nachdem sich ihre Besucher verabschiedet hatten, war Martha
Reimers sofort eingenickt. Später, am Abend, war sie aber noch
einmal aufgewacht. Seither lag sie fast regungslos in ihrem Bett
und fixierte mit halb offenen Augen einen imaginären Punkt
an der Zimmerdecke. So dazuliegen und die Decke anzustar-
ren, das war ihr in den unzähligen schlaflosen Nächten der letzten Jahre zur Gewohnheit geworden. Sie spürte ihren müder
werdenden Herzschlag und die bleierne Schwere ihres Körpers.
Und während sie dem eigenen Atem lauschte, stürmten im
Halbdunkel des Zimmers wieder all die Gefühle auf sie ein, die
sie in den Abend- und Nachtstunden noch stärker heimsuchten
als am Tage.

Heute war es draußen noch hell, nur die heruntergelassenen
Jalousien und die Vorhänge tauchten den Raum in ein dämm-
riges Licht. Auf dem Tisch am Fenster stand das Abendbrot.
Im Halbschlaf hatte sie das Klappern des Geschirrs beim Her-
eintragen wahrgenommen. Irgendwann hatte sie dann das mo-
notone Ticken des Weckers auf dem Nachttisch aufgeschreckt.
Das erschien ihr heute lauter als sonst. Von Minute zu Minute
wurde es eindringlicher, als wollte ihr die Uhr vorzählen, wie
viel Zeit ihr noch blieb. Ihre ersten Gedanken, seitdem sie wieder wach war, führten sie zurück zum Nachmittag. Es hatte ihr
gutgetan, noch einmal Menschen um sich zu haben, die in ihr
nicht nur den hoffnungslosen Pflegefall sahen, sondern an ihrem Leben, an ihrem zurückliegenden Leben, Anteil nahmen.
Wie erleichtert war sie gewesen, als sie Petra Glombig ihre Aufzeichnungen anvertrauen konnte. Bei dem Gedanken, wie die
junge Frau sich abmühte, die für sie ungewohnte Schrift zu entziffern, stahl sich ein ebenso warmes wie schuldbewusstes Lächeln auf ihr Gesicht. Aber sie dachte auch an Claudia Lutze.
Der jungen Praktikantin verdankte sie es, dass es das überhaupt

336

gab: ihr Vermächtnis.

Zu den zwei Begleitern der jungen Frau Doktor hatte sie auf Anhieb Vertrauen gefasst, obwohl sie Fremden sonst eher mit Vorsicht begegnete. Vielleicht hatte es ja etwas zu bedeuten, dass die beiden Männer, deren Namen sie sich nicht gemerkt hatte, neben Petra Glombig ihre letzten Besucher waren. Ob die sich später noch manchmal an sie erinnerten? Sie spürte jetzt noch deutlicher, dass die Stunde des Abschieds näher rückte. Dafür bedurfte es nicht eigens der Bestätigung durch einen unsensibel laut tickenden Wecker. Sie hatte weder Hunger noch Durst. Später würde die Pflegerin das unangerührte Abendessen wieder hinaustragen, nachdem sie sich zuvor davon überzeugt hatte, dass sie nur schlief und noch nicht tot war. Sie hielt die Augen geschlossen, bis sie wieder allein war. Jetzt wollte sie mit niemand mehr reden. Alles, was sie noch zu sagen hatte, war gesagt. Wenn sie die Tür hinter der Pflegerin ins Schloss fallen hörte, würde sie erneut wie gebannt an die Zimmerdecke starren. Als liefe dort oben ein Film ab, von dem sie keine einzige Sequenz verpassen wollte. Aber es machte auch nichts, wenn ihr nach einiger Zeit die Augen zufielen. Alles, was sie sah, war ohnehin in ihrem Kopf gespeichert. In diesem Kopf war Raum für ein ganzes Leben.

Da stand sie nun, sechzehn Jahre alt, mit ihrem verschlissenen Pappkoffer auf dem Schlesischen Bahnhof in Berlin und studierte den aus einem karierten Oktavheft ausgerissenen Zettel. Auf dem hatte sie in sauberer Schulmädchenhandschrift eine Adresse notiert, die sie nun in dieser einschüchternd großen und lauten Stadt finden musste. Wenn sie überhaupt beachtet wurde, die kleine, etwas verschreckte Landpomeranze aus dem schmutzig grauen Kaff im schlesischen Steinkohlerevier, dann nur, weil sie, noch immer überwältigt von den neuen Eindrücken, den vorbeieilenden Reisenden auf dem Bahnsteig den Weg verstellte. Erst vor wenigen Stunden hatte sie in einer scheinbar anderen Welt von ihrer weinenden Mutter, der jüngeren Schwester und dem wie immer schweigsamen Vater Abschied genommen.

Sie bemerkte, dass ihr Herz schneller schlug, aber sie empfand keine Angst vor dem, was sie in ihrem neuen Leben erwartete. Eher erfüllte sie eine große Portion Neugier. Die mischte sich mit der Hoffnung, eine gute Zeit vor sich zu haben. Ihr klangen noch die begeisterten Berichte ihrer Freundinnen aus dem Heimatort im Ohr, die schon vor ihr *nach Berlin gemacht* und bei feinen Herrschaften *in Stellung gegangen* waren. Die hatten ihr, wenn sie einmal im Jahr für ein paar Tage nach Hause fahren durften, in den höchsten Tönen vorgeschwärmt, wie toll es dort sei, in diesem Berlin. Von ihren Tränen, gespeist aus Heimweh und Einsamkeit, wenn sie nach einem langen und anstrengenden Tag erschöpft ins Bett sanken, hatten sie ihr nichts erzählt. Dienstmädchen aus Schlesien gehörten in jenen Jahren in den Haushalten der besseren Kreise der Hauptstadt zur Standardausstattung. Sie waren so unverzichtbar wie die dicklichen Ammen aus dem Spreewald. Allesamt anspruchsloses und billiges Personal, das reichlich zur Verfügung stand und, obwohl es wenig geschont wurde, nicht dazu neigte, aufzubegehren.

Noch ahnte sie nicht, wie wenig ihre Träume der Wirklichkeit entsprachen. Allerdings fand sie an ihrem Ankunftstag auch nicht die Zeit, mehr als nur einen flüchtigen Gedanken an die Zukunft zu verschwenden. Da stellten sich ihr näherliegendere Fragen. Wie komme ich am schnellsten zum Rüdesheimer Platz? Das war im Augenblick das Wichtigste. Bestimmt wurde sie im noblen Schmargendorf schon erwartet. Natürlich hatte sie niemand vom Bahnhof abgeholt. Dienstmädchen wurden nicht abgeholt. Das musste ihr nicht erklärt werden. Bald darauf lernte sie, dass Dienstmädchen auch nicht mit einer freundlichen Begrüßung rechnen durften.

„Wo hast du dich denn so lange rumgetrieben?" Das war der Willkommensgruß, mit dem sie die Frau des Hauses empfing,

338

als sie die Adresse auf ihrem Zettel nach einigen Irrwegen endlich gefunden hatte. Da schwante ihr zum ersten Mal, dass wohl nicht die erhoffte glückliche Zeit vor ihr lag.

Die in ihren Augen riesige Wohnung ihrer Herrschaft, für die sie nun fast rund um die Uhr zu schuften hatte, beeindruckte sie stark. Bel Etage, davon hatte sie schon gehört, konnte sich bisher aber nur wenig darunter vorstellen. Jetzt hätte sie die Frage, worin sich Reichtum zeigte, nach ihren Maßstäben beantworten können. Sie saugte alles, was sie sah, voller Bewunderung in sich auf: die kostbaren Möbel und Teppiche, das edle Kristall, das blitzende Silber im Speisezimmer. Dieser aufreizend zur Schau gestellte Wohlstand ließ sie ehrfürchtig erzittern, weil sie ihn mit den ärmlichen Verhältnissen verglich, unter denen sie aufgewachsen war. Dafür erschien ihr die Beengtheit des mit einer provisorischen Sperrholzwand von der Speisekammer abgetrennten Kabuffs, das ihr als Schlafstätte zugewiesen wurde, wiederum sehr vertraut. Man hatte darauf geachtet, dass die Lagerfläche der Lebensmittel geräumiger blieb als ihre Unterkunft, die gerade mal Platz für eine schmale Liege bot. Später erfuhr sie von Leidensgefährtinnen in anderen Haushalten, dass die ihre Nächte auf Hängeböden im Flur oder der Küche verbringen mussten und es somit noch schlechter getroffen hatten als sie.

Kaum, dass sie ihren Koffer unter ihre Schlafgelegenheit geschoben und einmal kräftig durchgeatmet hatte, signalisierte ihr bereits die elektrische Klingel, die sie fortan auf Trab hielt und deren schriller Befehlston ihr seither nie wieder aus den Ohren gegangen war, dass die gnädige Frau im Wohnzimmer nach ihr verlangte. Die folgenden Monate wurden für sie zur Tortur. Dienstmädchen, das hatte sie schnell begriffen, besaßen allenfalls auf dem Papier einige wenige Rechte, in der Praxis waren sie rechtlos. Dennoch hielt sie durch. Mit Rücksicht auf ihre Eltern. Denen wollte sie keinen Kummer machen. Die Grenze des Erträglichen war aber auch für sie erreicht, als *die*

Gnädige im Sommer für ein paar Wochen in eines der beliebten
Ostseebäder reiste und der Herr Ministerialrat, der ihr erst später nachfolgen wollte, ihre Dienste nicht nur tagsüber einforderte. Als der feine Herr darauf verfiel, sie nachts in sein Schlaf-
zimmer zu beordern, verweigerte sie zum ersten Mal in diesem
Haushalt den Gehorsam, zog ihren Koffer wieder unter der
Liege hervor, warf wahllos ihren bescheidenen Besitz hinein
und flüchtete noch in der gleichen Stunde Hals über Kopf aus
der Wohnung. Für den Rest der Nacht fand sie im Schlafsaal
der Bahnhofsmission auf dem Schlesischen Bahnhof Asyl. Hier
war sie angekommen, von hier aus wollte sie am nächsten Morgen mit dem ersten Zug zurück nach Waldenburg fahren. Ihr
Geld reichte gerade für eine Fahrkarte dritter Klasse, Holz-
klasse, einfache Fahrt. Vater und Mutter würden schon verstehen, warum sie es im fernen Berlin nicht ausgehalten hatte. Die
Schwestern der Bahnhofsmission waren nett zu ihr. Denen
musste sie auch nicht erklären, warum sie bei ihnen übernach-
tete. Die kannten solche und schlimmere Mädchenschicksale
zur Genüge.

Am nächsten Morgen kam es dann aber wieder mal anders.
Da stieg sie nicht in den Fernzug nach Schlesien, sondern in
die Stadtbahn mit Fahrziel Lichterfelde. Als sie in aller Frühe
frierend auf dem Bahnsteig stand und auf ihren Zug wartete,
traf sie unerwartet auf eine frühere Schulfreundin, die es schon
früher nach Berlin verschlagen hatte und die jetzt ebenfalls auf
dem Weg zurück in die Heimat war. Es kostete sie einige
Mühe, das heulende Mädchen zu verstehen, dessen Bericht
über eine ungewollte Schwangerschaft immer wieder von einem herzzerreißenden Schluchzen unterbrochen wurde. Dabei
erfuhr sie allerdings auch, dass man im bisherigen Haushalt ihrer Freundin nun händeringend nach Ersatz für sie suchte. So
kam es, dass sie sich spontan entschloss, nicht nach Hause zu
reisen. Stattdessen bewarb sie sich schon eine Stunde später um
die freigewordene Stelle, wobei sie vorgab, unmittelbar aus

Schlesien zu kommen, um für ihre Freundin einzuspringen. Die überstürzte Flucht aus den ministerialrätlichen Diensten behielt sie lieber für sich. In den sonst eingezogenen Erkundigungen wäre sie garantiert als eine liederliche Person hingestellt worden, die es mit ihren Pflichten nicht so genau nahm und die sich mir nichts dir nichts aus dem Staub gemacht habe, nachdem sie beim Hausherrn mit ihren schamlosen Avancen abgeblitzt war. Um nicht lange ohne ein neues Mädchen dazustehen, durfte sie auf Probe bleiben. Nicht ohne ihr die Verpflichtung abzunehmen, sich den Anfechtungen junger Mädchen in einer Großstadt entschiedener zu widersetzen als ihre Vorgängerin. Die hatte sich als eine menschliche Enttäuschung erwiesen, als ein ungezügeltes Frauenzimmer ohne Sitte und Moral, mit der Folge, sich nun bald als ledige Mutter der öffentlichen Schande ausgesetzt zu sehen. In dieser Feststellung schwang eine allgemeine Abscheu gegenüber den niederen Schichten mit, bei denen ein höheres moralisches Verständnis wohl ohnehin nicht zu erwarten war.

Mit Ausnahme der Nachstellungen, die ihr hier erspart blieben, erging es ihr bei ihren neuen Arbeitgebern, einem Arzt und seiner blutjungen Frau, die nur wenig älter war als sie selbst, kaum besser. Die junge gnädige Frau fand Gefallen daran, ihre Dienstmagd zu scheuchen, wann immer sie Lust dazu verspürte. Und den Spaß, sie zu drangsalieren, gönnte sie sich häufig. Aber auch diesmal biss sie die Zähne zusammen. Als dem Herrn Doktor im folgenden Jahr die Anstellung in einer mondänen Kurklinik im Schwarzwald angeboten wurde, gab es keine Verwendung mehr für sie und sie wechselte, nun immerhin mit einem passablen Zeugnis, in den nächsten Haushalt. Dort begann die Tretmühle der täglichen Plackerei und der größeren und kleineren Demütigungen dann von vorn. Auch dazu hatte sie in ihren Erinnerungen etwas notiert. Aber das las sich eher wie eine lapidare Feststellung: Wer nie erfahren musste, wie sich ein Mensch fühlt, der tagein tagaus wie ein

Putzlumpen behandelt wird, der soll mir nichts von Menschenwürde erzählen.

Aber eines Tages traf dieses Mädchen aus der schlesischen Provinz in einer nicht mehr ganz sauberen Kittelschürze und mit verheulten Augen auf einen etwas tapsig daherkommenden Bären im Blaumann und mit Werkzeugkoffer, der munter drauflos berlinerte und sich dabei immer wieder die ihm in die Stirn fallenden Haare aus dem Gesicht strich. So sahen sie sich bei ihrer ersten Begegnung. Ihr Herbert und sie. Doch sie sahen noch sehr viel mehr. Sie sahen alles, was Menschen sehen wollen, die gleichermaßen allein waren. Sie erkannte in Herbert Reimers den erträumten Helden, der wie in einem kitschigen Groschenroman herbeigeeilt war, um ihrem Elend ein Ende zu machen. Und er bemerkte, dass sich hinter der traurigen Gestalt in ihrer hässlichen Schürze eine hübsche junge Frau verbarg, die sich nach Nähe und Wärme sehnte.

Später hielt sie es wieder einmal für einen Wink *von oben*, wie sich das damals gefügt hatte. Demnach musste ein höherer Sinn darin gelegen haben, dass sie nach ihrer Flucht aus ihrer ersten Arbeitsstelle doch nicht zu ihren Eltern zurückgekehrt war. So wie es auch nicht nur ein Zufall gewesen sein konnte, dass ihr an einem ganz bestimmten Vormittag ihres Lebens der Auftrag erteilt wurde, den für die Reparatur der zusammengebrochenen elektrischen Leitung herbeibeorderten Handwerker einzuweisen, weil es die Frau des Hauses als unter ihrer Würde betrachtete, den Mann persönlich zu empfangen. Als sich Herbert Reimers nach erledigter Arbeit verabschiedete, hatte die Zeit gereicht, ihm ihr Herz auszuschütten. Was ihr bei keinem Fremden zuvor in den Sinn gekommen wäre, erschien ihr bei diesem gutmütigen Koloss in Arbeitsklamotten wie die selbstverständlichste Sache der Welt. Und bei Herbert Reimers hatte sich nicht nur der männliche Beschützerinstinkt gemeldet, der ihn veranlasste, einem geschundenen Menschenkind eine Schulter zum Anlehnen zu bieten. Bei dem regte sich auch ein starkes

Gefühl des Begehrens.

Zuerst konnte sie es noch gar nicht richtig glauben, dass es wirklich jemand gab, dem sie gefiel. Wer verliebte sich schon in ein Aschenputtel, das in seiner unansehnlichen Dienstbotenuniform so wenig von sich hermachte und sich häufig dafür schämte, nur gut genug dafür zu sein, für andere Leute zu putzen? Dieses Selbstbildnis hatte sich in ihr festgesetzt, weil es ihr täglich neu eingebläut wurde. Doch Herbert Reimers interessierte es nicht, wie andere sie sahen, nicht einmal sie selbst. Er sah in ihr ein wunderschönes Mädchen, das er schon für den gleichen Abend in ein Tanzlokal einlud. Irgendwo in Neukölln war das gewesen. Den Namen des Lokals hatte sie vergessen. Andere Mädchen wurden vielleicht in schickere Lokale ausgeführt. Aber das bescheidene Ambiente und das billige Bier waren ihr egal. Allein dieses Gefühl unendlicher Verliebtheit, das sie in einer bis dahin nicht gekannten Heftigkeit durchströmte, war wichtig. Noch im Alter beschleunigte sich ihr Puls, wenn sie an das erste richtige Rendezvous ihres Lebens zurückdachte. Sie hatten fast ohne Unterbrechung getanzt, hatten sich so eng aneinandergeklammert, als sollte es keiner Macht der Welt gelingen, sie jemals wieder zu trennen. Als sie sich küssten, wussten sie, dass sie von nun an zusammengehörten.

Nach jeder gemeinsamen Nacht begleitete sie die Wärme des Mannes, den sie liebte, auch durch die Trübsal und Kälte ihres Alltags. Sie musste nur an ihn denken, dann tat es ihr weniger weh, tagsüber schlecht behandelt zu werden. Die ihr endlos erscheinenden Stunden des Tages wurden bestimmt von dem ungeduldigen Warten auf die Nacht. Wenn sie sich dann im Bett an ihn schmiegte, lagen alle Verletzungen weit zurück und die kommenden waren noch fern. Seine enge kleine Wohnung in Kreuzberg, Stube und Küche im Hinterhaus, vierte Etage mit Blick auf den Hof, zugänglich über eine ausgetretene, knarrende Holztreppe im spärlich beleuchteten Aufgang, vorbei an den Außenklos auf jedem Treppenabsatz, wurde für sie zum

Inbegriff der Geborgenheit. Auch wenn sie ermattet, noch atemlos und erhitzt von der vorausgegangenen Leidenschaft, nebeneinanderlagen und langsam, fast widerstrebend, in die Realität ihrer Umgebung zurückfanden, blieb ihnen die Gewissheit, dass das, was sie miteinander erlebten, wirklich die ersehnte große Liebe war.

Herbert Reimers war ihr erster Mann gewesen und er blieb der einzige, den es in ihrem Leben gab. Aber noch im Alter, als sie sich nach so vielen Jahren ihre Erinnerungen von der Seele schrieb, weil sie eine nette Sozialarbeiterpraktikantin freundlich aber bestimmt dazu überredet hatte, war sie davon überzeugt, nichts verpasst zu haben. Sicherlich hätte sie noch andere Männer kennengelernt und möglicherweise auch einige von ihnen geliebt, wäre ihr nicht in frühen Jahren ihr Herbert über den Weg gelaufen. Später, in einer anderen Zeit, war sie bei jüngeren Leuten auf Unverständnis, häufig sogar auf Spott gestoßen, so wenig Erfahrungen gesammelt zu haben. Für sie bedeutete es keinen Verzicht, ihrem Herbert treu zu sein. Bald darauf war sie ganz zu ihm gezogen, auch wenn das hieß, noch früher aufzustehen, weil ein weiter Weg durch die Stadt zurückzulegen war, um morgens pünktlich zur Arbeit zu kommen. Ihr Herbert wollte nicht, dass sie sich weiterhin im Haushalt fremder Leute herumschubsen ließ. Aber sie hatte sich durchgesetzt. Sie waren auf das Geld angewiesen. Schließlich wollten sie so bald wie möglich heiraten. Natürlich wünschten sie sich auch Kinder. Sie hatten noch so viel miteinander vor.

Doch dann kamen die Nazis und mit ihnen der Krieg. Und wo Wenige Großes wollen, bleibt kein Raum für die kleinen Träume Vieler. Während man ihren Herbert in eine Uniform steckte und in den folgenden Jahren an verschiedene Fronten transportierte, blieb sie allein zurück. Allein mit der Angst, ihn vielleicht nie wiederzusehen. Einer Angst, die immer quälender wurde, je länger der Krieg dauerte. Später konnte sie mit anderen Frauen, die ebenfalls um ihre Männer und Freunde bangten, über ihre gemeinsamen Gefühle sprechen. Mit ihnen teilte sie sich eine Stube in einer Flakhelferinnenbaracke auf dem Fliegerhorst in Staaken bei Berlin. So wie auch Kinder und Greise herangezogen wurden, ihren Teil zur Verteidigung der Reichshauptstadt beizutragen, gehörten sie jetzt ebenfalls zu diesem letzten Aufgebot zur Rettung des Vaterlandes. Sie taten, was der Gestellungsbefehl von ihnen verlangte, nicht aus Liebe zum Führer, sondern um nicht an der nächsten Laterne zu enden. Hatte sie schon bisher nicht auf der Sonnenseite des Lebens gestanden, musste sie nun, wenn sie die Feuersbrunst über der geschundenen Stadt beobachtete, wieder einmal feststellen, dass alles noch schlimmer kommen konnte. Nur wenn sie mit ihrem Herbert bei dessen immer selteneren Fronturlauben zusammen war und ihre Körper wie ausgehungert nach der langen Zeit der Trennung wieder miteinander verschmolzen, war sie glücklich. Dann empfanden sie ihre Liebe jedes Mal wie ein neues Geschenk. In diesen wenigen Stunden wurde alles um sie herum unwichtig. Nur noch im Schutz ihres kleinen Zimmers fühlten sie sich vor den Grausamkeiten einer Welt sicher, die jeden Tag ein Stück mehr in Schutt und Asche versank.

Als sie heirateten, war ihr gemeinsames Kind schon unterwegs. Mathias sollte es heißen, falls es ein Junge werden sollte. Das hatten sie in ihrer letzten Nacht, bevor Herbert in aller Frühe zurück an die Front musste, noch so vereinbart. Es wurde wirklich ein Junge, dem sie nach schwerer Geburt das Leben schenkte. Fast schien es, als wehrte sich das Kind, ihren schützenden Leib zu verlassen. Als es dann endlich in ihren Armen lag, erklärten ihr die Ärzte, dass sie keine weiteren Kinder mehr bekommen konnte. Aber wenigstens hatte sie jetzt ihn, ihren Mathias. Während seiner ersten Lebensjahre galt sein Vater noch als vermisst. Sie befragte jeden Heimkehrer, der ihr nach Kriegsende über den Weg lief, ob er ihren Mann kenne. Natürlich wandte sie sich auch an das Rote Kreuz, um nach ihm suchen zu lassen. Jeder Tag begann und endete mit der

Hoffnung, ihn endlich wieder in die Arme zu schließen. Er fehlte ihr so sehr. Und sie dankte Gott, als sie erfuhr, dass ihr Herbert noch am Leben war. Irgendwann hatte sie angefangen zu beten und festgestellt, dass es ihr half. Jetzt betete sie für ihren Mann, dass er die Gefangenschaft in einem sibirischen Lager überlebte. Dabei brachte sie die Vorstellung, welchem Martyrium er dort ausgesetzt war, fast um den Verstand. Tagsüber tröstete sie Mathias, der seinem Vater so bemerkenswert ähnlichsah, über ihre Sorgen hinweg. Es war ein aufgewecktes und fröhliches Kind, das gern lachte. Aber dann gab es auch wieder Momente, in denen sie Mathias mit seinen verträumten Augen so unvermittelt ernst ansah, als spürte er, wie sehr seine Mutter litt. Zum Glück, dachte sie, war Mathias in den ersten Wochen nach Kriegsende noch so klein gewesen und hatte tief und fest geschlafen, als die siegreichen Rotarmisten über sie herfielen und ihren Tribut forderten. *Frau, komm.* Dieses gierig kehlige Kommando schreckte sie manchmal noch heute aus dem Schlaf. Dann lag sie für den Rest der Nacht wie versteinert in ihrem Bett. So erstarrt wie damals, als sich die fremden Männer ihrer Beute bemächtigten. Gerade das, was man um jeden Preis vergessen möchte, vergisst man nie, stand dazu in ihren Erinnerungen.

Die Frauen, die nach dem Krieg mit ihr zusammen in den Ruinen malochten, kannten solche Geschichten. Die hatten dieses befehlende *Frau, komm* ihrer Vergewaltiger noch ebenso unauslöschlich in den Ohren wie sie. Gelegentlich, wenn diese Erinnerungen übermächtig wurden, wenn sie ein Ventil öffnen mussten, um den Druck auf ihrer Seele zu mindern, dann sprachen sie darüber, was ihnen angetan worden war. Dann wurden aus Arbeitskolleginnen Leidensgefährtinnen, denen der Staub, der sich auf ihr Gesicht legte, während sie den Mörtel von den Ziegelsteinen klopften, die Tränen trocknete. Jetzt war aus dem herumgeschubsten Dienstmädchen aus Schlesien und der mit harschen Befehlen traktierten Flakhelferin in einer viel zu weiten Uniform also eine Berliner Trümmerfrau geworden. Eine tapfere Frau, die sich für keine noch so schmutzige und schwere Arbeit zu schade war, um sich und ihr Kind durchzubringen. Hart zu arbeiten, ohne viel zu jammern, war sie gewöhnt.

Es verging kein Tag, an dem sie nicht inständig hoffte, dass ihr Herbert aus der Gefangenschaft zurückkehrte. Aber als er dann endlich wieder vor ihr stand, erschrak sie im ersten Augenblick vor der ausgemergelten dürren Gestalt, die sie kraftlos, fast schüchtern, in den Arm nahm. Dabei sah sie in ein Gesicht, in dem sich die Qualen der vergangenen Jahre eingegraben hatten. Das war noch immer der Mann, den sie liebte. Aber es war auch ein Mann, der erst wieder in dieses Leben zurückfinden musste. Wie hätte sie ihn da mit ihren eigenen Verletzungen belasten können. Auch später hatte sie nie darüber gesprochen. Er hatte allerdings auch nie gefragt.

In den ersten Monaten nach Herberts Heimkehr hatten sie sich bei seiner Mutter in Kreuzberg einquartiert. Sie selbst war mit Mathias schon früher zu ihrer Schwiegermutter gezogen, weil ihr Wohnhaus, ein paar Straßenzüge weiter, noch in den letzten Kriegstagen zur Ruine wurde. Die Beschwernis, irgendwo als Untermieter unterzuschlüpfen, teilten sie mit vielen anderen *Ausgebombten*. Immerhin blieb es ihnen erspart, fremden Menschen zur Last zu fallen. Also arrangierte man sich zu viert in Frieda Reimers Einzimmer-Hinterhauswohnung mit Küche und Außenklo. Sie schliefen in der Küche. Es gab Schlimmeres in diesen Jahren. Auch vor dem Krieg hatten sie nicht luxuriös gewohnt. Luxus, oder mindestens das, was sie darunter verstanden, kannten sie nur bei den Leuten, für die sie arbeiteten, mit denen sie sonst aber nichts zu tun hatten. Wie glücklich waren sie gewesen, als sie endlich wieder eine eigene Wohnung beziehen konnten. Nichts Tolles. Zweieinhalb Zimmer in einer vom Krieg verschonten Mietskaserne aus den Gründerjahren in Berlin-Mitte. Seitenflügel, vierte Etage, wiederum mit Blick auf den Hof mit Mülltonnen und Teppichstange, diesmal nicht von hinten, sondern von der Seite. Kein großer Gewinn. Aber wenigstens lebten sie jetzt nicht mehr so beengt. Dass ihre Wohnung im Ostsektor lag, erschien ihnen unerheblich. Anfangs war es das ja auch. Überall in der Stadt mussten sich die Menschen durchkämpfen, egal, in welchem Stadtteil oder in welchem Sektor sie wohnten. Ihnen ging es sogar vergleichsweise gut, nachdem Herbert schon bald darauf eine Arbeit als Elektriker bei den Verkehrsbetrieben gefunden hatte und sich in einem Lehrgang zum Straßenbahnfahrer fortbilden konnte. Erst nach und nach wurde ihnen bewusst, was es hieß, im sowjetisch besetzten Sektor Berlins zu leben, der sich nun Hauptstadt der DDR nannte.

Die Entwicklung, die sich erst langsam, dann aber immer deutlicher abzuzeichnen begann, gefiel ihnen nicht. Sie überlegten schon das eine und andere Mal, in den Westen überzusiedeln. Aber noch einmal alles aufgeben? Das wollten sie dann doch nicht. Außerdem gab es keine Probleme, ihre Freunde und Bekannten in West-Berlin zu besuchen. Das taten sie oft. So wie sie auch in ihrer Wohnung gemeinsam manches Fest feierten. Ab und zu gönnten sie sich einen Kinobesuch am Ku'damm. Alles war möglich. Am Wochenende kam meist Herberts Mutter zu Besuch. Mathias liebte seine Oma. Sie konnten sich einfach nicht dazu entschließen, *drüben* noch einmal neu anzufangen. Aber spätestens nach dem 13. August 1961 bereuten sie ihren Kleinmut. Bis zu diesem Augenblick, nach allem was später geschehen war, lastete ihre damalige Entscheidung, sich einzuigeln, statt im Westen einen Neuanfang zu wagen, wie eine Schuld auf ihr. Eine Schuld, die ihr Mathias gewiss verziehen hätte. Nur sie selbst konnte es nicht.

Sie hatte aufgehört zu zählen, wie oft sie sich seither vorgeworfen hatte, dass Mathias noch leben könnte, wenn sie wie viele andere in den Westen gegangen wären. Hätten sie sich doch nur rechtzeitig in die S- oder U-Bahn gesetzt, um von

Berlin-Mitte nach West-Berlin zu fahren, von einer Welt in die andere. Solange die Grenze noch nicht in Beton gegossen und unpassierbar geworden war. Natürlich, mehr als einen Koffer hätten sie nichts mitnehmen können. Schlimmer wäre gewesen, auch ihre Freunde zurückzulassen. Aber was bedeutete das schon, wenn sie ihrem Jungen damit das Leben gerettet hätten. Sie hatten nicht getan, was sie hätten tun sollen. Ihr Leben wäre anders verlaufen, doch sie waren geblieben. *Hätte, wäre*, welche hoffnungslosen Worte. Zwei kleine Pünktchen über einem Buchstaben machten den Unterschied. Die bestimmten ein Leben. Manchmal entschieden sie sogar über Leben und Tod.

Irgendwann musste Mathias den Gedanken nicht mehr ertragen haben, für den Rest seines Lebens hinter Mauern, Stacheldraht und Minenstreifen eingesperrt zu sein. Da hatte er zusammen mit Babs, seiner Freundin, den Entschluss gefasst, alles zu riskieren. Von hier nach dort waren es nur wenige Meter. Normalerweise die Sache von ein paar Schritten. Aber hier war diese kurze Distanz nicht nur mit einer Entscheidung gegen ein weiteres Leben in Unfreiheit verbunden, hier war die Absicht, eine willkürliche Grenze zu überwinden, auch mit der Gefahr verbunden, auf diesen wenigen Metern zu sterben. Sie wussten, worauf sie sich einließen und nahmen doch ihren ganzen Mut zusammen. Wie stark, dachte Martha Reimers, musste die Sehnsucht dieser beiden jungen Menschen nach Freiheit gewesen sein, um dafür sogar ihr Leben einzusetzen. Wer verstand heute noch, was Freiheit wirklich bedeutete. Da geriet dieser Begriff nur allzu oft zur Phrase, die irgendwie dazugehörte, um einer politischen Rede den letzten Schliff zu geben. Für ihren Sohn war es mehr als nur ein Wort, mehr als ein mit hohlem Pathos aufgebauschter Begriff. Für Mathias war es ein Gefühl, das stärker wog als die Angst. Dieses Gefühl konnte wahrscheinlich wirklich nur verstehen, wer selbst einmal erfahren hatte, was es hieß, in Unfreiheit zu leben.

Wann immer sie ihre Augen schloss, trat sofort wieder dieses eine, alles andere verdrängende Bild hervor. Dann sah sie erneut, wie Mathias sie am Morgen seiner Flucht noch einmal in den Arm nahm, bevor er die Wohnung verließ. Grüß Vater, hatte er noch gesagt. Nur ein versteckter, hastiger Abschiedsgruß zwischen Tür und Angel. Aber in diesem Moment hatte sie gespürt, dass etwas Schlimmes passieren würde. Trotzdem hatte sie ihn nicht aufgehalten. Sie hätte es tun müssen. Wieder ein *hätte*.

Herbert war nach dem Tod seines Sohnes nicht mehr derselbe. Der Kummer überlagerte alle anderen Empfindungen. Sie hatte ihn, der früher so gern alberte, seither nie wieder unbeschwert lachen hören. Wie denn auch? Das Lachen hatten sie beide verlernt. Die gemeinsame Zeit, die ihnen noch blieb, war eine traurige und stille Zeit gewesen. Aber nie zuvor hatten sie sich so sehr gebraucht. Sie mussten auch nicht miteinander reden, um zu wissen, was der Andere dachte und fühlte. Als dann, nicht viel später, Herberts Herz streikte, blieb sie allein zurück. So einsam wie ein Mensch nur sein kann, angefüllt mit unendlich vielen Gedanken, die ihr von nun an Tag für Tag und Nacht für Nacht den Kopf schwermachten. Und es gab Stunden, da dachte sie, sie könnte diese Last nicht mehr ertragen.

Sie empfand sehr deutlich, dass diese Zeit des Schmerzes jetzt zu Ende ging. Es war ihr recht. Das stille Lächeln auf ihrem Gesicht verriet fast so etwas wie Vorfreude. Sie glaubte fest daran, Herbert und Mathias bald wiederzusehen. Irgendwo. Dort, wo sie nie wieder allein war, wo sie nie wieder weinen musste, wo ihr keine menschliche Macht ein Leid zufügen konnte und wo auch ihr endlich einmal Gerechtigkeit widerfuhr. Ihr und ihrer Familie.

Kurz vor Mitternacht schlief Martha Reimers friedlich ein.

27

„Da reißt man sich den Arsch auf, redet sich Fransen ums Maul, tut alles, um die Partei nach vorne zu bringen, dann macht so ein Schwachsinn alles zunichte." So wütend hatte

Hentschel hier noch keiner erlebt. Doch das war erst der Anfang. Mit rot angelaufenem Gesicht und geballten Fäusten tobte er wild gestikulierend weiter. „Seit Monaten tingele ich von einer Veranstaltung zur nächsten, um unserer Partei ein zeitgemäßes Erscheinungsbild zu verpassen. Habe ich den Genossen nicht mit gebetsmühlenartiger Geduld immer wieder eingetrichtert, allein schon den Anschein zu vermeiden, wir wären doch nur ein Sammelbecken der entmachteten DDR-Eliten? Alles vergeblich. Nach dem Auftritt, den einige von uns gestern Abend in Hohenschönhausen hingelegt haben, kann ich meine Bemühungen in den Rauch schreiben. Dieses Spektakel hat doch jedem eine Sternstunde beschert, der uns ohnehin schon als die Partei der Täter beschimpft. Ich frage mich, warum ich ständig die Karre aus dem Dreck ziehen soll, nur um darauf zu warten, dass sich der nächste alte Kämpfer aufgerufen fühlt, mich kurz darauf schon wieder vor aller Welt zum Trottel zu machen."

Noch immer außer sich, sackte er schwer atmend auf den nächsten Stuhl. „Es ist nicht zu fassen. Stümperhaft war das. Absolut parteischädigend." Dabei war der Tag für den frischgebackenen Professor Hentschel bis vor etwa einer Stunde ausgesprochen erfreulich verlaufen. Am Nachmittag hatte es in der HfS eine Hochschullehrerversammlung gegeben, auf der er von Rossner sehr herzlich als willkommene Verstärkung des hauptamtlichen Lehrkörpers begrüßt wurde. Seine wohlformulierte Einstandsrede, der er einen betont wissenschaftlichen Anstrich gegeben hatte, war mit wenigen Ausnahmen, darunter natürlich Holzmann, mit freundlichem Applaus aufgenommen worden. Dass gemeinhin schon mehr in ihm gesehen wurde als nur ein neuer Kollege, auch Rossners Begrüßung enthielt einige in diese Richtung zielende Anspielungen, störte ihn nicht. Er nährte sogar noch die unter den Anwesenden vorherrschende Erwartung, hier bald in anderer Funktion aufzutauchen, indem er sich unter Hinweis auf leider unaufschiebbare politische

Termine bereits vor dem Ende der Versammlung verabschiedete. Auf halbem Weg zu der am frühen Abend angesetzten gemeinsamen Sitzung der PfsG-Abgeordnetenhausfraktion mit dem Landesvorstand der Partei, erwischte ihn dann Wolters Anruf wie eine kalte Dusche.

„Eine Frage, Herr Kollege, Sie kennen doch bestimmt einen gewissen Runge, seines Zeichens General a. D. Ihrer ehemaligen Grenztruppen?" Ohne die Antwort abzuwarten, schickte er sofort einen umfangreichen Katalog weiterer Namen hinterher. „Alles hochdekorierte Militärs oder Leute aus Mielkes Beritt, ehedem selbstverständlich stramme SED-Genossen, die heute in der PfsG ihr Leid über die verlorene ruhmreiche Vergangenheit kurieren. Ein bemerkenswerter Kreis von Rekonvaleszenten, der sich da unter dem schützenden Dach Ihrer Partei zusammengefunden hat. Muss ich schon sagen."

„Also nun mal langsam, Wolters. Erstens waren das nicht *meine* Grenztruppen, zweitens kenne ich keinen Runge, wer auch immer das sein soll, und drittens sagen mir auch die übrigen Namen nichts. Was soll mit denen sein?"

„Das kann ich Ihnen verraten. Diese Armleuchter sind auf dem besten Weg, unsere Zusammenarbeit zu torpedieren. Wir strampeln uns ab, gegen alle möglichen Widerstände etwas aufzubauen, dann kommen Ihre Verfechter der reinen Lehre daher und reißen mit dem Hintern alles wieder ein."

„Jetzt müssen Sie mich nur noch ins Bild setzen, worum es eigentlich geht."

„Erstaunlich, welche Informationen Ihnen offenbar vorenthalten werden. Ich nahm an, Sie wären bereits über den Verlauf der gestrigen Veranstaltung in Hohenschönhausen in Kenntnis gesetzt worden. Eine Gruppe früherer Inhaftierter hatte die Idee, am Ort des Geschehens über ihre Zeit im Stasi-Knast zu berichten. Die waren allem Anschein nach selbst überrascht, wie viele Zuhörer sich an dem Thema immer noch interessiert zeigen. Jedenfalls war der Versammlungsraum bis auf den letzten Platz besetzt. Allein, dass auch Mitglieder meiner Partei zu den Eingeladenen gehörten, wäre schon ärgerlich genug gewesen. Diese Profiopfer setzen ihren permanenten Aufarbeitungszwang doch zugleich auch immer als moralischen Knüppel ein. Und jeder in meiner Partei, der von deren Erzählungen nicht unbeeindruckt bleibt, ist ein unsicherer Kantonist, wenn unsere Koalitionspläne demnächst konkret werden."

"Also noch mal, was ist denn nun tatsächlich in Hohenschönhausen vorgefallen? Sie neigen doch sonst nicht dazu, sich bei jedem Ärgernis zu echauffieren."

"Wahrscheinlich haben Sie noch tief und fest geschlafen, als heute früh das Morgenmagazin ausgestrahlt wurde. Macht nichts. Der Bericht vom Vorabend über den Eklat in der Genslerstraße, so wurde der Beitrag betitelt, dürfte in der heutigen Abendschau, zur besten Sendezeit, noch mal wiederholt werden. Sorgfältig zugeschnitten auf die aufschlussreichsten Passagen. Dafür garantiert schon dieses Schandmaul Hirche, dem ich so unsympathisch bin wie er mir. Ausgerechnet der musste dort mit einem Kamerateam anrücken. In dessen Reportage spielen die besonders makabren Szenen, in denen neben einem pensionierten Vernehmer aus Hohenschönhausen einige weitere Altgediente mit Hohn und Spott über die anwesenden Ex-Häftlinge herzogen, selbstverständlich eine zentrale Rolle. So perfekt, wie sich die alten Herren die Bälle zuspielten, immer abwechselnd, in verteilten Rollen, von Mal zu Mal zynischer, hatte es über weite Strecken des Abends den Anschein, als hätten an diesem Ort wieder die früheren Hausherren das Sagen. Die hatten, unter dem Kommando des besagten Runge, ihr Spektakel so professionell vorbereitet wie in ihrer aktiven Zeit. Nur den absehbaren Bumerangeffekt haben sie außer Acht gelassen. Wie unfassbar dämlich muss jemand sein, eine solche Aktion zu starten, ohne die Folgen zu bedenken? Sogar die Veranstalter waren so perplex, dass sie zunächst gar nicht auf den Affront reagieren konnten. Wie katastrophal dieses Schauspiel bei den übrigen Teilnehmern ankam, überlasse ich Ihrer Fantasie. Nicht zu reden von den Reaktionen der Fernsehzuschauer, die Zeugen des Geschehens wurden. Da konnte Hirche am Schluss sogar auf einen eigenen Kommentar verzichten. Die Bilder und der Originalton sprachen für sich."

„Jetzt verstehe ich Ihre Erregung. Das hätte auf keinen Fall passieren dürfen."

„Ist aber passiert und nicht mehr aus der Welt zu schaffen. Selbst der Versuch einer Schadensbegrenzung dürfte schwer werden. Das Mindeste, was ich von einer künftigen Regierungspartei erwarte, ist eine unmissverständliche Distanzierung. Darin sehe ich Ihre Aufgabe, wenn Sie es sich schon aus Gründen innerparteilicher Rücksichtnahme nicht erlauben können, diese Leute noch vor den Wahlen zusammen mit dem übrigen Sperrmüll der Geschichte zu entsorgen."

„Bei allem Verständnis für Ihren Ärger, Ihre Wortwahl gefällt mir nicht. Die wirkt nur eskalierend. Eine deutliche Klarstellung sollte reichen. Ich werde das gleich in Parteivorstand und Fraktion zum Thema machen." Da saß er jetzt, in der gemeinsamen Arbeitssitzung, und forderte genau diese Erklärung ein.

„Wie, um alles in der Welt, kann man nur auf so eine hirnverbrannte Idee kommen? Ausgerechnet kurz vor den Wahlen. Jetzt, wo endlich wieder Licht am Ende des Tunnels erkennbar ist und eine reale Chance besteht, die künftige Entwicklung maßgeblich mitzugestalten. Hinter diesem Ziel müssen sogar gerechtfertigte Anliegen zurückstehen."

„Dann findest du also auch, dass unsere Genossen in der Sache recht haben?" Das war natürlich wieder mal dieser Bruno Höffner. Der musste unbedingt eine Lanze für den General und seine Begleiter brechen, so wie er sich schon zuvor als Sprecher jener Mitglieder des Parteivorstandes hervorgetan hatte, die Bodo Breitenfelds Lichtenberger Wahlkampfauftritt entschieden gegen die Kritik kleinmütiger Bedenkenträger verteidigten. Auch sonst ließ er keinen Zweifel aufkommen, wie suspekt ihm das anpasserische Verhalten bestimmter Kreise in der Partei gegenüber dem System war. Dabei blickte Höffner selbst auf einen anderen Lebenslauf zurück als die von ihm unterstützten Genossen aus DDR-Zeiten. Seine Wurzeln lagen im Westen. In der Hochzeit des Kalten Krieges gehörte er als Kreisvorsitzender der Neuköllner SEW zu dem versprengten Häufchen West-Berliner Kommunisten, die sich auf der westlichen Seite der Mauer zur Politik ihrer Bruderpartei in der DDR bekannten. Deshalb sah er sich gern in der Rolle des einstmals verfemten Widerständlers, dem unter Hinweis auf seine Biografie nichts wichtiger war, als vor allen kompromisslerischen Tendenzen in den eigenen Reihen zu warnen.

„Es geht hier auch um Grundsatztreue, Genosse Hentschel. Ich kann gut verstehen, dass sich einige mutige Mitglieder unserer Partei einmal Luft verschaffen mussten. Großartig, dass es endlich mal jemand gewagt hat, sich gegen die ständigen verleumderischen Angriffe zur Wehr zu setzen. Eine beispielhafte Aktion wie diese war längst überfällig. Statt überzogener Kritik hätte ich von dir ein Wort der Anerkennung erwartet." Im Anschluss an sein Plädoyer für Runge und die mit ihm verbündeten Hardliner, wollte er nicht darauf verzichten, Hentschels Antwort durch ein ungeduldiges „also, was ist jetzt?" einzufordern.

„Deine Vorliebe für Adjektive, Genosse Höffner, macht die Sache nicht besser. Dabei stimme ich dir in der Zielrichtung sogar zu. Selbstverständlich ist es auf Dauer nicht hinnehmbar, den ewigen Unruhestiftern, die sich in der Öffentlichkeit nur zu gerne als Verfolgte des DDR-Regimes aufspielen, den Alleinvertretungsanspruch für das Geschichtsbild der DDR zu überlassen. Es ist auch nicht zu tadeln, sich für die Rehabilitierung ehemaliger Angehöriger der Sicherheitsorgane, der Justiz oder sonstiger Einrichtungen des Staates und der Partei einzusetzen. Allerdings sollten wir mit den erforderlichen Korrekturen warten, bis wir den Gang der Dinge wieder mitbestimmen.

Wer solche Forderungen zur Unzeit erhebt und ohne Rücksicht auf die Parteiinteressen vor laufenden Fernsehkameras ein demonstratives Bekenntnis zum verlorenen sozialistischen Staat und seinen Werten ablegt, schadet uns mehr, als er uns dient."

Die Abfassung einer entsprechenden Presseerklärung gestaltete sich dann ungeachtet des weiterhin nörgelnden Höffner als reine Formsache. Das war nicht die erste brenzlige Situation, die es geboten erscheinen ließ, ihr kurz darauf eine Klarstellung folgen zu lassen.

Der Landesverband Berlin der PfsG legt Wert auf die Feststellung, dass die missverständlichen Äußerungen einiger Mitglieder unserer Partei auf der gestrigen Veranstaltung in der Gedenkstätte Hohenschönhausen nicht den Auffassungen der PfsG entsprechen. Falls dieser falsche Eindruck entstanden sein sollte, wird das ausdrücklich bedauert.

In Vorstand und Fraktion zweifelte keiner daran, dass die abgewatschten Genossen ihren Anschiss akzeptierten. Welche andere Wahl hätte die Parteiführung denn gehabt, als sich medienwirksam von ihnen abzusetzen? Intern richtete sich die Kritik auch weniger gegen die von ihnen vertretenen Ansichten. Da überwog der Vorwurf, dass sie mit ihrem zeitlich ungeschickten Vorpreschen einen vermeidbaren Flurschaden angerichtet hatten. Aber es bestand auch weitgehend Einigkeit, Runge und seinen Mitstreitern bei späterer Gelegenheit für die von ihnen in schwieriger Zeit bewiesene Standhaftigkeit zu danken.

28

Norbert Teschner spürte, wie nahe Petra Glombig der Tod ihres Schützlings ging, auch wenn er nicht unerwartet eingetreten war und Martha Reimers ihm ohne Furcht entgegensah. Die Stimme der jungen Frau Doktor, wie die alte Frau sie immer genannt hatte, klang gepresst, als sie ihn anrief und ihm mitteilte, dass Martha Reimers in der Nacht nach ihrem Besuch gestorben sei. Still und friedlich wäre sie eingeschlafen. Das hatte ihr die Heimleiterin versichert, wohl auch, um ihr damit etwas Tröstliches zu sagen.

„Ich sehe noch ihr Gesicht vor mir, als wir uns von ihr verabschiedeten, wie sie stumm den Kopf schüttelte, als ich auf Wiedersehen sagte. Wie man das eben so sagt. Weil man die Wahrheit nicht aussprechen möchte. Sie wusste, dass es ein Abschied für immer war. So wie ich es wusste. Offenbar neigen sogar wir Ärzte dazu, den Gedanken an den Tod so weit wie möglich von uns wegzuschieben. Beruflich haben wir gelernt, mit solchen Situationen umzugehen. Doch wenn es um uns selbst geht oder um Menschen, die uns wichtig sind, weil unser Leben ohne sie ärmer wird, sind wir ebenso feige wie die meisten. Und bei Martha Reimers fühlt es sich für mich so an, als hätte ich einen Angehörigen verloren."

Er ahnte, dass ihr dabei einige Tränen übers Gesicht liefen. Zu gerne hätte er die traurige junge Frau in den Arm genommen, um ihr in ihrem Schmerz beizustehen.

„Ich wollte Sie fragen, ob Sie und Ihr Freund Steffens zur Beerdigung kommen. Aber um ehrlich zu sein, ist das eher eine Bitte als eine Frage. Mich deprimiert die Vorstellung, dass das Trauergefolge allein aus mir und der jungen Praktikantin aus dem Altenheim bestehen könnte. Claudia Lutze, die die alten Leute ermutigte, ihre Erinnerungen aufzuschreiben, hat bereits zugesagt. Aber ein paar Menschen mehr sollten es schon sein, die ihr die letzte Ehre erweisen. Sie hätte es verdient."

„Wer, wenn nicht sie. Natürlich komme ich, zusammen mit Steffens. Versprochen. Uns hat lange nichts mehr so berührt, wie die Begegnung mit Martha Reimers. Ich wünschte, wir hätten sie nicht erst ganz am Ende ihres Lebens kennengelernt."

Gleich darauf korrigierte er sich aber noch einmal. „Nein, berührt ist ein falsches Wort. Berührt wird man nur an der Oberfläche. Das ist wie ein flüchtiger Windhauch, von dem man kurz gestreift wird, der aber im nächsten Augenblick schon wieder vergessen ist. Dagegen gehen Martha Reimers

Aufzeichnungen unter die Haut. Die berühren nicht, die hinterlassen Wunden. Nachdem Steffens und ich begonnen haben, uns politisch einzumischen, werden uns ihre Erinnerungen helfen, die richtigen Entscheidungen zu treffen." Petra Glombig schien erleichtert. Gleichzeitig bemerkte er an ihrem Zögern, dass ihr noch mehr auf dem Herzen lag.

„Wir haben über alles Mögliche gesprochen, die Martha Reimers und ich. Es war durchaus nicht so, dass nur ich mich um sie gekümmert habe. Ich habe bald bemerkt, dass ich mehr von ihr zurückbekam, als das, was ich versucht habe, ihr zu geben. Sie gehörte zu den wenigen Menschen, in deren Gesellschaft du dich rundum wohlfühlst. So ein Gefühl kann man nicht erklären. Das ist entweder da – oder nicht. Verstehen Sie, was ich meine?"

"Das verstehe ich sogar sehr gut." Dabei sah er in Gedanken Petra Glombigs Gesicht vor sich. In ihrer Gesellschaft fühlte er sich auch wohl.

"Hin und wieder brauchst du jemand, der dir einfach nur zuhört. Martha Reimers war eine wunderbare Zuhörerin. Bei ihr wusstest du immer, dass sie an dem, was du erzählst, wirklich interessiert ist. Weil sie an dir, als Mensch, interessiert war. Aber sie besaß auch ein untrügliches Gespür, wann es gut ist zu reden und wann es besser ist zu schweigen. Manchmal waren die Pausen in unseren Gesprächen ebenso lang wie unsere Unterhaltung. Aber dieses Schweigen war etwas völlig anderes als ein sinnentleertes sich anschweigen, weil man sich nichts mehr zu sagen hat. Wenn wir *miteinander* schwiegen, blieben wir doch auf eine wortlose Weise weiter im Gespräch. Besonders wenn sie wieder einmal über ihren Sohn gesprochen hatte, blieb es hinterher sehr lange still. Wo eine Plauderei endet und tiefere Gefühle ins Spiel kommen, gibt es Momente, in denen auch das einfühlsamste Wort belanglos erschiene. Weil sich Empfindungen eben nur unvollkommen in Sprache übersetzen lassen. Dann ist es ein Zeichen der Verbundenheit, einfach mal den Mund zu halten."

"Wenn das jetzt nichts bedeutet, diese Sätze von Ihnen zu hören. Als Steffens und ich dieses Thema kürzlich auch schon mal beim Wickel hatten, habe ich versucht, ihm den ganz eigenen Wert des Schweigens verständlich zu machen. Allerdings muss ich zugeben, dass ich das nicht annähernd so gut erklären konnte, wie Ihnen das gerade gelungen ist. Abgesehen davon ist es ein schönes Gefühl, jemand zu kennen, der über vieles so ähnlich denkt wie ich." Dabei überlegte er, ob sie jetzt am anderen Ende der Leitung lächelte.

"Von Martha Reimers habe ich auch erfahren, wie sich das für sie und ihre Familie angefühlt hat, in der DDR zu leben. Diese Berichte waren der authentischste Geschichtsunterricht, den ich je erhalten habe. Offen gesagt hat es mich vorher auch nicht so brennend interessiert, was sich Menschen alles einfallen lassen müssen, um sich mit einem System der Unfreiheit und Bespitzelung zu arrangieren, ohne sich damit selbst aufzugeben oder gar zu dessen Handlanger zu werden. Wie sie es hinbekommen haben, sich innerhalb der herrschenden Verhältnisse eine geschützte kleine Parallelwelt zu schaffen, in die sie sich verkriechen konnten, wenn sie die Schnauze wieder mal voll davon hatten, nur ein fremdbestimmtes Glied eines Kollektivs zu sein und das ewige Loblied auf die Errungenschaften des Sozialismus zu singen. In dieser abgekapselten privaten Welt, in der sie ihr eigentliches Leben lebten, blieben die alltäglichen Zwänge für ein paar Stunden ausgesperrt. Nur da waren sie wirklich frei.

So ähnlich verhielt es sich übrigens auch, wenn wir bei ihr im Altenheim zusammensaßen und in Gedanken die Welt umkrempelten. Dann haben wir uns ausgemalt, wie diese Welt nach unserer Vorstellung aussehen müsste. Und sind nach diesen schönen Ausflügen doch immer wieder in der Realität gelandet. Mein Vater dürfte sich bestätigt fühlen. Trotzdem ist mir seither manches klarer geworden. Nur wir selbst können uns diese andere, bessere Welt schaffen. Jeder für sich, auf seine Weise und mit seinen Möglichkeiten. Und je mehr das versuchen, wird sie eines Tages vielleicht wirklich ein Stückchen besser. Dank Martha Reimers schärfen sich jetzt bei mir sofort alle Sinne, sobald wieder mal irgendein viel gepriesener Guru einen weiteren Anlauf startet, uns die Botschaft einer umfassenden gerechten Ordnung ins Hirn zu blasen. Heute behaupte ich, dass das Ziel einer allgemeingültigen Gerechtigkeit einem falschen Denkansatz folgt. Massentauglich war dieser Plan vom Paradies auf Erden übrigens noch nie. Gerechtigkeit war schon immer etwas sehr Persönliches. Weil sie auch eine Menge mit Charakterstärke zu tun hat, gedeiht sie paradoxerweise besonders in Gesellschaften, die dem Einzelnen das Recht bestreiten, seinem Gewissen einen höheren Rang einzuräumen als einer aufgezwungenen Lehre. Dort sind es gerade diese Wenigen, die sich widersetzen, die ihr einen Inhalt geben. Als politisches Postulat dient sie vorrangig der Propaganda. Das sollte aber kein Freibrief sein, sich gar nicht erst darum zu bemühen, ihr im eigenen Leben einen Platz zu geben."

"Auch darüber habe ich schon häufig mit Steffens diskutiert. Überall, wo positive Begriffe zu plumpen Parolen verhunzt werden, kündigt sich oft deren genaues Gegenteil an. Wie ihre Vorgänger verkürzen auch die immer wieder nachwachsenden Großsprecher Worte zu Schlagworten. Auch den neuen Rattenfängern dienen die Sehnsüchte der Menschen nur als Instrument des Machterwerbs und Machterhalts. Die werben um Vertrauen, inszenieren Kampagnen für Gerechtigkeit, Freiheit und Wahrheit, aber wer ihre Propaganda durchschaut, lernt bald ihre wahre Seite kennen."

"Wobei das im Prinzip alles bekannt ist. Wer wüsste nicht, wie oft Hoffnungen schon missbraucht wurden und wohin eine blindgläubige Gefolgschaft führt. Aber weil die Vergesslichkeit leider ebenso verbreitet ist, wie der menschlichen Lernfähigkeit Grenzen gesetzt sind, kann sich jeder halbwegs gewiefte Scharlatan, der mit den alten Rezepten sein Glück versucht, eine neue Chance ausrechnen. Es interessiert mich, wie Menschen darüber denken, die sich schon einmal einer Gehirnwäsche verweigert haben. Denn in jedem System der Unfreiheit gibt es auch immer eine Minderheit der Unangepassten, die trotz Zwang und Verfolgung an ihrer eigenen Meinung festhalten. Um das herauszufinden, möchte ich eine Veranstaltung ehemaliger Inhaftierter in Hohenschönhausen besuchen, die in der DDR aus politischen Gründen weggesperrt wurden. Es wäre schön, wenn Sie mich dorthin begleiten."

Mit Petra Glombig wäre er überall hingegangen. Er freute sich, dass sie gerade ihn als Begleiter gewählt hatte. Vielleicht sah sie in ihm wirklich mehr als nur einen neuen Bekannten. Jedenfalls hoffte er das. Und so gehörten sie an diesem Abend zu den Augen- und Ohrenzeugen, die unmittelbar miterlebten, wie es einem geschlossenen Block älterer Herren zeitweise gelang, die Veranstaltung zu ihrer Bühne umzufunktionieren.

Zuvor hatten sie sich aber noch einer kleineren Gruppe angeschlossen, die die Gelegenheit nutzte, an einem geführten Rundgang über das Gelände teilzunehmen. „Ich heiße Frank Conrad und kenne mich hier ein bisschen aus." So hatte sich ihnen ihr Lotse durch diese Kulisse einschüchternder Betonmauern mit aufgesetzten Wachttürmen vorgestellt, als er sie hinter dem schweren Eisentor des Haupteingangs in Empfang nahm. Jetzt stieg er ihnen schwer atmend die Treppe voran, die sie aus der Kälte und Dunkelheit des *U-Bootes* wieder ans Tageslicht zurückbrachte.

„Drüben im Neubau zeige ich Ihnen gleich die Zelle, in der ich über ein halbes Jahr das begrenzte Vergnügen hatte, vor meiner regulären Aburteilung eine Vorzugsbehandlung durch die Staatssicherheit zu erfahren. Dann dürfen Sie, wenn Sie so wollen, im Vergleich zu dem, was Sie hier unten gesehen haben, einen Quantensprung in sozialistischer Humanität bewundern. Vielleicht stand diese Errungenschaft damals unter dem Motto: Zu Ehren des bevorstehenden Parteitages der SED bauen wir für die Feinde unseres Staates einen schönen neuen Knast. Solche Steißgeburten der Parteipoesie waren ja damals das Einzige, woran in der DDR kein Mangel herrschte."

Die Teilnehmer dieses Rundgangs atmeten auf, das berüchtigte Kellerverlies hinter sich zu lassen. Wobei sich in die Erleichterung, endlich wieder das Tageslicht zu sehen und die frische Luft zu spüren, das Gefühl mischte, dass in dem unterirdischen Zellentrakt noch etwas von dem Stöhnen der Eingesperrten sowie den Kommandos und den Stiefelschritten ihrer Bewacher an ihr inneres Ohr gedrungen war. Auch der muffige Geruch, der ihnen weiterhin in der Nase steckte, ließ sich nicht so einfach abschütteln.

„Wie haben die Menschen diese Haftbedingungen bloß ausgehalten" wollte Teschner von Conrad wissen. Der kannte solche Fragen, wusste sie aber auch nicht zu beantworten. „Ich vermute, die Qual, in einer Art Gruft dahinzuvegetieren, war für die Betroffenen schon unerträglich genug. Aber dann mussten sie auch noch die Verhöre und die drakonischen Sonderstrafen über sich ergehen lassen. Immerhin hat niemand von ihnen verlangt, sich mit persönlichen Ergebenheitsadressen bei Väterchen Stalin für sein großzügiges Geschenk zu bedanken. Die sowjetische Besatzungsmacht betrieb den Keller bis 1951 noch in Eigenregie. Später wurde er dann den deutschen Genossen vom MfS zur zweckdienlichen Weiterverwendung übergeben. Die Stasi hat das U-Boot dann bis Ende der Fünfzigerjahre zur Inhaftierung vieler Regimegegner genutzt."

„Wie ist es eigentlich zu dem Namen U-Boot gekommen?"

„Soweit bekannt, stammt der von den Häftlingen selbst. Und der hat sie dann ihr restliches Leben verfolgt. Für mich klingt U-Boot als Umschreibung des Grauens, das sie während ihrer Haftzeit in den unterirdischen Zellen erlebten, allerdings zu harmlos. In einem U-Boot wurde meines Wissens nicht gefoltert."

„Bisher hatte ich nur eine vage Vorstellung, was unter Kerkerhaft zu verstehen ist. Heute habe ich zum ersten Mal erfahren, dass es das nicht nur im finstersten Mittelalter oder in anderer Form bei den Nazis gab." Petra Glombig malte sich aus, wie es sich mit der stetigen Angst lebte, vielleicht nie wieder den Himmel zu sehen. Nach dem, was sie von Conrad erfahren hatten, gehörte es zu den erzieherischen Maßnahmen des Personals, kooperationsunwillige Gefangene schon gerne mal für längere Zeit in totaler Finsternis im eiskalten Wasser stehen zu lassen, so lange, bis sie vor Entkräftung umfielen. Keiner, der hier wieder herausgekommen war, hatte dieses Martyrium ohne bleibende körperliche und seelische Schäden überstanden. "Mein Gott, das ist einfach nur unmenschlich." Ungeachtet der wärmenden Sonne, die sie auf dem Weg in den Neubau begleitete, fröstelte Petra Glombig noch immer. So wie auch die übrigen Teilnehmer der Gruppe das Gesehene und Gehörte erst noch verarbeiten mussten.

„Da grenzt es fast schon an ein Wunder, dass Sie das alles überlebt haben."

Conrad schien einen Augenblick lang irritiert, bis er das Missverständnis erkannte. „Nein, wie ich schon sagte, mich betraf das zum Glück nicht mehr. Als ich für eine Weile hinter diesen Mauern verschwand, gab es schon den Neubau. Da bevorzugte man auch bereits, von gelegentlicher Prügel abgesehen, die psychologischen Varianten des Folterns. Ich bekam die Daumenschrauben nur noch in Form der Verhöre zu spüren. Wobei dieses *nur noch* aber nicht zu falschen Schlüssen führen sollte. Auch die nunmehr beliebteren Zermürbungsstrategien zeigten ihre Wirkung. Die Absicht, einen Willen zu zerschlagen erfordert nicht weniger Brutalität als einem Widerspenstigen die Knochen zu brechen."

Unter dem Eindruck des bisher Gesehenen und Gehörten waren die Teilnehmer im weiteren Verlauf der Führung ziemlich einsilbig geworden. Auch Teschner zögerte zunächst, Conrad weitere Fragen zu stellen. Aber nachdem sich ihm heute erstmals die Möglichkeit bot, mit einem direkten Zeugen des Geschehens zu sprechen, wollte er sich dann doch ein genaueres Bild von dem Mann machen, der diesen Ort nicht nur als Besucher kannte. „Was wurde Ihnen denn vorgeworfen, um Sie hier einzusperren?"

„Mehr oder weniger das Übliche. In der DDR gehörte nicht viel dazu, um so eine Einrichtung von innen kennenzulernen. Bei dem einen reichte ein versuchter illegaler Grenzübertritt, also der Wunsch, das Geschehen im Arbeiter- und Bauernstaat lieber von der anderen Seite der Mauer aus zu betrachten, um ihn hinter Gitter zu bringen, bei mir war es eine Anklage wegen staatsfeindlicher Hetze. Es gab eine wahre Flut von Gesetzen, gegen die ein freiheitsliebender Mensch verstoßen konnte."

„Staatsfeindliche Hetze?"

„Übersetzt heißt das, ich wurde eingelocht, weil ich einen kleinen Beitrag geleistet habe, der Wahrheit ein wenig auf die Sprünge zu helfen."

„Das klingt reichlich nebulös."

„Konkret bestand mein Verbrechen darin, dass ich als Student einen in der Humboldt-Universität ausgehängten Aufruf der Parteien der Nationalen Front zur Volkskammerwahl mit dem Wort Wahlfälscher versehen habe. Oder korrigiert. Das trifft es aus meiner Sicht besser. Als ich das Plakat dort hängen sah, juckte es mir einfach höllisch in den Fingern. Also wartete ich ab, bis ich allein auf dem Flur war – und dann musste alles sehr schnell gehen. So schnell, dass meine Schrift auf dem Plakat eher wie eine hastige Krakelei wirkte. Ich hatte nicht den Ehrgeiz, mich als Oppositioneller zu beweisen. Zwar konnte ich mir die eine oder andere Kritik schon vorher nicht verkneifen, aber zum Helden fühlte ich mich wirklich nicht berufen. Es war schließlich ein offenes Geheimnis, was es bedeutete,

Herrn Mielkes fleißigem Kollektiv in die Hände zu fallen."

„Wie kam es dann, dass Sie doch aufflogen?"

„Weil ich nur glaubte, allein auf dem Flur zu sein. Ein folgenschwerer Irrtum. Aber ich war wohl zu naiv, um damit zu rechnen, dass ich schon längst unter Beobachtung stand. Ein Kommilitone hat mich ans Messer geliefert. Einer, der als IM für die Stasi gespitzelt hat. Aber das habe ich erst nach der Wende erfahren, als es die Möglichkeit gab, in der Gauck-Behörde die Akten einzusehen. Von der Uni flog ich noch am gleichen Tag, zeitgleich mit meiner Verhaftung. Wenn auch sonst nichts funktionierte, in solchen Dingen tickte der Staat so zuverlässig wie ein Schweizer Uhrwerk. Nachdem ich verpfiffen worden war, stand meine Verurteilung im Grunde schon fest. Da hätte es des anschließenden Prozesses eigentlich gar nicht mehr bedurft. Auf Hohenschönhausen folgten weitere fünf Jahre, abzusitzen in verschiedenen Haftanstalten der DDR. Auch kein Zuckerschlecken in der Gesellschaft von Schwerverbrechern. Wobei es die Mörder und Vergewaltiger besser getroffen hatten als wir Politischen. Denen blieb immerhin die vorausgehende Spezialbehandlung durch die Stasi erspart. Ursprünglich lautete mein Urteil auf sechs Jahre, aber ein Jahr vor dem Ende der regulären Haftzeit wurde ich von der Bundesrepublik freigekauft. Häftlinge im Austausch gegen Westdevisen zu verhökern war damals ein lukratives Geschäft für den maroden Staat. Die Feinde der Republik als einträgliche Handelsware, als beliebig vermehrbare Verfügungsmasse für den weiteren Aufbau des Sozialismus. Aber wem auf diese Weise weitere Schikanen erspart blieben, dem waren diese Zusammenhänge bis zu seiner Ausbürgerung in den Westen ziemlich egal. Ich war jedenfalls froh, als ich endlich, mit sehr leichtem Gepäck, in West-Berlin angekommen war."

„Kennen Sie den Namen des Spitzels, der Sie denunziert hat?"

„Allerdings. Nach der Wende wollte ich schon wissen, wem

ich es zu verdanken habe, dass alle meine Zukunftspläne zerstört wurden. In meiner Stasi-Akte war nachzulesen, dass ich wegen meiner vereinzelten unliebsamen Äußerungen offenbar schon länger unter Aufsicht stand. Mein Pech, dass ein besonders mieses Schwein von IM auf mich angesetzt worden war. Einer, der sich auf meine Kosten profilieren wollte. Da war meine Aktion mit dem Wahlplakat für dessen Auftraggeber nur noch der gesuchte Anlass, mich für ein paar Jahre aus dem Verkehr zu ziehen. Der Ex-Kommilitone, der ellenlange Berichte über mich verfasste, hat inzwischen im Management eines Energieunternehmens eine steile Karriere hingelegt. Sicherlich auch aufgrund der guten Verbindungen, die er während seines Auslandsstudiums in Moskau geknüpft hat und die ihm heute, wie schon in der DDR, zugutekommen. Solche Kontakte sind nützlich, weil auch unsere Politiker mit den staatlichen russischen Gaslieferanten auf gutem Fuße stehen. Das weiß der Mann natürlich auch, denn als ich ihn zur Rede stellen wollte, hat der mich nur ausgelacht und sich weitere Belästigungen verbeten. So sieht das aus, mit der praktischen Aufarbeitung des DDR-Unrechts. Die Täter sind wieder obenauf, leben unbehelligt von der Vergangenheit und genießen ihr Leben. Vor wem sollten sie sich auch fürchten? Die Politik und Justiz lassen sie unbehelligt, die Allgemeinheit ist an den alten Geschichten wenig interessiert und vor denen, die sie ins Unglück stürzten, müssen sie auch keine Angst haben. Deren Persönlichkeit wurde damals so gründlich zerbrochen, dass den meisten von ihnen bis heute die Kraft fehlt, um ihnen gefährlich zu werden."

Währenddessen hatten sie den Zellentrakt des Neubaus erreicht und standen jetzt vor der Zelle, in der Frank Conrad ein unwiederbringlicher Teil seines Lebens gestohlen wurde.

„Na, im Vergleich zum U-Boot wirkt das hier einigermaßen erträglich" bemerkte ein junger Mann aus der Gruppe ohne böse Absicht. Aber Conrad, dem wohl entfallen war, dass er den Vergleich vorhin selbst gewählt hatte, blaffte ihn gereizt an.

„Hätte dieser Knast dem Strafvollzug normaler Krimineller gedient, könnte ich Ihnen vielleicht sogar zustimmen. Aber wer hier die Zellentür hinter sich ins Schloss fallen hörte, dem konnte nur ein einziges Verbrechen zur Last gelegt werden. Das bestand darin, dass er seine Wut, mehr noch seine aufgestaute Verzweiflung, über die unentrinnbare politische Gängelei nicht länger tatenlos in sich hineinfressen wollte. Der hatte irgendetwas getan, was er tun musste, nur um in diesem Zustand persönlicher Entmündigung nicht verrückt zu werden."

„Schildern Sie uns doch mal, wie sich der Tagesablauf in so einem Gefängnis abgespielt hat." Der junge Mann zeigte sich von Conrads Reaktion unbeeindruckt. Während der Großteil der Gruppe die in solchen Fällen angezeigte Bestürzung erkennen ließ, hatte er sich dem Rundgang mit jugendlicher Unbefangenheit angeschlossen. Alles, was er sah und hörte, empfand auch er als schlimm. Aber vor allem war das etwas, was vor seiner Zeit lag. Damit hatte er nichts zu tun. Als die Mauer fiel, war er gerade mal sechs Jahre alt.

Auch mit dieser Frage hatte er in Conrads Ohren wohl nicht den richtigen Ton getroffen. „Wenn Sie den Unterschied zwischen einem Gefängnis und einem Stasi-Knast nicht erkennen, junger Mann, dann verwechseln Sie die Unterbringung in einem sowjetischen Gulag wahrscheinlich auch mit dem Aufenthalt in einem Ferienlager."

„Falls Sie da was in den falschen Hals bekommen haben, war das nicht meine Absicht. Ich wollte mir wirklich nur ein genaueres Bild von den Haftbedingungen machen." Das klang jetzt doch verärgert. Er konnte verstehen, dass jemand, der diese Scheiße hier durchlebt hatte, auf manche Fragen empfindlich reagierte. Aber für sein ehrliches Interesse wollte er nicht wie ein dummer Junge abgekanzelt werden.

Conrad bemerkte seinen Fehler und ruderte zurück. „Entschuldigung. Aber es gibt Augenblicke, da kocht alles wieder in mir hoch. Ein Stück verlorenen Lebens kann einem schließlich keiner ersetzen. Besonders schlimm wird es, wenn schon jemand mit seiner Wortwahl darauf abzielt, diese Vergangenheit kleinzureden. Und es werden immer mehr, die sie im Vergleich zu anderen Verbrechen der Menschheitsgeschichte als Petitesse abtun. Dann muss ich mich zusammenreißen, damit ich nicht durchdrehe. Für mich waren die Jahre meiner Inhaftierung alles andere als eine Kleinigkeit. Aber Ihnen gegenüber war ich unfair. Wie sollten Sie wissen, dass das Wort Gefängnis in meinen Ohren wie eine bewusste Verharmlosung klingt."

„Danke, wieder was gelernt. In der Schule haben wir eine Menge über die Nazizeit erfahren. Das geht auch in Ordnung. Aber wie übel die DDR mit ihren Gegnern umgesprungen ist, war immer nur ein Randthema. Das wurde allenfalls gestreift, auch weil manche Lehrer lieber einen Bogen darum machten. Deshalb wollte ich mehr darüber erfahren. So war meine Frage zu verstehen."

„Und ich kann mich nur noch mal für meine falsche Reaktion entschuldigen. Im Übrigen beneide ich Sie um Ihre Jugend. Wenn Kinder, die in einer Diktatur geboren werden, das Glück haben, dass so ein System noch während ihrer Kindheit zusammenbricht, dann spricht man gern von der Gnade der späten Geburt. Die Formulierung stammt nicht von mir. Könnte sie aber, denn sie trifft ziemlich genau den Punkt. Seien Sie dankbar, dass es Ihnen erspart geblieben ist, in einem Staat aufzuwachsen, der möglicherweise auch Sie hinter diese Mauern gebracht hätte. Hinter die Mauern hinter der Mauer, wenn man so will."

„Wirklich gut, dass ich noch ein Kind war, als die DDR in den Orkus gespült wurde. Deshalb muss ich mich auch nicht mit der Frage herumschlagen, welches Los mir unter anderen Umständen zugedacht gewesen wäre."

„Also *zugedacht*, das klingt mir ein bisschen zu passiv. Als könnten uns irgendwelche schicksalhaften Mächte, völlig ohne eigenes Zutun, in eine bestimmte Rolle drängen. Wobei ich zugebe, dass ich mich gerade auch wieder dabei ertappt habe, mich mit dieser Redensart von der Gnade der späten Geburt auf ein vermeintliches Schicksal zu berufen. Das liegt einem eben immer als Erstes auf der Zunge. Na ja, im Zusammenhang mit Ihrem Alter, das Ihnen andere Erfahrungen erspart hat, mag das sogar einmal zutreffen. Aber grundsätzlich glaube ich nicht, dass jemand, quasi gezwungenermaßen, zu irgendetwas *gemacht* werden kann. Das gilt für die Täter und in etwas anderer Weise auch für die Opfer. In der Regel bringt doch jeder die entscheidenden Voraussetzungen bereits mit, um sich stärker in die eine oder andere Richtung zu entwickeln."

„Damit ich das jetzt richtig verstehe: Sie sind also der Meinung, dass die äußeren Bedingungen die schon vorhandenen Wesenszüge nur verstärken?"

„Davon bin ich überzeugt. Wer Freude daran hat, andere zu drangsalieren, ist ein natürlicher Verbündeter jedes totalitären Regimes. Wo bekäme er eine bessere Gelegenheit, seine Neigungen ganz legal auszuleben? Zu diesem bestimmenden Kern gesellen sich dann die Feiglinge, die sofort bereitstehen, um sich einer repressiven Obrigkeit als Helfer anzudienen. Die versprechen sich davon, vor eigenen Nachstellungen verschont zu bleiben. Für solche Mitläufer werden wiederum die Friedfertigen zur leichten Beute, die tatsächlich glauben, ein Unrechtssystem mit tränenschweren Appellen oder Lichterketten beeindrucken zu können.

„Wollen Sie damit sagen, die Natur hätte dem Menschen seine Rolle bereits auf den Leib geschrieben? Demnach wäre alles nur eine Frage der angeborenen Eigenschaften, eine Laune der Gene? Was wäre das denn anderes als auch eine Art von Schicksal? Das hieße doch, dass die Opfer auf die eine oder andere Weise ihrer Bestimmung, um das Wort Schicksal mal zu vermeiden, ohnehin nicht entkämen. So wie die Täter ebenfalls nur ihrem Wesen folgten, seien es Machtgelüste, dem Hang zum Quälen, Feigheit oder alles zusammen. Was einem in die Wiege gelegt wurde, daran trägt man keine Schuld. Eine kühne These. Damit stellen ausgerechnet Sie den Tätern einen Persilschein aus."

„Nur dann, wenn Ihre Auslegung in dieser Absolutheit richtig wäre. Tatsächlich sind die Begriffe Täter und Opfer sehr viel komplexer, als sie auf den ersten Blick vermuten lassen."

„Sie machen es einem wirklich nicht leicht."

„Nehmen Sie mich als Beispiel. Ich fühle mich keinesfalls als bloßes Opfer. Nicht etwa, weil ich von regimetreuen Richtern als Täter verurteilt wurde. Oder weil hier in Hohenschönhausen bereits zuvor alles unternommen wurde, um aus mir einen geständigen Täter zu machen. Schon von daher wäre ich, nach Auffassung einer recht- und billigdenkenden Mehrheit, das klassische Opfer. Allerdings ein Opfer, dem es widerstrebt, so genannt zu werden. Wenn man stundenlang allein in einer Zelle vor sich hin brütet, entwickeln sich die verschiedensten Gedanken. Seither definiere ich Täter und Opfer etwas anders als es der gängigen Ansicht entspricht."

„Als was sehen Sie sich denn nun? Etwa doch als Täter? Das Eingeständnis dürfte die Herren von der Stasi freuen. Die könnten sich dann noch nachträglich bestätigt fühlen."

„Vielleicht wird Ihnen meine Sichtweise klarer, wenn Sie an meinen Haftgrund denken."

"Sie sprechen von der Sache mit dem Wahlplakat?"

„Genau. Ein verlogener Aufruf zu einer Wahl, die einem keine Wahl ließ. Was aber nur teilweise stimmt, denn eine Wahl blieb mir doch. Ich hätte wie die meisten einfach an dem Plakat vorbeilaufen können. Oder ich konnte das tun, was ich aus einem inneren Zwang heraus in diesem Augenblick einfach tun musste. Keine Heldentat, aber immerhin ein Zeichen des Protestes. Besser als nichts. Und so lange das dort stand, *Wahlfälscher*, wirkte es für ein paar Minuten wie ein Akt der Befreiung. Hätte ich mich in diesem entscheidenden Moment meines Lebens nur als Opfer gesehen, dann wäre ich passiv geblieben und hätte nicht meinen ganzen Mut zusammengenommen. Bezahlt wurde dann kurz darauf, mit der Herabstufung vom Menschen zur rechtlosen Nummer in Häftlingskleidung."

„War es das wirklich wert?"

„Was glauben Sie, wie oft ich mir diese Frage schon gestellt habe. Immer wieder habe ich mich das gefragt, wenn ich nach endlosen Verhören, am Ende meiner Kräfte, in die Zelle zurückgebracht, öfter noch zurückgeschleppt, wurde. Bis heute überkommt mich häufig die Wut, dass ich mich damals nicht rechtzeitig gebremst habe. Warum konnte ich mich nicht damit begnügen, die Faust in der Tasche zu ballen? Ich wollte doch nie ein Held sein. Aber diese spontane Auflehnung in mir war stärker. Es stimmt, ich habe für einen Augenblick der Entschlossenheit meine Freiheit aufs Spiel gesetzt, auch wenn Freiheit in einem unfreien Land ein relativer Begriff ist. Die Erniedrigungen, die ich an diesem Ort erfahren habe, vergisst man nie. Dennoch verwahre ich mich dagegen, mit dieser Ausschließlichkeit in die Opferrolle gedrängt zu werden."

„Was ist so schlimm daran?"

„Opfer, das klingt in meinen Ohren wie eine zusätzliche Demütigung. Das setzt den Menschen herab, das macht ihn klein. Darin schwingt auch immer ein Stück Geringschätzung, wenn nicht sogar Verachtung mit. Ein Opfer gehört unweigerlich zu den Verlierern. Ich habe mir sagen lassen, dass es heute auf deutschen Schulhöfen zu den schlimmsten Beleidigungen gehört, als Opfer beschimpft zu werden. Das sagt doch schon alles. Dagegen ist es ein Zeichen von Würde, seine Angst zu überwinden und sich auf seine Weise und mit seinen Möglichkeiten zu wehren. Das nennt sich dann Widerstand. Und Widerstand verlangt keinen Heldenmut, es genügt schon, nicht wie ein Kaninchen auf die Schlange zu starren. Das ist aber eher eine grundsätzliche Bemerkung. Die hat nichts mit meiner bescheidenen Aktion zu tun."

„Ich an Ihrer Stelle wäre stolz auf mich. Jetzt verstehe ich auch, warum Sie es nicht dem allgemeinen Sprachgebrauch überlassen wollen, Begriffen eine festgelegte Bedeutung aufzuzwingen. Entscheidend sind die Zusammenhänge und nicht die Schublade, in die einen Außenstehende stecken. Jeder soll selbst darüber bestimmen, wie und als was er sich sieht. Und so, wie Sie das erklärt haben, unterscheiden Sie lieber zwischen einem aktiven Tun und einem passiven Geschehenlassen statt zwischen so fließenden Begriffen wie Täter und Opfer."

„Definitionen sind doch auch nur ein Ausdruck der Gewohnheit. Worin besteht ein Tun oder Unterlassen, so lautet die eigentliche Frage. Beides kann ebenso richtig wie falsch, anständig oder schäbig sein. Demnach macht es wenig Sinn, über Täter oder Opfer allgemeingültige Bewertungen abzugeben. Im Grunde eine schlichte Feststellung. Trotzdem lässt es sich darüber in philosophischen oder semantischen Seminaren trefflich streiten. Wenn Sie wollen, können Sie gerade an meinem Beispiel erkennen, dass ein und dieselbe Person in der Wahrnehmung anderer mal als Täter und mal als Opfer daherkommt. Ich nehme an, das ist sogar die Regel. Abgesehen von den Schlaffis, die es hinnehmen, ihr Leben von anderen bestimmen zu lassen, die sich wegducken, wo sie gefordert wären. Wer an die Stelle von Selbstachtung Selbstmitleid setzt, der macht sich damit selbst zum Opfer. Zum Opfer seines eigenen Kleinmuts. Das sind die wirklichen Verlierer, deren einzige Aktivität darin besteht, die Schlechtigkeit der Welt im Allgemeinen und ihr eigenes Los im Besonderen zu bejammern, obwohl sie durchaus noch die Kraft hätten, ihr Leben in die eigene Hand zu nehmen. Und wären sie nicht so vollkommen auf ihre scheinbare Ohnmacht fixiert, kämen sie vielleicht sogar auf die Idee, denjenigen beizustehen, die inzwischen tatsächlich zu schwach sind, um ihre Gegner in Schach zu halten."

„Verständlich, dass Sie mit solchen Losern nicht in einem

Atemzug genannt werden möchten. Aber den Prototyp des Täters im herkömmlichen Sprachgebrauch, der sich schuldig macht ohne auch nur einen Millimeter von der Überzeugung abzurücken, das Recht auf seiner Seite zu haben, den sollten Sie nicht unterschlagen."

„Wie könnte ich das? Das Personal, von dem ich hier *betreut* wurde, hat mir reichlich Gelegenheit geboten, diesen Tätertyp in voller Entfaltung kennenzulernen. Zum Glück ist das Vergangenheit. Obwohl ich gelegentlich daran zweifle."

„Aus welchem Grund?"

„Weil die, deren Menschenverachtung ich ein paar Jahre studieren konnte, nach der Wende nicht plötzlich vom Erdboden verschwunden sind. Einige davon trumpfen sogar schon wieder frech auf. Natürlich gibt es auch das Gegenmodell. In dem Fall stilisiert man sich nachträglich selbst zum Opfer des Regimes, beklagt die eigene Instrumentalisierung und beruft sich in bekannter Weise auf Befehle. Da haben wir es wieder, dieses Wort – in seiner schillernden Bedeutung. Als hätten es diese merkwürdigen Opfer nicht genossen, sich an Leuten wie mir austoben zu dürfen. Fragen Sie mich nicht, wen ich mehr verachte, die Unbelehrbaren, die ihrer Gesinnung bis heute treu geblieben sind oder die Wendehälse, die sich pro forma von einem Teil ihrer Biografie lossagen, weil der ihre weitere Karriere behindern könnte. Die Antwort fiele mir schwer. Aber es treibt mich um, dass sowohl die einen wie die anderen nach dem Ende der Diktatur so glimpflich davonkamen."

„Immerhin müssen die Schuldigen mit ihrer moralischen Verurteilung leben."

„Du meine Güte, verschonen Sie mich in dem Zusammenhang bitte mit Moral. Oder haben Sie irgendetwas mitbekommen, was auch nur entfernt einer gesellschaftlichen Ächtung der ehemals Verantwortlichen nahekommt? Das wäre mir entgangen. Inzwischen ist es doch fast schon umgekehrt. Da mehren sich ausgerechnet unter diesen politischen Bankrotteuren schon wieder die Stimmen, die sich auf moralische Kategorien berufen. Die wagen sogar die Behauptung, je nach Publikum etwas offener oder etwas versteckter, dass sie schon immer die gerechteren Ziele vertreten haben. Nur leider wären ihre Ideale, von anderen, schlecht umgesetzt worden. Fast schon eine Verpflichtung, in leicht modifizierter Form einen neuen Anlauf zu starten. Die Abgebrühtheit, mit der sich diese Gesinnungsgemeinschaft im Nachhinein auch noch dazu versteigt, die guten Ansätze ihrer Untaten hervorzuheben, ist ein gutes Lehrstück für die Umdeutung von Begriffen. Übrigens sehen Sie die Zeugnisse dieser humanitären Denkungsart direkt vor uns. Die bemessen sich im konkreten Fall auf vier mal zehn Meter."

„Vier mal zehn Meter?"

„Genau." Dabei wies Conrad auf das, nach oben hin offene, zellenartige Konstrukt, das sie soeben erreicht hatten. „Das waren die Maße unserer Freigangs-Zelle. Unserer Verbindung zur Außenwelt. Die nannten wir den Tigerkäfig, weil der Ausschnitt des Himmels auch noch durch Maschendraht eingeengt war. Hier durften wir, immer allein und im Blick der bewaffneten Posten auf der Beobachtungsbrücke, bis zu dreißig Minuten täglich unsere Runden drehen. Ein glücklicher Moment, weit oben einen Vogel fliegen zu sehen. Dann erinnerte man sich daran, was es bedeutete, frei zu sein. Ich war sogar gerührt, als ich in der einen Ecke des Betonkäfigs irgendwann mal einen blühenden Löwenzahn entdeckt habe."

Gleich darauf, nach einem Blick auf seine Armbanduhr, mahnte Conrad zur Eile. „Autsch, die Veranstaltung hat bestimmt schon angefangen." So war es dann auch. Fast alle Stühle im Versammlungsraum waren bereits besetzt, als sie dort eintrafen. Sie fanden aber noch einige freie Plätze in der hintersten Reihe, von denen sich ihnen ein guter Überblick über die vor ihnen liegenden Sitzreihen bot. Vorn am Rednerpult begrüßte der Versammlungsleiter Ulf Ziesche gerade die Anwesenden, unter ihnen auch einige Ehrengäste. Als sein Blick auf ihre verspätet hinzugestoßene Gruppe fiel, ergänzte er seine Aufzählung um einen weiteren Namen.

„Ich freue mich, auch Frau Doktor Glombig als Vertreterin ihres Vaters begrüßen zu dürfen."

Teschner warf ihr einen irritierten Blick zu. „Ich hatte keine Ahnung, dass Sie in offizieller Mission hier sind."

„Die Situation ist auch für mich neu. Leider ist mein Vater wegen gesundheitlicher Probleme verhindert und ich wollte ihm die Bitte nicht abschlagen, für ihn einzuspringen. Auch, weil ihm diese Einladung sehr wichtig war."

Nach der Erwähnung des Namens Glombig schwenkte der neben dem Podium postierte Kameramann des Fernsehteams seine Kamera sofort in ihre Richtung. Gleichzeitig hörten sie den Namen Glombig zum zweiten Mal, als ihn Hirche, der für diese Reportage vor Ort war, halblaut in sein Mikrofon sprach.

„Darauf war ich nicht vorbereitet, als Ihr Begleiter sogar noch ins Fernsehen zu kommen."

„Ich nehme an, für einen künftigen Abgeordneten ist das kein Nachteil. Und was mich betrifft, bekommen meine lieben Kollegen wieder mal genügend Stoff zum Tratschen."

„Hoffentlich ist es Ihnen nicht unangenehm, dass mich jetzt einige für den Mann an Ihrer Seite halten. Für mich ist das ja eher schmeichelhaft." Ihr unverfälschtes, offenes Lachen stimmte ihn froh. Gleichzeitig verpasste sie ihm aber doch noch einen kleinen Dämpfer.

„Neuerdings habe ich sogar zwei Männer an meiner Seite. Sie und Ihren Freund Steffens. Den sollten wir nicht vergessen, auch wenn er heute ausnahmsweise mal nicht dabei ist."

Die Frau, die nicht auf Steffens abfuhr, musste wohl erst noch geboren werden. Aber so schnell wie dieser ernüchternde Gedanke über ihn gekommen war, so schnell verwarf er diesen spontanen Anflug von Eifersucht auch wieder. Wer saß denn jetzt neben Petra Glombig? Sie hatte **ihn** gebeten, sie zu begleiten und nicht Steffens. Wobei er nicht daran zweifelte, dass der ihm dieses seltene Privileg gönnte. Aber jetzt konzentrierte er sich zunächst auf das Geschehen im Saal. Vorne erklärte Ziesche soeben, wie sich das Veranstaltungskomitee den weiteren Ablauf vorstellte.

„Ich schlage vor, wir beginnen mit den Berichten der drei Betroffenen auf dem Podium, die es nach einigem Zögern übernommen haben, über ihre Haftzeit zu sprechen. Wofür ich außerordentlich dankbar bin. Wie Sie sich denken können, geht es dabei um sehr schmerzhafte persönliche Erfahrungen. Anschließend besteht die Möglichkeit, Fragen zu stellen und über das Gehörte zu diskutieren."

Nachdem das Zeremoniell der Begrüßung und die allgemeinen Vorbemerkungen abgearbeitet waren, ergriff zunächst die Frau auf dem Podium das bereitliegende Mikrofon. Sie sprach, wie von der Veranstaltungsregie vorgesehen, von ihrem Platz aus.

„Guten Abend. Ich heiße Jutta Vogel. Wenn ich mich heute, an diesem Ort, mit meinem vollen Namen vorstellen darf, dann ist das für mich nicht selbstverständlich. Während meiner Haftzeit existierte die Jutta Vogel, die Sie jetzt vor sich sehen, nur in ihrer Häftlingsakte. Im täglichen Umgang war ich die Nummer 32. Wer eine Persönlichkeit brechen will, der macht sie zuerst namenlos. Der nummeriert sie. Eine Nummer hat keine Persönlichkeitsrechte. Die hat überhaupt keine Rechte. Wer einen Menschen nummeriert, der stellt ihn auf eine Stufe mit Sachen. Aber Sachen, soweit es sich um zerbrechliches Material handelte, wurden hier schonend behandelt. Darin lag der Unterschied zur Nummer 32, die das Pech hatte, ein Mensch zu sein. Ein entpersönlichter Mensch, für den sich die Mitarbeiter dieser Einrichtung täglich neue Schikanen einfallen ließen, um ihn gefügig zu machen. Und glauben Sie mir, darin waren die sehr erfindungsreich."

Die Frau, die sich nach einem Schluck aus dem Wasserglas erst wieder sammeln musste, war nicht darin geübt, vor einem größeren Publikum zu sprechen. Ihre Stimme wirkte angestrengt, als müsste sie ständig gegen eine innere Hemmung ankämpfen. Wer genau hinhörte, bekam auch etwas von dem unterdrückten Zittern mit, das darin mitschwang. Diese Jutta Vogel gehörte nicht zu den allzeit bereiten Selbstdarstellern, die erst im Licht der Öffentlichkeit richtig aufblühten. Wenn sie ihre Scheu, so ungeschützt im Mittelpunkt zu stehen, dennoch überwunden hatte, dann nur, weil sie es als ihre Pflicht ansah, stellvertretend für andere über ihre Erlebnisse zu berichten. Viele, die Vergleichbares erlitten hatten wie sie und jetzt an ihrer Stelle auf diesem Podium sitzen könnten, besaßen nicht mehr die Kraft, ihren Schmerz in Worte zu fassen. Aber nur wer über das Geschehene sprach, hatte der Tendenz zum Vergessen etwas entgegenzusetzen. Deshalb hielt die ehemalige Nummer 32 jetzt ein Mikrofon in der Hand und sprach mit brüchiger Stimme, mal etwas zu laut, zu überbetont, zu hektisch, wie von der Angst getrieben, einen Satz nicht beenden zu können, dann wieder zu leise, nur schwer verständlich, wie in Gedanken. Es tat so verdammt weh, aber sie redete. Nur darauf kam es an.

„Soll ich Ihnen von den Albträumen berichten, die mich bis heute mit diesem Ort verbinden?" Die beiden Männer neben ihr nickten. Sie kannten dieses fortdauernde Trauma. „Die lassen mich in unzähligen Nächten schweißgebadet aufwachen. Dann spüre ich, wie mein Puls rast und wie meine Kehle trocken wird. Wenn ich mich dann für den Rest der Nacht schlaflos von einer Seite auf die andere wälze, hilft es auch nichts, dass ich mir bewusst bin, zu Hause in meinem Bett zu liegen. In solchen Stunden bin ich wieder die Nummer 32, dröhnen mir wie damals die Stiefelschritte der Wächter draußen auf dem Gang in den Ohren, lässt mich das Quietschen beim Öffnen der Klappe in der Tür, wenn das Essen hereingeschoben wird, zusammenzucken. Diese Geräusche gehen mir so wenig aus dem Kopf wie das Gefühl ständiger Beobachtung durch den

Türspion, egal ob ich mich gerade auszog, mich wusch oder auf dem Klo saß. Natürlich hatte eine Nummer auch keine Intimsphäre."

Je länger Jutta Vogel sprach, desto mehr gewann sie an Sicherheit. Nur noch hin und wieder ging ihr Atem heftiger, so wie jetzt, als sie sich kurz unterbrach um ihre Gedanken neu zu ordnen und anschließend zu dem Teil ihres Berichtes überzuleiten, der sie am stärksten belastete.

„Und dann die Verhöre…, diese schrecklichen, demütigenden Verhöre. Bis heute bin ich mir unschlüssig, was mir mehr zusetzte, die Isolation in der Zelle mit dem endlosen stumpfsinnigen an die Wand starren oder das Ausgeliefertsein im Verhörraum. In der Einsamkeit der Zelle konnte es passieren, dass ich mich sogar danach sehnte, von einem Vernehmer angeschrien zu werden, nur um überhaupt ein Gegenüber zu haben, aber wenn es dann wieder mal so weit war, hätte ich mich lieber in meiner Zelle verkrochen. Schon die vorausgehenden Minuten nahmen etwas von der kommenden Prozedur vorweg. Häufig wurde ich mitten in der Nacht aus dem Halbschlaf gerissen. *Komm'n Se* schrie dann eine Stimme. Und draußen auf dem Gang das Kommando *geh'n Se*. Oder auch *sofort Gesicht zur Wand*. Dann hatte eine der Ampeln gerade auf Rot geschaltet und ich wusste, dass in diesem Moment ebenfalls jemand zum Verhör oder zurück in seine Zelle gebracht wurde. Jemand, der dem gleichen Zerstörungswerk ausgesetzt war wie ich, mit dem ich aber nie einen Blick, geschweige denn ein Wort, wechseln durfte."

Jeder im Raum konnte miterleben, wie die Frau mit sich rang, um zu einer ruhigeren Sprechweise zurückzufinden. „Als sich die Tür des Vernehmungszimmers das erste Mal hinter mir schloss, empfand ich dessen büromäßige Ausstattung im Vergleich zur Kargheit meiner Zelle beinahe als wohnlich. Der Raum war tapeziert und vor dem Fenster hingen sogar Gardinen. Ich erinnere mich an einen Schreibtisch mit einer

Schreibauflage, einem Telefon und einer Lampe. Dahinter stand ein Sessel und quer zum Schreibtisch war ein länglicher Tisch angeordnet, mit zwei Stühlen zu beiden Seiten. An einer Wand befand sich ein Holzschrank, an der gegenüberliegenden Wand einer aus Metall. Jeden einzelnen Gegenstand sehe ich noch heute vor mir, ebenso wie den bräunlichen Linoleumfußboden und die Deckenlampe mit dem kalten Neonlicht. Obwohl sich das alles eher in mein Unterbewusstsein eingeprägt haben muss, denn sobald ich dem Vernehmer gegenübersaß, nahm ich meine Umgebung nur noch schemenhaft wahr. Da kroch in der Nummer 32 langsam und unerbittlich die Angst hoch, bis sie schließlich im Kopf explodierte. Dann sah ich nur noch einen sich öffnenden Mund, aus dem mir die immer gleichen Fragen entgegengeschleudert wurden. So lange, bis ich mir nichts sehnlicher wünschte, als endlich wieder allein in meiner Zelle gegen die Wand zu starren. Jedes Mal, wenn mich diese Zeit wieder einholt, weiß ich, dass ich das damals nur überstanden habe, weil ich daran glaubte, dass diejenigen, die mich quälten, dafür eines Tages zur Rechenschaft gezogen werden. Diese Hoffnung hat mir in meinen schlimmsten Stunden Kraft geschenkt, so wie ich mich heute oft frage, wie ich mich nur so irren konnte."

Jetzt sprach Jutta Vogel flüssig und verständlich. Zugleich wirkte sie aber eigenartig abwesend, wie eine Frau, die sich wunderte, wer da mit ihrer Stimme über ihre Erlebnisse sprach. Während sie sich selbst zuhörte, formten sich hinter ihrer Stirn die Bilder von damals zu einer in die Gegenwart zurückgekehrten Realität. Auf einmal war sie wirklich wieder die Nummer 32, auf die die Fragen ihrer wechselnden Peiniger wie Peitschenhiebe niederprasselten.

„Die Vernehmer, die so ein Häufchen Elend wie mich auf unterschiedliche Weise bearbeiteten, spielten häufig in einer Person abwechselnd den guten und den bösen Cop, nur, dass man dieses Rollenspiel in der DDR natürlich nicht so nannte.

Aber die Grundidee war dieselbe. Mal gaben die den scharfen Hund und traktierten mich auf die brutale Weise. Dann wiederum mimten sie den Verständnisvollen. Damit wurde die Prozedur für sie nie langweilig. Ich musste zu viele Vernehmungen überstehen, um mich noch an jedes Detail zu erinnern."

Nur die letzte Prozedur, die stand ihr noch deutlich vor Augen. Sie war bereits seit mehr als drei Monaten inhaftiert und längst mit ihren Nerven am Ende, als sie wieder einmal mitten in der Nacht mit den üblichen Kommandos von der Pritsche gerissen und in den Vernehmungstrakt geführt wurde. *Komm'n Se, geh'n Se.* Warum die Tür des Verhörraums schallisoliert war, hatte sie schon bei ihrem ersten Verhör verstanden. Da drang nichts von dem Gebrüll nach draußen, mit dem ein Häftling weichgekocht werden sollte. In dieser Nacht war sie ausnahmsweise einmal nicht angeschrien worden. Trotzdem spürte sie von der ersten Minute an, dass der Vernehmer, der sie heute durch den Wolf drehte, diesmal die geforderten Antworten bekäme. Sie hatte keine Kraft mehr. Ihr Widerstand war aufgebraucht.

„Nun hören Sie mal gut zu. Wenn Sie sich weiterhin so starrsinnig zeigen, dann kann ich auch anders, ganz anders." Offenbar hatte der Vernehmer beschlossen, sich heute zunächst in der Rolle des Gnadenlosen zu verwirklichen. „Sie werden sich noch wundern, was ich alles kann. Wenn Sie nicht endlich mit der Wahrheit herausrücken, kommen Sie hier erst wieder als alte Frau raus. Alt und grau. Das ist ein Versprechen." Dabei hatte er den Rauch seiner Zigarette mit angewiderter Miene in ihre Richtung geblasen. Wenig später kam er ihr schon wieder auf die einschmeichelnde Tour. „Aber ich bin sicher, Frau Vogel, Sie wissen, was Sie unserem Staat schuldig sind. Unsere sozialistische Gesellschaft hat schon oft bewiesen, dass sie auch verzeihen kann. Es kommt nur darauf an, reinen Tisch zu machen und zu erkennen, auf welcher Seite man stehen will."

Frau Vogel. Wann hatte sie das zuletzt gehört?

„Es liegt doch auch in Ihrem Interesse, Ihre Situation zu verbessern. Dann beweisen Sie, dass Sie nicht wirklich zu den Feinden unserer Republik gehören. Warum geben Sie nicht zu, was wir ohnehin schon wissen?"

„So ähnlich waren bereits die vorherigen Vernehmungen abgelaufen. Aber diesmal konnte ich nicht mehr. Die ewig gleiche Prozedur drückte mir die Kehle zu, nahm mir den Atem, raubte mir den Verstand. Ich wollte nur noch raus aus diesem Zimmer, zurück in meine Zelle, nichts mehr sehen, nichts mehr hören. Und der Vernehmer, dem ich in dieser Nacht zugeteilt worden war, verstand sein Handwerk. Der erkannte die Anzeichen, die einer Aufgabe vorausgingen. Wenn ich mich bewegte oder sprach, dann wie ein Apparat in der Hand eines Mechanikers, der jede einzelne Schraube kannte, an der er drehen musste. Oder wie ein Werkstück in einem Schraubstock, das so lange bearbeitet wurde, bis es passgerecht funktionierte. Ich war kaum noch in der Lage, klar zu denken. Immerhin bemerkte ich noch die Siegesgewissheit, mit der er mich angrinste. Vielleicht gab es auch unter den Vernehmern von Hohenschönhausen, wie überall in der Republik, einen sozialistischen Wettbewerb. In diesen Nachtstunden sah es sehr danach aus, dass er am nächsten Morgen innerhalb des Kollektivs einen Platz vorrückte.

„Dann wollen wir die Sache jetzt mal ein bisschen abkürzen. Ich habe schon viel zu viel Zeit mit Ihnen verplempert, obwohl die Beweislage eindeutig ist. Sie können sich und mir weitere Begegnungen ersparen, indem Sie das hier unterschreiben."

„Ich weiß nicht, ob Sie das auch schon mal erlebt haben, dieses Gefühl völliger innerer Leere. In diesem Augenblick hätte ich alles unterschrieben, nur um meine Ruhe zu haben. Dann wurde ich, die Nummer 32, in einem früheren Leben einmal Jutta Vogel, von meinem Schemel an den Tisch beordert. Dort lag schon eine eng beschriebene Seite, die Kapitulationsurkunde, und ein Kugelschreiber für mich bereit.

„Unterschreiben Sie das. Genau hier, mit Vor- und Zunamen." Dem folgte ein Klopfen mit dem Zeigefinger auf die vorgesehene Stelle am Ende des Blattes.

„Mir genügte ein flüchtiger Blick auf das maschinenschriftliche Geständnis, um zu erkennen, dass sich an dem Inhalt des Textes seit meiner ersten Vernehmung nichts geändert hatte. Etwas über drei Monate hatte ich widerstanden. Diesmal unterschrieb ich, auch wenn ich wusste, dass ich meine Unterschrift damit unter mein eigenes Urteil setzte. Danach war ich auch offiziell eine überführte Agentin des Klassenfeindes. Eine Kriminelle, die ihrer gerechten Strafe zugeführt werden musste. Bestimmt war der zuständige Genosse auf der Richterbank von Mielkes Ministerium schon instruiert worden, welches Strafmaß für mich erwartet wurde. Aber in diesem Moment war mir alles egal. Wenn nur diese Verhöre endlich aufhörten.

Die Verhöre fanden damit wirklich ein Ende. Aber anschließend musste ich auch noch die Farce des Gerichtsverfahrens über mich ergehen lassen. Dabei hätte mich die Stasi gleich in einem Aufwasch zu den acht Jahren Haft auf Schloss Hoheneck verurteilen können. Davon blieben mir drei Jahre erspart, weil ich das Glück hatte, auf einer Freikaufliste der Bundesrepublik zu stehen. Doch schon die fünf Jahre auf dem Schloss in Sachsen waren mehr, als einem Menschen an Grausamkeit für ein ganzes Leben zugemutet werden dürfen. Aber hier sind wir in Hohenschönhausen und die Hölle von Hoheneck wäre bereits wieder eine andere Geschichte."

„Geht's nicht noch ein bisschen dramatischer? Wenn wir schon einer dieser in Mode gekommenen Märchenstunden beiwohnen, in denen sich rechtskräftig verurteilte Gesetzesbrecher als Geschichtenerzähler versuchen, dann hätte ich natürlich etwas spannendere Gräuelgeschichten erwartet. Das verehrte Publikum möge beachten, dass bei all den Qualen, die diese

Dame angeblich erleiden musste, kein einziger Tropfen Blut geflossen ist. Kein Härchen wurde ihr gekrümmt. Sehr enttäuschend diese Darbietung. Jeder Horrorschinken im Fernsehen ist unterhaltsamer."

Der Zwischenrufer rekelte sich angesichts der von ihm ausgelösten Fassungslosigkeit behaglich auf seinem Stuhl und grinste angriffslustig in die Runde. Jetzt zeigte sich auch, dass der Mann, der alle Blicke auf sich gezogen hatte und seinen Auftritt in vollen Zügen auskostete, nicht allein gekommen war. Soweit reichte sein Mut wohl doch nicht. Er sprach für eine kleine Gruppe von Besuchern, die seiner gelungenen Provokation nun lautstark Beifall zollten. Innerhalb des geschlossenen Blocks der Applaudierenden stach besonders ein grauhaariger älterer Herr mit gestraffter Sitzhaltung ins Auge, der den Umsitzenden mit einem kurzen Kopfnicken seine Zufriedenheit vermittelte. Der General hatte an seiner Freiwilligentruppe, mit der er heute seinen ersten Einsatz bestritt, nichts auszusetzen. Alles Leute mit Mumm und tadelloser Gesinnung, die schon früher den richtigen Ton angeschlagen hatten. Und weil nicht nur das Trio auf dem Podium und der Veranstaltungsleiter, sondern auch die übrigen Anwesenden nach dieser Attacke wie betäubt wirkten, legte ein zweites Mitglied ihrer Formation noch einmal nach.

„Wenn Sie gestatten, ich war auch einer von diesen Vernehmern, deren abscheuliche Methoden soeben zur Sprache kamen. Aber sehen Sie mich an, Sie haben kein blutrünstiges Monster vor sich. Ich bin ein ganz normaler Mensch. Einer, der keine Gewalt mag und sich bemüht, seinen Enkeln ein liebevoller Opa zu sein. Meine Aufgabe bestand nicht darin, Menschen zu quälen. Ich hatte Rechtsbrecher, die gegen die Gesetze unseres Landes verstießen, beweiskräftig zu überführen. So, wie es zu den Aufgaben aller Sicherheitsorgane in jedem Staat der Welt gehört, eine effektive Ermittlungsarbeit zu leisten. Es gab auch keine inhumanen Haftbedingungen, weder hier in Hohenschönhausen noch andernorts in der DDR, nicht in den Einrichtungen der Staatssicherheit und nicht im regulären Vollzug. Wie mein Vorredner schon sagte, sollen diese wüsten Behauptungen doch nur von der objektiven Schuld der Inhaftierten ablenken."

Schon wollte sich der Mann wieder setzen, wohl selbst überrascht, weil der erwartete Protest weiterhin ausblieb, als ihm doch noch ein Argument einfiel, auf das er in diesem Zusammenhang natürlich nicht verzichten konnte. „Ungeachtet einiger schwer nachvollziehbarer Ausnahmefälle hat sich nicht mal die BRD-Justiz zu der Behauptung verstiegen, die Sicherheitsorgane oder die Organe der Rechtspflege der DDR hätten nicht im Rahmen geltenden Rechts gehandelt. Jedenfalls ist bis heute kein Staatsanwalt auf die absurde Idee verfallen, mich oder meine Kollegen wegen unserer früheren beruflichen Tätigkeit anzuklagen. Dafür gab und gibt es schlicht keine Handhabe. Das gilt in gleicher Weise für die Richter, denen von der Dame, die sich hier so peinlich in Szene gesetzt hat, unterstellt wurde, ein bestelltes Urteil gefällt zu haben. Wobei es wiederum nicht so ungewöhnlich ist, dass sich überführte Kriminelle gerne als Unschuldslämmer aufspielen. Aber Unwahrheiten werden durch ständige Wiederholungen nicht glaubwürdiger."

Während die Fernsehkamera das Geschehen mit emotionsloser Objektivität einfing, war von Hirche nichts zu hören. Dem sonst so unentwegten Plauderer hatte es ebenso wie der Mehrheit im Raum die Sprache verschlagen. Jutta Vogel saß wie erstarrt auf ihrem Platz. Auf vieles war sie vorbereitet gewesen, als sie sich darauf einließ, über ihre Zeit in Hohenschönhausen zu berichten. Sie war auch darauf gefasst, dass die nie wirklich verheilten Wunden wieder aufrissen. Aber dass es einer der ehemaligen Vernehmer, ausgerechnet an diesem Ort, wagen könnte, sie als Lügnerin hinzustellen, hätte ihre Vorstellungskraft überstiegen. Auch Ulf Ziesche rang um Fassung. Und als er endlich mit bleichem Gesicht zu einer Erwiderung ansetzte, ließ ihn das Beben in seiner Stimme hilflos erscheinen.

Es gibt Formen der Wut, die es nicht ertragen, zurückgehalten zu werden. Diese Art von Empörung musste sich Luft verschaffen, musste herausgeschrien werden. Das ist ein lauter, ein herausfordernder Zorn, der nur selten seine Wirkung verfehlt, der dem inneren Aufruhr ein Ventil öffnet und Erleichterung verschafft. Daneben gibt es eine andere, schlimmere Wut. Das ist eine Wut, die lähmt, die keine Worte findet, die das Blut gefrieren lässt, die die Kehle zuschnürt. In diesem Augenblick hätte sich Ziesche gewünscht, schreien zu können. Wie gerne hätte er dieser jetzt so selbstzufrieden wirkenden Herrenrunde, die ihren Überraschungscoup erkennbar genoss, seine abgrundtiefe Verachtung entgegengeschleudert. Stattdessen suchte er mühsam nach Worten, die ihm dann auch nur stockend und viel zu leise über die Lippen kamen. Damit animierte er einen Dritten aus der Truppe des Generals, der hinter seinen Kameraden nicht zurückstehen wollte, zu der ironischen Aufforderung, doch bitteschön etwas lauter zu sprechen.

„Juter Mann, mit Ihrer Schnappatmung sind Se kaum zu vastehn. Dit Jeflüster is ja 'ne Zumutung. Wenn Se schon nich daruf verzichten könn', uns jetzt die nächsten Anekdötchen ufzutischen, dann dreh'n Se Ihren Lautsprecher wenigstens mal 'n bisschen uf."

Komm'n Se, geh'n Se, reden Se. Jutta Vogel zuckte erneut zusammen. Da war er wieder, der bellende Tonfall, der ihr bis heute in den Ohren dröhnte, den sie nie aus dem Kopf bekam. Die Sprache von Hohenschönhausen und später von Hoheneck, nur durch den Dialekt an den jeweiligen Haftorten unterscheidbar, mal etwas männlich dunkler, mal etwas weiblich schriller. Die Arroganz ausgelebter Macht, das geile Gefühl, Angst zu verbreiten. Wer dieser Sprache jemals ausgesetzt war, den ließ sie noch Jahre später erzittern. Die war so speziell wie ein Fingerabdruck, der den Sprechenden unzweifelhaft identifizierte. Die brach immer wieder durch, mochte sie sich auch

385

im späteren Leben mit zivileren Umgangsformen tarnen.

In diesem Fall hatte der Zwischenrufer den Bogen überspannt. Es war ein Fehler gewesen, Ziesche über die Schmerzgrenze hinaus zu reizen. Dessen bis eben noch gefesselte stille Wut schlug jetzt tatsächlich in ihre laute Variante um. Die Erregung, die sich bis zum Siedepunkt in ihm aufgestaut hatte, kochte von einem Augenblick zum anderen über.

„Haben Sie denn überhaupt keine Hemmungen? Allein schon Ihre Anwesenheit verrät den puren Zynismus. Woher nehmen Sie diese Niedertracht, gegenüber Menschen, denen es in früherer Zeit nicht erspart geblieben ist, Ihnen in die Hände zu fallen, sogar heute noch einmal nachzutreten? Allerdings heißt es ja auch, dass es Verbrecher geradezu magisch an die Stätten ihrer Verbrechen zurückzieht." Dieser Aufschrei wirkte wie ein überfälliger Akt der Befreiung.

„Jetzt knallen bei Ihnen wohl alle Sicherungen durch? Passen Sie bloß auf, was Sie sagen. Wir haben gute Anwälte." Sogar der General, der sich bisher im Hintergrund gehalten hatte, schnaubte jetzt vor Entrüstung. „Sie sind ein unverschämter Ehrabschneider."

„Fragt sich nur, welche Ehre bei Leuten wie Ihnen verletzbar wäre. Aber ich glaube gern, dass Sie nicht lange nach juristischem Beistand suchen müssen, der Ihnen noch aus früherer Zeit verbunden ist."

„Darauf sollten Sie sich einrichten. Es sei denn, ich höre eine akzeptable Entschuldigung."

„Das fehlte noch, dass ich mich bei Ihnen entschuldige. Aber Sie sind ja darin geschult, Tatsachen auf den Kopf zu stellen. Diese Art von Dialektik haben Sie nicht verlernt. Also hetzen Sie mir ruhig Ihre Anwälte auf den Hals. Ich meine genau, was ich sage. Davon nehme ich kein Wort zurück."

„Dann dürften Ihnen demnächst einige Unannehmlichkeiten ins Haus stehen."

„Schlimmer als die *Unannehmlichkeiten*, die Sie mir schon

mal bereitet haben, kann es kaum kommen. Die Rechtsbeistände Ihres Vertrauens werden es zu schätzen wissen, ihre in vormaligen Tätigkeiten erlangte Kompetenz im Umgang mit unliebsamen Subjekten wieder mal aufzufrischen. Zumal denen eine Mandantschaft, mit der sie so viel Gemeinsames verbindet, sicherlich besonders am Herzen liegt. Vorausgesetzt, ihre Auftraggeber hinreichend solvent, um sie angemessen zu bezahlen. Umsonst ist nichts, nicht mal für ehemalige Genossen. Schließlich haben die früheren Richter, die sich um das sozialistische Recht verdient gemacht haben und die Staatsanwälte, die ihnen nach Absprache mit der Normannenstraße die Vorlagen für ihre Urteile lieferten, längst erkannt, dass es sich, sprudelnde Einnahmequellen vorausgesetzt, auch in einer kapitalistischen Gesellschaft fabelhaft leben lässt.

Aber, um noch mal auf den Vorwurf der Ehrverletzung zurückzukommen, ich fürchte, damit überfordern Sie sogar die Fähigkeiten des skrupellosesten Rechtsverdrehers. Wie sollte der etwas einklagen, was nie vorhanden war?"

„Reden Sie nur weiter. Es zeigt sich immer deutlicher, dass wir zu unserer Zeit die richtigen Leute hinter Schloss und Riegel gebracht haben."

„Schade, dass ich diese Aussage nicht auch für die Zeit nach der Wende übernehmen kann. Dann wäre es uns erspart geblieben, dass eine Abordnung der Ewiggestrigen hier und heute schon wieder so schamlos und ungehindert ihr Maul aufreißt."

"Eine entlarvende Wortwahl. Und was heißt ungehindert? Sie versuchen doch gerade wieder, unsere Meinungsfreiheit zu unterdrücken."

"Sie melden sich nicht nur ungehindert, sondern ebenso ungeniert zurück. Was sich auch damit erklärt, dass uns Deutschen das Talent für Revolutionen fehlt. Wir bleiben immer auf halbem Wege stehen. Damit ich nicht falsch verstanden werde, das mindert nicht meine Hochachtung für den Mut der Menschen, die auf die Straße gingen, um einem ohnehin schon dahinsiechenden System endgültig das Lebenslicht auszublasen. Später wurde dieser Protest dann zur friedlichen Revolution aufgewertet. Wenn schon revoltieren, dann ohne jemand weh zu tun. Ich habe mich lange gefragt, was das eigentlich sein soll, eine friedliche Revolution. Heute kenne ich die Antwort. Bei friedlichen Revolutionen bleiben die Akteure des alten Regimes ungeschoren und gefallen sich darin, ihre früheren Opfer mit dem Recht auf Meinungsfreiheit, das ihnen das neue System garantiert, im Nachhinein auch noch zu verhöhnen. Wie dieser Abend gezeigt hat. Ich nehme an, der Unterschied zwischen einer Revolution im eigentlichen Sinne und dem, was man bei uns die Wende nennt, ist offensichtlich."

In der Gruppe um den General schien man sich zunächst unschlüssig, wer von ihnen diesen schon nicht mehr erwarteten Angriff parieren sollte. Aber dann ergriff Runge selbst noch einmal das Wort. „Wann endlich kapieren auch die letzten Scharfmacher, dass ihnen dieses Gefasel von einem angeblichen DDR-Unrecht nicht einmal mehr hilft, sich wichtig zu machen. Die Mehrheit im Land hat von den Selbstbeweihräucherungen dieser Aufwiegler die Schnauze gestrichen voll."

Die verbale Keilerei des Generals prallte an Ziesche ab. Der hatte sich nach der ersten Verunsicherung wieder gefangen, sah aber, dass Jutta Vogel noch immer regungslos auf ihrem Platz saß. Er fühlte sich schuldig, die Frau in diese Situation gebracht zu haben. Wie viel Überzeugungskraft hatte er aufbieten müssen, um ihr die Zusage abzuringen, sich für diese Veranstaltung zur Verfügung zu stellen. Hätte sie geahnt, worauf sie sich damit einließ, wäre sie seiner Bitte nie gefolgt. Ein energisches Eingreifen war das Mindeste, was sie von ihm erwarten durfte, zumal er die Vorgeschichte ihrer Inhaftierung kannte. Gerade wollte er sein Wissen, durch welche Umstände sie in das Visier der Staatssicherheit geriet, an die Anwesenden weitergeben, als ihm Jutta Vogel überraschenderweise mit einem Griff zu dem vor ihr liegenden Handmikrofon zuvorkam.

„Ich hätte nicht geglaubt, dass es auch etliche Jahre nach dem Ende der DDR noch möglich ist, Menschen, die damals aus politischen Gründen der staatlichen und juristischen Willkür ausgeliefert waren, weiterhin als Rechtsbrecher zu diffamieren. Genau das habe ich mir hier anhören müssen. Nach der Logik derer, die die Gesetze der DDR zum Maßstab erheben, stimmt das sogar. Danach habe ich mich tatsächlich strafbar gemacht. Allerdings wäre dann auch darüber zu reden, wie unausweichlich es in bestimmten Fällen ist, in einem Staat angeklagt und verurteilt zu werden, der eine politische Ideologie zum Gesetz erhebt. Wer sich heute noch auf dessen Rechtsordnung beruft, beweist jedenfalls, dass er nichts dazugelernt hat. Ich muss mich für die Gründe, warum ich gegen alle möglichen Paragrafen verstoßen habe, nicht schämen. Das sollten die tun, die mich dafür jahrelang hinter Gitter gebracht haben."

„Sie sind wohl noch stolz auf Ihre unrühmliche Vergangenheit?" Das war wieder einer aus der Gruppe um den General, die diesen Abend bereits als Einstandserfolg verbuchte, ihrer geschichtlichen Wahrheit eine öffentliche Bühne zu verschaffen. Aber dieser Zwischenrufer wurde jetzt von Ziesche, der seinen Platz am Rednerpult noch nicht verlassen hatte, mit überkippender Stimme angebrüllt. Noch einmal wollte er sich aus dieser Ecke des Raumes nicht in die Defensive drängen lassen.

„Seien Sie doch endlich still. Sonst fliegen Sie hier hochkant raus."

„Aha, das verstehen Sie also unter einer offenen Diskussion. Weil Ihnen die Argumente ausgehen, fällt Ihnen nichts Besseres ein, als unliebsamen Kritikern den Mund zu verbieten und mit dem Rausschmiss zu drohen. Ein merkwürdiges Demokratieverständnis ist das."

„Da beruft sich der Richtige auf die Werte der Demokratie. Zu Ihrer Zeit endete das Eintreten für Meinungsfreiheit in einer der Zellen dieser Einrichtung." Ziesche gab Jutta Vogel ein

Zeichen. „Bitte, Jutta, du hast weiterhin das Wort."

„In einem Punkt geht es mir wie vielen, die meine Erfahrungen teilen. Ich könnte nicht sagen, wen ich schlimmer finde. Solche Bekenner, die heute unter uns sind und die unbeeindruckt von allen Tatsachen dauerhaft davon überzeugt sein werden, auf der richtigen Seite gestanden zu haben. Oder die Mitmacher, die zu allen Zeiten darauf spezialisiert sind, den eigenen Vorteil zu erkennen. Die haben sich auch in der DDR nicht die nächstbeste Nische gesucht, um in Ruhe gelassen zu werden. Diese Hilfswilligen hatten keine Bedenken, ihre Spitzelberichte zu verfassen. Die haben der Stasi nur zu bereitwillig Freunde, Nachbarn, Kollegen, manchmal sogar Familienangehörige ans Messer geliefert. Und nicht wenige dieser Denunzianten heischen heute mit allerlei vorgeschobenen Begründungen um unser Verständnis. Die tun so, als hätte sie das System gegen ihren Willen missbraucht. Dabei waren sie es, die dessen Macht festigten. Aber ich wollte ja über die Gründe meiner Inhaftierung sprechen."

„Damit können Sie loslegen, wenn wir weg sind. Aber glauben Sie nicht, wir wären uns heute zum letzten Mal begegnet."

Auf den nachfolgenden Wink Runges erhoben sich dessen Begleiter und verließen hinter dem General in Marschformation den Raum, wobei einer der Zwischenrufer von vorhin nicht darauf verzichten wollte, sich Jutta Vogel noch einmal in Erinnerung zu rufen. „Damals hab'n Se sich nich so ufjespielt." Dabei unterstrich eine abschätzige Geste, wie wenig ihn das Urteil der Ziesches und Vogels, die das ganze Theater hier veranstalteten, berührte.

Jutta Vogel wirkte auf einmal sehr ruhig. Hatte ihre Stimme anfangs noch gezittert, zeigte sie sich jetzt deutlich entschlossener. Nach diesem Zwischenfall wusste sie nun noch genauer, warum sie heute hier war, was sie sagen wollte – und was sie sagen musste. Weil es wichtig war. Fast so, als führte sie ein Selbstgespräch, setzte sie ihren Vortrag nach einem weiteren

Schluck aus dem Wasserglas fort.

„Ich habe mir oft gewünscht, dass mich die alten Geschichten nicht länger verfolgen."

„Die ollen Kamellen" warf Ziesche ein. „Das ist der Kampfbegriff aller, die von all dem nichts mehr hören wollen."

„Ja, das hört man oft. Natürlich gibt es Gründe, warum die einen in der Vergangenheit schwelgen, manche sich erst jedes Mal neu überwinden müssen darüber zu sprechen und wieder andere nur allzu gerne das Heute und Jetzt beschwören und jeden Blick zurück als eine rückwärtsgewandte Sichtweise abtun. Die wirklich Rückwärtsgewandten haben sich gerade eben zurückgemeldet. Logisch, dass die Profiteure des alten Regimes ihrer großen Zeit bis heute nachtrauern. Für die war ja auch alles in schönster Ordnung, so, wie es gewesen ist. Und es gibt Menschen wie mich, die auch immer noch irgendwie in dieser Vergangenheit leben. Nicht, weil wir das wollen. Im Gegenteil. Ich sehnte mich danach, den Kopf für positivere Gedanken freizubekommen. Es ist nur so, dass das nicht möglich ist. Wer einen Teil seines Lebens unschuldig hinter Gittern verbracht hat, der kann diese Zeit nicht wie eine lästige Episode abschütteln. Dabei bekommen die Zeitgenossen, die uns raten, die Vergangenheit endlich ruhen zu lassen und stattdessen lieber nach vorne zu schauen, immer mehr Zulauf."

An dieser Stelle lachte Ziesche bitter auf. „Stimmt. Das kennen wir. Nach vorne schauen. Das klingt vernünftig, für manche auch vertraut. Es fehlte nur noch, dass die dann ergriffen ihre alte Nationalhymne anstimmen: ... *und der Zukunft zugewandt*. Gleichzeitig isoliert die gewünschte Blickrichtung solche Quälgeister wie uns, die den anderen mit ihrer ermüdenden Erinnerungskultur auf die Nerven gehen. Daraus folgert dann häufig die Aufforderung, das Zurückliegende weniger subjektiv zu beurteilen. So, als dürfte das Opfer eines Gewalttäters nicht unberücksichtigt lassen, dass sein Peiniger immerhin einmal einer alten Frau über die Straße geholfen hat. Und bei all den Differenzierungen und Relativierungen ist dann der Tag nicht mehr fern, an dem den Verantwortlichen, die unser Leben zerstört haben, goldene Brücken gebaut werden."

Auch nachdem Runge mit seinem Gefolge abgezogen war, verspürte Teschner weiterhin einen schalen Geschmack im Mund. Dieses Gefühl des Versagens teilte er mit den meisten Teilnehmern. Wie paralysiert hatten sie auf ihren Stühlen gehockt. Schweigend. Unfähig, dem Spuk ein Ende zu machen. Natürlich hatten die Störer den Überraschungseffekt auf ihrer Seite gehabt, als sie, Schlag auf Schlag, ihre perverse Schau abzogen. Mit deren Erscheinen hatte niemand gerechnet. Aber das entschuldigte nicht die eigene Untätigkeit.

Erst Zieses Kommentar bewegte Teschner zu der Frage, die ihm dazu spontan einfiel. „Was halten Sie in dem Zusammenhang von Wolters Absichten? Der ist doch gerade dabei, genau das zu tun, was Sie eben beklagt haben." Aber an Zieses Stelle antwortete ihm erneut Jutta Vogel, die das Mikrofon noch nicht aus der Hand gelegt hatte. „Leute wie der sind einfach nur schäbig. Die wissen sehr gut, mit wem sie sich einlassen. Aber wer nur noch auf bestimmte Machtoptionen schielt, wem Posten und Pfründe wichtiger sind als Rücksichtnahmen, der hält sich nicht lange mit Fragen des Anstands auf."

Dann wandte sie sich, mit wieder leiser werdender Stimme, so, als dächte sie nur laut nach, an alle Zuhörer. „Vielleicht ruft dieses Machtkalkül anfangs noch das eine oder andere Kopfschütteln hervor, wenngleich die Betonung auf anfangs liegt. Ein kleines Zeichen der Missbilligung ist immer noch besser als überhaupt keine Reaktion. Aber können Sie sich vorstellen, welche Empfindungen diese Politik in Menschen wie mir auslöst? Was uns bitter macht ist nicht allein die Deutlichkeit, mit der man uns zu verstehen gibt, dass wir nicht so wichtig sind, um wahlentscheidend zu sein. Also muss man auch keine Rücksicht auf uns nehmen. Noch stärker als diese Enttäuschung wirkt die Entmutigung. Ändert sich denn nie etwas daran, dass gegen das Gesetz der Opportunität nichts auszurichten ist? Weshalb sich dann überhaupt noch gegen ein Unrecht auflehnen? Warum sich nicht gleich bei den Angepassten einreihen, wenn sich doch bisher stets gezeigt hat, dass die auch später auf der sicheren Seite stehen?"

Nach diesen Fragen schüttelte sie nur stumm den Kopf. Sie erwartete auch keine Antworten. Manche Fragen beantworteten sich von selbst. „Ich bin nicht so blauäugig, um nicht zu erkennen, dass der Erfolg der einen oft zwangsläufig mit der Verletzung anderer einhergeht. Das gehört wohl dazu, um in einem ständigen Konkurrenzkampf nicht vorzeitig auszuscheiden. Doch auch dabei gibt es Grenzen. Wer die überschreitet, der verscherbelt sein Gewissen an den Erfolg. Der bastelt sich seine eigene Moral. Eine, die sich dem Machtwillen unterordnet. Es ist würdelos, aus Gründen politischer Korrektheit Verständnis für Menschen mit meiner Geschichte zu heucheln und gleichzeitig gemeinsame Sache mit denen zu machen, die ihre Schuld oder Mitschuld nie wirklich anerkannt haben."

Petra Glombig applaudierte und alle im Raum schlossen sich an. Nicht einmal ihr Vater hatte Wolters schonungsloser charakterisiert. Dabei dachte sie auch wieder an Martha Reimers. Die hätte noch besser als alle anderen verstanden, was in diesem Moment in Jutta Vogel vorging.

29

Petra Glombig hatte das gemütliche kleine Restaurant in Kreuzberg empfohlen, in dem sie und Teschner sich jetzt gegenübersaßen. Sie kannte den Wirt, einen ehemaligen Kommilitonen, der schon sein Studium mit verschiedenen Kneipenjobs finanziert hatte. Bis er die Medizin an den Nagel hing, um zusammen mit seiner Freundin, deren gesamte Ersparnisse dafür draufgingen, einen eigenen Laden in der Nähe des Viktoriaparks aufzumachen. Das übernommene Inventar war bescheiden. Da mischten sich bunt zusammengewürfelte alte Tische und Stühle der unterschiedlichsten Art. Die Tapeten waren vergilbt und die ausgetretenen Dielen des Fußbodens knarrten bei jedem Schritt. Für eine aufwendige Renovierung hatte das Geld gefehlt. Zunächst wurde die Adresse noch als Geheimtipp gehandelt, doch schon bald avancierte sie zu den angesagteren Locations im Kiez. Seither gab es kaum einen Tag, an dem es hier nicht gerammelt voll war. Dennoch hatte sich an dem Gesamtbild seit der Eröffnung wenig verändert. Das lag auch daran, dass die treuen Stammgäste kein Interesse an einem weiteren aufgemotzten Szenetreff erkennen ließen. Die liebten dieses stilistische Durcheinander, das erst durch seine kunterbunte Unvollkommenheit seinen unverwechselbaren Charme bekam. Außerdem hatte es sich bis in die entferntesten Ecken der Stadt herumgesprochen, dass hier nicht nur das Ambiente abgefahren war. Vor allem lockte das leckere und preiswerte Essen. Letzteres wiederum war das Verdienst des Bruders der jungen Wirtin. Der wollte sein Talent nicht weiterhin als einer von mehreren Köchen in einer Großkantine vergeuden und genoss nun seinen neuen Ruhm als Küchenchef des Restaurants seiner Schwester und seines Beinaheschwagers.

Jetzt waren beide, mit gleicher Hingabe, in die Speisekarte vertieft. Wobei dieser Eindruck täuschte. Tatsächlich kreisten ihre Gedanken weniger um die Frage, was sie bestellen sollten. Sonderbar, dachten sie, dass sich ausgerechnet bei Menschen, die mehr als nur eine allgemeine Sympathie füreinander empfanden, häufig so eine eigenartige Befangenheit einstellte. Plötzlich belasteten sie Hemmungen, die es ihnen schwermachten, offen über ihre Gefühle zu sprechen. Auch nachdem sie ihre Wahl getroffen hatten, beließen sie es bei einem verlegenen Räuspern, während sich ihr Blick an dem ruhigen Schein der Kerze in der Mitte des Tisches, auf halbem Wege zischen ihnen, festmachte. Er hatte sich gefreut, dass sie am Ende der Veranstaltung nicht gleich auseinandergegangen waren. Fast zeitgleich, als er Petra Glombig gerade vorschlagen wollte, anschließend noch gemeinsam essen zu gehen, war sie ihm mit derselben Idee um Sekunden zuvorgekommen. Erkennbar lag ihnen beiden daran, ihr Zusammensein noch etwas zu verlängern. Im Auto, auf dem Weg hierher, hatten sie noch ausführlich über die vorausgegangenen Ereignisse gesprochen. Aber jetzt, nachdem der offizielle Anlass ihres Treffens hinter ihnen lag und sie die Gelegenheit nutzen wollten, sich endlich besser kennenzulernen, schwankten sie zwischen dem Wunsch nach Nähe und der Angst, in dieser besonderen Situation etwas Dummes zu sagen. Vielleicht war deshalb auch wieder diese leichte Distanz zwischen sie getreten, die sie nicht wollten, die sie aber auch nicht verhindern konnten. Jetzt vermassele es bloß nicht wieder, nahm er sich in die Pflicht. Dabei grenzte die Nachdrücklichkeit, mit der er sich diese Absicht einhämmerte, fast an eine Selbstbeschwörung. So wie auch sie über ihren eigenen Schatten springen wollte. Dieser Abend durfte nicht, wie in früheren Fällen, in einem Fiasko enden. Der Wille war da, nun suchten sie nach einem gemeinsamen Weg. Aber unbefangen miteinander zu schweigen, das war das Vorrecht frisch Verliebter. Die verstanden sich auch ohne Worte. Da reichte ein Blick, eine Berührung, eine Geste. Soweit waren sie noch nicht. Ebenso bedurften Menschen, die sich schon eine gefühlte Ewigkeit kannten, nicht vieler Worte. Deren Schweigen konnte ein Zeichen von Innigkeit sein, für ein wortloses und damit ein noch besseres Verstehen. Manchmal bestätigte es aber auch nur die Tatsache, dass es nichts mehr zu sagen gab, weil man sich nichts mehr zu sagen hatte. Dann war es eine Sprachlosigkeit der erloschenen Gefühle.

An ihrem ersten Abend zu zweit wäre Schweigen jedenfalls das Dümmste gewesen, was ihnen einfallen konnte. Wie sonst sollte ein gegenseitiges Entdecken funktionieren, ohne miteinander zu reden, auch wenn sich ein Gespräch, aus dem sich irgendwann der Beweis von Zusammengehörigkeit ergab, erst langsam entwickeln musste. Er erschrak regelrecht, als ihm ausgerechnet jetzt einige der speziellen Lebensweisheiten seines

Freundes Steffens einfielen. Der täte sich in dieser Situation wieder mal leichter als er. Aber so viel glaubte er inzwischen erkannt zu haben, dass Petra Glombig die etwas komplizierteren Charaktere bevorzugte. Das stimmte ihn zuversichtlich, es diesmal besser anzufangen als in der Vergangenheit. Und um zu verhindern, dass sich die zwischenzeitlich aufgekommene Verlegenheit verfestigte, griff er, nach einem Schlenker, der seine Hoffnung bestätigen sollte, zunächst noch einmal ihre im Auto nicht zu Ende geführte Unterhaltung auf.

„Ich stelle mir gerade vor, wie viele Gesprächsthemen Steffens parat hätte, wenn der jetzt an meiner Stelle wäre. Kein sehr schmeichelhafter Gedanke, dass Sie sich mit mir den Langweiligeren von uns als Begleiter ausgesucht haben. Leider gehöre ich nicht zu den beneidenswerten Naturen, die offenbar mit einem Schalter im Kopf ausgestattet wurden, mit dem sich alles Störende und Belastende bei Bedarf ausknipsen lässt. Daher geht mir der Bericht dieser Jutta Vogel noch immer nicht aus dem Sinn."

„Genau deshalb sitzen Sie mir jetzt gegenüber und kein anderer. Sie hatten übrigens recht mit der Bemerkung, dass wir uns in einigen Punkten erstaunlich ähnlich sind. Könnten Sie die Ereignisse von vorhin so ratzfatz von sich wegschieben, wären Sie niemand, in dessen Gesellschaft ich mich besonders wohlfühlte. Allerdings bin ich sicher, dass Steffens auch keiner von dieser oberflächlichen Sorte ist. Sonst wäre er kaum Ihr Freund. Der ist vielleicht im Gegensatz zu Ihnen mit einer etwas dickeren Haut ausgestattet, worin ich eher ein Geschenk als einen Nachteil sehe. Dafür sind Sie der Nachdenklichere. Eine Eigenschaft, die mir im Zweifel noch besser gefällt."

„Danke, dass Sie das sagen. Umso mehr, weil ich weiß, dass ich es anderen mit meiner Art nicht immer leichtmache. Das wäre die weniger attraktive Kehrseite dessen, was Sie mir freundlicherweise als Nachdenklichkeit durchgehen lassen. Vielleicht können Sie mir ja zugutehalten, dass ich meine

Macken immerhin kenne. Im Großen und Ganzen halte ich mich trotzdem für einen relativ vernünftigen Zeitgenossen."

"Eine Spur zu vernünftig, wie mir seit dem Abend bei meinem Vater bekannt ist."

"Hoffentlich sind Sie nicht enttäuscht, dass ich mich auch nicht gleich für jede große Vision begeistern kann. Um der Wahrheit die Ehre zu geben, ich bin sogar erleichtert, dass die Künder einer besseren Welt mit ihrem immer etwas krankhaft wirkenden Sendungsbewusstsein meist schon im Ansatz scheitern. Die Beispiele, wo die ihre Fantasien tatsächlich einmal ausleben konnten, erscheinen im Rückblick doch ziemlich ernüchternd – vorsichtig formuliert."

„Hin und wieder gibt es auch ermutigende Ausnahmen. In einer Welt, die allen Idealen abgeschworen hat, möchte ich nicht leben. Sie kennen meine Einstellung."

„Wobei ich, ebenfalls wie Ihr Vater, lieber von Prinzipien spreche. Auch für mich gibt es Grundsätze, die nicht verhandelbar sind. Ich hasse es, vor den Karren irgendeiner Denkungsart gespannt zu werden. Ich kann und will nicht akzeptieren, dass die Freiheit, sich für oder gegen etwas zu entscheiden, durch autoritäre Besserwisser und Volkserzieher beschnitten wird. In solchen Fällen stehe ich voll auf der Seite der Bedrängten. Deshalb kann ich auch nicht verstehen, wie mich diese Clique militanter DDR-Sympathisanten vorhin so überrumpeln konnte. Mir ist unbegreiflich, warum ich wie festgenagelt auf meinem Stuhl sitzen geblieben bin. Warum bin ich nicht entschieden dazwischen gegangen? Was, verdammt noch mal, hat mich daran gehindert, meinen Hintern hochzubekommen? Diese Fragen gehen mir nicht aus dem Kopf. Und am meisten regt es mich auf, dass ich es verpasst habe, meine Wut zur richtigen Zeit am richtigen Ort abzuladen. Mit der Folge, dass mich der Ärger über die eigene Tatenlosigkeit weiterhin bedrängt und mir jetzt die Leichtigkeit fehlt, unser

Zusammensein einfach nur zu genießen."

„Diese schaurige Inszenierung hat uns doch alle kalt erwischt. Denken Sie, mir geht es anders? Sie sollten sich keine Vorwürfe machen."

„Die kann ich mir aber nicht ersparen. Besonders nicht, nachdem wir anschließend auch noch erfahren haben, aus welchen banalen Gründen Jutta Vogel auf so viele qualvolle Jahre zurückblicken muss."

„Das ist eine dieser Geschichten, die unter die Haut gehen. Unfassbar. Alles nur wegen eines Briefes, den ein Bekannter aus der Bundesrepublik bei der Rückreise für sie über die Grenze schmuggeln sollte. Weil sie hoffte, dass das Schreiben auf diesem Weg seine Adressaten erreicht."

"Darin flehte sie die zuständigen Stellen in der Bundesrepublik an, ihren damaligen Lebensgefährten, der schon vor ihr inhaftiert worden war, auf eine Freikaufliste zu setzen. Dass es so eine Liste gab, war im Osten natürlich ein offenes Geheimnis. Alle Bemühungen, ihrem Partner zu helfen, waren erfolglos verlaufen. Daher hat sie sich in dem Brief offenbar ihre ganze Verzweiflung von der Seele geschrieben. Für ihre späteren Ankläger war sie damit eine Agentin des Klassenfeindes."

„Was sie schon bald darauf zu spüren bekam."

"Zumal ihr Freund den Herrschenden ohnehin ein Dorn im Auge war."

„Der gehörte als Aktivist der Schwerter-zu-Pflugscharren-Bewegung zu jener mutigen Minderheit, die sich auch durch die schlimmsten Repressalien nicht einschüchtern ließ, Staat und Partei herauszufordern. Wer sich auf diese Weise unbeliebt machte, hatte damals auf Schritt und Tritt die Straßenköter von der Stasi an den Fersen."

"Eine Spezialzüchtung, die überall in der DDR prächtig gedieh. Nicht selten in der Gestalt vermeintlich guter Freunde. Die liefen an der unsichtbaren Leine ihrer Halter in der Berliner Normannenstraße und bedienten für ein paar

Vergünstigungen deren unersättlichen Appetit auf Informationen. Und sobald die ordinären Straßenköter genug Belastungsmaterial aufgespürt hatten, hetzte man in Lichtenberg die Bluthunde los und ließ sie zuschnappen."

"Allenfalls wurde noch toleriert, wenn sich der Ärger genervter Hausfrauen am fehlenden Angebot im örtlichen Konsum entzündete."

"Daher behaupten einige Schönredner bis heute, in der DDR durfte jeder frei seine Meinung sagen. Dabei standen alle, die ihr gelegentliches Dampfablassen nicht auf die unleugbaren Missstände des Alltags beschränkten, bereits mit einem Fuß im Knast."

„Logisch, dass das Treiben der jungen Leute, die der staatlichen Bevormundung entflohen, mit besonderem Argwohn beobachtet wurde. Diese Bürgerrechtler im besten Sinne des Wortes hatten unter dem Dach der Kirche damit begonnen, offen für ihre Vorstellungen von einer freiheitlicheren Gesellschaft zu werben."

„Die verstanden unter Demokratie das krasse Gegenteil von dem, was sie nach dem Willen der Machthaber darunter verstehen sollten. Denen war natürlich jeder verdächtig, der ihren auf Parteitagen und bei Aufmärschen gepflegten Spruchbandhumanismus mit der Wirklichkeit verglich. Wenn sich mit einem totalitären System überhaupt etwas Positives verbinden lässt, dann ist es die Tatsache, dass sich überall dort, wo die Mehrheit den Herrschenden nach dem Munde redet, oder bestenfalls die Schnauze hält, immer noch mehr Menschen mit Rückgrat finden, als es für Außenstehende auf den ersten Blick erkennbar ist."

„Aber selbstverständlich wäre die DDR nicht die DDR gewesen, hätte sie die aufkeimende Opposition nicht genau im Visier gehabt. Und weil der Staat an jedem Ort der Republik seine Augen und Ohren hatte, tummelten sich die Spitzel längst auch in den Gemeindehäusern."

„Nicht nur an der Kirchenbasis, wie wir heute wissen. Ich nehme an, dass einem Konsistorialpräsidenten nicht nur aus formellen Gründen ein Stasiorden überreicht wurde."

„Also ein bisschen naiv war diese Jutta Vogel schon. Sie hätte besser darauf verzichtet, einen Pfarrer über den geplanten Freundschaftsdienst ins Vertrauen zu ziehen."

„Und dieser Schweinepriester mit Stasi-Identität hatte nichts Eiligeres zu tun, als seine Auftraggeber über die beabsichtigte Briefaktion zu informieren."

„Ich warte nur darauf, dass uns die verbliebenen DDR-Nostalgiker ihren früheren Staat auch noch als perfekte Informationsgesellschaft schmackhaft machen wollen. Der wusste das Kapital gesammelter Informationen schließlich schon lange vor dem Datenkraken Google zu schätzen."

"Nur, dass die Datensammelwut neueren Datums in einem Geben und Nehmen besteht. Dagegen floss die Ausbeute dieses Heers informeller Mitarbeiter nur in eine Richtung und in verschlossene Akten. Manche dieser Zuträger, mit denen der Apparat in Berlin-Lichtenberg das Land wie ein Spinnennetz überzog, wurden nach der Wende enttarnt, aber viele blieben bis heute unentdeckt."

„Wobei einige der Enttarnten heute schon wieder munter mitmischen, von der Vielzahl der bisher Unentdeckten nicht zu reden."

„Warum sollten sie sich auch zurückhalten? Oder gar Ansätze von Scham zeigen? All die Facetten menschlicher Gemeinheit, denen die Denunzierten ausgeliefert waren, blieben den Spitzeln und ihren Auftraggebern doch erspart. Jedenfalls hatte der vaterländische Einsatz des geistlichen Herrn sehr unangenehme Folgen für Jutta Vogels Bekannten aus dem Westen. Der wurde bei seiner Ausreise an der Grenze abgefangen, gefilzt und stundenlangen Verhören ausgesetzt."

"Immerhin kam der Mann nach seiner Sonderbehandlung

durch die staatlichen Organe wieder frei. Aber der war in diesem Fall auch eher von geringerem Interesse. Wer von den Bewachern des Arbeiter- und Bauernstaates mal so richtig auseinandergenommen wurde, der verspürte ohnehin wenig Lust, seinen Fuß noch einmal auf den Boden der DDR zu setzen. Zurück im Westen waren seine Erfahrungen dann eine unmissverständliche Warnung an alle, die ebenfalls daran dachten, den oppositionellen Kräften im Lande auf irgendeine Weise zu helfen. Die wussten dann noch besser, was ihnen dort blühte. Wichtiger war Jutta Vogels Brief, den man ihm abnahm."

"Folglich blieb deren Hilferuf ungehört und die Verfasserin saß schon wenig später in einem dieser äußerlich unauffälligen Barkas-Transporter mit Fahrziel Hohenschönhausen. Wobei sie natürlich nicht wusste, welches Ziel der graue Kastenwagen mit den eingebauten Minizellen ansteuerte. Aber sie konnte es sich denken."

„Nach allem, was wir heute wieder gehört haben, können wir uns glücklich schätzen, dass wir in West-Berlin geboren wurden und nicht einige Straßen weiter im Ostteil der Stadt."

„Es gibt eben nicht nur die Gnade, zur richtigen Zeit zur Welt zu kommen. Der richtige Ort ist mindestens ebenso entscheidend."

„Ist das nicht verrückt? Manchmal bestimmen nur ein paar Meter, wenige Schritte vor oder hinter einer Grenze, den Lebensweg."

In diesem Moment fiel es Teschner wie Schuppen von den Augen. Plötzlich war jede Scheu verflogen, genau das zu sagen, was er schon die ganze Zeit über sagen wollte. „Das mit dem Glück, der Grenze und den wenigen Schritten sind übrigens gute Stichworte. Im Leben ist es nämlich nicht nur manchmal, sondern fast immer entscheidend, ein paar Schritte auf einen anderen zuzugehen, um sein Glück zu finden. Und ich war mir noch nie so sicher, dass ich endlich den Menschen getroffen habe, mit dem ich viele Grenzen überwinden könnte."

Sie hatte sein Aufatmen bemerkt und belohnte seinen Mut, indem ihre Hand sachte seinen Arm berührte. „Das geht mir auch so, Norbert."

Wie sehr hatte er gehofft, nicht noch einmal, wie so oft in der Vergangenheit, den richtigen Augenblick zu verpassen. Allein, weil er zu lange nach ein paar klugen Worten suchte. Er hatte viel Zeit vertan, um zu verstehen, dass Gefühle keiner intellektuellen Glanzleistungen bedurften. Die waren völlig uneitel und verlangten kein großes Brimborium. Das Einzige, worauf es ankam, war Ehrlichkeit. Und mit großer Erleichterung spürte er, dass Petra, die Frau, die ihm jetzt gegenübersaß, nicht an der Aufrichtigkeit seiner Gefühle zweifelte.

Ab sofort spielten die Flops der Vergangenheit keine Rolle mehr. Wenn es überhaupt noch einen Sinn machte, die zurückliegenden Beziehungen mit ihren unerfüllt gebliebenen Erwartungen nicht gleich aus dem Gedächtnis zu tilgen, dann dienten sie nur noch der Absicht, keine Enttäuschungen mehr zuzulassen. Was heute begann, durfte nicht scheitern. Dazu gehörte auch die unausgesprochene Übereinkunft, an diesem Abend keinen Gedanken an eine fernere Zukunft zu verschwenden. Ihre Zukunft begann in diesen Minuten. Die waren zu kostbar, um die alten Fehler zu wiederholen.

„Bei mir hat es auch etwas länger gedauert, einem wie dir über den Weg zu laufen. Was soll's? Wichtig ist doch nur, dass es passiert ist. Lass uns versuchen, etwas daraus zu machen." Ihm schien es, als hätte sie seine Gedanken gelesen. Als wäre er einem anderen Menschen nie näher gewesen als in dieser Stunde und an diesem Ort.

Es gibt Momente, auf die ein Mensch ein Leben lang wartet. Häufig wartet er auch vergeblich. In solchen Fällen stirbt die Hoffnung nicht von einem Tag zum nächsten. Sie verliert sich über die Jahre. Und so langsam und unmerklich wie die Hoffnung zerrinnt, verflüchtigt sich auch der Schmerz über das

Unerreichte. Was bleibt, ist eine unerfüllte Sehnsucht, das Gefühl einer Traurigkeit, die irgendwann zur Normalität wird. Die bleibt zwar spürbar, ist dabei aber schon so vertraut, als gehörte sie ganz selbstverständlich dazu. Teschner hatte geglaubt, diese Schwelle von der Hoffnung zu einem schulterzuckenden Arrangement mit der Wirklichkeit schon lange überschritten zu haben. Bis heute, bis gerade eben. Er hatte sich geirrt – und war noch nie im Leben so froh über einen Irrtum gewesen. In dieser Stunde fiel die kaum noch wahrgenommene Resignation von ihm ab und die Leere füllte sich mit einem nicht mehr erwarteten Glück. Plötzlich fühlte er sich wieder jung. Nichts war verloren. Alles war wieder möglich.

30

Allmählich kam der Wahlkampf in die Gänge. Zwar war das Stadtbild noch nicht flächendeckend mit den mehr oder weniger einfallslosen Plakaten zugemüllt, doch die ersten Flyer mit den recycelten Versprechungen der letzten Wahlen verstopften bereits die Briefkästen. Obwohl diese Papierflut mehr Ärger als Interesse hervorrief, nahm ihr Ausstoß in dem Maße zu, in dem sich der Zeitraum bis zur Stimmabgabe verkürzte. Für die Politiker hatte schon lange vor dem angesetzten Wahltermin der Countdown begonnen. Ab sofort zählte jeder Tag doppelt. Jetzt hieß es, sich mit händeschüttelnder Leutseligkeit unters Volk zu mischen. Jeder Bürger hatte eine Stimme zu vergeben. Ansporn genug, ihn in den nächsten Monaten auf Straßen, Plätzen und in Versammlungshallen mit marktschreierischer Allgegenwärtigkeit zu umwerben. Besonders die bisherigen Volksvertreter erinnerten sich mit zunehmender Unruhe der Tatsache, dass ihre befristeten Verträge mit dem Souverän demnächst ausliefen. Wollten sie auch künftig nicht auf den lieb gewordenen Status eines Mandatsträgers verzichten, mussten sie sich einiges mehr einfallen lassen als die während der letzten Jahre pflichtschuldig absolvierten Wählersprechstunden. So ein Wahlkampf versetzte sogar dem uneffektivsten

Hinterbänkler im Parlament einen nicht mehr für möglich gehaltenen Motivationsschub. Allein schon die Vorstellung, sich fortan wieder in einem weniger privilegierten Job herumschlagen zu müssen, mobilisierte alle Reserven.

Natürlich wusste auch Winfried Wolters, was jetzt zu tun war. Wobei er dem Ausgang der Wahl einigermaßen optimistisch entgegensehen konnte. Sein Problem waren nicht die Wahlprognosen. Die fielen besser aus als anfangs erwartet. Dagegen bereitete ihm Glombig zunehmend Kopfschmerzen. Der zeigte nicht die geringste Tendenz, seinen Platz freiwillig an ihn abzutreten. Demnach würde es auf dem bevorstehenden Wahlparteitag wohl doch zu einer Kampfabstimmung kommen. Eine unschöne Angelegenheit, die er gern vermieden hätte. Angesichts der sprunghaften Wählergunst barg jede offene Konfrontation ein schwer einzuschätzendes Risiko. Mochten die Konkurrenten in anderen Bereichen wie die Kesselflicker aufeinander eindreschen, wurden deren Konflikte von den Beobachtern weitgehend unbeteiligt registriert. Nur von den Politikern erwartete man eigenartigerweise ein harmonisches Miteinander. Da wurden Auseinandersetzungen um Richtungen und Personen nicht als ein notwendiger demokratischer Klärungsprozess verstanden, sondern nur als Zank und Streit unter den Beteiligten wahrgenommen. Eine Partei, die sich uneinig zeigte, gefährdete nicht nur ihre guten Umfragewerte, die schmälerte auch ihre Siegeschance am Wahltag. Mithin suchte Wolters nach der zündenden Idee, wie Glombig abgesägt werden konnte, ohne in den Augen der Öffentlichkeit als Opfer eines politischen Machtkampfes dazustehen. Auch das war ein Kuriosum: So eilig sich später alle um den Sieger einer Wahl scharten, mussten bis zur Stimmabgabe auch die Wähler befriedet und zurückgewonnen werden, die in solchen Fällen zunächst, aus einem gewissen Mitgefühl heraus, Solidarität mit dem Unterlegenen zeigten. Vielleicht, weil sie selbst zu oft in ihrem Leben auf der Seite der Verlierer standen. Wollte er also nicht in den Ruf eines Königsmörders geraten, musste Glombig seinen Platz räumen, ohne dass der Vorwurf an ihm haften blieb, er hätte es beim Abgang seines Vorgängers am menschlichen Feingefühl fehlen lassen. Dafür bedurfte es gleichermaßen williger wie intelligenter Helfer. Einen davon hatte ihm Bollhagen, quasi als Abschiedsgeschenk, empfohlen. Der junge Anwalt Stern aus Mariendorf sollte in seinem Wahlkampfteam sicherstellen, dass die in solchen Fällen unumgänglichen Maßnahmen Wirkung zeigten, seine eigene Honorigkeit in der Angelegenheit dabei aber nicht in Frage stellten.

„Sie sind also der Herr Stern aus Mariendorf, der die reformerischen Kräfte in unserer Partei verstärken möchte? Eine weise, für Ihre persönliche Zukunft allerdings auch alternativlose Entscheidung. Wie ich hörte, sollen Sie ein recht passabler Anwalt sein."

"Sagen wir doch lieber ein guter. Aber sonst liegen Sie richtig. Ich bin Jurist."

"Dafür gibt's schon mal einen Pluspunkt. Juristen genießen nicht von ungefähr den Ruf einer Eier legenden Wollmilchsau. Multipel einsetzbar und selten um einen hilfreichen Kniff verlegen. Damit bringen Sie bereits eine wesentliche Voraussetzung für die Aufgabe mit, die Sie bei mir erwartet. Allerdings müssen Sie wissen, dass ich mich gern mit toughen jungen Leuten umgebe, die bereits irgendwann bewiesen haben, dass sie die Grundregeln des Erfolgs beherrschen. Mit anderen Worten, ich mag Siegertypen. Wie der Herr, so's Gescherr. Das sagte man früher mal so. Sie verstehen? Daher sehen Sie es mir bitte nach, wenn ich das so direkt anspreche, aber in Ihrem Ortsverband haben Sie sich bisher nicht gerade mit Ruhm bekleckert."

Stern musste schlucken. Seinen Einstand in Wolters engeren Beraterkreis hatte er sich anders vorgestellt. Bollhagen hätte ihn doch vorwarnen müssen, dass WiWo über seine Schlappe in Mariendorf bestens informiert war. „Ihr Vorwurf bezieht sich wahrscheinlich auf die Sache mit der Schneider-Nachfolge. Ein dummer Ausrutscher. Da wurde ich übel ausgetrickst. Niemand ärgert sich mehr darüber als ich."

„Falsche Antwort, Herr Stern. Wer sich austricksen lässt, hat versagt. So einfach ist das. Anderen immer einen Zug voraus zu sein, darauf kommt es an. Dann hätten Sie die Sache nicht so katastrophal vergeigt. Politik funktioniert nun mal nicht nach dem Zufallsprinzip. Und die Glaubensregel *Et hätt noch emmer joot jejange* ist leider auf den Kölner Raum begrenzt. Sie sind wohl kein Schachspieler? Sonst wüssten Sie, dass der Erfolg berechenbar ist. Hoffentlich hat sich Ihr Lehrgeld wenigstens für die Zukunft rentiert."

„Ein zweites Mal haut mich keiner mehr in die Pfanne. Aber so ärgerlich die Sache auch war, an einem verlorenen Ortsverbandsvorsitz geht die Welt nicht zugrunde."

„Schon wieder ein falscher Ansatz. Sieg ist Sieg und Niederlage ist Niederlage. Wenn Sie bei mir was werden wollen, beherzigen Sie diesen Grundsatz."

„Ich werde daran arbeiten. Aber bevor ich bereits die übernächsten Schritte plane, sollte ich mich wohl besser erst mal auf Bollhagens Nachfolge im Abgeordnetenhaus konzentrieren. Ganz im Sinne Ihrer Erwartungen. Die letzten Ereignisse in Mariendorf haben meiner Nominierung Auftrieb gegeben. Diesmal werde ich Teschner seine Grenzen aufzeigen. Das wäre eine gelungene Revanche für das Debakel mit dem Vorsitz. Damit hätten Sie dann auch Ihren Sieger im Team.

„Na, wenigstens haben Sie Ihren Kampfgeist nicht verloren. Das lässt hoffen, dass Sie Ihre Scharte auswetzen. Steht der Termin der Nominierung schon fest?"

„Der liegt drei Wochen vor dem Wahlparteitag, auf dem Sie zum Spitzenkandidaten ausgerufen werden."

„Diese Einschätzung spricht für Sie. Bis dahin steht uns aber noch eine Menge Arbeit bevor. Bekanntlich gibt es in Teilen der Partei noch Vorbehalte gegen meine inzwischen durchgesickerte Absicht, nach den Wahlen eine Koalition mit der PfsG ins Auge zu fassen. Daher wird es unter anderem Ihr Job sein, dieses Vorhaben strategisch abzusichern. Lassen Sie sich was einfallen, um meine restlichen innerparteilichen Gegner, die immer noch nicht darauf verzichten wollen, mir Knüppel vor die Füße zu schmeißen, ihrerseits in Schwierigkeiten zu bringen. Aber bitte so, dass das Ergebnis Ihrer Kreativität nicht auf mich zurückfällt."

„Das wird nicht leicht. Ich nehme an, Bollhagen hat Sie über das Meinungsbild in Mariendorf unterrichtet?"

„Ihre dortigen Ambitionen in allen Ehren. Es könnte aber nichts schaden, ein bisschen über die Mariendorfer Ortsgrenzen hinauszudenken. Die Mehrheit im Landesverband steht mittlerweile hinter mir."

"Ich meinte ja nur. Mariendorf galt der Gesamtpartei bisher doch immer als Indikator für bestimmte Stimmungslagen."

"Eine maßlose Überschätzung. Aber wenn ich die Sache für einfach hielte, hätte ich die bestehenden Probleme jetzt nicht noch mal erwähnt. Falls Sie diese Aufgabe überfordert, sagen Sie das bitte gleich. Ich zwinge niemand, für mich zu arbeiten. Doch wenn Sie sich dafür entscheiden, dann erwarte ich den vollen Einsatz. Helfen Sie mit, nicht nur die Partei, sondern auch die Wähler für meinen Kurs zu gewinnen. Das wäre für Sie zugleich der Lackmustest, wie es um Ihre eigene Überzeugungskraft bestellt ist."

"Ich werde mein Bestes geben."

"Schön, dann zeigen Sie mal, was Sie auf dem Kasten haben. Ich lasse mich gern positiv überraschen." Damit war Stern fürs Erste entlassen.

Teschner kramte lange in seiner Erinnerung, blieb jedoch unschlüssig, wann er zuletzt mit vergleichbar guter Laune in einen Tag gestartet war. Als er sich an diesem Morgen von Petra Glombig verabschiedete, erschien ihm sogar der wolkenverhangene graue Himmel wie von einer unsichtbaren Sonne durchflutet. Er musste grinsen. Hallo? Jetzt wirst du auch noch kitschig. Aber dann siegte die Überlegung, dass eine Prise Seelenkitsch doch gar nicht mal so übel war. Wenn er sich die gönnte, ging das immerhin mit einem für ihn bisher untypischen Gefühl der Leichtigkeit einher. Steffens wäre jetzt wahrscheinlich baff. Sogar die Aussicht auf einen weiteren öden Arbeitstag schreckte ihn nur kurz. Was zählten noch ein paar eintönige Stunden, die trotz aller Hektik und Termindichte leer blieben, wenn er sich schon darauf freuen konnte, am Abend wieder in sein neues, erfüllteres Leben einzutauchen?

Normalerweise rutschte seine Stimmung sofort in den Keller, sobald er den hässlichen alten Verwaltungsbau nur erblickte, in dem er nun schon seit einer Reihe von Jahren seine Dienststunden verbrachte. Heute erklomm er die wuchtige Steintreppe mit dem ihr entsprechenden armdicken Steingeländer, die ihn zu seinem im zweiten Stock gelegenen Büro führte, erstmals mit fast beschwingten Schritten. Seitdem er hier arbeitete, hatte sich die These in ihm verfestigt, dass Gebäude über die Jahre etwas von den Befindlichkeiten der Menschen in ihren Mauern speicherten, die sie in dieser Zeit bewohnten, nutzten oder auch nur aufsuchten. Ein Körnchen Wahrheit musste wohl mit dieser Annahme verbunden sein, denn der ungute Geist, der sich zwischen diesen Wänden abgelagert hatte, war geradezu mit Händen greifbar. Er hoffte, das alles bald hinter sich zu lassen, ehe er in dieser Umgebung endgültig versauerte. Auch was seine politischen Pläne betraf, hatte er wieder Mut gefasst.

Dann kam der Tag, an dem Martha Reimers beigesetzt wurde. Die Trauergemeinde, die sie auf ihrem letzten Weg begleitete, war klein. Aber dass es nur wenige waren, die sich ihr in dieser Stunde verbunden fühlten, hätte Martha Reimers nicht gestört. Auch zu ihren Lebzeiten hatte es immer nur ein paar Menschen gegeben, die ihr wichtig waren und in deren Nähe sie sich wohlfühlte. Warum sollte es heute, wo sie von dieser Welt verabschiedet wurde, anders sein? Es gab Beerdigungen, bei denen viele nur deshalb erschienen, um einer unvermeidlichen Pflicht zu genügen. Die kamen allein, um sich sehen zu lassen, hätten sie doch im Falle ihres Fernbleibens eine schlechte Nachrede befürchten müssen. Von den vier Personen, die sich in der Friedhofskapelle versammelt hatten, um Martha Reimers Lebewohl zu sagen, konnte sich keiner vorstellen, heute nicht hier zu sein. Für Petra Glombig, Norbert Teschner, Rainer Steffens und Corinna Lutze reichte die erste Bank in der Kapelle, um der Predigt zu folgen, für die Petra Glombig dem Pfarrer die Stichworte geliefert hatte. Diese Predigt und die schlichte Würde der Zeremonie hätten der ihr Leben lang bescheidenen Frau gefallen. Die unterschied sich so augenfällig von den mit großem Pomp ausgerichteten Feierlichkeiten, die sogar noch einen Friedhof zu einer Stätte menschlicher Eitelkeit entweihten.

Als die Urne mit einem letzten Segen des Geistlichen in dem ausgehobenen Erdreich versank, löste das bei der kleinen Gruppe, die einen Halbkreis um das Grab bildete, sehr unterschiedliche Gefühle aus. Aber ein Gedanke bestimmte sie alle, die Martha Reimers Urne jetzt nacheinander mit einer Schaufel Erde bedeckten. So also sah sie aus, die genormte Endstation eines Lebens. Ein kleines Loch im Erdreich, gerade groß genug, um ein Gefäß mit einem Häufchen Asche aufzunehmen – oder in anderen Fällen eine etwas größere Grube, passend für einen Sarg. Das machte keinen Unterschied. Wie auch die Anzahl der Trauergäste und der abgelieferten Kränze, die Qualität des Grabsteins oder die Größe der Anzeige in der Zeitung wenig bedeuteten. Sogar die während der Trauerfeier vergossenen Tränen waren oft nur der Erkenntnis der eigenen Sterblichkeit geschuldet. Dieser letzte Akt, egal wie prächtig oder schlicht er vonstattenging, konnte an der Bilanz eines Lebens nichts mehr ändern. Ob dieses Ergebnis zu seinen Gunsten ausfiel, bemaß sich allein daran, ob der Betrauerte schon bald darauf vergessen war oder ob er denen, die ihn kannten, auch später noch fehlte.

Martha Reimers hinterließ keine Nachkommen. Aber in

ihren Aufzeichnungen würde sie weiterleben. *Wer schreibt, der bleibt.* Dabei gehörte sie nicht zu den selbstverliebten Schreibern, die die Absicht antrieb, sich schriftlich zu verewigen. Sie wusste, dass ihr kein literarisches Denkmal zustand. Um der Welt eine Botschaft zu hinterlassen, musste Martha Reimers auch keine Bücher schreiben. Ihr reichten ein paar lose Seiten in Sütterlinschrift. Auch diese wenigen Seiten waren ihr nicht leicht von der Hand gegangen. Sie hatte es auf sich genommen, sich noch einmal, Satz für Satz, durch ihr zurückliegendes Leben zu quälen. Aber weil sie sich dieser letzten Aufgabe nicht entzog, war Martha Reimers noch sehr präsent.

Und noch eine Besonderheit hatte sich den Vieren, die von Martha Reimers Abschied nahmen, über diese Stunden hinaus eingeprägt. Das war nicht die Predigt, in der der Pfarrer noch einmal die Höhen und Tiefen ihres Lebens vor ihnen ausbreitete. An der Predigt gab es nichts zu bemäkeln. Doch auch eine gute Predigt erwies sich lediglich als eine Aneinanderreihung von Worten, weil Menschen eben nur über diese begrenzte Möglichkeit verfügten, um sich mitzuteilen. Aber in außergewöhnlichen Situationen reichten Worte nicht aus, um das Gefühl zu erreichen. So hatte es Petra Glombig empfunden, wenn sie mit Martha Reimers zusammensaß und es zwischen ihnen keiner Worte bedurfte, um einander zu verstehen. Somit war es auch weniger die Trauerfeier, die Trost spendete. Den fanden die Anwesenden vielmehr in einem dieser seltenen Erlebnisse, das ihnen noch einmal die Aussichtslosigkeit bestätigte, starke Empfindungen in die Zwangsjacke einer sich meist verbal äußernden Sprache des Verstandes und der Logik zu pressen. Sie hatten die Friedhofskapelle an einem trüben und regnerischen Tag betreten, der so ganz ihrer Gemütslage entsprach. Aber als sie die Kapelle wieder verließen, um Martha Reimers vorangetragener Urne auf dem Weg zur Grabstelle zu folgen, empfing sie eine wärmende Sonne an einem fast wolkenlosen blauen Himmel. Wahrscheinlich ein Zufall. Ihnen erschien es wie ein Fingerzeig, als wollte ihnen die alte Frau auf diese Weise mitteilen, dass sie gut angekommen war und ihre Familie wiedergefunden hatte, dass ihr dieses Glück nun niemand mehr nehmen konnte.

Petra Glombig war anlässlich ihrer Besuche im Altenheim schon häufiger mit Corinna Lutze ins Gespräch gekommen. Sie mochte die junge Frau, auch weil sie spürte, dass deren Zuwendung für die Heimbewohner ehrlich gemeint war. Bei diesen Begegnungen ging es hauptsächlich um einen Austausch über die jeweilige gesundheitliche Verfassung von Martha Reimers. Bis auf eine Unterhaltung, bei der sie sich unerwartet veranlasst sah, eine Bresche für ihren Vater zu schlagen.

Erst nach der Beisetzung von Martha Reimers hatten sie sich auch persönlich angenähert. Das mochte daran gelegen haben, dass Beerdigungen, so bedrückend der Anlass auch war, die seltene Gelegenheit boten, für einen kurzen Moment des Innehaltens aus einer gewohnten Rolle auszubrechen und sich den Zweifeln des eigenen Lebens zu stellen. In einer solchen Ausnahmesituation waren auch Gedanken erlaubt, die tiefer gingen, als man sich das gewöhnlich, auch aus Gründen des Selbstschutzes, zubilligte. Wer dem Tabuthema Tod nicht auswich, verlor auch vor vielen anderen Tabus die Angst.

Corinna Lutzes Weltbild war längst nicht so gefestigt, wie sie das lange glaubte. In den letzten Wochen war vieles von dem, was sie bis dahin für unumstößlich hielt, ins Wanken geraten. Wobei mit der Veränderung ihres Blickwinkels auch das Fundament ihrer Überzeugungen brüchig geworden war. Besonders zwei Situationen hatten diesen Prozess einer schleichenden Entfremdung von den bisherigen Anschauungen in ihr ausgelöst. Das dritte und ausschlaggebende *Aha-Erlebnis*, wie sie diese Erfahrungen nannte, stand ihr noch bevor. Dem würde dann eine unausweichliche Entscheidung folgen.

Zunächst zerrten die fortdauernden Querelen in der Hochschule stärker als angenommen an ihren Nerven. Dass Frank

Boltzien ihre Abwesenheit nicht ungenutzt verstreichen ließ, damit hatte sie gerechnet. Nur wie perfide dessen Methoden waren, entsetzte sie dann doch. Der hatte während ihres Praktikums ein ganzes Sammelsurium an Intrigen gegen sie angezettelt, um ihr das Etikett der Unzuverlässigkeit anzuheften. Entgegen ihrer Erwartung waren die von ihm zusammengeklaubten Beispiele, die ihr unsolidarisches Verhalten belegen und in einen Gegensatz zu den Interessen der Studentenschaft bringen sollten, tatsächlich auf fruchtbaren Boden gefallen. Hauptkritikpunkt war ihre Weigerung, Rossner bei den nächsten Rektoratswahlen noch einmal zu unterstützen. Als Garant dafür, dass der dem frischgebackenen Professor Hentschel, in welcher künftigen Funktion auch immer, in der Hochschule den Rücken freihielt. Boltziens Umtriebigkeit allein warf sie natürlich nicht gleich aus der Spur. Aber ihr machte die offene Feindseligkeit zu schaffen, die ihr plötzlich nicht mehr nur vonseiten ihrer bekannten Gegner entgegenschlug. Und in dem Maß, in dem sie sogar in den eigenen Reihen mehr und mehr zur Außenseiterin geriet, beschäftigte sie auch immer häufiger die Frage, ob sie sich vielleicht doch geirrt hatte, ihre politischen Ansichten am ehesten in der PfsG und deren Hochschulgruppe wiederzufinden. Zumal Boltzien nicht im Traum daran dachte, seinen hinzugewonnenen Einfluss so bald wieder abzugeben.

Als sie die mit missionarischem Eifer agierenden Gralshüter der reinen Lehre auch noch unter Rechtfertigungsdruck setzten, bestätigte sich damit, dass die von ihr eingeforderte Solidarität in Wahrheit nur die Bereitschaft zur Unterwerfung meinte. Sich vorgegebenen Erwartungen zu beugen und die Ansprüche derer zu bedienen, die gerade das Sagen hatten, entsprach nicht ihrem Verständnis von Zusammenhalt. Fehlende Fairness und Unduldsamkeit waren für sie schon immer ein rotes Tuch. Wo jeder Widerspruch sofort als schädlich für die gemeinsame Sache diffamiert wurde, stand sie schon aus

Prinzip auf der Seite der Abweichler. Alles das machte es ihr zunehmend schwerer, ihr politisches Bekenntnis so unbefangen wie früher zu vertreten.

Es kam ihr zugute, dass sie nie so naiv war, allein auf die verbindende Kraft gemeinsamer Ziele zu setzen. Auch wenn die Mitgliedschaft in einer Gruppe Rückhalt gab, wäre ihr nie eingefallen, bedingungslos in einer Gemeinschaft aufzugehen. Wer das tat, der riskierte es, in ihr unterzugehen. Obwohl es schmerzte, dass sogar enge Vertraute, die sie noch kürzlich für Freunde hielt, Boltzien auf den Leim gekrochen waren, wäre sie in der Lage gewesen, diese Enttäuschung ohne bleibende Blessuren wegzustecken. Mit dem Ärgernis, dass es Intriganten wie den, einschließlich der entsprechenden Zahl von Mitläufern, in ihren Reihen gab, wusste sie umzugehen. Solche Boltziens waren überall anzutreffen, wo sich Menschen in ihrem Streben nach dem größtmöglichen Einfluss gegenseitig im Wege standen.

Ungleich stärker als Boltziens unsauberer Triumph setzte ihr die Heuchelei in ihrer Umgebung zu. Mit erklärten Gegnern konnte sie sich auseinandersetzen. Heuchler, die mit dem Brustton der Überzeugung das hohe Lied des Gemeinsinns sangen, wo es ihnen doch nur um die Bemäntelung ihrer Feigheit ging, die anderen zu Munde redeten, weil sie es nicht wagten, für die eigene Meinung einzustehen, widerten sie einfach nur an. Dass sie zu oft auf Leute traf, die jeden Mist kritiklos nachplapperten, machte sie wütend. Ohne darüber gleich mit der ganzen Welt zu zerfallen. Von solchen Anwandlungen der Hoffnungslosigkeit, die nur dazu geführt hätten, am realen Leben zu zerbrechen, war sie weit entfernt. Außerdem wusste sie sehr gut zwischen ihren persönlichen Werten und allem, was in einem aufgesetzten, feierlichen Duktus daherkam, zu unterscheiden. Allzu demonstrativ beschworene Ideale entfachten sofort ihr Misstrauen. So wenig wie sie daran dachte, ihre eigenen Deutungen auf dem Altar gebräuchlicher Begrifflichkeiten zu opfern, so entschieden widersetzte sie sich auch der Versuchung, Erfahrungen und Einsichten, die im Widerspruch zu offiziellen Sprachregelungen, allgemeinen Absichtserklärungen und vorgegebenen Zielen standen, geflissentlich auszublenden. Sie musste nur die ungekünstelte Sprache in den Aufzeichnungen von Martha Reimers mit den verschwurbelten Worthülsen politischer Aussagen vergleichen, um noch besser zu verstehen, dass keine Programmatik der unverfälschten Wahrheit des Erlebten standhielt.

Sie selbst hatte diese Autobiografie vorgeschlagen und ihre Entstehung begleitet. Zugleich war sie die Erste, die lesen durfte, lesen musste, was dieser Frau angetan worden war. Danach wäre es ihr unmöglich gewesen, über diese Chronik eines Lebens mit schulterzuckender Ignoranz hinwegzugehen oder sie aus der Sicht politischer Zweckmäßigkeit zu beurteilen. Selten hatte sie etwas so aufgewühlt wie diese wenigen Seiten, auf denen sich mit jedem Satz ein Leben vor ihr ausbreitete, das kein Roman anschaulicher hätte darstellen können. Nur blieb auch der beste Roman eine Fiktion, die sich allenfalls der Wirklichkeit annäherte. Dagegen beschrieb Martha Reimers in einfachen Worten eine Realität, die mit ihrer Geburt im Deutschland der Vorkriegszeit begann und in einem Staat endete, der ihr, noch schlimmer als der Krieg, alles genommen hatte, was sie liebte. In diesen Staat wurde sie, Corinna Lutze, hineingeboren und als es mit ihm zu Ende ging, reichte ihre eigene Biografie über die Schulzeit und einige Jahre bei den Jungen Pionieren und in der FDJ noch nicht hinaus. Für das, was Martha Reimers Familie widerfuhr, war sie nicht verantwortlich. Aber sie fühlte sich einer alten Frau verbunden, die ihr Leben lang an diesem Staat und an dessen Schuld litt.

Vielleicht wurde ihr ein Quantum Eigensinn bereits in die Wiege gelegt. Das reichte, um ihr die Abneigung der Parteisoldaten im Schuldienst einzutragen, die es als ihre Aufgabe ansahen, den freien Geist junger Menschen in erlaubte Bahnen zu lenken. Der Erwartung, sich zu einem beispielhaften Glied der sozialistischen Gesellschaft formen zu lassen, hatte sie nicht genügt. Schon, weil sie an die bis zum Überdruss strapazierten politischen Losungen ihre eigenen Maßstäbe anlegte und jeden Versuch abblockte, ihr die nach Ansicht ihrer Lehrer schädlichen individualistischen Flausen abzuerziehen. Das hatte sie nicht vergessen und das wollte sie auch nicht vergessen. Dennoch war sie Mitglied einer Partei geworden, in der es immer noch, und schon wieder, einige gab, für die eine Teilamnesie zum Programm gehörte. Sie hatte sich der PfsG nicht angeschlossen, um ein Stück Vergangenheit zu retten. Ihr ging es in Gegenwart und Zukunft um eine Gesellschaft, in der die soziale Gerechtigkeit einen festen Platz hatte. Und weil sie sich mit den sozialpolitischen Zielen der PfsG am ehesten identifizieren konnte, war sie lange bereit gewesen, auch erkannte Unvereinbarkeiten in Kauf zu nehmen. Das änderte sich, als sie Martha Reimers Aufzeichnungen las. Deren Erinnerungen zwangen sie, sich fernab aller politischen Theorie mit der Wirklichkeit eines gelebten Lebens auseinanderzusetzen, mit der Konsequenz, auch eigene Standpunkte zu überprüfen. Damit war für sie plötzlich nichts mehr so klar wie zuvor.

Wer glaubte, immer genau zu wissen, was gut und richtig ist, der hatte es leichter. Bisher hatte sie die soziale Gerechtigkeit so ausschließlich zu ihrem Thema gemacht, dass sie alles, was nicht unmittelbar mit diesem Leitmotiv in Verbindung stand, in den Hintergrund rückte. Auf einmal begriff sie es als Verengung, die Gerechtigkeit auf ein vorangestelltes Adjektiv zu reduzieren. Martha Reimers hatte ihr die Augen geöffnet, dass es nur eine Gerechtigkeit gab. Die war unteilbar und ließ sich nicht nach Belieben in verschiedene Kategorien aufdröseln. Sie musste sich eingestehen, dass sie über deren sozialer Variante aus dem Blick verloren hatte, dass eine Gerechtigkeit, die sich für politische Zwecke vereinnahmen ließ, ihren universalen Anspruch verriet. Es gab keine zweckmäßige Gerechtigkeit, keine Gerechtigkeit der Interessen oder Begrenzungen. Wer sie in dieser Weise instrumentalisierte, der beschädigte sie. Dann verkam sie zu einem ebenso beliebigen Begriff wie eine Wahrheit, auf die man sich nur solange berief, wie sie ein hergebrachtes Denken nicht in Frage stellte. Diese und ähnliche Gedanken gingen ihr jetzt immer häufiger durch den Kopf.

Als sie noch jeden Zweifel ausschloss, selbstverständlich auf der Seite der Guten zu stehen, musste sie nicht lange überlegen, um ihre Gegner zu benennen. Solche Feindbilder dienten der eigenen Positionsbestimmung. Sie waren hilfreich, um den Unterschied zwischen richtig und falsch, zwischen gerecht und ungerecht, auch an Personen festzumachen. Nachdem sie damit begonnen hatte, ihre Sicht der Dinge vom Anspruch der Unumstößlichkeit zu lösen, weil sie eines dieser besonderen *Aha-Erlebnisse* zwang, bisherige Kriterien zu hinterfragen, waren ihr mit der Absolutheit ihrer Überzeugungen auch manche lang gehegten Feindbilder abhandengekommen. Zu denen zählte sie über viele Jahre den Namen Glombig. Glombig, damit verband sie politischen Stillstand. Der Name stand für kleinmütige und faule Kompromisse, für den Kampf gegen fortschrittliche Ideen und damit gegen Menschen mit ihren Ansichten. Glombig, das war ein Synonym für das einstige verfilzte West-Berlin, in dem sich Leute wie er die Posten und Pfründe zuschoben.

Dann lernte sie Petra Glombig kennen. Die war ihr zunächst nur als die nette Besucherin aufgefallen, die sie häufig bei Martha Reimers antraf. Wie schön, dachte sie bei diesen Begegnungen, dass die alte Frau wenigstens einen Menschen hatte, der ihr gelegentlich über die Einsamkeit hinweghalf. Das hatte sie ihr dann auch so gesagt, als sie irgendwann über die üblichen kurzen Begrüßungen hinaus ins Gespräch kamen. Bei dieser Gelegenheit erfuhr sie auch erstmals, um wen es sich bei dieser Besucherin handelte, von der Martha Reimers immer nur als von ihrer jungen Frau Doktor sprach. Sie konnte sich noch gut an ihre heftige Reaktion erinnern, als sich Petra

Glombig mit ihrem Namen vorstellte.

„Sie sind doch nicht etwa mit diesem unsäglichen Glombig verwandt?" Geradezu entgeistert war ihr das herausgerutscht. Aber die nahm es gelassen.

„Falls Sie mit diesem unsäglichen Glombig meinen Vater meinen, bekenne ich mich schuldig. Zugegeben, als seine Tochter bin ich nicht neutral, aber ich verrate Ihnen, dass er keinesfalls dieser Reaktionär ist, als den ihn seine politischen Gegner gerne hinstellen. Und soweit ich Ihren Aufschrei richtig deute, stehen Sie denen offensichtlich näher als ihm. Kein Problem. Trotzdem rate ich dazu, einen Menschen erst etwas besser kennenzulernen, statt ihn sofort und unbesehen in eine bestimmte Schublade zu stecken."

Die Situation war ihr peinlich gewesen. Zu spontan, ganz gegen ihre Gewohnheit, war sie mit dieser abfälligen Äußerung herausgeplatzt. Sonst hielt sie sich mit ihren Urteilen über Menschen eher zurück. Sie hatte daraufhin eine Art Entschuldigung gemurmelt, ohne jedoch ihre abwehrende Haltung durch die sehr allgemein gehaltenen Höflichkeitsfloskeln zu entschärfen. Petra Glombig hatte das auch nicht erwartet.

„Glauben Sie mir, ich liege mit meinem alten Herrn auch häufig über Kreuz. Das können wir aushalten. Aber bei allen Reibereien in Einzelfragen, dass er sich von seinen Grundüberzeugungen nichts abhandeln lässt, auch wenn er sich damit eine Menge Ärger ersparen könnte, macht mich sogar ein bisschen stolz, seine Tochter zu sein." Was ihr wieder einmal zeigte, dass ihr Familiensinn noch so intakt war, um in jedem Angriff auf ihren Vater auch eine persönliche Herausforderung zu sehen.

„Sie kennen doch Martha Reimers Geschichte so gut wie ich. Wie könnte man, bei dem, was sie erlebt hat, nicht auf ihrer Seite stehen? Mein Vater tut das, nachdem wir über den Tod ihres Sohnes gesprochen haben. Diese Haltung verrät mehr über einen Menschen als alle diese fragwürdigen Eigenschaften, die ihm seine Gegner andichten."

"Nicht alles davon ist aus der Luft gegriffen. Ich könnte Ihnen gleich mehrere Punkte auflisten, die mich an ihm und an seinen Ansichten stören."

"Nicht nötig. Ich führe meine eigene Liste. Einen Heiligenschein würde auch ich ihm nicht zubilligen. Das muss auch nicht sein. Niemand taugt immer und überall zum Vorbild. Ich bin schon für jeden dankbar, der in einem konkreten Fall normale menschliche Gefühle zeigt. Und wer noch nicht völlig verroht ist, wird für ein System, dessen Brutalität nicht allein Martha Reimers zu spüren bekommen hat, nichts als Verachtung empfinden." Damit war Petra Glombig auf ihren wunden Punkt gestoßen. Die hatte das auch sofort bemerkt.

„Allerdings setzt mein Vater auch hinsichtlich solcher Gefühle seine eigenen Akzente. Er meint, dass Gefühle häufig nur dazu dienen, sich wieder mal selbst auf die Schulter zu klopfen. Für so ein herausgekehrtes Gutmenschentum, das sich gönnerhaft bescheinigt, zum besseren Teil der Menschheit zu gehören, hat er nichts übrig. Damit sich ein Unrecht nicht wiederholt, helfen keine kurzlebigen Gefühle. Er hält es mehr mit einem konsequenten Handeln. Was für ihn gleichbedeutend ist, mit einer vernünftigen Politik. Da sieht er seine Zuständigkeit."

„Entschuldigung, ich halte es für ziemlich anmaßend, mit dieser Ausschließlichkeit darüber zu befinden, worin eine vernünftige Politik besteht. Damit spricht er allen, die seine Auffassungen nicht teilen, das ehrliche Bemühen ab, es auf eine andere Weise möglicherweise besser anzufangen als er. Für mich beweisen sich Konsequenz und Vernunft vor allem darin, eine fehlerhafte Gegenwart zu korrigieren. Nur so kann sich in der Zukunft etwas zum Besseren verändern. Das ist der legitime Anspruch meiner Generation, die naturgemäß mehr über das Hier und Heute und die kommenden Jahre nachdenkt, als über Vergangenes zu sinnieren. Das sollten Sie eigentlich verstehen, schließlich sind Sie auch noch jung. Diese Perspektive des

Fortschritts vermisse ich bei Ihrem Vater." Ganz ohne Gegenargumente wollte sie aus dem bisher etwas einseitig verlaufenen Dialog nicht hervorgehen. Aber auch mit dieser Bewertung stieß sie bei Petra Glombig auf Widerspruch.

„Also den Vorwurf, die Gegenwart auszublenden, kann meinem Vater nun wirklich keiner anhängen. Viele halten sein Faible für aktuelle Problemlösungen geradezu für sein Markenzeichen. Aber wer sich nicht gleichzeitig auf die Vergangenheit besinnt, wird der Gegenwart nicht gerecht. Der verspielt auch eine bessere Zukunft."

"Ich hab's nicht so mit den großen Worten. Die klingen mir immer eine Spur zu bemüht."

"Ich wollte auch nicht pathetisch werden, eher analytisch. Wer in seiner Fortschrittsgläubigkeit die Vergangenheit ausklammert, hat nicht verstanden, dass sich alles aufeinander aufbaut: Vergangenheit, Gegenwart, Zukunft. Das ist ein fließender Prozess. Die Geschichte kennt keine Stunde Null, auch wenn das manche gerne anders sehen. Sie haben eben vom ehrlichen Bemühen in der Politik gesprochen. Merken Sie was? Ehrlichkeit gehört auch zu diesen großen Worten, mit denen Sie angeblich nichts anfangen können. Mein Vater versteht unter Ehrlichkeit vor allem eine ehrliche Sprache. Zu der gehört es, die befohlene Tötung eines jungen Menschen wie Mathias Reimers im Grenzstreifen weiterhin als Mord zu bezeichnen. Der lässt sich auch nicht davon beirren, wenn diese Wortwahl mit juristischen Spitzfindigkeiten bekrittelt wird. Diese Eindeutigkeit schätze ich an ihm. Bestimmt würde er das jetzt wieder weit von sich weisen, aber für mich ist er ein wirklicher Moralist, weil er seine Aussagen und sein Handeln an den eigenen Prinzipien misst. Mindestens das sollten Sie anerkennen."

Dieses Gespräch lag schon wieder geraume Zeit zurück. Aber erst nachdem sie ihren Meinungsaustausch im Anschluss an Martha Reimers Beerdigung vertieft hatten, wollte sie sich eingestehen, dass Petra Glombig ihr Denken schon nach diesem ersten Gespräch umgekrempelt hatte. Seither beschränkte sich ihre gelegentliche Unsicherheit nicht mehr allein auf inhaltliche Fragen. So wie sie in früherer Zeit bestimmte Personen zu Feindbildern erklärte, knüpfte sie ihre Zweifel auch jetzt wieder an Namen. Allerdings an andere. Da gab es unter ihren Genossen einen Frank Boltzien, der die von ihm definierten Erfordernisse ohne Skrupel durchsetzte. Und Boltzien stützte sich auf Anhänger, die die Regeln menschlichen Anstands, wo sie ihnen hinderlich waren, ebenso wie er zu Sekundärtugenden herabstuften. Diesen Fundamentalisten wäre nie in den Sinn gekommen, ihr mit der gleichen Toleranz zu begegnen wie Petra Glombig. Denen waren Einzelschicksale, wie die Lebensgeschichte von Martha Reimers, zu unbedeutend, um Bestürzung hervorzurufen. Die bastelten sich ihre eigene Gerechtigkeit. Eine, die zu ihren Plänen passte. Und die von ihnen propagierte bessere Welt riefen sie dann großspurig zum Menschheitstraum aus. Wer an ihren höheren Zielen zweifelte, verriet damit seine reaktionäre Gesinnung und geriet unweigerlich in ihr Fadenkreuz. Auch sie hatte die Abwertung ihrer Gegner viel zu lange als unvermeidliche Kollateralschäden in Kauf genommen.

Um wie viel sympathischer empfand sie dagegen Petra Glombigs Gelassenheit. Die gab sich undogmatisch, ließ andere Ansichten gelten und kümmerte sich fürsorglich um eine alte und kranke Frau, die am Ende ihres Lebens dieses Beistandes bedurfte. Weil sie das aus eigenem Antrieb tat, konnte sie auch leicht darauf verzichten, ihr Handeln als Ausdruck einer bestimmten Weltanschauung zu überhöhen. Dabei verdankte sie die Erkenntnis, dass auch die besten Ideen für sich alleingenommen wenig bedeuteten, ihrem Vater. Der verabscheute das schwärmerische Tamtam und die wortreiche Engagiertheit, mit der sich manche ein gutes Gewissen verschafften. Siegfried Glombig bewies seine Verantwortung, indem er das

Nächstliegende tat und nicht nur das Optimale beschrieb. Diesen Mann hatte sie, Corinna Lutze, gegenüber seiner Tochter, als unsäglich bezeichnet. Eine Aussage, die sie inzwischen bereute.

In ihrer bisherigen Umgebung wurde Sozialarbeit zugleich auch immer als Politikum verstanden. Dort, wo man eine Form von Karitas, wie sie Petra Glombig praktizierte, als unprofessionell verspottete, da geriet auch eine praktische Nächstenliebe zum Kuriosum. Stattdessen wurde der abstrakten Idee einer Humanität gehuldigt, die nur auf der Basis neuer gesellschaftlicher Modelle funktionieren konnte. In stundenlangen aufgeregten Diskussionen beschwor man diese wunderbare Welt von Morgen. Diese Endlosdebatten, in denen sich Ideale zu Ideologien und Träume zu Albträumen verkehrten, ließen keinen Raum, möglichen Denkfehlern auf die Spur zu kommen. Erst während ihres Praktikums im Altenheim hatte sie hautnah erfahren, dass Theorien und Planspiele kein einziges Problem aus der Welt schafften. Während sie und andere sich nächtelang über irgendwelche großen Entwürfe die Köpfe heißredeten, hatte Petra Glombig im Kleinen bereits etwas bewirkt. Damit verdiente sie mehr Respekt als all' diese großkotzigen Welt- und Menschheitsverbesserer zusammen, denen sie sich so lange verbunden fühlte. Sie bedauerte, keine Freundin wie Petra Glombig zu haben.

Einige Tage vor dem Ende ihres Praktikums hatten sie Martha Reimers beerdigt. Während ihrer Zeit im Heim hatte sie mehrere Bewohner sterben sehen. Auch den Umgang mit dem Tod musste sie erst lernen, ohne dass es ihr bis zum Schluss gelungen wäre, sich mit einer schützenden Distanz zu wappnen. Der Tod gehört zum Leben, hatte ihr die Heimleiterin bei der Einweisung mit auf den Weg gegeben. Eine Redensart, deren Nüchternheit ihr helfen sollte, sich auf das Unvermeidliche vorzubereiten. Das konnte in dieser Umgebung nicht wie andernorts verdrängt werden. Jedes Mal, wenn jemand starb, wiederholte sich der Versuch, dem Tod den Anstrich des Normalen zu geben. Sie hätte sich sogar auf diese rationale Betrachtung einlassen können, schließlich war der Tod ja wirklich eine naturgegebene Zwangsläufigkeit, die jeden irgendwann ereilte, wäre ihr dabei nicht immer wieder vor Augen geführt worden, dass dem Tod ein Sterben vorausging. Das war es, was sie nur schwer auf die Reihe bekam. Mit den Menschen, die an diesem Ort auf ihr Ende warteten, verband sie eine gemeinsame, wenn auch kurze, Zeit. Das genügte, um diese Absolutheit zu empfinden, die mit dem Erlöschen einer menschlichen Existenz einherging. Hinter allen, die hier verstarben, lag ein langes Leben. Davon erzählte jedes einzelne seine eigene Geschichte, die mit dessen Ende für immer verloren war. Umso dankbarer war sie, dass ihr Einfall mit der kleinen Biografiegruppe Früchte getragen hatte. Somit bestand Hoffnung, dass immerhin ein paar dieser Erinnerungen in der Welt blieben. Dass auch die Aufzeichnungen von Martha Reimers nicht in Vergessenheit gerieten, dafür garantierten Petra Glombig und sicherlich auch die beiden Männer, die ihr bei der Beerdigung zur Seite standen. Denen war sie zuvor schon einmal begegnet. Das war an Martha Reimers letztem Tag. Da hatte sie die zwei Besucher im Eingangsbereich des Heimes begrüßt und sie bis zu ihrer Zimmertür begleitet.

Als sie dann zu viert vor dem aus dem Boden gestanzten Loch standen und die Urne von Martha Reimers im Dunkel des Erdreichs versank, wichen alle ihre sonstigen Gedanken einem gemeinsamen Gefühl der Trauer. Obwohl sie diesen Augenblick mit Menschen teilte, die ihr im Grunde fremd waren, gab es nichts, was in diesem Moment verbindender sein konnte. Diese Gemeinschaft hatte die Frau gestiftet, deren sterbliche Überreste nun dort unten, neben der Asche ihres Sohnes und ihres Mannes, ihren Platz gefunden hatten. Sie alle waren Martha Reimers erst in ihrer letzten oder allerletzten Lebensphase begegnet, aber nicht zu spät, um nicht etwas von ihrer Biografie als Auftrag für ihr eigenes Leben mitzunehmen. Auch darin stimmten sie überein, als sie anschließend noch bei einem Kaffee zusammensaßen und über die einzelnen Stationen im Leben von Martha Reimers sprachen. Danach kehrte jeder wieder in seine persönliche Gedankenwelt zurück. Bis Steffens dieser Grübelei ein Ende machte. Er leerte seine Kaffeetasse in einem Zug. „Auf Martha Reimers. Sie ruhe in Frieden. Den hat sie sich weiß Gott verdient. Aber für uns geht das Leben weiter." Das klang burschikoser als beabsichtigt.

„Du hattest schon mal originellere Sprüche auf Lager."

„Ich bin auch nicht verpflichtet, immer und überall originell sein zu müssen. Besonders nicht heute." Und Petra Glombig sprang Steffens bei. Auch sie wollte diese Kritik nicht gelten lassen.

„Es stimmt doch, was dein Freund gesagt hat. Egal, was vorher gewesen ist, das Leben geht immer weiter. Irgendwie. Ich bin sicher, dass Martha Reimers dem ebenfalls zugestimmt hätte. Und weil wir schon bei den Sprüchen sind, ich kann auch noch einen beisteuern: Ein Jegliches hat seine Zeit. Für die weniger Bibelfesten nachzulesen bei den Predigern, Kapitel drei. Auch nicht neu, aber immer noch aktuell. Will sagen, dass es wichtig war, uns die Zeit zu nehmen, um unsere Gefühle zu sortieren. Diese Traurigkeit wird uns bestimmt noch eine Weile begleiten. Dabei dürfen wir aber nicht vergessen, was wir Martha Reimers versprochen haben. Jetzt gilt es, ein Ehrenwort einzulösen. Ich bitte um Vorschläge, wie wir ihren Aufzeichnungen zur größtmöglichen Verbreitung verhelfen."

Teschner wusste sofort, wie er vorgehen wollte. „Daraus werde ich auf dem Wahlparteitag zitieren, wenn Wolters gegen deinen Vater antritt und dann möglicherweise zum ersten Mal auch offiziell die Katze aus dem Sack lässt. Irgendwann muss er ja mit seinen Koalitionsplänen herausrücken." Petra Glombig warf ihm einen dankbaren Blick zu. Steffens wirkte erst verblüfft, dann grinste er. Er hatte verstanden. „Aha, ihr seid inzwischen per Du. Da lag ich also wieder mal richtig."

„Wie immer, du Hellseher." Teschner war erleichtert, dass es endlich raus war.

„Warum nicht gleich so?"

„Weil einige Leute für manches eben etwas länger brauchen. Aber die Hauptsache ist doch, dass es passiert ist." Das waren ungefähr die Worte, die er von Petra in dem kleinen Lokal in Kreuzberg gehört hatte.

„Gratulation, ihr zwei Heimlichtuer. Meinen Segen habt ihr." Nach einer kurzen Nörgelei, dass man ihn nicht schon früher eingeweiht hatte, erwies sich Steffens als wirklicher Freund, der sich aufrichtig für sie freute. Petra Glombig gab ihm einen Kuss und auch Corinna Lutze verfolgte das Geschehen mit Sympathie.

„Aber solltest du in deine alten Fehler zurückfallen, stehe ich bei der Dame deines Herzens sofort als Ersatz parat. Also sieh dich vor und mach' mir keine Schande." Gleich darauf wurde Steffens wieder ernst. „Dein Vorschlag, Wolters auf dem Parteitag öffentlich in den Senkel zu stellen, der hat was. Damit setzen wir dort an, wo Bärwalds Sendung neulich aufhörte. Gut möglich, dass Martha Reimers Erinnerungen auf diese Weise sogar noch Geschichte schreiben."

Petra Glombig sprach auch von dem Tag, an dem sie die alte Frau noch immer völlig aufgelöst antraf. Weil sie in der Nacht zuvor im Fernsehen einen der Männer wiedererkannt hatte, die ihnen damals die Nachricht vom Tod ihres Sohnes überbrachten. „Dieser Breitenfeld hat doch tatsächlich die Stirn, bei den kommenden Wahlen als Kandidat der PfsG anzutreten. Solche Kaltschnäuzigkeit verrät die alte Schule."

Corinna Lutze wusste, dass Petra Glombig sie nicht absichtlich ins Unrecht setzen wollte. Trotzdem ließ sie der Hinweis auf Breitenfeld schlucken. Überhaupt erschien ihr die ganze Situation etwas skurril. Da saß sie nun mit drei Personen zusammen, die sie noch kürzlich in die unterste Schublade ihrer

Vorurteile gesteckt hätte, unter denen sie sich aber inzwischen besser aufgehoben fühlte als in ihrer Hochschulgruppe. Hätte Boltzien sie hier aufgespürt, wäre ihr Ausschluss eine beschlossene Sache gewesen. Auch in der Partei geriete sie heftig unter Beschuss. Sie hatte aber nicht die geringste Lust, demnächst wieder einmal für eine persönliche Entscheidung heruntergemacht zu werden, nur weil darin sofort wieder ein weiteres unsolidarisches Verhalten gesehen wurde. Wobei sie ihre gewachsene Distanz zur Partei nicht einmal bestreiten konnte. Am Anfang stand die Enttäuschung, dass Boltziens Kampagne gegen sie unter ihren bisherigen Genossen auf keine nennenswerte Gegenwehr gestoßen war. So viel zum Thema Solidarität. Damit verband sich dann auch das erste ihrer drei bestimmenden *Aha-Erlebnisse*. Das zweite verknüpfte sie mit der Lebensgeschichte von Martha Reimers. Keinen Satz ihrer Erinnerungen würde sie von anderen kleinreden lassen. Und durch Nummer drei hatte Petra Glombig die Reihe soeben komplett gemacht. Diesen Bodo Breitenfeld hatte sie schon auf verschiedenen Parteiveranstaltungen agieren sehen. Ein unangenehmer Eiferer, der sich als Leitfigur aller derer in der Partei hervortat, zu denen sie lieber Abstand hielt. Dass der in der Gegenwart gerne zündelte, davon war sie wiederholt Augen- und Ohrenzeugin geworden, während sich ihre bisherige Kenntnis über seine Vergangenheit darauf beschränkte, dass er bei irgendeiner staatlichen Einrichtung beschäftigt war. Vielleicht, weil sie in dem einen oder anderen Fall auch gar nicht so genau wissen wollte, mit wem sie ihre Parteimitgliedschaft teilte.

Der Schoß ist fruchtbar noch, aus dem das kroch. Wie weitsichtig Brecht damit nicht nur das Erbe der Nazis, sondern auch unbeabsichtigt die Hinterlassenschaft der DDR beschrieben hatte. Immer für ein Zitat gut, der Mann. Welche Verse wären dem von Partei und Staat hofierten Kulturschaffenden, mit dessen Werken sie in ihrer Schulzeit bis zum Überdruss malträtiert wurde, wohl zu Bodo Breitenfeld eingefallen, hätte er den

9. November 1989 noch miterleben müssen? Breitenfeld hatte die Wende jedenfalls schadlos überstanden. Der schien sogar noch eine aussichtsreiche Zukunft vor sich zu haben. Wie viele andere, die mit ihm zusammen aus dem gleichen verfaulten Schoß gekrochen waren.

Corinna Lutze hatte ihre Entscheidung getroffen. Sie würde die Partei verlassen. Von den hinter ihr liegenden *Aha-Erlebnissen* waren genau diese drei zu viel. Ein Schritt, der ihr trotz allem nicht leichtfiel, war damit doch das Eingeständnis eines Irrtums verbunden. Entsprechend lange hatte sie an ihrem Austrittsschreiben gefeilt. Aber bevor sie es abschickte, wollte sie Hentschel auch im direkten Gespräch noch ein paar klare Worte mitgeben. Nicht nur wegen Breitenfeld, aber auch wegen dem. Der frischgebackene Professor an ihrer Hochschule gab sich mit Vorliebe als ein Politiker neuen Typs. Als einer, dem sogar politische Gegner mit gequälter Anerkennung seine Vorzeigbarkeit attestierten. Dabei verbarg sich hinter dem Hoffnungsträger der PfsG, diesem Hans-Dampf-in-allen-Gassen, dem Dauergast diverser Talkshows, nur der begabtere Täuscher. Wenn dem Breitenfelds Eskapaden ein Dorn im Auge waren, dann nicht, weil er dessen frühere Verstrickungen verurteilte oder seine Sicht der Vergangenheit in Bausch und Bogen ablehnte. Diese Kritik bedeutete keine inhaltliche Distanz. Er verübelte den Vertretern der Hardcore-Fraktion in der Partei nur die falsche Taktik zum falschen Zeitpunkt. Damit schadeten sie auch seinen Interessen. Das musste sie unbedingt noch loswerden.

31

"Wir waren uns doch einig, dass diese Provokation nicht folgenlos bleiben darf." Ulf Ziesche redete schon eine Weile auf seine zwei Gesprächspartner ein. Sowohl ihm wie Jutta Vogel und Frank Conrad saß der Verlauf der Veranstaltung in Hohenschönhausen weiterhin in den Knochen. „Wer hätte mehr Veranlassung als wir, dafür zu sorgen, dass diese Leute keinen

Fuß mehr auf den Boden bekommen. Nicht mal den kleinen Zeh. Aber daraus wird nichts, solange die uns wie Nasenbären am Ring durch die Manege schleifen."

"Diese Gesinnungsgemeinschaft glaubt anscheinend, es ginge für sie bereits wieder aufwärts" stimmte ihm Jutta Vogel zu. "Kein Wunder, deren Vertreter können sich schließlich auf ein breites Bündnis aus Verstehern, Umdeutern, Relativierern und Sympathisanten stützen. Nur ein weiterer Beweis dafür, dass die Lobby der Täter wie immer effizienter verfährt als die Lobby der Opfer. Soweit wir überhaupt eine haben."

"Bitte komm' du uns nicht auch noch mit diesem Opferklischee." Frank Conrad verzog das Gesicht und stöhnte gereizt auf. "Ich dachte, mit dem Thema wären wir durch."

"Ja, ja, über deine semantischen Deutungen haben wir oft genug gestritten. Ich gebe sogar zu, dass es nicht so einfach ist, deine Argumentation zu widerlegen. Trotzdem bleibe ich dabei, dass Täter und Opfer als feststehende Begriffe der Klarstellung dienen, auch wenn sie oft komplexer sind, als sie das in ihrer Vordergründigkeit vermuten lassen."

"Deshalb bringt es auch nichts, diesen höchst unergiebigen Diskurs über Begriffe noch mal von vorn aufzuzäumen." Ulf Ziesche beendete den sich anbahnenden neuen Meinungsstreit mit einem energischen Abwinken. Eine Wiederholung der bereits zum x-ten Male ausgetauschten Standpunkte war das Letzte, was sie jetzt weiterbrachte. "Darin besteht unser Kardinalfehler: Wir sind am ewigen Diskutieren und erwarten, dass andere für uns kämpfen. Ein Trugschluss. Wer sich lieber palavernd in die Büsche schlägt, darf keinen Respekt erwarten. Auch wer auf unserer Seite steht, kann unsere Interessen niemals so authentisch vertreten wie wir selbst."

"Das heißt jetzt praktisch?"

"Das bedeutet, liebe Jutta, dass wir uns ähnliche Strategien überlegen sollten wie dieses Rollkommando neulich in Hohenschönhausen. Diesen Herrschaften ist es immerhin für eine gewisse Zeit gelungen, unsere Veranstaltung für ihre Zwecke umzufunktionieren. Warum gehen wir nicht dazu über, unsere Gegner mit ihren eigenen Waffen zu schlagen?"

"Weil die Angst von damals noch in vielen von uns nachwirkt. Mit unseren Erfahrungen neigen wir doch eher dazu, uns wegzuducken, wenn wir angegriffen werden." Jutta Vogel hatte damit ihr gemeinsames, aus der Haftzeit herrührendes, Trauma angesprochen. Auch Frank Conrad kannte diese Hemmungen, wollte sich von den Schatten der Vergangenheit aber ebenso wenig demotivieren lassen wie Ulf Ziesche.

"Wir wurden weggesperrt, um unsere Persönlichkeit zu brechen. Beweisen wir, dass es nicht gelungen ist, uns mundtot zu machen. Wenn wir uns gegenseitig helfen, lassen sich die alten Ängste überwinden. Also Ulf, wie geht es jetzt weiter?"

"Wie gesagt, es wäre doch reizvoll, einen von früher her bekannten Spruch ein bisschen umzutexten. Etwa in der Art: Von den Altgenossen lernen, heißt siegen lernen. Vergessen wir nie, was die uns angetan haben, aber igeln wir uns nicht in der eigenen Wehleidigkeit ein. Selbstmitleid ist einem klaren Denken abträglich. Aber genau darauf sind wir angewiesen, wenn wir in unsere ganz persönliche Schlacht ziehen. Gerade weil viele das Kapitel DDR-Unrecht schon abgeschlossen haben und andere es gern abschließen möchten, dürfen wir unsere vielleicht letzte Chance nicht verpassen, selbst noch einen Beitrag zu leisten, damit die Schuldigen nicht zu früh aufatmen können."

"Dieses *in die Schlacht ziehen* klingt zwar reichlich martialisch, aber sonst ist die Idee ganz in meinem Sinne. Womit wir doch wieder beim Thema wären. Ihr wisst, wie sehr es mir widerstrebt, mich so ausschließlich in eine Opferrolle drängen zu lassen. Ein erfrischender Gedanke, den Spieß endlich mal umzudrehen. Bleibt nur noch zu klären, wo du, um in deinem Bild zu bleiben, unser konkretes Schlachtfeld siehst."

"Auf den Wahlkampfveranstaltungen der PfsG. Genau dort

sollten wir aufkreuzen und unsere Positionen vertreten. Und wenn es sein muss, auch niederschreien lassen. Ein Kaffeekränzchen wird dieses Vorhaben sicherlich nicht."

"Warum besuchen wir nicht zunächst die Veranstaltungen der FDSU und machen den Anhängern von Wolters klar, was wir von seinem Kuschelkurs mit der PfsG halten?"

"Das wäre auch eine Option. Aber vielleicht gibt es in der FDSU ja noch ein paar Parteimitglieder, die sich trauen, selbst das Maul aufzumachen."

"Würdest du dafür deine Hand ins Feuer legen? Vorsicht, Verbrennungsgefahr. Abgesehen von Glombig findest du dort allenfalls noch ein paar versprengte Wolters-Gegner. Wobei Glombig, unser verlässlichster Fürsprecher, nur noch ein Vorsitzender auf Abruf ist. Der wird den Wahlparteitag aller Voraussicht nach nicht im Amt überstehen."

"In dem Punkt ist dein Pessimismus leider berechtigt. Aber den größeren Aufmerksamkeitswert für unsere Aktionen dürften wir ohnehin erreichen, wenn wir Hentschels Laden ein bisschen aufmischen. Da sieht die Öffentlichkeit im Allgemeinen doch noch etwas genauer hin."

"Gut, dann wäre das geklärt. Hoffentlich bekommen wir eine ausreichende Zahl von Mitstreitern zusammen." Den verhaltenen Zweifel, der in Jutta Vogels Nachsatz mitschwang, hatte Ziesche natürlich herausgehört.

"Eine kleine engagierte Gruppe wird sich bestimmt auf die Beine stellen lassen. Obwohl deine Skepsis unseren wunden Punkt berührt. Viele, die Ähnliches hinter sich haben wie wir, sehnen sich nur noch nach Ruhe. Aber wenn wir drei Musketiere den Anfang machen, bekommt unser kleiner Stoßtrupp vielleicht später die erhoffte Verstärkung."

"Dann halten wir uns eben, was die Anzahl der Teilnehmer betrifft, vorerst an das Motto Klasse statt Masse. Am Anfang sind es doch immer und überall nur Wenige, die etwas anstoßen und voranbringen." Conrad war bereits im Kampf-modus.

"Ich nehme an, Jutta, du gibst uns auch keinen Korb?"

"Wenn's drauf ankommt, wird mein Mut schon reichen. Wir müssen diesen Zombies doch zeigen, dass uns ihr Spuk nicht mehr schreckt. Was hätten wir sonst davon, jetzt in einem Staat zu leben, in dem unser Protest nicht hinter Schloss und Riegel endet."

„Das wollte ich hören. So gefallt ihr mir."

"Ich habe auch schon einen Vorschlag für unseren ersten Ein-satz. Ich sage nur Breitenfeld."

Frank Conrad war Martha Reimers nie begegnet. Und doch teilte er mit ihr eine gemeinsame Erfahrung. Beide hatten Bodo Breitenfeld auf unterschiedliche Weise kennengelernt, aber gleichermaßen markierte dieser Name die schlimmsten Stun-den ihres Lebens. Den Reimers hatte er sich als Todesbote ins Gedächtnis gebrannt. Dort hatte es ihm gefallen, eine Schre-ckensnachricht nicht nur zu überbringen, sondern sie auch noch zynisch zu kommentieren. Bei Frank Conrad gehörte er zu dem Kommando, das ihn in den frühen Morgenstunden aus dem Bett holte. Wer, wie er, zu den Bedauernswerten gehörte, die das doppelte Pech hatten, nicht nur der Stasi, sondern auch noch einem solchen Hundertprozentigen in die Hände zu fal-len, war besonders übel dran gewesen. Ebenso wie Martha Rei-mers hatte es ihn fassungslos gemacht, dass dieser Mensch nach der Wende nicht etwa dauerhaft abgetaucht war. Der stand so-gar kurz davor, sich demnächst zum Abgeordneten wählen zu lassen. Auch er hatte mit geballten Fäusten am Fernsehgerät gesessen, als der Beitrag über die Wahlveranstaltung der PfsG ausgestrahlt wurde. Wie Martha Reimers bekam er den schier endlosen Beifall von Breitenfelds Claqueuren nicht mehr aus den Ohren. Die holten sich vor Begeisterung kaum wieder ein, als die Maske des geläuterten Demokraten kurz von ihm abfiel. Das fühlte sich an, wie ein mit voller Wucht ausgeführter

Schlag in die Magengrube.

"Ihr könnt mir glauben, als ich in den Mühlen der Staatssicherheit auf eine eingespielte Weise zerrieben wurde, war ich nicht nur einem Schinder ausgeliefert. Aber Breitenfeld war noch mal ein Kaliber für sich. Als der mich damals abholte, hat er in mir nicht nur einen Schwerverbrecher gesehen, der hat mich auch so behandelt. Wahrscheinlich hat der überall, wo man ihn einsetzte, eine Schneise der Zerstörung hinterlassen. Der hat jede Gemeinheit, die er sich einfallen ließ, mit vollen Zügen ausgekostet. Ich habe lange auf die Gelegenheit warten müssen, ihn irgendwann mal zur Rede zu stellen. Da ist es beinahe ein Geschenk, wenn das sogar in aller Öffentlichkeit geschehen kann. Auf seiner nächsten Wahlversammlung wird er mich wiedersehen. Auch wenn ich allein dort hingehen müsste."

"Du wirst nicht allein sein. Das haben wir doch geklärt. Jutta und ich geben dir selbstverständlich Geleitschutz, wenn du dir den Mann vorknöpfst."

"Das lasse ich mir natürlich nicht entgehen" schloss sich Jutta Vogel an. „Mir blieb zwar ein Breitenfeld erspart, aber die Typen, die mich in die Mangel nahmen, waren auch nicht ohne."

Ulf Ziesche bot sich an, die nächsten Wahlveranstaltungen mit dem Kandidaten Breitenfeld zu checken. Das war, seitdem sich die Informationswege weitgehend digitalisiert hatten, nicht allzu schwierig. Es genügte ein Klick auf das Internetportal der PfsG, um fündig zu werden. Dort waren alle Aktivitäten aufgelistet, die die Partei in den kommenden Wochen plante. Eine davon fand bereits in vierzehn Tagen in Breitenfelds Lichtenberger Wahlkreis statt. Wobei die Wahl des Versammlungsortes diesmal auf den schmucken Konferenzsaal eines örtlichen Hotels gefallen war. Offensichtlich sollte den Besuchern nicht noch einmal die miefige Atmosphäre einer Schulaula zugemutet werden.

Die Feststellung, dass die Parteien immer noch einen Zacken

zulegten, je näher der Wahltermin rückte, bestätigte sich auch durch die Hochkarätigkeit der Redner, die eigens für diese Veranstaltung aufgeboten worden waren, um Breitenfeld den Rücken zu stärken. Neben einem Mitglied des Bundesvorstandes sollte Hentschel den Landesvorstand und die Abgeordnetenhausfraktion der Partei vertreten. Breitenfeld selbst war natürlich als Hauptredner vorgesehen.

Während Conrad und seine Mitstreiter bereits überlegten, wie sie Breitenfeld am besten packen konnten, machte sich der Kandidat ebenfalls Gedanken über den Ablauf seines vielleicht entscheidenden Wahlkampfauftritts. Diesmal gedachte er, die Vorgaben seines Zuchtmeisters peinlich genau zu beachten. Um jede verfängliche Passage zu vermeiden, war es ihm sicherer erschienen, seinen Redetext vorab mit Hentschel abzustimmen. Der hatte ihm daraufhin die Zusage abverlangt, sich exakt an den für unbedenklich befundenen Inhalt seines Manuskripts zu halten. Insgeheim ließ er sich aber nicht davon abbringen, dass ihm seine erste Vorstellung in der Schulaula den weiteren Weg geebnet hatte. Die eigenen Leute, darin stimmte er Hentschel zu, musste er nun nicht mehr davon überzeugen, dass er über den richtigen Stallgeruch verfügte. Das würde sich für ihn noch auszahlen, auch wenn er seither deutlich vorsichtiger auftrat und die unverdächtigen Themen in den Vordergrund rückte. So kurz vor der Wahl durfte kein Wähler abgeschreckt werden.

Auch Jutta Vogel, Ulf Ziesche und Frank Conrad rechneten mit keiner neuen Steilvorlage Breitenfelds. Vermutlich blieb der während des Schlussspurts seines Wahlkampfes eher allgemein, um den Gegnern der Partei geringere Angriffsflächen zu bieten. Wenn Breitenfeld seinen Vortrag demnach mit den geläufigen Grundaussagen der Partei bestritt, lief wahrscheinlich wieder einmal alles auf die Fragen der sozialen Gerechtigkeit hinaus. Zumal das Soziale, als Markenkern der Partei, die wenigsten Unabwägbarkeiten befürchten ließ. Also mussten sie hier einhaken und diese begrenzte Thematik auf die grundsätzlichen Aspekte von Recht und Gerechtigkeit erweitern. Das wäre ihr Einstieg, um Breitenfeld coram publico mit seiner Vergangenheit zu konfrontieren und der Veranstaltung ein Stück weit ihren Stempel aufzudrücken.

Tatsächlich gestaltete sich der Verlauf der Wahlversammlung etwas anders, als es die Planung der rührigen Organisatoren vorsah. Darin lag eine Parallelität zu ihrer eigenen Veranstaltung in Hohenschönhausen. Nur in diesem Fall waren sie es, die von der unerwarteten Wendung profitierten.

Zunächst hatte der Vertreter des Bundesvorstandes die herausragende Bedeutung der Berliner Wahlen für die Stärkung der Gesamtpartei hervorgehoben. Ein inzwischen standardisierter Redetext mit leicht abgewandelten Eckdaten, der dem Ansporn der jeweiligen Basis diente, wenn gerade mal wieder irgendwo im Lande Wahlen anstanden. Anschließend bat er Hentschel zu sich, um ihm verabredungsgemäß das Mikrofon für ein weiteres Grußwort zu übergeben. Der war bereits während seiner Schlusssätze, die festgelegte Ablauforganisation abkürzend, mit sportlich federnden Schritten aufs Podium geeilt, wo er, die gute Laune in Person, seinem Vorredner leutselig auf die Schulter klopfte und sich dann in alle Richtungen verbeugte. Niemand, der seine anschließende Laudatio auf Breitenfeld verfolgte und nicht zum inneren Führungszirkel der Partei gehörte, entnahm seinen herzlichen Worten den geringsten Fingerzeig, dass sein Eintreten für den Wahlkreisbewerber kein Ausdruck persönlicher Wertschätzung sein könnte, sondern lediglich den Parteiinteressen Rechnung trug. Dass hier zwei Genossen weiterhin über Kreuz lagen, ging Außenstehende nichts an. Die durften von solchen Reibereien nichts mitbekommen. Vielmehr sollte von dieser Veranstaltung ein Signal der Geschlossenheit ausgehen, der Beweis, dass die Partei, gerade in Wahlkampfzeiten, zusammenstand. Wichtiger als die innerparteiliche Verteilung von Sympathien oder Abneigungen war ein respektables Wahlergebnis. Dieses Ziel rechtfertigte auch das eine oder andere Kompliment für einen zweifelhaften Kandidaten.

Mit dieser Absicht war Hentschel ans Rednerpult getreten, nicht ohne seinen Vorredner mit ein paar launigen Bemerkungen zu verabschieden. Der hatte ihn mehrfach mit Professor Hentschel angesprochen. Auch damit schindete man Eindruck. Dass er die Anrede mit seinem schönen neuen Titel, der ihm eine Menge bedeutete, mit einer flüchtigen Handbewegung wegwischte, war eine kleine aber wohlberechnete Geste. Was zählen schon akademische Grade? Ich bin einer aus eurer Mitte.

Der Grundtenor, sich mit Blick auf das Ziel nicht auseinanderdividieren zu lassen, bestimmte auch seine weiteren Ausführungen. Dass bereits die ersten mehr oder weniger erhärteten Hinweise auf Breitenfelds Vergangenheit die Runde machten, hatte er nach dessen Rede in der Lichtenberger Schulaula befürchtet. Nachdem diese dumme Geschichte damit publik geworden war, zählten seine rhetorischen Talente heute mehr denn je. Es galt, diesen Vergangenheitsfetischisten, wie er alle nannte, die nicht aufhören konnten, frühere Aktivitäten von Mitgliedern seiner Partei ans Licht der Öffentlichkeit zu zerren, den Wind aus den Segeln zu nehmen. Es war vorhersehbar, dass die Gegner der PfsG in den letzten Wochen des Wahlkampfes jeden aussichtsreichen Bewerber der Partei auf frühere Funktionen in der DDR durchleuchteten. Die nannten das Ergebnis ihrer Recherchen dann *Verstrickungen im alten System*. Spätestens bei der Regierungsbildung musste sich jedes Mitglied der neuen Fraktion gewahr sein, dass in seinem bisherigen Lebenslauf herumgepopelt wurde. Diese Gefahr wog schwerer als das Risiko, schon im Vorfeld auf die im Raum stehenden Vorwürfe zu reagieren. Also hatte er unter gründlicher Abwägung des Für und Wider beschlossen, den Stier bei den Hörnern zu packen. Solange er die Herrschaft über die Informationen und über die Auslegung von Begriffen behielt, machte er sich keine allzu großen Sorgen. Mit nennenswerten Verwerfungen musste

434

Breitenfeld in seinem Wahlkreis ohnehin nicht rechnen. Da fanden sich noch genug Sympathisanten, die das, was man im Westen als belastend einstufte, dem Kandidaten als zusätzlichen Bonus gutschrieben. Damit hatte der etwas vorzuweisen, was sich häufig mit den eigenen Biografien deckte. Und den Wählern im Westen wurde durch ein scheinbares Eingehen auf bestimmte Vorbehalte suggeriert, dass es die Partei mit der Aufarbeitung der Vergangenheit ernst meinte.

"Meine sehr geehrten Damen und Herren..." Das war die Formel, die jedem Redner als Startsignal diente. Es war die genormte Einleitung eines sich stets wiederholenden Kampfes um die Aufmerksamkeit und die Zustimmung seiner Zuhörer, der Schlüssel, mit dessen Hilfe er in ihre Köpfe eindrang und im weiteren Verlauf bestenfalls sogar ihre Gefühle berührte. „Meine Damen und Herren..." Tausende Male hatte Hentschel diese Worte schon ausgesprochen. So oder auch in abgewandelter Form. „Genossinnen und Genossen..., verehrte Bürgerinnen und Bürger..., geschätzte Wählerinnen und Wähler..., Kolleginnen und Kollegen." So oft, dass sie ihm bereits auf den Lippen lagen, während er noch damit beschäftigt war, die darauffolgenden Sätze, dem jeweiligen Anlass, dem Publikum und der Stimmung entsprechend, im Hinterkopf zu ordnen.

"Gestatten Sie mir bitte eine Vorbemerkung, die mir aus Gründen einer Klarstellung wichtig ist." Obwohl sie den Ablauf dieser Versammlung sorgfältig abgestimmt hatten, konnte Breitenfeld bei dem Gedanken, was dieser Einleitung gleich folgte, ein mulmiges Gefühl nicht unterdrücken. Hentschel und er waren am Vorabend übereingekommen, diese Gelegenheit zu nutzen, um seine frühere Tätigkeit für das MfS erstmals öffentlich einzuräumen. Letztmögliche Schadensbegrenzung hatte Hentschel das genannt, nachdem davon schon mehr als genug durchgesickert war. Hentschel wollte es übernehmen, diesen Sachverhalt auf den Status der Belanglosigkeit herunterzuspielen, indem er seine damaligen Aufgaben als einen

435

stinknormalen Verwaltungsjob darstellte. Erst hatte er das Vorhaben als zu gewagt abgelehnt, war dann aber doch Hentschels Argumenten gefolgt. Wenn einer die Fähigkeit besaß, unliebsame Tatsachen in einem deutlich milderen Licht erscheinen zu lassen, sie vielleicht sogar irgendwie ins Positive umzudeuten, dann war der es. Und Hentschel entledigte sich dieser Aufgabe so routiniert, als handelte es sich lediglich darum, eine an sich unerhebliche Zusatzinformation, nur der Vollständigkeit halber, nachzureichen.

"Wissen Sie, was mir zuwider ist?" Ein eingeschobenes Räuspern sorgte dafür, dass jetzt alle gespannt auf die Antwort warteten.

"Ich habe nichts übrig für diese merkwürdigen Zeitzeugen, die sich mit allerlei anbiederischem Geschwätz lieb Kind machen wollen. Wer von Ihnen kennt das nicht? Immer wenn irgendwo auf der Welt bestimmte gesellschaftliche Veränderungen eintreten, melden sich sofort die Wendehälse zu Wort, die schon seit jeher Gegner der alten Ordnung gewesen sein wollen. Plötzlich wimmelt es überall von vormals Unterdrückten und heimlichen Widerständlern. Ich finde das alles nur noch peinlich." Ein verständiges Nicken bei vielen Anwesenden bestätigte ihm, auf dem richtigen Weg zu sein. Was bei der mehrheitlichen Zusammensetzung dieses Publikums allerdings nicht überraschte. Ihm ging es aber darum, dass sein geplanter Befreiungsschlag auch Außenstehende überzeugte.

"Gehörten meine Freunde und Genossen zu dieser Kategorie von Vergangenheitsbewältigern, dann wären wir heute bestimmt nicht in der PfsG. Nur in diesem besonderen Fall will ich mich selbst einmal als Beispiel nennen. Hätte ich mich nach dem Ende der DDR einer anderen Partei angeschlossen, wäre meine Vergangenheit damit, wie auf Knopfdruck, unbedenklich geworden. Dann wäre ich, zumal als honoriger Akademiker, sofort ein allgemein akzeptierter guter Bürger in einer bürgerlichen Gesellschaft gewesen. Kaum einer wäre auf die Idee gekommen, mit sensationsheischendem Eifer in meiner Biografie herumzuwühlen. Trotzdem habe ich mich für den unbequemeren aber ehrlicheren Weg entschieden. Und was für mich gilt, das gilt auch für andere Mitglieder meiner Partei. Wir sind keine Falschspieler. Wir stehen zu unserer Vergangenheit. Wir haben keine Veranlassung, etwas zu bewältigen. Stattdessen übernehmen wir Verantwortung, laufen nicht vor ihr davon - und laufen auch nicht über. Im Gegensatz zu vielen ehemaligen Verbündeten in den Parteien und Organisationen der Nationalen Front, die auf wundersame Weise zu völlig anderen Menschen mit völlig anderen Lebensläufen und Ansichten mutiert sind."

Jutta Vogel, Ulf Ziesche und Frank Conrad steckten die Köpfe zusammen und tuschelten, ob das schon der richtige Augenblick war, um sich bemerkbar zu machen. Aber dann kamen sie überein, noch etwas zu warten.

Nachdem die Sache bis dahin so reibungslos verlaufen war, wollte Hentschel jetzt auch noch den Rest wie vorgesehen zu Ende bringen. Dass ihm dabei, ähnlich wie Breitenfeld, nicht ganz wohl war, verbarg er weiterhin hinter der scheinbaren Gelassenheit, mit der er sich dem heikelsten Teil näherte. Dann besann er sich allerdings darauf, dass manche Aussagen durch ein gut abgestimmtes Quantum an Emotionalität eine noch größere Wirkung entfalteten. Das Herauskitzeln bestimmter Gefühle konnte zweckmäßig sein. Vorausgesetzt, dass sie für den, der sich ihrer bediente, kontrollierbar blieben.

"Es macht mich betroffen, wie undifferenziert Menschen verletzt und ausgegrenzt werden, die nicht in den eintönigen Chor der Wendehälse einstimmen. Ich habe Respekt vor einer Haltung, die sich einem solchen charakterlosen Verhalten verweigert. Niemand darf verlangen, sich für die eigene Lebensleistung zu entschuldigen. Und einer von denen, die sich nicht verbiegen lassen, ist unser Kandidat in diesem Wahlkreis, mein Genosse Bodo Breitenfeld." Natürlich gab es daraufhin aus dem Kreis der Getreuen den erwarteten Beifall.

"Aufgepasst, jetzt wird es spannend" raunte Ziesche seinen beiden Begleitern zu. „Gleich sind wir am Zug." Derweil bangte Breitenfeld, dass auch weiterhin alles glatt lief. Hentschel machte seine Sache hervorragend, auch wenn ihm bewusst war, dass der nicht für ihn in die Bresche sprang. Dessen Sorge galt vor allem der Partei und im Zweifel sich selbst. Jetzt hielt er einen Moment den Atem an, als Hentschel zur entscheidenden Aussage seiner Erklärung überleitete.

"Vielleicht haben Sie in den letzten Tagen mitbekommen, dass die schon mehrfach genannten Vergangenheitsfetischisten glauben, wieder mal fündig geworden zu sein. Dabei gilt ihr aktuelles Interesse dem Mann, den unsere Partei aus guten Gründen für diesen Wahlkreis nominiert hat. Ist es nicht vorteilhaft, gerade Menschen ins Parlament zu schicken, die aus einem gemeinsamen Erleben heraus verstehen, was ihre Wähler bewegt? Menschen wie Bodo Breitenfeld. Wer, verehrte Wählerinnen und Wähler hier in Lichtenberg, könnte Ihre Interessen glaubhafter im Abgeordnetenhaus vertreten als ein Abgeordneter, der Ihre Erfahrungen als ehemalige Bürgerinnen und Bürger der DDR teilt?"

Hentschel wartete den nun noch stärkeren Beifall ab, um dann, bestärkt durch die bis jetzt ungeschmälerte Zustimmung, den Point of no return zu überschreiten und zum Kern seiner Entlastungsstrategie zu kommen. Jetzt ging es um das Kunststück, die über Breitenfeld kursierenden Berichte als überzogene und insoweit bösartige Verdrehungen zurückzuweisen, ohne die Tatsache seiner Tätigkeit für das MfS als solche zu leugnen. Das hätte nach allem, was bereits an die Öffentlichkeit gelangt war, auch wenig Sinn ergeben.

"Mir liegt daran, an dieser Stelle einiges richtigzustellen. Ich möchte..." Aber noch ehe Hentschel dazu kam, Breitenfeld als Geschädigten einer neuerlichen Verleumdungskampagne herauszuhauen, hielt es Conrad nicht länger auf seinem Stuhl.

Noch in den abklingenden Applaus hinein machte er seiner bis jetzt zurückgehaltenen Erregung Luft. Spätestens in dem Moment, als Hentschel Breitenfelds Vorgeschichte zum besonderen Befähigungsnachweis für künftige politische Aufgaben beförderte, war für ihn das Maß des Zumutbaren überschritten.

"Ich frage mich, von welchen Erfahrungen soeben die Rede war. Meinten Sie damit seine Verdienste als hauptamtlicher Mitarbeiter der Firma Horch und Greif? Und was heißt in diesem Zusammenhang *geteilte* Erfahrungen? Geteilt haben wir allein das Erlebnis, einen Menschen an den Rand seiner Kräfte, und häufig darüber hinaus, zu bringen. Ihr Genosse Breitenfeld auf die aktive Weise, auf eine sehr aktive Weise, wie ich ihm ausdrücklich bescheinige, und ich als einer von vielen, die seine herausragenden Fähigkeiten zu spüren bekamen. Ich kann Ihnen verraten, dieses Aufeinandertreffen zweier ehemaliger DDR-Bürger war nicht unbedingt von der Art, die Sie so blumenreich als verbindendes Gemeinschaftserlebnis beschreiben. Dabei ist mir Ihr Kandidat wegen seiner hingebungsvollen Pflichterfüllung in bleibender Erinnerung geblieben. Der gehörte zu diesen immer noch einen Zahn schärferen Stasi-Schergen, die den Auftrag, ihrer Partei und ihrem Staat als Schwert und Schild zu dienen, auch als persönliche Mission verstanden. Als mich Breitenfeld wie einen Verbrecher aus dem Haus holte, war in der Tat erkennbar, dass er schon auf zahlreiche *Erfahrungen* zurückgreifen konnte."

Mist, war Hentschels erster Gedanke, jetzt hatte es doch tatsächlich einer dieser Unruhestifter gewagt, auf sicher geglaubtes Terrain vorzudringen. Und wo einer von der Sorte auftauchte und auf den alten Geschichten herumritt, da war er wahrscheinlich nicht allein gekommen. Er hatte auch bemerkt, wie Breitenfeld zusammenzuckte. Wenn der bloß nicht die Nerven verlor. Immerhin hatten sie die Mehrheit im Saal auf ihrer Seite. Wer hier Ärger machte, musste wissen, worauf er sich mit seiner Kampfansage einließ. Dessen ungeachtet hätten andere an seiner Stelle schon wieder auf das übliche Gemisch aus halb entschuldigendem Bedauern und hilflos verlegenen Relativierungen zurückgegriffen. Zum Glück war er aus einem anderen Holz geschnitzt. Er geriet nur kurz aus dem Konzept. Gleich darauf war er schon wieder Herr der Situation.

„Niemand, verehrter Besucher, bestreitet Ihnen das Recht, hier Ihre Ansichten zu vertreten. Dazu lade ich Sie ausdrücklich ein. Sie sollten mich nur aussprechen lassen. Auf diesem guten demokratischen Brauch muss ich bestehen. Dann werden Sie vielleicht erkennen, dass sie vorschnell urteilen."

"Das könnte Ihnen so passen, dass wir abwarten, bis Sie Ihren Freispruch verkünden." Ziesche, der Conrad beisprang, war ähnlich aufgebracht. Dieses vorgebliche Eingehen auf entsprechende Anklagen verlief doch stets nach dem gleichen Muster. Da wurde der Eindruck erweckt, als wollte man sich ernsthaft mit ihnen auseinandersetzen. In Wirklichkeit ging es immer nur darum, Zeit zu schinden, um das Ganze zu zerreden. Da wurden die Fakten so lange hin und hergeschoben, wurden Begriffe in ihr Gegenteil verkehrt, bis zum Schluss nur noch die unmittelbar Betroffenen die Wahrheit kannten.

Hentschel registrierte, dass es also tatsächlich mehrere Störer gab. Aber ob einer oder mehrere, das war jetzt ein Aufwasch. Ob Breitenfeld das überhaupt zu schätzen wusste, was er für ihn auf sich nahm, dass er wieder mal zum Wohle der Partei versuchte, seinen Arsch zu retten?

„Freispruch, Verurteilung. Bereits heute darüber zu befinden, wäre voreilig. Manchmal braucht die Geschichte Zeit für ein gerechtes Urteil."

"Mit den Urteilen über uns waren Sie wesentlich schneller. Aber was das Thema Gerechtigkeit betrifft, auf die Debatte lassen wir uns gerne ein. Deshalb sind wir hier."

Aha, die Dritte im Bunde, stellte Hentschel fest, als nun auch Jutta Vogel ihren Kommentar folgen ließ. Ohne auf sie einzugehen, blieb er bei seinem Text. "Damit will ich sagen, dass jede Form von Aufgeregtheit einer objektiven Analyse bestimmter geschichtlicher Fakten entgegenwirkt."

"Ach ja? Dann sollten wir uns wohl besser in objektiver Weise an einer objektiven Diskussion darüber beteiligen, welche objektiven Gründe dazu geführt haben, uns in Hohenschönhausen und in anderen Schulungseinrichtungen für eine objektive Sichtweise so intensiv zu bearbeiten, bis wir das, was Sie und Ihre Genossen unter Objektivität verstehen, in den Verhören nicht länger infrage stellten." Das war wieder Ziesche, der die aufkommende Unruhe unter den übrigen Anwesenden ignorierte. Wobei ihm und seinen Begleitern die ersten Buh-Rufe nur noch einmal bestätigten, dass sie mit ihren Ansichten hier auf verlorenem Posten standen. Aber schließlich hatten sie auch nicht erwartet, ausgerechnet unter Breitenfelds Fans auf Verständnis zu stoßen.

"Es gab Irrtümer, über die niemand glücklich ist. Dennoch sollten Sie Ihre bedauerlichen Erlebnisse nicht verallgemeinern. Gerade an der Person von Bodo Breitenfeld zeigt sich sehr deutlich, wie unterschiedlich ein Sachverhalt interpretiert werden kann."

„Na, wer sagt's denn", flüsterte Ziesche seinen Begleitern zu, „heute kommen wir sogar noch zügiger als sonst zu den dialektischen Umetikettierungen."

"Sie bezeichnen Breitenfeld als Stasi-Schergen. Auch das mag sich aus Ihrer persönlichen Verbitterung erklären. Mich hat diese Wortwahl schockiert. Der Begriff des Schergen verbietet sich schon deshalb, weil die anständigen Kräfte in diesem Land, nicht nur in meiner Partei, damit einen Bezug zur Nazi-Barbarei herstellen. In dieser Zeit gab es solche KZ-Schergen. Das waren Verbrecher, die systematisch Menschen umgebracht haben. Ich dulde es nicht, diesen Begriff in irgendeinen Zusammenhang mit den Angehörigen der Sicherheitsorgane der DDR zu bringen."

"Dann ersetzen Sie meinetwegen den Schergen durch den

Büttel, falls Sie diese Umschreibung von Gewissenlosigkeit gepaart mit Kadavergehorsam für politisch korrekter halten."

"Was soll das? Wo der Hass regiert, bleibt die Vernunft auf der Strecke. Warum gehen Sie nicht einen Schritt auf Ihre ehemaligen Gegner zu? Die hatten es auch nicht immer leicht."

"Das hätten Sie wohl gerne, dass wir uns jetzt auch noch selbst als lästige Mahner aus dem Verkehr ziehen? Außerdem irren Sie sich, wenn Sie glauben, dass die meisten von uns, die einem dieser geklonten Breitenfelds ausgeliefert waren, vom Hass zerfressen wären. Was die Mehrheit von uns fühlt, ist Verachtung. Die Verachtung hat eine andere Qualität als der Hass. Zwar verstehe ich jeden, der seinen Peinigern die Pest an den Hals wünscht. Ich selbst verbiete mir solche Gefühle, weil sie den Blick verengen. So ein Tunnelblick, da stimme ich Ihnen sogar zu, ist unvernünftig. Wer hasst, setzt das Empfinden vor das Verstehen. Dagegen schließt auch die tiefste Verachtung das Verstehen nicht aus. Ich verstehe nur zu gut, was die Breitenfelds dieser Welt dazu treibt, sich als Herrenmenschen aufzuspielen, sobald ihnen ein System die Möglichkeit bietet, ihre abnorme Persönlichkeit auszuleben. Damit spreche ich auch für meine Leidensgefährten. Gerade, weil wir begriffen haben, dass sich solche Psychopathen nie wirklich ändern, sehen wir in Ihrem Genossen auch nicht unseren ehemaligen Gegner. Der Mann bleibt unser Feind, so lange wir leben."

"Wenn Sie das so sehen, ist eine weitere Diskussion sinnlos. Dafür wäre es notwendig, in der Wortwahl abzurüsten. Unsere Hand bleibt ausgestreckt."

"Das nenne ich großherzig, wenn sich die früheren Kerkermeister herablassen, in einen Dialog mit ihren ehemaligen Häftlingen einzutreten."

"Mit dieser Einstellung verhindern Sie jedes konstruktive Gespräch."

"Fragt sich nur, was Sie unter konstruktiv verstehen. Sie erfüllen ja noch nicht mal die Voraussetzung, ohne das übliche

Herumgerede Ihre Schuld einzugestehen."

"Keine Aussprache darf mit einer Vorbedingung beginnen. Ein Schuldbekenntnis nähme doch das Ergebnis schon vorweg. Alles, was dabei herauskäme, wäre wieder nur ein Pauschalurteil. Und mit Pauschalurteilen müssen wir schon heute leben."

"Damit beschreiben Sie genau Ihr Problem. Sie fühlen sich frei von jeder Schuld."

"Wie oft soll ich denn noch einräumen, dass Fehler gemacht wurden. Leider machen Menschen nun mal Fehler. Wenn Sie darin ein schuldhaftes Verhalten sehen, bitteschön. Insoweit haben Sie und ich, wenn wir von Schuld sprechen, wahrscheinlich unterschiedliche Vorstellungen."

"Davon können Sie ausgehen. Bestimmt haben Sie auch nicht ohne Absicht wieder mal von Irrtümern und Fehlern gesprochen. Im Sinne von einigen handwerklichen Mängeln bei der Ausführung einer an sich guten Sache. Wie menschenverachtend ist das denn, die Betroffenen, die dabei auf der Strecke blieben, als ein paar ärgerliche Schnitzer abzuhaken? Wo Menschen gequält und getötet werden, da geht es nicht um Fehler, sondern um Verbrechen. Das liegt in der natürlichen Logik eines verbrecherischen Systems. Was mich noch mal auf den Begriff des Schergen zurückbringt, der Sie so empört hat. Solche Schergen, sprich Verbrecher, gab es eben nicht nur bei den Nazis. Die haben in den Breitenfelds, oder wie auch immer sie heißen, ihre legitimen Nachfolger gefunden."

"Jetzt aber Vorsicht. Soweit reicht meine Gesprächsbereitschaft nicht, Mitglieder meiner Partei in dieser Weise beschimpfen zu lassen. Ein Mindestmaß an Fairness ist für mich nicht verhandelbar. Nur, um Ihre Unversöhnlichkeit irgendwie einordnen zu können, interessiert es mich schon, welcher Verbrechen Sie Bodo Breitenfeld konkret beschuldigen."

"Wenn Sie das nicht wissen."

"Sie weichen mir aus. Also noch mal: Was werfen Sie Bodo Breitenfeld vor, um ihn für alle Zeiten zu Ihrem Feind zu

443

erklären?"

"Es gibt Verbrechen im strafrechtlichen und im moralischen Sinne."

"Oh..., ich gestehe, Sie verblüffen mich. Diesen Gemeinplatz hätte ich jetzt nicht erwartet. Schwingen Sie vielleicht nur deshalb die Moralkeule, weil Ihnen sonst nichts einfällt? Zumal diese Frage rechtlich längst entschieden ist. Nebenbei gesagt, nicht von ehemaligen DDR-Juristen. Wenn also die rechtlichen Möglichkeiten versagen, kommen die moralischen Aspekte immer gut zu passe. Andererseits ist das mit der Moral so eine Sache. Was ist moralisch geboten und was ist moralisch verwerflich? Eine Auslegungsfrage, die gerne nach den jeweils gültigen gesellschaftlichen Rahmenbedingungen beantwortet wird. Ist Breitenfeld demnach zu tadeln, weil er seine Pflicht erfüllt hat? Sind Zuverlässigkeit und Integrität verdammenswert oder nach Ihrer Definition gar verbrecherisch, weil sie anderen Prämissen folgen als Ihren politischen Vorstellungen?"

Während Ziesche kurz stockte und sich fragte, ob er Hentschels Dialektik gewachsen war, kam ihm Conrad zu Hilfe. "Dann finden Sie es also in Ordnung, jemand wie mich, der nichts weiter getan hat als einen Wahlaufruf, sagen wir mal, etwas zu korrigieren, im sprichwörtlichen Morgengrauen in den Knast zu verfrachten?"

"Jedes Land der Welt hat seine Gesetze. Ohne die funktioniert keine staatliche Ordnung. Unabhängig davon, ob manche Bürger die eine oder andere Vorschrift für falsch halten. Das ist heute nicht anders als zu DDR-Zeiten. Das war noch nie anders. Dabei stand Breitenfeld als Staatsbediensteter in der besonderen Pflicht, das geltende Recht durchzusetzen. Dazu gehörte es auch, angeordnete Verhaftungen durchzuführen. Für ihn wie für seine Kollegen sicherlich nicht die angenehmste Aufgabe. Aber auch heute werden Beamte mit dieser Anweisung losgeschickt, ohne dass Sie und Ihre Freunde auf die

444

abwegige Idee kämen, sie dafür anzufeinden."

Das durfte doch alles nicht wahr sein. Conrad musste erst mal tief durchatmen. Auch Ziesche und Jutta Vogel konnten nur den Kopf schütteln. Hätte es in diesem Saal auch noch nach Trabbi-Abgasen oder Braunkohlebefeuerung gestunken, wodurch sich die ehemalige DDR auch mit verbundenen Augen verriet, wären sie fast sicher gewesen, sich auf einer Zeitreise in die Vergangenheit zu befinden. Jutta Vogel übernahm es, für sie zu antworten. "Ein bemerkenswerter Vergleich, der zeigt, dass Sie den Unterschied zwischen einem Rechtsstaat und einer Diktatur nicht erkennen. Oder, diese näherliegendere Annahme sei Ihrem Intellekt geschuldet, Herr Professor, dass Sie ihn wissentlich verfälschen. Und dann erwarten Sie tatsächlich, dass wir ungeachtet unserer Erfahrungen auf Sie zugehen, während Sie sich allenfalls symbolhaft ein paar winzige Schritte von Ihren alten Positionen entfernen? Dafür bedarf es keiner akademischen Grade, um dieses Manöver zu durchschauen."

"Schön für euch. Und jetzt macht euch gefälligst vom Acker. Hetzer aus der rechten Ecke haben hier nichts verloren." War es Hentschel mit einer gewissen Konzilianz gegenüber den ungebetenen Besuchern bisher gelungen, entsprechende Reaktionen des Publikums zu verhindern, wurden die Unmutsbekundungen inzwischen wütender und lauter.

Die kleine Gruppe steckte die Köpfe zusammen und beriet, wie es jetzt weitergehen sollte. Conrad schlug vor, ihre Aktion für heute zu beenden. „Das meiste von dem, was wir loswerden wollten, ist gesagt. Wir waren auch nicht ganz erfolglos. Das zeigt sich schon daran, dass es jetzt langsam ungemütlich wird." Ziesche stimmte ihm zu, während Jutta Vogel bedauerte, dass Breitenfeld noch viel zu gut davongekommen war. "Der hat sich doch die ganze Zeit über hinter Hentschel versteckt." Aber Ziesche konnte sie beruhigen. "Breitenfelds Auftritt können wir uns ersparen. Der wird garantiert den gleichen Scheiß absondern wie Hentschel vor ihm. Im sturen Herunterbeten

445

festgelegter Redewendungen zeigt sich die Corporate Identity politischer Sprache. Je häufiger sich die Textbausteine wiederholen, desto höher die Einprägsamkeit und damit der Wiedererkennungswert. So gesehen ist es Jacke wie Hose, wer gerade spricht. Hentschels Souveränität hat jedenfalls ein paar Kratzer abbekommen, auch wenn er bemüht war, sich das nicht anmerken zu lassen. Und was Breitenfeld betrifft, weiß der jetzt noch besser als zuvor, dass er unter verschärfter Beobachtung steht."

32

Zuerst war es für Teschner nur so eine verschwommene Ahnung gewesen, dass es zwischen Menschen und Gebäuden eine geheimnisvolle Wechselbeziehung gab. Aber je intensiver er diesen Gedanken verfolgte, desto stimmiger erschien ihm seine Theorie. Er kannte Häuser, die ihn wie gute Freunde willkommen hießen. In ihnen fühlte er sich auf Anhieb wohl, während er andere als kalt und abweisend wahrnahm. Nicht anders begegnete er Menschen, die er entweder sympathisch fand oder lieber mied. So, wie ihn menschliche Biografien interessierten, hatte er eine Vorliebe für Bauwerke entwickelt, die ihm eine Geschichte erzählten – ihre Geschichte. Wenn er sich in deren Mauern aufhielt, dann erlebte er diese steinernen Zeugen vergangener Zeiten, die bereits unzählige Generationen nach ihren Erbauern, wenn auch häufig nur als Torso, überdauert hatten, wie ein aufgeschlagenes Geschichtsbuch. Die Faszination, mit der er sich jedes Mal aufs Neue in dessen Seiten vertiefte, teilte er mit allen, die wie er der Anziehungskraft alter Schlösser, Burgen, Klöster und Kathedralen verfallen waren. Woran sonst wäre der Aufstieg, Ruhm und Verfall ganzer Epochen besser abzulesen gewesen als an diesen Restbeständen einer untergegangenen Welt? Zudem besaßen Steine einen unschätzbaren Vorteil. Sie ließen sich anfassen. Ein Gegenstand, der sich mit den eigenen Händen berühren ließ, war durch und durch real, im wortwörtlichen Sinne *begreifbar*. Kein noch so angestrengtes Bemühen, ihn nur zu beschreiben, konnte da mithalten.

Vielleicht blieb manche große Idee oft nur deshalb unverstanden, weil sie sich wie alles Nichtmaterielle dem auf Gegenständlichkeit angewiesenen *Begreifen* entzog. Im Laufe der Jahre hatte er aus dieser Überlegung fast so etwas wie eine Philosophie entwickelt.

Daneben gab es Gebäude anderer Art, die noch weit davon entfernt waren, sich mit einer jahrhundertealten Patina zu schmücken. Dennoch atmeten auch sie bereits Geschichte. Das spürte er sehr deutlich, als er zusammen mit Steffens und Petra an diesem Abend das Rathaus Schöneberg betrat. In diesem Fall war es sogar ein Teil seiner eigenen Geschichte, der er hier wiederbegegnete.

Die Glocke, hoch oben im Turm des Rathauses, hatte ihre Akustik nicht hörbar verändert. Dennoch glaubte er, sie heute anders wahrzunehmen als im eingeschlossenen und später auch eingemauerten West-Berlin seiner Kindheit und Jugend. Wer damals ihre Schläge zählte, der nannte sie, entsprechend ihrem Pendant in Philadelphia, respektvoll die Freiheitsglocke. Deren Besonderheit lag darin, dass sich ihr Klang stärker über das Gefühl als über das Ohr mitteilte. Als Kind vermeinte er, in ihrem Geläute tatsächlich die Stimme der großen weiten Welt zu hören. Dieser Glockenschlag hatte sich ihm ebenso eingeprägt wie das Gelöbnis, das im RIAS, jeweils zur Mittagsstunde, nach seinem Ausklingen, mit gesetzten Worten verlesen wurde.

Ich glaube an die Unantastbarkeit und an die Würde jedes einzelnen Menschen. Ich glaube, dass allen Menschen von Gott das gleiche Recht auf Freiheit gegeben wurde. Ich verspreche, jedem Angriff auf die Freiheit und der Tyrannei Widerstand zu leisten, wo auch immer sie auftreten mögen.

Auch an ihm war der Zeitgeist nicht spurlos vorübergegangen. Jetzt, wo er den noch vertrauten Text leise zitierte, als wollte er sich davon überzeugen, dass er ihn noch beherrschte, empfand er das Pathos der damaligen Zeit irgendwie befremdlich. Nach heutigen Maßstäben kam diese Ausdrucksfülle in

447

ihrer weihevollen Überhöhung ein bisschen künstlich daher. Heute irritierten zu viele große Worte. Da wurde eine weniger feierliche Sprache bevorzugt. Und bei Versprechen dieser Art übte man sich gern in Zurückhaltung. Aber wenn er die derzeitige Scheu vor Bekenntnissen unberücksichtigt ließ, dann fand er nichts, was an dieser Aussage falsch war. Nichts, was heute nicht in gleicher Weise als Auftrag verstanden werden konnte.

In diesem Rathaus, in dessen imposanter Eingangshalle er sich jetzt ein wenig verloren fühlte, hatte der legendäre Ernst Reuter regiert. Der Mann mit der Baskenmütze, dem die Menschen in schwerer Zeit vertrauten. Von den Nachgeborenen längst vergessen. Wo gab es heute noch Persönlichkeiten seines Formats? Wer besaß heute noch seine Glaubwürdigkeit? Damals repräsentierte keiner den Widerstandswillen der West-Berliner gegen ihre allgegenwärtige Bedrohung nachdrücklicher als er. Die fast einjährige Blockade der Stadt war im Säuglingsalter an ihm vorbeigegangen. Diese Zeit verknüpfte er vor allem mit den Berichten seiner Eltern. Dafür haftete ihm das Geschehen späterer Jahre umso intensiver im Gedächtnis. Wie die Rede Kennedys, kurz nach dem Mauerbau. Die hatte er als Schüler auf dem Platz vor dem Rathaus, der damals noch Rudolph-Wilde-Platz hieß, gehört. Einschließlich des berühmt gewordenen Satzes: Ich bin ein Berliner. Der rhetorische Einfall eines Politikers. Kühl berechnet, abgestimmt auf den besonderen Anlass. Ausgesprochen mit der Absicht, die Zuhörer zu begeistern. Egal, so etwas wirkte nach.

Die letzte große Kundgebung auf dem nun nach John F. Kennedy benannten Platz war ihm noch so gegenwärtig, als hätte sie erst gestern stattgefunden. An diesem 10. November 1989, einen Tag nach dem Fall der Mauer, schloss sich für dieses Rathaus ein Kreis. Das hatte in den Jahren der Teilung seine größte Zeit erlebt. Und es verlor seine Funktion mit der Wiedervereinigung der beiden Stadthälften. Als der Regierende Bürgermeister bald darauf seinen Amtssitz in das Rote Rathaus verlegte und das Abgeordnetenhaus in den ehemaligen Preußischen Landtag übersiedelte, fiel es zurück auf seine Anfänge vom 25. März 1914, als hinter seinen Mauern die erste Stadtversammlung der damals noch selbstständigen Stadt Schöneberg tagte. Und nach den Bezirkszusammenlegungen von 2001 war es plötzlich nur noch eines von zwei Rathäusern des neuen Bezirks Tempelhof-Schöneberg, zurechtgestutzt auf den Rang einer Berliner Bezirksverwaltung unter insgesamt zwölf.

Menschen und Gebäude bildeten einen miteinander verwobenen Teil der Geschichte. Dabei kannte die Chronik von Gebäuden ebensolche Merkwürdigkeiten und Brüche wie die Biografie von Personen. Auch wenn es sich meist umgekehrt verhielt, so gab es doch Aufstiege, die sich mit einer schlimmen Zeit verbanden, und wurden die Jahre besser, folgte der Niedergang. Dabei blieb aber immer etwas von dem Gewesenen zurück. Das galt für das Leben von Menschen und das besaß seine Richtigkeit für Bauwerke. Auch für dieses Rathaus. Das hatte zwar seine einstige Bedeutung verloren, aber eine wachgehaltene Erinnerung überdauerte alle Veränderungen. Deshalb tat es seiner Historie auch keinen Abbruch, dass an diesem Abend in einem seiner Sitzungssäle, in dem vielleicht einmal ein Stück großer Politik geschrieben wurde, der Kreisparteitag der FDSU sein Domizil gefunden hatte. Von der Globalität zurück zum Kommunalen, zugleich aber auch zu den Wurzeln. Er sah in der Wahl des Versammlungsortes sogar ein Symbol. Wenn er seine Kandidatur für das Abgeordnetenhaus gerade hier erstritt, besaß dieses Gebäude nicht nur eine bedeutende Vergangenheit, dann markierte es für seine persönliche Entwicklung sogar noch einmal den Anfang von etwas Neuem. Ob es dazu kam, würden die nächsten Stunden erweisen.

Zunächst jedoch schrillten bei ihm und seinen Begleitern sämtliche Alarmglocken, als Dettmers sie beim Betreten des angemieteten Raumes schon von Weitem angrinste. Dieses schmierige Feixen kannte er. Immer, wenn der vor guter Laune strotzte, hatte er meist eine neue Gemeinheit in petto. Petra bemerkte den Grund seines Vergnügens zuerst. Brose, der sich erkennbar geschmeichelt fühlte, seinem Idol auch heute wieder dienlich sein zu dürfen, war gerade dabei, auf den Tischen eine Art Flugblatt auszulegen. Auch an ihren Plätzen fanden sie eines dieser Pamphlete vor, dessen fett gedruckte Überschrift sofort ins Auge sprang und ihre Ahnung bestätigte. *Einige Gründe, die Norbert Teschners Nominierung unmöglich machen.* Als Verfasser hatte Dettmers gezeichnet. Er musste Steffens bremsen, der schon auf dem Sprung war, Brose den Rest des Packens aus der Hand zu reißen. Doch der besann sich dann selbst eines Besseren.

"Eines steht jetzt schon fest, der Abend wird spannend. Das ist unverkennbar Sterns Masche. Nach außen den feinen Herrn spielen und die Sauereien an diese Dreckschleudern delegieren. Aber so läuft das nicht. Der wird es noch bedauern, Dettmers für sich einzuspannen. Kaum zu fassen, wie der nach den eigenen Erfahrungen so dämlich sein kann, ein zweites Mal mit dem Kerl gemeinsame Sache zu machen. Andererseits bestätigt sich damit nur, was mir schon immer klar war. Wenn die Karriere lockt, ist der Verstand bei einigen Leuten im Arsch."

"Das kommt mir doch irgendwie bekannt vor. Nur werden die geistigen Fähigkeiten dabei in Bezug zu einem bestimmten männlichen Körperteil gebracht."

"Aber hallo, Petra, ich bin schockiert, wie gut du dich in diesem speziellen Sprachschatz auskennst. Der wird doch allgemein uns Männern zugeschrieben. Aber nachdem du es ansprichst, scheint mir die Karrieregeilheit tatsächlich eine gewisse Ähnlichkeit mit dem Sex aufzuweisen. Beides lenkt das Denken ausschließlich in eine Richtung."

"Man könnte auch sagen, es verengt das Denken auf ein begrenztes Ziel. Wobei ich einräume, dass dort, wo die Natur ihr Recht verlangt, es auch schon mal erlaubt sein muss, die Ratio derweil auf Sparflamme zu stellen. Zumal es sich dabei im

Regelfall um einen temporären Zustand handelt. Dagegen ist die Karriereregeilheit als Ausdruck einer übersteigerten Eitelkeit schon bedenklicher. Als Medizinerin würde ich in dem Fall eine fortgeschrittene Persönlichkeitsstörung diagnostizieren, eine pathologische Fehlsteuerung des Gehirns."

"Oha, welch gewagte Diagnose, Frau Doktor. Dann möchte ich lieber nicht so genau prüfen, wie hoch die Zahl dieser Fehlgesteuerten ist, die ungeachtet ihrer psychopathologischen Störungen die Schalthebel der Macht bedienen." Während Steffens noch einen Moment über diese interessante Deutung nachdachte, griff er mit spitzen Fingern nach dem vor ihm liegenden Exemplar. Das tat er mit einem so hervorgekehrten Ekel, als wäre er gezwungen, einen extrem unappetitlichen Gegenstand zu berühren. Ohne darauf zu achten, dass sich Petra und Teschner gerade selbst in den Text vertieften, begann er den Inhalt mit neu entflammter Erregung zu kommentieren.

Auch Teschner empfand die Beschuldigungen gegen Steffens und ihn als Gipfel der Dreistigkeit. Penibel wie ein Buchhalter hatte Dettmers die ganze Palette seiner Angriffe noch einmal in Form einer Mängelliste zusammengetragen. Kein noch so belangloses Ereignis erschien ihm zu unbedeutend, um unerwähnt zu bleiben. Wobei er sich allerdings, den Zweck der Versammlung fest im Blick, hauptsächlich auf ihn eingeschossen hatte. Immerhin war er klug genug, die alten Vorwürfe nicht nur zum x-ten Male zu wiederholen. Durch ihre ausschmückende Darstellung gab er ihnen den Anschein höchster Verwerflichkeit. Offenbar setzte er darauf, dass nicht jeder außerhalb des Ortsverbandes die Querelen in Mariendorf verfolgte und sich unter den Abstimmungsberechtigten noch der eine oder andere Uninformierte fand, der sich von seiner Dramatik beeindrucken ließ. Und soweit diese Strategie nicht allein auf seinem Mist gewachsen war, dürfte sie ihm von Stern untergeschoben worden sein.

"Nun hört euch bloß diese gequirlte Scheiße an." Steffens

konnte kaum noch an sich halten. Mit dem Finger pochte er wütend auf die Passage, in der Stefanie Köhler von Dettmers zur Kronzeugin für die Machenschaften eines Vorstandes ausgerufen wurde, der nicht davor zurückschreckte, verdiente Altmitglieder aus der Partei zu ekeln. Ausgerechnet die Steffi, die unter nichts mehr gelitten hatte als unter seiner Häme. Dem folgte die übliche Pöbelei über die beklagenswerte Inkompetenz des Vorsitzenden und seines ersten Stellvertreters, die den Ortsverband unweigerlich ins Verderben trieben. Auch wenn die in seiner Abrechnung benannten Beispiele für die in Mariendorf ablaufenden *Ungeheuerlichkeiten* der Wirklichkeit nicht standhielten, was scherte es ihn. Auch in dem Fall konnte er davon ausgehen, dass nur eine Minderheit der Adressaten, an die sich seine *Chronik der Skandale* richtete, die wahren Zusammenhänge kannte. Natürlich durften seine eigenen Verdienste, das Schlimmste abzuwenden, nicht zu kurz kommen: „Ich habe alles unternommen, dem absehbaren Schaden entgegenzuwirken. Leider sind meine Bemühungen an Steffens und Teschners Borniertheit gescheitert. Daher blieb mir keine andere Wahl als der Rücktritt." Aus all dem, was er *aus Sorge um die Partei* aufgelistet hatte, ergab sich der mit nochmals gesteigerter Eindringlichkeit formulierte Appell, aus Verantwortung gegenüber der Partei und den Wählern unter allen Umständen Teschners Nominierung zu verhindern.

Er stöhnte gegen seinen Willen kurz auf und war gleich darauf froh, dass sein spontanes Erschrecken von Dettmers unbemerkt geblieben war. Das hätte noch gefehlt, dass der sich seine erste unwillkürliche Reaktion bereits als vorgezogenen Triumph auf die Fahnen heftete. "Verdammt, dieser Bursche klotzt tatsächlich noch heftiger, als ich erwartet habe."

Petra versuchte, ihm Mut zu machen. "Dieses Geschreibsel nimmt doch niemand ernst." Dabei streichelte sie beruhigend seine Hand. Woraufhin sich Steffens, dem die wie zufällig wirkende Geste dennoch nicht entgangen war, eine ironische

452

Spitze nicht verkneifen konnte. "Wie rührend, euch zwei Turteltäubchen zu beobachten. Wenn das nachher ein Flop wird, dann habt ihr wenigstens noch euch."

"Du wirst es nicht glauben, damit könnte ich leben. Andererseits denke ich nicht daran, Stern zu einem unverdienten Erfolg zu verhelfen. Das wäre bei seiner wiederbelebten Komplizenschaft mit Dettmers ein zu schäbiger Sieg. Außerdem verdient schon dieser Ort meine Entschlossenheit. Was bedeuten die paar Nadelstiche im Vergleich zu den wirklichen Kämpfen, die hier bereits stattfanden?"

Steffens zeigte sich zufrieden. "Gute Entscheidung. So gefällst du mir." Auch Petra nickte. „Du schaffst das."

Durch dieses Vertrauen angespornt, hatte er rasch ein Stück seiner Zuversicht zurückgewonnen. Aber in einem Punkt widersprach er ihr doch. "Was die Wirkung solchen *Geschreibsels* angeht, irrst du dich gewaltig. Die leichtere Kost fand schon immer mehr Abnehmer als die schwerer verdaulichen Brocken. Wer sich bemüht, einen komplexen Sachverhalt in allen seinen Facetten darzustellen, ist gegenüber den Vereinfachern von vornherein im Nachteil. Bei einem, der einmal im Ruf des Oberlehrers steht, schalten die meisten sofort ab. Da könnte er späterhin noch so viel Kluges sagen. Wer die Leute dagegen mit einigen hingeworfenen Bemerkungen, so oberflächlich die auch sein mögen, neugierig macht, der lädt sie ein, mitzureden. Der holt die Leute ab, wie das so klangvoll im Politikersprech heißt, weil er niemand überfordert. Frag' mal deinen Vater, der wird dir bestätigen, dass der Erfolg, vor allem in der Politik, zum großen Teil das Resultat solcher Vereinfachungen ist. Die dürfen auch gern mit ein paar Gehässigkeiten gewürzt sein. Diesmal hat Dettmers Machwerk dieser schlichten Denkungsart zu einem passenden Rahmen verholfen. Natürlich hat Stern seine Hände dabei im Spiel gehabt. Aber weil dieser geballte Unsinn manchen vielleicht doch abstoßen könnte, hat er seine Mitwirkung so clever eingefädelt, dass sein Anteil weitgehend unbemerkt bleibt."

Steffens, den Dettmers Schmähschrift noch immer in Rage versetzte, ergänzte ihn. "So uralt dieses Spielchen auch ist, so angesagt ist es nach wie vor. Verständlich, weil die Spielregeln ebenso simpel sind wie das Spiel selbst. Zuerst wird im Hintergrund die gewünschte Stimmung geschürt. Dann werden einige Mutige vorgeschickt, die sie jetzt auch öffentlich weiter anheizen. Es sei denn, einige *Engagierte* stehen bereits so stark unter Dampf, um diese Aufgabe aus freien Stücken zu übernehmen. Umso besser für die Drahtzieher, die selbstverständlich die Regeln der politischen Korrektheit beherrschen. Für die gehört es zum guten Ton, sich von solchen Auswüchsen zu distanzieren. Also beklagen sie mit bekümmerter Miene und ausformulierten Erklärungen die Verrohung der politischen Sitten, während sie sich zufrieden die Hände reiben, dass irgendeine Flachzange der Ehrgeiz gepackt hatte, stellvertretend für sie die Lunte zu zünden."

Zwischenzeitlich war auch Bollhagen auf der Bildfläche erschienen. Damit nicht der leiseste Zweifel aufkam, wen der bisherige Abgeordnete als seinen Nachfolger favorisierte, begrüßte er Stern mit einem kumpelhaften Schulterklopfen. Mit einem ebenso unmissverständlichen Signal sah er an ihnen vorbei. Auch darüber wurde natürlich getuschelt. Während Bollhagen anschließend mit Stern die Runde machte, hatte sich der *Alte Fritz* zu ihnen gesellt, der entgegen der überall spürbaren Anspannung erstaunlich gelassen wirkte.

"Na, Teschner, das wird ja heute Ihr großer Tag." Die daraufhin von ihm geäußerten Bedenken wischte er mit einer Handbewegung zur Seite, ehe er das auf seinem Platz vorgefundene Dettmers-Traktat ungelesen zerknüllte, um es dem gerade vorüberkommenden Duo Stern/Bollhagen als Papierball vor die Füße zu schnippen. "Das ist das Vorrecht alter Leute, sich nicht mehr mit jedem Mist befassen zu müssen. Was aber keinesfalls heißt, dass ich die Bedeutung des heutigen Abends verkenne." Damit wandte er sich mit gleichbleibend lockerem Tonfall zunächst an Petra. "Ich habe deinem Vater gerade eben noch mal versichert, ihm gleich nachher, sobald die Sache hier gelaufen ist, einen Erfolg zu melden." Woran er sofort eine Forderung knüpfte. „Also, Teschner, dann strengen Sie sich mal an, damit ich mein Versprechen auch einlösen kann."

Dass der *Alte Fritz* dafür bereits eine gründliche Vorarbeit geleistet hatte, wurde wenige Minuten später offenbar, als sich Edeltraud Witte ihrer Gruppe anschloss. Schneiders herzliche Begrüßung mit seiner früheren engsten Vertrauten ließ vermuten, dass ihr Kontakt auch nach seiner Amtsübergabe an Steffens nicht abgerissen war und sie auch heute schon besprochen hatten, was sie für den gewünschten Ausgang dieses Kräftemessens tun konnten. Dafür erhielten sie eine umgehende Bestätigung, als er es an deren Stelle übernahm, für einen möglicherweise wahlentscheidenden Deal zu werben.

"Als ich mich entschloss, nicht erneut zu kandidieren, war noch völlig offen, ob mein Vorschlag, Steffens zu meinem Nachfolger zu wählen, am Ende die nötige Zustimmung finden würde. Heute kann ich es ja zugeben, ich war mir alles andere als sicher. Zu dem Zeitpunkt konnte ich schließlich noch nicht wissen, dass meine Sorgen, dank Teschner, unbegründet waren." Damit spielte er auf seinen Verzicht an, als Kandidat von Sterns Gnaden gegen Steffens anzutreten. So die offizielle Lesart. Nur gut, dachten er und Steffens daraufhin mit einer Mischung aus Erleichterung, verstecktem Stolz aber mehr noch einem Ansatz von schlechtem Gewissen, dass auch Schneider die tatsächlichen Hintergründe dieses Schelmenstückes bis heute verborgen geblieben waren.

"Ich musste mir schon einiges einfallen lassen, um die notwendige Anzahl von Unterstützern für Steffens Wahl zusammenzubekommen. Das war nicht immer ein Honigschlecken. Solche Bittgänge sind stets mit einer Reihe von Zugeständnissen verbunden. Und was für die Wahl meines Nachfolgers wichtig war, ist für die Nominierung eines künftigen Abgeordneten erst recht erforderlich."

Er reagierte erkennbar unwirsch, dass es Steffens Vorgänger für nötig hielt, ihm solche Binsenweisheiten aufzutischen. „Glauben Sie, ich hätte in den letzten Wochen eine ruhige Kugel geschoben? Steffens wird Ihnen bestätigen, dass ich jeden Abend, häufig bis in die Nacht, unterwegs war. Um uns herum dürften Sie kaum jemand finden, den ich nicht auf jede erdenkbare Weise umworben habe. Abwechselnd mit Stern. Wir haben uns gegenseitig die Klinke in die Hand gegeben."

"Offenbar haben Sie meinen einfachen Hinweis in den falschen Hals bekommen. Selbstverständlich war es richtig, bei den einzelnen Delegierten auf Sympathiewerbung zu gehen. Allein schon, um ihnen das Gefühl der Wichtigkeit zu vermitteln. Wer sonst nicht viel zu melden hat, der genießt es, bei solchen Anlässen auch mal als Entscheidungsträger hofiert zu werden. Auch den Fleiß wollte ich Ihnen nicht absprechen. Fleiß ist eine lobenswerte Angelegenheit, aber leider nur selten eine Garantie für den Erfolg. Ob man beim Schlusseinlauf die Nase vorn hat, ist weniger eine Frage blank geputzter Klinken und abgewetzter Schuhsohlen."

"Sondern?"

"Sie haben doch eben selbst bestätigt, dass Ihnen Stern ständig auf den Fersen war - oder umgekehrt. Aber wenn im Laufe der nächsten Stunden feststeht, wem an diesem Abend der Lorbeerkranz gebührt, wird dieses Ergebnis nicht deshalb zustande gekommen sein, weil der Erfolgreichere von Ihnen, und ich bin guten Mutes, dass Sie das sein werden, in den letzten Wochen dem einzelnen Herrn Hinz oder der einzelnen Frau Kunz seine Aufwartung gemacht hat. Die Besuchten mögen es genossen haben, plötzlich von allen Seiten umschmeichelt zu werden. Da wollte man nicht ungefällig erscheinen und hat Ihnen und Stern erlaubt, Ihre Sprüchlein loszuwerden. Nur nachher, bei der Abstimmung, dürfte Ihr Besuchermarathon keine wesentliche Rolle spielen. Da wird sich jeder nach seinen persönlichen Interessen entscheiden. Letztlich geht es immer und überall um Interessen. Deshalb kann ich nur hoffen, dass Sie über der Unermüdlichkeit, mit der Sie die Einzelpersonen umgarnten, die Interessengruppen in der Partei nicht aus dem Blick verloren haben. Diese Seilschaften genießen zwar nicht den besten Ruf, trotzdem ist es unerlässlich, mit ihnen ins Geschäft zu kommen. Da bündeln sich die Interessen. Wenn Sie denen glaubhaft darlegen konnten, ein offenes Ohr für sie zu haben, stimmen die bestenfalls sogar im Block für Sie ab. Dann bekommen Sie die Hinzes und die Kunzes im vorteilhaften Gesamtpaket."

"Auch daran haben Steffens und ich gedacht. Er hat die Mittelständler und die Senioren beackert und ich habe mich um die gewerkschaftlich Organisierten und um die Parteijugend gekümmert."

"Na toll. Nur aus Ihren Anfangsproblemen im Ortsverband haben Sie nichts gelernt."

"Was meinen Sie damit?"

"Sehen Sie, allein diese Frage zeigt, dass Sie und Steffens den größten Schnitzer, der Ihnen gleich zu Beginn unterlaufen ist, glatt vergessen haben. Oder Sie sehen Ihren Fehlstart inzwischen schon wieder als unerheblich an, was die Sache noch schlimmer machte. Ich sage nur Stefanie Köhler. Die Steffi, auf die sich Sterns Formation jetzt so scheinheilig beruft, ist doch auch erst in den Vorstand aufgerückt, als die Frauen im Ortsverband kurz vor der Rebellion standen. Wollen Sie den gleichen Knatsch noch mal riskieren? Stern dürfte Ihre Misere noch sehr präsent gewesen sein, denn der hat Ruth Weber und ihrer Arbeitsgemeinschaft mehr als nur freundliche Avancen gemacht. Im Gegensatz zu Ihnen. Sie haben sie schon wieder links liegenlassen, obwohl Ihnen Stefanie Köhlers Parteiaustritt besonders in deren Reihen noch lange nachhängen wird."

"Was erwarten Sie? Wir haben Steffis Entscheidung mehr als

einmal bedauert. Sollen wir uns vor Bußfertigkeit auch noch in den Staub werfen? Es kann auch keine Rede davon sein, dass wir uns gegenüber frauenpolitischen Forderungen ignorant verhalten hätten. In meinen Gesprächen mit den weiblichen Delegierten habe ich mich sehr entgegenkommend gezeigt."

"Sie haben mich anscheinend nicht richtig verstanden. Ich sagte doch, dass solche Vereinnahmungsversuche von Einzelpersonen nützlich sind. Aber zum Schluss bestimmen nicht die Solisten die Musik, sondern das Orchester. Bei den Sprechern der anderen Gruppen haben Sie sich doch auch blicken lassen. Nur nicht bei Ruth Weber. Die hat das bereits in ihrer bekanntermaßen sehr direkten Art moniert."

Er sah ein, dass Schneider recht hatte. Wieder mal. "Das war wirklich ein Versäumnis. Sehr ärgerlich. Um diese Scharte auszuwetzen, dürfte es jetzt zu spät sein."

"Nicht unbedingt. Ruth Weber kann nämlich Ihren Gegenkandidaten nicht leiden. Die legt zwar Wert darauf, dass ihre Forderungen Gehör finden, andererseits verabscheut sie Schleimer. In dem Punkt ist die streitbare Ruth höchst sensibel. Vor allem ist sie nicht so dumm, um nicht zu bemerken, dass sie mit allerlei Süßholzgeraspel für ganz andere Zwecke eingekauft werden soll. Das hat Stern nicht bedacht. Der ist mit seinen Übertreibungen auf der eigenen Schleimspur ausgerutscht und mächtig auf die Schnauze gefallen."

"Dann kann ich ja direkt zufrieden sein, dass Sympathien und Abneigungen oft mehr bewirken als die aufreibendsten Bemühungen. Damit bin ich also weiter im Rennen?"

"Unter Umständen, was nicht heißt, dass Sie jetzt schon wieder obenauf sind. Der Verschiss, in den Stern geraten ist, bedeutet nicht automatisch, dass Sie damit bereits in Ruth Webers Gunst gestiegen sind. Sie täten gut daran, sich selbst noch etwas für Ihre Rehabilitierung einfallen zu lassen."

"Haben Sie vielleicht auch den passenden Rat für mich, mit welcher Art von Reue ich auf die Schnelle das Wohlwollen der zornigen Dame zurückgewinnen kann? Möglichst in Form eines kompletten Stimmenpakets ihrer Gruppe."

"Sofern Sie Sterns Fehler vermeiden, sehe ich durchaus noch einen Weg. Am besten, Sie hören sich von Edeltraud Witte einen mit Ruth Weber abgestimmten Vorschlag an - und ich an Ihrer Stelle würde nicht lange zögern, darauf einzugehen. Bis zur Abstimmung bleibt Ihnen nicht mehr viel Zeit." Dabei tippte Schneider vielsagend auf seine Armbanduhr.

Edeltraud Witte trat hier demnach als Unterhändlerin auf. Das lag nahe, besaß sie doch die Fähigkeit, die unterschiedlichsten Auffassungen zusammenzuführen. Auch im Ortsverband sah sie es als ihre Aufgabe an, dem vom *Alten Fritz* verfügten Harmoniegebot weiterhin Geltung zu verschaffen. Allerdings hatten selbst ihre diplomatischen Qualitäten nicht ausgereicht, einen Roland Dettmers einzubinden oder die Steffi zur Rücknahme ihres Parteiaustritts zu bewegen. Schade, damit wäre der Gegenseite die schärfste Munition abhandengekommen. Anders als der Steffi mangelte es Edeltraud Witte aber nicht an Selbstbewusstsein. Das zeigte sich auch jetzt, als sie mit Ruth Webers Angebot herausrückte.

"Bei allem, was heute für Sie auf dem Spiel steht, sollten Sie nicht übersehen, dass an diesem Abend die Entscheidung über die Aufstellung aller acht Kandidaten im Wahlkreisverband Tempelhof-Schöneberg fällt. Es geht also nicht nur um Ihre Zukunft."

"Das ist mir nicht neu."

"Dann wissen Sie sicherlich auch, dass Ruth eine Kandidatur in Ihrem Nachbarwahlkreis anstrebt."

„Ich kenne sogar ihren wunden Punkt. So erstaunlich schnell es ihr nach ihrem Umzug von Mariendorf nach Lichtenrade gelungen ist, die Lichtenrader auf ihre Seite zu ziehen, so wenig hat sie dabei die Rechnung mit den Marienfeldern gemacht. Eine Unterlassung mit Folgen, weil die Wahlkreise dummerweise nicht mit den Ortsverbänden identisch sind. Bisher gilt immer noch die Regel, dass im Wahlkreis 6, also in Mariendorf-Süd/Marienfelde-Nord, in dem Stern und ich als Bewerber zur Auswahl stehen, ein Mariendorfer zum Zuge kommt und entsprechend im Wahlkreis 7 ein Marienfelder, während wiederum der Wahlkreis 8 Lichtenrade-Süd einem Lichtenrader vorbehalten bleibt. Pech für Ruth Weber, dass der schon anderweitig vergeben ist. Damit bleibt ihr also nur die Möglichkeit, für den Wahlkreis 7 Marienfelde-Süd/Lichtenrade-Nord anzutreten. Diese Absicht hat bei unseren Marienfelder Parteifreunden nicht gerade Begeisterung ausgelöst. Die sehen sich in diesem Fall nicht angemessen vertreten. Einigermaßen kompliziert das Ganze, aber in Berlin hat es sich schon häufig als fatal erwiesen, den Kiezfaktor außer Acht zu lassen. Womit die Mehrheit für Ruth Webers Nominierung auf ähnlich wackligen Füßen steht wie meine.

"Was läge demnach näher, als sich gegenseitig unter die Arme zu greifen? Die Ruth ist bereit, Ihnen Schützenhilfe zu bieten. Vorausgesetzt, Sie machen sich ebenfalls stark für sie. Der Ablauf ist ja der, dass sich die Bewerber in der Reihenfolge der Wahlkreise vorstellen."

"Auch die Kenntnis des Prozedere dürfen Sie bei mir als bekannt voraussetzen. Oder gibt es einen bisher unerwähnten Grund, mich noch mal extra darauf hinzuweisen?"

"Vertrauen ist gut, Kontrolle ist besser. Das passt auch hier. Weil Sie vor ihr an der Reihe sind, sähe es die Ruth gern, wenn Sie zuerst ein bisschen Stimmung für sie machen. Besonders gegenüber den Marienfeldern, die ihr aus Verärgerung einen Denkzettel verpassen könnten. Dafür würde sie dann bei den Mitgliedern ihrer Arbeitsgemeinschaft, die heute abstimmungsberechtigt sind, die Werbetrommel für Sie rühren."

"Um dafür möglicherweise einen Teil der Marienfelder Delegierten vor den Kopf zu stoßen?"

"Das müssen Sie wissen. Allerdings wäre die Ablehnung dieses Vorschlages vermutlich keine sehr weitsichtige

Entscheidung. Schon deshalb nicht, weil Ihnen die Ruth unterm Strich ein paar Stimmen mehr bieten kann."

"Und was meinst du?" Obwohl sie ihre Ansichten sonst sehr offensiv vertrat, wirkte Petra nicht sehr glücklich, mit seiner Frage in die Mitverantwortung gezogen zu werden. Dabei konnte er sich denken, was sie von solchen Mauscheleien hielt. Auch nach den legendären Dachterrassenkonferenzen ihres Vaters, bei denen sie gelegentlich, wenn es sich nicht vermeiden ließ, als Dame des Hauses fungierte, hatte sie mit ihrer Meinung selten hinter dem Berg gehalten. Dann hatte es hinterher regelmäßig zwischen ihnen gekracht. Auch deshalb zögerte sie mit ihrer Antwort.

„Du solltest auf den Handel eingehen." Bei dem Wort Handel verzog sie jedoch so unmissverständlich ihr Gesicht, dass aus ihrer Mimik unschwer das Gegenteil herauszulesen war.

"Aber im Grunde bist du dagegen?"

"Wenn du mich so fragst - ja. Warum bringst du mich auch in diese Bredouille? Meinen eigenen Auffassungen zu widersprechen ist nichts, worauf ich stolz bin. Trotzdem zwinge ich mich dazu.“

„Du musst dich meinetwegen zu nichts zwingen.“

„Ach nein? Jeder andere Rat, den ich dir jetzt geben könnte, verschlechterte deine Chancen. Das will ich nicht. Und es geht ja auch nicht um mich. Mir selbst widerstrebt allein schon die Vorstellung, mich von jemand abhängig zu machen. An dem Punkt beginnt für mich die Unfreiheit. Dabei ist es so verdammt leicht, in Abhängigkeiten zu geraten. Einmal mit einem Lockangebot geködert, wirst du auch in vergleichbaren Fällen immer wieder Zugeständnisse machen, die dir eigentlich gegen den Strich gehen. Diese Situation erinnert mich stark an die unzähligen Diskussionen mit meinem Vater."

"Siegfrieds Reaktion kann ich mir lebhaft vorstellen" warf der *Alte Fritz* ein, dem ihr Ringen mit den eigenen Prinzipien ein verständnisvolles Schmunzeln entlockte. "Bestimmt hat er dir

461

geantwortet, dass das ganze Leben aus einer Aneinanderreihung von Kompromissen besteht und jeder, ob er will oder nicht, auf irgendeine Weise von irgendwem abhängig ist. So wie er die Meinung vertritt, dass ein Alles oder Nichts nur selten zum Erfolg führt. Seit ich ihn kenne, hat er vor allem das Ziel im Auge. Wenn das stimmt, auch unter ethischen Gesichtspunkten, kann er ohne lange Selbstfindungsrituale, entschuldige, das geht jetzt nicht gegen dich, die eine oder andere Maximalposition räumen. Wobei sich seine Kompromissbereitschaft aber immer nur auf einen konkreten Einzelfall bezieht."

"Ja, ja, Vater und seine berühmten Einzelfälle. Warum benutze ich jetzt wohl den Plural? Ich könnte sogar zugeben, dass einiges für seine Ansicht spricht, wenn ich nicht wüsste, dass jede Regel mit einem Einzelfall beginnt."

Dann wandte sie sich wieder an ihn. "Du könntest dich weigern, bestimmte Erwartungen zu bedienen und dich dabei großartig fühlen. Mit dem Resultat, dass du nicht gewählt wirst, weil dir am Ende die entscheidenden Stimmen fehlen. Aus und vorbei mit der Chance, aus deinen Ideen ein Stück praktischer Politik werden zu lassen. Stattdessen würdest du vermutlich noch bis zur Pensionierung als Sachbearbeiter in deinem verhassten Büro hocken und anderen dabei zusehen, wie die das genaue Gegenteil von dem tun, was du für richtig hältst. Das wäre auch schlecht für mich. Ich müsste mich dann ständig mit deiner schlechten Laune herumschlagen."

"Also Augen zu und durch?"

"Die Augen solltest du schon offenhalten. Aber wenn du nur die Wahl hast, entweder an der eigenen Unverrückbarkeit zu scheitern oder dich aus übergeordneten Gründen pragmatisch zu verhalten, dann neige ich trotz aller Bauchschmerzen doch eher zur zweiten Lösung. Mit Konsequenz hat das wenig zu tun, dafür umso mehr mit kühler Vernunft."

Schneider nickte. "So ähnlich hätte das dein Vater auch

gesagt. Ihr seid also gar nicht so weit auseinander."

"Nur wäre dem wie so häufig ein Wortgefecht vorausgegangen, weil ich üblicherweise von Opportunismus statt von Pragmatismus spreche. Das ist ehrlicher und macht den Sachverhalt klarer. Ein Grund mehr, mich jetzt nicht sehr wohl in meiner Haut zu fühlen."

"Wer so angestrengt um eine Entscheidung ringt, muss sich für das Ergebnis, egal wie es ausfällt, nicht entschuldigen. Den schalen Nachgeschmack kannst du dann nachher mit Teschner, nach seiner Nominierung, mit einem Glas Schampus runterspülen. Letztendlich ist doch jede Entscheidung eine Abwägung zwischen dem Für und Wider. Selten ist etwas absolut falsch oder absolut richtig. So ehrenwert es ist, seine Standpunkte zu verteidigen, so dumm wäre es, sich damit schnurstracks ins Aus zu manövrieren. Das wäre ein zu hoher Preis. Auch darin kann ich deinem Vater nur zustimmen."

"Du und mein Vater. Ihr kommt mir oft wie Verschworene vor. Schön, dass er einen Freund wie dich hat. Nicht nur einen Parteifreund, sondern einen wirklichen Freund. Aber was du eben gesagt hast, ist wahr. Hier geht es tatsächlich um eine Frage des Preises. Wobei ich sofort wieder an Martha Reimers denke. Wenn Teschner in der Politik ein Wort mitreden kann, kann er auch viel besser dafür sorgen, dass ihre Geschichte nicht vergessen wird. Dann wird sich das, was Menschen wie ihr angetan wurde, künftig vielleicht nicht mehr wiederholen. Ich glaube, das rechtfertigt wirklich mal den Preis, es mit der Unabhängigkeit nicht zu übertreiben."

Edeltraud Witte wurde langsam ungeduldig. "Diese Grundsatzfragen hätten Sie besser etwas früher ausdiskutiert. Die Zeit drängt. Außerdem kann ich nicht erkennen, welche unüberbrückbaren Hindernisse es geben könnte, Ruth Weber zu unterstützen. Die Ziele, die sie anstrebt, sollten doch von Ihnen geteilt werden."

An dieser Stelle sprang Steffens, der dem Gesprächsverlauf

bisher nur als Zuhörer gefolgt war, seinen Freunden bei. "Es geht auch weniger um Vorbehalte gegen Ruth Weber. Auch wenn uns nicht jede ihrer Thesen überzeugt, dürfte das kein Grund für Teschner sein, ihr die Unterstützung zu verweigern."

"Schön, dann wäre das also geklärt."

"Ich war noch nicht fertig. So akzeptabel mir Ruth Webers Vorschlag erscheint, bleibt trotzdem alles richtig, was Petra gesagt hat. Tut mir leid, liebe Frau Witte, auch für mich handelt es sich hier um eine Frage, die weit über diesen Tag hinausreicht. Nicht der begründete Einzelfall, auf den sich Siegfried Glombig gern beruft, und den ich heute tatsächlich mal für gegeben halte, ist das Problem. Bedenklicher ist die Zwangsläufigkeit, die sich daraus ergibt. Wo nur noch in Abstimmungskategorien gedacht wird, ersetzen kurzzeitige Nützlichkeitsabwägungen die längerfristigeren Überzeugungen. Wer auf seinem Recht, auf seiner Freiheit, beharrt, die Dinge selbstverantwortlich zu beurteilen und zu entscheiden, der nährt sofort den Verdacht, sich nicht störungsfrei in die gerade aktuellen Bündnisse einzufügen. Der wird damit zum potenziellen Risiko. Daran krankt doch unser ganzes System, dass die Querdenker, die weiterdenken, als es die Tagespolitik erlaubt, nur noch als lästig empfunden werden. Wer auf diesen Luxus dennoch nicht verzichten will, steht ungeschützt im Regen."

"Auch das ist angekommen. Aber jetzt muss ich wirklich Ruth Weber über Ihre Entscheidung unterrichten. Bei allem Respekt für Ihren schwierigen Meinungsbildungsprozess, am Ende ist ein Ergebnis gefragt. Und das steht jetzt wohl fest, Herr Teschner?"

Während sich Edeltraud Witte mit Teschners Bestätigung auf den Weg zurück zu ihrer Gruppe machte, kam der *Alte Fritz* noch mal auf Steffens Bemerkungen zurück. "Das, was Sie zuletzt sagten, beschreibt doch nur eine altbekannte Tatsache. Ein eigenständiger Kopf hatte es noch nie leicht. Aber einer, der fest genug an sich und seine Sache glaubt, für den auch Mehrheitsmeinungen nicht gottgegeben sind, wird sich immer durchsetzen, egal wie misslich die Umstände sind. Vorausgesetzt, der verfügt über den notwendigen langen Atem, diesen und jenen vergänglichen Zeitgeist zu überdauern. Einschließlich seiner wechselnden Protagonisten. Dafür gibt es, zum Glück, gute Beispiele. Allerdings sollten Sie auch bedenken, dass es für den einen oder anderen, der an der Rolle des kompromisslosen Freigeistes Gefallen gefunden hat, bei genauerer Betrachtung doch nur zum gewöhnlichen Querulanten reicht." Bei diesem Einwand Schneiders lenkten sie ihre Blicke automatisch in Richtung Dettmers, der weiterhin sorgfältig kontrollierte, dass Brose bei der Verteilung seiner Schmähschriften auch keinen Platz übersah.

Inzwischen hatte die Anhörung der Bewerber für die insgesamt acht Wahlkreise des Wahlkreisverbandes Tempelhof-Schöneberg begonnen. Das verhieß einen mehrstündigen Marathon der Versprechungen, Beteuerungen und Selbstanpreisungen, da die Delegierten in den meisten Fällen eine Auswahl zwischen mehreren Aspiranten zu treffen hatten, die mit der Absicht, alles aus sich herauszuholen, um ihre Nominierung kämpften. Nicht viel anders als bei den Bewerbern für den Wahlkreis 1, Schöneberg-Nord, die der Versammlungsleiter soeben aufgerufen hatte, würde es ablaufen, wenn er und Stern als Konkurrenten gegeneinander antraten. Oder wenn sich Ruth Weber anschließend für eine Kandidatur im Wahlkreis 7 mit einem ausgewiesenen Marienfelder zu messen hatte.

Die Vorstellung der Bewerber in der numerischen Reihenfolge der Wahlkreise verschaffte Teschner die Gelegenheit, die Bemühungen der vor ihm Aufgerufenen zu verfolgen. Insgeheim erhoffte er sich von deren Beobachtung noch die eine oder andere brauchbare Anregung für seine eigene Präsentation. Während er also mit dem einen Ohr den mal mehr und mal weniger überzeugenden Selbstdarstellungen folgte, nahm er mit dem anderen alle erdenklichen guten Ratschläge seines Teams entgegen. So ähnlich dürfte es einem Boxer vor dem Kampf gehen, der, von seinen Trainern moralisch aufgerüstet, in seiner Ecke des Rings dem erlösenden Gong entgegenfieberte. Der wünschte sich wahrscheinlich auch, dass das nervenaufreibende Warten endlich ein Ende fand. Gleichzeitig fixierte er so unauffällig wie möglich seinen Gegenkandidaten. Stern erschien ihm heute sogar noch nervöser als er. Das zeigte sich daran, dass sein Körper die ganze Zeit über in Bewegung blieb und der neben ihm sitzende Bollhagen schon eine Weile beruhigend auf ihn einredete. Vergeblich, wie seine unveränderte Motorik bewies. Die gebetshaft ineinander verknoteten Hände, die sich nur dann und wann für einen unsicheren Griff an den Krawattenknoten lösten, sein sich wie aufgezogen hin und her bewegender Oberkörper und seine unablässig wippenden Füße sprachen ihre eigene, verräterische Sprache. Die stand in einem merkwürdigen Kontrast zu seinem stoischen Gesichtsausdruck. Je aufgeregter Stern wirkte, desto ruhiger wurde er. Wer sein Augenmerk in diesen Minuten nicht ausschließlich seinem Konkurrenten zuwandte, sondern mit gleichem Interesse sein Verhalten studierte, der konnte sogar den Eindruck gewinnen, er ruhe in sich selbst. Wobei ihm der Anschein von Gelassenheit in dieser Situation natürlich entgegenkam. Tatsächlich aber bangte er seinem Aufruf nicht weniger hektisch entgegen wie Stern. Was ihm half, war Petra Glombigs Nähe. Die würde ihn auffangen, falls er nachher abstürzte. Immerhin das hatte er Stern bereits jetzt voraus. Man hatte ihm gesteckt, dass der sich kürzlich von Cornelia Beier, seiner langjährigen Freundin, getrennt hatte. Er nahm an, dass es sich eher umgekehrt verhielt. Aber das würde einer wie Stern nie zugeben.

Wie vorhergesehen zog sich die Kür der Kandidaten in die Länge. Kaum einer, der sich anschickte, diesen Augenblick zu seiner großen Stunde zu machen, achtete auf die Bitte des Versammlungsleiters, die vorgegebene Redezeit einzuhalten. Es hatte bereits ein paar unschöne Szenen gegeben, weil Seifried, der Kreisvorsitzende und heutige Chef im Ring, auch vor rigiden Maßnahmen nicht zurückschreckte. Kam einer der Ermahnten, trotz wiederholter Aufforderung, nicht zum Schluss, drehte er dem Mikrofon am Rednerpult von seinem Platz aus kurzerhand den Saft ab. Woraufhin eine eben noch kraftvolle Stimme mit verlorener technischer Unterstützung auf das Volumen eines dünnen Stimmchens schrumpfte, das erfolglos gegen eine übermächtige Geräuschkulisse ankämpfte. Diese Peinlichkeit wollte er sich ersparen. Im Übrigen nötigte ihm die Schlichtheit mancher Redebeiträge ein ungläubiges Kopfschütteln ab. Das hatte er nicht erwartet, wie viel Klein in Klein an diesem Abend mit ernsthaftem Eifer zur großen Politik aufgebauscht wurde. Ging es dem einen Bewerber um den Kampf für eine zusätzliche Bushaltestelle in seinem möglichen künftigen Wahlkreis, ließ sich ein anderer lang und breit darüber aus, wie den im Stadtbild überhandnehmenden Graffitischmiereien am effektivsten beizukommen wäre. Sogar der Ärger über den Hundekot auf den Straßen im Kiez taugte als Thema, die eigenen Ziele zu beschreiben.

"Ziemlich piefig, diese Veranstaltung." Steffens brachte es wieder mal auf den Punkt. "Fehlt nur noch, dass der Bau öffentlicher Klos zum Wahlkampfschlager avanciert." Aber während er Steffens beipflichtete, winkte Schneider ab. "Sie sollten sich von der Vorstellung lösen, meine Herren, in der Politik ginge es nur um die tagesschaurelevanten Themen. Um Fragen von Krieg und Frieden, um Hunger, Armut und Flucht - irgendwo auf der Welt. Um die Angst vor einer aus allen Fugen geratenen Weltwirtschaftsordnung, die schon lange keiner mehr richtig durchschaut. Um den Klimawandel. Um insgesamt ein Stück mehr globaler Gerechtigkeit. Oder mindestens um die Zukunft künftiger Generationen im eigenen Land. Falls Ihnen etwas in dieser Richtung vorschwebt, sollten Sie besser umdenken. Erfahrungsgemäß sind die Bürger eher an der

467

Lösung von Problemen interessiert, mit denen sie sich im stinknormalen Alltag herumschlagen müssen."

"Woran genau denken Sie dabei?"

„Was mir dazu einfällt, ist nicht entscheidend. Wichtiger ist, dass **Sie** sich in die Köpfe der noch Unentschlossenen hineinversetzen. Die müssen Sie überzeugen. Sowohl nachher, wenn über Sie und Stern abgestimmt wird, als auch danach, wenn Sie, woran ich fest glaube, als Kandidat der FDSU für den Wahlkreis ins Rennen geschickt werden. Insoweit macht der Einsatz für eine zusätzliche Bushaltestelle durchaus Sinn. Keine Angst, die nenne ich jetzt nur als Beispiel, weil Sie die entsprechenden Bemühungen eines Ihrer Schicksalsgenossen gerade eben noch, sehr zu Unrecht, ins Lächerliche gezogen haben. Vielleicht ist das ja wirklich piefig, um Steffens zu zitieren, und angesichts der sehr viel größeren Herausforderungen, die der Menschheit auf den Nägeln brennen, sogar blamabel. Nur stellt sich hier nicht die Frage nach dem Wohl der gesamten Menschheit. Es geht auch nicht vordringlich um die Bewältigung nationaler Aufgaben. Was zählt, sind allein die Wünsche der Bürger vor Ort, die Sie wählen sollen. Ihre direkte Nachbarschaft bestimmt die Prioritäten. Und was die besagte Bushaltestelle betrifft, stehen gute Verkehrsanbindungen im Wunschkatalog der Wähler immer ganz weit oben."

"Es sei denn, es handelt sich um eine geplante Schnellstraße vor der eigenen Haustür."

„In diesem Fall wäre zu klären, wer die gewichtigeren Stimmenpakete auf die Waagschale legen kann. Das ist keine Gewissensfrage. Hier gelten nur einmal mehr die simplen Regeln der Chancenabwägung. Außerdem gibt es haufenweise Themen, auf die Sie ausweichen können, um nicht zwischen die Fronten zu geraten. Oft geht es auch um die Sicherheit im Kiez, um eine bürgernahe Verwaltung, um die Schule der Wahl und der kurzen Wege für die Kinder. Und... und... und... Neben einer unentbehrlichen Sympathie für den Bewerber oder seiner Partei sind es meist die praktischen Angebote und Versprechen, die den Ausschlag für eine Wahlentscheidung geben. Da geht es um Themen, bei denen sich jeder angesprochen fühlt, weil sie ihn unmittelbar betreffen. Natürlich, auch wenn ein Finanzsystem crasht, bleibt kaum einer von den Folgen verschont. Nur werden die oft erst ernst genommen, wenn der eigene Arbeitsplatz flöten geht. Das ist wie mit vielen anderen Situationen, die gerne ausgeblendet werden, weil sie entweder als zu lästig, als zu kompliziert oder als zu weit weg empfunden werden. Jedenfalls solange, bis ein Problem den Leuten ganz real auf die Füße fällt. Erst dann ist es an Ihnen, beunruhigten Fragestellern möglichst beruhigende Antworten zu liefern. Und ich kann nicht erkennen, dass das unbedingt hier und heute geschehen müsste."

"Das klingt wie eine Empfehlung, komplexere Probleme besser gleich auszuklammern. Oder auch auszusitzen. Bekannte Beispiele lassen grüßen."

"Was nur die halbe Wahrheit wäre. Ich rate Ihnen lediglich, das richtige Timing nicht aus dem Blick zu verlieren. Warum sich an diesem Abend, an dem Sie Optimismus ausstrahlen müssen, zum Überbringer schlechter Botschaften machen? Sie wissen schon, welches Schicksal die Geschichte solchen Boten zumeist beschieden hat?"

"Ich verstehe, was Sie meinen. Sich auf alle Eventualitäten vorzubereiten bedeutet im politischen Geschäft nicht zwangsläufig, sie zur Unzeit zu thematisieren."

"So in etwa. Dann dürfte Ihnen inzwischen auch aufgegangen sein, dass die schon wiederholt erwähnte Bushaltestelle gut als Synonym für die Alltagstauglichkeit von Politik dienen kann. Aber Ihnen werden sicherlich noch einige weitere Beispiele einfallen, die sich in diesem Sinne verbraten lassen. Setzen Sie dort an, wo sich die unterschiedlichsten Meinungen und Interessen in dem kleinsten gemeinsamen Nenner treffen. Wenn es schon mit der Rettung der Welt nichts wird, können

Sie als Abgeordneter immerhin dazu beitragen, dass sich der Alltag Ihrer Wähler etwas angenehmer gestaltet. Politik als praktische Dienstleistung. Ein Angebot mit nachprüfbarem Nutzen. Zudem eine Art Wundertüte, die für jeden etwas bereithält. Sowohl ein paar anerkennende Worte für die Engagierten und Motivierten, die die res publica gern in die eigenen Hände nehmen, wie das eine oder andere Serviceversprechen für Otto Normalverbraucher, der sich lieber all inclusive umsorgen lässt. Falls es Ihnen gelingt, Ihre Zuhörer mit dem richtigen Gespür für das richtige Thema einzufangen, dürfen Sie mit sich zufrieden sein."

"Danke für diese Erhellung. Zu dumm, dass mir nicht schon bei meiner Vorbereitung das richtige Licht aufgegangen ist."

Schien sich die Zeit noch bis eben im Schneckentempo hinzuziehen, ging es auf einmal rasend schnell. Unversehens war aus diesem ebenso herbeigewünschten wie gefürchteten Nachher ein unentrinnbares Jetzt geworden. So ähnlich musste sich ein Prüfling fühlen, der, des Wartens überdrüssig, die Sache möglichst schnell hinter sich bringen wollte. Doch im entscheidenden Augenblick trat an die Stelle der bisherigen Ungeduld eine nur schwer zu beherrschende Panik. Er war froh, dass ihm noch eine Viertelstunde blieb, sich auf *sein Examen* vorzubereiten. Das waren die fünfzehn heruntergezählten Minuten, die die Sitzungsregie jedem Bewerber für seine Vorstellung zubilligte. So wie sich der Ablauf der Nominierungen an der Reihenfolge der Wahlkreise orientierte, vollzog sich der Aufruf der gegeneinander antretenden Bewerber in alphabetischer Abfolge. Gut für ihn und misslich für Stern, der seine Vorstellung somit vor ihm absolvieren musste. War es schon hilfreich gewesen, die Reaktionen der Delegierten auf die mal etwas mehr und mal etwas weniger gelungenen Profilierungsversuche der bisher Angetretenen zu verfolgen, ließen sich in den Ausführungen seines direkten Gegenspielers vielleicht ein paar Schwachpunkte entdecken, die er für seine anschließende

Kandidatenrede nutzen konnte.

"Wir kommen jetzt zur Vorstellung der Bewerber für den Wahlkreis 6 und ich erteile zunächst dem Parteifreund Stern das Wort." Die bisherigen Verstöße im Hinterkopf, sah sich Seifried genötigt, bei dieser Gelegenheit erneut die strikte Einhaltung der Redezeit anzumahnen. Der auf diese Weise zur Disziplin angehaltene *Parteifreund* Stern bekundete seine Einsicht gegenüber dem Versammlungsleiter und den übrigen Mitgliedern der Sitzungsleitung mit einem artigen Nicken und eilte, von einem freundschaftlichen Knuff Bollhagens angespornt, zum Rednerpult. Kaum war er dort angekommen und hatte sich mit der auf den Anlass abgestimmten Begrüßungsformel Gehör verschafft, wirkte er wie ausgewechselt. Dieser Verwandlungsprozess war bezeichnend für Stern. Nichts erinnerte jetzt mehr an die zappelnde Gestalt, die noch vor wenigen Minuten die Hoffnung in ihm nährte, Stern könnte es heute an seiner bekannten Strahlkraft fehlen lassen. Steffens, dem dessen Metamorphose ebenfalls nicht entgangen war und der für fast alles einen eingängigen Begriff bereithielt, bezeichnete Sterns abrupte Veränderung als typisches Rampensau-Phänomen. Diesen Ausdruck hatte er von einer Jugendfreundin übernommen, die während ihres Studiums gelegentlich als Komparsin beim Film jobbte. Wann immer sich die Schauspieler ihre Drehpausen mit dem üblichen Tratsch über andere Kollegen, die gerade am Set und damit außer Hörweite waren, verkürzten, gehörte diese Beurteilung zu deren Lieblingsspöttereien. Dabei hatte Steffens Verflossene aber auch festgestellt, dass niemand in der Branche eine echte Karrierechance besaß, der dieses unverzichtbare Rampensauvirus nicht in sich trug. Bei denen, die davon infiziert waren, handelte es sich eigentlich um ganz normale Menschen mit weitgehend normalen Verhaltensweisen. Das änderte sich in dem Moment, in dem sie auch nur in die Nähe einer Kamera gerieten. Plötzlich wurden aus ihnen Kunstfiguren, die, mit einem anderen Gebaren und einer

471

anderen Art zu sprechen, total in ihrer Rolle aufgingen.

Stern bedurfte nicht zwingend einer Kamera, um zur Höchstform aufzulaufen. Dem genügten ein schlichtes Rednerpult und eine Kulisse auf ihn fixierter Zuhörer, um sich innerhalb von Minuten vom Durchschnittsbürger zum verbalen Verführer zu häuten. Auch nachdem sie die Mariendorfer Ereignisse entfremdet hatten, beneidete er ihn weiterhin um die Fähigkeit, jedem beliebigen Anlass in allen sprachlichen Facetten gerecht zu werden. Stern konnte als Teilnehmer einer Diskussionsrunde ebenso anschaulich und pointenreich argumentieren, wie er sich bei anderen Gelegenheiten in blumigen Umschreibungen erging oder als origineller Unterhalter brillierte. Mit seiner ausgefeilten Redekunst beherrschte er ein größeres Publikum in gleicher Weise routiniert, wie er die vergnügliche Konversation in einem kleinen Kreis bestimmte. Hinter dieser schon früher bewiesenen Meisterschaft wollte er heute natürlich nicht zurückstehen.

Noch während er Sterns Persönlichkeitswandel von einem Bild verhaltener Nervosität zum glänzenden Rhetoriker teils mit ungläubiger Bewunderung, teils mit der Angst, an dieser Vorgabe zu scheitern, auf sich wirken ließ, drehte sein Konkurrent um das Mariendorfer Abgeordnetenmandat jetzt voll auf. Ein Geistesblitz jagte den nächsten. Gleichwohl blieb er bemüht, auch vielschichtige Zusammenhänge für einfachere Gemüter verständlich darzustellen. Heute übertraf er sich selbst, der smarte junge Anwalt mit dem Hang zum Höheren. Wenn auch nur im Schnelldurchgang wurde kein aktuelles Thema von mindestens nationaler Bedeutung ausgespart, so, als wähnte sich der Redner bereits einige Jahre weiter, bei der Kandidatenaufstellung für den Bundestag. Natürlich war ihm das Ziel, für das er heute antrat, wichtig. Aber seine Zuhörer gewannen den Eindruck, er sähe darin nur eine Zwischenstation in der Zweiten Liga, als unumgänglicher Grundlage für den darauf fußenden Aufstieg. Dass die Delegierten in diesem

Punkt andere Vorstellungen hatten als er, musste ihm im Überschwang seines intellektuellen Feuerwerks entgangen sein. Ein schwerwiegender und nicht mehr korrigierbarer Fehler.

Sobald Stern seine Bühne gefunden hatte, gestattete er sich keine Selbstzweifel. Dann berauschte er sich an der Großartigkeit der eigenen Formulierungen. Nur wenn er hin und wieder eine Pause einlegte, um dem an dieser Stelle erwarteten Applaus Raum zu geben und dieser Beifall in sehr seltenen Fällen allenfalls tröpfelte oder gar ausblieb, fiel er zurück auf den Status eines gewöhnlichen Redners, dessen Bemühungen zwar dann und wann Anklang fanden aber niemand vom Stuhl rissen. Dann war es vorbei mit der beanspruchten Wortführerschaft. Genau das passierte ihm in dieser entscheidenden Viertelstunde. Was, um alles in der Welt, lief denn heute schief, mochte er innerlich fluchen. War er nicht noch um Klassen besser als sonst?

Jetzt wirkte er wieder ebenso hektisch wie vorhin, als er seine Rede, Satz für Satz, in Gedanken noch einmal durchging. Eine ausgezeichnete Rede, wie er anschließend befand. Objektiv gesehen gab es also keinen Grund für seine Unruhe. Nichts ließ ihn befürchten, ihr Inhalt könnte ihm misslungen sein. Trotzdem versetzte ihn die Situation in Stress. Wie immer vor wichtigen Herausforderungen hatte ihn auch diesmal eine kurzzeitige Angst ergriffen, dass ihn irgendein dummer Schnitzer am Ende doch noch um die Früchte seiner Arbeit brachte. Und jetzt, kurz vor dem Ende seiner Rede, hätte er allen Grund gehabt, aufzuatmen. Ihm war tatsächlich kein Fehler unterlaufen. Er war richtig gut gewesen. Sein Vortrag war auch bei selbstkritischer Einschätzung höchsten Ansprüchen gerecht geworden. Dennoch war der Funke nicht übergesprungen. Er war nicht angekommen. Unfassbar.

"Nun sieh dir das an. Der versteht die Welt nicht mehr" raunte ihm Steffens zu. Wobei sich dessen Mitgefühl in

Grenzen hielt.

Auch Schneider sah sich bestätigt, dass seine Ratschläge noch immer aktuell waren. "Ich sage nur: Wehe dem, der die Bushaltestelle missachtet! Jetzt zeigt sich sehr anschaulich, was ich vorhin meinte." Und Steffens echote grinsend "Bushaltestelle! Der Herr Großkotz hat uns von A bis Z die große weite Welt erklärt und dabei die Anforderungen unmittelbar vor der Haustür übersehen." Dann wandte er sich an ihn. "Ab sofort schuldest du allen Bushaltestellen der Stadt deinen Tribut."

"Kindsköpfe, alle zusammen" rügte Petra ihre plötzliche Heiterkeit. Aber dann fiel sie lachend und zum Unverständnis der Umsitzenden in den Chor ein: Bushaltestelle!

Wie hätte er damit rechnen können, dass ein solches Allerweltswort einmal diese Bedeutung für ihn bekäme. Bushaltestelle. Das Wort konnte für vieles stehen, für ihn verband sich damit die Aussicht, Sterns kaum noch umkehrbaren Flop in seinen Erfolg umzumünzen.

Stern glaubte, im falschen Film zu sitzen. Was war denn da gerade passiert? Der Aufbau der Rede schien perfekt gelungen und in seinem Werben um Zustimmung hatte er darauf geachtet, weder einen zu protzigen noch zu bescheidenen Eindruck zu hinterlassen. Weder hatte er es versäumt, seine eigenen Auffassungen in Einklang mit den vermeintlichen Ansichten seiner Zuhörer zu bringen, noch hatte er mit den erwarteten Streicheleinhalten gegeizt. Keinem noch so diffizilen Thema war er ausgewichen, hatte auf allen angesprochenen Gebieten Kompetenz bewiesen. Alles war stimmig gewesen. Er wusste wirklich nicht, wo sein Fehler lag.

Unleugbar besaß Stern viele Talente. Was ihm fehlte, war ein Berater wie der *Alte Fritz*. Der hätte ihm anhand eines simplen Wortes erklären können, woran sich der Gebrauchswert einer Rede bemaß. Einer Rede, die ihre Zuhörer erreichte.

Steffens übernahm es, Schneider zu danken. "Gut, dass Sie nicht auf Sterns Seite stehen. Dann hätte Teschner keine

Chance." Aber der *Alte Fritz* winkte nur ab. "Wer so lange dabei ist wie ich, der bekommt irgendwann einen Draht dafür, was man wo hören will - und was nicht. Falls es wirklich eine Art Rezept für den Erfolg geben sollte, dann besteht das wahrscheinlich darin, als die richtige Person zur richtigen Zeit am richtigen Ort vor dem richtigen Publikum mit den richtigen Worten die richtigen Themen zu treffen. In dieser Kombination eine schier unlösbare Aufgabe. Mir ist es nie gelungen, alles zusammen auf die Reihe zu kriegen. Etwas fehlte immer. Daher bin ich über Mariendorf auch nie hinausgekommen. Aber wer das mit der entsprechenden Portion Glück, wenigstens einmal, in einem entscheidenden Augenblick, doch irgendwie hinbekommt, wird in dem Spiel um Macht und Einfluss sicherlich ein paar Schritte weiter vorrücken als ich."

Zweifellos hätte Sterns heutige Rede bei vielen anderen Anlässen und vor einem anderen Publikum höchste Anerkennung gefunden. Doch an diesem Abend ließen sich nur seine Anhänger nicht davon abbringen, in ihm auch weiterhin den richtigen Kandidaten für Mariendorf zu sehen. Von der Mehrheit, die in diesem Saal über Aufstiege oder Niederlagen entschied, wurde er nicht gefeiert, sondern gefeuert. In den Niederungen der Partei überließ man es lieber dem ausgewiesenen Spitzenpersonal, sich im Parlament oder in den einschlägigen Diskussionsrunden im Fernsehen an den zentralen Fragen der Politik abzuarbeiten. Wer sich bis in diese Höhen durchlaviert hatte, durfte dort auch Weltläufigkeit beweisen, seinen Intellekt bewusst zur Schau stellen und alle Register seines rhetorischen Könnens ziehen. Von dem wurde das sogar erwartet. Dagegen bevorzugte man es an der Basis einige Nummern kleiner. Hier wurde alles, was den Anschein der Abgehobenheit hervorrief, mit der Missbilligung derer wahrgenommen, die ihre politischen Aktivitäten darauf beschränkten, in Wahlkampfzeiten Plakate aufzustellen und in den Fußgängerzonen Flyer und Kugelschreiber zu verteilen. Vor Ort dominierte die von Schneider berühmt gemachte Bushaltestelle in dem einen Wahlkreis oder die Verhinderung einer unerwünschten Baumaßnahme in einem anderen das allgemeine Interesse. Somit lag in den eindeutigen Reaktionen der Delegierten auf die Redebeiträge der einzelnen Bewerber, gemessen an der Stärke und Dauer des Beifalls, auch eine klare Aussage. An der Basis der Partei bestimmten die Mitglieder den Pegel der Zustimmung, die niemand mochten, der ihnen die eigene Mittelmäßigkeit, unbeabsichtigt aber deshalb nicht weniger schonungslos, vor Augen führte. Piefig war Steffens Ausdruck dafür gewesen. Das kam hin. Aber wer diese Mentalität in seine Planungen einbezog, wer bereit war, die eigenen Ambitionen am Anfang auf das gebräuchliche Maß herunterzuschrauben, der durfte dank dieser Vorleistung seiner weiteren Karriere deutlich optimistischer entgegensehen.

Er glaubte, Stern inzwischen so gut zu kennen, dass er ahnte, was dem in diesen Minuten durch den Kopf ging. Als dessen antrainierte Souveränität wie ein Kartenhaus in sich zusammenfiel, ertappte er sich sogar dabei, dass er ein gewisses Mitgefühl für ihn aufbrachte. Aber Stern hatte die Lehren aus dem Desaster bei den Mariendorfer Vorstandswahlen verstanden. Gleich darauf unternahm er bereits wieder den Versuch, sein Entsetzen herunterzuspielen. Damals hatte ihm jeder die Verbitterung angesehen, konnten alle miterleben, welche Höllenqualen ihm seine Niederlage bereitete. Erst durch diesen Kontrollverlust war dieser Fehlschlag auch zu seiner ganz persönlichen Demütigung geworden. Ähnliches dürfte er auch jetzt wieder empfinden, nur wollte er heute nicht darauf verzichten, seinen Abgang mit einer letzten, beinahe gelungenen, Täuschung zu inszenieren.

"Was außerdem noch für mich spricht, liebe Parteifreunde", hörte er ihn mit aufgesetztem Humor scherzen, "ist der Vorzug, mich sowohl an Regeln wie an mein Wort zu halten. Ich hatte versprochen, meine Redezeit nicht zu überschreiten. Bitte sehen Sie auf die Uhr, dann werden Sie feststellen, dass ich sogar eine Minute unter der mir zugestandenen Viertelstunde geblieben bin." Der dünne Höflichkeitsapplaus, der ihn auf dem Weg vom Rednerpult zurück zu seinem Stuhl begleitete, vermochte es nicht einmal, sein kehliges Verlegenheitslachen zu überdecken.

Stern hatte kaum Platz genommen, als Seifried im fliegenden Wechsel bereits seinen Namen aufrief. Während er sich daraufhin in das Unvermeidliche schickte, drückte ihm Petra rasch noch einmal die Hand. Dabei sollte die Festigkeit ihres Händedrucks wohl bewirken, dass etwas von dessen Kraft auf ihn überging. Wie hätte ihr auch seine Anspannung entgehen können, die sich durch ein mehrfaches tiefes Ein- und Ausatmen verriet. Nach Sterns verunglückter Vorstellung hatte er noch kurz gehofft, die Sache im Griff zu haben. Aber jetzt hatte es ihn doch wieder gepackt, dieses alte Leiden, dieses verflixte Lampenfieber, das den Puls rasen ließ und seinen Kopf durch unzählige durcheinanderwirbelnde Gedankenfetzen in ein einziges Chaos verwandelte. Schneiders Zuspruch beschränkte sich auf ein knappes aber zuversichtliches Nicken, während Steffens seine eigene Aufregung hinter einem beschwörenden "jetzt vermassele es nicht" verbarg.

Auch das gute Gefühl, Freunde zu haben, beruhigte ihn nicht wirklich. Noch bis eben hatte ihm der Zuspruch einer treuen kleinen Gruppe Sicherheit geschenkt. Aber hier vorne, am Rednerpult, war er allein. Wer sich auf ein Podium begab, war den Erwartungen derer ausgeliefert, die sich entweder begeistern lassen wollten oder einen Watschenmann suchten, den sie durch Signale des Missfallens herabsetzen konnten. Ob ein unsichtbarer Daumen im Publikum nach oben oder nach unten zeigte, lag allein bei ihm. Für ihn war dieser Platz jetzt der einsamste Ort auf der Welt. Hier konnte ihm niemand helfen. Daher brachte es auch nichts, wenn er noch unmittelbar zuvor sicher war, eine passable Figur zu machen oder wenn ihm gleich anschließend die tollsten Formulierungen einfielen. Alles was vorher war, oder hinterher sein würde, war unwichtig. Jetzt zählte nur das, was er innerhalb seiner begrenzten Redezeit zu sagen hatte, wie er es sagte und ob er die Zuhörer mit seinen Aussagen erreichte.

Sterns mäßiges Abschneiden minderte immerhin seine Sorge, im direkten Vergleich mit dessen geübtem Auftreten von Anfang an mit dem Gefühl der Unterlegenheit anzutreten. Aber nicht anders als Stern hatte auch er sich auf Themen vorbereitet, die ihm selbst wichtig erschienen und mit denen er bei den Delegierten zu punkten hoffte. Nachdem Sterns Vortrag durchgefallen war, weil der die hier geltenden Prioritäten ebenso falsch eingeschätzt hatte wie er, sah er sich nun in der Zwangslage, aus dem Stegreif heraus neue Schwerpunkte zu setzen, die bei den Abstimmungsberechtigten mehr Anklang fanden. Also blieb wieder nur der Rückgriff auf die bewährten Textbausteine, die viele Reden zum Verwechseln ähnlich machten. Was dem Redner eher zum Vorteil gereichte. Eine betont individuelle Ansprache, noch dazu, wenn sie mit Elementen der Ironie oder gar Selbstironie gewürzt war, barg die Gefahr, falsch oder überhaupt nicht verstanden zu werden. Wer dagegen Bekanntes unter die Leute brachte, einschließlich der gängigen Klischees, durfte hoffen, niemand ratlos zurückzulassen. Wenn er sich dann auch noch an dem mit Beifall belohnten Klein-in-Klein seiner Vorredner ausrichtete, was Stern leichtsinnigerweise, auch wegen der fehlenden Assistenz vom *Alten Fritz*, versäumt hatte, war noch nicht alles verloren.

Während dieser Überlegungen entschuldigte er sich gleichzeitig bei Martha Reimers, war es doch ursprünglich seine Absicht gewesen, an ihrem Schicksal und das ihrer Familie die Unmöglichkeit von Wolters Koalitionsplänen aufzuzeigen und mittels dieses Umweges zu einigen politischen Grundsatzfragen überzuleiten. Aber spätestens nach Sterns gescheitertem Versuch, das Niveau dieser Versammlung durch anspruchsvollere Inhalte zu heben, musste er einsehen, dass ihm ein Publikum, welches die Forderung nach weiteren Radwegen im Wahlkreis begeistert beklatschte aber auf breiter angelegte Themen eher verhalten reagierte, kein geeignetes Forum für sein Vorhaben bot. Dass dieser einst so bedeutsame Ort zu einer Stätte kleinteiliger Prioritäten gesunken war, enttäuschte ihn. Die wirklich wichtigen Debatten waren somit an anderer Stelle zu führen. Aber um sich diese Möglichkeit nicht zu verbauen, war es unumgänglich, erst mal dieses basisorientierte Casting erfolgreich hinter sich zu bringen. Das wiederum war leichter gesagt als getan. Ohne es selbst richtig wahrzunehmen, nestelte er bereits seit geraumer Zeit unbeholfen am Mikrofon herum, das sich ihm wie eine drohende Aufforderung entgegenstreckte, nun endlich anzufangen. Nur wie und womit? Schon bemerkte er die Unruhe, die sich im Saal auszubreiten begann. Sein ausgearbeitetes Konzept war nach Sterns verunglückter Vorstellung nur noch Makulatur und auch die geläufigsten Textbausteine ersparten es ihm nicht, sie mit einem ansprechenden Thema zu verknüpfen. Jetzt bereute er es, dass er den *Alten Fritz* nicht schon früher um einige Tipps gebeten hatte. Alles, was der ihm nach Sterns Scheitern an Erfahrungen offerierte, kam in dieser vertrackten Situation für ihn bereits zu spät.

Dann fiel sein Blick auf Dettmers, der sich mit unverhohlenem Vergnügen an seinem Dilemma weidete. Dieses abschätzige Grinsen, mit dem er ihn bereits beim Betreten des Sitzungssaales taxiert hatte, schien an diesem Abend in seinem Gesicht festgewachsen zu sein. Offiziell stand Dettmers bei der Kandidatenauswahl auf der Seite Sterns. Aber was hieß das schon bei einem, der so tickte wie er? Die Abfuhr, die sein derzeitiger Favorit soeben einstecken musste, hatte ihn offensichtlich nicht sehr bekümmert. Das Bedauern, andere scheitern zu sehen, war seiner Landsknechtsmentalität fremd. Wenn der seine Parteinahme möglichst profitabel an den jeweils Meistbietenden verhökerte, beklagte er allenfalls den Fehler, sich auf einen Verlierer eingelassen zu haben. Dettmers verkorkste

Persönlichkeit legte es nahe, dass er in Sterns Reinfall sogar ein verspätetes Stück Gerechtigkeit erkannte. Es entsprach nicht seiner Natur, Gras über eine Sache wachsen zu lassen, solange noch eine Rechnung offenstand. Somit erschien es unwahrscheinlich, dass er den Stern angelasteten Verrat bei den Mariendorfer Vorstandswahlen inzwischen für erledigt erklärt hatte. Eher war zu vermuten, dass er sich durch dessen heutigen Dämpfer für eine nicht verziehene Illoyalität gerächt sah. Was indes nichts daran änderte, dass ihn sein aktuelles Feindbild bestimmt noch stärker hoffen ließ, dass sich Sterns Fiasko jetzt bei ihm, dem neuen Objekt seiner Rachsucht, wiederholte. Mangels weiterer Alternativen läge es dann in der Hand der Delegierten, einen von zwei gleichermaßen nicht überzeugenden Bewerbern zu nominieren. Sollte Stern letztlich doch noch mit Ach und Krach an ihm vorbeiziehen, konnte sich Dettmers mindestens beglückwünschen, aufs richtige Pferd gesetzt zu haben. Wie Stern seinen ungeliebten Handlanger in dem Fall wieder loswurde, bevor der, wie schon einmal, seinen Anteil am Erfolg einforderte, wäre ein zukünftiges Szenario zwischen den beiden *Verbündeten*, das ihn jetzt, in seiner eigenen Lage, nicht so brennend interessierte.

Aber ausgerechnet Dettmers Häme sorgte dafür, dass er endlich die Kurve bekam. Der lauerte doch nur darauf, dass er auch weiterhin wie paralysiert auf das Mikrofon starrte. Allein der Gedanke, diesem Menschen damit ungewollt zum zweiten Mal an diesem Abend eine Befriedigung zu verschaffen, fuhr ihm wie eine Initialzündung in die Knochen. Hatte er sich noch bis eben an das Gerüst einer Rede geklammert, das längst in sich zusammengebrochen war, ließ ihn die Vorstellung, wie sich Dettmers am Ende dieses Abends beglückt die Hände rieb, alles vergessen, was er für diesen Anlass vorbereitet hatte. Alles, was jetzt zu sagen war, lag ihm plötzlich auf der Zunge.

Verbindlichen Dank, Dettmers. Nicht zu glauben, dass mir so ein Scheißkerl wie du noch einmal einen solchen Dienst erweist. Nach dieser unausgesprochenen Danksagung kamen ihm die folgenden Worte desto leichter über die Lippen, so als wären seine Anlaufschwierigkeiten nur gewollte Momente einer inneren Sammlung gewesen. "Liebe Parteifreunde" und mit einem kurzen Seitenblick zu Ruth Weber "liebe Parteifreundinnen."

"Das wurde auch höchste Zeit" murmelte Steffens, der schon das Schlimmste befürchtet hatte. Das konnte er aus der Entfernung zwar nicht hören, aber unschwer an seinen nun merklich gelösteren Gesichtszügen ablesen.

"Bestimmt hat der eine oder andere von Ihnen mein kurzes Zögern bemerkt." Wie erwartet wurde seine bewusst gewählte Einleitung von einigen Delegierten mit einem Kopfnicken bestätigt. Eine scheinbar belanglose Reaktion, doch im gleichen Moment war die notwendige Verbindung zwischen ihm und seinen Zuhörern hergestellt. Nur ein paar Kopfbewegungen, aber die wirkten wie ein Klick, der das Gefühl der Isolation aufhob. Zugleich hatte er damit dieses unsichtbare Netz ausgeworfen, mit dem ein Redner sein Publikum einfing. "Ja, es stimmt, bis eben war ich mir noch unschlüssig, welches Thema ich zum Schwerpunkt meiner Vorstellung machen soll."

"Wahrscheinlich ist das immer noch so" stichelte Bollhagen in Sterns Richtung. Der hatte schon wieder neuen Mut gefasst. Verfrüht, wie sich gleich darauf zeigte.

"Ich bekenne, dass ich mich zu denen zähle, die eine Sache erst gründlich durchdenken, bevor sie ihren Mund aufmachen. Ich bin sogar so vermessen, diese Angewohnheit als gut gemeinte Empfehlung an alle weiterzureichen, zu deren Aufgaben es gehört, sich öffentlich zu äußern. Kurzum, ich habe mich entschieden, nicht über die sogenannten großen Themen zu referieren, die mit einer heutzutage oft erkennbaren Tendenz zur Überhöhung auch gerne zu Schicksalsfragen hochstilisiert werden. Mit dieser Fülle unterschiedlichster Problemfelder, die bereits mein eloquenter Vorredner vor Ihnen ausgebreitet hat,

481

kann und will ich an dieser Stelle nicht konkurrieren. Mein Ansatz ist sehr viel bescheidener."

"Das macht er hervorragend" flüsterte der *Alte Fritz* Steffens und Petra zu. Auch die zeigten sich erleichtert, dass er seine Blockade nicht nur überwunden hatte, sondern es sogar verstand, sie als Nachweis von Tiefsinnigkeit zu verkaufen.

"Ihnen liegt ein Papier vor, in dem dringend von meiner Nominierung abgeraten wird. Selbstverständlich billige ich jedem das Recht zu, sich gegen mich auszusprechen. Ich hätte es auch dabei belassen, wenn sich in diesem Zusammenhang nicht ein paar einfache Fragen aufdrängten: Wie sollten wir in der Partei miteinander umgehen? Wo endet ein notwendiger Streit in der Sache und wo beginnt die persönliche Verletzung?"

"Ungeheuerlich. Das fragen ausgerechnet Sie?" polterte Dettmers sofort los. Laut, unbeherrscht und aggressiv, so wie man ihn kannte. Genau wie vorgesehen. Im richtigen Moment. Eine Punktlandung. Er hätte Dettmers umarmen können.

"Ich will Sie nicht mit den Querelen in meinem Ortsverband behelligen. Dafür ist mir meine begrenzte Redezeit zu kostbar. Aber eine Forderung sei mir gestattet: Kritik sollte in menschlich anständiger Weise ausgetragen werden und nicht in Form herabsetzender Pamphlete. Dabei geht es mir weniger um meine Person. Ich kann das aushalten. Aber hier steht auch das Gebot der Fairness auf dem Prüfstand. Wobei es mir schon widerstrebt, eine solche Selbstverständlichkeit überhaupt noch einmal hervorzuheben. Über normale Umgangsformen muss in unserer Partei nicht debattiert werden."

"Das macht er fabelhaft" bekräftigte Schneider seine erste Feststellung. Diesmal mit dem Zusatz „noch viel besser, als ich gehofft habe." Und Petra war richtig stolz auf *ihren* Norbert. "Das hätte ich euch von Anfang an sagen können." Dass ihr Steffens dabei einen leicht spöttischen Blick zuwarf, störte sie nicht. Der war natürlich auch froh, dass sich sein Freund und *Aktion-fünfzig*-Partner nach einem verzögerten Start jetzt in

Bestform zeigte. "Weiter so, alter Junge, dann kann aus dir noch was werden. Und dieser Appell an den Anstand. So was kommt immer gut an. Dem kann keiner widersprechen, der nicht selbst in Verdacht geraten will, ein Schwein zu sein."

"Auch, wenn es sich um eine wirkliche Drecksau handelt" ergänzte ihn Petra wenig damenhaft. Dabei verzichtete sie aber auf die Nennung der ihr auf der Zunge liegenden Namen, um nichts von seinem Vortrag zu verpassen.

Natürlich war davon auszugehen, dass die meisten Delegierten Dettmers Hetzschrift mit Interesse gelesen hatten. Alles, was einen schönen neuen Skandal versprach, wurde entgegen anderslautenden Beteuerungen förmlich verschlungen. Also musste er auf die Angriffe reagieren, ohne in den Ruf eines Sensibelchens zu geraten, das in rauer Umgebung zur Wehleidigkeit neigte.

"Wäre ich wirklich so sehr vom Ehrgeiz zerfressen, wie mir mein forscher Ankläger unterstellt, hätte ich mindestens schon 20 Jahre früher eine politische Karriere angestrebt. Aber ich räume ein, dass ich Ambitionen habe. Wie viele Parteifreunde, die schon vor mir gesprochen haben, ist es mir wichtig, etwas in meinem Umfeld zu bewegen. Auch im Wahlkreis Mariendorf-Süd/Marienfelde-Nord, für den ich mich künftig engagieren möchte, geht es um ähnliche Aufgaben, wie sie bereits an anderer Stelle genannt wurden. Und wie eine Reihe meiner Vorredner stehe ich ebenfalls für eine Politik, die sich an den praktischen Interessen meiner Mitbürger ausrichtet und deren Ergebnisse jeder vor Ort überprüfen kann. Im eigenen Wahlkreis wird der Erfolg solcher Bemühungen schließlich am ehesten sichtbar. Wer das einen überzogenen Ehrgeiz nennt, nun gut, zu der Art von Ehrgeiz bekenne ich mich gern."

An dieser Stelle umfing ihn ein erster herzlicher Zwischenapplaus. Ein ermutigendes Zeichen der Zustimmung, auf das Stern während seines Vortrages vergeblich wartete. Da hatten sogar seine sonst unermüdlichen Beifallklatscher, vielleicht eingeschüchtert von der ablehnenden Grundstimmung, nur vereinzelt ihre Hände gerührt. „Gleich kommt er uns auch noch mit der Bushaltestelle" kommentierte Steffens seine auf das Publikum abgestimmten Ausführungen.

"Ich kenne niemand, der von seinem Abgeordneten verlangt, alle Probleme der Welt zu lösen. Auch der bisherige Vertreter des Wahlkreises im Parlament, unser Parteifreund Bollhagen, den wir ja leider, auch zu meinem Bedauern, an die Wirtschaft verlieren...", an dieser Stelle blinzelte ihm Steffens anerkennend zu, „...hat sich eher am Machbaren orientiert. Dafür zolle ich ihm meine ausdrückliche Wertschätzung. Daran ändert es auch nichts, dass er erklärtermaßen die Bewerbung meines Konkurrenten unterstützt. Als Demokrat stelle ich mich diesem Wettbewerb. Wobei es mir mit meiner Bewerbung nicht darum geht, gleich weitere Ziele anzupeilen. Ich bin sicher, dass mich, sollte ich nominiert und gewählt werden, in meinem Wahlkreis genug Arbeit erwartet, die meinen vollen Einsatz erfordert. Das wäre zugleich meine Definition eines orts- und bürgernahen Abgeordneten, eines Volksvertreters im besten Sinne des Wortes. Darin sehe ich meine Herausforderung."

"Alles nur Gerede. Lug und Trug. Ich bleibe dabei, in Wirklichkeit geht es Ihnen doch nur um einen weiteren schönen Posten. Sie sind nicht anders als Steffens, mit dem zusammen Sie den Ortsverband beherrschen. Sogar ein langjähriges Mitglied haben Sie gemeinsam aus der Partei geekelt. Von dem Vorwurf nehme ich kein Wort zurück. Wer es gut mit unserer Partei meint, für den sind Sie nicht wählbar." Dettmers schon im Normalzustand wie aufgedreht klingende Stimme kippte jetzt förmlich über, als er, völlig außer sich, mit rotem Gesicht und geballten Fäusten, seine zweite Attacke startete.

"Dieses Gezeter ist ja unerträglich. Merken Sie nicht, wie Sie mit Ihrer Feindseligkeit die Atmosphäre vergiften?" Auch Ruth Webers Zwischenruf kam zur rechten Zeit. Er wollte sich gleich darauf mit ein paar herzlichen Bemerkungen bei ihr bedanken.

Besser konnte es nicht laufen. Dank Dettmers, der mit seinem Klamauk die Mehrzahl der Delegierten gegen sich aufbrachte. Damit geriet auch Stern in die Kritik, der sich nicht dagegen verwahrte, dass dieser Krawallmacher im Vorfeld als sein Fürsprecher aufgetreten war. Sehr befremdlich diese Nähe, noch dazu, wo der doch schon seine eigenen Erfahrungen mit dem Mann gesammelt hatte. Das sprach nicht gerade für ihn.

"Ich bedaure, dass Sie diesen Temperamentsausbruch, um es mal freundlich zu umschreiben, miterleben mussten. Andererseits verstehen Sie nun vielleicht besser, welcher belastenden Situation Rainer Steffens als Ortsverbandsvorsitzender und ich als sein Stellvertreter seit geraumer Zeit ausgesetzt sind. Trotzdem lassen wir uns nicht entmutigen, weiterhin unseren Beitrag für ein verträgliches Miteinander in Mariendorf zu leisten. Gegen eine streitige Auseinandersetzung ist nichts einzuwenden, sofern sie sachlich und respektvoll ausgetragen wird. Wo wir uns gegenseitig zerfleischen, reibt sich doch nur der politische Gegner die Hände." Der daraufhin einsetzende Applaus war jetzt noch stärker und ließ bereits Rückschlüsse auf das Abstimmungsergebnis zu.

"Sieh mal einer an. O-Ton *Alter Fritz.* Teschner war demnach ein aufmerksamer Schüler." Steffens drückte Schneider kurz die Hand. "Wie sich zeigt, funktioniert Ihr Friede-Freude-Eierkuchen-Appell noch immer."

"Ich nahm an, Sie hätten inzwischen verstanden, dass die Art von Harmonie, die mir wichtig war, niemals nur als Selbstzweck diente. Eintracht um der Eintracht willen, das wäre nur eine andere Form von Feigheit. Von Leuten, die jedem Konflikt ausweichen, halte ich ebenso wenig wie von einem bewusst provozierenden Säbelrasseln. Seitdem Sie meine Nachfolge angetreten haben, ist Ihnen doch auch schon aufgefallen, dass es nicht klug ist, bei jeder Gelegenheit auf den Putz zu hauen. Da geht es darum, den Laden zusammenzuhalten. Das ist auch eine Frage der Verantwortung. Manchmal sogar um den Preis, nur noch als Vermittler, manche nennen es auch Versöhnler, wahrgenommen zu werden. Und weil Sie Ihre Sache ganz ordentlich machen, ohne sich damit gleich zum Harmonieonkel verbogen zu haben, dürfen Sie ruhig zugeben, dass Sie meinen vormals als ziemlich altbacken empfundenen Führungsstil mittlerweile sogar ein bisschen kopieren."

"Ich bekenne mich schuldig. Aber die Betonung liegt auf ein bisschen."

"Dabei haben Sie und Petra mit dem Bild von dem Charakterschwein, das als solches unerkannt bleiben möchte, doch schon sehr anschaulich erklärt, warum Appelle an den Gemeinsinn nur selten überhört werden. In diese Rolle zu geraten ist verpönt. Sogar die streitbarsten Geister wollen irgendwie gemocht werden. Wenn schon nicht für ihr Seelenheil, dann wenigstens, um ihren weiteren Aufstieg nicht zu gefährden. Warum glauben Sie wohl, wären Politiker vor Wahlen sonst so zwanghaft bestrebt, wie der nette Nachbar von nebenan daherzukommen?"

"Es sei denn, sie wären schon von ihrer Natur her auf Krawall gepolt wie unser spezieller Freund Dettmers. Dessen schiefes Grinsen trägt auch nicht dazu bei, ihn in höhere Sphären zu katapultieren. Allerdings hat Teschner ihm heute eine Menge zu verdanken. Ein Glücksfall, solche Haudraufs zum Gegner zu haben. Weil die den geballten Ärger auf sich ziehen, verschaffen sie dem Objekt ihrer Anfeindungen ungewollt einen Sympathievorsprung. Ich wäre überrascht, wenn Teschner nicht auch deshalb ein achtbares Ergebnis einfährt." Und der tat weiterhin viel dafür, ihn in dieser Hoffnung zu bestärken.

"Es macht mir Mut, mich mit der großen Mehrheit von Ihnen in dieser zentralen Frage einig zu wissen: Wie wir miteinander umgehen, welche Streitkultur wir bei unterschiedlichen Meinungen pflegen - und dabei liegt die Betonung auf der zweiten Worthälfte - so werden wir von den Wählern wahrgenommen. Deshalb will ich darauf verzichten, mich mit den einzelnen Positionen des Papiers von Herrn Dettmers, und wer sonst noch daran beteiligt war, auseinanderzusetzen."

Dass sich sein Blick dabei, mit einem kurzen Schwenk von Dettmers über Bollhagen, an Stern festmachte, blieb nicht unbemerkt. Für den wurde die Situation zunehmend brenzliger. "Warum einen schlechten Stil unnötig aufwerten? Zugegeben, auch ich habe Ecken und Kanten, die nicht jedem gefallen. Aber im Falle meiner Nominierung verspreche ich, meiner Haltung, die ich an dieser Stelle erläutern durfte, treu zu bleiben. Vielleicht fällt es ja auch jemand wie mir, der bereits seine zweite Lebenshälfte erreicht hat, leichter als einem Jüngeren, persönliche Ansprüche im Interesse gemeinsamer Aufgaben zurückzustellen." Die Idee, bei dieser Gelegenheit sein Alter ins Spiel zu bringen, war ihm angesichts des Altersdurchschnitts der Delegierten spontan eingefallen. Im Zweifel konnte ihm dieser Hinweis weitere Bonuspunkte eintragen, während er Stern wohl eher mit einem zusätzlichen Malus belastete.

Zuletzt besann er sich dann auch noch auf ein paar wahlkreisspezifische Probleme, denen er sich nach seiner Wahl umgehend annehmen wollte. Als er in dem Zusammenhang auf den bereichernden Austausch mit vielen Arbeitsgemeinschaften innerhalb der Partei verwies, bedachte er die Gruppe von Ruth Weber und namentlich ihre Vorsitzende mit besonderer Anerkennung. Die zeigte sich zufrieden und ihr erfreutes Nicken rückte das in Aussicht gestellte Stimmenpaket für ihn in greifbare Nähe.

Als er das Rednerpult verließ, das ihm anfangs noch wie eine Stätte der Angst und Verlorenheit erschien, erlöste ihn ein lang anhaltender Beifall von allen Bedenken, es versemmelt zu haben.

Bald darauf wurde das Ergebnis verkündet. Der Kandidat für den Wahlkreis 6, Mariendorf-Süd/Marienfelde-Nord, hieß Norbert Teschner. Er hatte es geschafft. Nicht mit Glanz und Gloria, vielmehr denkbar knapp. Der harte Kern von Sterns

Unterstützern hatte seinem Gegenkandidaten trotz allem die Stange gehalten. Egal. Mehrheit war Mehrheit. Petra gratulierte ihm mit einem langen Kuss. Die ebenfalls nominierte Ruth Weber eilte herbei, um sich gegenseitig zu beglückwünschen. Der *Alte Fritz* strahlte so stolz, als hätte er diesen Sieg persönlich eingefahren. Und Steffens war schon wieder mal einen Schritt weiter. "Ab sofort startet die *Aktion fünfzig* in den Wahlkampf."

"*Aktion fünfzig*?" Schneider horchte verdutzt auf. Aber weil sich in diesem Augenblick alle möglichen Gefühle Luft machten, fand er keine Zeit, lange darüber nachzudenken, was damit gemeint sein könnte. Dafür verstand er die zweite Ansage, die Steffens gleich darauf abgab, wieder umso besser: "Wolters, zieh dich warm an. Wir kommen!"

33

"Hast du mir nicht erst kürzlich versichert, dein Haus wohlgeordnet zu übergeben? Stattdessen hinterlässt du in Mariendorf eine Ruine. Ich muss von allen guten Geistern verlassen gewesen sein, mir deinen Supermann aufs Auge drücken zu lassen. Vielen Dank für deine tolle Empfehlung. Diese Lusche fliegt noch heute aus meinem Wahlkampfteam. Leute wie der deprimieren mich." Wolters war stinksauer. Natürlich war ihm die Kunde von Sterns zweitem Flop in Folge bereits zugetragen worden, bevor Bollhagen seinen Bericht erstatten konnte und erwartungsgemäß die volle Ladung abbekam.

"Ich verstehe deinen Ärger." Bollhagen zeigte sich ehrlich zerknirscht. "Dabei lief doch alles auf Stern hinaus, nachdem Steffens und Teschner wegen der letzten Ereignisse im Vorstand als angeschlagen galten. Wie konnte ich mich nur so irren?" Dabei klang seine Rechtfertigung ziemlich kleinlaut.

"Was heißt irren? Du bist einem Blender aufgesessen. Einem Hochstapler. Aber ich bin ja selbst schuld. Wie konnte ich mir nur jemand aufschwatzen lassen, der schon mal eine Niete gezogen hat. Nieten ziehen eben Nieten. Das liegt in deren

Genen. Wenn dieser..., wie war doch gleich noch mal der Name dieses Zerstörers Stern' scher Blütenträume?"

"Teschner."

"Ich schätze, den werde ich mir wohl oder übel merken müssen. Also, wenn dieser Teschner den Wahlkreis holt, kannst du mir zu deinem Nachfolger gratulieren. Mit dem habe ich dann, dank deiner Fehleinschätzung, ein von Glombig gesteuertes U-Boot in der neuen Fraktion. Der bisherige Herr Unbekannt soll ja sogar ein Verhältnis mit Glombigs Tochter haben. Auf diese Weise mischt der Alte immer noch munter mit. Verdammt noch mal, Bollhagen, wo ist dein politischer Instinkt geblieben? So gesehen ist es direkt ein Gewinn für die Partei, dass du dir noch rechtzeitig ein anders Betätigungsfeld gesucht hast."

"Jetzt wirst du kränkend. Ich hätte dir Stern niemals empfohlen, wenn ich nicht von seinen Fähigkeiten überzeugt gewesen wäre. Das gilt übrigens auch weiterhin. Der hatte nur das Pech, dass seine rhetorische und thematische Überlegenheit von den Delegierten als Arroganz ausgelegt wurde."

"Als ob das so neu wäre. Das ist auch kein Pech, sondern Unvermögen. Warum meinst du wohl, wäre ich sonst so sehr darauf bedacht, mich sogar noch in die Gedankenwelt der letzten Pfeife hineinzuversetzen? Gelegentlich müssen die eigenen Fähigkeiten eben hinter bestimmten Erwartungen zurückstehen. Das mögen einige als Populismus bezeichnen. Na und? Ich habe kein Problem damit, mich volkstümlich zu geben. Besser mal in seinen Aussagen unter seinem eigenen Niveau bleiben als abzuschmieren. Wem es widerstrebt, sich auf sein Publikum einzulassen, darf sich nicht wundern, wenn ihm dieses Publikum die kalte Schulter zeigt. Genau das ist auch der Grund, warum ich die Wähler nicht mit neuen Ideen überfalle. Es hat sich als vorteilhafter erwiesen, sie schonend, sozusagen häppchenweise, auf notwendige Veränderungen vorzubereiten."

"Das musst du mir nicht erklären. Ich war lange genug dabei, um zu wissen, dass einem Politiker, der seine Nullbotschaft mit

Charme unter die Leute bringt, manches nachgesehen wird, was anderen bereits den Job gekostet hätte. Und wie man sich als Sympathieträger in Szene setzt, darin hast du es zur unbestrittenen Meisterschaft gebracht. Wer beliebt ist, der muss auch nicht immer das richtige Argument parat haben. Du konntest und kannst dir sogar unbeschadet den einen oder anderen Schnitzer leisten. Ein Schulterklopfen hier, ein Händedruck dort, ein verständnisvolles Wort zur rechten Zeit, eingebunden in einen lockeren Small-Talk, dazu für jeden ein offenes Ohr, das ist es, worauf es im Kern ankommt. Keine einzige verbindliche Aussage, aber jeder fühlt sich verstanden. Die perfekte Show ist eben immer noch erfolgversprechender als jeder noch so kluge Gedanke."

"Die Frechheit mit der Nullbotschaft lasse ich dir jetzt mal als eine eher allgemeine Bemerkung durchgehen. Ich hüte mich nur davor, irgendwelchen intellektuellen Scheiß abzusondern. Geistige Überflieger gewinnen selten Wahlen. Wenn ich darauf achte, meine Themen in netter Verpackung unters Volk zu bringen, dann beweist das doch nur, dass ich den Wert einer persönlichen Ansprache erkannt habe. Da hast du deinen klugen Gedanken. Im Übrigen hatte ich schon immer sehr genaue Vorstellungen von dem, was ich wollte. Ohne ein klares Ziel machte so eine Charmeoffensive doch überhaupt keinen Sinn. Abgesehen davon stimmt fast alles, was du sagst. Dann frage ich mich allerdings, warum du deinen Zögling nicht besser gecoacht hast. Der glaubte bis gestern offenbar wirklich, mit seiner aufgemotzten Wichtigtuerei Eindruck zu schinden. Wahrscheinlich sollte ich an Sterns Beispiel noch mal meine bisherige Annahme überprüfen, ein Jurist wäre für alles brauchbar."

"Deshalb bin ich auch davon ausgegangen, dass Stern keiner Nachhilfe bedarf."

"Was der überzeugend widerlegt hat. Und wie soll's jetzt weitergehen? Muss ich so kurz vor dem Wahlparteitag befürchten, dass mir möglicherweise noch ein paar weitere Teschners ins

Haus stehen?"

"Immerhin war die umstrittene Koalitionsfrage bei der Kandidatenaufstellung im Rathaus Schöneberg kein Thema. Nicht mal Teschner hat darüber ein Wort verloren."

"Das bedeutet aber nicht, dass es so bleibt. Es würde mich sehr überraschen, wenn das versprengte Häufchen Glombig-Getreuer nicht die letzte Gelegenheit nutzte, um noch mal kräftig gegen ein Bündnis mit der PfsG und damit auch gegen mich anzustinken."

"Darauf kannst du wetten. Aber nimm's gelassen. Ich glaube inzwischen auch nicht mehr, dass Glombig noch viele Anhänger mobilisieren kann."

"Das ist meine geringste Sorge. In der Partei ist die Lage geklärt. Das war auch ein harter Brocken, für das notwendige Umdenken zu sorgen. Nur werden auf Parteitagen keine Wahlen entschieden. Das heißt, indirekt dann doch wieder. Um beim Wahlvolk eine Menge Porzellan zu zerschlagen, reichen die wenigen Spielverderber, die Glombig in Nibelungentreue verbunden geblieben sind."

"Mit Störfeuer aus dieser Richtung ist zu rechnen. Schon weil es Glombig gegen alle Vernunft noch mal wissen will. Dessen Rede wirst du nicht verhindern können."

"Das macht die Sache ja so kompliziert. Nicht, weil ich ihn als Gegner fürchte. Da kämpft er auf verlorenem Posten. Das weiß er auch. Gerade deshalb wird er in seine Rede noch mal alles hineinlegen, was von seinem früheren Charisma übriggeblieben ist. Eine höchst unerfreuliche Vorstellung, hinterher mit dem Makel des Königsmörders herumzulaufen. Wie sähe das denn aus, der allseits beliebte Herr Wolters in dieser Schurkenrolle? Das darf nicht passieren. Du kennst doch die Leute."

"Die beruhigen sich auch wieder."

"Natürlich werden sie das. Aber das hilft mir wenig, wenn die Aufregung bis zum Wahltag anhält. Deshalb könnte dir zur Abwechslung auch mal was Konstruktives einfallen. Zum

Beispiel, wie sich dieses Szenario noch verhindern lässt. Als Wiedergutmachung dafür, dass sich dein Stern als Rohrkrepierer erwiesen hat."

"Das ist nicht *mein* Stern. Wie oft willst du mir das denn noch vorhalten? Aber ich habe tatsächlich eine Idee. Vorausgesetzt, du bist bereit, ein gewisses Risiko einzugehen."

"Wenn du von Risiken sprichst, schalte ich sofort auf Alarmbereitschaft. Auch wenn es dich nervt, ich sage noch einmal Stern. Nur aus Neugier, auf was müsste ich mich dabei einlassen?"

"Um ehrlich zu sein, es handelt sich wirklich um ein Wagnis."

"Ich hab's geahnt. Trotzdem, jetzt will ich es auch genauer wissen. Worum geht es?"

"Es gibt da eine alte Story aus Glombigs Zeit als Wirtschaftsminister. Wobei es schon kühn ist, überhaupt von einer Geschichte zu sprechen. Eigentlich handelte es sich schon damals nur um Gerüchte, die plötzlich überall die Runde machten. Man munkelte, Glombig hätte seine guten Kontakte zu einigen Wirtschaftsbossen genutzt, um ein paar fette Parteispenden an Land zu ziehen. Spenden, die ihm angeblich diskret im Umschlag überreicht wurden, um sie anschließend an ihm genehme Grüppchen innerhalb der Partei zu verteilen. Ich habe über Thorsten Heidemann, der dich übrigens grüßen lässt, in Erfahrung gebracht, dass darüber sogar schon mal im Bundesvorstand gesprochen wurde. Bis Münter allen weiteren Nachforschungen ein Ende gemacht hat. Kein Wunder, so vertraut wie die mal miteinander waren. Anscheinend bestand aber auch bei Glombigs Widersachern wenig Neigung, das Thema zu vertiefen. Du kennst ja dieses Dilemma, man möchte losschlagen, aber weil das schnell ein paar unbequeme Anschlussfragen aufwerfen könnte, macht man sich dann doch lieber einen schlanken Fuß. Daher blieben die Zusammenhänge bis heute weitgehend im Dunkeln."

"Jetzt, wo du es ansprichst, kann ich mich noch schwach daran erinnern." Dabei wusste er nur zu gut, wovon die Rede war, hielt es aber auch gegenüber Bollhagen für klüger, den nur mäßig Informierten zu mimen. „Allerdings ist mir entfallen, wie sich Glombig zu diesen Vorwürfen verhalten hat. So ehrenpusselig, wie der sich immer gibt, sind die Anschuldigungen doch bestimmt nicht wirkungslos an ihm abgeprallt."

"Der hat diese Verdächtigungen selbstverständlich weit von sich gewiesen. Für den war das Rufmord. Und weil Glombig damals noch zu den Mächtigen in der Partei gehörte, bekam jeder seinen langen Arm zu spüren, der weiter auf der Sache herumritt. Der versank ebenso schnell in der Versenkung, wie die über ihn kursierenden Gerüchte. Sogar die Medien hielten sich erstaunlich zurück. Ich nehme an, weil es ihnen an verlässlichen Informanten und an belastbaren Fakten fehlte."

"Da hast du's. Es wurde nichts bewiesen. Nicht mal ansatzweise. Wie gesagt, alles nur Gerüchte. Leider. Außerdem liegt der Vorgang ewig lange zurück. Wen sollte das heute noch interessieren?"

"Das sehe ich anders. Du unterschätzt den ausgeprägten Reiz des Spekulierens. Der wird durch unaufgeklärte Beschuldigungen nur noch weiter angefeuert. Egal, ob sich jemals ein Beweis dafür erbringen lässt oder nicht. Auch Unbewiesenes kann möglich sein. So denken die Leute. Vorzugsweise bei Kriminalfällen und in der Politik. Außerdem muss heute niemand mehr befürchten, von Glombig abgeschossen zu werden. Wie es im Augenblick um ihn steht, kann eine Wiederbelebung der alten Geschichten nur noch ihm selbst schaden. Mit etwas Geschick lässt sich damit immer noch einiges anfangen."

"Du schlägst mir jetzt aber nicht ernsthaft vor, damit an die Öffentlichkeit zu gehen? Die gleichen Moralapostel, die sich sonst mit Wonne daran aufgeilen, wenn es wieder mal einem von den Oberen an den Kragen geht, reagieren plötzlich politisch korrekt, sobald sie das Gefühl haben, da schmeißt jemand zum eigenen Vorteil mit Dreck. Sogar wer seine klammheimliche Freude darüber nur schwer unterdrücken kann, wird nach außen hin den Tugendhaften spielen. Dann wird so ein Vorhaben schnell zum Bumerang."

"Bei den dürftigen Fakten wäre es auch dumm, als Ankläger aufzutreten."

"Damit ist doch alles gesagt. Vergessen wir das Ganze."

"Nicht so voreilig. Überleg' doch mal, worin der Sinn und Zweck von Gerüchten besteht."

"Spielst du jetzt den Quizmaster? Also gut, nur um die Sache abzuschließen. Mit Gerüchten lassen sich sogar die haltlosesten Behauptungen in die Welt posaunen, weil es ihre Urheber vorziehen, unerkannt zu bleiben."

"Exactement, Monsieur. Womit sie durch ihre Anonymität zur Waffe werden, die völlig gefahrlos aus dem Hinterhalt abgefeuert werden kann. Wer den Finger am Abzug hält, muss weder etwas beweisen noch irgendwann für falsche Beschuldigungen geradestehen. Dagegen gibt es für die Betroffenen nichts Zerstörerisches, als für alle Welt sichtbar ins Visier eines solchen Heckenschützen zu geraten. Zwar behaupten die meisten, nichts auf Gerüchte zu geben. Papperlapapp. Solche Aussagen gehören zum guten Ton. Im Stillen fragt sich natürlich jeder, was an ihnen dran ist."

"Dabei ist es schnuppe, ob solche Nachreden ein Körnchen Wahrheit enthalten oder von A bis Z erstunken und erlogen sind. Jeder, den es trifft, wird damit unweigerlich zum Verdächtigen."

„Allerdings überdauert ihr Unterhaltungswert in der Regel nur eine begrenzte Zeitspanne. Danach verlieren sie ihren Reiz. Macht nichts. In unserem Fall reicht es, das Gerede über Glombigs ungeklärte Vergangenheit bis zum Wahlparteitag am Kochen zu halten. Danach hast du die Spitzenkandidatur einschließlich des Landesvorsitzes in der Tasche und Glombig wird von der Bildfläche verschwunden sein."

"Klingt alles ziemlich infam - und ausgesprochen vielversprechend. So könnte es klappen, Glombig im Idealfall schon vor dem Parteitag auf die Bretter zu schicken. Bleibt nur noch zu klären, wer die Gerüchteküche anheizt."

"Ich habe das mal mit Stern besprochen."

"Nein, nicht schon wieder der. Mach' doch nicht gleich wieder alles kaputt. Bisher erschien mir die Idee wie eine maßgeschneiderte Lösung für meine Probleme."

"Daran ändert sich auch nichts, sofern du die Güte hast, mich ausreden zu lassen. Stern ist ziemlich niedergeschlagen, weil du nach diesem Kladderadatsch bei der Kandidatenaufstellung nicht gut auf ihn zu sprechen bist."

"Das wäre stark untertrieben. Der ist für mich ein rotes Tuch."

"Also unternimmt er alles, um dich wieder geneigter zu stimmen. Als wir darüber diskutierten, wie Glombig mit den früheren Gerüchten am wirkungsvollsten in die Defensive gedrängt werden kann, dachten wir natürlich auch erst an die anonyme Variante. Aber dann hat Stern davon abgeraten."

"Demnach gefällt sich der Mann offenbar auch noch als einer dieser Sittenwächter, von denen wir gerade sprachen. Was schwebt dem Herrn Dauerverlierer stattdessen vor?"

"Stern hat vorgeschlagen, die Angelegenheit bewusst offensiv anzugehen. Keine Schüsse aus dem Hinterhalt, dafür eine Aktion mit offenem Visier. Er meint, wenn jemand aus der Mitte der Partei heraus ganz sachlich nachfragt, wie das damals mit Glombig wirklich gewesen ist, nimmt das dem Vorhaben den Ruch des Anfechtbaren. Damit bekommt die Sache ein noch stärkeres Gewicht. Eine Frage zu stellen ist nicht unseriös. Und falls du einverstanden bist, will er sich dafür selbst zur Verfügung stellen."

"Hat er auch schon eine präzisere Vorstellung, wie das

ablaufen soll?"

"Mehr als das. Er will sich als einfaches Mitglied, das, allein aus Sorge um die Partei, die Wahrheit einfordert, in einem offenen Brief zu Wort zu melden. Sozusagen als die authentische Stimme aller Mitglieder. Du weißt doch, wie gut so ein Bezug auf die Basis immer ankommt. Außerdem ist mit diesem schönen demokratischen Anstrich die gewünschte Resonanz garantiert. Stern will von Glombig Auskunft verlangen, warum er nicht mehr dafür getan hat, die seinerzeit gegen ihn erhobenen Vorwürfe zu entkräften. Auf diese Weise dürften dann auch viele innerhalb und außerhalb der Partei zum ersten Mal davon erfahren, dass es solche Verdächtigungen überhaupt jemals gegeben hat. Womit der Zweck der Übung bereits erfüllt wäre. Das Einzige, worauf er noch wartet, ist dein O.K."

"Sieh mal einer an, sollte ich mich in deinem Protektionskind etwa getäuscht haben? Hört sich einigermaßen plausibel an, was das Bürschchen da ausgebrütet hat. Ideen hat er ja, das muss man ihm lassen. Vielleicht ist dieser Stern tatsächlich kein solcher Totalausfall, wie ich bisher dachte. Jedenfalls ist es sehr viel besser, den kritischen Nachfragen ein Gesicht zu geben, statt sich wieder nur auf mysteriöse Quellen zu stützen, die lieber ungenannt bleiben wollen. Solche anonymen Hinweise können zwar durchaus hilfreich sein, hinterlassen aber häufig einen schlechten Nachgeschmack."

"Zudem besteht die Gefahr, dass sie manchmal schon vor der Zeit verpuffen."

"Was sich auf diese Weise ebenfalls vermeiden ließe. Wenn wir so verfahren, dürfte das Echo auf Sterns aufklärerische Vorarbeit mindestens so lange nachhallen, bis der Parteitag in unserem Sinne über die Bühne gegangen ist."

"Dann kann ich ihm also ausrichten, dass du einverstanden bist?"

"Kannst du. Der Plan ist abgesegnet. Aber halte dich bei der Rückmeldung ein bisschen zurück. Sobald dieser abgefeimte

Kerl Wind davon bekommt, dass ich von seinem Vorschlag angetan bin, wird der doch gleich wieder größenwahnsinnig."

Die langen Schatten der Vergangenheit. Wie immer, wenn Petra Glombig zur Frühschicht eingeteilt war, hatte sie im Zeitungsshop der Klinik ihre bevorzugte Morgenzeitung gekauft. Da war ihr sofort die in fetten Lettern auf der Titelseite platzierte Überschrift ins Auge gesprungen. Trotz des reißerischen Aufmachers hätte sie die Zeitung wie üblich erst wieder in der Frühstückspause hervorgeholt, wäre ihr neben der Überschrift nicht zugleich ein älteres Foto ihres Vaters aus seinen Ministerjahren aufgefallen. Also überflog sie den dazugehörigen Artikel diesmal ausnahmsweise schon auf dem Rückweg zur Station, um bereits nach den ersten Zeilen zu erkennen, dass sich hier ein kaum noch abwendbares Unheil über ihm zusammenbraute. Daran änderte es auch nichts, wenn in der als Untertitel hinzugefügten Frage *Hat der Landesvorsitzende der FDSU und mögliche Spitzenkandidat für die Berliner Wahlen in seiner Ministerzeit illegale Parteispenden eingeworben?* das obligatorische Fragezeichen nicht fehlte. So ein Fragezeichen war wie geschaffen für solche Fälle. Das machte vieles, wenn nicht alles, möglich. Ein schlichtes Satzzeichen, aber das erlaubte es, jede Ungeheuerlichkeit ohne den Hauch eines Beweises an die Leser weiterzugeben. In Meldungen mit einem Fragezeichen wurde ja nichts behauptet. Da wurde nur gefragt. So wie auch Stern in seinem offenen Brief, der der Zeitung als Grundlage diente, nur gefragt hatte. Und fragen musste doch noch erlaubt sein.

Wie es in dem Bericht hieß, hatte der in der Stadt nicht ganz unbekannte Rechtsanwalt Olav Stern als einfaches Parteimitglied, in Erwartung heftigerer Auseinandersetzungen in der Berliner FDSU um die Nominierung ihres Spitzenkandidaten für die Wahlen zum Abgeordnetenhaus, bestimmte Unklarheiten angesprochen. Immerhin war das Nachhaken dieses *einfachen* Mitgliedes der Zeitung einen Aufmacher wert. Sollte sich damit ein schöner neuer Skandal ankündigen, war es angezeigt, der Konkurrenz in dem Dauerwettkampf um gesicherte Marktanteile bereits einige Schritte voraus zu sein. Und bis zum Vorliegen genauerer Erkenntnisse, behalf man sich eben wieder mal mit dem bewährten Fragezeichen. Das ließ sowohl in der einen wie in der anderen Richtung alle denkbaren Entwicklungen offen.

Ihn treibe die Sorge um, so wurde Stern zitiert, die bis heute hinter vorgehaltener Hand kursierenden Verdächtigungen, der ehemalige Minister Glombig hätte während seiner Amtszeit illegale Geldspenden aus dubiosen Quellen an ihm genehme Kräfte innerhalb der Partei verteilt, könnten der FDSU im Falle seiner Nominierung zum Spitzenkandidaten wie eine unbewältigte Erblast auf die Füße fallen. Dem wolle er, auch im wohlverstandenen Interesse Glombigs selbst, durch eine lückenlose Aufklärung entgegenwirken. Schließlich, so ließ er offiziell verlauten, verspreche er sich von einer solchen Aufhellung der Ereignisse eine Entlastung des Mitbewerbers von Winfried Wolters. Einige ältere Redakteure des Blattes kramten daraufhin in ihrem Gedächtnis und erinnerten sich dunkel, dass es solche Vorwürfe damals sogar kurz in den Nachrichtenteil geschafft hatten. Die mussten dann aber schnell wieder anderen Themen weichen. Entweder, weil wirklich nichts an ihren dran war oder auch nur, weil die skandalverwöhnte Öffentlichkeit in der politischen Berichterstattung dickere Brocken erwartete und an Meldungen, die nur ein begrenztes Entrüstungspotenzial boten, rasch das Interesse verlor. Jedenfalls hatte sich die allgemeine Aufmerksamkeit an diesem Thema nur schwach entzündet und war schon bald darauf völlig erloschen.

"Sei's drum, bleiben wir noch ein bisschen an der Geschichte dran" hatte der Chefredakteur, ungeachtet des Umstandes, dass er Sterns Scheinheiligkeit sehr wohl durchschaute, entschieden. Und dann mit dem Schulterzucken des alten Hasen, der zwischen wirklichen Skandalen und aufgeblasenen Skandälchen durchaus zu unterscheiden verstand, hinzugefügt "selbst wenn die Sache schon mal im Sande verlaufen ist und auch in der Neuauflage kein großer Knaller zu werden verspricht." Mangels bedeutsamerer Ereignisse ließ sich mit dem Herumstochern in diesem aufgewärmten Brei immerhin die augenblickliche, in ihrem Job besonders unbeliebte, Saure-Gurken-Zeit überbrücken. Mit investigativem Journalismus hatte das wenig zu tun, aber es konnte helfen, die Verkaufszahlen der Auflage einigermaßen stabil zu halten, bis die Nachrichtenlage im Zuge der bevorstehenden heißen Wahlkampfphase hoffentlich wieder besser wurde.

"Solange gestatten wir es diesem Herrn Saubermann, sich in der Rolle des großen Aufklärers zu sonnen." Stern interessierte es nur mäßig, welche Motive hinter der Absicht standen, seine *Aufarbeitung bedauerlicher Versäumnisse* journalistisch zu begleiten. Dem genügte die erforderliche Plattform, auf der sich eine wirkungsvolle Kampagne gegen Glombig aufbauen ließ. Denn natürlich würden die anderen Medien sofort auf den fahrenden Zug aufspringen. Und was bei den Printmedien im Blick auf verbleibende Zweifel das praktische Fragezeichen erledigte, dafür diente den Kommentatoren im Rundfunk und im Fernsehen eine mit der pflichtgemäßen Unschuldsvermutung verbundene denunziatorische Tonlage. Er war guten Mutes, dass Wolters seinen Einsatz zu schätzen wusste.

Petra Glombig konnte sich ein Stöhnen nicht verkneifen. "Das hat gerade noch gefehlt." Ihr Vater tat ihr leid. Mit diesen in Frageform gekleideten Angriffen kam wieder etwas hoch, was er lange hinter sich glaubte. Diese Gerüchte hatten ihn schon einmal bis ins Mark getroffen. Aber zu der Zeit war er noch stark genug, um das durchzustehen. Bis heute ärgerte es ihn, dass er nie beweisen konnte, wer hinter diesen Verleumdungen steckte. Dafür waren seine Vermutungen umso konkreter.

Dass es ihrem Vater noch einmal gelingen könnte, sich der anbahnenden neuen Kampagne mit gleicher Entschiedenheit zu erwehren wie damals, hielt sie für ausgeschlossen. Dafür war er inzwischen zu schwach - und in der Partei zu isoliert. Sie hoffte, dass er heute nicht ausgerechnet diese Zeitung in die Hand bekam, auch wenn in den nächsten Tagen ohnehin alle darüber berichteten. Sie wollte ihn am Abend besuchen und ihn schonend auf die neue Lage vorbereiten. Im nächsten Moment erkannte sie aber bereits die Albernheit dieser Hoffnung. Was einmal in der Welt war, ließ sich nicht aufhalten. Nicht einmal für ein paar Stunden. Möglich, dass ihr Vater an diesem Morgen tatsächlich noch keinen Blick in die Zeitungen geworfen hatte, mindestens nicht in die, der die wiedergekäuten Vorwürfe so interessant erschienen, um sie in einem reißerischen Beitrag zu verbraten. Dafür gab es genug andere Leser, von denen einige bestimmt nichts Eiligeres zu tun wussten, als ihn auf Sterns *Wahrheitssuche* anzusprechen.

So war es dann auch gekommen. Glombigs Telefone hatten den ganzen Tag über nicht stillgestanden. Auch als er am Abend mit seiner Tochter zusammensaß, wurde ihr Gespräch immer wieder von neuen Anrufen unterbrochen. Sofern sie nicht gerade der Apparat im Wohnzimmer aufschreckte, tat es garantiert sein Handy, das er seit dem Morgen kaum einmal aus der Hand gelegt hatte.

"Du wirst es nicht für möglich halten, aber diese verdammten Nervtöter lassen sich auch einfach mal für eine Weile ausschalten." Petra verstand nicht, warum ihr Vater jeden Anruf entgegennahm, obwohl sie wegen der ständigen Unterbrechungen über die ersten Sätze ihrer Unterhaltung noch nicht hinausgekommen waren.

"Es könnten auch Anrufer darunter sein, die mir Mut machen wollen. Die will ich nicht enttäuschen." So wie er ihr Kopfschütteln und ihr Seufzen ignorierte, vermied er es auch, ihr zu verraten, dass sich dieser Beistand in Grenzen hielt und die meisten Telefonate von anderer Art waren. Aber das ahnte sie ohnehin. Sie hatte auch schon die ersten Kommentare in den sozialen Netzwerken gelesen, die sich ihrer Ansicht nach immer stärker zu asozialen Netzwerken entwickelten. Dennoch verzichtete sie darauf, ihm zu widersprechen. Sie wollte ihm nicht die Illusion rauben, es könnte sich vielleicht doch noch der eine oder andere Unterstützer melden. Auch, weil sich ihre Sorgen um ihn verstärkt hatten. War ihr schon seit längerer Zeit aufgefallen, dass es ihm nicht gut ging, misslang ihm heute sogar der Versuch, seine schlechte Verfassung vor ihr zu verbergen. Er wirkte noch kraftloser und müder als bei ihrem letzten Besuch. Kein Wunder. Niemand wusste besser als er, was es für ihn bedeutete, dass diese *Enthüllungen* gerade in diesen Tagen wieder an die Öffentlichkeit gezerrt wurden.

"Diese Schlagzeile hat mich heute früh kalt erwischt. Wenn ich an die Hetzjagd denke, die du während deiner Bonner Zeit über dich ergehen lassen musstest, überkommt mich immer noch ein Schaudern. Schließlich war ich ja irgendwie mitbetroffen, weil es sich kaum einer nehmen ließ, mich nach meiner Meinung zu fragen. Natürlich habe ich jedem erklärt, dass diese Beschuldigungen aus der Luft gegriffen wären, nur, um dir zu schaden. Geholfen hat es wenig. Außer bei mir und einigen wenigen wirklichen Freunden stieß deine Version der Ereignisse schon seinerzeit auf Zweifel. Ich fürchte, die Zahl der Skeptiker dürfte seither noch gestiegen sein."

"Wundert dich das? Wem sollen die Leute denn noch glauben? Wer in festen Abständen einen frischen Skandal serviert bekommt, in den wieder mal irgendein Politiker verwickelt ist, der neigt irgendwann dazu, bereits in jedem Verdacht eine feststehende Tatsache zu sehen. So was Altmodisches wie Unschuldsvermutung ist für unsereins längst ein Fremdwort. Dafür wurde in meinen Kreisen schon zu oft die Wahrheit verdreht. So wie immer nur häppchenweise zugegeben wird, was trotz größter Beredsamkeit nicht mehr zu vertuschen ist. Aber auch die heftigsten Dementis konnten nur selten verhindern, dass sich aus einer ersten Annahme zum Schluss eben doch eine gesicherte Erkenntnis ergab. Nun rechne dir meine Chance aus, wenn ich beteuere, dass es bei mir anders ist, dass ich mir wirklich nichts habe zuschulden kommen lassen."

"Unter anderen Voraussetzungen wäre ich die Erste, die dich darin bestärkte, zu kämpfen. Wie schon einmal. Aber ich sehe doch, wie mies es dir geht. Jetzt versuche gar nicht erst, mich wieder zu beruhigen. Deshalb mach' endlich Schluss mit der Politik, hör' auf, ehe sie dich zerstört."

"Es stimmt, diese Sauerei geht mir ziemlich an die Nieren. Aber ..."

"Kein *Aber*. Du warst schon vorher krank. Und du weißt das."

"...aber ich werde unter keinen Umständen mit dem Makel des Rechtsbrechers abtreten. Noch dazu, wo diese Angriffe so niederträchtig sind. Bisher ging es mir nur um das, was ich etwas unbescheiden mein Lebenswerk nenne. Darauf sollte niemand herumtrampeln dürfen. Ab heute kämpfe ich um mehr als nur um ein Stückchen verbliebener Eitelkeit. Jetzt steht meine persönliche Integrität auf dem Spiel. Wenn du so willst, meine Ehre. Die lasse ich mir nicht nehmen."

Sie hatte auch nicht erwartet, dass ihr Vater jetzt zur Freude seiner Gegner die weiße Fahne hisste. Das wäre ihm schon zuvor nicht möglich gewesen. Aber wenn er nach diesem Frontalangriff die Waffen streckte, konnte das nur als Eingeständnis seiner Schuld gewertet werden. In dem Fall sah er sich für immer in eine Reihe mit den vielen Uneinsichtigen gestellt, die zwar auch bis zum bitteren Ende leugneten, der sich daraus ergebenden Konsequenz aber letztlich doch nicht entkamen. Dieses falsche Bild durfte sich in den Köpfen der Leute nicht festsetzen. Er war nicht wie diese anderen. Also musste er seine letzten Reserven mobilisieren, um seinen Ruf nicht in den Dreck ziehen zu lassen.

"Dann lass' dir wenigstens helfen. Du weißt, dass ich jetzt mit Norbert Teschner zusammen bin. Norbert steht selbstverständlich auf deiner Seite und hat sich angeboten, dich zusammen mit Rainer Steffens und, nicht zu vergessen, deinem alten Freund Schneider, gegen Sterns Vorstoß in Schutz zu nehmen. Die drei wollen eine Ehrenerklärung für dich abgeben."

"Wer sollte sich davon beeindrucken lassen?"

"So eine Erklärung wird mindestens nicht unbemerkt bleiben. Die wird zeigen, dass du nicht allein bist, dass du Freunde hast, die nicht an dir zweifeln. Das ist doch schon was."

"Dieser Freundschaftsdienst gibt in erster Linie mir ein besseres Gefühl. Aber so, wie ein Außenstehender unmöglich erkennen kann, ob jemand die Wahrheit sagt oder lügt, so wenig wird er beurteilen können, ob eine Solidaritätsbekundung ehrlich gemeint ist oder doch wieder nur der üblichen Chose entspricht. Denn auch das haben die Leute schon sattsam vorexerziert bekommen: Zunächst wird ein Beschuldigter aus den eigenen Reihen in Schutz genommen. Mit Überzeugung hat das nichts zu tun. Das ist lediglich der korrekten Form geschuldet. Bis sich dann, mit zunehmender Beweislast, die vorgeblichen Unterstützer nach und nach verdrücken und im weiteren Verlauf keiner mehr etwas von seiner früheren Parteinahme wissen will. Auf die drei, die mir helfen wollen, trifft das natürlich so wenig zu, wie der gesamte Sachverhalt etwas mit mir zu tun hat. Die gute Absicht von Teschner, Steffens und dem *Alten Fritz* in Ehren, aber auch sie werden kaum jemand von meiner Unschuld überzeugen. Warum, wird man sich fragen, sollte ausgerechnet der Glombig die berühmte Ausnahme von der Regel sein."

"Ich wünschte, ich könnte dir widersprechen. Aber was bleibt uns denn sonst noch? Ich sehe keine andere Möglichkeit, als es wenigstens zu versuchen."

"Du hast recht. Es wäre undankbar, diese Geste des Vertrauens zurückzuweisen. Auch wenn ich weiterhin nicht glaube, dass sich die öffentliche Meinung davon umstimmen lässt."

Der Besuch seiner Tochter hatte Glombig gutgetan. Ein Stück weit hatte er sogar wieder Hoffnung gefasst, dass es vielleicht doch nicht ganz so schlimm käme, wie befürchtet. Aber kaum war er wieder allein, war auch seine Fähigkeit erschöpft, der eigenen Resignation Einhalt zu gebieten. Vor anderen hatte er sich noch so weit im Griff, um dieses Gefühl zu verbergen. Wobei er ahnte, dass ihm dies, mindestens bei seiner Tochter, nur noch sehr eingeschränkt gelang. Petra musste er nicht erklären, welche Möglichkeiten einem Verdächtigen blieben, gegen ein übermächtiges Misstrauen anzukämpfen. Er machte sich keine Illusionen, wie schutzlos er dem sich ankündigenden Spießrutenlaufen ausgesetzt sein würde.

Über weite Strecken seiner politischen Laufbahn hatte ihn der Erfolg geradezu verwöhnt. Dabei waren ihm seine Siege nicht durch glückliche Zufälle in den Schoß gefallen. Jeder weitere Schritt nach vorn war das Ergebnis eines bestandenen Kräftemessens. Schon von daher konnte er nicht den Anspruch erheben, seine Karriere ausschließlich auf dem Fundament unanfechtbarer moralischer Werte errichtet zu haben. Auch er hatte sich gegenüber seinen Gegnern und Konkurrenten nicht immer anständig verhalten. Er war den Verführungen von Macht und Einfluss ebenso erlegen wie viele vor ihm - und wie andere, die ihm folgen würden. Mancher, der meinte, sein Fortkommen behindern zu können, hatte seine Überlegenheit zu spüren bekommen. Niemand stieg auf, ohne andere fallen zu sehen.

Aber erst, nachdem sich im Laufe der Jahre mit den übernommenen Ämtern auch die Einsicht in ihm vertiefte, für alles, was er sagte und tat, oder auch unterließ, unmittelbar verantwortlich zu sein, wurde er sich einer weiteren Tatsache bewusst. Wer in Ämtern und Funktionen mehr sah als nur die nächsthöhere Stufe auf seiner persönlichen Karriereleiter, der machte sich angreifbarer als der kühl berechnende Organisator des eigenen Aufstiegs. Denn nicht in der Phase, in der er nach

Führung strebte, als er eine Position nach der anderen eroberte, fühlten sich seine Gegner ermutigt, ihn zu attackieren. Die Intriganten bekamen Oberwasser, als er begann, seine Aufgaben und Pflichten wichtiger zu nehmen als die bis dahin praktizierten Methoden von Machterhalt und Machterweiterung.

Waren die während seiner Ministerzeit über ihn kursierenden Gerüchte Teil einer von anonymen Urhebern gesteuerten Schmutzkampagne, hatte man diesmal eine andere, scheinbar saubere, Form für ihre Verbreitung gewählt. Der junge Anwalt Stern verstand es glänzend, die alten Verdächtigungen so raffiniert wiederzubeleben, dass naivere Gemüter tatsächlich ein lauteres Parteimitglied in ihm sahen, dem es um eine objektive Aufklärung der Angelegenheit ging. Dabei diente auch dieses Vorhaben allein der Absicht, ihn erneut an den Pranger zu stellen. Er selbst bedurfte keiner Rückbesinnung. Er hatte nie vergessen, wie beschädigt er sich in dieser Zeit fühlte. Wie diese inquisitorischen Fragen über seine angebliche Verstrickung in eine konstruierte Affäre von überall her auf ihn niederprasselten. Wie vergeblich er sich gegen diese Anschuldigungen zur Wehr gesetzt hatte. Wie er schon bald darauf feststellen musste, dass die meisten seiner Parteifreunde auf Tauchstation gingen und wie wenige wirkliche Freunde ihm noch zur Seite standen.

Keiner dieser Vorwürfe hielt der Realität stand - aber sie wurden geglaubt. Weil nur zu gern geglaubt wird, was geglaubt werden will. Weil es sich so schön in ein feststehendes Muster fügte. Einige gesteuerte Gerüchte hatten ausgereicht, um Misstrauen zu säen. Nicht seine heimlichen Verleumder mussten etwas beweisen. Ihm allein wurde die Beweislast zugeschoben, die über ihn in die Welt gesetzten Behauptungen zu widerlegen. Während er die aufgekommenen Zweifel an seiner Glaubwürdigkeit zu entkräften suchte, verfolgten die unbekannten Hintermänner der Kampagne seine Bemühungen mit hämischem Vergnügen. Diese Feiglinge konnten sich nur deshalb nicht vollends zufrieden die Hände reiben, weil er

Nervenstärke bewies. Irgendwann war die Sache dann mangels fehlendem Nachhall in der Öffentlichkeit ausgereizt. Dennoch hatte er damals viel erklären müssen. Gebetsmühlenartig. Wieder und immer wieder. Solange, bis ihm die Monotonie dieser ständigen Beteuerungen schon selbst zum Halse raushing.

Von den zahllosen Angriffen und Unterstellungen traf ihn letztlich nur ein Vorwurf, den auch er sich nicht ersparen konnte. Es stimmte, verschiedentlich hatte er tatsächlich Spenden für die Partei entgegengenommen. Das hatte er schon kurz darauf als eine mordsmäßige Dummheit erkannt, schon, weil er keinesfalls so blauäugig war, um die mit solchen Zuwendungen verbundenen Motive nicht zu durchschauen. Vernünftiger wäre es gewesen, diese speziellen Gönner sofort auf den üblichen Zahlungsweg zu verweisen. Dass er auf diesen Hinweis verzichtet hatte, mit Rücksicht auf die Spenden, die dann wahrscheinlich geringer ausgefallen oder gänzlich ausgeblieben wären, durfte ihm angelastet werden. Aber sofort nach Erhalt hatte er die Gelder an die Parteikasse weitergeleitet. Sogar die Ausstellung einer ordnungsgemäßen Spendenbescheinigung war von ihm persönlich überwacht worden. Keinen noch so kleinen Betrag hatte er für eigene Zwecke abgezweigt, keine der Einnahmen war trickreich an den Büchern und der Steuer vorbeigeschleust worden, kein Spender wurde in irgendeiner Weise von ihm begünstigt. Rechtlich war alles in Ordnung. Dennoch nutzte es ihm wenig, dass sich seine Darstellung der Zusammenhänge nicht widerlegen ließ. Für alle, denen er ohnehin als rotes Tuch diente, blieb er auch weiterhin *der Mann mit den Geldkuverts*. Damals wäre niemand gern an seiner Stelle gewesen. Die meisten hätten es politisch auch nicht überlebt, zur allgemeinen Zielscheibe zu werden. Aber er hatte sich geschworen, dieses Kesseltreiben auszuhalten. Und nachdem ihn die Ereignisse nicht zu Fall gebracht hatten, mehrten sich auch schon bald darauf wieder die Stimmen in der Partei, die die Ansicht vertraten, noch nicht auf ihn verzichten zu können.

Unabhängig davon, was an der Geschichte dran war oder nicht. Seither war Gras über die Sache gewachsen. Bis heute. Da wurden die verbliebenen Zweifel plötzlich wieder zum Thema. Und mit ein paar neuen Fragen ergänzt.

34

"Respekt, du alter Stratege. Tolle Idee, deinen Anspruch auf die Spitzenkandidatur mit einem deiner berühmten Paukenschläge zu unterstreichen." Thorsten Heidemann bedachte ihn mit einem anerkennend nach oben gestreckten Daumen und einem fetten Grinsen. "Super eingefädelt, zumal das Timing kaum besser sein könnte." Der Generalsekretär hatte zwischen zwei anderen Terminen einen kurzen Besuch in Wolters Fraktionsbüro eingeschoben. Offiziell ging es dabei um erste Absprachen, wer von der Bundesebene der Partei im demnächst anlaufenden Wahlkampf eingesetzt werden sollte.

"Falls du damit auf die Zweifel anspielst, die an Glombigs Ehrenmannimage kratzen, irrst du dich. Das war der Einfall von diesem Stern, solche Nachforschungen anzustellen."

"Ist schon klar. Aber du hast ihm sicherlich auch nicht gerade abgeraten, sich als Spürhund zu betätigen. Oder sollte ich besser sagen als Minenhund? Seit wann kennen wir uns jetzt?"

"Eine halbe Ewigkeit. Was soll die rhetorische Frage?"

"Also lange genug, um mir nicht einreden zu lassen, dass du rein gar nichts mit Glombigs Misere zu tun hast.

"Du überschätzt meinen Einfluss. Wie hätte ich ein mündiges Mitglied unserer Partei daran hindern können, seinen Aufklärungsbedarf in dieser Sache so groß aufzuziehen?"

"Deshalb hast du dir vermutlich auch vor Verwunderung die Augen gerieben, dass dein Konkurrent durch dieses Manöver, günstigerweise schon vor eurem Wahlparteitag, zum hoffnungslosen Fall wird. Zufälle gibt's, man glaubt es kaum. Und dann auch noch zum optimalen Zeitpunkt."

"Du sagst es."

"Gut zu hören, das mit den Zufällen. Besonders für Münter.

507

Der wird zunehmend nervöser. Schließlich war der zu besagter Zeit mit Glombig ziemlich dicke. Womit sich manchem Beobachter der Gedanke aufdrängen könnte, dass unsere zwei Parteisaurier schon gerne mal ihre schmutzigen kleinen Geheimnisse untereinander ausgetauscht haben."

"Wenn Münter in der Sache hyperventiliert, dürfte dir das doch nicht ungelegen kommen."

"Sagen wir mal so: Die Entwicklung zielt in die richtige Richtung."

"Folglich sind wir beide gut beraten, den Dingen ihren Lauf zu lassen." Dann machte sich bei Wolters aber doch noch eine leichte Unruhe bemerkbar. "Allerdings gibt es auch in meinem Lager einige Überkorrekte, die das alles kritisch sehen. Denen liegt vor allem die Einheit der Partei am Herzen. Die unterliegen jetzt möglicherweise ebenso wie du dem Irrtum, ich könnte etwas mit Sterns Vorpreschen zu tun haben."

"Was unbedingt nach einer Richtigstellung verlangt."

"Das habe ich mir auch schon überlegt, zumal Glombig noch immer über eine Menge Sympathisanten verfügt. Nicht in der Partei, da hat er seine Zeit hinter sich, mehr in der Bevölkerung. Mithin bei den Wählern. Vielleicht sollte ich in geeigneter Weise klarstellen, dass ich die jetzt in Gang gekommene Medienkampagne missbillige."

"Tu das. Das müsste als Beruhigungspille ausreichen. Sowohl für die Wähler, die einmal mehr von deinem honorigen Charakter beeindruckt sein werden. Als auch für dich, denn mit so einer Placebodistanzierung bleibt ja weiterhin alles offen. Du triffst schließlich nicht die Feststellung, dass die neuen Zweifel an Glombigs Integrität völlig an den Haaren herbeigezogen wären. Du bemängelst nur die Form des Vorgehens." Heidemann grinste jetzt noch wissender als am Anfang ihres Gesprächs. "Weißt du, woran mich dieses Szenario erinnert?"

"Keine Ahnung. Verrate es mir."

"Ich fühle mich in alte Zeiten zurückversetzt, als Glombig

schon mal bis zum Hals in der Scheiße steckte."

"Ich habe Probleme, dir zu folgen. Meine Erinnerung, soweit noch vorhanden, ist eine etwas andere."

"Ach ja? Wie wär's in dem Fall mit einer kurzen Auffrischung? Einen kleinen aber feinen Unterschied gibt es natürlich. Beim ersten Mal wurden die Beschuldigungen gegen Glombig anonym gestreut. Heute spielt ein ehrgeiziger junger Mann den großen Aufklärer und gibt vor, dass es ihm um eine sachliche Aufarbeitung des Geschehens geht. Das hat zweifellos eine höhere moralische Qualität als die früheren Gerüchte. Aber sowohl die eine wie die andere Variante geht zulasten Glombigs. Und schon damals hast du, als Sprecher der Parteijugend, die Öffentlichkeit mit einer etwas schwammigen Loyalitätserklärung für Glombig überrascht, obwohl doch jeder wusste, wie zuwider dir dieser Mensch schon immer gewesen ist. Na, klickt da wieder was? Das kannst du doch nicht komplett vergessen haben."

"Jetzt dämmerts wieder. Aber was soll uns das jetzt sagen?"

"Nichts, was dich alarmieren müsste. Ich habe nur laut nachgedacht und bin auf gewisse Parallelen gestoßen."

"Die wieder einmal zeigen, zu welchen Kapriolen manche Entwicklungen gelegentlich neigen."

„Genau. Es ist schon eine merkwürdige Sache mit diesen Ähnlichkeiten. Damit sollten wir es dann aber auch bewenden lassen. Alles Weitere dürfte sich automatisch ergeben. Jetzt bleibt nur noch zu klären, wer dem künftigen Berliner Parteivorsitzenden und Spitzenkandidaten von der Bundesseite her im Wahlkampf bevorzugt unter die Arme greifen darf."

"Immer der, der fragt. Aber im Ernst, ich würde mich freuen, wenn du die wichtigsten Veranstaltungen zusammen mit mir bestreitest. Münter soll sich derweil ein paar freie Tage gönnen. Der wäre für mich als absehbarer zweiter Verlierer nach Glombig eher eine Belastung."

"Versteht sich. Wenn's sein muss, ziehen wir beide das auch

im Alleingang durch."

„Danke. Deine Unterstützung rechne ich dir hoch an. Ein Glück, dass die Partei über einen so hervorragenden General-sekretär verfügt. Und vielleicht demnächst über einen besseren Vorsitzenden? Du weißt ja, auf wessen Seite ich stehe."

35

"Wahnsinn, war das eine geile Nummer. Du warst unglaub-lich." Das Mädchen, das sich mit einem erschöpften Hecheln von Steffens schweißnassem Körper löste, glaubte wohl, ihrem doppelt so alten Liebhaber diese Anerkennung schuldig zu sein. Immerhin hatte sie ihn in den vorausgegangenen Stunden nicht geschont. Erstaunlich, dachte Steffens, wie erfahren diese Sylvia trotz ihrer jungen Jahre schon war, um die aufbauende Wirkung von ein paar Komplimenten auf das Selbstwertgefühl reiferer Bettgespielen zu kennen. Das hinderte sie freilich nicht daran, sofort nach dem Abklingen der Lust aus dem Bett zu springen, um sich im Bad von den klebrigen Spuren ihrer Lei-denschaft zu säubern. Als er sie gleich darauf pinkeln und an-schließend duschen hörte, während sie ununterbrochen die Melodie irgendeines dümmlichen Schlagers vor sich hin träl-lerte, bastelte er bereits an einer möglichst sensiblen Formulie-rung, mit der er ihr beibringen wollte, dass er jetzt gerne wieder allein wäre. Diese Mühe hätte er sich sparen können.

"Es war echt schön mit dir. Aber sei mir nicht böse, ich muss jetzt los. Mir steht heute Vormittag in der Uni so eine blöde Klausur bevor. Also besser, ich gönne mir noch eine Mütze Schlaf. Und schlafen tue ich am liebsten allein. Das verstehst du doch?"

Nicht er war es, der ihre kleine Affäre damit beendete. Es war das Mädchen, das ihm auf diese Weise den ärgerlichen Aus-klang früherer Bettgeschichten ersparte. Dabei waren auch schon mal Tränen geflossen. So gesehen hatte er allen Grund, dem Mädchen dankbar zu sein. Doch statt erleichtert aufzuat-men, wie angenehm unkompliziert sich diese Begegnung diesmal erledigte, ließ ihn die plötzliche Verkehrung der bisher gewohnten Abläufe schlucken.

So war das also: Inzwischen lag es nicht mehr bei ihm, ein kurzes nächtliches Abenteuer mit floskelhafter Freundlichkeit zu beenden. Jetzt wurde er mit Dank für eine einigermaßen gelungene Leistung verabschiedet. Wie sich die Zeiten änderten. Aber was hatte er denn erwartet? Als er dieses Mädchen, von dem er auch jetzt noch nicht viel mehr als den Vornamen kannte, aus einer seiner bevorzugten Edeldiscos am Ku'damm abschleppte, stand ihm der Sinn ausschließlich nach einem heißen One-Night-Stand ohne weitere Verpflichtungen. Nach dem eingespielten Muster zurückliegender Ex und Hopp-Bekanntschaften. Eine ehrliche und klare Sache, bei der er bekam, wonach er gesucht hatte. Nicht mehr und nicht weniger. Wie erklärte sich demnach dieses eigenartige Gefühl der Leere, das ihn auf einmal beunruhigte?

Das Mädchen summte jetzt eine andere Melodie, die ihm ebenso fremd war wie die erste - und so fremd wie das Mädchen selbst, das währenddessen ihre auf dem Fußboden verteilte Unterwäsche aufsammelte. Es war alles sehr schnell gegangen vor ein paar Stunden. Er sah ihr zu, wie sie in ihr Höschen stieg und mit geübten Griffen den BH anlegte, geschickter als er sich angestellt hatte, ihn im Zustand der Erregung aufzubekommen. Dann folgten Jeans, T-Shirt und Schuhe. Anschließend kam sie noch einmal an sein Bett und verabschiedete sich mit einem flüchtigen Kuss. "Mach's gut. Vielleicht sieht man sich ja irgendwann mal wieder." Aber das war doch sein Text. Oft benutzt. Fast schon abgenutzt. Die feststehende Phrase, diesmal aus einem fremden Mund, klang noch in ihm nach, da hörte er bereits die Wohnungstür ins Schloss fallen und er fühlte sich auf eine unschöne Weise allein gelassen. Dabei hatte er sich doch genau das bis vor ein paar Minuten noch gewünscht. Er schüttelte den Kopf, schloss die Augen und versank in eine für ihn ungewöhnliche Grübelei. Noch kürzlich hatte er Teschner deshalb verspottet. *Rainer Steffens, du fängst wohl auch schon an zu spinnen. Was zum Teufel ist denn heute in dich gefahren?*

Irgendetwas störte ihn auf einmal an der Art, wie er lebte. Dieser für ihn befremdliche Befund ließ ihn fast zwangsläufig an seinen alten Kumpel Teschner denken, der ihm, wenn er schlecht drauf war, schon gerne mal die Oberflächlichkeit seiner Beziehungen vorwarf. Es ärgerte ihn, dass er sich zum ersten Mal dabei ertappte, darin ebenfalls eine Schwäche zu sehen. Bisher hatte er sorgfältig darauf geachtet, dass seine Gefühle diesen selbstgesetzten Rahmen der Trivialität nicht überstiegen. Was nicht in die Tiefe ging, konnte auch nicht wehtun, wenn es vorbei war. Und was zwei Menschen Spaß machte, konnte doch unmöglich falsch sein. Aber vielleicht zu wenig? Zu wenig für einen der beiden Beteiligten? Bis heute hatte er mit einer schnellen Nummer keine weiteren Erwartungen verbunden. Weil er seine eigenen Ansprüche geringhielt, war er auch keine Verpflichtungen eingegangen. Er hatte nie etwas versprochen. Also gab es für ihn bisher auch keine Veranlassung, sich mit solchen tiefschürfenden Fragen um sein Vergnügen zu bringen. Aber in diesem Moment, ganz ohne Vorwarnung, hatte dieser Zwiespalt auch ihn erreicht. Keine ersprießliche Aussicht für die Zukunft, falls sich diese Verunsicherung erst mal im Kopf einnistete. Ein zusätzlicher Grund, warum er solche Überlegungen in der Vergangenheit lieber weit von sich wegschob.

Aber jetzt lag er da und musste sich eingestehen, dass Teschner wohl gut daran getan hatte, seine Ratschläge so beharrlich in den Wind zu schlagen. Er gönnte Teschner das Glück mit seiner Petra. Doch auch wenn er sich aufrichtig für seinen Freund freute, ließ sich ein schmerzhafter Anflug von Eifersucht nicht unterdrücken. Eine Frau wie die Petra - das wäre es gewesen. Wenn er sich mit Teschner verglich, beschlich ihn zumindest die Ahnung, dass es in seinem Leben ein Defizit gab.

Etwas, wonach er nie wirklich gesucht hatte - und das ihm plötzlich fehlte. Jedenfalls zu fehlen glaubte, seitdem er es bei anderen entdeckt hatte. Solange seine Libido noch mitspielte, sollte ihm die Freude an der einen oder anderen Eskapade auch künftig niemand verleiden. Am wenigsten er selbst. Aber Sex war kein Allheilmittel gegen die Einsamkeit. Auch so eine Erkenntnis, die in seinem bisherigen Denken nicht vorkam. Bis heute hatte das auch funktioniert. Aber wie stand es damit in der Zeit, die noch vor ihm lag?

Auf einmal fürchtete er den Tag, an dem auch sein Charme gegen die fortschreitende Unattraktivität welker Haut nichts mehr ausrichten konnte. Diesen Augenblick sah er nun unabwendbar auf sich zukommen. Bestenfalls ließ der sich noch ein paar Jahre hinauszögern. Aber dass er diesen Kampf verlor, war sicher. Diesen Kampf gewann niemand. Von da an würde er verdammt allein sein. Allein war er eigentlich schon immer gewesen, nur hatte er sein Alleinsein bisher noch nie als Einsamkeit empfunden. Und wenn er dann im Alter seinen Freund Teschner und dessen Frau besuchte, spürte er bereits heute den Stich, sich mit einem Glück konfrontiert zu sehen, das er selbst so oft ausgeschlagen hatte. Das Glück anderer, auch derer, denen man es von Herzen gönnte, konnte wehtun. Das lenkte den Blick so gnadenlos auf die eigenen Versäumnisse. Dabei hatte er sich doch immer eingeredet, nichts versäumt zu haben. Nur ein weiterer Selbstbetrug, den er allzu lange kultiviert hatte. Was würde ihm von seinen unzähligen Affären bleiben? Nicht viel mehr als die langsam verblassende Erinnerung an die keuchende und schweißtreibende Gymnastik zweier ineinander verschlungener Leiber, die gleich nach dem Verebben der Lust und normalisierter Pulsfrequenz wie zwei nicht zusammengehörende Fremdkörper auseinandergefallen waren. Ein mageres Ergebnis seines Liebeslebens. Zu wenig, um damit zufrieden zu sein. Viel zu wenig.

"Du solltest gelegentlich mal wieder was mit Rainer

unternehmen. Der könnte sonst auf den Gedanken kommen, dass ich eurer Freundschaft im Wege stehe. Das möchte ich nicht."

Teschner winkte ab. "Mach' dir deshalb keinen Kopf. Der versteht das. Wie ich ihn kenne, wird ihm schon was einfallen, dass er anderweitig nicht zu kurz kommt." Tatsächlich hatte Petra nur etwas angesprochen, was ihm in den letzten Wochen auch schon häufiger durch den Kopf gegangen war. Seitdem er mit ihr zusammenlebte, hatten er und Steffens, abgesehen von den Pflichtterminen in Parteiangelegenheiten, nur noch wenig Zeit miteinander verbracht. Auch ihre früheren regelmäßigen Treffen in Renates Kneipe lagen schon eine gefühlte Ewigkeit zurück.

"Du willst mir doch kein schlechtes Gewissen einreden? Bald wirst du dich darüber beschweren, dass ich dich vernachlässige. Wenn der Wahlkampf erst richtig auf Touren kommt, werden wir uns wohl nur noch sporadisch sehen."

"Ich kenne das. Hast du vergessen? Ich bin ein Politikerkind. Da lernst du früh, das Private hinter dem Öffentlichen zurückzustellen und einen nahestehenden Menschen mit der Allgemeinheit zu teilen."

"Ich möchte dich aber mit niemand teilen. Allein der Gedanke daran stinkt mir."

"Wichtiger, als sich jeden Tag zu sehen, ist doch die Sicherheit, dass es jemand gibt, der einem mindestens in Gedanken nahe ist. Wenn dieses Gefühl stark genug ist, dann ist es auch kein Problem, wenn dieser Jemand eine Person des öffentlichen Lebens ist und nicht jeden Abend mit dir zusammen auf der Couch sitzt und Salzstangen knabbert."

"Wie sich das schon anhört: Person des öffentlichen Lebens. Als wäre einer, der sich mal ein bisschen weiter aus dem Fenster lehnt, bereits öffentliches Eigentum. Absurd. Aber das mit der Stärke des Gefühls hast du schön gesagt. Und apropos

Politikerkind. Dein Vater..."

"...ist fast am Ende seiner Kräfte. Mir fällt wirklich nichts mehr ein, wie ich ihm noch helfen kann. Das ist so infam, was alles unternommen wird, ihn bereits vor dem Parteitag loszuwerden. Hoffentlich glaubst wenigstens du noch an seine Unschuld."

"Willst du eine ehrliche Antwort? Ginge es nicht um deinen alten Herrn, hätte ich auch meine Zweifel. Schon zu oft hat sich das Ehrenwort von Politikern als Luftnummer erwiesen. Aber ich glaube dir. Und wenn du deinem Vater vertraust, dann tue ich das auch."

"Danke. Obwohl du deine Bedenken damit nur bestätigst. Ich kann das sogar verstehen. In seinem Job, der künftig auch deiner sein wird, gibt es immer mehr Mitspieler, die sich die Wahrheit in ihrem Sinne zurechtbiegen. Und wo inzwischen kaum noch Raum für ein Grundvertrauen bleibt, da reichen bereits ein paar lancierte Gerüchte, um einen Menschen in Verdacht zu bringen. Vater sieht das übrigens ähnlich düster. In seinem Fall beginnt das Gift dieser Verdächtigungen bereits zu wirken. Das ist wie ein Virus, der jeden infiziert, der nicht gegen Bösgläubigkeit geimpft ist. Und wer ist das schon?"

"Ich zum Beispiel. Du bist mein wirksamster Antikörper."

"Super. Du verstehst es, Komplimente zu machen."

"Das wäre die medizinische Betrachtungsweise, Frau Doktor. Darüber hinaus bist du natürlich alles andere für mich als ein Antikörper."

"Dann bin ich ja beruhigt. Wenigstens in diesem Punkt."

"Ich wünschte, ich könnte dir auch die Sorge nehmen, was deinen Vater betrifft. Aber das hieße, den Kopf in den Sand zu stecken. Du kennst die Stimmungslage. Wenn nicht noch ein Wunder geschieht, erscheint ein Erfolg seiner Kandidatur jetzt noch unwahrscheinlicher als vorher. Allerdings sind Wunder zu selten, um sich darauf zu verlassen."

"Inzwischen glauben die Leute auch eher an die Demoskopie.

515

Die erhebt den Anspruch, immer genau zu wissen, was die Mehrheit denkt. Seitdem diese sogenannten Enthüllungen die Runde machen, sind Vaters Werte sogar bei vielen seiner bisherigen Anhänger im Keller. Das kannst du jeden Tag in der Zeitung oder im Fernsehen verfolgen. Aber schlimmer ist, dass er das auch alles hören und lesen muss."

"Ich kann mir denken, wie ihn diese schlechten Umfrageergebnisse runterziehen. Auch, weil die schon bald ihre eigene Dynamik entwickeln. Wer länger im Umfragetief steckt, kommt da nur schwer wieder raus."

"Dabei sind diese Erhebungen mehr als fragwürdig. Nicht so sehr, was die ermittelten Ergebnisse betrifft, die spiegeln die aktuellen Meinungen schon ziemlich genau wider. Was mich aufregt, ist die Art, wie sie zustande kommen."

"Was meinst du mit zustande kommen? Worauf willst du hinaus?

"Ich bezweifle, dass sich aus diesen Befragungen tatsächlich ein objektives Bild ergibt. Interessanter wäre es zu erfahren, wie die Befragten zu ihren Auffassungen gelangt sind. Meinungen fallen doch nicht einfach so vom Himmel. Die werden den Leuten manchmal eher versteckt und manchmal ziemlich direkt untergeschoben. Wenn die Meinungsmacher in den Medien ihren Einfluss nutzen, um ihre Favoriten hochzujubeln und andere zur Unperson zu stempeln, dann nenne ich das eine besonders perfide Form der Verführung. Wer es sich mit denen verdorben hat, wird gnadenlos herunterkommentiert. Kein Wunder, dass so ein Betroffener schon kurze Zeit später auch in der öffentlichen Meinung auf einem der aussichtslosen hinteren Plätze landet. Was auch sehr viel über den gern zitierten mündigen Bürger verrät, der angeblich Wert darauf legt, sich seine eigene Meinung zu bilden. Gut, eine Meinung haben die meisten. Es ist auch nicht schwer, eine Meinung zu haben. Aber ist es wirklich die eigene oder doch nur eine angenommene? Wer hat schon auf Dauer die Kraft und den Mut, dem

Mainstream der Mehrheitsmeinung zu widerstehen, wenn um ihn herum alle in eine andere Richtung marschieren?"

"Damit willst du den Medien aber nicht unisono Manipulationsabsichten unterstellen?"

"Der Eindruck kann sich einem schon gelegentlich aufdrängen, wenn die sich so richtig auf jemand eingeschossen haben. Oder die Sicht auf ein Thema allzu einseitig beleuchten."

"Du bist verbittert. Bei all dem Schmutz, der sich jetzt täglich über deinem Vater ergießt, ist das verständlich."

"Heute ist es mein Vater und morgen ein anderer. Versetze dich bitte mal in die Lage der Bedrängten. Was glaubst du, wie die sich dabei fühlen?"

"Ich nehme an beschissen."

"Was durchaus hinnehmbar wäre, wenn deren Ankläger immer die Richtigen träfen. Aber nicht jede Kampagne zielt auf einen Schuldigen. Sollte sich später herausstellen, dass einem öffentlich Bloßgestellten nichts wirklich Gravierendes vorzuwerfen ist, dann ist dieser Mensch schon längst erledigt."

"Nimm's mir nicht übel, die Bezeichnung Kampagne klingt mir zu pauschal. Die erscheint mir allenfalls im Zusammenhang mit deinem Vater zulässig. Da hat man sich in einigen Redaktionen offenbar selbst instrumentalisieren lassen. Journalisten machen auch Fehler. Das ist ärgerlich, rechtfertigt aber keine Verallgemeinerungen. Schließlich ist es die Aufgabe der Medien, sich auch an undurchsichtige Sachverhalte heranzuwagen. Für jeden, der in ihren Fokus gerät, ist das sicherlich belastend. Aber bei aller Kritik im Einzelfall habe ich nicht die Sorge, dass die Verantwortlichen Spaß daran hätten, Unschuldige aus purer Gehässigkeit an den Pranger zu stellen."

"Aber mindestens Fahrlässigkeit kann nicht immer ausgeschlossen werden."

"Ich sagte doch, niemand ist unfehlbar. Nur, wer wäre denn sonst in der Lage, eine leidlich wirksame Kontrolle des öffentlichen Lebens sicherzustellen, wenn nicht die Journalisten? Die

Gerichte kommen immer erst zum Zuge, wenn es bereits zu spät ist."

"Wer vor eigenen Fehlern nicht gefeit ist, sollte mit seinen Urteilen über andere vorsichtiger sein. In eigener Sache ist man doch auch darauf bedacht, sich rechtlich abzusichern. Warum sonst wären die meisten Schuldzuweisungen mit einem Fragezeichen versehen? Aber was deine Frage betrifft, hast du mich auf dem falschen Fuß erwischt. Die kann ich auch nicht beantworten. Es wäre schon eine abstruse Idee, den Politikern auch noch das exklusive Recht der Selbstkontrolle einzuräumen."

"Die dem einen oder anderen sicherlich verlockend erschiene. Aber nicht deinem Vater. So, wie ich ihn kennengelernt habe, wäre er der Erste, der jedem Versuch, der Vertuschung Tür und Tor zu öffnen, einen Riegel vorschöbe."

"Ist dir auch schon mal aufgefallen, dass nirgendwo sonst so ausgiebig von Transparenz und Offenheit schwadroniert wird wie in der Politik? Da wimmelt es nur so von Aufklärern, die den kleineren und größeren Gaunereien ihrer Konkurrenten nachspüren."

"Wundert dich das? Zeige mir eine wirksamere Methode, um von sich selbst abzulenken. Wer die schmutzigen Geheimnisse anderer offenlegt, verhindert noch am ehesten unliebsame Entdeckungen im eigenen Lebenslauf. Schade, dass wir nie erfahren werden, wie viele Sauereien auf diese Weise unter den Teppich gekehrt werden."

"Es sei denn, dieses Manöver erwiese sich als überflüssig, weil sich die wohlbestallten Amts- und Würdenträger bereits untereinander darauf verständigt haben, gemeinsam zu verschleiern, was eben noch verschleiert werden kann. Und weil diese verfilzte Allianz für alles und jedes flugs eine unverdächtige Formulierung bei der Hand hat, werden der irritierten Öffentlichkeit solche Winkelzüge zu allem Überfluss auch noch als ein vorbildlicher Konsens unter Demokraten verkauft."

"Damit wären diese notorischen Heimlichtuer, Gesundbeter

und Vertuscher fast unangreifbar, gäbe es nicht die von dir gescholtenen Medien. Es sind vor allem die Journalisten, die ihnen mit ihren unbequemen Nachfragen immer wieder in die Quere kommen, die Salz in offene Wunden streuen. Wie sie dann aufheulen, die sich im Kern so ähnlichen Verweser der Macht. Die Reaktion ist stets die gleiche, sobald sie wieder mal bei dem schamlosen Versuch ertappt werden, ihre persönlichen Interessen mit denen von Staat und Gesellschaft gleichzusetzen. Sogar die längst Überführten spielen sich noch als beleidigte Ankläger der Medien auf. Also mein Mitleid mit den Entlarvten hält sich in Grenzen. Mir ist die Aufdeckung der Wahrheit wichtiger als eine falsche Rücksichtnahme."

"Der Punkt geht an dich. Trotzdem werde ich ein ungutes Gefühl nicht los. Nicht, was die falschen Aufklärer betrifft. Über deren Absichten sind wir uns einig. Wer bevorzugt mit dem Finger auf andere zeigt, ist allenfalls an Halbwahrheiten interessiert, die zur anderen Hälfte immer noch genug Raum für die Lüge lassen. Ich spreche von den Aufklärern im besten Sinne des Wortes, denen es wirklich um die ungeschmälerte Wahrheit geht. Auch die müssen aufpassen, dass sie ihre Recherchen nicht zur unumstößlichen Wahrheit überhöhen und im Eifer des Gefechts neue Opfer produzieren."

"Die Gefahr besteht. Journalisten sind nicht per se die Sachwalter einer höheren moralischen Instanz. Die einen verbinden ihre Arbeit mit einem ethischen Anspruch, andere beugen sich dem Druck von Auflagezahlen und Einschaltquoten. Das führt dann zu solchen Überzeichnungen, mit denen sich dein Vater gerade herumschlagen muss. Die machen mich so wütend wie dich. Aber sogar diese Ausrutscher halte ich unter dem Strich für einen noch akzeptablen Preis. Wenn der Klüngel der Machtverliebten noch selbstherrlicher schalten und walten könnte, käme uns das ungleich teurer zu stehen."

"Alles richtig. Im Prinzip. Wie du weißt, hält auch mein Vater viel von Prinzipien. Leider helfen die ihm im Augenblick aber nicht weiter."

"Gerade deshalb dürfen wir ihn jetzt nicht hängenlassen."

36

In diesen Tagen dachte Siegfried Glombig sehr viel häufiger als in den zurückliegenden Jahren an seine Anfänge zurück. Eigentlich gab es gute Gründe, mit der Bilanz seines Lebens zufrieden zu sein. Kaum einer, der damals zusammen mit ihm gestartet war, hatte es so weit gebracht wie er. Dafür musste er allerdings auf manches verzichten, was das Leben bequemer gemacht hätte. Warum also belastete dieses relativierende *eigentlich* sein Denken? Warum war er nicht uneingeschränkt stolz auf das Erreichte? Warum wurde er das störende Gefühl nicht los, ungeachtet seines Aufstiegs so viel weniger erreicht zu haben, als er hätte erreichen können? Noch unlängst hätte sich auf die Frage, welches Ziel für ihn offengeblieben war, zunächst wieder die Enttäuschung gemeldet, dass er es nicht auch noch gepackt hatte, das angepeilte Kanzleramt für sich zu erobern. Eine Option, die ihm während seiner Ministerjahre greifbar nahe schien. Wären ihm im entscheidenden Augenblick, als es galt, den Amtsinhaber zu stürzen, nicht ein paar Bedenken zu viel im Weg gewesen. Das Zeug zum Kanzler hätte er gehabt. Aber das waren wieder mal so viele nutzlose hätte und wäre.

Wie von unsichtbarer Hand gelenkt, versetzten ihn diese Erinnerungen zurück in seine Jugend. Plötzlich war ihm wieder sehr gegenwärtig, was ihn schon früh in die Politik geführt hatte. Ehrgeizig war er schon immer gewesen, das ja. Ohne Ehrgeiz kam nichts in die Gänge. Aber der Ehrgeiz seiner Jugendjahre hatte sich noch nicht darin erschöpft, auf schnellstem Wege von einem Amt in das nächsthöhere zu wechseln. Als junger Mensch wollte er genau das tun, wofür er mit fortschreitendem Alter nur noch eine abschätzige Ironie bereithielt: die Welt mit den Möglichkeiten der Politik eine Spur besser zu machen. Da konnte er sich noch für große Ideen begeistern, die seiner Vorstellung von Gerechtigkeit einen Inhalt gaben.

520

Nur ein Traum. Aber ein schöner, einer, der ihn beflügelte, ohne den er gar nicht erst angetreten wäre. Das, was ihn einst antrieb, wofür er kämpfen wollte, war fast schon vergessen. Nur seine Tochter rief diese Zeit seines Aufbruchs, an seine Sehnsucht nach Veränderung, an aufgegebene Ideale, gelegentlich wieder in sein Bewusstsein - und hielt ihm damit unwissentlich vor Augen, was er zusammen mit dem dann gleichzeitig aufkommenden Gefühl der Bitterkeit lieber verdrängte.

Das Alter empfand er als eine deprimierende Angelegenheit. Das ließ sich nicht von der Summe zurückliegender Erfolge, gelungener Aufstiege und erreichter Ziele korrumpieren. Das lenkte den Blick schonungslos auf das Unerledigte, auf das, was hätte getan werden müssen - und nicht getan wurde. Auf die besseren Einsichten, die mit Rücksicht auf vermeintliche Erfordernisse ignoriert wurden. Auf große und schöne Pläne, die zugunsten anderer Prioritäten immer wieder verschoben und schließlich ganz aufgegeben worden waren. Das Alter verweigerte sich einer Aufrechnung von Rang, Macht und Einfluss gegen den eigenen Opportunismus. Und die Traurigkeit ergab sich aus dem Wissen, dass jetzt, wo diese Versäumnisse offenbar wurden, die Zeit nicht mehr reichte, um das, was falsch gelaufen war, zu korrigieren. Alter, das war der Lebensabschnitt der verlorenen Zeit und der verlorenen Hoffnungen.

Bei dem Gedanken, wie rasend schnell die Jahre an ihm vorbeigerauscht waren, atmete Glombig unwillkürlich eine Spur langsamer, als könnte es ihm auf diese Weise gelingen, den ihm verbleibenden Rest seiner Lebenszeit zu verlängern. Inzwischen kreiste sein Denken auch häufiger um Vergangenes. Und wenn er sich in letzter Zeit mit der Zukunft beschäftigte, dann spukte ihm stets der Gedanke an das Ende im Kopf herum.

Diese veränderte Sichtweise bedeutete aber nicht, dass ihm aktuelle oder künftige Entwicklungen gleichgültig waren. Sonst hätte er seinem Herausforderer Wolters auf dem morgen stattfindenden Wahlparteitag das Feld vermutlich kampflos überlassen. Aus unterschiedlichen Gründen hatten ihm fast alle von einer erneuten Kandidatur abgeraten. Die Wohlmeinenden, die sein Scheitern ebenso voraussahen wie er selbst, wollten ihm einen demütigenden Abgang ersparen. Dagegen waren die Motive von Wolters Gefolgsleuten anderer Art. Unter ihnen gab es zahlreiche Parteitagsdelegierte, die ihm zwar keine Träne nachweinen würden, die aber befürchteten, durch seinen Sturz bei den Wählern in Verschiss zu geraten. Er hatte weder den einen noch den anderen Gehör geschenkt.

An diesem Abend war er noch einmal seine Rede durchgegangen, deren Konzept er schon sehr viel länger als gewöhnlich mit sich herumtrug. Immer wieder fiel ihm etwas ein, was er unbedingt noch darin aufnehmen wollte. Erstmals wollte er der Versuchung widerstehen, sich mit falscher Verbindlichkeit anzubiedern. Zugleich war er entschlossen, auch eigene Fehler nicht auszuklammern. Wenn seine Rede schon gemeinhin als Abschiedsrede verstanden wurde, dann sollte es wenigstens eine gute Rede werden, vielleicht die beste, die er je gehalten hatte. Im Verlauf seines Politikerlebens waren ihm schon viele Ansprachen als gelungen, einige sogar als meisterhaft angerechnet worden. Dabei hatte er der äußeren Form seines Vortrags oft mehr Beachtung geschenkt als ihrem meist gleichartigen Inhalt. Aber eine wirklich gute Rede bewies sich nicht durch die Qualität ihrer Verpackung. Auch die geschliffenste Rhetorik diente letztlich nur als verbales Korsett, das Halt gab und zur nötigen Sicherheit verhalf. Diesmal sollte es vor allem eine ehrliche Rede werden. Solche Reden waren auch in seiner langjährigen Praxis eine Seltenheit geblieben. Nicht, dass er bewusst log. Aber vielfach hatte er nicht das gesagt, was er hätte sagen müssen. Auch, wenn er mit einer bedingungslosen Ehrlichkeit nicht unbedingt auf die Zustimmung seines jeweiligen Publikums gestoßen wäre. Morgen sollten diese jahrelangen Zugeständnisse an die Anforderungen der Opportunität keine Rolle mehr spielen. Wer anschließend ohnehin aufs Abstellgleis geschoben wurde, durfte endlich einmal rücksichtslos ehrlich sein. Fast freute er sich schon darauf, mit diesem Geschenk an sich selbst abzutreten.

Politik verdirbt den Charakter. So wollte er einsteigen. Mit einem billigen Gemeinplatz. Wenn er diese oft gehörte Aussage an den Anfang setzte, gelang es ihm wahrscheinlich noch am ehesten, das Interesse seiner Zuhörer hervorzukitzeln. Dann wollte er sich an diesem Spruch, den jeder schmierige Stammtischpopulist mit der Gewissheit eines sicheren Beifalls absondern konnte und den er gerade deshalb für einen der dümmsten hielt, abarbeiten. Wie oft hatte er sich während seiner politischen Laufbahn bemüht, das, was er als seine Berufung ansah, gegen solche Pauschalurteile in Schutz zu nehmen. Mit mäßigem Erfolg, wie er an den stets ähnlichen Reaktionen ablesen konnte. Morgen wollte er diesen Versuch noch einmal, ein letztes Mal, unternehmen - sozusagen als seinen Einstieg in den Ausstieg. Das glaubte er seiner Biografie schuldig zu sein. Obwohl er es ernst damit meinte, die erkannten Fehler und Versäumnisse seines Lebens nicht zu verschweigen, beanspruchte er doch das Recht, die Erklärung seiner eigenen Persönlichkeit, einschließlich ihrer Brüche und Widersprüche, nicht anderen zu überlassen.

Natürlich ließ sich nicht bestreiten, dass die Politik und mit ihnen die Politiker nicht das höchste Ansehen genossen. Dass auch er, nach Sterns Aktion noch stärker als zuvor, in diese Ablehnung einbezogen wurde, tat ihm weh. Für ihn war Politik zunächst einmal nichts weiter als ein ziemlich offener Begriff. Obwohl bereits unzählige Generationen von Philosophen und Staatstheoretikern, vom Altertum bis zur Neuzeit, sehr viel Gehirnschmalz darauf verwendet hatten, ihm eine allgemeingültige Definition zu verpassen, ließ er nach wie vor die verschiedensten Deutungen zu. Dazu gehörten die Vereinfachungen ebenso wie die Überhöhungen. Er selbst bevorzugte die Auslegung, dass jeder, der auf irgendeine Weise am gesellschaftlichen Leben teilnahm, damit auch politisch handelte. Doch wenn ein bis dahin abstrakter Begriff erst durch das Handeln Einzelner einen bewertbaren Inhalt bekam, dann verhielt es sich genau umgekehrt, als es diese abgedroschene Floskel von der angeblich charakterverderbenden Wirkung der Politik suggerierte. Wenn überhaupt, dann verdarb nicht die Politik den Charakter, vielmehr verdarben zweifelhafte Charaktere die Politik. Und weil es sehr unterschiedliche Menschen waren, die durch ihr Handeln politische Prozesse auslösten, gab es auch sehr verschiedene Qualitäten von Politik.

Jetzt, wo er einmal mehr nach Antworten auf die rapide um sich greifende Politikverdrossenheit suchte, verstand er plötzlich, weshalb er mit seinen Erklärungsversuchen in der Vergangenheit so häufig abgeblitzt war. Statt auf Zweifel und Ablehnung einzugehen, hatte er das Thema wie ein Zensuren verteilender Lehrer im Gemeinschaftskundeunterricht mit erkennbarer Lust am Dozieren und ein paar aufgemotzten theoretischen Lehrsätzen abgehandelt. Vielleicht war er auch nur zu feige gewesen, diesen Politikverächtern einen Spiegel vorzuhalten. Im Leugnen persönlicher Verantwortung standen die enttäuschten Bürger den von ihnen verachteten Berufspolitikern in nichts nach. Wer sich als Wähler im Nachhinein überrumpelt fühlte, beklagte nicht etwa seinen Fehler, einem Blender ins Amt verholfen zu haben. Der schob die Schuld eilends auf die Politik als solche. Als wären deren Akteure unversehens aus dem Nichts aufgetaucht und verdankten ihr Mandat einem bloßen Zufall.

Bei der Vorbereitung seiner Parteitagsrede wollte Glombig keine dieser Lebenslügen zulassen, die für jeden Fehler sofort eine Begründung bereithielten. Das führte dann unweigerlich zu dem Eingeständnis, dass er sich nicht zu den seltenen Ausnahmen im politischen Geschäft rechnen durfte, die auch im Rückblick wenig zu bedauern hatten. Möglicherweise gab es sie ja wirklich, diese Exoten, die nie der Versuchung erlagen, ihre

Entscheidungen von persönlichen Interessen abhängig zu machen. Nur konnte niemand von denen auf eine vergleichbare Karriere verweisen wie er. Wenn er sich auch den weniger rühmlichen Anforderungen gestellt hatte, die mit einem politischen Aufstieg verbunden waren, dann mit der Rechtfertigung, seine wahren Ziele dafür später umso ungehinderter umsetzen zu können. Bis es ihm irgendwann lästig wurde, das Missverhältnis zwischen dem, was er als unbedenklich ansah, und dem, was er tatsächlich sagte und tat, immer wieder neu begründen zu müssen. Vor sich selbst und gegenüber Manuela, seiner Frau. Nicht zuletzt an der Unversöhnlichkeit ihrer Ansichten war ihre Ehe gescheitert. Damit stand er nicht allein. In dem Milieu, in dem er sich bewegte, galt es als normal, dass Beziehungen zerbrachen. Manche sahen darin sogar den untrüglichsten Nachweis, wirklich dazuzugehören.

Warum, hatte er sich gefragt, sollte er sich in einem knochenharten Wettstreit mit Hemmungen zu belasten, die seine Gegner längst abgelegt hatten. Die lieferten ihm regelmäßig neue Beispiele, wie leicht es war, sich auf höhere Werte zu berufen, ohne im Traum daran zu denken, sich durch die - für andere - vorgegebenen Maßstäbe selbst zu begrenzen. Diese Form von Realpolitik nicht nur zu akzeptieren, sondern für sich nutzbar zu machen, fiel ihm anfangs schwer. Später hatte er zunehmend weniger Probleme, sich einem ständig wiederholenden Auswahlverfahren zu stellen, das niemand bestand, dem es an der nötigen Härte fehlte. Und je besser er vorankam, desto verschwommener wurden seine Jugendträume. Die brachten sich erst jetzt wieder als offene Posten in Erinnerung, zusammen mit manchem anderen, was zwischenzeitlich bis zur Unkenntlichkeit verblasst war. Dennoch widerstand er der Versuchung, sich hinter dieser schönen griffigen Formel zu verstecken, nach der die Politik auch dem Ehrbarsten ihre verderblichen Regeln aufzwang. Vielmehr lagen die Dinge so, dass er wahrscheinlich dauerhaft im überlaufenen Mittelfeld herumgekreucht wäre, hätte er die Grundvoraussetzungen für einen Spitzenplatz nicht bereits mitgebracht. Mit allem, was dazugehörte, einschließlich des heimlichen Jubels, den jeder weitere Erfolg in ihm auslöste, dem berauschenden Gefühl, seine Konkurrenten hinter sich zu lassen, der Genugtuung, wieder mal in der Pose des Siegers gefeiert zu werden und der Bereitschaft, dafür Begriffe wie Geradlinigkeit und Anstand etwas großzügiger auszulegen.

Damit hatte er die Antwort gefunden, warum er mit dem Erreichten nicht rundum zufrieden sein konnte. Aber die machte es ihm eher schwerer, auch wenn seine Tochter weiterhin den Idealisten seiner Jugendjahre in ihm erkannte. Auf eine bestimmte Weise hatte sie vielleicht sogar recht, denn was nur verblasst war, das war ja nicht völlig ausgelöscht. Das konnte verdrängt, geleugnet oder ironisiert werden - und blieb dennoch in den Tiefen des eigenen Ichs vorhanden. Wie die nur scheinbar getilgten Daten auf einer Festplatte. Möglicherweise war gerade das sein lebenslanges Handicap gewesen, gegen seine besseren inneren Einsichten ankämpfen zu müssen, immer darauf bedacht, nicht als schwach zu erscheinen und seinen Gegnern damit zur leichten Beute zu werden. Diese nie völlig abgelegten Skrupel hatten ihn wohl auch daran gehindert, seine Laufbahn mit dem Kanzleramt zu krönen.

Einerseits durfte er sich zugutehalten, stets als Anwalt der Menschen aufgetreten zu sein, die auf irgendeine Weise Opfer politischer Willkür geworden waren. Diese Rolle hätte vielleicht schon gereicht, um sich jetzt gnädiger zu beurteilen, müsste er nicht zugleich eigene Ungerechtigkeiten eingestehen. Auch er hatte Hoffnungen enttäuscht und bittere Gefühle ausgelöst. Diese dunkle Seite seines Handelns hob sich nicht durch die Gegenrechnung auf, dass man auch ihn nicht geschont hatte. Wobei nicht der Umstand, dass er Gefallen an der Macht gefunden hatte, für sich allein einen Vorwurf begründete. Seine Schuld lag darin, dass er über eine lange Zeit schlecht mit ihr gewirtschaftet hatte. Er war ihren Möglichkeiten nicht gerecht geworden, weil ihm der Kampf um ihren Erhalt wichtiger wurde als ihr bestmöglicher Gebrauch. Auch deshalb gab es eine Menge, was er heute bereute. Das ließ sich nicht damit aus der Welt schaffen, dass er in späteren Jahren bewusster darauf achtete, Menschen nicht unnötig vor den Kopf zu stoßen.

Wenn er morgen sein Amt gegen Wolters verteidigte, ein Vorhaben, dessen Aussichtslosigkeit er erkannte, dann ging es dabei nicht um diese selbstgenügende Form der Macht, die ihm früher einmal dazu diente, das Erreichte abzusichern oder besser noch auszubauen. Und das Absurdeste daran würde sein, dass es wahrscheinlich stärker als jemals zuvor genau danach aussah. Für die meisten böte er das Bild des halsstarrigen Alten, der partout nicht loslassen wollte und den der Glaube an seine Unentbehrlichkeit dazu trieb, seinem Herausforderer die Spitzenkandidatur streitig zu machen. Aber das war ihm inzwischen egal. So egal wie der unvermeidliche Eklat, wenn er frank und frei erklärte, was er von Wolters und seiner Politik hielt.

Wolters war für ihn kein Gegner wie andere. Das saß viel tiefer. Schon bei ihrer ersten Begegnung wurde ihre gegenseitige Abneigung zementiert. Er hatte sofort gespürt, dass dieser junge Mann, der sich sehr schnell an die Spitze des Jugendverbandes der Partei vorgekämpft hatte, einer von der gefährlichen Sorte war. Nicht gefährlich in dem Sinne, dass er mit Wolters nur einen weiteren Konkurrenten bekam, der in ihm ein Hindernis auf dem eigenen Karriereweg sah. Gegner dieser Art gab es reichlich. Wobei die meisten, die mit der Absicht angetreten waren, ihn zu verdrängen, allerdings mit offenem Visier kämpften. Im Unterschied zu Wolters. Der gehörte zu der Spezies, die ihre Arglist hinter einem Lächeln verbarg. Überall, wo er für sich warb, wurden seine freundlichen Umgangsformen gerühmt. Daran hatte sich bis heute wenig geändert. Sogar aus der Bärwald-Sendung, in der er zum Schluss doch ziemlich gerupft wurde, war er mit ungeschmälerten Sympathiewerten hervorgegangen. Während er sich selbst ins beste Licht rückte, übernahmen es ihm ergebene Handlanger, seine Widersacher mit Dreck zu bewerfen. Es sprach für seine perfektionierte Kunst der Verstellung, dass von der großen Zahl der Beobachter, die seinen Aufstieg verfolgten, nur wenige hinter der Maske des charmanten Herrn Wolters, der stets als Biedermann daherkam, den gewissenlosen Brandstifter erkannten.

Wolters, auch das stand für ihn seit ihrem ersten Aufeinandertreffen fest, war niemand, der sich auf einem Erfolg ausruhte. Seither hatte schon mancher in der Partei schmerzhafte Erfahrungen gesammelt, wohin es führte, sich mit Wolters anzulegen – und war dann hinterher um einiges klüger. Zimperlich war der mit keinem umgesprungen, der ihm in die Quere kam. Er hatte ihm länger widerstanden als andere. Auch das hatte Kraft gekostet. Kraft, die ihm jetzt fehlte. Dass ausgerechnet dieser Mann morgen an seine Stelle treten würde, dagegen lehnte sich alles in ihm auf. Sicher, auch er hatte seinen Gegnern nichts geschenkt. Aber ein Stück menschlichen Respekts, den hatte er sich immer bewahrt. In Wolters Augen eine dankbar registrierte offene Flanke. Der hatte ihm in den letzten Wochen noch einmal anschaulich vorgeführt, dass Fairness nicht sein Ding war. Natürlich steckte Wolters hinter der Absicht, ihn schon im Vorfeld des Parteitages mürbe zu klopfen. Auch wenn der offiziell, auf seine spezielle Weise mehrdeutig, die schlimmsten Auswüchse beklagte. Darin zeigte sich genau der Wolters, wie er ihn kannte. Nach außen hin die Redlichkeit in Person, dabei getrieben von der brutalen Entschlossenheit, niemand an sich vorbeiziehen zu lassen. Einer, der liebend gern zündelte, die brennende Lunte dann jedoch rasch weiterreichte. In diesem Falle an Stern, der die Sache für ihn ins Rollen brachte. Der wäre es, der sich letztlich die Finger verbrannte.

Glombig spürte, wie sein Herz zu rasen begann. Das war alles zu viel für ihn. Mit seiner morgigen Rede wären auch seine letzten Reserven aufgebraucht. Zudem gab es für ihn nichts vergleichbar Bedrohliches wie das Gefühl, einer Situation hilflos

ausgeliefert zu sein. Nichts fiel ihm schwerer als das Eingeständnis, an einem absehbaren Geschehen nichts mehr ändern
zu können. Die Politik war sein Leben gewesen. Ab morgen
würde man seine Politik ebenso abhaken wie Wolters einen
weiteren Namen auf seiner Abschussliste. Dann waren er und
seine Überzeugungen nur noch ausrangierte Relikte der Vergangenheit. Und soweit sich seine Ansicht wieder mal bestätigte, dass sich die Ergebnisse praktischer Politik unmittelbar
von den charakterlichen Eigenschaften der Handelnden ablei-
teten, befürchtete er das Schlimmste. Damit unterschied sich
die Politik nicht von anderen Gebieten, die Menschen mit
hochfliegenden Plänen ebenfalls eine Plattform für ihre Selbst-
verwirklichung boten. Deshalb hatte er auch nie verstanden,
dass kaum einer auf den Gedanken kam, die gesamte Wirtschaft, den Kulturbetrieb oder den religiösen Bereich in ähnlicher Weise unter Generalverdacht zu stellen. Schließlich lauer-
ten auch dort, nicht anders als in der Politik, einige Akteure
mit Raubtiergesinnung auf fette Beute. Einen Unterschied
musste es demnach doch geben. Dieses Alleinstellungsmerkmal
der Politik glaubte er darin erkannt zu haben, dass kein anderes
Tätigkeitsfeld ein geringeres Anforderungsprofil verlangte, um
eine entsprechende Machtfülle anzuhäufen. Für den Aufbau einer politischen Karriere genügten in der Regel einige wenige
aber unverzichtbare Voraussetzungen. Wo der Schein mehr
zählte als die Wirklichkeit und wo nicht das Herzblut, die alt-
modische Hingabe an eine Idee, sondern die perfekteren Tech-
niken der Selbstdarstellung über den Erfolg entschieden, waren
menschliche Qualitäten eher hinderlich. Und wo sogar noch
die obskursten Gestalten eine Chance witterten, fühlten sich
natürlich auch einige Glücksritter auf den Plan gerufen, die von
der Politik so magisch angezogen wurden wie die Schmeißflie-
gen von einer Kloake. Bei allem Willen zur Ehrlichkeit, diese
schonungslose Direktheit würde er sich dann doch verkneifen,
wenn er Wolters bisherige Karriere sezierte. Aber dem einen

oder anderen, der etwas genauer hinhörte, blieben bestimmt auch die unterschlagenen Passagen nicht verborgen.

"Du bist also fest entschlossen, dir das anzutun?" Petra Glombig holte ihren Vater am Morgen ab. Sie ahnte, dass er jetzt niemand so sehr brauchte wie sie, auch wenn sie nicht erwartete, etwas in der Art von ihm zu hören. Weil jedes Argument, ihn von seiner Absicht abzuhalten, schon unzählige Male ausgetauscht war, versandete auch ihr letzter Versuch, ihn umzustimmen, bereits im Ansatz. In diesen Minuten gab es nichts mehr hinzuzufügen. Außer vielleicht ihren Eindruck, dass es ihm heute noch schlechter ging als an den Tagen zuvor.

"Du gefällst mir überhaupt nicht. Wäre ich deine Ärztin, würde ich dich sofort krankschreiben."

"Das hättest du wohl gerne."

"Einen Versuch war es immerhin wert."

"Ich habe nur schlecht geschlafen. Ist doch klar, dass mir einiges durch den Kopf ging." Von dem Druck, der sich in der Nacht wie ein Stein auf seine Brust gelegt hatte und ihm Angst machte, erzählte er ihr wohlweislich nichts. Er selbst schob diese Beschwerden auf seine extreme Belastung. Wer wäre in seiner Situation nicht ebenso aufgewühlt? Aber es wurde nicht besser. Im Gegenteil. Aus dem Gefühl der Unruhe wurde ein Gefühl der Enge. Aber davon war ihm nichts anzumerken, als er in Petras Wagen die für den Parteitag angemietete Mehrzweckhalle erreichte und er schon durch die geschlossenen Wagenfenster in den Fokus dutzender Kameras geriet.

"Wir hätten besser den Hintereingang ansteuern sollen." Petra ärgerte sich, dass sie nicht früher daran gedacht hatte. "Du weißt, was jetzt gleich über dich hereinbricht?" Aber die Überlegung kam zu spät. Ihr Auto war bereits so hoffnungslos eingekeilt, dass sie sogar Mühe hatte, vernünftig einzuparken.

"Ich habe mich noch nie in meinem Leben durch den Hintereingang in eine Veranstaltung geschlichen. Warum sollte ich heute davon abweichen? Und nachher, wenn das hier überstanden ist, werde ich mich auch nicht durch den Hintereingang verdrücken."

Sie seufzte. "Dann tu, was du nicht lassen kannst."

"Das sowieso." Aber so unvermittelt, wie er dabei ihre Hand ergriff, musste er ihr nicht eigens bestätigen, dass er mehr von sich verlangte, als er noch in der Lage war zu geben.

"Dann vergeude deine Kräfte nicht schon hier draußen. Die wirst du nachher noch brauchen."

Glombig konnte auf zahlreiche Stationen seines Lebens verweisen, in denen er Nervenstärke beweisen musste. Aber dass es diesmal noch heftiger zur Sache ging als gewöhnlich, zeigte bereits die chaotische Kulisse bei seiner Ankunft vor der Halle. Da wurde von allen Seiten gedrängelt, geschubst, geschrien und geflucht. Für die, die ihm hier auflauerten, besaß er längst nur noch die Bedeutung eines Darstellers in einer Inszenierung, deren Dramaturgie ihn zum Absteiger bestimmt hatte. Wobei absehbare Verlierer für eine kurze Zeit nicht nur ein ähnliches Interesse auf sich zogen wie Gewinner, sondern auf eine gewisse Weise sogar für die interessanteren Nachrichten sorgten. Außerdem besaßen sie gegenüber den voraussichtlichen Siegern einen wesentlichen Vorteil. Wem nicht mehr zugetraut wurde, das Blatt noch einmal zu wenden, war allseits zur Jagd freigegeben. Wer kurz davorstand, seine bisherigen Funktionen dauerhaft zu verlieren, bedurfte keiner pfleglichen Behandlung. Dessen Kooperationsbereitschaft war in der Zukunft nicht mehr gefragt. Hier drohte keine Gefahr, von einer möglicherweise irgendwann mal wieder sprudelnden Informationsquelle abgeschnitten zu werden. Somit durften auch die Fragen gerne mal etwas ruppiger ausfallen. Glombig war sich seiner Rolle bewusst, als er sich an der Seite seiner Tochter und flankiert von Teschner und Steffens, die ihnen zu Hilfe geeilt waren, durch die ihn umlagernde Masse zum Eingang vorkämpfte.

"Rechnen Sie sich wirklich noch eine Chance gegen Wolters

aus?"

„Haben Sie bereits Pläne für die Zukunft?"

„Bleiben Sie in der Politik oder wo sehen Sie Ihre künftigen Aufgaben?"

„Wie erklären Sie sich Ihren fehlenden Rückhalt in der Partei und welchen Anteil haben daran Ihrer Meinung nach die neu aufgerollten Beschuldigungen gegen Sie?"

Glombig schüttelte nur noch abwehrend den Kopf. Doch auch wenn er sich mit einer künstlichen Taubheit gegen die von allen Seiten auf ihn niederprasselnden Fragen zu schützen suchte und sich unter deren Beschuss unmerklich duckte, konnte er dieser modernen Form öffentlicher Hinrichtungen nicht entgehen. Die vollzog sich in einem Gewitter aufzuckender Blitzgeräte und summender Kameras. An die Stelle der mittelalterlichen Blendung durch das Schwert war die Blendung durch gleißend helle Scheinwerfer getreten. Er kniff seine gereizten Augen zu schmalen Schlitzen zusammen, während die Kameraleute des Fernsehens sein verzerrtes Mienenspiel dokumentierten und in unzählige Wohnzimmer transportierten. Über die dicht gedrängten Köpfe hinweg dirigierten hektische Reporter an galgenartigen Gestellen befestigte Richtmikrofone direkt vor sein Gesicht. Dabei wurden ihm immer wieder Fragen zugebrüllt. Präzise und verquaste, nur noch selten einschmeichelnde, dafür umso häufiger provozierende und sensationshungrige. Teilweise verhallten sie bereits in dieser lärmenden Hölle und drangen nur noch als Wortfetzen an sein Ohr.

Es wäre ihm kaum möglich gewesen, jahrelang im Blickfeld der Öffentlichkeit zu stehen, ohne nicht auch die Faszination eines solchen Tohuwabohus zu empfinden. Wer sich freiwillig in einen solchen Hexenkessel begab, der musste extrovertiert genug sein, um den ihn umgebenden Wirbel sogar noch wie ein ihm zu Ehren ausgerichtetes Fest zu genießen. Aber alle Vergleiche mit früher hatten ihre Grundlage verloren, seitdem er vom hofierten Überbringer gierig aufgesaugter

Informationen selbst zur Nachricht degradiert worden war. Ein Sieger, der sich nach gewonnener Wahl feiern ließ, bestimmte die Themen, über die er reden wollte. Über einen wie ihn, der vor einer unabwendbaren Niederlage stand, wurde nach Gutdünken verfügt. Auf einmal funktionierte auch sein Geruchssinn wieder normal und er nahm die Ausdünstungen schwitzender Körper und den schlechten Atem in seiner Umgebung wieder wahr. Heute ekelten ihn die Gerüche einer verschwitzten Masse, die ihm im euphorisierten Zustand des Triumphes als unverzichtbare Beigaben eines Sieges erschienen. Sein Kopf dröhnte von dem nicht nachlassenden Geschrei. Jeder Schritt geriet ihm zur Qual und er wünschte nichts sehnlicher als das Ende dieser entwürdigenden Tortur, die er in törichter Selbstüberschätzung doch selbst herbeigeführt hatte.

"Machen Sie doch Platz, verdammt noch mal." Steffens schubste einen Reporter unsanft zur Seite, der Glombig so dicht auf die Pelle gerückt war, dass er ihm nun mit seinem Taschendiktiergerät wie wild vor dem Gesicht herumfuchtelte. Der quittierte Steffens Fluch nur mit einem Schulterzucken und quatschte nun seinerseits, so laut, dass es alle hören konnten, einen Kommentar auf sein Gerät. "Die Entourage von Herrn Glombig wirkt heute etwas übellaunig. Aber sollte uns das überraschen?" Die mit einem schiefen Grinsen unterlegte Ironie trug ihm prompt das kumpelhafte Gelächter seiner Kollegen ein, die er mit seiner Vordrängelei gerade eben noch gegen sich aufgebracht hatte.

Während Glombig von seiner Tochter und Teschner schützend in ihre Mitte genommen worden war, bildete Steffens die Vorhut und übernahm den Versuch, der kleinen Gruppe eine Schneise zum Eingang zu bahnen. Ein aussichtsloses Unternehmen. Kaum war einer aus der Menge wenige Zentimeter zurückgewichen, quetschte sich schon ein anderer nach vorne. Nur die Gesichter wechselten, die Fragen blieben dieselben.

"Also wirklich, meine Herrschaften, Sie werden sich doch

noch ein paar Minuten gedulden können. Alles, was Herr Glombig mitzuteilen hat, wird er in der Halle sagen. Vorausgesetzt, Sie geben ihm die Möglichkeit, dort endlich anzukommen. Hier draußen wird er keine Erklärungen abgeben." Natürlich verhallte auch Teschners Appell ungehört in dem anhaltenden Tumult. So wenig wie sein Verweis verfing, so wenig ließ sich irgendjemand von Glombigs Schweigen abhalten, ihn weiterhin mit Zurufen zu traktieren. Petra schüttelte nur noch hilflos den Kopf und hakte sich bei ihrem Vater unter. Vordergründig, um Halt bei ihm zu finden. Dabei war sie es, die ihm Halt gab.

Glombig hatte schon in den zurückliegenden Wochen viel auf sich genommen, um seine politische Laufbahn mit Haltung zu beenden. Mindestens dieses letzte Ziel war ihm noch geblieben. Aber die Würde, die er sich für heute auferlegt hatte, nahm bereits auf dem Weg vom Auto zum Eingang Schaden. Diese wenigen Meter, von einer drängelnden und brüllenden Meute eingekeilt und herumgeschubst, wurden für ihn und seine Begleiter zum Spießrutenlaufen. Das war auch noch nicht zu Ende, als sie es endlich bis in die Halle geschafft hatten. Mit dem Unterschied, dass das mediale Fußvolk vor dem Gebäude im Sitzungssaal durch die erste Garnitur aus den Zeitungsredaktionen und Sendeanstalten abgelöst wurde und sich das Interesse nunmehr auf zwei Personen verteilte. Wolters war mit seinem Gefolge schon zuvor am Veranstaltungsort eingetroffen und hatte bereits zahlreiche Interviews gegeben. Der sonnte sich förmlich in der ihm geltenden Aufmerksamkeit. Noch vor Beginn des Parteitages konnte es nicht besser für ihn nicht laufen. Auch optisch nicht. Hier der gut gelaunte Strahlemann Wolters, der Aufsteiger, der Mann, der für die Zukunft stand – dem die Zukunft gehörte. Dort der fahlgesichtige Glombig, der Absteiger. Ein gehetzt daherkommender, erschöpfter alter Mann. Einer, der, im wortwörtlichen Sinne, die Vergangenheit verkörperte, dessen Zeit vorbei war, der an diesem Ort des

Neubeginns nur noch deplatziert wirkte. Für ihn, Wolters, sollte das heute der Tag werden, auf den er lange hingearbeitet hatte. Somit war eine optimistische Grundstimmung angesagt, die er, sobald er in den Radius einer Kamera geriet oder ihm von irgendeiner Seite ein Mikrofon entgegengestreckt wurde, wie auf Knopfdruck auf sein Gesicht zu projizieren verstand. Dabei vergaß er nicht, seinen Anhängern schon von Weitem mit überschäumender Siegesgewissheit zuzuwinken und jedem Parteitagsdelegierten, der ihm zufällig über den Weg lief, wie einem besonders guten Freund die Hand zu schütteln. Der Selbstsicherheit Wolters hatte Glombig nichts entgegenzusetzen. Was ihm blieb, war ein letztes Aufbäumen gegen das Unvermeidliche. Und dabei wurde der Druck auf seiner Brust immer heftiger.

"Jetzt siehst du selbst, was du dir mit deinem Dickschädel eingebrockt hast." Petra Glombig, die ihren Vater unauffällig beobachtete, litt fast noch stärker darunter, was er in dieser Umgebung, unter diesen *Parteifreunden*, auf sich nahm. Der *Alte Fritz* hatte sie schon erwartet und geleitete sie zu ihren Plätzen. Dort trafen sie auf einige weitere Vertraute aus Glombigs besseren Tagen. Ein versprengtes Grüppchen aus einer anderen Zeit, in dem man sich gegenseitig Mut zusprach, um in dieser feindlichen Atmosphäre nicht zu resignieren. Jetzt zeigte sich, dass Wolters Leute schon Monate vor diesem entscheidenden Termin ganze Arbeit geleistet hatten. Glombigs frühere Mehrheit war zu einem überschaubaren Häufchen zusammengeschmolzen. Die meisten, die in der Vergangenheit in seinem Windschatten segelten, schlichen heute, wenn es sich absolut nicht vermeiden ließ in seine Nähe zu geraten, wort- und gruß-los an ihm vorüber. Dabei war ihnen die Anstrengung anzumerken, mit der sie, nur um in kein Gespräch mit ihm verwickelt zu werden, wie zufällig die Blickrichtung wechselten. Sie konnten schließlich nicht wissen, dass ihm ohnehin nichts an einem Austausch formaler Höflichkeiten lag.

"Ich hoffe, meine Herren, Sie bereuen es nicht bereits, sich auf meine Seite geschlagen zu haben. In den Augen der Mehrheit werden Sie damit ebenfalls zu Verlierern. Werfen Sie mir später bitte nicht vor, ich hätte Sie nicht rechtzeitig gewarnt." Glombigs Stimme klang belegt, als er sich bei Teschner und Steffens auf seine Weise für ihre Unterstützung bedankte.

"Ich müsste eher gewarnt sein, wenn ich schon heute nicht mehr wüsste, was ich erst kürzlich sagte. Besser mit Anstand verlieren, als in der Gesellschaft von Speichelleckern siegen. Das gilt auch weiterhin."

"Das sind große Worte, mein Freund. Möglicherweise zu große. Wer solchen hohen Ansprüchen gerecht werden will, sollte vorab die Konsequenzen bedenken."

Teschner machte es stolz, dass Glombig ihn zum ersten Mal seinen Freund genannt hatte. Darin lag eine Auszeichnung. Eine unverdiente, wie er sich gleich darauf mit einem Blick zu Petra eingestehen musste. Wahrscheinlich hätte er sich nicht ohne ein heimliches Schlupfloch so klar für Glombig ins Zeug gelegt, wenn es ihm nicht wie ein Vertrauensbruch gegenüber seiner Tochter erschienen wäre, ihrem Vater den Beistand zu verweigern.

"Wen sollte es denn sonst geben, an den man höhere Ansprüche stellen dürfte als an sich selbst?" Steffens übernahm es, auch für ihn zu antworten. Und zeigte damit, dass sie dort, wo es um Wichtigeres ging als um ein paar Plänkeleien über unterschiedliche Lebensweisen, als Team zusammenstanden. Undenkbar, dass Steffens oder er mit fliegenden Fahnen in Wolters Lager übergewechselt wären. Aber ohne ihre Bekanntschaft mit den Glombigs hätten sie sich heute wohl eher bedeckt gehalten. Gewiss nicht aus Sympathie für Wolters, aber mit der Absicht, sich keine Chancen für die Zukunft zu verbauen. Das ging jetzt nicht mehr. Sie hatten, auch in Kenntnis der zu erwartenden

Folgen, Stellung bezogen und nur das zählte.

Der *Alte Fritz* schien zu erraten, was ihnen gerade durch den Kopf ging. "Es verlangt immer Mut, Farbe zu bekennen. Besonders dann, wenn es sich nicht nur um Lippenbekenntnisse handelt und ein klarer Standpunkt unter Umständen mit Nachteilen verbunden ist. Trotzdem bleibt einem manchmal keine andere Wahl. Das liegt an dieser lästigen inneren Stimme, die uns oft recht grob darauf stößt, was anständig ist und was nicht. Natürlich könnten wir versuchen, sie zu ignorieren. Damit kämen wir vielleicht sogar durch. Aber irgendwann würden wir feststellen, dass es keine gute Idee war, uns in einer bestimmten Situation feige davonzustehlen. In dem Fall müssten wir uns immer vorwerfen, in einem entscheidenden Moment unseres Lebens versagt zu haben."

Teschner und Steffens bemerkten gerade noch rechtzeitig, dass die Gefahr, in alte Denkmuster zurückzufallen, noch immer nicht völlig ausgestanden war. Dabei hatte ihre *Aktion fünfzig* doch längst eine eigene Dynamik entwickelt, hinter der sie selbst nicht zurückstehen durften.

"Nun seht euch das an, der rührige Herr Advokat mischt hier auch schon wieder kräftig mit." Steffens machte Teschner und die anderen auf den ziemlich gehetzt wirkenden Stern aufmerksam, der sich in einem gesondert ausgewiesenen Bereich der Halle den dort versammelten Journalisten als Ansprechpartner andiente. „Offenbar ist deinem unterlegenen Gegenkandidaten in Wolters Mannschaft der Job des Pressesprechers zugefallen. Womit sich seine schäbige Aktion zulasten Glombigs für ihn schon ausgezahlt hat." Als Stern sie bemerkte, drehte er ihnen abrupt den Rücken zu.

"Dessen beste Freunde werden wir in diesem Leben auch nicht mehr. Das lässt sich verkraften. Wahrscheinlich hat der arme Kerl noch nicht mal die Zeit gefunden, seine Wunden zu lecken, da muss er uns schon wieder ertragen." Steffens feixender Hinweis auf Sterns Schlappe bei der

Wahlkreisnominierung wirkte in dieser Situation irgendwie befreiend.

"Falls das nachher schiefgehen sollte..., Entschuldigung, Herr Glombig, aber ich beziehe mich jetzt mal auf Ihre eigene Befürchtung, ...haben wir weiterhin ein As im Ärmel. Dann legen wir im Wahlkampf eben noch eine Schippe zu, damit Teschner auf jeden Fall den Sprung ins Abgeordnetenhaus schafft. Wenn Wolters in der künftigen Fraktion nicht nur auf einen ihm ergebenen Hofstaat trifft, wäre seine heutige Inthronisierung nur noch halb so bitter. Außerdem sehen wir doch an Sterns Debakel, dass man auch als Wolters Steigbügelhalter abschmieren kann."

Stern konnte sich denken, was hinter seinem Rücken getuschelt wurde. Den abträglichen Ruf des Verlierers wurde er so schnell nicht wieder los. Sogar Wolters ließ ihn das weiterhin spüren. Sobald er mal nicht so reibungslos funktionierte, wie sein Herr und Meister das von ihm erwartete, konnte der sehr verletzend werden. Dann reichte eine spitze Bemerkung über sein politisches Volontariat, um ihn nicht sonderlich sensibel daran zu erinnern, dass er seiner Mannschaft nur auf Probe angehörte. Mindestens in der ihm zugewiesenen Aufgabe sah er eine Anerkennung für seinen aufgegangenen Plan, Glombig durch die Wiederbelebung der alten Gerüchte schon vor der heutigen Entscheidung sturmreif zu schießen. Wie vorhergesehen war seine öffentlichkeitswirksame Aktion nach seinem gelungenen Anstoß rasch zum Selbstläufer geworden. Hatte Wolters nicht allen Grund, mit ihm zufrieden zu sein? Aber der ließ es mit einer enttäuschend verhaltenen Reaktion bewenden, die eher wie eine kalte Dusche auf ihn wirkte. Andererseits war er nach seinen peinlichen Niederlagen wenigstens wieder im Geschäft. Gut, dass der Wahlkampf gerade erst begonnen hatte. Da boten sich bestimmt noch einige Gelegenheiten, Wolters von seinen Qualitäten zu überzeugen. Der würde schon noch merken, was er an ihm hatte.

"Was, um alles in der Welt, tue ich hier?" Glombigs Frage klang eher wie ein versehentlich laut ausgesprochener Gedanke. Als wäre ihm eben erst bewusst geworden, worauf er sich eingelassen hatte. Es gab niemand in seiner Nähe, der ihn daraufhin nicht fassungslos anstarrte. Damit hatte keiner gerechnet. Schon gar nicht in diesem Moment, kurz bevor er antreten musste, sein Amt zu verteidigen. Die Ungläubigkeit, die sich in den Gesichtern spiegelte, geriet gleich darauf zur Ratlosigkeit. Was ging da in Glombig vor? Der *Alte Fritz* schien ebenso irritiert wie Teschner und Steffens. Sogar seine Tochter glaubte zunächst, sich verhört zu haben. "Eine berechtigte Frage. Die trifft uns nur völlig unvorbereitet. Warum hast du nicht auf uns gehört? Wir alle haben dir abgeraten, dich in diese Lage zu bringen."

"Du meine Güte, das kommt dabei heraus, ein Selbstgespräch einen Moment lang öffentlich zu machen. Ich war durchaus darauf vorbereitet, was mich hier erwartet. Das ist zwar nicht unbedingt das, was ich mir für das Ende meiner Karriere gewünscht habe, aber es schreckt mich auch nicht. Mir ging nur eben durch den Kopf, dass sich der ganze Zirkus, der hier veranstaltet wird, irgendwie falsch anfühlt. Das erscheint mir plötzlich alles so weit weg von dem, was mich in den letzten Tagen beschäftigt hat. Als gäbe es nichts Wichtigeres, was ich mit meiner Zeit anfangen sollte. Zum Beispiel, diese Stunden mit dir und den paar Freunden zu verbringen, die mir zum Glück noch geblieben sind. Obwohl ich in der Vergangenheit viel zu selten für sie da war."

"Zirkus sagtest du? Dann sollten wir unsere Zelte hier abbrechen. Noch kannst du deine Kandidatur mit einer kurzen Erklärung zurückziehen. Wolters wird's freuen. Und wenn schon." Schneider ermutigte ihn, seiner plötzlichen Eingebung zu folgen. Aber Glombig hatte sich schon wieder gefangen.

"Nein, das ziehe ich jetzt durch, auch wenn Wolters nachher

ohnehin bekommt, was er will. Aber dem soll der Sieg nicht auch noch auf dem Silbertablett serviert werden. Das war nur so ein spontanes Gefühl. Ein neues Verständnis für die Kostbarkeit der Zeit. Und die reicht leider nicht mehr aus, um mein Leben noch mal völlig auf den Kopf zu stellen."

Teschner bemerkte, wie Petra kurz schluckte. Vielleicht ahnte sie als einzige von ihnen, was ihr Vater damit sagen wollte. Doch als er sie darauf ansprach, schüttelte sie nur schwach den Kopf. Sie wollte jetzt nicht darüber reden.

"Das war nicht schlecht für den Anfang. Warten wir mal ab, was uns der Tag sonst noch an Schönem beschert." Hirche, der sich zusammen mit seinen Kameraleuten gerade über die im Presseblock bereitgestellten Häppchen hermachte, bemaß den Wert einer Veranstaltung nach seinen eigenen, im Laufe der Jahre verfestigten, Kriterien. Danach verbuchte er jede Veranstaltung als Gewinn, die sich durch einen spannenden Ablauf auszeichnete. Wobei er das eigene Erfolgserlebnis bei seinen populären Vor-Ort-Reportagen erst dann als komplett ansah, wenn es ihm gelang, einige interessante Interviewpartner vor sein Mikrofon zu lotsen. Musste er in dieser Hinsicht gelegentlich schon mal die eine oder andere Abfuhr kassieren, konnte er mit seiner heutigen Ausbeute umso zufriedener sein. Diesmal waren ihm bereits zahlreiche bekannte Gesichter der Partei ins Netz gegangen. Ein Umstand, der es ihm erlaubte, seine Ansprüche bei der weiteren Auswahl etwas höher zu schrauben. Denn während sich die, auf die es ihm ankam, gerne bitten ließen, drängte es die zweite und dritte Garnitur gleich reihenweise vor sein Mikrofon. Insoweit erwies es sich als günstig, dass er heute nicht live berichtete. Da lag es im Ermessen der Regie, die wortreichen aber unergiebigen Einlassungen dieser Wichtigtuer der Rigorosität des Schneidepultes zu opfern.

Thorsten Heidemann, der in Vertretung Münters erschienen war, erwischte es als Ersten. Den Generalsekretär der Bundespartei hatte er, sehr zum Unwillen einiger Kollegen, die ihm nur ungern den Vortritt einräumten, unmittelbar beim Betreten der Halle abgefangen. Heidemann zeigte sich wenig begeistert, schon so frühzeitig eine Erklärung zu dem erwarteten Duell der beiden Kandidaten abgeben zu sollen. Dann hatte er aber doch getan, was Politikern in solchen Fällen meist einfiel: Er hatte alle Register einer diplomatischen und damit nichtssagenden Formelsprache gezogen. Mit vollkommen ernstem Gesicht hatte er hervorgehoben, wie gut es doch um eine Partei bestellt sei, die gleich zwei so fabelhafte Bewerber für ein Amt präsentieren konnte. Keine Frage, dass beide Parteifreunde gleichermaßen seinen Respekt und seine Sympathie verdienten. Unter diesem Aspekt wäre es fast schon egal, wer von ihnen zum Schluss die Nase vorn hatte. Aber dann rutschte ihm, sei es angesichts der erkennbaren Mehrheitsverhältnisse oder seiner bekannten Präferenz für Wolters, doch noch der Nebensatz heraus, dass eine Partei auch immer die Fähigkeit behalten müsse, sich auf ihren gewachsenen Grundlagen zu erneuern.

Dagegen war der junge Anwalt Stern mit seinem klaren Votum für Wolters schon deutlicher geworden. Der wäre als Interviewpartner auch nicht unbedingt seine erste Wahl gewesen. Aber seitdem dessen Recherchen in der schon längst erledigt geglaubten *Glombig-Affäre* für Furore sorgten, hatte man ihm das Etikett eines mutigen Nachwuchspolitikers der FDSU angeheftet. Den Kollegen, die seinen offenen Brief als erste abgedruckt und ihrerseits in einer Reihe von Berichten und Kommentaren weiter ausgewalzt hatten, verdankte er seine prompte Beförderung zu einem Mann mit Zukunft, der sich auch von altgedienten Platzhirschen den Schneid nicht abkaufen ließ. Auch der Noch-Abgeordnete Bollhagen, der voraussichtlich bald in den Wirtschaftsnachrichten von sich reden machen würde, neigte nicht zur Geheimniskrämerei, wem seine Sympathie auf diesem Parteitag gehörte.

Dass sich Wolters den Fernsehzuschauern bereits als feststehender Sieger der bevorstehenden Entscheidung vorstellte, hatte sogar ihn überrascht. Wer sich so früh aus der Deckung wagte, musste sich seiner Sache sehr sicher sein. Nur in der Koalitionsfrage blieb Wolters, wie kürzlich bei Bärwald, vage. Er nahm's gelassen und war entschlossen, ihn anschließend, wenn er als gewählter Spitzenkandidat noch einmal vor die Presse trat, erneut auf dieses Thema anzusprechen.

Natürlich bemühte er sich auch um eine Stellungnahme Glombigs. Der bisherige Vorsitzende wirkte in dieser schon ganz auf seinen Konkurrenten zugeschnittenen Kulisse bereits wie jemand, der sich aus unerfindlichen Gründen hierher verirrt hatte. Wobei die wenigen ihm verbliebenen Anhänger, die ihn wie eine Schutzmauer umgaben, dieses Bild der Verlorenheit eher noch verstärkten. Trotzdem hatte er es irgendwie hinbekommen, Glombig einige Aussagen zu entlocken. Nur waren die von so ungewöhnlicher Art, dass er sich hinterher unschlüssig fragte, ob es sich bei dem, was er schließlich zu hören bekam, tatsächlich um ein Interview handelte.

Von Beginn an gewann er den Eindruck, dass seinem Gesprächspartner inzwischen andere Gedanken wichtiger waren als die anschließende Auseinandersetzung mit Wolters. Schon das fand er merkwürdig. Und bei den Antworten auf seine Fragen, soweit es sich überhaupt um Antworten handelte, musste Glombig länger überlegen als in der Vergangenheit. Offenbar wollte er vermeiden, dass ihm irgendeine Plattitüde über die Lippen kam. Als handelte es sich hier um kein Interview wie die unzähligen anderen, die dem heutigen vorausgingen und die er mit gewohnter Routine absolviert hatte.

"Welche Chancen rechnen Sie sich nachher gegen Wolters aus?" hatte er ihn gefragt. Nicht so wahnsinnig originell, aber als Einstieg völlig ausreichend. "Fragen Sie mich besser danach, welche Chancen ich in den zurückliegenden Jahren vertan habe" hatte Glombig erwidert. Das war alles andere als die Antwort, die von einem gestandenen Politiker erwartet wurde, erst recht nicht von einem, der beabsichtigte, sich kurz darauf einer besonderen Herausforderung zu stellen.

"Wie darf ich das verstehen, Herr Glombig?"

"So wie ich es sagte. Aber schon Ihre Nachfrage zeigt, dass bei jeder Aussage eines Politikers sofort nach Deutungen, nach versteckten Hinweisen oder eventuellen Hintertüren gesucht wird. Dabei bedarf ein einfacher klarer Satz keiner Auslegung. Ich werde nachher auch davon sprechen, was ich während meines politischen Lebens falsch gemacht habe. Das gehört dazu, wenn man reinen Tisch machen will."

"Sie wollen reinen Tisch machen? Dann sprechen Sie also von dieser Parteispendengeschichte, die neuerlich wieder für Schlagzeilen sorgt? Sollte das etwa auf ein Schuldeingeständnis und den Verzicht auf Ihre Kandidatur hinauslaufen? Steht uns vielleicht gleich eine Sensation bevor?"

"Wenn Sie die Bereitschaft, Fehler einzugestehen, als sensationell bezeichnen, ist das nur ein weiterer Beweis für die Verwahrlosung unserer politischen Kultur. Leider kann ich mich nicht von dem Vorwurf freisprechen, dafür mitverantwortlich zu sein. Auch ich habe von diesem System der Schönfärberei profitiert, habe aus Rücksicht auf meine Karriere nicht mal versucht, bestimmten Fehlentwicklungen entgegenzuwirken. Das hat mir als Politiker genutzt und als Mensch geschadet. Ich denke, das reicht für ein Wort des Bedauerns. Was dagegen diese Sache mit den Parteispenden betrifft, die manche, trotz besseren Wissens, zur Affäre skandalisieren, muss ich Sie enttäuschen. In dem Punkt habe ich mir außer einer Unüberlegtheit nichts vorzuwerfen. Das sage ich hier noch einmal sehr nachdrücklich, auch im Bewusstsein, was diese Zusicherung für einen Kandidaten bedeutet, der nachher mit dem Willen zur Ehrlichkeit vor die Delegierten treten wird."

"Alle Achtung. Ein Politiker, der sich ehrlich machen will. Mir leuchtet nur nicht ein, weshalb es Sie ausgerechnet in einer für Sie ohnehin schon angespannten Situation drängt, die eigenen Fehler und Versäumnisse zu thematisieren. Welche damit auch immer gemeint sein mögen. Das ist doch einigermaßen ungewöhnlich."

"Ungewöhnlich vielleicht, aber notwendig. Ich erwarte auch nicht, dass das jeder versteht. Es genügt mir, wenn der eine oder andere ahnt, warum mir das gerade heute so wichtig ist."

Hirche hatte während seiner langen Berufspraxis schon diverse Merkwürdigkeiten erlebt. Aber das war das mit Abstand bizarrste Interview, das er jemals geführt hatte. Da legte ein Politiker Hand an sein eigenes Denkmal. Absurd - und in dieser Besonderheit auch wieder faszinierend. Alles, was ihm dazu noch einfiel, als Glombig das Gespräch an dieser Stelle beendete, war ein noch immer ungläubiges "das war's dann wohl."

Während der mit der üblichen Umständlichkeit absolvierten geschäftsordnungsmäßigen Prozeduren zu Beginn des Parteitages, dachte Teschner an seine Nominierung im Rathaus Schöneberg. Wie kribbelig war er gewesen, so kurz vor seiner Kandidatenrede. Glombig dagegen wirkte überhaupt nicht aufgeregt, so vollkommen in sich gekehrt, wie er dasaß. Eher vermittelte er den Eindruck, ganz weit weg zu sein. Irgendwo, nur nicht hier. Von dem, was um ihn herum geschah, nahm er kaum Notiz. Nicht einmal seine Tochter erriet, was in diesen Minuten in ihrem Vater vorging.

In der Zwischenzeit hatte sich Heidemann der Pflicht entledigt, den Delegierten ein Grußwort Münters zu übermitteln, der wegen unaufschiebbarer anderer Verpflichtungen sein aufrichtiges Bedauern über sein Fernbleiben äußerte. Da kam dann doch noch mal etwas Bewegung in Glombigs regungsloses Gesicht. Diese Art von Aufrichtigkeit, von der in dem Grußwort die Rede war, kannte er gut. Allzu offensichtlich platzierte Adjektive verkehrten alles Gehörte in ihr Gegenteil. Wie viele Erklärungen dieser Art hatte er schon über sich ergehen lassen - oder selbst abgegeben? Münter hatte es vorgezogen nicht zu erscheinen, weil er davor zurückschreckte, sich offen auf seine Seite zu stellen. Das zu hören, wäre aufrichtig gewesen.

Dann wurde er auch schon aufgerufen. Auch hier galt das Alphabets-Prinzip. Glombig sprach vor Wolters. Diesen Augenblick, in dem er sich erhob, würde niemand so schnell vergessen. Schon das Aufstehen fiel ihm schwer. In dieser Minute offenbarte sich, sichtbar für alle, ein Mensch, der seine Hinfälligkeit nicht länger verbergen konnte. Aber weil er die Sorge und das Erschrecken in den Gesichtern seiner wenigen Unterstützer erkannte, nickte er ihnen beruhigend zu. Nach ein paar Schritten drehte er sich noch einmal um, kam kurz zurück und nahm seine Tochter in den Arm. Die hatte Tränen in den Augen. Erst danach ging er langsam auf das Rednerpult zu. Wie schon so oft zuvor in seinem Leben.

Jetzt saugten sich alle Augenpaare an dem Mann fest, der heute seine Abschiedsvorstellung gab, wie Bollhagen in Wolters Richtung witzelte. Immerhin noch so laut, dass es in ihrer Umgebung ein Kichern auslöste. "Nun sieh ihn dir doch an. Von dem hast du nichts mehr zu befürchten." Während sich Glombig mit beiden Händen am Rednerpult abstützte um wegen eines plötzlich aufgekommenen Schwindels Halt zu finden, feilte Wolters im Hinterkopf bereits an den letzten Feinheiten seiner Dankesrede, die später vom frischgebackenen neuen Vorsitzenden und Spitzenkandidaten erwartet wurde.

Jeder bemerkte Glombigs fast schon verzweifelt anmutenden Versuch, ein Stück seiner alten Stärke zurückzugewinnen. Wobei die sich abgerungene Bemühtheit seine Schwäche nur noch augenfälliger machte. Als er sich dafür entschied, noch einmal um sein Amt zu kämpfen, war ihm die Aussichtslosigkeit dieses Vorhabens bewusst. Aber keine Warnung hatte ihn davon abhalten können, es dennoch zu tun. *Jetzt erst recht.* Dieses Motto diente ihm seit jeher, besonders dann, wenn es eng wurde, als verlässliche Richtschnur. Diese Standhaftigkeit hatte sich als der tragende Pfeiler seiner Erfolge erwiesen. Daher prallten auch die Umfragen nicht so einfach an ihm ab, die ihn bereits als klaren Verlierer sahen. Die Selbstverständlichkeit, mit der er daraufhin sofort abgeschrieben wurde, verbitterte ihn. Er war nie ein guter Verlierer gewesen. Und wenn er auf diese Weise herausgefordert wurde, schon gar nicht. Einen Glombig schaffte man sich nicht einfach so vom Halse. Der nahm erhobenen Hauptes Abschied. Das war er den wenigen Weggenossen schuldig, die ihn nicht im Stich gelassen hatten, in erster Linie aber sich selbst. Es störte ihn auch nicht, dass ihm der Wunsch eines respektablen Abgangs von der öffentlichen Bühne als letzte Eitelkeit ausgelegt werden würde. Da hielt er es wie ein gealterter Theatergaul, der seinem letzten Auftritt ebenfalls noch einmal besonderen Glanz verleihen wollte. Wer von der Zukunft nichts mehr erwarten durfte, der wollte wenigstens noch ein Stück seiner Vergangenheit retten. Andere schrieben zu diesem Zweck ihre Memoiren. Er wollte eine letzte große Rede halten. Nach all den Jahren hatte er ein Recht darauf, diesen Saal als moralischer Sieger zu verlassen. Von Kindheit an kam ein Aufgeben für ihn nicht in Frage. Dazwischen lag ein langes Leben, in dem er unbeugsam an dem Vorsatz festhielt, niemals zu kneifen oder kleinlaut das Feld zu räumen. Sogar wenn er gewollt hätte, wäre es ihm nicht möglich gewesen, seine lebenslangen Gewohnheiten innerhalb weniger Tage über den Haufen zu werfen.

Aber als er sich nun mit beiden Händen an die Kanten des Rednerpultes klammerte, verkehrte sich seine Absicht eines achtbaren Abgangs ins Makabre. Gleich darauf bot er wie ein Erstickender, der mit geöffnetem Mund nach Luft japste, den Anblick eines Menschen in Todesangst. Das war nicht mehr dieser diffuse Druck, der ihm seit der letzten Nacht auf der Brust lag. Jetzt spürte er, wie sich eine Faust um sein Herz legte und es zerquetschte. Bei dem hoffnungslosen Versuch, den ersten Satz zu formulieren, zog sich ein Würgeeisen um seinen Hals zusammen, das ihm die Kehle zuschnürte. Die Zunge wollte ihm nicht mehr gehorchen und er lallte wie ein

Betrunkener. Seine Haut fühlte sich so heiß an, als siede ihm das Blut in den Adern. Dann versank er in einem Nebel, der die entsetzten Gesichter im Saal in schemenhafte Konturen verwandelte.

Das Pult bot ihm keinen Halt mehr. Seine Hände lockerten sich. Er bemerkte nicht, dass er taumelte und stürzte. Und er bemerkte auch nicht, dass die ihm zu Hilfe Eilenden, allen voran Petra, seine Tochter, Teschner, Steffens und sein Freund Schneider, zu spät kamen, um sein Aufschlagen zu verhindern. Aber den Aufschlag spürte er schon nicht mehr. Der ging in diesem einzigen großen Schmerz unter, der seinen Körper von innen her mit einer alles vernichtenden Wucht zerriss.

Kurz darauf fiel er noch immer, nur war das jetzt ein sanftes, schwereloses Dahingleiten. Er schwebte und fühlte sich frei. Frei von allem, sogar von sich selbst. Die Enge, die erst seine Brust, dann seinen ganzen Körper wie in einen undurchdringlichen Panzer gezwängt hatte, wurde aufgebrochen und wich einer tiefen Erleichterung. An die Stelle der Angst trat ein bisher nicht gekannter Frieden. Das, was ihm noch nie gelungen war, bereitete ihm auf einmal keine Schwierigkeiten mehr: Er konnte sich einfach fallenlassen - und fühlte sich gut dabei. Der graue Schleier, der ihn bis eben umfangen hielt, wurde wie von unsichtbarer Hand weggezogen und eine fantastische Kraft befähigte ihn, tausend Dinge gleichzeitig zu sehen. Er sah die realen Gesichter im Saal ebenso deutlich vor sich wie die Gesichter der Menschen, die ihm in früheren Jahren einmal begegnet waren. Natürlich sah er auch seine Tochter, die sich über ihn beugte und, ganz Ärztin, ohne Unterbrechung seinen Brustkorb knetete und ihm ihren Atem einpresste. Dabei wusste sie längst, dass es vergeblich war. Irgendwann verließ sie ihre Kraft. Sie blickte auf und bemerkte Teschners mitleidiges Kopfschütteln. Jetzt war sie nicht mehr die professionelle Medizinerin, jetzt war sie nur noch Tochter. Eine Tochter, die ihren Vater noch einmal küsste und dabei ungehemmt weinte. Glombig verstand nicht, warum sie weinte. Es ging ihm doch gut. Und niemals zuvor war sein Blick so klar gewesen. Alles, was ihm zum Greifen nahe vor Augen stand, vereinte sich in einem riesigen lebenden Gemälde. Das reichte bis in seine frühe Kindheit zurück und sparte nicht das kleinste Detail aus.

Mit der Wendigkeit des geübten Kletterers hastete der Junge über ein Gebirge von Schutt, das weit über den Horizont hinausreichte. Dabei nutzte er die durch aufgeschüttete Steine, zerborstene Balken und querliegende Eisengerippe entstandene Deckung, um sich schließlich hinter einer freistehenden Mauer mit leeren Fensterhöhlen zu verbergen. Hier glaubte er vor seinen Kameraden sicher zu sein, die nun vor der Aufgabe standen, ihn aufzuspüren.

Zwei Mauern hatten aus unerklärlichen Gründen dem Bombeneinschlag getrotzt, der den restlichen Teil des Hauses in Schutt und Asche legte. In dem unter den Steinmassen begrabenen Luftschutzkeller hatten vor allem Alte, Frauen und Kinder den Tod gefunden, weil die wehrpflichtigen Männer überwiegend an der Front waren. Dass er über ehemaligen Gräbern herumtollte, konnte den vor Aufregung schwitzenden Jungen in den kurzen Hosen, den abgetragenen alten Stiefeln und dem schon unzählige Male geflickten Pullover nicht davon abhalten, hier zu spielen. Wie alle Kinder liebte er das Abenteuer und es gab keine aufregenderen Spielplätze als die Trümmerberge seiner Straße, die sich mit den angrenzenden Ruinen des Viertels zu einer einzigen gespenstischen Stadtlandschaft zusammenfügten. Für das Grauen, das diesem Anblick anhaftete, fehlte ihm das Verständnis. Er hatte während des Krieges Grauenhafteres gesehen.

Instinktiv hielt er den Atem an, als er durch einen Spalt in der Mauer bemerkte, dass seine Spielgefährten bereits bis auf wenige Meter an sein Versteck herangeschlichen waren. Schon hörte er ihr erregtes Flüstern und er sah ihre vor Ungeduld rotfleckigen Gesichter. Je siegessicherer sich seine Häscher in unmittelbarer Nähe gebärdeten, desto bedrohlicher wurde seine Lage. Er überlegte fieberhaft, wie er ihnen noch im letzten Moment ein Schnippchen schlagen konnte. Wolfgang, den sie alle nur Wölfi nannten, hatte als Ältester der Clique wie immer das Kommando übernommen. Jetzt tippte er mehrmals energisch mit dem Zeigefinger auf seinen Mund. Damit signalisierte er seinem nur schwer zu bremsenden Gefolge, sich noch so lange still zu verhalten, bis er den Befehl gab, ihn gleich mit lautem Kriegsgeheul in seinem Schlupfwinkel aufzustöbern. Abgesehen von dem ständigen Geräusch abbröckelnden oder rutschenden Gesteins und dem Gezwitscher der in den Mauernischen brütenden Vögel kehrte daraufhin für kurze Zeit eine trügerische Ruhe ein. Nur von weit her drang der metallische Rhythmus von Hammerschlägen an sein Ohr.

Endlich kam ihm die rettende Idee. Er musste nur unentdeckt die links von ihm gelegene zweite Mauer erreichen, die vom ehemaligen Seitenflügel des Hauses übrig geblieben war. Zusammengekauert, als wollte er sich unsichtbar machen, dabei angespannt bis in die kleinste Faser seines Körpers, hockte er fluchtbereit im Sichtschutz der Fassade des früheren Vorderhauses. Jetzt schlug ihm das Herz bis zum Hals. Das klang in seinen Ohren so laut, dass er schon fürchtete, es könnte ihn verraten. Wenn er Wölfis Truppe nicht in der nächsten Minute entwischte, dann war es um ihn geschehen. Er nutzte die verbleibenden Sekunden, um auf Zehenspitzen die kurze Distanz zu überwinden, die ihn von dem neuen Unterstand trennte. Dass der mit Glasscherben durchsetzte Boden unter jedem seiner noch so vorsichtigen Schritte heimtückisch knirschte, fiel zum Glück nicht auf. Solche diffusen Geräusche, die manchmal richtig schaurig klangen, waren in den Bombenkratern allgegenwärtig. Bei den Kindern verstärkten sie noch die Beliebtheit dieses Spielplatzes.

"Warte, jetzt schnappen wir dich." Wölfis triumphierend herausposaunter Ankündigung folgte ein lautes Grölen und

Lachen, bis sich in die vertrauten Laute seiner Freunde, die nur in diesem Spiel seine Gegner waren, unvermittelt heftig zeternde Frauenstimmen mischten.

"Verflixte Bande, ihr wisst genau, dass ihr euch hier nicht rumtreiben dürft."

Er konnte aufatmen. Die Arbeiterinnen, die vorn an der Straße den Mörtel von den aus dem übrigen Bauschutt gewonnenen Ziegeln klopften und die gesäuberten Steine anschließend auf kleine Loren verluden, waren seinen Kameraden auf den Fersen. Er hätte die Frauen umarmen können. Ihrem Eingreifen verdankte er es, dass er das schon verloren geglaubte Spiel nun doch nicht in Gefangenschaft beenden musste.

Die Berliner Trümmerfrauen. Mit ihren schmutzigen Kopftüchern und in ihren unansehnlichen Kitteln fügten sie sich, bescheiden an den Rand gedrängt, in das ihm vor Augen stehende Bild seines Lebens ein. Sie, die bei Wind und Wetter in den Ruinen malochten, während sich andere Zeitgenossen das nötige Kapital für den Neubeginn auf eine bequemere Art zusammengaunerten, waren auch ein Teil seiner Kindheit. Jetzt sah er die Frauen wieder vor sich, wie sie mit ihren rau gewordenen Händen aus dem reichlich vorhandenen Schutt das Baumaterial gewannen, mit dem die Stadt nach und nach ein neues Gesicht bekam. Ihre Männer, die Väter ihrer Kinder, waren gefallen, vermisst oder als Krüppel aus dem Krieg zurückgekehrt. Nun hielten sie die Familie mit ihrer Arbeit über Wasser. Bald darauf waren diese Heldinnen der ersten Nachkriegsjahre vergessen. Die abgearbeiteten und erschöpften Frauen mit den staubgrauen Gesichtern und den rheumageplagten Knochen, die nie die Zeit fanden, sich zu pflegen, passten nicht mehr in die Kulisse der wiedererstandenen Glitzerwelt der Wirtschaftswunderzeit. An dem neuen Wohlstand hatten sie keinen Anteil. Auch im Alter, sofern sie es noch erlebten, gestatteten es ihre kleinen Renten nur selten, sich noch ein paar gute Jahre zu gönnen.

Das Johlen seiner Freunde geriet desto lauter, je fuchtiger die Frauen hinter ihnen her schimpften. Wurden sie aus der einen Ruine vertrieben, begann mit der Erstürmung der nächsten eben ein neues, noch aufregenderes, Spiel. Das konnte unbegrenzt so weitergehen. An Ausweichmöglichkeiten bestand wahrlich kein Mangel. Die Frauen, meist selbst Mütter, wussten natürlich um die Vergeblichkeit ihrer Verbote. Ihre eigenen Kinder spielten auch in den Trümmern. Wo sonst hätten sie auch spielen sollen?

"Ihr kriegt uns ja doch nicht" hörten sie die Jungen rufen. Zu deren Gaudi ließen sie sich tatsächlich auf eine Verfolgungsjagd ein, bei der sich die Kinder einen Jux daraus machten, sie kreuz und quer durch die zerklüfteten Überreste des ehemals vierstöckigen Wohnhauses nebst Hinterhaus und Seitenflügel zu hetzen. Die ungleiche Kraftprobe fand erst ein Ende, als sich seine Spielgefährten für eine Verschnaufpause hinter die Mauer zurückzogen, die ihm selbst noch bis vor wenigen Minuten als Deckung diente. Gleich darauf waren sie dann den Frauen in die Hände gefallen, die ihnen, noch immer um Atem ringend, hinter die Mauer gefolgt waren und ihnen nun lautstark die Leviten lasen.

Wenige Minuten später öffnete sich der Schlund der Hölle. Balken, Eisenteile und Glassplitter wirbelten umher. Ein Bombardement von Steinen prasselte von oben herab auf die Erde und riss weitere Krater in den Boden. In die neu entstandenen trichterförmigen Schluchten rutschten andere Geröllmassen nach. Überall schepperte und krachte es, wurde das Geschehen mit dem Soundtrack zerstörerischer Gewalt unterlegt. Gleichzeitig ging ihm das Schreien der Frauen und seiner Freunde durch Mark und Bein. Auch er schrie, ohne es zu merken. Der kaum mehr unterscheidbare Lärm fügte sich zu einem infernalischen Orchester zusammen, bei dem die Panik den Taktstock führte.

Sein Zeitgefühl hatte ihn im Stich gelassen. Auch später wusste er nicht zu sagen, wie lange das alles dauerte. Vielleicht waren es Minuten, ihm erschien es wie eine Ewigkeit. Nachdem sich der Staub verzogen hatte und das nur noch im Kopf nachhallende Getöse einer fast noch furchtbareren Stille gewichen war, sah er, dass es die Mauer, die ihm noch kurz zuvor als Versteck diente, nicht mehr gab. Und so wie der Erdboden diese Mauer, seine Freunde und die Frauen verschlang, so endete an diesem Tag auch seine kindliche Unbeschwertheit.

Jetzt sah er sich wieder rennen. Er rannte, fiel hin, zerriss sich die Kleidung, schlug sich die Arme und die Knie blutig, stand auf, fiel wieder hin, verletzte sich erneut aber rappelte sich immer wieder auf, taumelte wie blind vorwärts, war taub für den eigenen hechelnden Atem, vergaß die Schmerzen, die Stiche in der Brust. Nur weg von hier. Alles in seinem Kopf war wie ausgelöscht. Nur noch der Instinkt funktionierte, der Wille zu leben. Damals begriff er zum ersten Mal, was es hieß, um sein Leben zu laufen. Nie vergaß er die Angst dieses Tages und wenn er sie in späteren Jahren mit aktuellen Ängsten verglich, wurde er sofort ruhiger. Wer schon einmal dem Tod entkommen war, für den verlor vieles andere seinen Schrecken.

Erst am folgenden Tag erfuhr er die ganze Wahrheit. Jürgen, Stefan und Berni waren sofort tot, erschlagen von den herabstürzenden Mauerteilen. Mit ihnen starben drei der Frauen. Wölfi lag stundenlang unter den Steinen. Die wenigen Jahre, die ihm nach seiner Befreiung noch blieben, verbrachte er in geistiger Umnachtung. Als er ihn im Pflegeheim besuchte, sah der ihn nur aus verständnislosen leeren Augen an. Eine der überlebenden Frauen blieb gelähmt und eine andere, die zusammen mit Wölfi verschüttet worden war, litt seither an Depressionen. Den Zeitungen war es nur eine knappe Notiz wert, als sie sich von einer der vielen Berliner Brücken in den

Landwehrkanal stürzte.

Bis ins Alter hielten die verblassten Narben auf seiner Haut die Erinnerung an diesen Tag und an die Freunde seiner Kindheit in ihm wach. Deren Leben wurde ausgelöscht, noch ehe es richtig begann. Dabei hatte jeder von denen noch ebenso viele Träume wie er. Er weigerte sich, in seiner an ein Wunder grenzenden Rettung einen bloßen Zufall zu sehen. Vielmehr setzte sich der Gedanke in ihm fest, in seinem Überleben einen höheren Sinn zu sehen, auch wenn er mit seiner kindlichen Fantasie weit davon entfernt war, seine Erwartungen mit einem konkreten Ziel zu verbinden, geschweige denn, den Weg dorthin zu kennen. Einen Irrtum schloss er dennoch kategorisch aus. Vielleicht waren es ja tatsächlich die Wundmale auf seiner Haut, die fortan diesen unbeugsamen Willen in ihm bestärkten, etwas aus sich zu machen und keine Stunde von dem ihm zum zweiten Mal geschenkten Leben zu vergeuden.

So wuchs er heran. Siegfried Glombig, genannt Sigi, der Junge im zerstörten Berlin der Nachkriegszeit, dem schon als Kind eine Ahnung von der Vergänglichkeit des Lebens mitgegeben wurde. Das Kind reifte zum Mann, der sich schwor, niemals dem Druck fremder, ihm widerstrebender Interessen nachzugeben oder sich vom anpasserischen Kleinmut seiner Umgebung beschädigen oder gar aufsaugen zu lassen. Stark und selbstbewusst wollte er durchs Leben gehen, niemals geduckt und schwach. Ein Siegertyp, das wollte er sein. Da geriet ihm sogar sein Vorname zum Programm. Nie wollte er daran zweifeln, dass es eine höhere Macht gab, die ihn schützte - wie schon einmal, damals in der Ruine. Aus seinem zunächst noch diffusen pubertären Selbstbildnis entwickelte sich schon bald darauf eine sehr präzise Vorstellung, wie seine Zukunft aussehen sollte. Wenn er etwas zum Guten voranbringen wollte, dann musste er bereit sein, dafür zu kämpfen. Das war es, was ihn antrieb. Dafür wollte er leben.

Es folgten die Jahre des Wiederaufbaus. Überall ging es

aufwärts. Mit der Stadt, mit dem Land - und auch mit ihm. Bis ganz weit nach oben, bis ins Ministeramt, hatte er es gebracht. Aber noch Jahrzehnte später überkamen ihn gelegentlich die Erinnerungen an die bedrohlichsten Minuten seines Lebens. Diese Schübe trafen ihn meist unvorbereitet, bisweilen auch tagsüber, bei Besprechungen oder sogar während einer Rede. Dann sah er in sich wieder das Kind in der Ruine. Er sah noch einmal die Mauer zusammenstürzen, spürte die Druckwelle in den Ohren und rieb sich den Staub aus den Augen. Seiner Umgebung fielen seine kurzen Konzentrationsschwächen kaum auf. Er hatte gelernt, mit solchen Momenten auf eine unauffällige Weise umzugehen. Und falls doch einmal bemerkt wurde, dass er nicht ganz bei der Sache war, wurde das seiner erheblichen Arbeitsbelastung zugeschrieben. Schlimmer waren die nächtlichen Albträume, wenn er auf der Flucht vor dem tödlichen Steinschlag um sein Leben rannte. Bis er schweißgebadet aufwachte und sich mit fliegendem Puls in seinem Bett wiederfand, die Entsetzensschreie seiner Freunde und die gellenden Hilferufe der fremden Frauen noch im Ohr.

Auch jetzt sah er das furchtbarste Ereignis seiner Kindheit, seines Lebens, wieder vor sich. Keine Einzelheit davon war vergessen. Aber sonderbar, erstmals hatte diese Rückschau für ihn ihre Bedrohlichkeit verloren. Was er in diesem Moment empfand, war ein Gefühl der Traurigkeit. Das schon. Aber zugleich wurde für ihn eine heimliche Hoffnung zur Gewissheit, dass damals nichts Endgültiges passiert war. Das zeigte sich daran, dass ihm seine Spielgefährten und die Trümmerfrauen, die in der Ruine den Tod fanden, an anderer Stelle des Bildes wiederbegegneten. So lebendig, als wäre ihnen nie etwas zugestoßen. Auf einmal wurde er selbst zum Teil dieses Bildes. Er bemerkte den kleinen Sigi, das Kind im geflickten Pullover, das nur knapp einer Katastrophe entgangen war. Unmittelbar daneben sah er den gealterten Politiker Glombig, der, wie so oft in seinem Leben, an einem Rednerpult stand. Diesmal gedachte er, eine besondere Rede zu halten, eine, deren Entwurf ihm sehr viel mehr abverlangt hatte als gewöhnlich und deren Aussagen nicht so schnell vergessen werden sollten. Heute wollte er die Fesseln der Schönrederei, des unverbindlichen Geschwätzes, endlich einmal abstreifen und nur das sagen, was ihm für diesen Anlass bedeutsam genug erschien. Aber dann war doch nichts daraus geworden. Stattdessen griff er sich noch einmal an die schmerzende Brust und er sah, wie er stürzte. Um gleich darauf schon wieder in die Gestalt des in der Ruine spielenden Kindes zu wechseln. Eine der Frauen drohte ihm, halb strafend, halb mütterlich besorgt, mit dem Finger. Auch Wölfi, der Anführer ihrer Clique, bekam von ihr sein Fett weg. Der war dann auch der Erste, der auf ihn zuging. Einen Augenblick musste er sich allerdings noch gedulden, so lange, bis ihn seine weinende Tochter freigab.

"Hallo Sigi. Schön, dass du uns nicht vergessen hast. Aber wir haben uns natürlich auch dafür interessiert, was du inzwischen so treibst. Immerhin blieb dir so viel mehr Zeit als uns, dein Leben zu leben. Das Leben eines Menschen, der sich über mangelnden Erfolg nicht beklagen musste. Schon bei unseren Spielen wolltest du immer zu den Siegern gehören."

"Daran hat sich auch später nichts geändert. Aber warum klingt das jetzt wie ein Vorwurf?"

"Nur eine Beobachtung. Als Kind konntest du uns alle mit deinen Plänen begeistern. Große und schöne Pläne waren das. Aber als du später die Gelegenheit bekamst, wenigstens einige davon zu verwirklichen, hast du dich in kleinlichen Konkurrenzkämpfen verzettelt. Die du natürlich meist für dich entscheiden konntest. Merkwürdig, dass dir dabei nie der Gedanke gekommen ist, am Ende trotzdem mit so wenig Bleibendem dazustehen. Schade, Sigi, dein Leben hast du leider nicht halb so gut auf die Reihe bekommen wie deine Karriere." Wölfi begegnete ihm in der Gestalt des kindlichen Kameraden, aber in seinem Wesen war er so alt, wie er heute gewesen wäre.

"Welche verquere Logik. Es gab immer nur den einen Siegfried Glombig, als Mensch und Politiker. Ich bin doch Politiker geworden, gerade weil mir diese Arbeit auch persönlich viel bedeutete. Die war ein untrennbarer Teil meines Lebens. Und für meine Karriere muss ich mich nicht entschuldigen."

"Gegen eine Karriere ist nichts einzuwenden. Entscheidend ist nur, wo sie dich hinführt."

"Also, entschuldige, ich finde, mich hat sie ziemlich weit gebracht."

"Ich glaube eher, sie hat dich von dir weggeführt."

"Wenn du damit sagen willst, dass ich nicht ewig an unseren Kindheitsträumen festgehalten habe, kann ich dir nicht widersprechen. Irgendwann wird schließlich jeder erwachsen. Jedenfalls in der Welt, in der ich gelebt habe."

"Womit vieles verloren geht. Kinder haben noch ein sehr natürliches Empfinden für Gerechtigkeit."

"Welches sich oft ziemlich archaisch äußert. Oder hast du vergessen, dass wir uns mehr als einmal geprügelt haben? Nur, weil jeder glaubte, mit der Gerechtigkeit im Bunde zu stehen. So gesehen ist es wohl doch nicht so falsch, dass sich dieses höchst unterschiedliche Gerechtigkeitsgefühl im späteren Leben dem vorgegebenen Recht beugen muss."

"Trotzdem wäre es gut, sich zumindest im Hinterkopf ein kleines Stück seiner frühen Jahre zu bewahren. Dann hättest du hier und da vielleicht doch deiner inneren Stimme nachgegeben, statt erst lange darüber nachzudenken, ob sich deine besseren Gefühle auch mit den Normen der gerade aktuellen Gesetzbücher vertragen."

"Du kannst leicht reden. Du musstest nicht wie ich damit klarkommen, in bestimmte Zwänge eingebunden zu sein. Ich konnte nicht völlig ignorieren, was andere von mir erwarteten. Soweit ging mein Hang zur Individualität dann doch nicht, um mich hoffnungslos zu verrennen."

"Dafür hast du dich lieber nach oben katapultiert. Und so reibungslos, wie dir das gelungen ist, scheint es dir nicht sonderlich schwergefallen zu sein, dich in dieser sogenannten Lebensrealität einzurichten und das Beste daraus zu machen."

"Kreidest du mir das als Versagen an?"

"Für deinen Aufstieg war das natürlich alles andere als ein Fehler. Aber dabei hast du etwas Wesentliches verloren. Deine Träume."

"Du wiederholst dich. Und du redest wie meine Tochter. Träume hätten mich nicht weitergebracht. Ich denke, ich kann mit dem, was ich mit Vernunft und Beharrlichkeit erreicht habe, zufrieden sein." Aber dann fiel ihm wieder ein, dass er daran in letzter Zeit selbst häufiger gezweifelt hatte. „Also mindestens war ich lange davon überzeugt, dass es für diese Zufriedenheit gute Gründe gibt."

"Genau das meine ich: Du warst mit dir zufrieden. Aber was ist mit denen, die weniger Anlass haben, mit ihrem Leben zufrieden zu sein? Obwohl sie daran keine Schuld trifft. Die hast du über deiner Selbstzufriedenheit vergessen. Hast du dich jemals gefragt, was zum Beispiel aus den Frauen geworden ist, die sich damals in den Ruinen krank geschuftet haben und die, auch von uns, immer etwas abschätzig Trümmerfrauen genannt wurden? Glaubst du, auch nur eine von ihnen wäre irgendwann auf einen grünen Zweig gekommen? Die haben sich krummgelegt, haben sich auf eine anständige Weise durchs Leben geschlagen, ohne sich jemals ein Stück vom großen Kuchen der anderen abschneiden zu dürfen. Warum hast du so wenig für die Schwachen in der Gesellschaft getan, als du noch alle Möglichkeiten hattest, dich für sie einzusetzen? Die hätten deine Hilfe gebraucht. Stattdessen waren dir deine eigenen Interessen immer wichtiger. Was für eine vertane Chance."

„Du irrst dich, wenn du glaubst, das hätte ich mir nicht auch schon vorgeworfen." Glombig sah ein, dass es zu nichts führte, sich auf die alten Verteidigungslinien zurückzuziehen. Aber dann machte sich plötzlich eine Frau in dem Bild bemerkbar, die er zuvor noch nie gesehen hatte, die er aber sofort als Martha Reimers erkannte. So, wie er auch vieles andere in dem Bild wiederfand, was nicht unmittelbar mit seinem eigenen Erleben verbunden war. Es genügte, dass es sich um etwas handelte, was ihn in der Vergangenheit stark beschäftigt hatte. Auch seine Gedanken und Gefühle waren in dieses Bild eingeflossen. Wobei ihn das Los dieser Frau, das er aus Petras Berichten kannte, besonders aufwühlte. Jetzt war es Martha Reimers, die Wölfi, der gerade einen weiteren Anlauf startete, ihm seine Versäumnisse vorzuhalten, energisch in die Parade fuhr.

"Schluss damit. So sehr es Respekt verdient, bestimmte Werte hochzuhalten, bleibt doch auffällig, wie häufig ausgerechnet solche Beobachter die Moralkeule schwingen, die selbst in der komfortablen Lage waren, Entwicklungen und Abläufe aus sicherer Distanz zu verfolgen. Aus dieser Position lässt sich hinterher leicht darüber befinden, was andere in einer konkreten Situation hätten tun oder besser lassen sollen."

"Mir blieb leider keine andere Wahl, als mich aufs Zusehen zu beschränken. Ich hätte auch gern ein paar Jahrzehnte mehr Zeit gehabt, um mich zu beweisen."

"Dann fiele deine Kritik an Siegfried Glombig wahrscheinlich gnädiger aus, weil du heute ebenfalls einige Unvollkommenheiten und vertane Gelegenheiten eingestehen müsstest. Dein Kamerad aus Kindheitstagen weiß selbst, dass er Fehler gemacht hat. Glombig war nicht perfekt, aber der größere Fehler wäre es gewesen, nichts zu tun. Statt über die Schlechtigkeit der Welt nur zu lamentieren, hat er die Ärmel hochgekrempelt, um wenigstens ein paar Missstände anzugehen. Auf seine Weise und mit seinen Möglichkeiten. Allein darauf kommt es an. Das wiegt auch das eine und andere Versäumnis, vielleicht sogar ein paar eigene Ungerechtigkeiten, auf."

"Niemand verlangt Vollkommenheit. Aber sogar er selbst

wird nicht bestreiten, dass das soziale Gewissen bei ihm immer nur auf Sparflamme köchelte."

"Mag sein, dass er auf dem Gebiet tatsächlich nicht zum Vorbild taugt. Immer noch besser als die Beflissenheit, mit der sich einige auf das Soziale berufen, die in Wirklichkeit völlig andere Ziele verfolgen. Heuchelei kann ihm jedenfalls keiner vorwerfen, auch wenn er zu sehr Politiker war, um seine Wähler durch eine unbedachte Wortwahl zu provozieren. Ich nehme an, das war für ihn ein ewiger Spagat. Aber, um noch mal auf das überstrapazierte Postulat des sozialen Gewissens zurückzukommen, er wollte auch niemand etwas vormachen. Also hat er es sich verboten, mit Begriffen hausieren zu gehen, die fabelhaft klingen aber oft nur zu falschen Hoffnungen verleiten. Wichtiger war ihm, überhaupt ein Gewissen zu haben. Und das ließ er sich von niemand abkaufen."

"Das habe ich ihm auch nicht bestritten."

"Wie denn auch? Siegfried Glombig stand stets auf der Seite der Menschen, die die Folgen schlimmerer Fehler zu ertragen hatten als die, die ihm jetzt manche zur Last legen. Wobei mir das verharmlosende Wort Fehler in dem Zusammenhang nur schwer über die Lippen kommt. Von seiner Tochter, die sich bis zuletzt rührend um mich gekümmert hat, habe ich genug über ihn erfahren, um ihn gegen vorschnelle Urteile in Schutz zu nehmen. Und in seiner Rede hätte er auch darüber gesprochen, wo er in seinem Leben falsch abgebogen ist. Leider kam es nicht mehr dazu. Nicht so sehr um meinetwegen, denn auch über mich wollte er einiges sagen. Aber es wäre wichtig gewesen, am Beispiel meiner Familie noch einmal aufzuzeigen, was Menschen angetan wurde, die ähnliches erleben mussten. Für mich zählt bereits die gute Absicht. Die rechne ich ihm hoch an." Glombig war glücklich, in Martha Reimers eine so entschiedene Fürsprecherin gefunden zu haben.

Dem kurz darauf eingetroffenen Notarzt blieb nur noch die Pflicht, seinen Tod auch formal zu beurkunden. Das war für ihn noch immer die bedrückendste Seite seines Berufs, zumal er in diesem Fall die Tochter des Verstorbenen aus gemeinsamen Krankenhausjahren kannte. "Mein Beileid, Petra, aber dir als Kollegin muss ich nicht erklären, dass auch wir Ärzte an Grenzen stoßen." Diese rationale Betrachtungsweise blieb ihr heute verwehrt. Auch, dass damit nur etwas eingetreten war, was sie insgeheim schon befürchtet hatte, machte diesen Augenblick für sie nicht weniger schmerzhaft.

"Ich hätte nicht aufgeben dürfen, ihm diese verdammte Kandidatur auszureden." Dabei stützte sie sich auf Teschners Arm. Doch der schüttelte nur den Kopf. "Dich trifft keine Schuld. Vom *Alten Fritz* mal abgesehen, kanntest du deinen Vater besser als jeder andere. Wenn der sich an einer Sache festgebissen hatte, konnte ihn keiner davon abbringen. Auch du nicht."

Petra nickte. Alles, was Teschner sagte, war richtig. Sie hatte ja wirklich nichts unversucht gelassen, ihren Vater umzustimmen. Aber der ließ sich durch nichts von seinem Vorhaben abbringen. An diesem Tag wollte er seine politische Laufbahn mit einer letzten großen Herausforderung abschließen. Deshalb war ihm seine Rede so wichtig gewesen. Dass die nun für immer ungehört blieb, verstärkte ihre Traurigkeit.

Es tat ihr gut, Teschner an ihrer Seite zu wissen. Sie war auch dankbar, dass ihr Steffens und der *Alte Fritz* in dieser Stunde beistanden. Der Gedanke, dass die Welt dank einiger weniger Menschen nicht so absolut leer war, wie sie ihr sonst erschienen wäre, hatte etwas Tröstliches. Sie dachte an den Tag zurück, an dem Teschner, Steffens und sie schon einmal Abschied genommen hatten. Das war in Martha Reimers kleinem Zimmer im Altenheim. An deren Bett waren sie übereingekommen, gute Treuhänder für ein auf ein paar Seiten niedergelegtes Erbe zu werden. Jetzt hatten sie die Aufgabe, einen weiteren Letzten Willen zu erfüllen. Den ihres Vaters, dessen letztes Vorhaben unerledigt geblieben war. Wo es um seine Absicht ging, zum Schluss noch einmal Tacheles zu reden, auch was die eigenen

Fehler und Versäumnisse betraf, konnte natürlich niemand für ihn einspringen. Aber sein weiteres Ziel, sich Wolters Politik entgegenzustellen, blieb als Auftrag bestehen. Hier sah sich vor allem Teschner in der Pflicht, wenn er als Abgeordneter dem nächst Entscheidungen zu treffen hatte, die Wolters mit Sicherheit nicht gefielen.

37

"Scheiße. Bis vor einer Stunde lief alles noch optimal. Hätte Glombig den Löffel nicht ein paar Tage früher oder später abgeben können? Aber nein, das musste unbedingt heute sein. Ein unverbesserlicher Störenfried dieser Mensch. Bis zum letzten Atemzug." Wolters stand ebenso wie die übrigen Anwesenden noch unter dem Eindruck des soeben Erlebten. Aber während um ihn herum noch helle Aufregung herrschte, schwante ihm bereits, dass die ausgefeilte Strategie für seine Nominierung damit von einem Augenblick zum anderen über den Haufen geworfen worden war. Eine Vermutung, die Bollhagen teilte und die sich kurz darauf bestätigte, als der Versammlungsleiter den weiteren Fortgang des Parteitages unter allgemeiner Zustimmung für diesen Tag aussetzte.

"Was machen wir denn jetzt, Bollhagen? So makaber das klingt, aber es sieht fast so aus, als wollte mir mein ewiger Gegner sogar noch mit seinem Tod die Schau stehlen. Und wenn ich von meinem ewigen Gegner spreche, dann meine ich das so, wie ich es sage. Bisher war Glombig nur ein innerparteiliches Ärgernis. Ein Rivale, der auch mal etwas härter angegangen werden durfte. Aber wie schafft man sich einen in der politischen Landschaft weiterhin herumspukenden Geist vom Halse? Der ist einem doch in allem überlegen, zumal ihm posthum plötzlich wieder die Sympathien der gesamten Partei zufliegen. *De mortuis nihil nisi bene.* Ein blöder Spruch, aber ein unangreifbarer. So unangreifbar wie der es geworden ist, dem er in dieser Situation zugutekommt."

"Deshalb darfst du auf keinen Fall nachtreten. Ab sofort wird jeder den Ehrgeiz entwickeln, die anderen mit einem tränen-schweren Nachruf auszustechen. Niemand wird darauf verzichten, Glombigs Verdienste, die er sich um die Partei und das Land erworben hat, in den höchsten Tönen zu loben. Mit ein bisschen Selbstüberwindung bekommst du das auch hin. Was du dir dabei denkst, das hört ja keiner."

"Ist auch besser so. Du kennst doch den Hang der Leute zu formalen Korrektheiten. Außerdem kann ich bei allem Ärger, dass der unprogrammgemäße Abgang dieses Herrn den reibungslosen Ablauf des Parteitages behindert, unschwer den Vorteil bestreiten, dass mir künftig wohl einige Probleme erspart bleiben. Aber das natürlich nur unter uns."

"Klar doch. Außerdem stimmt es, was du sagst. Diesen Quertreiber hätte auch seine heutige Niederlage nicht davon abhalten können, weiter gegen dich zu stänkern. Der hätte nie Ruhe gegeben und dich immer wieder ausgebremst."

"Du meinst also, ich sollte mir tatsächlich was überlegen, um Glombig nachträglich im hellsten Glanz erstrahlen zu lassen? Hoffentlich fragt mich anschließend keiner, warum ich ihm dann überhaupt seinen Posten streitig machen wollte."

"Das ist sehr unwahrscheinlich. Auch über deine früheren Aussagen wird man diskret hinwegsehen. Du hast doch eben ganz richtig festgestellt, dass die Leute vor allem an der korrekten Form Gefallen finden. Die erwarten jetzt einfach ein paar Menscheleien dieser Art, in die sie dann einstimmen können. Schon, um damit das eigene schlechte Gewissen gegenüber dem Verblichenen zu beruhigen. Damit ist der Pflicht Genüge getan. Und seligsprechen musst du ihn ja auch nicht gleich."

"Dann kannst du mir sicherlich mit ein paar hübschen Formulierungen unter die Arme greifen. Den Gefallen bist du mir noch schuldig, bevor du dich aus dem Staube machst. Pardon, aber du warst schon immer der begnadetere Schleimer von uns beiden. Ehre, wem Ehre gebührt. Wo treibt sich übrigens dein

Protegé herum?"

"Falls du damit Stern meinst, dachte ich, der wäre inzwischen eher dein Spezi."

"Da irrst du dich aber gewaltig."

"Was du mir bestimmt gleich noch genauer erklären wirst?"

"Und zwar in Anwesenheit von Stern, den ich gerade da drüben entdeckt habe. Der hat sich mal wieder bei den Pressefuzzis festgequatscht." Durch seinen energischen Wink aufgefordert, unterbrach der Gesuchte sofort seine Gespräche und eilte mit einem flauen Gefühl herbei.

"Da sind Sie ja endlich, Stern. Was trödeln Sie so lange im Presseblock herum?"

"Als Ihr Sprecher bin ich nach diesem Ereignis ziemlich gefordert. Da will jeder eine Stellungnahme aus mir herauskitzeln. Was kann ich sonst noch für Sie tun?"

"Sich nicht länger als mein Sprachrohr aufzuspielen. Was ich zu sagen habe, sage ich künftig wieder selbst – beziehungsweise Ihr Nachfolger. Ab heute gehören Sie meinem Team nicht mehr an. Oder, falls Sie es direkter mögen: Sie sind gefeuert."

"Was, um Himmels willen, werfen Sie mir denn vor?"

"Sehen Sie, das kann nur ein politischer Dilettant fragen. Spätestens in ein paar Tagen wird überall zu hören und zu lesen sein, dass die im Vorfeld des Parteitages gegen Glombig betriebene Kampagne dazu beigetragen haben dürfte, den armen Mann in den Tod zu hetzen. Herzinfarkt infolge ständiger Anspannung. Diese Verdächtigungen, vielleicht auch schon mit dem Zusatz diese *unhaltbaren* Verdächtigungen, hat er nicht verkraftet, so wird es heißen. An vorderster Front werden das die verbreiten, die ihre Anti-Glombig-Schlagzeilen noch kürzlich gar nicht fett genug drucken konnten. Da wird eine Woge der Empörung auf uns zurollen und damit kommen Sie ins Spiel. Wer hat denn diese Schlammschlacht angeleiert?"

"Ich hatte die Idee, Glombig ein paar Schwierigkeiten zu bereiten. Das ist richtig. Aber ohne Ihr Einverständnis hätte ich diesen Plan niemals weiterverfolgt."

"Wie bitte? Welches Einverständnis? Welcher Plan? Ich habe mich wohl verhört. Solche Methoden widersprechen völlig meinem Stil. Im Übrigen habe ich in meinen öffentlichen Erklärungen keine Zweifel aufkommen lassen, wie sehr ich die fehlende Seriosität in den Aussagen einiger Medien bedauere. Das kann Ihnen doch unmöglich entgangen sein. Auch Bollhagen wird bestätigen, dass ich Ihren Aktionismus nicht unterstützt habe. Also versuchen Sie erst gar nicht, sich auf ein Missverständnis herauszureden." Wobei der von ihm zum Zeugen ausgerufene Bollhagen nur vielsagend schwieg.

"Damit das klar ist, Stern, für Ihren pathologischen Aufklärungszwang lasse ich mich nicht in Mithaftung nehmen. Wundern Sie sich also nicht, wenn ich mich gegenüber der Öffentlichkeit sehr deutlich in diesem Sinne äußere."

Wolters sah Stern ungerührt hinterher, als der wie ein geprügelter Hund davonschlich. Hatte denn dieser Mensch den Verstand verloren, ihn allen Ernstes als Schutzschild zu benutzen? Dass der ihm jetzt aus Verbitterung in die Suppe spuckte, war dennoch unwahrscheinlich. So schlau war dieser streberhafte junge Mann schon, um jetzt brav die Schnauze zu halten und sich nicht auf seine Kosten reinzuwaschen. Dabei konnte er nur dauerhaft verlieren. Besser, er hielt für ihn den Kopf hin. Dann blieb ihm immerhin die Aussicht, irgendwann, nachdem Gras über die Sache gewachsen war, in der Partei noch einmal Tritt zu fassen. Wenn der seine Lektion gelernt hatte, dann vielleicht sogar mit seiner Hilfe.

"Wie beruhigend, dass sich für jede verzwickte Lage ein Bauernopfer findet. Fragt sich nur, ob das diesmal reicht." Sogar Bollhagen schockierte die Kälte, mit der Wolters einen seiner willfährigsten Helfer fallengelassen hatte. Wenn schon jemand wie Stern keine Gnade vor ihm fand, dessen Ergebenheit nie zur Debatte stand, ließ sich ahnen, wie schonungslos er erst mit seinen verbliebenen Gegnern umspringen würde, sobald er die

Gelegenheit dazu bekam.

"Es ist immer ratsam, bereits einen Schuldigen in petto zu haben, bevor sich andere auf die Schuldsuche begeben. Du hast doch nicht erwartet, ich würde mich schützend vor eine Hilfskraft stellen? Sehe ich aus wie ein Selbstmörder?"

Schon wenig später erhielt Wolters erstmals Gelegenheit, den Vermutungen entgegenzutreten, er selbst hätte bei der von Stern lancierten Historie über Glombigs vermeintliche Spendenaffäre seine Hand im Spiel gehabt. Wie nicht anders erwartet, wurde er von den vollzählig angerückten Medienvertretern sofort auf die vorausgegangene Aktion seines Sprechers und dessen heutiger Entbindung von seinen bisherigen Aufgaben angesprochen. Sterns Kaltstellung hatte sich natürlich wie ein Lauffeuer unter den Journalisten verbreitet, obwohl der nach seinem Rausschmiss Unauffindbare für eine eigene Stellungnahme nicht zur Verfügung stand.

"Bedauern Sie nachträglich die Kampagne, die schon vor dem Parteitag aus Ihren Reihen gegen Siegfried Glombig gefahren wurde?" Auf solche Fragen war er vorbereitet.

"Ich bedauere jede Art von Kampagne. Das sollte Ihnen eigentlich bekannt sein, weil ich hierzu bereits unmissverständliche Erklärungen abgegeben habe. Aber was heißt *aus ihren Reihen*? Was wollen Sie mir und meinem Team, für das ich mich mehrheitlich verbürge, damit unterstellen? Werfen Sie mir vor, dass selbst ich noch nicht über die Fähigkeit verfüge, hinter jede Stirn zu blicken? Zudem verwundert mich der Tenor dieser Frage. Solche kritikwürdigen Aktionen wären doch sehr viel seltener, wenn Sie, meine Damen und Herren, nicht über jedes Stöckchen sprängen, das Ihnen irgendjemand aus Gründen der Selbstprofilierung hinhält. Den Vorwurf kann und will ich Ihnen nicht ersparen."

Der sich daraufhin in einem allgemeinen Raunen äußernde Unmut rief unter den von ihm pauschal Attackierten mit Hirche sofort einen seiner schärfsten Kritiker auf den Plan.

"Korrigieren Sie mich bitte, Herr Wolters, falls ich etwas nicht richtig mitbekommen haben sollte. Meines Wissens war es doch Ihr bisheriger Sprecher Stern, der uns ständig als großer Fragesteller in den Ohren lag und uns aufforderte, unserer journalistischen Aufklärungspflicht gerecht zu werden."

"Was Sie auch nur zu gern getan haben."

"Wir sind der Angelegenheit selbstverständlich ebenso nachgegangen, wie wir das in vergleichbaren Fällen auch tun."

"Schade, dass mich die Knappheit meiner Zeit davon abhält, jetzt die bemerkenswertesten Passagen Ihrer Kommentare zu zitieren. Die sind kaum als Recherche, sondern weit mehr als vorgezogener Schuldspruch zu verstehen. Ganz auf der Linie der Balkenüberschriften, die einige Ihrer Kollegen von der schreibenden Zunft so überaus schätzen. Wenn auch mit dem obligatorischen Fragezeichen am Ende."

"Ja, ja, Angriff ist die beste Verteidigung. Verständlich, dass Sie jetzt auf eine bewährte Strategie zurückgreifen. Aber Sie können es drehen und wenden wie Sie wollen, es bleibt der Verdacht, Sie hätten Stern mindestens ermutigt, seine Pseudoaufhellung zurückliegender Ereignisse voranzutreiben."

"Merken Sie was? Sie werfen schon wieder mit Verdächtigungen um sich, für die es nicht den geringsten Beleg gibt. Ohne sich einen Moment darauf zu besinnen, dass Sie bereits mit der Vorverurteilung Glombigs genug Schaden angerichtet haben."

"Das wäre auch höchst unprofessionell, wenn es für Ihre Beteiligung Beweise gäbe. Seltsam ist allerdings, dass Sie Stern heute so Knall auf Fall von seinen Aufgaben entbunden haben, nachdem Sie doch an der Akribie, mit der er in Glombigs Vergangenheit herumgeschnüffelt hat, bisher keinerlei Anstoß genommen haben. Nach Hörensagen stand er sogar vor einer beachtlichen Karriere."

"Ich empfehle Ihnen dringend, nicht auf jede Latrinenparole hereinzufallen, die Ihnen aus irgendeiner obskuren Quelle zugespielt wird. Es bleibt dabei, dass ich die Art und Weise, wie sich Stern in diese Sache hineingesteigert hat, nie gebilligt habe. Andererseits bin ich auch nicht sein Vormund. In unserer Partei wird niemand daran gehindert, sich eigene Gedanken zu machen. Es wird auch niemand abgestraft, der nach seiner Überzeugung handelt."

"So gesehen hätten Sie ihn doch auch in seiner bisherigen Funktion belassen können."

"Das nun gerade nicht. Auch wenn ich weiterhin davon ausgehe, dass es Sterns Absicht war, bestimmte, in der Vergangenheit unserer Partei liegende Vorkommnisse, auch im Interesse Glombigs, aufzuklären, wäre er mindestens heute gut beraten gewesen, sein zum Schluss etwas aus dem Ruder gelaufenes Vorgehen selbstkritisch zu hinterfragen. Leider habe ich diese Einsicht vermisst. Deshalb musste ich mich schweren Herzens entschließen, künftig auf seine Mitarbeit zu verzichten."

"Sollten Sie nicht hinzufügen bis auf Weiteres?"

"Erwarten Sie wirklich, dass ich mich auf solche Spitzfindigkeiten einlasse? Entschuldigung, aber angesichts des heutigen Geschehens, das uns alle tief bewegt, erscheinen mir solche Fragen unangemessen. Mir selbst fällt es immer noch schwer, meine Erschütterung über Siegfried Glombigs Tod in Worte zu fassen. Mit ihm hat die FDSU einen ihrer führenden Köpfe verloren. Und ich persönlich trauere um einen guten Freund."

"Um einen guten Freund? Das klang schon mal anders. Von beiden Seiten."

"Wenn Sie darauf anspielen, dass wir nicht immer einer Meinung waren, dann ist das wahr. Es ist doch völlig normal, sogar wünschenswert, dass in einer großen Partei Platz für unterschiedliche Positionen ist. Aber ich kann Ihnen versichern, diese gelegentlichen Auseinandersetzungen in der Sache haben niemals die Hochachtung geschmälert, die wir unabhängig davon füreinander empfanden. In diesem Geiste haben wir stets, jeder nach seinem Naturell, um die besten Lösungen gerungen. Auch im Falle meiner Wahl wäre er für mich ein unverzichtbarer Ratgeber geblieben."

"Lassen wir das mal für den Augenblick so stehen. Werden Sie nun ohne Gegenkandidaten zum Vorsitzenden und Spitzenkandidaten ausgerufen?"

"Auch diese Frage halte ich gelinde gesagt für pietätlos. In diesen Stunden gehört meine uneingeschränkte Anteilnahme Siegfried Glombigs Angehörigen, besonders seiner Tochter. Dieses Mitgefühl lässt keinen Raum für tagespolitische Überlegungen."

Tatsächlich aber vermerkte er mit Erleichterung, dass ihm eine unmittelbare Kondolenz erspart blieb, weil Petra Glombig die Halle bereits verlassen hatte. Zusammen mit ihren engsten Begleitern war sie der mit einem Tuch bedeckten Bahre ihres Vaters gefolgt, als sein Leichnam, vor neugierigen Blicken geschützt, durch einen der Ausgänge an der Rückseite des Gebäudes abtransportiert wurde. Dabei klangen ihr noch seine Worte bei der Ankunft im Ohr. Nicht durch den Hintereingang wollte er diesen Ort verlassen. Es war seine Absicht gewesen, am Ende des Parteitages zwar geschlagen aber in aufrechter Haltung zu gehen.

"Warum durfte er nicht einmal mit einer letzten guten Rede abtreten? Deshalb hat er das alles doch auf sich genommen. Es kommt immer anders als erhofft" flüsterte sie Teschner zu. Der zog sie daraufhin noch fester an sich. "Nicht immer, Petra, nicht immer."

Nach der den außergewöhnlichen Umständen geschuldeten Unterbrechung und einer in solchen Fällen angesagten Gedenkminute wurde der Parteitag am folgenden Morgen fortgesetzt. So, wie es Hirche und andere Beobachter eingeschätzt hatten, gab es jetzt niemand mehr, der Wolters Führungsrolle offen infrage stellte. Der konnte sich, nach anfänglichem Unmut wegen des durcheinander geratenen Zeitplans, nun sogar vor einem noch kürzlich befürchteten letzten Aufbäumen des marginalisierten Glombig-Lagers sicher fühlen. Dessen verbliebene Anhänger waren übereingekommen, auf eine weitere Teilnahme am Parteitag und der Aufstellung des Spitzenkandidaten zu verzichten. Besonders Steffens und Teschner zeigten sich von dieser Entscheidung enttäuscht. "Mir kommt das wie ein Verrat an Glombig vor" machte Steffens seinem Unmut Luft. Aber dann gelang es dem *Alten Fritz* doch, sie von Angriffen auf Wolters abzuhalten. Darin wurde er sogar von Petra unterstützt. "Damit tätet ihr weder meinem Vater noch euch einen Gefallen." Als sie ihre wenig überzeugten Mienen sah, schob sie gleich noch eine Erklärung nach, die sie selbst einmal von ihrem Vater gehört hatte. "Es gibt Stimmungen, die es nicht dulden, wenn sie verletzt werden. Egal, wie viel Heuchelei sich dahinter verbirgt. Und weil im Augenblick gerade mal wieder so ein verbindendes Wir-Gefühl angesagt ist, wäre jeder, der sich in dieser Situation nicht zurücknimmt, als Störenfried verschrien. Der könnte Recht und Moral noch so sehr auf seiner Seite haben. In den Augen der Mehrheit erschiene er doch nur taktlos."

Kein böses Wort war jetzt mehr gegen Glombig zu hören. Allen voran hatte ihn Wolters, nachdem er ihm nicht mehr gefährlich werden konnte, als eine der herausragenden Persönlichkeiten der Partei auf den Sockel gehoben. Da wäre es bei den Wählern schlecht angekommen, wenn ausgerechnet seine Anhänger die eingekehrte Geschlossenheit mit Angriffen auf den sich so einfühlsam gebenden Wolters verletzt hätten.

"Sie bekommen schon noch Ihre Chance. Alles zu seiner Zeit. Und zwar zur richtigen." Schneider sah ihnen den Frust an, als sie den weiteren Verlauf des Parteitages am Fernsehgerät verfolgten und dabei einen Wolters erlebten, der einen erheblichen Teil seiner Kandidatenrede darauf verwendete, die mehrfach gewürdigten Verdienste seines Vorgängers mit der Zusicherung zu verbinden, in ihnen auch eine Verpflichtung für sein eigenes Handeln zu sehen. Ein Risiko ging er damit nicht ein. Tote waren gegen ihre Vereinnahmung wehrlos und die lebenden Adressaten solcher Absichtserklärungen nahmen es mit deren Einlösung erfahrungsgemäß nicht so genau.

Die nachfolgende Abstimmung erbrachte dann auch das erwartete Ergebnis. Bis auf wenige Enthaltungen wurde Wolters unter lautem Jubel zum neuen Landesvorsitzenden gewählt, was mit seiner gleichzeitigen Ausrufung zum Spitzenkandidaten einherging. Damit stand fest, wer die FDSU bei den kommenden Wahlen zum Sieg führen sollte.

38

"Na, Bollhagen, reizt es dich wirklich nicht, bei dieser hervorragenden Ausgangslage doch noch eine Weile bei der Fahne zu bleiben? Es soll dein Schaden nicht sein." Wolters war mit dem Ausgang des Parteitages mehr als zufrieden, auch wenn er sich in seinen ersten öffentlichen Stellungnahmen bescheiden, fast demütig, gegeben hatte. Nur gegenüber Bollhagen hielt er mit seiner Genugtuung nicht hinter dem Berg. Aber der winkte beinahe schon eine Spur zu heftig ab. "Glückwunsch und danke für das Angebot. Aber den Rest stemmst du auch allein. Meine Entscheidung steht fest. Wenn der Wahlkampf hier in Berlin gelaufen ist, musst du wie angekündigt auf mich verzichten."

Dass er seinen Ausstieg dabei auf den regionalen Bereich begrenzte, war unauffällig genug, um keine Rückschlüsse auf seine weiteren Überlegungen zuzulassen, möglicherweise später noch einmal einen neuen Anlauf in der Bundespolitik zu starten. Davon wusste nur Stern etwas. Und der wäre bestimmt nicht so dumm, diese vertrauliche Information auszuplaudern, so wie er auch die ihm von Wolters auferlegte Opferrolle stillschweigend, aber in Erwartung einer noch einzulösenden Dankesschuld, geschluckt hatte. Ohnehin war Wolters viel zu sehr mit dem ihm kampflos in den Schoß gefallenen Erfolg beschäftigt, um auf solche Feinheiten zu achten. Vorübergehend war es Glombig nach seinem Tod tatsächlich noch einmal gelungen, ihn in Sorge zu versetzen. Als sein entschiedenster Gegner posthum zur allseits geachteten Galionsfigur der Partei avancierte, sah es zunächst etwas bedenklich für ihn aus. Bis er sich schnurstracks an die Spitze derer stellte, die dem bisherigen Vorsitzenden ihre Wertschätzung bezeugten. Das war ihm nicht mal schwergefallen. Soweit es sich nicht um unverrückbare Zusagen, sondern nur um die Verteilung sprachlicher Sahnestückchen handelte, hatte er schon in der Vergangenheit häufig die unterschiedlichsten Erwartungen bedient. Eine gefällig platzierte Formalie mehr oder weniger machte keinen großen Unterschied. Nach der Ehrung kommt das Vergessen. So lautete die Regel, die manche Zumutung erträglicher machte. Da ihm künftig wohl einige Querschüsse erspart blieben, waren ein paar nachgereichte Freundlichkeiten kein allzu großes Zugeständnis.

Glombigs Beerdigung markierte dann auch das letzte offizielle Ereignis, das sich mit seinem Namen verband. Danach gehörte er endgültig der Vergangenheit an. Petra Glombig hätte sich gewünscht, von ihrem Vater im engsten Kreis Abschied zu nehmen. Als sie Martha Reimers auf ihrem letzten Weg begleiteten, war das auch deshalb so würdevoll gewesen, weil wirklich nur die Menschen an ihrem Grab standen, die sie aufrichtig betrauerten. Teschner und Steffens wusste sie dabei auf ihrer Seite, aber dass ihr ausgerechnet der *Alte Fritz* widersprach, machte sie fast ein bisschen ärgerlich.

"Ich will nicht, dass Vaters Beisetzung zum Treffpunkt für Leute wird, die nur erscheinen, um sich sehen zu lassen. Weil sie sonst negative Kommentare befürchten müssten. Das verletzt mich. Als sein engster Freund solltest du das verstehen."

"Ich verstehe dich besser, als du glaubst. Und ja, es stimmt, dass sich an kaum einem anderen Ort so viel vorgebliche Betroffenheit versammelt wie auf einem Friedhof. Manchen dürfte es sogar schwerfallen, ihre klammheimliche Erleichterung zu verbergen. Aber ob es dir gefällt oder nicht, Siegfried Glombig, dein Vater, mein Freund, war auch ein Teil dieser Welt des falschen Scheins. Nicht, dass er in seinem Verhalten

571

selbst unwahrhaftig gewesen wäre. Aber er war nun mal mit Leib und Seele Politiker. Einer, der wusste, dass den Ansprüchen der Allgemeinheit wohl oder übel Rechnung getragen werden muss. Wer ein Leben lang im Licht der Öffentlichkeit stand, den darf man nicht sang- und klanglos unter die Erde bringen. Auch das wäre unehrlich, weil es nicht zu dem Leben passte, das er geführt hat. Außerdem hatte er zum Glück noch ein paar Anhänger mehr als uns, die ihn und sein Verständnis von Politik vermissen werden. Diese Menschen waren deinem Vater wichtig. Die wollen auch von ihm Abschied nehmen."

Petra Glombig musste einräumen, dass ihr Wunsch, keinen offiziellen Trauerakt für ihren Vater auszurichten, als engherzig verstanden werden konnte. Völlig überzeugt war sie dennoch nicht, als sie ihren Widerstand schließlich aufgab. Dazu hatte sie sich auch erst durchgerungen, als ihr Schneider versprach, dass nach der Predigt des Pfarrers niemand außer ihm eine Rede halten würde. Und dessen sehr sensible, von tiefen Gefühlen für den verlorenen politischen Weggefährten geprägten Erinnerungen sowie Teschners und Steffens Fürsorglichkeit halfen ihr schließlich über die formgerechte aber wenig tröstliche Feierstunde hinweg. Münter, der die Spitze der Bundespartei anführte, war selbstverständlich davon ausgegangen, den Verstorbenen ebenfalls mit ein paar Worten zu ehren. Dabei gedachte er, ihre enge Verbundenheit während gemeinsamer Jahre in der Bundespolitik hervorzuheben. Entsprechend verständnislos reagierte er daher auf die ihm übermittelte Bitte der Tochter, auf weitere Reden zu verzichten.

"Wer ist das überhaupt, dieser Schneider? Nie was gehört von dem Mann. Kannst du mich aufklären, Heidemann? Du bist doch sonst auch immer gut informiert."

Der hatte sich kurz zuvor schlaugemacht. „Den früheren Ortsverbandsvorsitzenden von Mariendorf muss man auch nicht kennen. Ganz unterste Basis." Dem ließ er eine abwertende Handbewegung folgen. „Offenbar pflegte Glombig solche engen Kontakte zu Krethi und Plethi. Na, jedem das seine. Sei doch froh, dass dir eine lästige Pflicht abgenommen wird. Oder gehören Nachrufe zu deinen besonderen Vorlieben?"

Wolters, der natürlich auch eine Ansprache vorbereitet hatte, zeigte sich über die Ablehnung noch enttäuschter als Münter. Wie gerne hätte er sich bei dieser Gelegenheit noch einmal als einfühlsamer und menschlich integrer Nachfolger Glombigs präsentiert. Erst wenn diese Eigenschaften mehrheitlich in einen untrennbaren Zusammenhang mit ihm gebracht wurden, verfestigte sich sein positives Image. Zudem hätte so eine empathische Ansprache an Glombigs Sarg auch seine Bemühungen unterstützt, im Endspurt des Wahlkampfes noch den einen und anderen schwankenden Wähler für sich einzunehmen.

Sogar Manuela Brenton, geschiedene Glombig, Petras Mutter, war aus Kalifornien angereist, wo sie seit vielen Jahren mit ihrem zweiten Mann lebte. Aber Mutter und Tochter, die schon lange nichts mehr verband, wussten sich auch an diesem Tag, über einige Belanglosigkeiten hinaus, wenig zu sagen. Eigentlich, dachte Petra, hatte sie nie eine richtige Familie gehabt. Nach der Trennung ihrer Eltern war sie bei ihrem Vater geblieben. Weil sie das so wollte. Aber auch der war meist nicht da, auch dann nicht, wenn sie ihn gebraucht hätte. Einen Vorwurf hatte sie ihm daraus aber nie gemacht. Sie wusste, wie wichtig ihm seine Arbeit war. Er wäre unglücklich gewesen, auf das, was er seine Aufgabe nannte, verzichten zu müssen. Außerdem war sie auch gut allein zurechtgekommen. Die Notwendigkeit, sich schon in jungen Jahren weitgehend ohne elterliche Hilfe durchzuschlagen, hatte ihre Selbstständigkeit gefördert. Notfalls hätte sie wohl auch diesen schweren Tag allein ertragen. Trotzdem war es besser, viel besser, heute nicht allein zu sein. Nicht heute und nicht in der Zukunft. Dabei drückte sie Teschners Hand so fest, dass der sie überrascht ansah.

"Gehen wir heute Abend noch mal zum Friedhof?" flüsterte

573

sie ihm zu. "Nur du und ich? In dieser Umgebung kann ich nicht mal ungehemmt weinen. Es ist wahr, was der *Alte Fritz* sagte. Vater war eine Persönlichkeit des öffentlichen Lebens. Aber ich bin es nicht. So wenig, wie meine Gefühle öffentlich sind. Die gehören allein mir. Und was mir gehört, das kann ich dann und wann verschenken, aber das stelle ich keinen Gaffern zur Schau." Noch immer war sie der Meinung, dass einige, die in offizieller Funktion erschienen waren, ihrem Vater durch ein Fernbleiben mehr Respekt erwiesen hätten. Das galt besonders für Wolters, der sich, nachdem es mit seiner Rede nichts geworden war, sogar noch am offenen Grab in die erste Reihe drängte. Der kannte keine Hemmungen, wenn es darum ging, sich in Presse und Fernsehen ins rechte Bild zu setzen. Und der vorteilhafteste Platz für aussagekräftige Aufnahmen war heute in der Nähe der trauernden Tochter.

Petra Glombig und Winfried Wolters hatten das Ende der Zeremonie aus sehr verschiedenen Blickwinkeln herbeigewünscht. Sie war erleichtert, ihren Vater fortan wieder im Stillen, als verlorenen Teil ihres Lebens, betrauern zu dürfen - und nicht als den mit allen Ehren verabschiedeten Politiker und Staatsmann. Und Wolters war zuversichtlich, dass der Name Glombig von heute an nach und nach in Vergessenheit geriet. Natürlich würde er das seine dafür tun, um diesen Prozess zu beschleunigen. Den Rest konnte er vertrauensvoll dem Alltag überlassen. Dessen Schnelllebigkeit ließ wenig Raum, dem Vergangenen lange nachzuhängen. Die Richtigkeit dieser Beurteilung zeigte sich schon in der nun voll entbrannten heißen Wahlkampfphase. Da verblasste in der Stadt rasch die Erinnerung daran, dass es der furios auftrumpfende Wolters noch kürzlich mit einem ernst zu nehmenden innerparteilichen Konkurrenten zu tun hatte.

39

Corinna Lutzes Gedanken kreisten noch oft um diese abgeschottete, ganz eigene kleine Welt im Altenheim, die sie gegen

Ende ihres Praktikums zunehmend mit den Augen ihrer Bewohner wahrnahm. Sollte die dort verbrachte Zeit ursprünglich nur ihrer Ausbildung dienen, war spätestens, nachdem sie Martha Reimers Aufzeichnungen gelesen hatte, sehr viel mehr daraus geworden. Deren Biografie machte es ihr unmöglich, ihre Parteimitgliedschaft weiterhin mit einem Breitenfeld zu teilen. Es empörte sie, dass diesem Mann sogar noch eine politische Zukunft geboten wurde. Daneben hatte sie aber auch die von Boltzien befeuerte Feindseligkeit, die ihr neuerdings in der Hochschule entgegenschlug, nicht unberührt gelassen. Nein wirklich, vom Verstand her war sie mit sich im Reinen. Die Gründe für ihren Austritt musste sie nicht erst krampfhaft zusammensuchen, um sie vor sich und anderen zu rechtfertigen. Nichts, was ihr seither durch den Kopf gegangen war, ließ sich wieder ausblenden. Wie hätte sie so tun können, als wäre ihr Martha Reimers nie begegnet, als hätte sie nie gelesen, unter welchen Umständen ihr Sohn ums Leben kam? Oder als wäre sie nicht allein wegen eines abweichenden Standpunktes gemobbt worden, der offenbar als parteischädigender angesehen wurde als die Vergangenheit Breitenfelds. Auch in früheren Situationen hatte sie nie lange gezaudert, die notwendigen Konsequenzen zu ziehen, sobald sie die Unumgänglichkeit einer Entscheidung erst einmal erkannt hatte. Dennoch setzte es ihr mehr zu, als sie angenommen hatte, nirgends mehr richtig dazuzugehören. Das war ein ziemlich unbehaglicher Platz, auf einmal zwischen allen Stühlen zu sitzen. Sie konnte verstehen, warum die meisten eine bequemere Lösung wählten. Auch sie hatte es nicht darauf angelegt, sich als Außenseiterin behaupten zu müssen. Wer sich anpasste, hatte es leichter. Eine uralte Erkenntnis, aber für sie keine Alternative. Auch die heftigsten Anfeindungen hatten sie noch nie dazu verleitet, anderen, nur um der Akzeptanz willen, nach dem Munde zu reden. Dann war es immer noch besser, sich von aller Welt verlassen zu fühlen, statt sich auf Denk- und Verhaltensweisen einzulassen, die ihr fremd waren. Der Luxus, sich nicht zu verbiegen, war nun mal nicht zum Schnäppchenpreis zu haben.

Um zu erkennen, wie isoliert sie inzwischen war, hätte es nicht einmal der Bestätigung durch ihre Abwahl als AStA-Vorsitzende bedurft. Sie musste Boltzien zugestehen, dass der sich während ihrer Abwesenheit nicht mit halben Sachen aufgehalten hatte. Nach außen hin war es ihre unsolidarische Haltung gegenüber Gerd, die er und andere ihr zur Last legten. Ihre Weigerung, Rossner als einem erklärten Unterstützer von Gerd Hentschel durch seine Wiederwahl noch einmal ins Rektorenamt zu verhelfen, hatte auch über den engeren Kreis ihrer Hochschulgruppe hinaus in der Studentenschaft für Ärger gesorgt. Professor Hentschel hatte seinen Ruf als Lichtgestalt unter den Lehrkräften bei den Studierenden nach seiner Berufung sogar noch ausgebaut, obwohl er in letzter Zeit nur noch sporadisch anwesend war. Während des Wahlkampfes hatte er sich von seinen Lehrverpflichtungen beurlauben lassen und wie es verschiedene Meinungsumfragen nahelegten, würde er nach den Wahlen wohl nicht mehr in seine bisherige Funktion zurückkehren. Sie kannte Hentschel besser als andere. Das machte es ihr schwer, dessen voraussichtlichen Aufstieg ins Senatorenamt ebenso zu begrüßen wie die Mehrzahl ihrer Kommilitonen. Immerhin konnte sie in dem Fall davon ausgehen, dass er ihr für den Rest des Studiums nur noch selten über den Weg lief. Das war ein Vorteil, denn sie wusste, wie nachtragend er auf Widerstand reagierte. Ihren Starrsinn, so wie er das sah, würde er ihr bestimmt nicht verzeihen. Das gab er ihr auch deutlich zu verstehen, als sie ihn vor ihrem Austritt noch einmal aufsuchte, um ihm die Gründe für ihre Entscheidung auch persönlich mitzuteilen.

Hentschel hatte sie bezichtigt, in eine falsche Richtung abzudriften, die gemeinsamen Ideale zu verraten. Sie dagegen konnte nicht erkennen, dass sich ihre Einstellungen verändert hatten. Nur die Schlussfolgerungen, die sie daraus zog, erwiesen sich inzwischen als differenzierter. Aber allein schon die Existenz der paar Freunde, die noch zu ihr hielten, machten ihr den Schritt nicht leicht. Jetzt verstand sie auch, warum sich viele Gläubige so schwertaten, ihrer Kirche den Rücken zu kehren, obgleich deren Obere alles dafür taten, sie zu entmutigen. Diese Ähnlichkeit mit ihrer eigenen Situation erschien ihr durchaus nicht als zu weit hergeholt. Sobald sich erst einmal, egal wo, eine gewisse Vertrautheit eingestellt hatte, sogar im Negativen, beschränkte sich eine Entscheidung nicht mehr allein auf die kühle Abwägung des Für und Wider. In dem Chaos sich widerstreitender Gefühle spielten ganz andere Dinge eine Rolle. Beispielsweise die Hoffnung, alles könnte sich doch noch zum Besseren wenden. Eines Tages. Irgendwann. Aber um darauf zu warten, dafür fehlte ihr die Geduld. Schon zu lange hatte sie sich an die etwas naive Annahme geklammert, dass sich ihre Vorstellungen von einer gerechteren Ordnung zwangsläufig mit dem Bild decken müssten, das auch anderen vor Augen stand, die eine solche Gesellschaft als Ziel beschworen. Bis sie immer häufiger bemerkte, auf wie wenig Verständnis sie mit ihren Ansichten stieß. Nein, nicht sie verriet ihre Ideale, wenn sie sich von einer Partei abwandte, die das, woran sie weiterhin glaubte, von einem Breitenfeld beschmutzen ließ.

Nachtragend war Gerd Hentschel tatsächlich. Er räumte diese Eigenschaft sogar ein. Wobei er seine Ehrlichkeit wohlweislich darauf beschränkte, sich nicht selbst zu belügen. Ansonsten vermied er es natürlich, seine Rachegelüste an die große Glocke zu hängen. So etwas kam nicht gut an bei den Leuten, obwohl solche Empfindungen doch weit verbreitet waren. In dem Kosmos, in dem er sich seit jungen Jahren bewegte, kannte er niemand, der persönliche Angriffe nicht irgendwo im Hinterkopf speicherte. Die effektivste Rache war immer noch die, die sich Zeit ließ. Inzwischen war er hinlänglich abgeklärt, um mit stoischer Gelassenheit auf einen geeigneten Anlass zu warten, der ihm die Genugtuung verschaffte, auf einen früheren

Affront mit einem Gegenschlag zu antworten. Einige bekamen sein Elefantengedächtnis erst viele Jahre später zu spüren. Und eine eigensinnige kleine Studentin, die ihm und der Partei derzeit einigen Ärger machte, war nun wirklich nicht so wichtig, um von seinem Prinzip des langen Atems abzuweichen.

Zudem war er in diesen Tagen vollauf damit beschäftigt, den Wahlkampf der PfsG zu koordinieren. Wobei ihm die eigene Wiederwahl mindestens so wichtig war wie die ihm übertragene Gesamtverantwortung. So kurz vor der Wahl durfte es keine Pannen geben. Daher hatte er allen Wahlkämpfern noch einmal eingetrichtert, jede missverständliche Äußerung zu vermeiden. Jede unüberlegte Bemerkung, jedes falsche Wort, konnte dem politischen Gegner ein gefundenes Fressen bieten. Immerhin glaubte er, sein besonderes Sorgenkind jetzt so weit im Griff zu haben, dass Alleingänge Breitenfelds nicht mehr zu befürchten waren. Blieb nur noch die Frage, wie die Partei hinterher mit der sehr speziellen Biografie des Abgeordneten Breitenfeld umgehen sollte. Aber auch darauf würde sich zu gegebener Zeit eine plausibel klingende Antwort finden lassen. Schließlich war er darin geübt, Probleme dieser Art mit der ihm eigenen Nonchalance glattzubügeln.

Nachdem Wolters in seinem Laden für klare Verhältnisse gesorgt hatte, rückte auch die angestrebte Regierungsbeteiligung in greifbare Nähe. Wobei ungeachtet der verbesserten Ausgangslage keinesfalls der Eindruck entstehen durfte, sie wären sich längst einig und die Wahl diente nur noch als Grundlage für die anschließende Postenverteilung. Das hieß, einen allzu offensichtlichen Lagerwahlkampf zu vermeiden, der den einen oder anderen Wähler der eigenen Partei durch zu viele Konzessionen an den möglichen Partner verärgern könnte. Es war vernünftiger, das eigene Profil und das ihrer Parteien bis zum Wahltag noch durch die eine oder andere Kontroverse zu schärfen. Bis die gemeinsame Regierung stand, waren ja tatsächlich noch einige Knackpunkte auszuräumen. Das hatten sie gerade eben wieder festgestellt, als sie in einer Fernsehdiskussion aneinandergerieten. Vor den laufenden Kameras war es zwischen ihnen teilweise so hoch hergegangen, dass sich die Diskussionsleiterin wiederholt genötigt sah, mäßigend auf sie einzuwirken. Doch kaum waren die Lichter im Studio erloschen, saßen sie sich bereits wieder bei einem weiteren ihrer inzwischen institutionalisierten Vier-Augen-Gespräche gegenüber.

"Bei Gelegenheit, mein lieber Hentschel, Verzeihung, Herr Professor, sollten Sie mir aber schon mal genauer erklären, was Sie unter einem Möchtegern-Reformer verstehen. Den Begriff haben Sie mir ja vorhin geradezu genüsslich um die Ohren gehauen. Bei dieser Abqualifizierung durften Sie sich über meine etwas heftigere Retourkutsche nicht wundern."

"So, wie Sie heute drauf waren, bewerte ich es fast schon als eine nette Geste, dass Sie mich nur als einen realitätsfernen intellektuellen Schwärmer tituliert haben. Immerhin haben Sie sich die Bezeichnung Spinner verkniffen. Dabei sind meine Vorstellungen von einer Politik, die für substanziell veränderte gesellschaftliche Rahmenbedingungen sorgt, alles andere als bloße Hirngespinste. Wie wir unsere Ziele verwirklichen wollen, hat meine Partei in ihren Wahlaussagen klar definiert."

"Danke, die kenne ich. Ihren Katalog an Glücksversprechungen müssen wir jetzt nicht noch mal abarbeiten. Unser Pflichtprogramm in Sachen Wahlkampf haben wir für heute schon absolviert. Wenden wir uns besser dem Kommenden zu."

"Einverstanden. Aber weil ich mit meiner Äußerung offenbar einen empfindlichen Nerv bei Ihnen getroffen habe, will ich Ihnen die gewünschte Auskunft nicht schuldig bleiben. Also, ein Möchtegern-Reformer ist für mich jemand, der, wie es ein treffender Vergleich beschreibt, als Tiger startet und als Bettvorleger endet. Will sagen, der prescht zunächst mit den besten Absichten nach vorne, bekommt dann aber plötzlich Angst vor der eigenen Courage und fängt an zurückzurudern."

"Keine Ahnung, wovon Sie sprechen. Wollen Sie damit

andeuten, mir fehlte der Mumm, an meinem Kurs festzuhalten?"

"Was heißt andeuten? Sie nehmen es mir hoffentlich nicht übel, dass ich das Gebaren eines möglichen Koalitionspartners etwas genauer beobachte. Schließlich möchte man wissen, worauf man sich, gegebenenfalls, einlässt. Dabei ist mir aufgefallen, dass Sie zu den Menschen gehören, die selten in dieselbe Richtung marschieren. Mal stürmen Sie sehr forsch ein paar Schritte vorwärts, um dann bei anderer Gelegenheit die gleiche Strecke wieder zurückzulaufen. Übrigens ist das ein nicht mal so seltenes Phänomen. Wer sich auf diese Weise bewegt, ist zwar ständig in Aktion, gilt somit als ausnehmend dynamisch, kommt aber praktisch nicht vom Fleck. Der könnte auch ohne die geringste Laufleistung an Ort und Stelle verharren, um dasselbe Ergebnis zu erreichen. Bei dem steigt oder fällt auch der Mut im Verhältnis zur Zustimmung, was sofort die Frage aufwirft, worin eine Entschlossenheit besteht, die sich bevorzugt an Meinungsumfragen ausrichtet."

"Ich muss mich schon sehr wundern, Herr Kollege. Ihnen wie mir geht es um die Gunst der Wähler. Mithin wäre es töricht, die geschätzten Stimmbürger mit allzu abweichenden Ansichten zu verunsichern. Täusche ich mich oder nennen Sie das, was Sie mir, in Klartext übersetzt, als Feigheit unterstellen, in Ihrem Falle eine strategische Notwendigkeit? Mit den Begriffen ist das ja bekanntlich so eine Sache. Falls Sie jetzt immer noch an Ihrem Vorwurf festhalten, sollten Sie den wenigstens mit ein paar Fakten untermauern."

"Sollte ich? Sie verlegen sich gern aufs Allgemeine und von mir fordern Sie Konkretes. Tut mir leid, so kommen wir nicht zusammen. Soweit es um die Beachtung gewisser Erfordernisse geht, kann ich Ihre Vorsicht verstehen. Da liegen wir in der Tat nicht so weit auseinander. Das mindert aber nicht meinen Verdacht, dass es Ihnen inzwischen schon genügt, Glombigs

Funktionen übernommen zu haben."

"Ich bin sein Nachfolger - nicht sein Erbe."

"Das wirkt gelegentlich etwas anders. Wenn es Ihnen ernst damit ist, eigene Akzente zu setzen, müssen Sie Ihre Partei endlich von den immer noch vorhandenen Denkschablonen befreien. Diese Konsequenz vermisse ich. Oder, sprachlich modischer formuliert, Ihrer Politik fehlt es an Nachhaltigkeit."

"Was sollte ich denn Ihrer Meinung nach tun? Bereits der vage Hinweis, dass ich in der Koalitionsfrage nichts ausschließe, hat mir mehr als genug Ärger eingetragen."

"Ärger gehört zum Geschäft. Das war auch allenfalls ein kleiner Schritt in die richtige Richtung. Der reicht aber nicht. Ich dachte, nach unseren bisherigen Treffen wären die Voraussetzungen einer Zusammenarbeit geklärt. Stattdessen sehe ich immer noch nicht den Willen, ein Geschichtsbild zu korrigieren, bei dem im Westen immer alles gut und im Osten immer alles schlecht war. Ohne die Bereitschaft, die Werdegänge ehemaliger DDR-Bürger, und zwar aller, in gleicher Weise anzuerkennen wie westliche Biografien, läuft nichts."

"Hätten Sie meine Probleme am Halse, redeten Sie nicht so locker daher. Dabei habe ich Ihnen schon wiederholt erklärt, warum ich weder meine Partei noch die Sichtweisen meiner Wähler von heute auf morgen umkrempeln kann."

"Woraufhin ich Ihnen dann mit dem schönen Spruch geantwortet habe, dass sich das Rad der Geschichte durchaus weiterdrehen lässt. Vorausgesetzt, der Wille ist stark genug."

"Eine interessante Modifizierung des Mottos *Alle Räder stehen still, wenn nur dein starker Arm es will.* Praktisch, so ein Rückgriff auf die vertrauten Parolen. Daraus lässt sich leicht ein zeitnaher neuer Spruch kreieren. Aber die Anleihen bei seinen Ursprüngen klingen doch immer wieder durch. Eine neue Maxime, entwickelt aus einem alten Denken. Mit Verlaub, man riecht den Braten. Und die Forderung, eine Partei so eins-zwei-fix auf Kurs zu bringen, ist so entlarvend, dass sie nur von jemand stammen kann, der in einer Gesellschaft sozialisiert wurde, in der ein allmächtiges Politbüro bestimmte, wohin die Reise geht. Ich dachte, in Ihrer PfsG wäre man schon einige Schritte weiter."

"Ziemlich unqualifiziert, diese Bemerkung. Die könnte auch von Glombig stammen. Womit wir wieder bei meiner Anfangsvermutung wären. Aber ich kann Sie beruhigen. Die Zeiten eines Politbüros gehören auch im Denken meiner Partei der Vergangenheit an. Befassen wir uns besser mal mit Ihrer Gedankenwelt. Wenn Sie hoffen, Sie könnten eine Änderung angestammter Sichtweisen bis zum Sankt Nimmerleinstag hinausschieben, sind Sie im Irrtum. Ihr Westler wolltet doch immer mit den Brüdern und Schwestern im Osten wiedervereinigt werden. Mit den Brüdern und Schwestern hinter Mauer und Stacheldraht, wie das von der Westpropaganda so salbungsvoll zu uns herüberschallte. Gratuliere, Ihr lang gehegter Wunsch ist in Erfüllung gegangen. Jetzt ist Ihnen die liebe Ostverwandtschaft vollzählig auf die Pelle gerückt. Dann tun Sie auch ein bisschen was dafür, damit die sich willkommen fühlt und nicht aus Gründen der Vergangenheit benachteiligt wird. Da macht es doch Sinn, unsere Politik auf die Gegenwart abzustellen. Darauf hatten wir uns übrigens schon mal verständigt."

"Im Wesentlichen d'accord. Wir leben in der Gegenwart mit Blickrichtung in die Zukunft. Wobei ich für meine Politik zusätzlich reklamiere, dass sie nicht an Geschichtsvergessenheit krankt. Ich stehe für eine Politik, die sich in einer zeitübergreifenden Verantwortung sieht."

"Vor ein paar Minuten haben Sie noch lauthals verkündet, dass wir mit unseren Wahlparolen für heute durch sind."

"Manche Aussagen klingen einfach zu schön, um sich nicht häufiger an ihnen zu erfreuen. Das sollte Ihnen bekannt vorkommen. Sie heben doch auch immer wieder gern die Lebensleistung ehemaliger DDR-Bürger hervor. Dabei können Sie gar nicht oft genug betonen, wie sehr Sie sich deren Interessen verpflichtet fühlen."

"Ja und? Was gibt es daran auszusetzen?"

"Grundsätzlich nichts. Sie wissen, dass ich viel für Leistung übrighabe. Nur schade, dass sich mir bei dieser exklusiven Zuwendung eine alte Redewendung aufdrängt: Man erkennt die Absicht und ist verstimmt."

"Das heißt?"

"Ihnen geht es weniger um die Biografien aller DDR-Bürger, für die Sie Respekt einfordern. Schon gar nicht um die, die mitgeholfen haben, den ersten sozialistischen Staat auf deutschem Boden mit einem Tritt in den Arsch unehrenhaft zu verabschieden. Mithin um alle, die froh waren, als das ganze Elend endlich ausgestanden war."

"Kommen Sie zum Punkt."

"Sie denken vielmehr an sehr spezielle Lebensläufe. Die von Ihnen gepflegte Wärmestubenrhetorik ist ein reines Ablenkungsmanöver. Damit suggerieren Sie Ihren früheren Mitbürgern, sie gegen vermeintliche Ungerechtigkeiten schützen zu wollen. In Wahrheit sind Sie ein Sachwalter für die Interessen jener untröstlichen Trauergemeinde, die die DDR auf die eine oder andere Weise schmerzlich vermisst. Dabei trauern die einen eher heimlich und andere als trotzige Bekenner. Wobei mir sofort dieser unsägliche Breitenfeld einfällt, der dieser Klientel mit seinem Lichtenberger Weckruf zu glänzenden Augen verholfen hat."

"Warum verengen Sie immer alles auf dieses eine Thema? So oft, wie wir das bereits beim Wickel hatten, ist das doch inzwischen bis ins Detail ausgeknautscht. Mit solchen anachronistischen Feindbildern stehen Sie sich und Ihren Plänen nur selbst im Wege. Niemand darf erwarten, dass wir einen von uns im Regen stehen lassen, der mit den Schlagworten des Kalten Krieges malträtiert wird. Manchmal frage ich mich, ob Sie die Koalition mit uns wirklich noch wollen."

"Die Koalition wird kommen, daran habe ich keine Zweifel.

Schon, weil deren Zustandekommen für Sie und Ihre Genossen mindestens so wichtig ist wie für meine Partei. Das dürfen Sie, unter vier Augen, ruhig mal zugeben. Und wenn es so weit ist, werde ich genug Argumente bei der Hand haben, um unser Regierungsbündnis als ein großartiges Zeichen der Versöhnung zu deklarieren. Nur sollten Sie endlich verstehen, dass die damit verbundenen Risiken für mich größer sind als für Sie."

"Mag sein. Aber bei Ihrem Talent, taktische Winkelzüge zu einer alternativlosen Politik umzumünzen, traue ich Ihnen zu, dieses Wagnis mit Bravour zu meistern. Also werden wir uns jetzt noch ein bisschen in den Wahlkampf stürzen und uns für eine unverdächtigere Außenwirkung zoffen, ehe wir in ein paar Wochen den Koalitionsvertrag unterzeichnen."

Der, von dem soeben die Rede war und der regelmäßig für Zündstoff zwischen Wolters und Hentschel sorgte, war in diesen Tagen bester Laune. Breitenfeld hatte gute Gründe, seiner Wahl ins Abgeordnetenhaus mit Zuversicht entgegenzusehen. Zum einen profitierte er von den verlässlichen Strukturen, auf die die PfsG seit DDR-Zeiten in seinem Wahlkreis zurückgreifen konnte. Zum anderen kam ihm der Umstand entgegen, dass seine Partei sogar im Westen zunehmend als eine Partei unter anderen wahrgenommen wurde. Wer sie in Kenntnis ihrer Wurzeln weiterhin mit den Argumenten der Vorwendezeit bekämpfte, dem wurde schnell das Stigma der Unversöhnlichkeit angeheftet. Der setzte sich dem Vorwurf aus, die Uhr der Geschichte zurückdrehen zu wollen. Die abhandengekommene Distanz seiner Gegner bestärkte ihn in der Erwartung, dass bald auch den Letzten die Puste ausging, die bis heute von ihm forderten, für bestimmte Kapitel seiner Biografie geradezustehen. Er sah auch keinen Grund, sich für irgendetwas, das in seiner Vergangenheit lag, zu rechtfertigen. Aber bis es niemand mehr wagte, ihm und seinen früheren Kollegen dumm zu kommen, bildete gerade diese gemeinsame Geschichte die Grundlage, die ihn mit seinem Freundeskreis zusammenschweißte. Seit ihrer ersten Zusammenkunft im Haus des Generals waren eine Reihe weiterer Treffen gefolgt, von denen er jedes einzelne mit dem guten Gefühl verlassen hatte, auf die Solidarität von Gleichgesinnten bauen zu können. Aus ihrer Zeuthener Runde, die seither noch weiteren Zulauf erhalten hatte, erwuchs ihm auch die engagierteste Wahlkampfunterstützung. Dabei erwies sich Frank Boltzien, einer von Hentschels Studenten, als sein rührigster Wahlhelfer, obwohl dessen Bewunderung für seinen Professor nicht selten zu Verstimmungen zwischen ihnen führte. Für ihn stand sein Zuchtmeister, dessen Vorgaben er sich auch weiterhin nur widerwillig beugte, für einen deutlich zu kompromisslerischen Kurs. Aber Boltzien hatte die Hoffnung noch nicht aufgegeben, ihn mit Hentschel zu versöhnen.

"Glaub' mir Bodo, die klare Kante, mit der du deine Standpunkte vertrittst, hat mir schon immer imponiert. Nur manchmal verrennst du dich."

"Dann spuck aus, was dich an mir stört."

"Es geht um deine Haltung gegenüber Gerd. Die ist grundfalsch. Hentschel weiß genau, was gut ist für die Partei. Das solltest du endlich einsehen."

"Schau an. Da hat dich der kontrollversessene Herr Professor also vorgeschickt, um mich noch mal daran zu erinnern, dass auf mich aufgepasst wird."

"Jetzt wirst du unsachlich. Ich sagte doch, dass ich deine Positionen teile. Und Gerd tut das auch - im Kern."

"Das versteht er aber gut zu verbergen. Für mich hört sich vieles, was bei öffentlichen Diskussionen von ihm zu hören ist, so an, als wollte er die PfsG zu einer Art FDSU mit etwas sozialerem Anstrich ummodeln, sozusagen zu einer PfsG light. Ohne mich, Boltzien. Ich stehe für das Original – und zu den unverfälschten Werten."

"Ich doch auch. Aber ohne Hentschels, wie du es nennst, aufweichlerischen Kurs, wäre es heute nicht so gut um unsere Partei bestellt. Wenn du demnächst als Abgeordneter für unsere

Ziele wirbst, wirst du für seine Vorarbeit noch dankbar sein. Womit sich das aufweichlerische dann wohl eher darauf bezieht, dass die Angriffe auf uns fast völlig verstummt sind. Die werden inzwischen sogar in bestimmten bürgerlichen Kreisen als Ausdruck fehlender Toleranz gerügt. Wer hätte das nach dem Ende der DDR für möglich gehalten? Damals haben wir uns doch schon dauerhaft als Parias der neuen Gesellschaft gesehen. Wenn wir dagegen so schnell wieder Tritt gefasst haben, dann ist das nicht zuletzt Gerds Verdienst. Der hat es eben drauf, die Leute für sich einzunehmen."

"Vor allem versteht es unser Experte für seichte Unterhaltsamkeit, in Talkshows und ähnlichen Schwafelrunden seinen Charme zu versprühen. Zugegeben, dort kann er tatsächlich einiges für die Partei rausholen."

"Nicht nur dort. Wenn Gerd uns mit seiner Linie geradewegs in die Regierung führt, wirst selbst du bekehrt sein."

"Als überzeugter Atheist bin ich gegen Bekehrungsversuche resistent. Aber ich lasse mich gern positiv überraschen. Vorausgesetzt, dabei fallen einige unabdingbare Forderungen nicht unter den Tisch. Wer mit uns regieren will darf niemand aus unseren Reihen diskriminieren. Ich sage niemand! Das sind wir unseren verdienten Genossen schuldig.“

"Auch das wird Gerd hinbekommen. Du musst ihm nur etwas Zeit geben."

Breitenfeld musste einräumen, dass Hentschel sogar die Wertschätzung des Generals genoss. Runge, wahrlich keiner dieser weichgespülten Typen, hatte ihm bei ihrer ersten Zusammenkunft in Zeuthen vor der gesamten Truppe eine durchdachte Strategie bescheinigt. Diese Auszeichnung, in Abwesenheit des Belobigten, kam einer Ordensverleihung gleich. Demnach war es ein Gebot der Vernunft, Hentschels unangefochtene Stellung nicht infrage zu stellen. Später, wenn er als Abgeordneter seinen Einfluss weiter ausgebaut hatte, bekäme er bestimmt noch zahlreiche Gelegenheiten, die Richtung der Partei in der einen und anderen Weise zu korrigieren.

So siegessicher wie Breitenfeld dem Wahlausgang in Lichtenberg entgegensah, so skeptisch beurteilte Teschner die Situation in seinem Mariendorf-Marienfelder Wahlkreis. Es verunsicherte ihn, dass das Rennen, so kurz vor der Wahl, noch völlig offen war. Seine Freunde, allen voran Petra, versicherten ihm zwar, dass ihn keine Schuld traf, wenn ihm, trotz seines unermüdlichen Einsatzes, die Rolle des Favoriten bisher verwehrt blieb. Dabei wussten die so gut wie er, dass einer, der in der öffentlichen Wahrnehmung mit dem Handicap des möglichen Scheiterns belastet war, eine zusätzliche Bürde zu schultern hatte. Natürlich würde ein Misserfolg unweigerlich auf ihn zurückfallen. Auch ihm war die Erkenntnis nicht neu, dass der Erfolg viele Väter besaß. Aber wenn einer verlor, dann verlor er immer allein. Er hörte bereits die galligen Kommentare aus dem Wolters-Lager, besonders die von Bollhagen, der diesen Wahlkreis über mehrere Wahlperioden stets mit deutlichem Vorsprung geholt hatte. Der falsche Kandidat sei er gewesen, so würde es dann überall heißen. Man hätte es ja vorhergesehen. Wolters selbst würde den Verlust des Wahlkreises scheinheilig beklagen, sich aber klammheimlich die Hände reiben. Damit blieb ihm immerhin Glombigs letzter Mohikaner in der künftigen Fraktion erspart. Und garantiert ließ sich auch Stern die mit seiner Niederlage verbundene Chance für den eigenen Wiederaufstieg nicht entgehen.

40

"Geht dir das nicht auch so? Hier fühlt man sich sofort wieder in die alten Zeiten zurückversetzt."

"Stimmt. Wobei *die alten Zeiten* nicht mal ein Jahr zurückliegen."

"Ist das nicht verrückt? Mir kommt es vor, als wäre seit deinem Fünfzigsten schon eine Ewigkeit vergangen. Seither ist so unfassbar viel passiert."

"Nicht zu vergessen, was noch vor uns liegt. Bei dem

Gedanken an Morgen bekomme ich sofort wieder Bauchschmerzen."

Steffens und Teschner hatten sich seit Längerem wieder mal nur zu zweit in ihrer Stammkneipe verabredet. Das war am Abend vor der Wahl. Die Idee zu diesem Treffen war ihnen gleichzeitig gekommen. So wie sie sich auch schnell darauf verständigten, den morgigen Wahlabend ebenfalls hier zu verbringen. Dann natürlich nicht allein und mit der Hoffnung, an diesem Ort, an dem alles anfing, den Ausgang der Wahl zu feiern. Soweit es denn etwas zu feiern gab. In Renates kleinem Reich hatte sich nichts verändert. Glücklicherweise war auch nicht zu befürchten, dass sich hier so bald etwas änderte. Die Vertrautheit dieser Umgebung erdete sie, auch weil es ihnen gelegentlich so erschien, als wären sie nicht mehr dieselben, seitdem sie vor einem knappen Jahr, genau an dieser Theke, ihre verrückte *Aktion fünfzig* begründeten. Einerseits freute es sie, dass sie heute darauf verzichten konnten, sich mit der Aufzählung verpasster Gelegenheiten gegenseitig zu bedauern. Aber bei aller Befriedigung über die ebenso rasant wie erfolgreich zurückgelegte Wegstrecke überkam sie jetzt manchmal das Gefühl, sie könnten sich in ihren neuen Rollen irgendwann selbst nicht mehr wiedererkennen.

"Ich dachte schon, dem künftigen Herrn Abgeordneten ist es hier nicht mehr fein genug." Renates Vorwurf hörte Teschner nicht zum ersten Mal. Der machte ihm aber gerade heute noch einmal bewusst, dass er wirklich aufpassen musste, den neuen Verpflichtungen nicht mehr Raum zu geben als den über die Jahre gewachsenen Beziehungen.

"Du hast ja recht, dich zu beschweren. Ich wünschte, ich könnte mich aufteilen. Dann wäre ich häufiger hier." Auch seine Entschuldigung klang etwas bemüht, obwohl er es genau so meinte. "Hoffentlich hat dich wenigstens Steffens für meine Untreue entschädigt."

"Der Rainer ist treu. Na ja, auf seine Weise. Aber vor allem tut es mir leid für euch. Eine Freundschaft will gepflegt sein. Die verträgt es nicht, wenn keine Zeit mehr für sie bleibt."

"Nun lass' es gut sein, Renatchen. Teschner und ich müssen nicht ständig zusammenhocken, um zu wissen, dass unsere Freundschaft noch intakt ist." Steffens nahm Teschner in Schutz. Aber der war jetzt ziemlich nachdenklich geworden. Auch als sich Renate wieder anderen Gästen zuwandte, hallte ihre Mahnung weiter in ihm nach.

"Das ist ein kluges Mädchen, die Renate. Die spricht nur aus, worüber auch wir dringend mal reden sollten. Ja, es war unser Ziel, etwas zu verändern. Aber doch nicht so, dass wir dabei auf der Strecke bleiben. Merkst du nicht auch, dass wir uns viel zu sehr fremdbestimmen lassen, wie sehr uns diese ständige Hektik im Griff hat? Ich vermisse unsere gemeinsamen Abende hier bei Renate, unsere Diskussionen über Gott und die Welt. Sogar deine dummen Sprüche fehlen mir. Und die spärliche private Zeit, die mir nicht von unsäglichen Langweilern gestohlen wird, verbringe ich inzwischen mit Petra."

"Was ich nur zu gut verstehe. Also hör' auf, dich in irgendwelche Verlustängste hineinzusteigern. Wir sind schließlich kein altes Ehepaar. In den letzten Wochen ging es vorrangig darum, dass du morgen die Wahl gewinnst."

"Erfolg ist nicht alles."

"Sagtest du nicht gerade, dass dir meine dummen Sprüche fehlen? Deshalb ersetzt du sie jetzt wohl mit ein paar eigenen? Leben lässt es sich natürlich auch in der Erfolglosigkeit. Wenn du das für erstrebenswerter hältst, musst du die Zeit zurückdrehen. Um wieder da zu landen, wo du schon mal warst. An deinem 50. Geburtstag. Aber in dem Fall suche dir bitte einen anderen, dem du bis zum Überdruss die Ohren vollquatschen kannst, wie wenig du mit deinem Leben angefangen hast."

"Alles klar. Der Anfall ist auch schon vorbei. Trotzdem: Versprich mir, dass du den Stecker ziehst, sobald du bemerkst, dass ich mich zum Politroboter entwickle. Gleiches gilt, logo, auch umgekehrt. Denn was ich eigentlich sagen wollte, ist dasselbe, worauf uns Renate gerade eben noch mal gestoßen hat. Wir dürfen bei allem, was wir vielleicht gewinnen, nichts verlieren, was unterm Strich noch wichtiger ist."

"Ist angekommen. Und nachdem das geklärt ist, sollten wir nun überlegen, wie wir deinen Wahlsieg feiern."

„Beschrei's nicht. Ich kann auch mächtig abschmieren."

„Könntest du. Wirst du aber nicht. Verlass dich auf mein Gespür. Benötigst du noch einen Schlachtruf? Wie wär's damit: Norbert Teschner, wir glauben an dich. Ich nehme an, Petra würde darin einstimmen. Die stärkt dir doch bestimmt auch den Rücken?"

„Die ist fast noch nervöser als ich. In erster Linie wohl meinetwegen. Sie kann sich denken, dass ich wahnsinnig enttäuscht wäre, falls die Sache morgen in die Hose geht. Gottseidank gehört sie nicht zu den Frauen, für die die Karriere des Partners der Kitt ist, der ihre Beziehung zusammenhält. Dafür hat sie genug eigene Pläne. Sollte mir also ein Fiasko bevorstehen, wäre das mindestens für sie keine Katastrophe. Dagegen hätte ich an so einem Ergebnis noch einige Zeit zu knabbern. Aber weil du gerade von Petra sprichst, ich muss dir ein Geständnis machen."

„Aha. Ich ahne was. Ihr wollt heiraten."

„Dicht daneben ist auch vorbei. Das mit dem Heiraten kommt auch noch. Später."

„Schade. Ich dachte, du wolltest mich jetzt zur Hochzeit einladen. Worum geht es dann?"

„Ich habe Petra reinen Wein eingeschenkt und ihr erklärt, was es mit unserer *Aktion fünfzig* auf sich hat. Irgendwie hatte ich das Gefühl, ich müsste mich endlich ehrlich machen. Es war ja nicht die Grundidee unseres Plans, dieses Land mit zwei zusätzlichen Gutmenschen zu bereichern. Wir sind doch vor allem aktiv geworden, weil wir mit unserem früheren Leben unzufrieden waren und etwas für uns selbst tun wollten."

„Und, wie hat sie sich daraufhin verhalten, deine Petra? So engagiert, wie dein Schätzchen ihre Ideale hochhält, dürfte sie über diese Eröffnung nicht gerade glücklich gewesen sein."

„Das habe ich auch nicht erwartet. Etwas betrübt hat sie im ersten Moment schon gewirkt. Allerdings hatte ich befürchtet, auf heftigere Reaktionen zu stoßen. Ich bin sogar ziemlich gnädig dabei weggekommen. Sie war wohl eher froh darüber, dass ich ihr die Wahrheit aus freien Stücken gebeichtet habe."

„Verständlich, dass Petra zunächst geschluckt hat. Andererseits wäre ich enttäuscht gewesen, wenn sie unsere veränderte Einstellung nicht erkannt hätte. Spätestens an Martha Reimers Sterbebett haben wir doch verstanden, dass wir uns mit unseren ursprünglichen Zielen nur selbst kleinmachen. Und Glombigs Einfluss hat dann das Übrige getan."

„So ähnlich hat sie das auch ausgedrückt. Es wäre für sie zweitrangig, welche Motive für uns am Anfang standen. Wichtiger ist unsere heutige Haltung."

„Endlich mal eine Bestätigung, dass die Ehrlichen nicht immer die Dummen sein müssen. Das gehört auch zu den neuen Erfahrungen, die ich früher für unmöglich hielt. Sollte uns das nicht Mut für morgen machen? Und für alles, was danach kommt? Du wirst es nicht glauben, aber während du dich deiner Petra anvertraut hast, habe ich gegenüber dem *Alten Fritz* Abbitte geleistet. Aus demselben Grund wie du."

„Da sage noch einer, wir wären nicht aus dem gleichen Holz geschnitzt."

„Mit gewissen Einschränkungen, sonst hätten wir über unsere Absicht gesprochen."

„Wichtiger ist, dass wir zum gleichen Zeitpunkt die gleiche Idee hatten. Wie hat Schneider dein Bekenntnis aufgenommen?"

„Ähnlich wie Petra. Ihm war schon anzumerken, dass er sich hinters Licht geführt fühlte. Der glaubte doch bis dahin, es

591

wäre allein sein Plan gewesen, mich zu seinem Nachfolger zu machen. Sie sind mir vielleicht einer, das waren seine ersten Worte. Aber gleich darauf hat er mir die Hand gegeben. Und seine weitere Reaktion unterschied sich kaum von der Petras. Gut, dass Sie inzwischen wissen, worauf es wirklich ankommt, hat er gesagt."

„Das fühlt sich gleich viel besser an, nicht mehr Versteck spielen zu müssen."

„Wobei wir uns keinen passenderen Zeitpunkt für unser Großreinemachen aussuchen konnten. Wenn du morgen gewählt wirst, und sei sicher, das wirst du, dann kannst du unsere gemeinsame Aktion künftig noch überzeugender vertreten.

41

Noch auf dem Weg ins Wahllokal hatte sich Teschner den Augenblick der Stimmabgabe anders vorgestellt. Sehr viel symbolträchtiger. Er hatte erwartet, dass ihm dieser Akt, mit dem er erstmals die Gelegenheit bekam, sich selbst zu wählen, noch einmal nachdrücklich vor Augen führte, vor einer einschneidenden Erfahrung in seinem Leben zu stehen. Doch als er den Umschlag mit den Stimmzetteln in die Wahlurne warf, wich diese Annahme einer spürbaren Ernüchterung. Das soll es jetzt schon gewesen sein? Wobei ihn dieser Stimmungsumschwung nicht wirklich überraschte. Auch in der Vergangenheit hatte er schon oft beobachtet, dass es ihn stärker bewegte, bestimmte Abläufe in Gedanken durchzuspielen, als das Ereignis selbst. Was dann regelmäßig, wenn die Realität der Erwartung nicht standhielt, ein Gefühl der Enttäuschung in ihm auslöste.

Seit heute früh hatte er sich ausgemalt, wie toll es wäre, seinen Namen auf einem Stimmzettel zu lesen. Aber dann war das Ganze so formalistisch verlaufen wie bei den vielen Wahlen zuvor. Zudem wirkte es desillusionierend, dass ihn kaum jemand erkannte, der ihm in der an diesem Sonntag zum Wahllokal umfunktionierten Aula einer Mariendorfer Schule über den Weg lief. Und soweit er doch vereinzelte Blicke auf sich zog, weil die Plakate mit seinem Gesicht draußen noch überall herumhingen, blieb das Interesse an seiner Person dennoch gering. Das fand er schon merkwürdig, sogar bei denen, die ihn vielleicht gerade gewählt hatten, so wenig Beachtung zu finden. Wahrscheinlich verdankte er viele Stimmen allein dem Umstand, dass er für eine Partei kandidierte, der, möglicherweise aus purer Gewohnheit, der Vorzug vor einer anderen gegeben wurde. Wäre er Stern im Nominierungsverfahren unterlegen, dann hätten seine heutigen Wähler sicherlich ohne groß darüber nachzudenken dessen Namen angekreuzt.

Er fand es schade, dass ihn Petra nur in Gedanken und mit ihren besten Wünschen ins Wahllokal begleiten konnte. Sie war im Krankenhaus zum Frühdienst eingeteilt worden. Außerdem hatte sie schon von der Briefwahl Gebrauch gemacht. Dabei bedauerte sie, dass es ihr als Charlottenburgerin nicht möglich gewesen war, für ihn zu stimmen. Wobei ihre weitere Aussage *dich hätte ich natürlich gewählt* im Umkehrschluss einige Zweifel in ihm nährten, ob der Kandidat der FDSU in ihrem Wahlkreis mit ihrer Erststimme rechnen durfte, hätte sie damit doch einem bekennenden Wolters-Anhänger möglicherweise zu einem Direktmandat verholfen. Ebenso fraglich erschien, ob sie mit ihrer Zweitstimme die FDSU gewählt hatte. Die Partei, an deren Spitze nun statt ihres Vaters Wolters stand. Er konnte sich gut in Petras zwiespältige Gefühle hineinversetzen. Nur gut, dass er sich mit einem ihrer Probleme nicht herumschlagen musste. Obwohl er inzwischen bei Petra eingezogen war, hatte er seinen Mariendorfer Wohnsitz noch nicht aufgegeben. Und wer sich selbst wählen konnte, wusste immerhin, woran er war. Was nichts daran änderte, dass auch er bei der Vergabe seiner Zweitstimme eine heftige Verstimmung herunterschlucken musste. Der Gedanke, dass die letztlich auch wieder Wolters zugutekam, verdarb ihm, ebenso wie Steffens und dem *Alten Fritz*, deren Wahllokale ebenfalls in Mariendorf lagen, bei der Verteilung ihrer Kreuzchen doch etwas die Laune. Wenn sie dieses Übel in Kauf nahmen, dann nur, weil sie weiterhin daran glaubten, dass es auch noch ihre FDSU gab. Oder irgendwann wieder geben würde. Eine Partei, die auf eine so lange Geschichte zurückblicken konnte, die überdauerte auch einen Wolters.

Für den späten Nachmittag hatte er sich mit Petra, Steffens und Schneider in Renates Kneipe verabredet. Dort wollten sie zusammen mit ein paar weiteren guten Bekannten und den ihnen verbundenen Parteifreunden aus dem Orts- und Kreisverband auf den Wahlausgang warten. Bis dahin lagen noch etliche Stunden vor ihm, in denen er mit sich, seinen Gedanken, Hoffnungen und Befürchtungen, allein war. Er nutzte das schöne Frühlingswetter, um sich sofort nach der Stimmabgabe ins Auto zu setzen und einen Ausflug ins Umland zu unternehmen. Wie viele Großstädter, die den Hauptteil ihrer Zeit in der Enge von Häuserreihen und Straßenschluchten, in Hektik, Lärm und stickiger Luft verbrachten, hatte er im Laufe seines Lebens eine starke Naturverbundenheit entwickelt. Auch er schätzte es, in einer unverbauten, freieren Umgebung für einige Stunden Ruhe und Entspannung zu finden. Jedenfalls versetzten ihn die wärmende Sonne, das wolkenlose Blau des Himmels und das frische Grün in eine positive Stimmung, die sich auch auf seine Erwartungen für das Wahlergebnis übertrug.

Hier draußen, wo sich die Nähe der Stadt nur noch ahnen ließ, gelang es ihm am ehesten, alle Anforderungen und Belastungen des Alltags abzuschütteln. So erleichterte es ihm die zurückgekehrte innere Gelassenheit auch heute, sein Denken und Fühlen auf sein eigenes Ich zu konzentrieren. Diese Form der Selbstbesinnung war in letzter Zeit zu kurz gekommen. Bestimmt hätte ihm Steffens jetzt mit gutmütigem Spott vorgehalten, er betriebe mal wieder seine kontemplative Nabelschau. Und wenn schon. Er hatte festgestellt, dass es hilfreich war, hin und wieder in sich hineinzuhorchen, auch wenn es nicht immer Spaß machte, sich mit dem Auf und Ab des eigenen Lebens auseinanderzusetzen. Bisweilen tat das sogar richtig weh. Aber den auf diese Weise gewonnenen Einsichten, so sie sich denn eingestellt hatten, verdankte er den einen oder anderen Fingerzeig für die Zukunft. Wann wäre das je wichtiger gewesen als heute?

Es tat ihm gut, endlich mal wieder frei durchatmen zu können. Er liebte den unspektakulären Charme dieser stillen, friedlichen Landschaft mit ihren Seen, Wäldern, Mooren und Heideflächen. Diese Idylle war ihm, obwohl nur einen Katzensprung entfernt, über einen Großteil seines Lebens verschlossen geblieben. Als er auf die Welt kam, wurde er in ein bereits geteiltes Land und in eine geteilte Stadt hineingeboren. Sein Anteil an dem, was den Reiz Brandenburgs ausmachte, beschränkte sich auf das Stück Landschaft, das eine spalterische Politik den West-Berlinern davon übrig gelassen hatte. Aber schon der Gedanke an das im Wortsinne begrenzte Paradies seiner Kindheit und Jugend schenkte ihm glückliche Erinnerungen. Nicht anders als damals genoss er es, das unverwechselbare Aroma der Kiefern in sich aufzusaugen. Dabei dachte er daran, wie oft er in seinen frühen Jahren, mal allein und mal mit Freunden, später auch mit verschiedenen Freundinnen, zu Fuß oder mit dem Fahrrad, den Grunewald und den Tegeler Forst durchstreift hatte. So wie sich Gleichaltrige zur gleichen Zeit am Müggelsee oder außerhalb der Stadtgrenzen Ost-Berlins vergnügten. Gleichaltrige, die sich normalerweise hier wie dort begegnet wären. Aber in dieser unnormalen Zeit waren sie sich ebenso fern, wie die von ihnen besuchten Orte für die jeweils anderen unerreichbar waren.

Es war herrlich gewesen, faul am Ufer der Havel zu liegen, sich vom Schwimmen wohlig ermattet die Sonne auf den Rücken brennen zu lassen und abends die mitgebrachten Würstchen zu grillen. Bescheidene Freuden, die dennoch unvergessen waren. So unvergessen wie die sommerwarmen, in erster Verliebtheit durchwachten Nächte. Das alles war ihm wieder sehr

nahe, wobei sich die vor seinem inneren Auge auf ihn ein-
wirkenden Bilder zu einer Rückschau verdichteten, die wiederum nahtlos mit der Gegenwart verschmolz. Da mischte sich
die Dankbarkeit für das Gewesene mit der Befriedigung, dass
es nun keine Grenzen mehr gab, die ihm einen solchen Ausflug
in die Umgebung Berlins verwehrten. Somit ließ die Wehmut
über die lange zurückliegende Jugend und über unwiederbring-
lich verlorene Augenblicke noch genug Raum für die Freude
darüber, dass das scheinbar Unmögliche doch möglich werden
konnte.

Auf seinem Spaziergang kamen ihm auch wieder Bruchstücke
eines Fontanezitats in den Sinn, dessen Rest ihm aber partout
nicht einfallen wollte. Fontane, das passte. Theodor Fontane,
der Dichter der Mark, der diesem Landstrich in seinen Werken
ein unvergängliches Denkmal gesetzt hatte. Er nahm sich vor,
demnächst wieder einmal etwas ausgiebiger den Spuren seines
Lieblingsschriftstellers zu folgen, zusammen mit Petra. Nicht
nur literarisch, sondern auf ganz realen Wegen. Dessen Wan-
derungen durch die Mark Brandenburg waren ja fast so etwas
wie ein zeitloser Reiseführer. Aber im Augenblick suchte er
noch immer angestrengt nach dem vollständigen Text dieses
Zitats, in dem es irgendwie um die eigene Veränderung ging.
Etwas Ähnliches hatte er an seinem 50. Geburtstag zu Steffens
gesagt. Anders als das Dichterzitat war ihm seine Bemerkung
aber noch sehr präsent: *Hier und da genügt schon ein Tag zum
nächsten, um die Welt plötzlich mit anderen Augen zu sehen. In
der Nacht zuvor bist du noch schlafen gegangen, ohne groß über
dich und dein Leben nachzudenken. Es hat dich nicht berührt,
dass sich dein Zeitkonto schon wieder um einen Tag verkürzt hat.
Aber am folgenden Morgen wachst du dann mit dem Bewusstsein
auf, dass genau das dein Fehler war.*

Endlich hatte er ihn auch wieder beieinander, den kompletten Fontanesatz: *Wir kennen uns nie ganz, und über Nacht sind
wir andre geworden, schlechter oder besser.* Ob er besser

geworden war, wollte er nicht beurteilen, aber fraglos war er mit fünfzig Jahren ein Anderer geworden. Reichlich spät, aber noch nicht zu spät. Das verdankte er Steffens, dem praktische Schlussfolgerungen näherlagen als gedankenschwere Betrachtungen. Der hielt auch auf die Frage, ob es für sie noch eine sinnvollere Zukunft geben konnte, eine Antwort bereit. Gemeinsam hatten sie dann in Renates Kneipe ihre *Aktion fünfzig* besiegelt. Die hatte sie davor bewahrt, sich aufzugeben. Sein mit viel Verdruss begangener Geburtstag war die Initialzündung gewesen, ihr Leben noch einmal von Grund auf umzukrempeln. Stand am Anfang allein die Absicht, ihre unbefriedigende persönliche Situation zu verbessern, waren später die fortan bestimmenden Ziele hinzugekommen. Und weil sie inzwischen auch die Verantwortung spürten, die sie mit ihrem neuen Leben übernommen hatten, waren sie vielleicht tatsächlich, im Fontane'schen Sinne, ein bisschen besser geworden. Damit hätte sich dieser Einfall sogar gelohnt, falls sich in ein paar Stunden zeigen sollte, dass er bei seinem Aufbruch zu neuen Ufern jämmerlich abgesoffen war.

Während die Stimmabgabe des weithin unbekannten Kandidaten der FDSU für den Wahlkreis 6, Mariendorf-Süd/Marienfelde-Nord, des Wahlkreisverbandes Tempelhof-Schöneberg keine nennenswerte Beachtung fand, gestaltete sich Wolters Besuch in seinem Zehlendorfer Wahllokal zu dem erwarteten Medienspektakel. Dabei behielt ein Profi wie er jederzeit im Blick, dass sich die Bilder, die ihn als Wähler an der Wahlurne zeigten, zugleich auch immer mit einer aussagekräftigen Botschaft verknüpfen ließen. Ein hinreichender Grund, zusammen mit Frau und Sohn zu erscheinen. Bei solchen Anlässen war es noch immer angezeigt, in heiler Familie zu machen. Dass seine Ehe längst nur noch auf dem Papier bestand, wussten allenfalls einige Insider – und die hatten bisher erstaunlicherweise dichtgehalten. Und Bettina Wolters absolvierte den Job der strahlend lächelnden Politikergattin an der Seite ihres Mannes wie immer mit vorbildlicher Haltung. War ihr dabei eher die Rolle des schmückenden Rahmens zugedacht, betrachtete sie ihre Funktion dennoch nicht nur als eine unvermeidliche Plicht. Sie hatte Spaß daran gefunden, im Licht der Öffentlichkeit zu stehen. Diese Unentbehrlichkeit wollte sie, mindestens an einem solchen Tag, noch einmal voll auskosten. Sollte ihr nach der absehbaren Trennung niemand nachsagen dürfen, ihren Mann in einer für ihn so bedeutenden Stunde im Stich gelassen zu haben. Nur Lucas, der fünfzehnjährige Sohn, blickte unverhohlen wütend in die Kameras. Ihm war unschwer anzusehen, dass ihn seine Eltern dazu verdonnert hatten, sich ihrem schauspielerischen Auftritt anzuschließen. „Warum müsst ihr mich unbedingt dabeihaben? Es reicht doch, wenn ihr euch wieder mal zur Schau stellt." Er hatte noch eine Weile rumgemotzt, geholfen hatte ihm sein Sträuben freilich nichts. In Stilfragen war Wolters unerbittlich. Im Gegensatz zu seinem weiterhin maulenden Sohn war ihm auch nichts von dem vorausgegangenen Knatsch anzumerken, als er, begleitet von einem andachtsvollen Blick seiner Frau und dem obligatorischen Beifall einiger Anhänger, seinen Stimmzettel in die Wahlurne gleiten ließ. Ein über die Jahre perfektionierter, mit feierlichem Ernst und fast zeitlupenartiger Langsamkeit vollzogener Vorgang, der selbst dem lahmsten Fotoreporter oder Kameramann noch ein schönes Bild garantierte. Ein ähnliches Szenario ließ sich, mehr oder weniger austauschbar, in einer Reihe weiterer Wahllokale beobachten, in denen ein interessanter Vertreter der Politprominenz zur Stimmabgabe erschienen war.

Auch anschließend, auf dem Weg zum Auto, als er die ihm entgegengestreckten Hände schüttelte und den entfernteren Zuschauern jovial zuwinkte, wirkte Wolters blendende Laune fast ansteckend. Niemand sah ihm an, wie sehr ihn das Nörgeln seines pubertierenden Sohnes erboste. Der hatte so gar nichts von ihm. Nicht einmal von seiner Frau, mit der ihn inzwischen nur noch eine im Laufe ihrer Ehe verinnerlichte Gewohnheit verband, die ihm aber gerade deshalb an gewinnendem Auftreten in nichts nachstand. Jetzt ging es erst mal nach Hause, um seine Familie abzusetzen. Der unfreiwillige Einsatz seines Sohnes war damit mehr schlecht als recht erledigt und die Dienste seiner Frau waren erst am Abend wieder gefragt. Es hätte ihn auch überfordert, sich in den bis dahin verbleibenden Stunden aus Gründen des schönen Scheins weiterhin in die Zwangsjacke des überzeugten Familienmenschen zu pressen. Er sehnte sich nach seinem behaglichen familienfreien Chefbüro im Abgeordnetenhaus. Dort waren noch ein paar Gespräche zu führen, ehe er am Abend, zusammen mit seinen engsten Vertrauten, die ersten Wahlergebnisse abwartete, um sich daran anschließend im größeren Kreis als Gewinner der Wahl feiern zu lassen. Die für diesen Zweck vorbereitete Erklärung trug er bereits ausformuliert in der Innentasche seiner Anzugjacke mit sich herum. Die letzten Umfragen waren kaum zwei Wochen alt und ließen erwarten, dass der vorhergesagte Wahlsieg auch zu seinem persönlichen Triumph geriet. Aber weil das ohnehin jeder wusste, konnte er sich in seiner Stellungnahme zum Wahlausgang bescheiden geben. In einem Augenblick des Stolzes wurde eine Portion Demut vom Wahlvolk mit noch größerer Bewunderung belohnt.

Wenn er als umjubelter Wahlsieger vor die Kameras trat, dann natürlich wieder an der Seite seiner Frau. Eigentlich, dachte er, hatte seine Ehe auch ihre unbestreitbaren Vorteile. Die funktionierte wie eine gut aufeinander eingespielte Koalition. Weil man auf romantische Gefühle beiderseits keinen Wert mehr legte und sich für den Sex längst andere Quellen erschlossen hatte, deckte diese Zweckgemeinschaft darüber hinaus fast alles ab, was für sein öffentliches Erscheinungsbild nützlich war. Es wäre gar nicht so schlecht, diesen Status quo noch eine Weile aufrechtzuerhalten.

Für den Nachmittag hatte er sich mit Hentschel verabredet. In ihrem letzten Gespräch vor der Schließung der Wahllokale wollten sie sich über den Modus verständigen, wie sie ihre weiteren Absichten nach dem Vorliegen der ersten verlässlichen Hochrechnungen bekannt geben sollten. „Das Recht der ersten Erklärung liegt selbstverständlich bei dir, Winfried." Nach den zahlreichen Vier-Augen-Gesprächen, die inzwischen hinter ihnen lagen, waren beide bei einem vertraulichen Du angekommen. „Ich schätze, ein paar Stimmen mehr als meine PfsG dürfte deine FDSU schon einsammeln. Damit bestimmst du als künftiger Chef des Senats den weiteren Ablauf."

„Wobei wir natürlich noch nicht von Koalitionsverhandlungen sprechen, wenn unsere Delegationen demnächst das erste Mal offiziell zusammenkommen."

„Mit deinen klugen Ratschlägen gelingt es dir doch immer wieder, meinen Blutdruck auf 180 zu katapultieren. Ich nahm an, die Ära der Besserwessis sei schon vor Jahren abgelaufen. Aber du glaubst offenbar immer noch, mir zu ein paar politischen Binsenweisheiten verhelfen zu müssen. Als wüsste ich nicht selbst, dass wir uns lediglich zu ersten Sondierungsgesprächen treffen. Sonst käme noch jemand auf die Idee, unsere Koalition wäre bereits in trockenen Tüchern."

„Ein fataler Eindruck. Wir wollen doch unsere politischen Freunde nicht brüskieren. Die möchten schließlich auch noch ein bisschen mitverhandeln. Trotzdem, sehr erfreulich, dass immerhin wir zwei uns schon weitgehend einig sind."

„Was sich auch damit erklärt, dass ich seit einiger Zeit keine verstörenden Äußerungen mehr aus euren Reihen gehört habe. Glombigs reaktionäres Weltbild hat offenbar ausgedient. Gut so. Darauf lässt sich was aufbauen."

„Dann weißt du es hoffentlich zu würdigen, was für ein hartes Stück Arbeit hinter mir liegt. Aber auch nach einem Wahlsieg bleiben noch eine Menge Bedenken an meiner Politik auszuräumen. Womit besonders du dich angesprochen fühlen solltest. Es darf nicht passieren, dass uns ein paar deiner Traditionspfleger alles wieder vermasseln. Eine desaströse

Lichtenberger Wahlkampfrede und dieser Flashmob in Hohenschönhausen waren schon ärgerlich genug."

„Kein Grund, dich sofort wieder aufzuspulen. Für die Zuverlässigkeit meiner Fraktion garantiere ich. Wir werden geschlossen abstimmen. Ich hoffe, diese Versicherung kannst du auch für alle künftigen Abgeordneten deiner Partei abgeben. Welche Mehrheit rechnest du dir übrigens für unsere beiden Fraktionen zusammen aus?"

„Nach den günstigsten Umfragen könnten wir bis zu sechzehn Sitze vorn liegen. Und im schlechtesten Fall müsste es mit schätzungsweise zehn bis elf Mandaten vor der Opposition immer noch für eine komfortable Regierungsmehrheit reichen. Jeder Sitz mehr wäre natürlich besser, denn, deine Zuversicht in Ehren, mit dem einen oder anderen Abweichler muss wohl gerechnet werden. Ich lasse mal offen, in welcher Fraktion." Dabei sah er bereits die absehbaren Scherereien auf sich zukommen, sollte Teschner den bisherigen Wahlkreis Bollhagens gewinnen. In dem Fall könnte er einen verlorenen Sitz gut verschmerzen, statt sich eine Wahlperiode lang mit dieser nachwirkenden Rache Glombigs herumzuschlagen.

Auch als Hentschel bereits wieder auf dem Weg in sein Hellersdorfer Parteibüro war, um dort noch einige Vorbereitungen für die am Abend geplante Wahlparty zu treffen, trübte der Gedanke an Teschner weiterhin Wolters Vorfreude auf den erwarteten Sieg. Wie hätte er am Anfang des innerparteilichen Machtgerangels auch ahnen können, dass ihm am Ende kein Glombig, sondern so ein Nobody, der bis vor wenigen Monaten über Mariendorf hinaus ein unbeschriebenes Blatt in der Partei war, die Stimmung vermieste. Bis er den alten Tanker FDSU endlich auf Kurs gebracht hatte, war es mehr denn je erforderlich gewesen, auf der Klaviatur politischer Finessen alle verfügbaren Akkorde anzuschlagen. Das reichte von den sanften, versöhnlichen Tönen bis zur brachialen Urgewalt verbaler Entladungen, von den einschmeichelnden Umgarnungen, von verlockenden Versprechungen bis zu mehr oder weniger offenen Drohungen. Auf die maßgeblichen Kräfte in der Partei hatte diese perfekt aufeinander abgestimmte Kombination von Charme und Machtwillen, von Zuckerbrot und Peitsche, ihre Wirkung nicht verfehlt. Mochte hier und da auch noch ein unterschwelliges Grummeln vernehmbar sein, war die anfängliche Kritik an der neuen Parteilinie allmählich verstummt. Überrascht hatte ihn das nicht. Sobald sich die Mehrheit auf eine Person und eine Richtung festgelegt hatte, war die Sache im Großen und Ganzen gelaufen. Letztendlich hatte das kollektive Anpassertum noch immer den Sieg über die Aufsässigkeit Einzelner davongetragen. Das verleitete ihn aber nicht zu der Illusion, durch das klare Ergebnis des Wahlparteitages unangreifbar geworden zu sein. Es reichte, dass sich eine standhafte Minderheit weiterhin zu Glombigs Politik bekannte, um vor künftigem Ärger nicht gefeit zu sein. Und zu den entschiedensten Opponenten, die sich niemals auf seinen Kurs einlassen würden, zählte er Teschner. Bei dem hatte keiner seiner zahlreichen Vereinnahmungsversuche verfangen. Da konnten weder Schmeicheleien noch Drohungen etwas ausrichten. Es hatte auch nichts genutzt, dass Stern, dessen weiterhin auf Revanche sinnender Widersacher, bei ihm in Ungnade gefallen war. Teschner war bis zuletzt stur geblieben. Der würde sich auch keinen Deut kooperativer verhalten, falls er demnächst ins Parlament einzog und es darum ging, von den Mitgliedern der neuen Fraktion das erforderliche Wohlverhalten einzufordern.

Verursachte Wolters der Gedanke an Teschner Kopfschmerzen, schlug sich Hentschel mit einer ähnlich schwierigen Personalie herum. Nur hieß sein ungelöstes Problem nicht Teschner, mindestens nicht so unmittelbar, sondern Breitenfeld. Nicht etwa, weil er ihn verdächtigte, bei wichtigen Abstimmungen aus der Reihe zu tanzen. Das war nicht der Punkt. Der war so sehr vom Geist politischer Pflichterfüllung durchdrungen, dass er den Interessen der Partei im Zweifel ein höheres

Gewicht zubilligte als der eigenen Meinung. Daher war es auch kein leeres Gerede gewesen, als er für den Fall, dass es der Partei diente, den Verzicht auf seine Kandidatur anbot. Mit einem solchen, mehr oder weniger freiwilligen, Rückzug hätte es gelingen können, einen Stolperstein noch rechtzeitig und einigermaßen dezent aus dem Weg zu räumen, bevor sich die Öffentlichkeit daran stieß. Doch die Mehrheit der Genossen wollte Breitenfeld nicht opfern. Somit blieb ihm nichts weiter übrig, als sich diesem demonstrativen Schulterschluss zu beugen. Mit dem absehbaren Ergebnis, dass sie dessen Vergangenheit nun alle zusammen mit unabwendbarer Gewissheit einholte. Gegenüber Wolters hatte er diese Besorgnisse stets heruntergespielt. Dabei wusste jeder, dass die Partei und damit auch die Koalition spätestens dann Farbe bekennen musste, sobald die Medien Gefallen daran fanden, die Lebensläufe der neugewählten Abgeordneten zu durchleuchten. Und weil Breitenfeld garantiert sehr weit oben auf deren Liste stand, lief demnächst wieder mal alles darauf hinaus, seine Fähigkeiten als Krisenmanager unter Beweis zu stellen. Aber wie ein solcher Befreiungsschlag aussehen sollte, der sowohl der PfsG wie der künftigen Koalition aus dieser Misere heraushalf, war ihm im Augenblick selbst noch unklar.

42

„Nun sieh dir nur dieses glückliche Paar an. Bei dem Anblick könnte unsereins direkt neidisch werden." Mit einem verhaltenen Seufzer stupste Renate Steffens in die Seite, als Teschner mit seiner Petra kurz nach fünf ihr Lokal betraten.

„Wieso? Du hast doch mich."

„Genau. Ich habe dich. Einen Gelegenheitsliebhaber, der kommt und geht, wann es ihm passt. Vielen Dank auch."

„Bisher hattest du an unserem Arrangement nichts auszusetzen."

„Du warst damit zufrieden. Ich habe es allenfalls akzeptiert. Und das auch nur, weil ich wenigstens dann und wann nicht allein sein wollte. Darüber solltest du mal nachdenken."

„Du wirst es kaum glauben, aber dieser Beziehungskram hat mich in letzter Zeit auch schon gelegentlich beschäftigt. Dabei bin ich immer wieder zu dem Schluss gekommen, dass wir beide doch ein ziemlich gutes Team abgeben."

„Ich vermute, dieser Beziehungskram, wie du das so romantisch ausdrückst, läuft aber nicht geradewegs auf einen Heiratsantrag hinaus?"

„Gott bewahre. Nicht alles muss gleich so dramatisch enden. Aber gegen etwas mehr Nähe hätte ich nichts einzuwenden. Ich werde auch nicht jünger und bekanntlich soll sich ja ein bisschen menschliche Wärme im Alter positiv auf die Lebenserwartung auswirken."

„Aha, verstehe, du siehst in mir eine Art Wärmespender für einen in die Jahre gekommenen Lover. Sozusagen eine Wärmeflasche fürs Bett. Davon habe ich schon immer geträumt. Deine jugendlichen Gespielinnen überfordern dich wohl inzwischen?"

„Noch bin ich ganz ordentlich beieinander. Oder gebe ich dir etwa Anlass zur Klage? Ich bin nur schon vorher deinem Rat gefolgt und habe über das eine und andere nachgedacht. Auch über dich und mich. Es ist wirklich beneidenswert, wie gut Teschner dran ist. Das möchte ich auch haben – und zwar am liebsten mit dir."

„Für deine Verhältnisse lasse ich das glatt als Liebeserklärung durchgehen. Die Wärmeflasche sei dir damit verziehen. Du Ekel." Daraufhin hauchte sie ihm einen flüchtigen Kuss auf die Wange, ehe sie sich wieder auf ihre Rolle als Gastgeberin besann und auf Teschner und Petra Glombig zueilte, um sie mit einer herzlichen Umarmung in Empfang zu nehmen.

„Schön, dass ich Sie endlich mal persönlich kennenlerne, Frau Doktor Glombig. Nach allem, was ich schon von Ihnen gehört habe."

„Hoffentlich nichts, was mir peinlich sein müsste. Und die

Frau Doktor ist bei ihren Patienten im Krankenhaus geblieben. Ich bin die Petra."

„Dann nochmals willkommen, Petra. Das gilt natürlich auch für dich, Norbert. Und egal, wie die Wahl ausgeht, kann man dir schon jetzt gratulieren. Womit hast du bloß eine so tolle Frau verdient?"

„Durch eine Reihe von Fehlern, aus denen ich zum Glück gelernt habe."

„Dann besteht vielleicht Hoffnung, dass sich auch dein Freund noch als lernfähig erweist."

Nach und nach trudelten dann die weiteren Gäste ein. Renate hatte ihre Kneipe, erstmals seitdem sie hier das Zepter schwang, zur geschlossenen Veranstaltung erklärt. Heute hatten nur Leute mit einer ausdrücklichen Einladung des Kandidaten Zutritt. Das waren Menschen, bei denen Teschner und Steffens sicher sein konnten, dass die nicht sofort die Seiten wechselten, falls ihr Beisammensein im Laufe des Abends in einer gemeinsamen Enttäuschung mündete.

Unter ihnen war natürlich auch der *Alte Fritz*, der ebenso wie Petra erst kürzlich in das bis dahin gut gehütete Geheimnis der *Aktion fünfzig* eingeweiht worden war. Einen kleinen Seitenhieb konnte sich Schneider bei seinem Eintreffen daher auch nicht verkneifen, als er Teschner und Steffens zur Begrüßung die Hand schüttelte. „Wenn wir Sie in ein paar Stunden als gewählten Abgeordneten feiern, mein lieber Teschner, sollten Sie auf der Hut sein, dass ich nicht demnächst Ihrem Beispiel folge und, meinem Alter entsprechend, klammheimlich eine *Aktion siebzig* ins Leben rufe. Dabei grinste er sie so entwaffnend an, dass sie ihm mit einer Stimme bestätigten, vor einer solchen Konkurrenz auf der Stelle zu kapitulieren.

Weil Teschner und Steffens niemand mochten, der nur deshalb ihre Gesellschaft suchte, um sich schon vorsorglich bei einem möglichen künftigen Abgeordneten in Stellung zu bringen, hatte dieser Gesichtspunkt die Auswahl der Gäste bestimmt. Mit ihnen zusammen begann nun das Hoffen und Bangen, das Warten auf den Wahlausgang. Petra Glombig fühlte sich in diesem sorgfältig ausgewählten kleinen Kreis gut aufgehoben. Die freundschaftliche Atmosphäre unterschied sich deutlich von den früheren Gesprächsrunden ihres Vaters. Dort war die Unehrlichkeit mit Händen greifbar gewesen, sobald einer der Eingeladenen den Mund aufmachte. Hier war das anders, ungeachtet der überall erkennbaren Nervosität angesichts der offenen Frage, was die weiteren Stunden noch an Freude oder Frust bereithielten. Natürlich hoffte sie wie alle anderen, dass Teschner es schaffte. Aber falls es am Ende doch nicht reichte, blieb das beruhigende Gefühl, dass es immer noch ein paar Menschen gab, deren Loyalität bei einem Misserfolg nicht endete.

Teschner konnte nicht mehr aufzählen, wie oft er in den zurückliegenden Wochen diesem Tag entgegengefiebert hatte, mal etwas optimistischer, dann wieder mit eher düsteren Erwartungen. Das hing davon ab, ob ihm ein bestimmter Wahlkampfauftritt im Nachhinein als gelungen oder als verunglückt erschien. Da sich die positiven und negativen Einschätzungen in etwa die Waage hielten, summierte sich diese Ungewissheit in diesen Minuten in der einen, alles andere überlagernden, Frage, was die unmittelbar bevorstehende Stimmenauszählung in den Wahllokalen seines Wahlkreises ergab. Dort entschied sich, von ihm nun nicht mehr beeinflussbar, der Sieg oder die Niederlage.

18 Uhr - das war an einem Wahlsonntag die unumstößliche Deadline. Irgendwo im Wahlgebiet hatte jemand vor wenigen Augenblicken den letzten Wahlumschlag in eine Wahlurne geworfen. Jetzt, Punkt 18 Uhr, fieberten die Politiker, die Mitglieder und Wähler der beteiligten Parteien, allen voran die unmittelbar betroffenen Kandidaten, dem berühmten Gong in der Wahlberichterstattung der Fernsehsender entgegen. Eine Sekunde später war noch keine einzige Stimme ausgezählt und

doch stand bereits fest, ob sie zu den Gewinnern oder den Verlierern des heutigen Tages zählten.

Auch in Renates Kneipe hatte die Spannung ihren ersten Höhepunkt erreicht. Von einem Moment zum nächsten wurde es mucksmäuschenstill. Das laute Stimmengewirr, das den Raum noch bis eben erfüllt hatte, wich einer fast andächtigen Stille, in der schon jedes Hüsteln als unziemliche Störung auffiel. Dann erschienen die unterschiedlich langen Balken auf dem Bildschirm mit den unterlegten Prozentzahlen. Zugleich löste sich die Anspannung dieser Minute in einem zunächst noch sprachlosen Kopfschütteln. Hier und da war aber auch schon ein vereinzeltes, zwischen Fassungslosigkeit und Entsetzen schwankendes, Aufstöhnen vernehmbar. Die Zahlen, die jetzt am Bildschirm abzulesen waren und die gleich darauf von den Journalisten fast ungläubig kommentiert wurden, ließen entgegen allen Umfragen ein äußerst knappes Ergebnis erwarten. Bei der von der Prognose abgeleiteten möglichen Sitzverteilung im Parlament kam bei den Anhängern der FDSU sogar die Sorge auf, ihre Partei könnte am Ende abgeschlagen auf dem zweiten Rang landen. Zwar käme mithilfe der PfsG wohl dennoch eine Regierungsmehrheit zustande, die stand nach den ersten Berechnungen allerdings auf höchst wackligen Füßen. Stabilität sieht anders aus. So kurz und lapidar hatte der Moderator der Sondersendung das Ergebnis auf den Punkt gebracht.

Steffens war wieder mal der Erste, der sich von diesem Tiefschlag erholt hatte. „Na prima, Wolters hat die Karre mit Karacho in den Graben gefahren. Wenn diesem Totalschaden überhaupt noch etwas Positives abzugewinnen ist, dann die Bestätigung, dass alle recht behalten haben, die den Kerl von Anfang an nicht ans Steuer lassen wollten."

„Sag' das besser nicht zu laut" raunzte ihn Teschner an. „Falls ich Bollhagens bisherigen Wahlkreis in den Sand setze, werde ich an anderer Stelle ebenso schonungslos niedergemacht."

„In deinem Fall setze ich weiterhin auf Sieg." Und Petra

assistierte ihm: „Wolters verliert, aber du gewinnst. Das wäre doch unterm Strich gar kein so schlechter Wahlausgang."

Während die sich stabilisierenden Hochrechnungen das absehbare Endergebnis verfestigten, trafen nun auch die ersten Resultate aus verschiedenen Wahlkreisen ein.

„Die Einschläge kommen immer näher" resümierte Teschner mit unüberhörbarem Sarkasmus. Gerade eben wurde ein Foto des Gewinners in Ruth Webers Wahlkreis eingeblendet. Auf dem Bild war nicht Ruth Weber zu sehen. Die lag, wie die in Laufschrift unterlegten Prozentwerte auswiesen, weit hinter ihrem siegreichen Mitbewerber zurück. Er konnte sich denken, wie die sich gerade fühlte. Auch andere, bisher als uneinnehmbar geltende, Hochburgen der FDSU wurden nach und nach geschleift. Sogar Wolters gelang es nur mit Ach und Krach, sich in seinem Zehlendorfer Wahlkreis zu behaupten. Der verfluchte jetzt wahrscheinlich die gesamte Gilde der Demoskopen, deren Vorhersagen ihm noch wenige Stunden zuvor eine trügerische Sicherheit vorgaukelten. Dabei wäre dieser Fehler vermeidbar gewesen. Er hätte nur auf die von ihm ausgebremsten Bedenkenträger in der Partei hören müssen, die es noch mit der alten Regel hielten, dass eine Wahl erst am Wahlsonntag um 18 Uhr entschieden war.

Die Katastrophe, die die Partei ereilt hatte und die mit jedem eintreffenden Zwischenergebnis offensichtlicher wurde, steckte keines ihrer Mitglieder so einfach weg. Wobei es für Teschner und den um ihn versammelten Kreis auch eine zweite Betrachtung gab, die Petra vorhin aufgezeigt hatte. Die Verluste der FDSU waren vor allem eine Niederlage für Wolters. Wie anders als eine schallende Ohrfeige für den Spitzenkandidaten sollte dieses Debakel verstanden werden? Wenn er dagegen…

Kurz nach 22 Uhr gab es endlich die ersehnte Erlösung. Mit einer hauchdünnen Mehrheit von wenig mehr als hundert Stimmen lag er vor seinem nächstplatzierten Gegenkandidaten.

Er hatte es tatsächlich geschafft.

Seltsam, dachte er, als die Belastungen der letzten Wochen langsam von ihm abfielen. So sehr es ihn erleichterte, dass die zurückliegenden Anstrengungen nicht umsonst gewesen waren, schien auch dieser Augenblick der mit ihm verbundenen Erwartung nicht standzuhalten. Da regte sich in ihm ein ähnlich ernüchterndes Gefühl, wie er es schon am Vormittag, bei der Stimmabgabe, empfunden hatte. Natürlich, wäre er jetzt gefragt worden, ob er glücklich sei, hätte er das ohne zu zögern bejaht. Aber waren Glück haben und glücklich sein identisch? Allein, dass er in diesem Moment darüber nachdachte, dämpfte jeden Ansatz von Euphorie. Entsprechend sachlich fiel auch seine erste Reaktion aus. „Wer hätte das erwartet? Wo es heute so viele enttäuschte Hoffnungen gab, hat es ausgerechnet für mich gereicht." Aber dass ihn in diesen Minuten nicht einmal der Hauch eines Siegesrausches umwehte, dass er es nicht, wie es andere an seiner Stelle getan hätten, mal richtig krachen ließ, war der Grund dafür, dass Petra Glombig jetzt ohne jeden Zweifel wusste, dass sie diesen Mann liebte. Als sie ihn jetzt wortlos in den Arm nahm, sah sich Teschner in diesem bisher erfolgreichsten Augenblick seines Lebens einmal mehr darin bestätigt, dass sein noch größeres Glück darin lag, einem Menschen wie Petra begegnet zu sein. Die hätte ihn nicht weniger zärtlich umarmt, wenn er ihr in dieser Stunde als Verlierer entgegentreten müsste. Andererseits war es aber auch gut, dass es Steffens mit seinem weniger grüblerischen Naturell gelang, ihn noch rechtzeitig in die Gegenwart zurückzuholen, bevor er weiter in seiner Innenschau versank. Die hätte ihm, ganz gegen seine Absicht, als Geringschätzung seiner Helfer ausgelegt werden können. Für alle, die ihn im Wahlkampf unterstützt hatten, erinnerte ihn Steffens daran, dass das schließlich ihr gemeinsamer Erfolg war, den man endlich feiern wollte. Das taten sie dann auch bis in den frühen Morgen.

Im weiteren Verlauf des Abends blieb der mit Zahlen und

Grafiken übersäte Bildschirm weitgehend unbeachtet. Die Aktualisierungen bestätigten ohnehin nur noch den von der ersten Hochrechnung an erkennbaren Trend. Von den 148 zu vergebenden Sitzen entfielen demnach 76 Mandate auf Wolters Wunschkoalition aus FDSU und PfsG, wobei die FDSU mit voraussichtlich 56 Sitzen tatsächlich nur die zweitstärkste Fraktion im neuen Parlament stellte. Aber weil die Freude über Teschners Erfolg überwog, gelang es den meisten in der Runde, ihre Bitterkeit über das Gesamtergebnis relativ schnell wegzustecken. Überdies richtete sich der Blick bereits stärker auf die Tage nach der Wahl, die spannender zu werden versprachen als vor diesem Abend angenommen. Daher wurde das gesunkene Interesse an dem unrühmlichen Abschneiden auch noch einmal durch zwei aufeinander folgende Interviews geweckt. Wenn es jetzt um das Zusammenkehren des Scherbenhaufens ging, wollte niemand versäumen, was dessen Verursacher, auf den jetzt alle Kameras gerichtet waren, zu sagen hatte. Schließlich musste Wolters für ihre Partei eine empfindliche Niederlage eingestehen. Das hielt seine um ihn herum versammelten Anhänger nicht davon ab, ihn begeistert zu beklatschen, als er sich, von seiner Frau eskortiert, mit einem künstlichen Lächeln und nach kurzem Räuspern anschickte, in dem zum Büffet umfunktionierten Sitzungssaal der Fraktion seine nun doch noch einmal umformulierte Erklärung zum Wahlausgang abzugeben. The Show Must Go On.

„Liebe Freunde...", wie auf Kommando brandete erneuter Beifall auf, „...liebe Freunde, natürlich hätten wir uns ein besseres Ergebnis gewünscht. Aber auch ein nicht so optimaler Wahlausgang ändert nichts daran, dass es uns gelungen ist, eine große Zahl von Wählerinnen und Wählern von der Richtigkeit unserer Politik zu überzeugen. Ihnen allen danke ich an dieser Stelle für ihr Vertrauen. So wie ich allen Parteifreunden danke, die mit mir zusammen gekämpft haben. Ab sofort gilt das bekannte Motto: Nach der Wahl ist vor der Wahl. Ich bin zuversichtlich, dass wir bei der nächsten Wahl auch die Mitbürger, die uns diesmal noch nicht gewählt haben, für unsere Sache gewinnen können."

Während die handverlesenen Claqueure im Sitzungssaal der Fraktion daraufhin lautstarke Wolters – Wolters – Rufe anstimmten, regte sich in Renates Kneipe die Wut. Einer, der sich, stellvertretend für alle, den alten Glombig zurückwünschte, machte seinem Protest lautstark Luft. „Was redet der Kerl für einen Stuss. Statt einfach nur zu sagen, tut mir leid, ich hab's vergeigt, kommen jetzt solche intelligenzfreien Sprüche. Und diese Dumpfbacken in seinem Dunstkreis lassen ihn auch noch hochleben. So viel Kritiklosigkeit muss doch zum Realitätsverlust führen." Und Steffens ergänzte ihn: „Komisch, je beschissener die Situation, desto häufiger hört man *wir* und *uns*. Diese Vereinnahmung sollten wir uns verbitten. Wir in Mariendorf haben doch die Wahl gewonnen, weil Teschner Wolters nicht auf den Leim gekrochen ist."

„Das bleibt auch so. Versprochen. Nur dürfte es für die Minderheit in der Partei künftig noch schwieriger werden, sich Gehör zu verschaffen. Wie es aussieht, denkt Wolters nicht ans Aufgeben. Der wird jetzt noch stärker die Solidarität der gesamten Partei einfordern, die man ihm auch ohne ein Wimpernzucken zusagen wird. Solche befristeten Treuebekundungen gehören zum festen politischen Reglement, unabhängig davon, wie viele dieser ach so loyalen Parteifreunde aus Enttäuschung über die krachende Niederlage im Geheimen schon die Messer wetzen. Aber weil im Augenblick mal wieder der Ergebenheitsvirus grassiert, wird mir das wenig helfen. Ich bin gespannt, welche Sanktionen für die Abweichler, die sich der geforderten Selbstverleugnung entziehen, vorgesehen sind." Teschners düstere Vorausschau erhielt umgehend zusätzliche Nahrung, als Wolters unter dem Jubel des ihn umgebenden Trosses zur entscheidenden Aussage dieser Wahlnacht ansetzte.

„Es war unsere erklärte Absicht, einen Senat unter Führung

unserer Partei zu bilden. Und dieses Ziel ist weiterhin erreichbar. Eine mögliche Koalition mit der PfsG verfügt über eine Mehrheit von vier Sitzen im Abgeordnetenhaus. Das ist, zugegebenermaßen, nicht sehr üppig. Aber ich bin bereit, auch mit einer knappen Mehrheit zu regieren. Dabei setze ich selbstverständlich voraus, dass die Mitglieder der beiden Fraktionen die nötige Geschlossenheit beweisen."

Natürlich wusste er längst, dass Teschner den bisherigen Bollhagen-Wahlkreis gewonnen hatte, während viele Gefolgsleute aus der alten Fraktion nicht wiedergewählt worden waren. Damit war die angemahnte Geschlossenheit mindestens in seiner eigenen Fraktion alles andere als sicher. Es war sogar fraglich, ob er nach diesem Wahlergebnis auf weitere Sicht überhaupt noch als die unbestrittene Nummer 1 in der Berliner Partei angesehen wurde. Schon deshalb musste er jetzt Fakten schaffen, bevor solche schädlichen Diskussionen einsetzten, die ihn ernsthaft in Bedrängnis brachten. So gab er sich, ungeachtet der miserablen Ausgangslage, betont offensiv.

„Ich vertraue auf die einhellige Unterstützung durch meine Partei und die neue Fraktion. Allerdings kann ich mir auch nur schwer vorstellen, dass einer unserer Abgeordneten bei der Frage, ob wir künftig regieren oder die Oppositionsbänke drücken wollen, die zweite Variante für die bessere Lösung hält." Das zielte schon mal in Richtung möglicher Dissidenten.

„Daher werde ich den Gremien der FDSU vorschlagen, in den nächsten Tagen Sondierungsgespräche mit der PfsG aufzunehmen. Soweit diese Erörterungen eine Grundlage für gemeinsame Vorhaben erkennen lassen, sehe ich gute Voraussetzungen, in anschließende Koalitionsverhandlungen mit dem Ziel einer Regierungsbildung einzutreten."

Als Wolters Jubelgarde daraufhin mit pflichtgemäßem Enthusiasmus reagierte, legte sich über Teschners Wahlparty eine brütende Stille. Die Dreistigkeit, mit der Wolters die von ihm zu verantwortende Schlappe überspielte, hatte die bis dahin aufgelockerte Stimmung gefrieren lassen. Jeder wusste, was diese nachgereichte Absichtserklärung bedeutete. Besonders für Teschner. Steffens übernahm es, die Situation in Worte zu fassen. „Schon die Mehrheit, um vernünftig zu regieren, ist knapp. Aber noch dünner ist die Mehrheit, die Wolters nach der Verfassung braucht, um überhaupt gewählt zu werden. Jedenfalls in den ersten beiden Wahlgängen. Da benötigt er 75 Stimmen. Und eines von den 76 Mandaten seiner möglichen Koalition gehört dir. Ich fürchte, du hattest vorhin schon den richtigen Riecher, dass jetzt harte Zeiten auf dich zukommen."

Kaum hatte Steffens seine Feststellung beendet und seinen Freund mit einem aufmunternden *aber schließlich sind wir ja auch noch* da in seinem Willen bestärkt, dem absehbaren Druck standzuhalten, als das Geschehen auf dem Bildschirm erneut ihre Aufmerksamkeit verlangte. Unmittelbar nachdem der Wahlverlierer noch einmal seinen Führungsanspruch bekräftigt hatte, war ein weiteres Fernsehteam bereits im Getümmel der PfsG-Party fündig geworden und hatte Hentschel dem dortigen Trubel für eine Stellungnahme entzogen. Hier bot der Wahlausgang tatsächlich Grund zum Feiern. Die Partei konnte im Vergleich zur letzten Wahl deutliche Gewinne verbuchen. Entsprechend aufgeräumt war die Stimmung bei denen, die ihren erfolgreichen Wahlkampfmanager während seines Interviews umringten und ihn mit Sprechchören immer wieder hochleben ließen. Was Hentschel anfangs vor das Problem stellte, sich inmitten des Lärms verständlich zu machen. Nach dem obligatorischen Dank an die Wähler und die Wahlhelfer der eigenen Partei, kam er zügig auf die Perspektiven zu sprechen, die sich nach seiner Einschätzung aus diesem Wahlergebnis ergaben.

Wolters, der in der Hektik dieser Stunden noch keine Gelegenheit gefunden hatte, mit Hentschel zu telefonieren, verfolgte dessen Ausführungen mit der Erwartung, dass er auf seine zuvor erklärte Absicht einging, die PfsG zu ersten

Sondierungsgesprächen einzuladen. Dieses Prozedere hatten sie am Nachmittag abgestimmt, wenngleich sie zu diesem Zeitpunkt noch mit einem weniger schwierigen Wahlergebnis rechneten. Und Hentschel verhielt sich absprachegemäß. Mindestens auf den war Verlass. Wolters konnte zum ersten Mal an diesem Scheißabend aufatmen.

Die gemeinsame, auch von ihren Parteivorständen abgesegnete Sprachregelung, machte es dem Shooting Star der PfsG jetzt leichter, nicht in Widerspruch zu Wolters vorausgegangenem Interview zu geraten. Dass es am Abend nicht mehr möglich sein würde, sich in der Koalitionsfrage weiterhin bedeckt zu halten, war ihnen schon in ihrer Besprechung am Nachmittag klar gewesen. Natürlich war es wieder mal Hirche, der für die entsprechenden Fragen sorgte. Der hatte diesmal die Vor-Ort-Reportage bei der PfsG übernommen und es lag auf der Hand, dass er hier nicht nur zum Gratulieren erschienen war. Das hinderte Hentschel aber nicht daran, seine Zufriedenheit weiterhin zur Schau zu stellen. Wozu auch die Überlegung beitrug, dass Wolters ab sofort aus einer geschwächten Position heraus verhandeln musste. Wahrscheinlich war der arme Kerl heilfroh, heute nicht auch noch Hirche ertragen zu müssen. Damit ersparte er sich an diesem für ihn so niederschmetternden Wahlabend immerhin eine unerfreuliche Begegnung. Einen Wahlgewinner ließ es dagegen ziemlich kalt, wer ihn interviewte. So ein Erfolg machte gelassen. Auch Hirche würde es nicht schaffen, ihm mit irgendwelchen Spitzfindigkeiten Essig in den Wein zu schütten.

"Haben Sie dem Spitzenkandidaten der FDSU eigentlich schon seelischen Beistand geleistet, Herr Hentschel?" Damit kam Hirche ohne lange Umwege sofort zur Sache.

„Warum sollte ich?"

„Ich dachte nur, weil Herr Wolters die PfsG vor wenigen Minuten, ungeachtet des Absturzes seiner Partei, als künftigen Koalitionspartner umworben hat. Als Partner gibt man sich doch

Flankenschutz."

„Darf ich Sie gleich mal korrigieren? Noch sind die FDSU und die PfsG keine Partner. Auch der Kollege Wolters hat lediglich von Sondierungsgesprächen gesprochen. Selbstverständlich wird sich meine Partei, die heute so hervorragend abgeschnitten hat, dieser Einladung nicht verschließen. Schon aus Verantwortung für unsere Stadt. Von solchen Treffen erwarten wir uns Aufschluss darüber, inwieweit sich die wesentlichsten Eckdaten unseres Wahlprogramms, bei aller Kompromissbereitschaft, in praktische Regierungsarbeit umsetzen lassen. Hier sehen wir einen möglichen Partner in der Bringschuld. Das sagt bereits, dass eine Koalition für uns nur auf einer verlässlichen Grundlage, das heißt auf Augenhöhe, vorstellbar ist."

„Sind Sie wirklich der Meinung, so knappe Mehrheitsverhältnisse reichten aus, um eine volle Wahlperiode politisch handlungsfähig zu bleiben?"

„Warum denn nicht? Es gab schon Fälle mit einer geringeren Regierungsmehrheit. Aber wie gesagt, zunächst geht es nur um das Sammeln erster Informationen. Danach wird sich zeigen, ob genug Gemeinsamkeiten vorhanden sind, die weiterführendere Verhandlungen sinnvoll erscheinen lassen."

„Wäre es nicht sicherer, erst die abschließende Meinungsbildung bei Ihrem voraussichtlichen Partner abzuwarten, bevor Sie sich zu entsprechenden Gesprächen treffen? Dem Vernehmen nach gibt es in der künftigen FDSU-Fraktion mindestens einen erklärten Abweichler. Damit würde sich die erforderliche Mehrheit für Wolters Wahl zum Regierungschef in den ersten beiden Wahlgängen auf eine Stimme verkürzen."

„Wenn es auf jede Stimme ankommt, bleibt kein Raum für unverantwortliche Profilierungsversuche. Jeder Abgeordnete sieht seine Partei doch lieber in der Regierung als in der Opposition. In dem Punkt teile ich ausdrücklich die Auffassung von Herrn Wolters. Außerdem traue ich dem Kollegen durchaus

615

zu, auch Skeptiker mit guten Argumenten zu überzeugen."

„Dann warten wir mal, ob ihm das gelingt und wenden uns zunächst einem weiteren Problem zu. Das betrifft in diesem Falle Sie - beziehungsweise Ihre Partei."

„Ihnen gelingt es tatsächlich immer wieder, mich neugierig zu machen."

„Aber Herr Hentschel, Sie wissen natürlich, dass ich von dem heute gewählten Abgeordneten Breitenfeld spreche."

„Der in seinem Lichtenberger Wahlkreis ein tolles Ergebnis erzielt hat."

„Ich dachte eher an seine Vergangenheit als Mitarbeiter der Staatssicherheit. Pikanterweise vertritt er künftig einen Wahlkreis, mit dem ihn schon aus dieser Zeit einiges verbindet. Immerhin befindet sich dort die ehemalige Stasi-Haftanstalt Hohenschönhausen. Nennt man das bei Ihnen back to the roots?"

„Ist Ihnen entgangen, dass Bodo Breitenfeld schon vor der Wahl überzeugend nachgewiesen hat, dass ihm während seiner früheren beruflichen Tätigkeit nichts anzulasten ist, was ihn in Misskredit bringen könnte? Dem ist nichts hinzuzufügen. Außer vielleicht die Anmerkung, dass ihm die Wähler Glauben geschenkt haben. Das ist, zugegeben, ein harter Schlag für alle, die es sich zur Aufgabe gemacht haben, ihn mit falschen Anschuldigungen zu überziehen."

„Mit Rücksicht auf Ihre Feierlaune möchte ich das im Augenblick nicht vertiefen. Muss ich auch nicht, weil Ihnen das Thema mit Sicherheit demnächst wieder vor die Füße fällt."

Hentschel konnte gut verstehen, warum Wolters diesen Hirche regelmäßig zum Teufel wünschte. Der gehörte zu der Sorte von Hardcore-Journalisten, die mit ihren Fragen erst dort ansetzten, wo die meisten ihrer Kollegen bereits die Hemmschwelle erreichten oder von ihren Chefs zurückgepfiffen wurden. Auch die Angst, einen Interviewpartner nachhaltig zu verprellen, war Hirche fremd. Warum sollte er sich zurücknehmen? Es entsprach den Regeln der Mediendemokratie, dass die einen fragten und andere sich diesen Fragen nur schwer entziehen konnten. Ein eingespieltes Ritual mit klaren Vorteilen für die Fragesteller. Auch die besonders heftig Angegangenen landeten früher oder später wieder vor seinem Mikrofon. Mal mehr und mal weniger freiwillig. Wer diese Art des Nachhakens schätze, für den zählten die Hirches und Bärwalds zu den Glanzlichtern ihrer Zunft. Für Wolters und ihn waren sie einfach nur lästig. So lästig wie die Causa Breitenfeld. Auch wenn er das nach außen heftig bestritt, war Breitenfeld für die Partei und die angestrebte Koalition nach der Wahl noch belastender geworden. Hirches Fragen hatten ihm bereits einen Vorgeschmack geliefert, was in nächster Zeit zu erwarten war. Die Gefahr, dass Breitenfelds Vergangenheit die gesamte Partei in Mitleidenschaft zog, wurde immer konkreter. Dem stand entgegen, dass der eines der besten Wahlergebnisse für die PfsG eingefahren hatte und damit in den eigenen Reihen beinahe schon den Status der Immunität genoss. Jetzt war es Hirche also tatsächlich gelungen, seine bis eben noch glänzende Laune in ein Gefühl des Unbehagens zu verwandeln.

Derweil rannten die Gratulanten Bodo Breitenfeld förmlich die Bude ein. Vorhin, als sein Sieg feststand, hatte er noch einmal kurz die Zeit unmittelbar nach der Wende Revue passieren lassen. Damals war er fest davon überzeugt, dass mit dem Ende der DDR auch die besten Jahre seines Lebens hinter ihm lagen. Als die Mauer fiel, da glaubte er, dass ihm mit seinem Staat auch seine persönliche Zukunft abhandengekommen war. Mit einem breiten Grinsen billigte er dem neuen System an diesem Wahlabend durchaus einige Vorzüge zu. Er wäre dumm gewesen, sie nicht zu nutzen. Dass sein sonst allgegenwärtiger Aufpasser Hentschel ihm noch nicht gratuliert hatte, konnte er verschmerzen. Der dürfte ziemlich angekratzt sein, mit seinem eigenen Wahlergebnis nicht gegen ihn anstinken zu können. Dafür waren alle gekommen, die ihm schon im Wahlkampf den Rücken gestärkt hatten. Runge, der Ex-General der

Grenztruppen, der kurz und knapp feststellte, als Brandenburger wenigstens moralisch etwas zum Wahlerfolg der Berliner Genossen beigetragen zu haben, war ebenso erschienen wie zahlreiche ehemalige Kollegen aus dem MfS, mit denen er regelmäßig in der inzwischen zum Jour fixe erhobenen Zeuthener Runde zusammentraf. Wobei dieser Umtrunk, etwas abgekoppelt von der allgemein zugänglichen Feier, in einem separaten Raum, also in einem eher exklusiven Rahmen, stattfand. Sozusagen only for members. Als er die Feier plante, hielt er es noch für angebracht, seinen sehr speziellen Freundeskreis vor allzu neugierigen Blicken abzuschirmen. Da war er wohl übervorsichtig gewesen. Der Rückhalt, den er heute erfahren hatte, ließ doch nur den Schluss zu, dass seine frühere DDR-Karriere viele seiner Wähler noch zusätzlich darin bestärkt hatte, sich durch ihr Votum mit ihm zu solidarisieren. Sicherlich auch, weil der eine oder andere in seinem Lebenslauf Parallelen mit dem eigenen Werdegang entdeckte. Er bedauerte die Genossen, die in den westlichen Bezirken der Stadt unter erheblich schlechteren Bedingungen für die gemeinsame Sache kämpften.

Martin Münter sah sich in seinen schlimmsten Befürchtungen bestätigt. „Ich hatte von Anfang an Bauchschmerzen. Hätte ich bloß nicht auf dich gehört. Jetzt stecken wir bis zum Hals in der Scheiße." Aber Thorsten Heidemann konterte den auf ihn zielenden Vorwurf sofort mit einer patzigen Antwort.

„Wenn du dir so sicher warst, dass Wolters die Karre gegen die Wand fährt, wäre es deine Aufgabe als Bundesvorsitzender gewesen, ihn rechtzeitig zu bremsen."

„Das sagt der Richtige. Wer hat denn dieses Großmaul über den grünen Klee gelobt? Das war doch unser Herr Generalsekretär, der versucht hat, den anwesenden Kollegen bereits eine Mitgliedschaft in dem von ihm gegründeten WiWo-Fanklub schmackhaft zu machen."

„Etwas mehr Sachlichkeit könnte nicht schaden." Thorsten Heidemann fühlte sich zunehmend in die Enge getrieben, zumal ihre Auseinandersetzung vor dem vollzählig versammelten Vorstand stattfand und jedem der Anwesenden noch im Ohr klang, wie beflissen er für Wolters die Werbetrommel gerührt hatte. Nach dem Wahlausgang in Berlin wirkte das peinlich. Und in seinem Job war jede Peinlichkeit eine Peinlichkeit zu viel. Bei seinen bekannten Präferenzen musste auch sein Versuch, Münter die Hauptverantwortung für das Wahldebakel zuzuschieben, an den Realitäten scheitern.

„In einem muss ich dir leider beipflichten, Heidemann. Schuldlos bin ich an dem Desaster tatsächlich nicht. Ich kann mich nicht von dem Vorwurf freisprechen, zu lange falschen Ratgebern vertraut zu haben. Zum Glück bin ich noch lernfähig. Daher werde diesen Fehler schleunigst korrigieren und mich nach einem neuen Generalsekretär umsehen, nach einem, der mich nicht mit voller Absicht auflaufen lässt." Münter war längst zu Ohren gekommen, dass Heidemann seit geraumer Zeit gegen ihn intrigierte und sich bis zum gestrigen Wahltag, in freundschaftlicher Absprache mit Wolters, sogar Chancen auf seine Nachfolge ausgerechnet hatte.

„Bedaure, aber du kennst die Spielregeln so gut wie ich. Wer aufgrund falscher Erwartungen voreilig auf geforderte Loyalitäten pfeift, der ist out." Damit stand mit Heidemann auch auf der Bundesebene der Partei das erste prominente Opfer der Berliner Wahlen fest.

Dabei hatte es eine Stunde zuvor im Foyer der Parteizentrale noch ganz nach dem üblichen Programmablauf am Tag nach einer Wahl ausgesehen. Vor Presse, Funk und Fernsehen wurde der Berliner Spitzenkandidat mit einem Blumenstrauß empfangen und unter dem Beifall der aufgebotenen Parteimitarbeiter vom Bundesvorsitzenden mit ein paar freundlichen Worten für seinen unermüdlichen Wahlkampfeinsatz gewürdigt. Die Tatsache, dass es mit Wolters nicht so gelaufen war wie erhofft, klang in diesem öffentlichen Rahmen, ebenso wie bei früheren Niederlagen, zwar bedauernd aber nur noch beiläufig an. Es galt als Nachweis der Professionalität, dass es in solchen Fällen, mit Blick auf die Wähler, menschelte und jeder Eindruck eines kleinlichen Nachtretens vermieden wurde. Kurzum, alles schien wie immer. Aber kaum waren die Mikrofone und Kameras abgebaut und die Türen des Sitzungssaales geschlossen, wurden drinnen die Samthandschuhe abgelegt.

„Und wie soll's jetzt weitergehen, Wolters? Haben Sie schon den Schimmer einer Idee? Wie lautet Ihr Plan B? Ich nehme an, bei der Sitzverteilung ist die Koalition mit der PfsG, entgegen Ihrer gestrigen Fernseherklärung, vom Tisch? Was nach Lage der Dinge noch das Beste wäre, was Ihr Scheitern bewirkt hat. Bei dem Scherbenhaufen, der zurückbleibt, wird der Berliner Landesverband ohnehin noch 'ne Weile zu tun haben, die zerplatzten Hoffnungen zusammenzufegen." Münter war froh, dass er nun nicht mehr gezwungen war, sich in diplomatischer Zurückhaltung zu üben. Das war ihm während der zurückliegenden Wochen schon schwer genug gefallen.

„Nichts ist vom Tisch. Auch eine knappe Mehrheit ist eine Mehrheit. Die Partei sollte mir bei dem Vorhaben, den kommenden Senat zu führen, keine Steine in den Weg legen. Oder sollten wir uns etwa weiterhin mit der undankbaren Rolle des Juniorpartners in einer Großen Koalition zufriedengeben? Vielleicht gleich freiwillig in die Opposition gehen? Das war nicht unser Wahlziel."

„Wir wollen regieren. Soweit d'accord. Aber es ist eben keine Lappalie, mit wem wir auf der Regierungsbank sitzen. Daher war und ist Ihre einseitige Festlegung in der Koalitionsfrage falsch." Münter achtete darauf, mit Wolters strikt auf der Sie-Ebene zu verkehren. „Man sieht ja, was dabei herausgekommen ist. Mit Siegfried Glombig wäre uns das erspart geblieben."

„Glombig ist bekanntlich tot."

„Ja leider. Das ist ein unersetzbarer Verlust. Politisch und menschlich."

„Auch wenn es Ihnen nicht gefällt, finden Sie sich mit der

Tatsache ab, dass die Berliner Partei inzwischen von mir geführt wird. Und vergessen Sie nicht, dass jeder Landesverband in seinen Entscheidungen frei ist. Wenn wir einen Senat auf die Beine stellen, dann werden wir regieren. Davon wird uns niemand abhalten."

„Danke für die Belehrung, aber der Grundsatz von der Autonomie der Landesverbände entbindet mich nicht von der Pflicht, die Gesamtpartei vor Schaden zu bewahren. Sofern Sie also Ihre Koalitionsabsicht ohne Rücksicht auf Verluste durchboxen wollen, handeln Sie auf eigenes Risiko. Nehmen Sie's als noble Geste, dass ich mich nicht auch öffentlich von Ihnen absetze. Nebenbei gesagt habe ich erhebliche Zweifel, ob es überhaupt für Ihre Wahl im Abgeordnetenhaus reicht. Ihnen sollen ja nicht mal alle Stimmen aus unserer Fraktion sicher sein. Keine ideale Ausgangslage für verwegene Experimente. Ich an Ihrer Stelle nähme den Mund nicht so voll."

„Ist das ein Ratschlag oder eine Drohung? Mir ist unter den Kollegen in der Fraktion nur ein potenzieller Abweichler bekannt und bis zur entscheidenden Abstimmung bleibt noch Zeit, die geforderte Geschlossenheit herzustellen. Zur Not reicht mir aber auch die von der Verfassung vorgesehene Mindestzahl, um gewählt zu werden."

„Hoffentlich haben Sie gute Nerven. Sie wissen schon, dass Ihr erster Schuss treffen muss? Falls der danebengeht, könnten Sie es zwar noch zwei weitere Male probieren. Aber dabei stehen Sie ohne Fluchtweg im Feuer. In dem Fall möchte ich nicht in Ihrer Haut stecken."

„Setzen Sie besser nicht zu früh auf meine Niederlage. Wenn wir erst mal erfolgreich regieren, werde ich Sie an Ihren Kleinmut erinnern. Ich glaube auch nicht, dass Ihre Haltung bei allen Mitgliedern auf Verständnis stößt." Damit erklärte Wolters diesen Termin einseitig für beendet. Die zurückliegende Stunde war für ihn noch schlechter verlaufen als erwartet. Er hatte auch registriert, dass sein Vertrauter Heidemann bei dieser unumgänglichen Wahlnachlese kein einziges Wort gesagt hatte. Ohne Münters kurz darauf erfolgende Entscheidung bereits zu kennen, nahm er an, dass der es fortan auch nicht leicht haben würde. Nachdem Münter offenbar wieder fest im Sattel saß, war mit einer Rückendeckung durch die Bundesebene wohl auf absehbare Zeit nicht mehr zu rechnen.

43

Von allem, was Siegfried Glombig seiner Tochter hinterlassen hatte, war die Charlottenburger Dachgeschoßwohnung das erinnerungsträchtigste Erbe. Sie wusste, wie gern ihr Vater dort oben gelebt hatte. Er sprach oft von seiner Fluchtburg, von einem sicheren Rückzugsort mit weitem Blick und dem unverzichtbaren Abstand, der ihn auch immer ein bisschen über die Niederungen seiner politischen Arbeit erhob. Besonders der seinem Refugium angeschlossene Dachgarten war sein Ein und Alles gewesen. Seine grüne Oase mitten im Zentrum der Stadt hatte er, wann immer er die Zeit dafür fand, mit dem nicht verheimlichten Stolz des Hobbygärtners gehegt und gepflegt. Es waren vor allem diese ideellen Bezugspunkte, die den eigentlichen Wert dieser Immobilie ausmachten. Hier, wo ihr Vater viele gute Jahre verbrachte, lebte Petra Glombig jetzt zusammen mit Norbert Teschner. Nur in einer Hinsicht sollte dieser Ort ein anderer werden als früher. Bei seinem Einzug musste ihr Teschner hoch und heilig versprechen, dass die von ihr verabscheuten Kungelrunden, die in diesen Räumen regelmäßig stattfanden, endgültig der Vergangenheit angehörten. „In unserem Zuhause möchte ich keinen Menschen begegnen, die ich nicht mag." Die geforderte Zusage fiel ihm leicht. Wenn schon seine übrige Zeit mit Aufgaben und Pflichten verplant war, hatte er nicht die geringste Lust, auch noch sein Privatleben irgendwelchen Zwängen unterzuordnen. Künftig sollte hier nur noch willkommen sein, wen sie gerne um sich hatten. Es machte ihn aber auch froh, dass sie so selbstverständlich von ihrem gemeinsamen Zuhause gesprochen hatte.

An diesem Abend freuten sie sich über den Besuch von Steffens und dem *Alten Fritz*, mit denen sie bis spät in die Nacht zusammensaßen. Dabei wurden sofort wieder die Bilder ihres ersten Zusammentreffens an diesem Ort in ihnen lebendig, als Schneider Steffens und ihn im Hause Glombig einführte. Petras Vater war neugierig, sie kennenzulernen, nachdem Schneider ihm schon so viel über sie erzählt hatte. Hier hörten sie auch zum ersten Mal etwas von Martha Reimers, an deren Sterbebett sie kurz darauf, zusammen mit Petra, ihren fortbestehenden Dreierbund begründeten. Eine Erbengemeinschaft der besonderen Art, in deren Hand es lag, dem Vermächtnis einer bewundernswerten Frau Aufmerksamkeit zu verschaffen.

Steffens war von ihrem ersten Besuch bei den Glombigs auch sein unbestechlicher Riecher in Erinnerung geblieben, der ihn schon frühzeitig auf die richtige Fährte geführt hatte. „Mir war sofort klar, dass es zwischen euch gefunkt hat. Man hätte schon blind und taub sein müssen, um diese Blicke und das Knistern nicht mitzubekommen."

„Was unbedingt noch mal der Erwähnung bedurfte." Teschner quittierte Steffens hinlänglich bekannte Selbstbeweihräucherung als Menschenkenner, den keiner so leicht hinters Licht führte, mit einem ironischen Augenzwinkern in Petras Richtung. Tatsächlich aber war er Steffens dankbar, dass der ihn an seinem fünfzigsten Geburtstag, gerade noch rechtzeitig, aus seiner beginnenden Resignation gerissen hatte. Ohne diesen Freundschaftsdienst wäre sein weiteres Leben mit Sicherheit anders und bestimmt nicht besser verlaufen. Eine Feststellung, die im Übrigen für sie beide zutraf. Damals hatten sie beschlossen, sich noch eine Chance zu geben. Dass sie ihre Ziele zunächst mit sehr eigennützigen Motiven verbanden, was ihre Vorstellungen von einer politischen Karriere einschloss, war ihrem bis dahin wenig erhebenden Lebenslauf geschuldet. Bis sie, nicht zuletzt nach ihrer Begegnung mit Siegfried Glombig, verstanden, dass sich Politik nicht darin erschöpfen durfte, einige persönliche Defizite zu korrigieren. Überhaupt hatte sie Glombig mit seinen klaren Standpunkten beeindruckt. Der gehörte zu den wenigen Menschen, die ihre Prinzipien nicht nur predigten, sondern so weit wie möglich auch praktizierten. Nicht ohne dabei einzuräumen, dass auch er erst aus Fehlern lernen musste. So gebührte Siegfried Glombig auch ein maßgeblicher Anteil daran, dass sie die Inhalte ihrer *Aktion fünfzig*, die als Egotrip zweier bis dahin vom Leben Enttäuschter begann, inzwischen sehr viel weiter fassten. Dabei lag der wesentlichste Teil ihrer Arbeit noch vor ihnen. Jetzt standen sie vor der Aufgabe, Glombigs Politik in die Zukunft zu retten. Womit der Bogen zur aktuellen Lage hergestellt war.

Teschner berichtete von seiner ersten direkten Konfrontation mit Wolters. „Der hat mich gestern regelrecht zerlegt. Ich sage euch, das war kein Vergnügen. Der Kerl versteht es, auszuteilen."

„Was hast du erwartet? Der spielt nur gegenüber den Wählern den netten Herrn Wolters. Alles Fassade. Außerdem schiebt er Panik. Wie hätte er nach Glombigs Tod auch damit rechnen können, dass ausgerechnet so ein dahergelaufener Neuling wie du seine ganze schöne Planung über den Haufen wirft. Aber erzähl' mal, wie euer Gespräch im Einzelnen verlaufen ist." Steffens wollte es jetzt doch etwas genauer wissen.

„Als Gespräch würde ich seinen Wutausbruch nun wirklich nicht bezeichnen. Das waren Schimpfkanonaden der übelsten Sorte, die minutenlang über mich niedergegangen sind."

„Ich nehme an, diese Explosion hat unter vier Augen stattgefunden?"

„Großer Irrtum. Das hat sich alles während der konstituierenden Sitzung der neuen Fraktion abgespielt. Wahrscheinlich sollte das auch als vorbeugende Maßnahme verstanden werden. Um andere gleich eingangs abzuschrecken, sich ähnlich aufsässig zu verhalten. Mit Erfolg, denn wenn ihr glaubt, mich hätte jemand in der Fraktion verteidigt: Fehlanzeige. Einige Kollegen kannten Wolters ja bereits aus der vergangenen Wahlperiode. Denen kam nicht mal in den Sinn, gegen ihn aufzumucken."

„Und wie sah es bei den neugewählten Mitgliedern aus?"

„Keine Spur besser. Die haben Wolters geradezu angehimmelt. Bei der anschließenden Aussprache konnte er eine Ergebenheitsadresse nach der anderen einsammeln."

„Widerlich - aber vorhersehbar. Spätestens nach Abschluss der Kandidatenaufstellungen hat sich dieses Ergebnis doch abgezeichnet. Nur bei Wollenberg, der den Wahlkreis Lichtenrade-Süd knapp für uns geholt hat, war ich sicher, dass er sich nicht auf Wolters Linie einschwören lässt." Der *Alte Fritz* zeigte sich bestürzt, weniger aus moralischer Empörung, weit mehr ärgerte es ihn, einer falschen Einschätzung erlegen zu sein.

„Dabei wurde der nur nominiert, weil er überall als Glombig-Mann auftrat. Der hat sowohl die Delegierten wie die Wähler verarscht. Aber abgesehen davon, dass er sich in der Sitzung nicht offen auf Ihre Seite gestellt hat, woher nehmen Sie die Gewissheit, dass er zu Wolters übergelaufen ist?"

„Erstens gehörte er zu denen, die sich bei Wolters besonders perfide eingeschleimt haben. Zweitens hat Wolters, als er im Verlauf der Sitzung eine Probeabstimmung über seine Wunschkoalition anberaumte, nur eine Gegenstimme kassiert - nämlich meine."

Steffens wollte die Hoffnung noch nicht so schnell aufgeben. „Das wäre auch nicht neu, dass solche Abstimmungen mittels ungeschütztem Handaufheben anders verlaufen als die anschließende Stimmabgabe im Parlament." Petra nickte. „Davon konnte Vater auch ein Lied singen. Es kam häufiger vor, dass ihm zuvor Unterstützung signalisiert wurde und sich der eine oder andere dann doch heimlich anders entschieden hat."

„Stimmt, wer nicht den Mumm hat, für seine Meinung einzustehen, lässt dafür gerne mal bei geheimen Abstimmungen die Sau raus. Deshalb hätte ich das Ergebnis normalerweise auch nicht überbewertet. Aber hier scheinen die Dinge für sich zu sprechen. Hinter vorgehaltener Hand wird nämlich bereits getuschelt, Wollenberg hätte im Falle seines Wohlverhaltens die Option, nach einer kurzen Schamfrist als Staatssekretär in eine Senatsverwaltung seiner Wahl zu gehen. Und sein Nachrücker im Abgeordnetenhaus wäre dann ein lupenreiner Wolters-Getreuer."

Steffens verdrehte die Augen. „Meine Rede. Auf die eine oder andere Weise ist jeder käuflich. Der eine hält ungeniert die Hand auf, wobei die Barabgeltung als primitivste Variante eher die Ausnahme bleibt. Deutlich mehr erliegen dem Versprechen, bestimmte dunkle Punkte in ihrer Vergangenheit unter Verschluss zu halten. Und wieder andere können der Verlockung eines lukrativen Amtes nicht widerstehen. Das ist die unverdächtigste Form der Käuflichkeit und fällt auch nicht so direkt unter den Oberbegriff der Korruption. Aber im Grunde läuft es doch darauf hinaus. Warum wird man nur immer wieder in seinem negativen Menschenbild bestätigt?"

„Ich nehme an, weil der gewöhnliche Homo sapiens nun mal dazu neigt, seine Entscheidungen von den eigenen Vorteilen abhängig zu machen. Allzu neu dürfte diese Erkenntnis auch Ihnen nicht sein." So desillusionierend Schneiders Einwand auch auf ihn wirkte, wollte sich Steffens noch immer nicht geschlagen geben. „Dann machen vielleicht die Nachtragenden Wolters einen Strich durch die Rechnung, die bei der Postenverteilung zu kurz gekommen sind. Das gab's auch schon."

Schneider rückte von seiner Skepsis nicht ab. „Möglich ist alles und bekanntlich stirbt die Hoffnung zuletzt. Trotzdem sollten wir davon ausgehen, dass Wolters in der nächsten Woche seine Einstimmen-Mehrheit bekommt."

„Was macht Sie da so sicher?"

„Sicher ist nichts. Ich versetze mich nur in die Situation der Gewählten. Mag sein, dass es einige Vergnatzte juckt, Wolters bei der Gelegenheit eins auszuwischen. Aber falls die Rache gelingt und er tatsächlich die Mehrheit verfehlt, ständen im schlechtesten Falle bald wieder Neuwahlen ins Haus. Keine sehr verlockende Aussicht für jemand, der es gerade noch mit Hängen und Würgen ins Parlament geschafft hat. Der möchte seinen Sitz nicht so schnell wieder abschreiben. Dann wäre doch die ganze Mühe umsonst gewesen. Sogar Teschners Begeisterung dürfte sich in Grenzen halten, schon wieder in den nächsten Wahlkampf zu ziehen. Für ihn natürlich kein Grund, seine Haltung zu ändern. Aber für andere Absprungskandidaten könnte diese Überlegung den Ausschlag geben. Und was Wolter Wunschpartner von der PfsG betrifft, die wollen regieren. Die stehen bei der Abstimmung wie ein Block. Um deren Zustimmung muss er sich die geringsten Sorgen machen."

„Vielleicht sollte ich mich demnächst mal mit Corinna Lutze verabreden. Die nette Studentin kennt ihr doch noch von Martha Reimers Beerdigung? Das ist eine vielseitig interessierte junge Frau, die Corinna. Ich glaube, mit der könnte ich mich prima über alles Mögliche unterhalten. Im Gegensatz zu einigen mir gut bekannten Herren."

Petras Zwischenruf ließ die Runde einen Moment verstummen. Der berühmte Wink mit dem Zaunpfahl hatte so überhaupt nichts mit den Fragen zu tun, denen man sich nun schon den ganzen Abend über mit einer alles andere verdrängenden Ausschließlichkeit widmete. „Irgendwie scheint Vaters Geist hier noch sehr präsent zu sein. Und weil er meine Ansichten kennt, wird er mir die Bitte verzeihen, nicht auch noch den Inhalt eurer Gespräche zu kontrollieren. Diese Diskussion kommt mir inzwischen so einseitig vor wie zu seiner Zeit. Das Leben ist aber bunter und vielseitiger, als sich immer nur an einem einzigen Punkt festzubeißen. Außerdem kann bis nächste Woche noch eine Menge passieren." Der *Alte Fritz* lächelte. Auch Teschner und Steffens hatten verstanden. Für den Rest des Abends fanden sich dann doch noch eine Reihe anderer Themen, bei denen alle gleichermaßen auf ihre Kosten kamen.

Tags darauf schien tatsächlich etwas in Bewegung geraten zu sein, was am Vorabend noch nicht vorhersehbar war. Weder für die bei Petra Glombig und Norbert Teschner versammelte Runde noch für Winfried Wolters. Als dessen Smartphone sein morgendliches Fitnessprogramm unterbrach, schwante ihm schon nach einem Blick auf das Display nichts Gutes. Diese Vermutung drängte sich sofort auf, weil er seinen Mitarbeitern regelmäßig einschärfte, ihn vor 8 Uhr früh nur in absolut wichtigen Fällen zu behelligen. Und dieser Anruf erwies sich schon nach den ersten Sätzen der Anruferin als ein Telefonat der ebenso dringenden wie unangenehmen Art.

„Hallo WiWo, hattest du schöne Träume? Der Tag dürfte weniger erfreulich werden."

„Du solltest wissen, dass ich zu dieser Stunde noch nicht zum Small Talk aufgelegt bin. Also erspare mir lange Vorreden und komm' bitte gleich zur Sache." Brigitte Rentsch wusste wirklich einiges über Wolters Gewohnheiten. Nicht nur als seine engste Mitarbeiterin, sondern mehr noch als seine gelegentliche Geliebte. In beiden Eigenschaften hatte sie sich über die Zeit unentbehrlich gemacht, woraus sie die Erwartung ableitete, weiterhin in seinem Windschatten zu segeln, falls es mit seinem Aufstieg zum Regierungschef klappte. Somit ging es bei diesem überfallartigen Alarm in gewisser Weise auch um ihre Zukunft.

„Ich wollte dich nur vorwarnen, damit du nachher nicht völlig unvorbereitet deine Zeitungen aufschlägst. Mach dich besser schon jetzt auf ein paar Tiefschläge gefasst."

„Also dann noch mal, meine liebe Biggi, zum Mitschreiben: Kein Rätselraten vor dem Frühstück. Was ist los? Bitte in Kurzform."

„Du hast eine miserable Presse, das ist los. Es geht unter anderem um die Probeabstimmung in der Fraktion und um deine, na sagen wir es mal freundlich, etwas sehr direkte Reaktion auf Teschners Bekräftigung, dass du nicht mit seiner

Stimme rechnen darfst. Das kannst du gleich selbst in allen Einzelheiten nachlesen."

„Aha, demnach ist dieser Kerl sofort losgerannt und hat sich überall ausgeheult. Ein Beweis mehr für dessen parteischädigendes Verhalten. Das wird Konsequenzen haben."

„Ich glaube weniger, dass Teschner dahintersteckt. Obwohl er noch mal erwähnt wurde. Der hat doch nie einen Hehl daraus gemacht, dass er nicht nur deine Koalitionspläne ablehnt, sondern auch dich persönlich am liebsten auf den Mond schießen würde. Daher musste er seine bekannte Haltung nicht noch mal publik machen. Sieh dir die Berichte mal etwas genauer an, dann wirst du feststellen, dass sich da jemand erleichtert hat, der über handfestere Informationen verfügt als Teschner. Das verrät Hintergrundwissen. Da wollte dir jemand ans Leder, der sich bisher noch nicht aus der Deckung wagt."

„Hast du dabei einen Bestimmten im Auge?"

„Dann wäre die Sache einfach. Das wird dich nicht gerade beruhigen, aber ich fürchte, du bist von einer ganzen Korona denkbarer Verräter umgeben. Frag' dich doch mal, wer deine noch vertrauliche Liste der Senatoren- und Staatssekretärsanwärter mindestens in Ansätzen kennt und wessen Hoffnung sich nicht erfüllt hat, dort auch auf seinen Namen zu stoßen."

„Da fallen mir auf Anhieb gleich mehrere Verdächtige ein."

„Wie ich sagte. Einer dieser Enttäuschten muss dich regelrecht gefressen haben, bei all dem, was er den Zeitungsleuten über dich gesteckt hat. Das könnte bedeuten, dass du bei der Wahl im Parlament, Probeabstimmung hin und vorgeschützte Unterstützung her, ins offene Messer läufst."

„Das Schwein mach' ich fertig."

„Interessant, dass du gleich an einen Mann denkst. In der Fraktion gibt es fast gleich viele weibliche Abgeordnete. Außerdem müsstest du erst mal wissen, wer dieses U-Boot ist. Abgesehen von Teschner, dessen Absicht klar ist, sind es neben dieser unbekannten Quelle, der die Presse ihre Informationen verdankt, vielleicht noch einige andere, die es kaum erwarten können, dich in der nächsten Woche im Schutze der Anonymität für die verlorene Wahl büßen zu lassen. Und anschließend werden die dir dann treuherzig versichern, mit ungebrochener Loyalität hinter dir zu stehen. Aber wem erkläre ich das?"

„Zum Kotzen, das Ganze. Was schlägst du vor? Wie soll ich mich verhalten?"

„Mögliche Heckenschützen lockst du jetzt nicht mehr aus ihrem Versteck. Die Lage ist, wie sie ist. Da musst du jetzt durch. Vielleicht hast du Glück und es geht noch mal gut. Diesmal. Aber wer bei knappen Mehrheiten unentdeckte Gegner im eigenen Lager hat, der kann nie wirklich aufatmen."

„Ich denke nicht daran, so kurz vor dem Ziel zu kapitulieren. Wer mir schaden will, sollte wissen, dass er an seinem eigenen Stuhl sägt, wenn es wegen ihm zu Neuwahlen kommt."

Auch Teschner hatte an diesem Morgen schon einen Blick in die Zeitungen geworfen. Wieder mal mit schlechtem Gewissen, weil er sich, sehr zum Missfallen von Petra, gewöhnlich während des Frühstücks auf den Stand der Dinge brachte. Sie hätte sich lieber mit ihm unterhalten, musste dieses Vorhaben jedoch regelmäßig aufgeben, da sie ihm beim Lesen nur sehr einsilbige Erwiderungen entlocken konnte. Aber weil er heute nicht umhinkam, das Gelesene mit einem laut gedachten *na, wer sagt's denn* zu kommentieren, wollte sie auch den Grund seiner guten Laune erfahren.

„Nanu, mein Morgenmuffel, was macht dich zu dieser frühen Stunde so ungewohnt vergnügt?"

„Du hattest wieder mal recht gestern Abend."

„Schön, das zu hören. Besonders das *wieder mal* klingt gut. Jetzt musst du mich nur noch aufklären, womit ich diesmal ins Schwarze getroffen habe."

„Mit deiner Voraussage, dass bis nächste Woche, wenn es für Wolters im Abgeordnetenhaus um alles oder nichts geht, noch einiges passieren kann." Um sie an seiner neu geweckten Zuversicht teilhaben zu lassen, reichte er ihr das Blatt mit dem Artikel, der ihm wie ein unverhofftes Geschenk erschien, etwas ungeschickt über den Frühstückstisch, sodass die untere Hälfte ihr Marmeladenbrötchen streifte.

„Dann liegt der *Alte Fritz* mit seinem Pessimismus diesmal vielleicht doch meilenweit daneben." Dabei schenkte sie ihm, ungeachtet des vorausgegangenen kleinen Missgeschicks, ein aufmunterndes Lächeln. „Noch ist Wolters nicht am Ziel."

„Da kommt sogar noch mal richtig Spannung auf."

Das sahen die Journalisten offenbar ähnlich, die sich nach und nach bei ihm meldeten. Dabei ging es den meisten noch einmal um die Bestätigung, dass er an seiner ablehnenden Haltung gegenüber Wolters festhielt. Woraufhin sich dann häufig die Bitte um einen zeitnahen Interviewtermin anschloss.

„Gewöhn' dich schon mal daran. So ist das, wenn sich einer anschickt, zur Berühmtheit aufzusteigen." Petras lapidaren Kommentar noch im Ohr, machte er sich am Abend, nicht ohne Lampenfieber, auf den Weg ins Fernsehstudio. Er hatte zugesagt, sich im Regionalmagazin einem Gespräch zu stellen. Für ihn war das alles noch Neuland, eine unerschlossene Welt, die er bisher nur aus der Perspektive des Zuschauers kannte. Wahrscheinlich hätte sich das Interesse an seiner Person auch nach seiner Wahl in Grenzen gehalten, aber mit seiner Ankündigung, Wolters die Tour zu vermasseln, stand er plötzlich im Zentrum eines sich täglich steigernden Medienrummels.

Keine Stunde später wurde er von keinem Geringeren als Lutz Hirche begrüßt, der die Rolle des Starreporters hin und wieder auch gerne mal gegen die des Studiomoderators tauschte. Heute wollte er es sich nicht nehmen lassen, ihn als einen seiner interessanteren Gäste zu befragen. Vor ihm hatte er schon nacheinander Wolters und Hentschel ins Verhör genommen. Aber die erwiesen sich, wie erwartet, als routinierte und insoweit wenig ergiebige Interviewpartner.

Zunächst jedoch führte ihn sein Weg in die Maske, um sich für die Sendung aufhübschen zu lassen. Vor einer Fernsehkamera sorgte eine kleine Nachlässigkeit im Erscheinungsbild oft für mehr Gesprächsstoff bei den Zuschauern als der klügste Satz. Nachdem man ihn für hinreichend bildschirmtauglich befand, bekam er auf dem Flur zum Studio gerade noch mit, wie Hentschel an ihm vorbei zum Ausgang strebte. Der große Zampano der PfsG zögerte eine Sekunde, wirkte unschlüssig, ob er stehen bleiben und ihn als künftigen Kollegen begrüßen sollte. Immerhin war das ihre erste direkte Begegnung und er wäre professionell genug gewesen, auch mit einem erklärten Gegner, der wild entschlossen war, die angekündigte Zusammenarbeit ihrer Parteien zu verhindern, einige unverbindliche Höflichkeiten auszutauschen. Aber dann beließ er es doch bei einem förmlichen Nicken. Ihm war das auch lieber so.

Einige Minuten vor dem Interview, während noch andere Beiträge über den Bildschirm liefen, instruierte ihn Hirche über den geplanten Ablauf. Dessen lockere Art, mit der er auf ihn einging, half ihm, seine Nervosität einigermaßen in den Griff zu bekommen - obwohl ihm fairerweise angekündigt wurde, auch mit kritischen Fragen rechnen zu müssen. „Nehmen Sie das nicht persönlich. Ich versuche nur, meinen Job so gut wie möglich zu machen. Das wollen wir schließlich alle. Aber weil das heute eine Premiere für Sie ist, gebe ich Ihnen doch noch einen Tipp. Blenden Sie das ganze Drumherum am besten aus. Stellen Sie sich einfach vor, wir säßen ganz entspannt bei einem Bier in Ihrer Stammkneipe." Dann bekamen sie auch schon ein Zeichen der Regie, dass sie auf Sendung waren.

„Herr Teschner, was sind Ihre Motive, Winfried Wolters ein Bein zu stellen? Gefährden Sie, indem Sie Ihrer Partei unter Umständen die Chance verbauen, in den nächsten Jahren zu regieren, nicht zugleich Ihre eigene politische Zukunft? Sind Sie vielleicht ein praktizierender Masochist, den es auf das Feld der Politik verschlagen hat?"

„Hoppla, gleich drei Fragen auf einmal. Ziemlich heftig für den Anfang. Wenn ich mich gegen Winfried Wolters stelle, dann nicht, um meiner Partei zu schaden. Ich bin nur, wie der leider viel zu früh verstorbene Siegfried Glombig, der Ansicht, dass seine Politik falsch ist. Die Frage ist also eher, wer unserer Partei schadet, weil er das äußerst bescheidene Wahlergebnis nicht verstanden hat. Und masochistische Neigungen, gleich welcher Art, sind mir fremd. Ich denke positiv, deshalb sehe ich auch für meine Zukunft nicht schwarz."

„Trotzdem möchte ich gerne herausfinden, was Sie antreibt, auf diese sehr spektakuläre Weise auszuscheren und damit die Regierungsfähigkeit Ihrer Partei aufs Spiel zu setzen." Hirche beherrschte die hohe Kunst der Gesprächsführung. Obwohl ihn vor allem das Ziel leitete, bei seinen Zuschauern zu punkten, verstand er es, dieses Interview in Form einer angenehm unverkrampften Unterhaltung zu führen und seinem Gast das Gefühl eines persönlichen Interesses zu vermitteln. Daher hatte Teschner fast schon vergessen, dass seine Antworten in zigtausend Wohnzimmern für Diskussionsstoff sorgten. Damit unterschied sich Hirches Ansatz deutlich von der Sterilität anderer Studiogespräche. Was im Ergebnis beiden Seiten zugutekam. Hirche profitierte davon, dass sich der Gast seiner Sendung voll auf ihn fixiert hatte und sich damit zunehmend lockerer und auskunftsfreudiger zeigte. Teschner dagegen war froh, dass ihm Hirche keine Zeit ließ, ständig daran zu denken, wer ihn in diesem Augenblick alles sah und hörte. Sonst wäre er sofort wieder hibbelig geworden.

„Ich habe mich nicht darum gerissen, in der eigenen Partei zur Unperson zu werden. Aber wenn Sie mich nach meinen Motiven fragen, warum ich mir diese Außenseiterrolle zumute, dann, weil ich mithelfen will, Glombigs politisches Erbe auch über schwierige Zeiten zu retten. Ich sehe mich in der Verantwortung, dass die FDSU auch künftig eine Partei im Sinne und im Geiste Glombigs bleibt.

„Alle Achtung, für einen Neueinsteiger war das schon eine bemerkenswert staatsmännisch klingende Erklärung. Ich nehme an, Ihr Einsatz für die Überzeugungen des verstorbenen Siegfried Glombig hat aber auch etwas mit Ihrer persönlichen Nähe zum Hause Glombig zu tun. Gibt es Ihnen nicht zu denken, dass die Mehrheit in Ihrer Partei inzwischen einer anderen Linie folgt?"

„Das bestärkt mich nur zusätzlich, der Politik von Wolters eine andere Sicht der Dinge entgegenzusetzen. Es gibt keine dümmere Aussage, als von der Alternativlosigkeit bestimmter Entwicklungen zu sprechen. Es verlangt allerdings ein wenig Mut, sich nicht dem größten Tross anzuschließen. Ich habe mich dafür entschieden, glaubwürdig zu bleiben und dem Weg zu folgen, den ich selbst für den richtigeren halte."

„Diesen Mut will ich Ihnen nicht absprechen. Dennoch könnte Ihre Haltung als überheblich betrachtet werden. Allein Sie sind im Recht und alle anderen unterliegen einem Irrtum?"

„Erstens glaube ich nicht, dass ich völlig alleinstehe, auch wenn das gelegentlich so aussieht. Und zweitens ist richtig oder falsch keine Frage der Mehrheit. Das mag jetzt wirklich etwas anmaßend erscheinen, aber ich bin in der Tat der Meinung, dass es immer Einzelne waren, die das Falsche erkannt und dagegen angekämpft haben. Während die Mehrheit nur die Nase in den Wind gehalten hat. Und Wolters Politik ist nicht nur falsch, die ist zutiefst ungerecht."

„Was Sie bestimmt gleich noch näher erläutern werden?"

Das war das Stichwort, auf das Teschner schon so lange gewartet hatte. Damit bekam er endlich die Gelegenheit, alles das loszuwerden, was er sich bereits bei seiner Wahlkreisnominierung im Rathaus Schöneberg von der Seele reden wollte. Daraus war nichts geworden, weil er nicht damit gerechnet hatte, dass dort jede Nichtigkeit der örtlichen Tagespolitik für ein stärkeres Interesse sorgte, als Fragen der politischen

Ausrichtung. Da machte es wenig Sinn, Wolters Koalitionspläne unter grundsätzlichen Aspekten zu thematisieren. Eine
schaurige Veranstaltung war das gewesen, und ungeachtet seines Erfolges auch kein Ruhmesblatt für ihn. Aber ohne das Zugeständnis, sein wesentlichstes Anliegen zurückzustellen, wäre
er kaum nominiert worden. Dieses Versäumnis wollte er auf
dem Wahlparteitag des Landesverbandes, an dem er zusammen
mit Steffens teilnahm, ausbügeln. Aber das wurde dann durch
die dramatischen Ereignisse verhindert. Auch als er vor der Probeabstimmung in der Fraktion noch einmal zu einer Begründung für seine Entscheidung ansetzen wollte, war seine Absicht
von Wolters, unter dem Beifall der Kollegen, sofort abgeblockt
worden. Hirches Frage verschaffte ihm nun erstmals die Möglichkeit, seine immer wieder verschobene Erklärung nachzureichen, warum ihm Wolters radikale Abkehr von Glombigs
Politik geradezu Übelkeit verursachte. Wobei das Beste daran
war, dass seine Kritik nicht innerhalb einer geschlossenen
Gruppe, die ihn längst zum Unruhestifter abgestempelt hatte,
wirkungslos verpuffte. Über das Medium Fernsehen erreichte
er eine Vielzahl von Menschen. Auf einmal bereitete ihm die
Vorstellung, dass diese Menschen sein Gespräch mit Hirche in
diesen Minuten live verfolgten, keine Probleme mehr. Jetzt erkannte er vor allem die Chance, für diejenigen zu sprechen, die
so dachten wie er, die aber niemals in die Lage kämen, ihre Ansichten vor einem so großen Publikum auszubreiten. Dieses
Studio wurde jetzt zu seiner Plattform. Dann sprudelte es auch
schon aus ihm heraus.

„Ich nehme an, in Ihrem Leben gab es auch schon das eine
oder andere Ereignis, das mehr als nur eine Augenblicksreak-
tion in ihnen ausgelöst hat. Es bedarf schon eines wirklichen
Quantensprungs im Bewusstsein, um festzustellen, dass man
einige Dinge plötzlich sehr viel besser zu verstehen glaubt als
zuvor. Aber erst dank der Gespräche mit Siegfried Glombig
habe ich verstanden, dass ein Umdenken allein zu wenig wäre.

Erst wenn man auch die Konsequenzen erkennt, die sich daraus ergeben, reicht es für einen neuen Anfang."

„Solche einschneidenden Erlebnisse sind wahrscheinlich keinem fremd. Allerdings, verehrter Herr Teschner, geht es heute nicht so sehr um mich und meine Erfahrungen. Interessanter ist Ihre abweichende Haltung zu der Mehrheitsmeinung in Ihrer Partei. Sie nehmen es mir nicht übel, wenn ich auf den Kern meiner Frage zurückkomme?"

„Entschuldigung. Das war auch nur als Einleitung gedacht."

„Dann werde ich also noch erfahren, worauf sich Ihre Kompromisslosigkeit gründet?"

„Bei mir bedurfte es einiger wichtiger Begegnungen, um zu verstehen, dass das meiste von dem was wir tun, oder auch unterlassen, Auswirkungen auf andere hat. Dabei besteht die eigene Verpflichtung, von der ich gerade sprach, darin, sich diese Tatsache nicht nur immer wieder vor Augen zu führen, sondern auch danach zu handeln. Das heißt für mich, dass ich mir die Gefühle der Menschen zu eigen mache, denen in der ehemaligen DDR Unrecht geschehen ist. Die würden ein erneutes Unrecht erfahren, wenn es zu einer Koalition käme, von der sich ein Teil allenfalls aus taktischen Gründen von den früheren Tätern distanziert, ihnen gleichzeitig aber alle möglichen Brücken baut und sogar ein neues politisches Betätigungsfeld eröffnet. Mir genügt schon eine verbale Komplizenschaft, ein Relativieren und Banalisieren der zurückliegenden Verbrechen, um mich solchen Absichten zu verweigern."

„Immerhin kann Ihnen niemand vorwerfen, Sie wären kein Freund klarer Worte. Was natürlich gut für meine Sendung ist. Moderatoren mögen Gäste, die sagen, was sie denken, schon, weil die leider so rar geworden sind. Gleichwohl will ich mich jetzt mal zum Advocatus Diaboli aufschwingen und Ihnen aus Wolters Sicht entgegenhalten, dass die Probleme der Vergangenheit kein Hindernis für die Zukunft sein dürfen. Auch Menschen, die sich falsch verhalten haben, denen vielleicht sogar Schlimmeres vorzuwerfen ist, sollte das Recht auf einen Neuanfang zugestanden werden. Von so einem neuen Anfang haben Sie doch eben selbst gesprochen. Finden Sie nicht, dass Unversöhnlichkeit somit eine falsche Weichenstellung wäre?"

„Pardon, wenn ich mich wiederhole. Zu jedem neuen Anfang gehört ein neues Denken. Das erfordert zunächst einmal, Schuld und Versagen nicht auszuklammern. Dabei geht es nicht um irgendeine abstrakte Schuld, über die wir hier sprechen. Es geht um die sehr konkrete Frage, wie hoch der eigene Anteil daran ist. Sonst läuft doch alles wieder nur auf das übliche Geschwätz hinaus. Man muss sich schon absichtlich dumm stellen, um den Unterton zu überhören, der in solchen Aufrufen zur Aussöhnung mitschwingt."

„Auch auf die Gefahr hin, mich in Ihren Augen jetzt ebenfalls als etwas unterbelichtet zu erweisen, aber ich verstehe immer noch nicht, worauf Sie eigentlich hinauswollen. Was ist so falsch daran, aufeinander zuzugehen? Wo liegt für Sie das Hindernis?"

„In der Zielrichtung dieser Forderung. Es sind die Opfer, die sich im Interesse eines Ausgleichs gefälligst bemühen sollen, ihre Emotionen zu bremsen. Und falls sie sich dieser Erwartung verweigern, werden sie beschuldigt, notwendige Entwicklungen mit ihrer Rückwärtsgewandtheit zu behindern. Dagegen wird den Tätern großzügig gestattet, sich mit ein paar beschwichtigenden Erklärungen reinzuwaschen. Es ist eben einfacher, die Wahrheit auf den Kopf zu stellen, als das eigene Versagen einzugestehen. Auch hier bei Ihnen im Fernsehen verzichtet kaum eine dieser inflationären Talkrunden auf den Unterhaltungswert eines ehemals so regimetreuen Genossen wie Hentschel. Wer könnte es dem und anderen, mit vergleichbarem Hintergrund, verdenken, dass sie die ihnen gebotenen Möglichkeiten nutzen, um sich mit neuer politischer Identität und populären Sprüchen bei den Bürgern einzuschmeicheln? Wer fragt bei einem dieser Wendegewinner, dem durch seine allgegenwärtige Medienpräsenz längst die öffentliche Absolution erteilt worden ist, noch nach seiner Vergangenheit? Dagegen finden die Opfer dieser Stehaufmännchen höchstens noch in irgendeinem Nischenprogramm Gehör."

„Das nehme ich Ihnen jetzt aber krumm, Herr Teschner. Deklassieren Sie meine Sendung etwa zum Nischenprogramm? Da sprechen, so unbescheiden darf ich sein, die passablen Einschaltquoten eine andere Sprache. Biete ich Ihnen nicht gerade die Gelegenheit, zur besten Sendezeit vor einer erklecklichen Zuschauerzahl mal so richtig Dampf abzulassen?"

„Was ich durchaus zu schätzen weiß. Nur gehöre ich ja nicht zu den unmittelbar Betroffenen, denen die DDR zum lebenslangen Trauma geworden ist. Aber weil die aus Enttäuschung über die allgemeine Entwicklung inzwischen weitgehend verstummt sind, will ich ihnen gerne meine Stimme leihen. Als bescheidenen kleinen Beitrag, damit das erschütterte Vertrauen dieser Menschen in das Gerechtigkeitsempfinden der politisch Verantwortlichen nicht völlig vor die Hunde geht. Das ist mir wichtiger, als mich hier in eigener Sache zu vertreten. Dass ich derzeit einigen Ärger habe, ist bekannt, aber den werde ich wie bisher innerhalb meiner Partei austragen."

„Was sofort die nächsten Fragen aufwirft. Was berechtigt Sie zu der Annahme, Sie wären für diese Aufgabe besonders berufen? Warum unterstellen Sie Ihren Politikerkollegen in dieser Hinsicht ein geringeres Engagement?"

„Weil ich einige dieser Männer und Frauen näher kennenlernen durfte. Es macht eben immer noch einen Unterschied, sich mit einem Thema nur theoretisch zu beschäftigen oder ob man sich auf eine bestimmte Weise persönlich angesprochen fühlt." Dabei dachte er an seine Begegnung mit Frank Conrad, der sie durch den Stasi-Knast Hohenschönhausen geführt hatte. Er dachte an Jutta Vogel und an Ulf Ziesche. Vor allem aber dachte er an Martha Reimers und an ihren getöteten Sohn. Wenige Minuten später kannten viele tausend Bürger der Stadt und darüber hinaus ebenfalls deren Geschichten.

„Vielen Dank, Herr Teschner. Das war ein interessantes Gespräch." Als Hirche seinen Gast verabschiedete, stand für ihn bereits fest, dass dieses Interview Aufsehen erregen würde. Gerade, weil Teschners Sprache noch nicht den ausgebufften Profi verriet, weil er hier und da mit den eigenen Gefühlen kämpfen musste, war es bewegend gewesen, aus seinem Mund etwas über den Leidensweg der Menschen zu erfahren, deren Biografien er mit seinem Bericht aus ihrer Namenlosigkeit herausholte. Wer sein Anliegen auf diese Weise vertrat, dessen Aussagen prägten sich ein.

Das alles wusste natürlich auch Wolters. Der schäumte vor Wut, als er sich die Aufzeichnung der Sendung ansah und sein vorausgegangenes Interview mit dem von Teschner verglich. Dieser Teschner, den er zwar als Ärgernis erkannt, aber als ernsthaften Gegner bisher nicht für voll genommen hatte, machte tatsächlich eine bessere Figur als er. Hirches Talk im Regionalmagazin sorgte bereits für Gesprächsstoff in der Bevölkerung. Prompt wurden daraufhin sogar schon einige seiner kritiklosesten Abnicker in der Fraktion nervös, die bisher nicht mal im Traum auf den Gedanken gekommen wären, er, der Chef, hätte die Sache nicht mehr voll unter Kontrolle.

Auch Münter zeigte sich im Bundesvorstand besorgt. Nicht, was die persönliche und politische Zukunft Wolters betraf. Dafür mochte er ihn zu wenig. Umso mehr beklagte er den desolaten Zustand der Berliner Partei, für den er Wolters die Schuld gab. „Ich frage mich, was in dem Mann vorgeht. Der ist tatsächlich so wahnsinnig, sich in ein paar Tagen zur Wahl zu stellen. Dem genügt es nicht, unter Umständen seinen letzten Kredit zu verspielen, der legt es offenbar darauf an, den gesamten Landesverband zu einem Fall für den Konkursverwalter zu machen." Obwohl Münter die Machtprobe im Vorstand für sich entschieden hatte, haftete ihm weiterhin der Ruf des Zauderers an. Deshalb ahnte kaum einer in seiner Umgebung, dass er nicht daran dachte, die Probleme wie üblich auszusitzen. Vielmehr waren seine diskreten Kontakte mit einigen Berliner Parteifreunden längst so weit gediehen, dass, bei zugesicherter Vertraulichkeit, im Grundsatz sogar schon Einigkeit darüber bestand, was nach Wolters möglichem Scheitern zu tun war, um die Folgen für die Partei gering zu halten.

Zunächst sollte es aber noch schlimmer kommen. Das war nach Teschners öffentlicher Abrechnung mit Wolters vorhersehbar gewesen. Auch wenn seine Kritik hauptsächlich auf dessen Person zielte, geriet damit zugleich die gesamte Partei in Bedrängnis. Daher zeigte sich Münter unschlüssig, ob er Teschner für seinen Mut gratulieren sollte oder ob die Rigorosität, mit der er seine Standpunkte vertrat, sie alle zusammen vor eine kaum lösbare Zerreißprobe stellte.

Hirche genoss die außergewöhnliche Beachtung, die seine Sendung gefunden hatte. Auch, weil er damit wieder mal unter Beweis stellen konnte, dass er bei der Auswahl seiner Gesprächspartner noch immer über ein untrügliches Gespür verfügte. Der Wirbel, den der Beitrag mit Teschner auslöste, zeigte, dass es kein Interview der billigen Sorte gewesen war. Eines, das zum Glück für alle Beteiligten bereits kurz nach der Ausstrahlung wieder vergessen wurde. Künftig würde er noch häufiger Gäste ins Studio einladen, die noch nicht darin geübt waren, ihre Aussagen auf sinnentleerte Gemeinplätze zu verkürzen. Profischwätzer, die wie aufgezogen daherplapperten, ohne einen einzigen wesentlichen Satz zu sagen. Teschner hatte nicht um die Dinge herumgeredet. Der war in allem sehr deutlich gewesen. Als er, sichtlich bewegt, über das Schicksal von Martha Reimers berichtete, durfte der Name Breitenfeld natürlich nicht fehlen. Mit diesem Bodo Breitenfeld, der in Martha Reimers Leben und im Leben anderer die Abgründe menschlichen Verhaltens markierte, würde er künftig in den Plenarsitzungen des Abgeordnetenhauses und, wenn er Pech hatte, in einigen Ausschusssitzungen die gleiche Luft atmen müssen.

Dem wollte er nicht auch noch in gemeinsamen Koalitionsrunden begegnen. Und weil sein Gesicht, während er das sagte, einen unverkennbaren Ausdruck des Ekels annahm, machte seine Miene alle weiteren Begründungen überflüssig, warum er so unerbittlich gegen Wolters Pläne ankämpfte. Dieser hatte ihm vorgeworfen, die Regeln der Politik nicht zu verstehen. Der bezichtigte ihn eines laienhaften Schwarz-Weiß-Denkens, das ihn unfähig machte, die unterschiedlichen Abstufungen und Schattierungen wahrzunehmen. Auch er, Hirche, war auf diese für Außenstehende fast schon bedrohlich wirkende Absolutheit seiner Ansichten zu sprechen gekommen, woraufhin ihm Teschner geantwortet hatte, dass er in Martha Reimers und Bodo Breitenfeld tatsächlich so etwas wie Symbolfiguren sah. Solche Menschen standen für mehr als nur für ihren eigenen Lebenslauf, die verlangten eine eindeutige Entscheidung. Wen Martha Reimers Schicksal nicht kalt ließ, dem blieb gar keine andere Wahl, als gegen einen Breitenfeld Front zu machen. Oder wie Leute mit seiner Vita auch immer hießen. Er vermochte nicht zu erkennen, wie für dieses Entweder-Oder ein Mittelweg gefunden werden könnte. Das hielt er aber für keinen Fehler. Für ihn bedeutete es eine Entscheidungshilfe, dass es bestimmte Situationen nicht erlaubten, das Gewissen unter Kuratel eines falschen und ungerechten Kompromisses zu stellen.

Teschners sehr anrührende Darlegungen befeuerten tags darauf nicht nur zahlreiche Kommentare in anderen Medien, sie sorgten auch dafür, dass erneut eine sehr einfache Berechnung aufgestellt wurde. Wenn der Abgeordnete Teschner, wie angekündigt, den Fraktionszwang ignorierte, dann konnte sich Wolters bei seiner Wahl lediglich auf die Mehrheit von einer Stimme stützen. War dies nach den Gegebenheiten des Wahlergebnisses und der Zusammensetzung des Parlaments für sich allein noch keine neue Erkenntnis, erfuhr diese Tatsache durch Hirches Interview mit Teschner jedoch eine neue Bewertung.

Die für die Wahl des Senatschefs in den ersten beiden Wahlgängen verlangte absolute Mehrheit bedeutete demnach, dass
es jedes einzelne Mitglied der Koalitionsfraktionen, also auch
der Abgeordnete Breitenfeld, in der Hand hatte, Wolters ins
Amt zu befördern – oder auch nicht. Möglich, dass es für seine
Wahl reichte. Aber dann lag es bei dem knappen Vorsprung für
die Koalition weiterhin im Ermessen weniger Abgeordneter,
ihn eine Legislaturperiode lang im Amt zu halten oder zwischenzeitlich zu Fall zu bringen. Wolters blieb also stets ein Regierungschef von Breitenfelds Gnaden. Ohne dessen Wohlwollen und das seiner Anhänger in der PfsG-Fraktion bekam er
keinen Fuß auf den Boden. Die Einzelheiten, die über Breitenfelds Vergangenheit inzwischen die Runde machten, verstärkten nun auch bei dem einen oder anderen ein ungutes Gefühl,
der Wolters bis dahin blindlings gefolgt war.

Sogar Heidemann ließ nichts unversucht, um Wolters davon
abzuhalten, sich allen Warnsignalen zum Trotz um Kopf und
Kragen zu bringen. Der konnte sich natürlich denken, dass es
seinem bis dahin umtriebigsten Förderer weit mehr um die eigene, bereits angeschlagene, Reputation ging. Falls er schei-
terte, verlor auch Heidemann unweigerlich ein weiteres Stück
Einfluss in der Partei. Aber weil das nicht sein Problem war,
verhallten dessen Appelle an seine Vernunft ebenso ungehört
wie ein Wink Bollhagens, wobei der seine Abfuhr deutlich gelassener wegsteckte. Bollhagen, der das aktuelle Geschehen nur
noch aus der Perspektive des interessierten Beobachters verfolgte, dachte nicht daran, diesen Vorteil aus alter Verbundenheit aufs Spiel zu setzen. Entsprechend kühl reagierte er auf
Wolters Uneinsichtigkeit. „Dann wünsche ich dir viel Spaß."

Noch am Abend vor der entscheidenden Parlamentssitzung
wagte kaum jemand eine Wette, ob es Wolters morgen packte
oder ob er einen empfindlichen Rückschlag einstecken musste,
zumal sich die Spekulationen über enttäuschte Hoffnungen bei
einigen Fraktionsmitgliedern der FDSU verdichteten.

Mancher sah ihn bereits am Anfang vom Ende seiner bis dahin scheinbar unaufhaltsamen Karriere. Alles war möglich. Aber nicht nur Wolters verbrachte eine unruhige Nacht. Auch Teschner bezweifelte, in den nächsten Stunden viel Schlaf zu finden. Deshalb saßen er und Petra noch bis weit nach Mitternacht auf ihrer Terrasse und sprachen über die bevorstehende Herausforderung. Ganz so, wie es Petras Vater und der *Alte Fritz* in früherer Zeit an gleicher Stelle taten.

„Glaubst du, du hältst das aus?" Er wusste, was ihre Frage bedeutete. Daher klang seine Antwort leicht eingeschnappt.

„Keine Sorge. Wenn du denkst, ich ziehe im letzten Moment den Schwanz ein, kann ich dich beruhigen. Ich weiß, was ich mir schuldig bin. Und allen, die morgen auf mich zählen."

„Siehst du, genau das meine ich. Das hört sich an, als müsstest du dir unbedingt selbst etwas beweisen. Oder wem auch immer. Unnötigerweise vielleicht sogar mir. Dabei solltest du nicht vergessen, was anschließend auf dich zukommt."

„Du rätst mir doch nicht etwa zur Aufgabe? Diese Feigheit würde ich mir nie verzeihen."

„Feiglinge würde ich eher unter deinen Fraktionskollegen suchen, die sich aus verletzter Eitelkeit längst entschlossen haben, morgen ebenfalls gegen Wolters zu stimmen. Aber die werden hinterher steif und fest behaupten, dass sie es nicht gewesen sind, während du zu deiner Entscheidung stehst. Damit wirst du für die anonymen Heckenschützen, die Wolters nur wegen unerfüllt gebliebener Karrierewünsche auflaufen lassen, zum idealen Prügelknaben. Die werden über dich herfallen. Die werden dich schlachten. Und glücklich sein, dass jemand stellvertretend für sie den Kopf hinhält."

„Entschuldige, das ist doch alles nicht neu. Ich sehe nur keine andere Lösung. Es sei denn, ich behauptete, dass ich ebenfalls für Wolters gestimmt habe und die Schuld für seine fehlgeschlagene Wahl anderen zuschiebe. Falls es denn so kommen sollte. Hältst du das für das besonders glaubhaft? Ich möchte auch nicht in den Ruf eines Schwächlings oder Schlimmeres geraten. So gesehen stimmt es ja, was du gesagt hast. Denen, die mir wichtig sind, will ich wirklich etwas beweisen. Die sollen wissen, dass sie mir auch weiterhin vertrauen können."

„Ich wollte auch nur noch mal hören, dass du dir darüber klar bist, was dich nach Wolters möglichem Absturz erwartet."

„Sollte Wolters tatsächlich durchfallen, wird das Geschrei natürlich groß sein. Sehr wahrscheinlich, dass mich einige Radikalinskis in der Partei dann am liebsten teeren und federn würden. Ein Himmelfahrtskommando wird die Sache trotzdem nicht. Früher oder später werden auch die martialischsten Rachegelüste verstummen. Ich nehme an, Wolters Gefolgsleute beherrschen die Grundrechenarten. Sobald die Rauchschwaden der ersten Aufregung verzogen sind, wird ihnen aufgehen, dass meine Gegenstimme nicht reichte, um ihr Idol auszubremsen. Dann wird man anfangen, nach weiteren Abtrünnigen zu suchen. Selbstverständlich erfolglos. Wer vorher auf mich eingeschlagen hat, wird sich kaum zu einer Entscheidung bekennen, die ihn in eine ähnliche Lage bringt wie mich. Aber das Misstrauen untereinander wird zunehmen. Fortan haben meine Ankläger genug damit zu tun, sich gegenseitig zu belauern. Solange muss ich eben durchhalten."

„Das wirst du. Außerdem bist du nicht allein. Du hast Freunde, vergiss das nicht."

„Wie sollte ich das vergessen? Und vor allem bist du ja da."

44

„Ich fordere Sie zum letzten Mal auf, die Bannmeile umgehend zu verlassen. Anderenfalls verletzen Sie geltendes Recht und zwingen uns, gegen Sie vorzugehen." Die Stimme des jungen Polizeibeamten klang bestimmt aber unaufgeregt. Er und seine Kollegen hatten Erfahrung mit ungenehmigten Demonstrationen. Außerdem wirkte das kleine Grüppchen, das unmittelbar vor dem Eingang des Abgeordnetenhauses die selbstbeschriebenen Plakate hochhielt, nun wirklich nicht gefährlich. Das waren Leute im Alter seiner Eltern und ansonsten wohl ebenso gesetzestreu wie seine alten Herrschaften.

Als Teschner sich der Gruppe näherte, bekam er gerade noch mit, wie die sich murrend auflöste. Schade eigentlich, dachte er, mit Blick auf die Plakate. „Herr Wolters, schämen Sie sich" und „Keine Koalition mit Stasi-Leuten" war darauf zu lesen. Alles Aussagen, die er ohne Abstriche unterstützen konnte. Erst jetzt erkannte er, wer sich hier versammelt hatte. „Bleiben Sie standhaft, Herr Teschner. Wir zählen auf Sie." Das war Frank Conrad, der ihm das zurief. Dann sah er auch Jutta Vogel und Ulf Ziesche, die nur widerwillig ihre Transparente zusammenrollten. Auch die zwei Männer, die mit Jutta Vogel in Hohenschönhausen auf dem Podium saßen, erkannte er wieder. Von den Polizeibeamten misstrauisch beobachtet ging er auf sie zu, um ihnen die Hand zu schütteln. „Gut, dass Sie hier waren, wenn auch verbotenerweise. Aber manche Situationen schreien geradezu danach, auch mal was Verbotenes zu tun."

„Immerhin blieb das Risiko überschaubar. Wir mussten nicht befürchten, gleich in den Knast wandern. So wie früher." Jutta Vogel verbuchte ihre Aktion schon deshalb als Erfolg, weil auch Wolters auf dem Weg ins Parlament an ihnen vorbeilaufen musste.

„Sehr beeindruckt dürfte er davon nicht gewesen sein." Aber Ulf Ziesche wollte seinen Einwand nicht gelten lassen. „Das sicherlich nicht. Trotzdem war es gut, dass wir hier waren. Jetzt muss sich keiner von uns dafür schämen, dass er sich in einem entscheidenden Moment verkrochen hat."

„Also wir haben unseren Beitrag geleistet. Jetzt sind Sie dran" ergänzte ihn Frank Conrad.

„Ich werde liefern. Versprochen." Kurz darauf betrat er den einstigen Preußischen Landtag, den heutigen Sitz des Abgeordnetenhauses von Berlin. Unwillkürlich dachte er dabei an seine Nominierung im Rathaus Schöneberg. Dass er gerade dort, an diesem für die Stadtgeschichte so bedeutsamen Ort, für seinen

Wahlkreis aufgestellt worden war, machte ihn noch immer stolz. Im Rathaus Schöneberg erkannte er, wie in keinem anderen Gebäude der Stadt, ein Sinnbild für die Unbeugsamkeit und den Freiheitswillen der West-Berliner in den Jahren ihrer Bedrohung. Das stand für deren Mut und Hoffnung, manchmal auch für Bitterkeit, Wut und Verzweiflung, für Gefühle, die sie mit den Menschen im anderen Teil der Stadt, darunter häufig ihre Angehörigen und Freunde, teilten. Auch der ehemalige Preußische Landtag atmete Geschichte, nur war die von deutlich anderer Art. Daher war er froh, dass lediglich die im Neorenaissancestil gehaltene Außenfassade noch etwas von der historischen Bedeutung des Gebäudes ahnen ließ. Im Inneren erinnerte die moderne Ausstattung nur noch wenig an eine lange zurückliegende Zeit, als es schon einmal Abgeordnetenhaus hieß. Und an alles, was danach kam.

Seitdem es ihm zur Gewohnheit geworden war, der Chronik von Bauwerken mit dem gleichen Interesse nachzuspüren wie menschlichen Lebensläufen, hatte er immer wieder festgestellt, wie sehr das eine mit dem anderen verwoben war. Natürlich hatte er sich auch schlaugemacht, hinter welchen Mauern er von nun an einen Großteil seiner Zeit verbringen würde. Wenn er jetzt auf den ihm zugewiesenen Platz im Plenarsaal zusteuerte, dann tat er das an einem Ort, der ehemals die zweite Kammer des Preußischen Landtags, eben jenes frühere Abgeordnetenhaus, beherbergte, dessen Mitglieder noch bis 1918 nach dem Dreiklassenwahlrecht gewählt wurden. Mit der Ausrufung der Republik bekam das Haus dann die Chance, sich zu einer Stätte dauerhafter Demokratie zu entwickeln. Aber hier wie andernorts wurde diese Möglichkeit vertan. Zusammen mit der Auflösung des Reichstages im Oktober 1933 verlor auch das preußische Parlament seine Legitimation. Der Traum von Freiheit und Demokratie war nur von kurzer Dauer.

Ein zusätzliches Argument für ihn, Träumern mit Skepsis zu begegnen. Träume, die sich bestenfalls in Präambeln wiederfanden, waren selten belastbar. Diese Auffassung teilte er mit Glombig. Es genügte auch nicht, für die Verwirklichung einer Idee zu kämpfen. Sie musste im Erfolgsfall auch offensiv verteidigt werden, um nicht an denen zu scheitern, die danach trachteten, das Erreichte zu zerstören. Aber in jenen Jahren waren die kämpferischen Demokraten sowohl im Land wie in diesem Gebäude in der Minderheit. Deshalb herrschten hier fortan die Nazis und die gaben am Ende ihrer Macht den Kommunisten die Klinke in die Hand. In der ihrer Rechte beraubten einstigen Volksvertretung tyrannisierte nun zeitweise Freislers Volksgerichtshof öffentlich zur Schau gestellte Angeklagte. Später wurde es als Haus des Fliegers Görings Reichsluftfahrtministerium einverleibt. Und wiederum ein paar Jahre später, nach starken Kriegsschäden halbwegs instandgesetzt, diente es dann nacheinander der Deutschen Wirtschaftskommission und, als Teil des Hauses der Ministerien, der Staatlichen Plankommission der DDR als Dienstsitz. Die Planungsbürokraten der neuen Diktatur, die ihren Vormietern aus der Nazizeit folgten, teilten sich die Zimmer nachbarschaftlich mit Einrichtungen des Ministeriums für Staatssicherheit. Mielkes Mitarbeiter betrieben hier bis zur Wende eine ihrer diversen Horcheinrichtungen. Teschner nahm an, dass Breitenfeld diesen Ort mochte. Wäre das vertraute DDR-Interieur nicht einer aufwendigen Renovierung zum Opfer gefallen, könnte der sich hier wie zu Hause fühlen. Er dagegen hätte lieber im Rathaus Schöneberg getagt.

Sein Platz im Hohen Haus befand sich in der hintersten Reihe. Der Fraktionsvorstand hatte das so entschieden. Einvernehmlich, wie Wolters ihm genüsslich unter die Nase rieb. Nun gut, dann degradierte man ihn eben noch vor der ersten Sitzung zum Hinterbänkler. Wichtiger als die Sitz- und Rangordnung war doch, dass seine Stimme damit nicht weniger zählte. Er verkraftete es sogar, dass offenbar kein Fraktionskollege bereit gewesen war, neben ihm zu sitzen. Neben *so einem*, der nicht mal davor zurückschreckte, seinen beabsichtigten Verrat auch noch öffentlich anzukündigen. Das musste Wolters unbedingt noch loswerden, nicht ohne ihn dabei mit einer Mischung aus Hohn und Verachtung zu überziehen. Seit der konstituierenden Fraktionssitzung hatte der sich einiges einfallen lassen, um ihm den parlamentarischen Einstieg zu verleiden. Auch darauf war er vorbereitet. Nur, dass ihn Wolters die ganze Zeit über so herausfordernd siegessicher angrinste, das hätte er sich an dessen Stelle besser verkniffen.

Ebenso wirkungslos wie Wolters Schikanen an ihm abprallten, verpufften auch die Versuche seiner Paladine, ihn durch plumpe Ausgrenzungsspielchen zu zermürben. Wer schon so weit gegangen war wie er, der ließ sich weder von subtileren Nadelstichen noch von handfesteren Gemeinheiten beeindrucken. Stattdessen widmete er seine Aufmerksamkeit dem Geschehen um sich herum. Das Plenum war bereits gut gefüllt und auch die Presse- und Zuhörertribüne wiesen kaum noch einen leeren Stuhl auf. Unter den Journalisten erkannte er Hirche, dem er seinen inzwischen deutlich gewachsenen Bekanntheitsgrad verdankte. Steffens und der *Alte Fritz* hatten es sich nicht nehmen lassen, das erwartete Spektakel mit ungewissem Ausgang unmittelbar vor Ort mitzuerleben. Um ihm durch ihre Anwesenheit Rückendeckung zu geben, wie Steffens das etwas gönnerhaft formulierte. Allerdings hätte er sich noch mehr über Petras Gegenwart gefreut. Leider lag der Sitzungstermin des Abgeordnetenhauses innerhalb ihrer Dienstzeit, sodass sie sich ihre Informationen über die jeweils neueste Lage zwischen ihren ärztlichen Visiten würde zusammensammeln müssen. Dabei durften ihre Patienten natürlich nicht mitbekommen, dass sie sich ihnen gegenüber heute eine Spur unkonzentrierter zeigte. In ihren Gedanken war sie ihm so nahe, als säße sie die ganze Zeit über neben ihm.

Während er sich an einen Katzentisch in der letzten Reihe verbannt sah, hatte Breitenfeld seinen Platz wohlgelitten im

Zentrum seiner Fraktion gefunden. Nicht ganz vorne, dafür reichte es noch nicht. Aber auch nicht ganz hinten. Einerseits kollegial eingebunden, andererseits auch wieder ein wenig versteckt, als sollte der Genosse vor allzu neugierigen Blicken abgeschirmt werden. Auch in der PfsG war Hirches Talk mit den sehr detaillierten Vorwürfen gegen ihr neugewähltes Fraktionsmitglied ein Thema gewesen. Grund genug, die Reihen noch fester zu schließen.

Dann war es auch schon so weit. Der Präsident eröffnete die Sitzung und gleich darauf den ersten Wahlgang. Obwohl Teschner von seinem Platz aus nur auf Wolters Rücken blickte, vermutete er, dass der keine Spur von Unsicherheit zeigte, egal, was sich hinter seiner Stirn abspielte. Tatsächlich erweckte Wolters mit den lässig verschränkten Armen zur Überraschung vieler Beobachter den Anschein, als erwarte er das Kommende fast ein wenig gelangweilt. Ein fabelhafter Schauspieler, der seine Rolle beherrschte, so saß er dort vorne in der ersten Reihe. Aber das, was in diesen Minuten über die Bühne ging, war kein Theaterstück. Das war auch keine Probeabstimmung wie neulich in der Fraktion, deren Ausgang von vornherein feststand. Die heutige Wahl fand in geheimer Abstimmung statt. Und jeder, allen voran Wolters, kannte das Risiko.

Nacheinander versenkten die Abgeordneten ihren Stimmzettel in der Wahlurne. Die einen langsam, mit feierlichem Ernst, andere eher hastig, als erwischte man sie bei einem unsittlichen Tun. Als er an der Reihe war, richteten sich alle Blicke auf ihn. Sein Votum war bekannt. Das machte ihn im eigenen Lager zum Gegner, während ihm von anderer Seite komplizenhaft zugenickt wurde. Darauf hätte er verzichten können. Trotz aller Anfeindungen fiel ihm seine Entscheidung nicht leicht. Aber ein Blick in Richtung Breitenfelds genügte, um zu wissen, dass er das Richtige tat.

Während nun alle dem Ergebnis der Auszählung entgegenfieberten, war die Anspannung mit Händen greifbar. Hier ging es den Abgeordneten nicht anders als den Zuschauern auf der rappelvollen Besuchertribüne oder den zahlreichen Medienvertretern. Auch wer sich in die von Hirche kommentierte Übertragung von Rundfunk und Fernsehen eingeschaltet hatte, konnte sich der Dramatik dieser Minuten nicht entziehen. Reichte es für Wolters oder reichte es nicht? Bekam er diese eine entscheidende Stimme mehr, die er für seine Wahl benötigte? Das waren die Fragen, die alle bewegten. Nur die Fernsehkameras, die die Reihen im Parlament abtasteten, blieben neutrale Zeugen des Geschehens.

„Genießen Sie den Anblick. Jeder Platz besetzt. Das sehen Sie sonst nur selten. Offensichtlich haben die Fraktionen alle ihre Mitglieder mobilisiert. Einschließlich derer, die heute wohl besser in ärztlicher Obhut geblieben wären." Hirche, der in seiner Berichterstattung wie immer einen imaginären Dialog mit seinen Zuschauern pflegte, fügte seinen Überlegungen einige weitere Fragen hinzu. „Können Sie mir verraten, wie man so regieren will? Falls Wolters mit einer gerade noch ausreichenden Mehrheit ins Amt kommt, darf dann in den Regierungsfraktionen künftig niemand mehr krank werden? Oder gilt für Mehrheiten in dieser Wahlperiode das Zufallsprinzip?" Unmittelbar, nachdem er die Situation noch einmal in Frageform skizziert hatte, erreichte die Spannung ihren Höhepunkt, als der Präsident mit seiner Begleitung wieder auf der Bildfläche erschien, seinen Platz einnahm und die Sitzung nach mehrfachem Anschlagen der Glocke fortsetzte.

Die magische Zahl, die jedem vor Augen stand, war die 75. Mindestens 75 Stimmen, das war die Mehrheit der Mitglieder des Abgeordnetenhauses, musste Wolters einsammeln. Die brauchte er, um sich als Gewinner dieses Wahlkrimis feiern zu lassen. Jede Stimme weniger bedeutete sein Scheitern. Die Ausgangslage war klar. Alle 148 gewählten Abgeordneten waren anwesend und hatten ihre Stimme abgegeben. Davon entfielen 76 Stimmen auf die Fraktionen von FDSU und PfsG und 72

Stimmen auf die übrigen Abgeordneten. Falls Teschner seiner Absicht treu geblieben war und Wolters seine Stimme verweigert hatte, dann blieben genau die erforderlichen 75 Stimmen für den Erfolg des Kandidaten – vorausgesetzt, alle anderen Mitglieder der beiden Fraktionen hatten geschlossen für ihn gestimmt. Daran waren aber schon während der Auszählung gerüchteweise die ersten Zweifel aufgekommen.

Nach einem Räuspern und zurechtgerückter Brille begann der Präsident das Ergebnis des Wahlgangs mit buchhalterischer Korrektheit zu verlesen. „Es wurden 148 Stimmen abgegeben. Ungültige Stimmen keine. Enthaltungen drei. Auf den Abgeordneten Wolters entfielen 71 Ja-Stimmen. Mit Nein haben gestimmt 74 Abgeordnete." Für eine gefühlte Ewigkeit, in Wirklichkeit waren es nur wenige Sekunden, blieb es totenstill, danach brach bei den Parteien, die sich schon in der Opposition gesehen hatten, ein von hämischem Applaus begleiteter Jubel aus. Das, was soeben passiert war, ließ sich zwar rechnerisch nachvollziehen, blieb aber trotzdem eine in dieser Weise nicht erwartete Sensation. Wenn alle 72 Abgeordneten außerhalb der vorgesehenen Koalition mit Nein gestimmt hatten, wovon auszugehen war, dann musste neben Teschner ein weiterer Abgeordneter aus dem Wolters/Hentschel-Lager eine Nein-Stimme abgegeben haben und immerhin drei Abgeordnete hatten Wolters mit ihrer Enthaltung ebenfalls eine Absage erteilt. Mit einer solchen Blamage hatte niemand gerechnet.

Dem Präsidenten gelang es nur nach mehrfacher Betätigung der Glocke, die Ruhe im Plenum wiederherzustellen. „Ich stelle fest, dass der Abgeordnete Wolters die gemäß Artikel 56, Absatz 1 der Verfassung von Berlin für die Wahl des Regierenden Bürgermeisters erforderliche Mehrheit der Mitglieder des Abgeordnetenhauses nicht erreicht hat. Somit ist eine Wahl nicht zustande gekommen. In diesem Fall sieht die Verfassung einen zweiten Wahlgang vor. Kommt die Wahl auch in diesem Wahlgang nicht zustande, so ist gewählt, wer in einem weiteren

Wahlgang die meisten Stimmen erhält. Um den Fraktionen Gelegenheit zu geben, die Situation zu erörtern, unterbreche ich in Absprache mit dem Ältestenrat die Sitzung hiermit für eine Stunde."

Beim Verlassen des Plenarsaals bemerkte Teschner, wie Hentschel in Wolters Richtung kurz mit den Schultern zuckte. Eine kaum verschleierte Geste der Geringschätzung, die einem Abgesang auf das geplante Bündnis schon ziemlich nahekam. Wolters konnte sich denken, dass sein Beinahe-Senator nicht gut auf ihn zu sprechen war. Zumindest bekam er nichts von dessen kurzer Rede mit, mit der er seiner Verärgerung wenige Minuten später vor den Mitgliedern seiner Fraktion Luft machte. In seinen Augen hatte sich Wolters als unfähig erwiesen. Mit einem, der nicht mal in der Lage war, seine eigenen Leute auf Kurs zu halten, war wenig anzufangen.

Wenn Teschner nun glaubte, der Ausgang der ersten Runde müsste zu neuen Diskussionen führen, dann sah er sich getäuscht. Stattdessen beeilte sich jeder, der in dieser Krisensitzung das Wort ergriff, die menschliche Unanständigkeit zu verurteilen, die diese Situation herbeigeführt hatte. Dabei vergaß keiner, der dieses Verhalten mit vor Zorn vibrierender Stimme geißelte, ihn als Hauptschuldigen in seinen Theaterdonner einzubeziehen. Obwohl einige nur zu genau wussten, wie das Ergebnis zustande gekommen war, wurde er als einziger bekannter Abweichler weiterhin wie ein Aussätziger gemieden. Teschner hätte kotzen können. Wie viel Verkommenheit gehörte dazu, Wolters noch vor ein paar Minuten in die Pfanne zu hauen und ihn jetzt mit speichelleckerischen Solidaritätsbekundungen zu hofieren?

Wolters selbst sprach unter donnerndem Beifall von einem feigen Verrat, für den er nur Verachtung empfinde. Und wieder war es allein Teschner, der dabei alle Blicke auf sich zog. Kurz vor dem Ende der Sitzungspause richtete dann der Abgeordnete Wollenberg, der bereits um seinen sicher geglaubten

Staatssekretärsposten bangte, einen leidenschaftlichen Appell an die *lieben* Parteifreunde. „Noch ist nichts verloren. Was eben passiert ist, war eine Panne. Ein saublöder Ausrutscher, der nicht dazu führen darf, unseren Regierungsanspruch zu verspielen. Alle, die sich jetzt schon die Hände reiben, sollen wissen, dass Winfried Wolters auch weiterhin unser Vertrauen genießt." Daraufhin erhob man, mit einer Ausnahme, die Hand, um auch im zweiten Wahlgang an Wolters festzuhalten. Dabei stand Teschner einmal mehr im Abseits.

„Also Mut hat er ja" lautete Hirches Befund, als nach der Wiedereröffnung der Sitzung feststand, dass sich Wolters für einen zweiten Anlauf bereithielt. Aber nachdem das Teleobjektiv der Fernsehkamera dessen Gesicht mit den zusammengepressten Lippen in Nahaufnahme einfing, hielt er es für angebracht, seine erste Feststellung um einen Verdacht zu ergänzen. „Vielleicht ist das auch nur der Mut der Verzweiflung. Wie bei einem angezählten Boxer, der schon in der ersten Runde dem KO nur knapp entgangen ist. Dem bleibt nur noch die Wahl, auf volles Risiko zu setzen. Allerdings könnte dem auch schnell der berühmte Handtuchwurf folgen. Wolters Gelassenheit hat jedenfalls schon stark gelitten."

Steffens und dem *Alten Fritz* gingen noch andere Gedanken durch den Kopf, als ihre Blicke über den nun wieder gefüllten Saal schweiften. Wobei es vor allem die ihm bekannten Gesichter in der FDSU-Fraktion waren, mit denen Steffens seine Probleme hatte.

„Was soll einem zu dieser Gurkentruppe noch einfallen? Wie die Lemminge, die sich hinter ihrem Anführer schicksalsergeben in den Abgrund stürzen. Nicht ein Jota Selbstachtung. Ein Grund zum Fremdschämen. Schlimm, mit solchen Leuten in der gleichen Partei zu sein."

„In einer anderen wären Sie wahrscheinlich auch nicht glücklicher, Steffens."

„Das macht die Sache nicht besser. Wissen Sie, was mich

besonders aufregt?"

„Ich nehme an, das werden Sie mir gleich verraten."

„Es ist zum Heulen, wie viel manche Politiker dafür tun, ihren ohnehin schon lädierten Ruf noch weiter zu schädigen. Wer wundert sich da noch über die so wortreich beklagte Politikverdrossenheit."

„Vorsicht, Steffens, ganz dünnes Eis. Nur damit Sie sich jetzt nicht verrennen: Sie gehören ebenfalls zu dem Verein. Wenn auch nur im kommunalen Bereich. Wobei ich das *nur* zu entschuldigen bitte. Immerhin wurden Sie unlängst zum Bezirksstadtrat für Finanzen im Bezirksamt Tempelhof-Schöneberg gewählt. Nicht schlecht für einen Seiteneinsteiger. Zumal Sie diesem Erfolg im Laufe der Zeit sicherlich noch einige weitere Meriten hinzufügen werden. Wäre es da nicht angebracht, Ihren Kollegen auf anderen Ebenen der Politik mit etwas mehr Nachsicht zu begegnen?"

„Warum sollte ich? Niemand wird mich daran hindern, Erbärmlichkeit auch künftig beim Namen zu nennen. Schließlich möchte ich nicht hinter meinem Freund Teschner zurückstehen, auf den ich heute verdammt stolz bin. Sie müssen doch zugeben, dass das, was hier vor unseren Augen abläuft, ein Armutszeugnis für frei gewählte Abgeordnete ist."

„Wenn Sie damit das Festhalten an der Fraktionsdisziplin kritisieren wollen, dann…

„Hallo? Wovon sprechen Sie? Wir sind doch soeben Zeugen geworden, wie Wolters abgeschmiert ist. Dabei liegt es auf der Hand, dass ihm die erforderlichen Stimmen in der eigenen Fraktion gefehlt haben. Bei unseren Leuten. Aber statt zu ihrer Entscheidung zu stehen und Wolters Amoklauf ein Ende zu machen, bleiben diese merkwürdigen Volksvertreter lieber im Dunklen und schicken ihn jetzt sogar in den zweiten Wahlgang. Das ist keine Disziplin, das ist die schiere Lust am Untergang."

„Nicht jeder besitzt Teschners Courage. Im Übrigen gehört

auch immer einer dazu, der sich schicken lässt."

„Gut, wenn Wolters dabei endgültig auf die Schnauze fällt, soll er. Was mich zur Weißglut bringt, ist das Verhalten solcher Abgeordneter. Für jeden Job gibt es Grundanforderungen. Wer sich zum Abgeordneten wählen lässt, von dem erwarte ich, dass er mindestens einen Arsch in der Hose hat. Wem die Hose nicht passt, der gehört auch nicht in dieses Amt. Dann ist er nur ein austauschbarer Apparatschik unter vielen. Und jetzt kommen Sie mir nicht wieder mit Ihrer Fraktionsdisziplin. Ich halte mehr von Selbstdisziplin. Die verlangt, sich nicht gleich wegzuducken, wenn es mal eng wird. Aber um zu den eigenen Überzeugungen zu stehen, müssten einige Leute erst mal eine Überzeugung haben. Erinnern Sie sich noch an die berühmte Bushaltestelle, von der wir bei Teschners Nominierung im Rathaus Schöneberg so oft gesprochen haben?"

„Wie kommen Sie gerade jetzt darauf?"

„Weil die sich auch heute sehr gut als Beispiel anbietet."

„Du meine Güte, da habe ich ja was angerichtet. Wofür soll sie denn diesmal herhalten?"

„Dafür, dass es zwischen Sach- und Gewissensentscheidungen eine Trennlinie gibt. Wer über so eine Haltestelle, oder was auch immer in der Art, zu entscheiden hat, dem wird kein Zacken aus der Krone fallen, der Partei in der Abstimmung die erforderliche Mehrheit zu sichern, auch wenn er anderer Meinung ist. Zum Glück berühren die wenigsten Entscheidungen das Gewissen. Aber wenn das, selten genug, tatsächlich mal gefordert ist, wäre die Kenntnis des Grundgesetzes schon mal ein guter Ansatz. Ein Abgeordneter, der sich in erster Linie als Parteisoldat sieht, vergisst, dass er nicht gewählt wurde, um lediglich die Ansprüche seines politischen Umfeldes zu bedienen. Auch nicht, damit er auf seiner persönlichen Karriereleiter einige Stufen nach oben klettern kann, was meist auf dasselbe hinausläuft. Wer seine Aufgabe richtig versteht, der vertritt das ganze Volk – oder, falls sie es eine Nummer kleiner mögen, mindestens die Bewohner seines Wahlkreises, einschließlich derer, die ihn nicht gewählt haben. Weil er dabei laut Verfassung nur seinem Gewissen unterworfen ist, könnte er auf Aufträge und Weisungen pfeifen, wenn er sie für falsch hält. Finden Sie es nicht auch erstaunlich, wie selten von diesem Privileg Gebrauch gemacht wird? Als ich noch hinter meinem Banktresen stand und ständig mit irgendwelchen Anordnungen getriezt wurde, hätte ich gerne einen Bruchteil dieser Unabhängigkeit besessen."

„Ich bitte Sie, Steffens, fragen Sie mich das ernsthaft? Als wüssten Sie nicht so gut wie ich, dass Verfassungstheorie und Lebenswirklichkeit zwei verschiedene Paar Schuhe sind. Außerdem ist das mit dem Gewissen so eine Sache. Nennen Sie mir einen zweiten Begriff, der ähnlich auslegungsfähig wäre. Wo das Gewissen dem einen bereits Grenzen setzt, bleibt für den anderen noch ein breiter Spielraum. Das Gewissen, das ist ein zu weites Feld, würde Vater Briest in diesem Falle wohl sagen. Ja, auf unseren guten Fontane ist eben in jeder Situation Verlass, die nach einem passenden Zitat verlangt. Besser als der könnte ich das auch nicht formulieren."

Nach dieser Lobrede auf den von ihnen gleichermaßen geschätzten Dichter unterbrachen sie ihr Gespräch, so wie es auch um sie herum still wurde, als der Präsident das Ergebnis des zweiten Wahlgangs verkündete. Dabei glich die Prozedur der von vorhin. Nur die Spannung hatte sich noch einmal gesteigert – und die Belastungsprobe für den Kandidaten. Wie versteinert saß der auf seinem Platz, mit maskenhaftem Gesicht. Aber das war eine Larve, die mehr über ihren Träger verriet, als sie verbergen konnte. Wolters wusste, dass es einen dritten Wahlgang für ihn nicht mehr geben würde, auch wenn dann eine einfache Mehrheit reichte und es keinen Gegenkandidaten gab. Wenn er es jetzt nicht gepackt hatte, dann wäre es das für ihn gewesen. In diesem Moment hörte er wie alle anderen die sorgfältig artikulierende, um gute Verständlichkeit bemühte,

Stimme des Präsidenten.

„Es wurden 148 Stimmen abgegeben. Ungültige Stimmen keine. Enthaltungen zwei. Auf den Abgeordneten Wolters entfielen 70 Stimmen. Mit Nein haben gestimmt 76 Abgeordnete." Das war ein noch schlechteres Ergebnis als im ersten Wahlgang.

Aus und vorbei. Alles war verloren. Nicht nur ein angestrebtes Amt, sondern sehr viel mehr. In Wolters Gesicht regte sich noch immer nichts. Er ließ es mit sich geschehen, dass ihm Fraktionskollegen tröstend die Hände entgegenstreckten. Unter ihnen gewiss auch solche, die den eben begangenen Meuchelmord zu vertuschen suchten. Er ergriff sie alle, rein mechanisch, aus purer Gewohnheit, ohne sie zu spüren, ohne etwas zu sagen. Was gab es jetzt auch noch zu sagen? Die Zahlen sprachen für sich. Und wie nach dem ersten Wahlgang brach nun im Lager der Parteien, die Wolters Pleite sofort als ihre Chance erkannten, Jubel aus. Jetzt mussten die Karten neu gemischt werden, was auch immer am Ende dabei herauskam. Alles war wieder offen. Nur eine Möglichkeit hatte sich damit erledigt. Niemand glaubte mehr an einen dritten Wahlgang mit dem Kandidaten Wolters. Auch Hentschel glaubte das nicht. In diesen Minuten befand er den Mann, mit dem er in den letzten Monaten in zahlreichen Gesprächen an dem Zustandekommen einer gemeinsamen Regierung gefeilt hatte, nicht einmal mehr eines Blickes für würdig.

Eigentlich hätte Teschner, ganz hinten, verbannt an einen Katzentisch, zufrieden sein können. Als Wolters wenig später mit brüchiger Stimme seinen Verzicht auf einen dritten Wahlgang erklärte, fand dieses Kapitel in der Geschichte der FDSU damit ein schnelleres Ende als von ihm und einer Minderheit in der Partei erhofft. Dennoch lag ein Schatten über dieser Stunde. Zuviel war in der letzten Zeit kaputtgegangen. Das ließ sich nicht so schnell wieder kitten. Vor allem beklagte er, dass es Feiglinge waren, die diesen Wahlausgang bewirkt hatten.

Fraktionskollegen, die sich auch jetzt wieder fassungslos zeigten, die Wolters kameradschaftlich auf den Rücken klopften, während sie ihm weiterhin feindselige Blicke zuwarfen. Wenn das seine Parteifreunde waren, dann fühlte er sich in der Gesellschaft mancher Gegner wohler.

„Fragen Sie mich bitte nicht, wie es jetzt weitergeht. Aber ich verspreche Ihnen, es bleibt spannend." Damit fasste Hirche die verfahrene Lage auf seine Weise zusammen. Auch die anderen Beobachter des heutigen Dramas blieben ratlos zurück.

Münter hatte die Berichterstattung aus dem Berliner Abgeordnetenhaus in seinem Büro bis zum bitteren Ende verfolgt. Das war eine dieser Situationen, in denen er es zu schätzen wusste, die richtigen Berater an seiner Seite zu haben. Heidemann war es definitiv nicht gewesen. Deshalb war es richtig, ihn zu feuern, wenngleich er noch immer mit seiner Blauäugigkeit haderte, ihm viel zu lange vertraut zu haben. Wer sich auf falsche Ratgeber verließ, immerhin diese Bestätigung verdankte er seinem Fehlgriff, geriet leicht in Gefahr, eigene Warnsignale auszublenden. Mit Monika Westhusen unterstützte ihn nun eine neue Generalsekretärin, deren Loyalität außer Zweifel stand, ohne dass sie ihm nach dem Munde redete. Bis eben hatten sie gemeinsam vor dem Fernsehgerät gesessen und waren wie alle Zuschauer Zeugen von Wolters krachendem Scheitern geworden. Jetzt besprachen sie, wie die Bundespartei auf die Schmach von Berlin, wie er dieses Ereignis leicht theatralisch umschrieb, am zweckmäßigsten reagieren sollte.

„Es war eine Riesendämlichkeit, den Kerl nicht rechtzeitig zu stoppen. Allein aus Angst, einer dieser aufgeblasenen Provinzfürsten in unserer Partei könnte sich schon deshalb mit Wolters solidarisieren, weil es der Bundesvorsitzende wagt, sich in die Angelegenheit eines Landesverbandes einzumischen. Dabei wäre es besser gewesen, gleich am Anfang zu intervenieren."

„Das bezweifle ich. Ohne mich als Anwältin meines Vorgängers aufzuspielen, hätte ich Ihnen mit Rücksicht auf die bekannten Empfindlichkeiten in den Landesverbänden ebenfalls zur Zurückhaltung geraten. Vergessen Sie nicht, dass Wolters dort, jedenfalls bis heute, wohlgelitten war. Niemand vertrat das Prinzip der regionalen Autonomie so entschieden wie er. Hätten Sie ihn unter Druck gesetzt, müssten Sie sich vielleicht sogar vorwerfen lassen, für das schlechte Abschneiden in Berlin mitverantwortlich zu sein. Andererseits war Ihre kritische Einstellung ihm gegenüber kein Geheimnis. Jedenfalls nicht für die, die Sie etwas besser kennen. Jetzt können Sie darauf verweisen, dass Sie recht behalten haben."

„Um dann in den Ruf des Rechthabers zu geraten?"

„Es gibt bestimmt einen Mittelweg. Offiziell können Sie Wolters Niederlage ja weiterhin bedauern. Was Sie aber nicht davon abhalten sollte, mit ein paar Vorschlägen in die Offensive zu gehen. Wohlgemerkt, ich spreche von *Vorschlägen*. Wer nicht völlig begriffsstutzig ist, wird schon verstehen, wie die zu bewerten sind."

„Nur dumm, dass ich bisher selbst noch keine abschließende Idee habe, wie sich dieses entsetzliche Kuddelmuddel wieder in geordnete Bahnen lenken lässt. Wolters ist für eine Weile weg vom Fenster. Das ist auch der einzige Lichtblick in dieser rundum verkorksten Geschichte. Fragt sich nur, wer an seiner Stelle den heruntergewirtschafteten Laden übernehmen soll."

„Da wird sich doch jemand finden lassen. Sie verfügen sicherlich noch über einige gute Kontakte zu Berliner Parteifreunden, die Glombig nahestanden und sich unter Wolters ins innere Exil abgesetzt haben. Deren Rat wäre wichtig."

„Nicht ungeschickt, wie Sie auf den Busch klopfen. Sie haben mich tatsächlich ertappt. Solche Gespräche haben bereits stattgefunden. Sogar mit einem Ergebnis. Aber gerade das erscheint mir eher heikel."

„Also raus mit der Sprache. Wie weit sind diese Überlegungen schon gediehen? Mich erst neugierig machen und sich dann in Schweigen hüllen, das geht gar nicht."

„Na schön, weil Sie's sind. Zunächst war es eine erfreuliche Erfahrung, dass es noch mehr Wolters-Kritiker im Berliner Landesverband gibt als angenommen. Es gibt also Hoffnung für die Zukunft. An der deprimierenden Ausgangslage ändert das leider wenig."

„Ich hätte mir nur gewünscht, dass diese ominöse Opposition in den letzten Monaten etwas präsenter gewesen wäre. Die war in der öffentlichen Wahrnehmung und sogar innerhalb der Partei, bis auf wenige Ausnahmen, so gut wie nicht existent."

„Wobei mich eine Mitschuld an dieser Passivität trifft. Daran ändern auch die taktischen Gesichtspunkte nichts, über die wir gerade sprachen. Von meinen Gesprächspartnern, die von Wolters nach und nach kaltgestellt wurden, musste ich mir immer wieder anhören, dass man während dessen stetigem Aufstieg vergeblich auf ein ermutigendes Wort des Bundesvorsitzenden gewartet hat. Aber von mir ist nichts gekommen, was als Unterstützung ausgelegt werden konnte. Glombigs Anhänger fühlten sich von der Bundespartei, und auch von mir persönlich, im Stich gelassen."

„Die Enttäuschung verstehe ich. Trotzdem sollten Sie sich nicht so stark mit Selbstvorwürfen belasten. Es waren doch vor allem die Verantwortlichen in der Berliner Partei, die Wolters nachgelaufen sind. Es ist eben immer die alte Leier: Solange jemand als Garant künftiger Wahlsiege gesehen wird, solange wagt es keiner, ihn offen zu kritisieren. Wer lässt sich schon gern als Bremser oder Neider beschimpfen? In solchen Fällen werden die Opponenten in den Augen der jubelnden Mehrheit schnell zu Nestbeschmutzern. Da hält man lieber das Maul."

„Es wäre aber meine Aufgabe gewesen, Stellung zu beziehen. Hinterher ist man schlauer, so heißt es. Ich kann nicht mal diese Entschuldigung für mich geltend machen. Ein Vergleich mit Glombig genügte, um Wolters richtig einzuschätzen. Ich habe die Dinge wider besseres Wissen in die falsche Richtung treiben lassen. Das ist die traurige Wahrheit. Deshalb wäre es auch unglaubwürdig, die Gründe für mein Versagen allein auf illoyale Berater abzuwälzen. Jetzt darf mir jeder vorwerfen, dass ich auch nur ein Opportunist bin."

„Nicht mehr und nicht weniger wie die meisten in der Partei. Vielleicht muss das Kind wirklich erst in den Brunnen fallen, damit die Stimmung kippt. Immerhin besteht jetzt die Aussicht auf einen Neuanfang. Sie müssen mir nur noch verraten, ob in Ihren Krisengesprächen bereits konkrete Pläne entwickelt wurden. Wie steht es mit Namen? Auf wen sollte man sich für die Zeit nach Wolters einrichten?"

„Genau das ist der Grund, warum ich so hin und her gerissen bin. Es ist tatsächlich immer wieder ein Name gefallen, der für zukunftsfähig befunden wurde. Aber nach der Blamage mit Wolters dürfen wir uns keine zweite Bruchlandung leisten. Besonders ich muss das verhindern. Mein erster Fehler war schon unverzeihlich genug."

„Na und? Wer ist es? Jetzt lüften Sie doch endlich das Geheimnis."

„Es läuft alles auf den Abgeordneten Norbert Teschner hinaus. Weil der sich auch von Wolters nicht mundtot machen ließ, hat er bereits bewiesen, dass ihn nichts so schnell umhaut. Nach dem Wunsch meiner Gesprächspartner, sollte er den Fraktionsvorsitz übernehmen."

„Das wäre doch eine vernünftige Lösung. Was spricht dagegen?"

„Die Frontenbildung in der Berliner Partei. In dem Richtungsstreit, ob Wolters oder Glombig die besseren Konzepte vertreten, hat sich Teschner schon sehr früh auf Glombigs Seite geschlagen. Auch in der Koalitionsfrage war er Wolters entschiedenster Gegner."

„Eine Haltung, die Weitblick beweist. Es ist doch gut, dass es jemand gibt, der Glombigs Positionen über die kurze aber heftige Wolters-Ära gerettet hat. Die dürften in der nächsten

Zeit eine Renaissance erleben."

„Bei mir rennen Sie damit offene Türen ein. Bedauerlicherweise geht es hier aber nicht nur um Sympathien. Vorrangig steht die Befriedung des Berliner Landesverbandes auf der Tagesordnung. Den Wolters-Anhängern, mithin der bisherigen Mehrheit, muss die Gelegenheit gegeben werden, ihr Gesicht zu wahren. Die darf man nicht zusätzlich reizen. Sie erleben doch gerade, welchen Anfeindungen Teschner weiterhin ausgesetzt ist. Nach deren Meinung trägt er die Hauptschuld an Wolters Unglück – wie die das nennen."

„Darunter sind wahrscheinlich auch einige seiner bis heute unerkannten Exekutanten, die mit diesem Ablenkungsmanöver ihre Beteiligung an der Hinrichtung überspielen wollen. Aber so problematisch diese verfestigten Feindbilder auch sind, hätte Teschner diesmal die Gesetze der Opportunität auf seiner Seite. Veränderte Situationen verlangen flexible Sichtweisen. Das wissen alle Mitspieler in dem nun neu beginnenden Machtpoker. Deshalb sehe ich den Knackpunkt auch eher in der Person von Wolters selbst. Der wird sich von der Fraktion sicherlich nicht so ohne Weiteres auf Teschners derzeitige Hinterbank abschieben lassen."

„Dorthin sicherlich nicht. Wobei eine Abschiebung auch nicht immer sinnbildlich nach Sibirien führen muss. Was das Vorgehen betrifft, gibt es ebenfalls bereits konkrete Vorstellungen. Demnach wäre es an mir, Wolters ein Angebot zu unterbreiten, dem er kaum widerstehen kann."

„Also doch keine Zäsur, nur wieder ein Deal? Und worin sollte der diesmal bestehen?"

„Ich sehe das nicht so negativ. Komplizierte Probleme lassen sich nur selten mit dem Holzhammer lösen. Besser, wir halten uns an bewährte Muster und wählen das kleinere Übel. Wer einen Amtsinhaber dazu bewegen will, sein Amt einigermaßen geräuschlos aufzugeben, der muss ihn notgedrungen mit einem anderen, nicht ganz unattraktiven, Job ködern."

„Welcher in diesem Falle wäre?"

„Es wurde an einen aussichtsreichen Wahlkreis für die nächste Bundestagswahl gedacht. Dafür gibt Wolters sein Mandat im Abgeordnetenhaus auf, verzichtet auf den Landesvorsitz und steht einer Neuaufstellung der Berliner Partei nicht im Wege."

„Klingt eher nach einem Karrieresprung als nach einer Ablösung."

„Das Wagnis bleibt überschaubar. In der Bundespolitik ist die Konkurrenz größer. Wenn er sich als einfacher Abgeordneter wieder hinten anstellen muss, zudem ohne Rückendeckung durch seinen früheren Förderer Heidemann, erscheinen seine Perspektiven relativ begrenzt. Ich glaube kaum, dass der in absehbarer Zeit noch mal groß rauskommt."

„Wolters ist niemand, der so schnell aufgibt."

„Dann sorgen wir eben dafür, dass ihm die Bäume nicht wieder in den Himmel wachsen. Es finden sich immer Mittel und Wege, jemand klein zu halten."

„Soweit zur Zukunft. Die besteht aber vorerst nur aus Denkmodellen. Bleiben wir besser bei den noch ungelösten Fragen der Gegenwart. Was sind die nächsten Schritte? Wann fällt für Wolters auf der Berliner Bühne der Vorhang? Glauben Sie, Teschner wird es sich zutrauen, den desolaten Haufen aus seiner Agonie zu führen?"

„Keine Ahnung. Der ahnt ja noch nichts von seinem Glück."

„Von seinem Glück? Ich möchte diese Herkulesaufgabe nicht schultern."

„Das dachte ich mir. Trotzdem kommt jetzt, bitte entschuldigen Sie den Überfall, eine Sonderaufgabe auf Sie zu. Ich wäre Ihnen dankbar, wenn Sie die ersten Gespräche mit Teschner und den Berliner Parteifreunden leiten. Oder moderieren. Wie auch immer. Aus nachvollziehbaren Gründen halte ich es für besser, derzeit noch außen vor zu bleiben. Morgen habe ich erst

mal ein Treffen mit Wolters vereinbart. An dem sollten Sie
ebenfalls teilnehmen. Anschließend sehen wir weiter."

„Dann können wir nur noch hoffen, dass kein Mitspieler aus
der Reihe tanzt."

„Mit dem nötigen Nachdruck werden unsere Argumente
schon verfangen."

Wolters war lange genug im Geschäft, um zu wissen, dass einer, der auf volles Risiko setzte, alles gewinnen aber auch alles
verlieren konnte. Und dass es für ihn nicht schlimmer hätte
kommen können, daran gab es nichts zu deuten. Hinterher
erschien auch die Frage nach den Gründen für diese Katastrophe nur noch von nachrangiger Bedeutung. Seine Autorität war
in jedem Falle futsch. Allenfalls könnte er noch eine Schonzeit
herausschinden. Aber sobald die ablief, stand unweigerlich die
Forderung nach seinem Rücktritt im Raum. Erst verhalten,
dann lauter. Bisher hatte es nur Teschner gewagt, ihn direkt
anzugehen. Demnächst konnte er sich ausrechnen, von weitaus
mehr Kritikern als Anhängern umgeben zu sein. Einige hatten
bereits Wind von dem Gespräch mit Münter bekommen. Offiziell hatte der ihn zu einem Meinungsaustausch eingeladen,
in Wirklichkeit handelte es sich bei dem Termin wohl eher um
eine Einbestellung mit vorhersehbarem Ausgang. Wenn ihm
der Bundesvorsitzende auch formal die Unterstützung aufkündigte, war es nur noch eine Frage der Zeit, bis seine heimlichen
Gegner nach und nach aus ihren Löchern krochen. Und unter
denen, die bald darauf ihrem staunenden Publikum erklärten,
dass sie seine Pläne schon immer für bedenklich hielten, wären
garantiert viele, die ihm gestern noch Ovationen bereitet hatten. Immerhin musste er keine Schlammschlacht befürchten.
Man würde sich mit ausgewogenen Worten von ihm absetzen.
In freundschaftlicher Verbundenheit, wie das so verlogen hieß.
Die Zweifel an seiner Strategie, die plötzlich wieder erlaubt waren, kämen gewiss nicht in Form einer Generalabrechnung daher. Nach außen ließe man es so aussehen, als ginge es dabei

nur um ein paar allgemeine Korrekturen an seiner Politik. Wer sich grundsätzlich nicht gern aus der Deckung wagte, blieb auch in solchen Situationen lieber auf der sicheren Seite. Die gleichen Leisetreter, die nie klar sagten, was sie wirklich meinten, hatten sich schon mit ähnlich verschwurbelten Sprechblasen von Glombig distanziert. Jetzt führten sie diesen Eiertanz erneut auf. Nur der Name war ein anderer.

Auch von Münters Seite war keine öffentliche Demütigung zu erwarten. Dafür gab es subtilere Methoden, zumal er eine Bloßstellung schon deshalb ausschließen konnte, weil sich der Parteivorsitzende kaum in ein schlechtes Licht rücken wollte. Warum sollte er? Wo doch ein dezentes Wegloben zum gleichen Ergebnis führte. Seine Ablösung und die Übernahme anderer Aufgaben würde schon richtig gedeutet werden. Nachdem sich der weitere Fortgang somit bereits abzeichnete, blieb nur noch die Ungewissheit, welcher neue Posten ihn künftig erwartete. Sollte der unausweichliche Karriereknick nicht zugleich sein Karriereende einleiten, musste er in nächster Zeit eben kleinere Brötchen backen. Er hatte eine Schlacht verloren. Das war bitter, aber noch lange kein Grund, sich geschlagen zu geben. Wer an sich glaubte, überstand auch einen Absturz. Und weil er davon überzeugt war, dass ihn niemand dauerhaft in die hinteren Reihen verbannen konnte, zweifelte er auch keinen Augenblick daran, in nicht ferner Zukunft wieder ganz vorn mitzuspielen.

Mit dieser inneren Sicherheit bestritt er auch das Gespräch mit Münter, bei dem er erstmals auch Monika Westhusen, der Nachfolgerin Heidemanns, gegenübersaß. Heidemann hatte er mehr Stehvermögen zugetraut. Der war nach dem verlorenen Zweikampf mit Münter fluchtartig in seinen früheren Journalistenjob zurückgekehrt. Andererseits war das vielleicht gar nicht mal so dumm. Jetzt konnte er seine wiedergewonnene journalistische Unabhängigkeit nutzen, um Münter offen zu piesacken. Auf dessen künftige Kommentare war er schon gespannt. Möglicherweise gönnte sich Heidemann aber auch nur eine Auszeit. Demnach war es ratsam, den Kontakt mit dem in Ungnade gefallenen ehemaligen Verbündeten nicht völlig abreißen zu lassen.

In seinen eigenen Überlegungen hatte der Gedanke an einen Ausstieg keinen Platz, nicht mal für eine begrenzte Zeit. Womit hätte er sich zwischenzeitlich auch beschäftigen sollen? Er sah sich selbst als gelernten Politiker. In diese Welt war er hineingewachsen. Von Jugend an hatte er nie etwas anderes getan – und nie etwas anderes tun wollen. Folglich gab es für ihn, im Unterschied zu Heidemann, auch keine Ausweichmöglichkeit, die ihm, vorübergehend, ein berufliches Asyl bot. Sogar als er sich während Münters provokanter Gesprächsführung mehr als einmal beherrschen musste, widerstand er der Versuchung, seiner Wut freien Lauf zu lassen. Das hätte dem so gepasst. Eine kühle Analyse der Lage, immer mit Blickrichtung in die Zukunft, erschien ihm sinnvoller, als sich einem destruktiven Selbstmitleid zu ergeben. Außerdem minderte die Zuversicht, dass es immer irgendwie weiterging, manchmal erfolgreicher als zuvor, die Belastungen des Augenblicks. Wer ihn bereits abgeschrieben hatte, der würde sich noch erstaunt die Augen reiben. Insgesamt war er mit dem Ergebnis des Gesprächs sogar zufriedener, als er sich anmerken ließ. Die Abfindung mit einem durch einen Listenplatz abgesicherten Wahlkreis für den nächsten Bundestag erleichterte ihm die Entscheidung, dafür im Gegenzug sein Mandat im Berliner Abgeordnetenhaus und den Parteivorsitz im Landesverband abzugeben. Immerhin konnte ihm niemand verbieten, sich weiterhin zu Wort zu melden. Er blieb ja in der Stadt, wenngleich demnächst in einer etwas anderen Funktion. Alles in allem war das ein halbwegs vertretbarer Abgang, der neue Pläne nicht ausschloss. Entsprechend positiv fiel dann auch seine Presseerklärung aus, die er schon wenige Stunden nach dem Meeting verfasste. In der ließ er Freunde wie Gegner wissen, dass er sich auf die vor ihm liegenden neuen Herausforderungen freue. Aber nur, wer ihn genauer kannte, las auch den drohenden Unterton mit.

45

„Hast du eine Ahnung, was diese Leute von dir wollen?"

„Ich habe nicht den blassesten Schimmer. Mir wäre schon geholfen, wenn ich die Namen einer klaren Kategorie zuordnen könnte. Freund oder Feind."

Eine sehr förmlich abgefasste Einladung zu einem informativen Gedankenaustausch, die Teschner vor ein paar Tagen erreicht hatte, stellte ihn und Petra vor ein Rätsel. Das Schreiben trug die Unterschrift eines gewissen Waldemar Potass, der sich als Sprecher einer nebulösen Gruppe von Parteifreunden ausgab. Auch über diesen Waldemar Potass musste er erst Erkundigungen einziehen. Der galt einmal, lange vor seiner Zeit, als ein ausgefuchster Strippenzieher im Landesverband, als einer dieser grauen Eminenzen, die ihre eigenen Ambitionen darauf beschränkten, die Parteikarrieren anderer zu forcieren oder an deren Ende mitzuwirken. Sogar Bollhagen sollte ihm einiges zu verdanken haben, bis sich ihr Verhältnis später abkühlte. Diese Informationen verdankte er wieder mal dem Hintergrundwissen des *Alten Fritz*, der bei Nennung dieses Namens sofort hellhörig wurde. „Wo der seine Hand im Spiel hatte, ging es meist um große Dinge. Um ganz große." Viel konnte er mit dieser Antwort Schneiders allerdings nicht anfangen. Aber dass der mit seinem Hinweis nicht so falsch lag, zeigte sich schon an dem vorgeschlagenen Gesprächsort. Dieses Treffen sollte nicht irgendwo stattfinden. Die Generalsekretärin der Bundespartei hatte dafür eigens ihr Büro zur Verfügung gestellt. „Allein gehe ich da bestimmt nicht hin. Ich werde Steffens und den *Alten Fritz* bitten, mich zu begleiten."

„Aha, Sie haben sich Verstärkung mitgebracht." Monika Westhusen zeigte sich erst etwas irritiert, nickte Teschner dann aber mit einem verstehenden Augenzwinkern zu, als er zum vereinbarten Termin überraschend mit eigenem Gefolge

667

anrückte. „Ich kann Sie beruhigen, es geht nicht um Ihren Kopf." Aber gleich darauf korrigierte sie sich noch einmal. „Das heißt, in einem übertragenen Sinne vielleicht doch. Der wird nämlich noch gebraucht. Darf ich Ihnen die übrigen Anwesenden vorstellen?"

Während er die Runde machte, Hände schüttelte und dabei aufmerksam gemustert wurde, fühlte sich Teschner an seinen Einstand in Sterns Kungelrunde erinnert. Alles wiederholt sich irgendwie, dachte er. Nur die Namen und die Umgebungen wechselten. Tatsächlich waren die Ähnlichkeiten unverkennbar. Auch hier spürte er sofort die mit dieser Einladung verbundenen Erwartungen. Das führte zu der spannenden Frage, welcher Art die wohl diesmal waren.

„Wir möchten Sie und Ihre Begleiter in unserem kleinen Kreis willkommen heißen und Ihnen an dieser Stelle noch einmal zu der Standhaftigkeit gratulieren, die Sie während der zurückliegenden Monate bewiesen haben." Der sie mit diesen Worten begrüßte war Waldemar Potass, über den er dank des *Alten Fritz* schon das eine und andere Detail erfahren hatte. Das überraschte ihn nun doch. Schließlich traf man sich im Dienstzimmer der Generalsekretärin und er hatte angenommen, dass Monika Westhusen damit als Gastgeberin fungierte. Er bemerkte aber auch, dass ihm Schneider als Reaktion auf diese vielsagende Aufgabenverteilung heimlich zublinzelte.

„Statt eines verspäteten Schulterklopfens wäre etwas mehr Unterstützung für Teschner hilfreicher gewesen. Aber als er diesen Zuspruch gebraucht hätte, hat ihn die Partei hängenlassen." Steffens konnte es sich nicht verkneifen, noch vor ihm zu antworten. Aber es stimmte ja, was der unbedingt noch heraushauen musste. Was sollte das hier werden? Eine nachträgliche Preisverleihung durch Drückeberger, die damit ihre eigene Untätigkeit vergessen machen wollten?

„Sie gehen aber hart mit uns ins Gericht, Herr Steffens." Monika Westhusen ahnte, warum ihr Münter diesen Termin zugeschoben hatte.

„Die Wahrheit ist leider nicht immer vergnüglich. Natürlich könnte man sich irgendwie um sie herummogeln. Um die Gesprächsatmosphäre nicht zu belasten. Das bekämen wir auch noch hin. Allerdings wäre das ein denkbar schlechter Start für einen neuen Anfang. Und soweit ich die Einladung an meinen Freund Teschner nicht völlig falsch verstanden habe, dann geht es hier doch um etwas Ähnliches wie einen Neubeginn."

„Das ist das Ziel. Sie haben auch recht, dass in der Vergangenheit einiges schiefgelaufen ist. Es wäre nur wenig konstruktiv, sich auf solche Anklagen zu beschränken. Lassen Sie uns aus diesen Fehlern lieber Lehren für die Zukunft ziehen und darüber sprechen, wie wir es künftig besser machen. Das ist jedenfalls die Absicht der Parteifreunde, die diese Zusammenkunft angeregt haben. Gleiches gilt natürlich auch für mich. Wobei allein schon die Tatsache, dass wir uns in meinem Büro treffen, die Wichtigkeit dieser Begegnung unterstreicht. Selbstverständlich stehe ich auch gern, soweit gewünscht, für eine vermittelnde Funktion zur Verfügung."

Wie stets, wenn eine Situation ein gemeinsames Vorgehen verlangte, zeigten sich Steffens und Teschner auch in diesem Kreis als eingespieltes Team. Dabei war es ihnen egal, wem von ihnen die heutige Einladung gegolten hatte. Sie erklärten sich einfach wechselseitig zu Ansprechpartnern und nahmen damit in Kauf, dass diese Rollenverteilung bei ihren Gesprächspartnern zunächst für einige Verwirrung sorgte. So ergriff Teschner auch erst jetzt, nach Steffens und unmittelbar an dessen Kritik anknüpfend, das Wort.

„Aus Fehlern lernen, das habe ich schon so oft gehört, dass es fast schon zu abgegriffen klingt, um noch ernst genommen zu werden. Erst mal die Karre in den Graben fahren und hinterher Besserung geloben. Das ist die Regel. Dabei machte es mehr Sinn, das Lenkrad rechtzeitig herumzureißen, um einen Totalschaden zu vermeiden. Aber das ist vergossene Milch. Jetzt müssen Sie uns nur noch aufklären, wie Sie sich das mit dem besser machen vorstellen. Ich vermute, dass ich dabei irgendwie behilflich sein soll."

„Erscheint Ihnen das Wort Hoffnungsträger auch zu abgegriffen? Bitte erschrecken Sie nicht gleich, denn darauf läuft es hinaus."

„Wieso sollte ich erschrecken? Woran hätte ich mich während der letzten Monate stärker klammern können als an das Prinzip Hoffnung? Hofft das nicht jeder, dem ständig die eigene Isolation vor Augen geführt wird, dass für ihn auch wieder mal bessere Zeiten anbrechen? In dem Sinne bekenne ich mich gern als Hoffnungsträger. Aber ich nehme an, das war nicht das, was Sie meinten."

„So ist es. Ich spreche von der Hoffnung vieler Mitglieder unserer Partei, die die letzte Zeit auch nur mit der Faust in der Tasche ertragen haben. Die fänden es gut, wenn Ihre klaren Standpunkte, die Sie gegenüber Wolters vertreten haben, künftig in eine neue funktionale Verantwortung einmünden."

„Wow…, *neue funktionale Verantwortung.* Auf den Begriff muss erst mal einer kommen. Nur schade, dass solche gestanzten Formulierungen nicht für Erklärungen taugen. Die können alles oder nichts bedeuten. Nun mal konkret, was wird von mir erwartet?"

„Aber nein, eine Erwartung wäre unangemessen. Betrachten Sie es eher als eine Bitte, die ich auch im Namen des Bundesvorsitzenden an Sie weiterreiche. Herr Münter bedauert, an diesem Treffen wegen Unabkömmlichkeit an anderer Stelle leider nicht persönlich teilnehmen zu können, lässt Sie aber herzlich grüßen. Er hat im Rahmen einiger Vorgespräche, auch mit den hier anwesenden Parteifreunden, erfahren, dass in Teilen der Mitgliedschaft der Wunsch besteht, dass Sie den Vorsitz der Abgeordnetenhausfraktion übernehmen. Sie könnten damit helfen, die aktuelle Krise zu überwinden." Monika Westhusens etwas sperrig ausgefallene Antwort wurde von

Waldemar Potass und seinen Begleitern umgehend mit einem zustimmenden Klopfen bestätigt.

„Eine kuriose Vorstellung. Wer sollte mich denn wählen, solange mich meine Fraktionskollegen immer noch wie einen Verräter behandeln? Nicht anders als die große Mehrheit in der Partei, die ihren Supermann Wolters im Wahlkampf enthusiastisch gefeiert hat. Wollen wir uns wirklich mit solchen realitätsfernen Überlegungen aufhalten?"

„Was heißt realitätsfern? Sie wissen doch auch, dass sich neue Sachlagen neue Lösungen suchen. Nach dem Schlamassel mit Wolters kann sich niemand in der Partei der Notwendigkeit verschließen, die Karten neu zu mischen."

„Oder die Würfel sprechen zu lassen." Teschner musste unwillkürlich grinsen, als er den verständnislosen Gesichtsausdruck der Generalsekretärin bemerkte. Die wusste mit dieser Bemerkung natürlich nichts anzufangen. Dafür verriet ihm Steffens komplizenhafter Blick, dass der sofort verstand, woran er gerade dachte. Immer, wenn sie in letzter Zeit vor wichtigen Entscheidungen standen, hatten Würfel für sie eine maßgebliche Rolle gespielt.

Nach Monika Westhusens Einführung meldeten sich nun auch andere Teilnehmer dieser Zusammenkunft zu Wort, die eine jüngere Frau ziemlich treffend als erstes gegenseitiges Beschnuppern umschrieb. Dabei überboten sich alle in der Zusicherung, ihn, Teschner, nach besten Kräften zu unterstützen.

„Was den Wechsel an der Fraktionsspitze betrifft, gibt es eindeutige Signale, den weiteren Verlauf optimistisch zu beurteilen." Mit dieser Einschätzung griff Münters Generalin anschließend noch einmal seine Bedenken auf. „Wolters hat sich verpflichtet, sein Ausscheiden aus dem Abgeordnetenhaus nicht mit einem Tribunal gegen Sie zu verbinden. Im Gegenteil, er wird Ihnen, einem unmissverständlichen Anraten der Bundespartei folgend, seine kollegiale Unterstützung anbieten. Mehr noch, er wird Sie absprachegemäß sogar zu seinem

Nachfolger vorschlagen. Im Interesse des Zusammenhalts der Partei, so die offizielle Lesart. Dafür bedurfte es natürlich einiger Anstrengungen, ihm diese Einsicht zu vermitteln. Kurzum, Wolters wird die ihm in Aussicht gestellte Entschädigung nicht aus falschem Stolz aufs Spiel setzen. Allerdings sollten auch Sie Größe beweisen und ihm und seinen Anhängern einige Schritte entgegenkommen."

„Das soll heißen?"

„Dass Sie auf ein peinliches Nachtreten verzichten. Die angedachte Lösung hat nur Bestand, wenn alle Beteiligten daraus unbeschädigt hervorgehen."

„Also Friede, Freude, Eierkuchen? Das Motto kommt mir bekannt vor."

„Wenn Sie es so nennen wollen. Münter und ich sprechen in solchen Fällen von einer professionellen Lösung."

„Nur mal angenommen, ich könnte mich mit dem Gedanken anfreunden, Wolters Nachfolge anzutreten, dann geht es nicht nur um den Austausch von zwei Gesichtern. Wer darauf spekuliert, meine Haltung in der Koalitionsfrage wäre flexibel, liegt falsch. Mit mir und einer Partei, die einem Breitenfeld ins Parlament verhilft, läuft gar nichts. Das muss von Anfang an klar sein. Mit der Konsequenz, dass sich die FDSU weiterhin als Juniorpartner an der bisherigen Koalition beteiligt oder für die nächsten Jahre die Oppositionsbänke drückt."

„Was die Mitglieder auch nicht begeistern dürfte. Aber wem, wenn nicht Ihnen, wäre ein Kurswechsel im Berliner Landesverband zuzutrauen? Neues Personal, neue Ideen. Das war noch nie anders. Wobei es für Sie ja wohl eher auf eine Richtungskorrektur im Sinne Glombigs hinausliefe. Zurück zum Bewährten. Dafür haben Sie doch die vielen Unleidlichkeiten der letzten Monate auf sich genommen. Schon deshalb bin ich sicher, dass Sie nicht zu den Verweigerern gehören, die sich davonstehlen, wenn sie gebraucht werden."

„Nanu, ist das jetzt doch so etwas wie eine nachgereichte

Erwartung? Kürzlich hieß es noch, ich sollte mich nicht länger einer neuen Politik verweigern. Der Politik Wolters."

„Wie Sie richtig feststellen: kürzlich. Aber auch was bis gestern noch galt ist heute schon Vergangenheit. Jetzt haben **Sie** die seltene Gelegenheit, **Ihre** Auffassungen in praktische Politik umzusetzen. Möglich, dass man Ihnen vorerst mehr aus Parteiräson als aus tatsächlicher Zustimmung folgt. Aber glauben Sie mir, in dem Maße, in dem sich neue Sachlagen neue Lösungen suchen, wächst auch die Bereitschaft, die wieder mal veränderte Wirklichkeit zu akzeptieren. Das schließt die Übernahme der Auffassungen derer ein, die fortan die Richtung bestimmen. Gestern noch Buhmann und heute Hoffnungsträger. Oder umgekehrt. Die Politik war schon immer ein schnelllebiges Geschäft. Wolters war gestern. Willkommen im Heute, Norbert Teschner."

„Wie viel Bedenkzeit geben Sie mir?"

„Am liebsten wäre mir natürlich Ihre sofortige Zusage. Aber bis spätestens morgen sollten Sie mich schon informieren. Bis dahin bleibt Ihnen noch genug Zeit, sich schon mal ein paar nette Formulierungen für die dann anstehende Pressekonferenz zu überlegen." Monika Westhusen zweifelte keinen Moment daran, wie seine Entscheidung ausfiel.

Auf dem Rückweg zum Auto streckte Steffens den Daumen nach oben. „Das war es doch, was wir wollten. Dafür hat es sich gelohnt, zu kämpfen." Auch der *Alte Fritz* zeigte sich zufrieden. „Schade, dass mein Freund Siegfried diese Wendung nicht mehr erleben durfte." Ähnliches hörte er später auch von Petra, als sie erfuhr, wie das Treffen ausgegangen war. „Mein Vater hätte sich gefreut, dass es nun doch noch jemand gibt, der dort weitermacht, wo er aufhören musste."

Während um ihn herum ein Gefühl der Genugtuung überwog, wohl auch, weil sich für die Menschen in seiner engsten Umgebung damit eigene Hoffnungen erfüllten, zeigte sich Teschner wieder einmal in sich gekehrt. Nicht, dass ihm plötzlich

Bedenken gekommen wären, er könnte den kommenden Anforderungen nicht gewachsen sein. Es war vielmehr ein Gefühl der Demut, das ihn am Anfang seines neuen Lebensabschnittes vor jeder Großspurigkeit bewahrte. Zwar teilte er die Ansicht, dass niemand, der an sich glaubte, wirklich verlieren konnte. Das schloss aber die Gefahr nicht aus, sich selbst zu verlieren, indem er vermeintlichen Zwängen nachgab oder falsche Prioritäten setzte. Diese Gefahr war nirgends größer als in der Politik. Es hatte vieler, oft auch schmerzhafter, Erfahrungen und einer Reihe von Umbrüchen und Niederlagen in seinem Leben bedurft, um zu dem Norbert Teschner zu werden, der er heute war. So sehr er ahnte, dass sein Leben künftig ein anderes sein würde, wollte er ungeachtet alles dessen, was demnächst auf ihn zukam, genau dieser Norbert Teschner bleiben.

„Versprich mir, dass du auf mich aufpasst." Petra wusste ohne Nachfrage, was ihm in diesen Minuten durch den Kopf ging. „Versprochen. Aber dann beschwere dich bitte nicht, wie es mein Vater früher getan hat, wenn ich dir mit meiner Kritik auf die Nerven gehe."

„Und falls du zu sehr abhebst, bekommst du von mir den zugesicherten Tritt in den Hintern. Das erdet." Steffens blieb seiner Vorliebe für starke Sprüche auch heute treu.

Als Teschner und Petra wieder allein waren, hatten beide, unabhängig voneinander, dieselbe Idee.

„Weißt du, wohin ich jetzt gehen möchte?"

„Ich kann es mir denken. Aber sag's trotzdem. Ich will hören, dass ich mich nicht irre."

„Ich möchte ans Grab von Martha Reimers. Das ist mir wichtig, mich an einem solchen Tag bei ihr zu bedanken. Erst durch sie ist mir richtig klargeworden, wo meine Aufgabe liegt.

„Das wollte ich dir auch gerade vorschlagen. Und anschließend besuchen wir meinen Vater."

Er dachte an einen Satz, den er von Siegfried Glombig am Abend ihrer ersten Begegnung gehört hatte. Das war in der

Wohnung, in der er jetzt mit seiner Tochter lebte. *Was mich davon abhält, Wolters das Feld kampflos zu überlassen, ist unter anderem die Lebensgeschichte dieser alten Frau.* An dem Tag, an dem sie Martha Reimers persönlich kennenlernen durften, nur wenige Stunden vor ihrem Tod, hatten Steffens und er Glombigs Absichtserklärung zu ihrer eigenen gemacht. Vielleicht hätten sie den Erfolg ihrer *Aktion fünfzig* sonst weiterhin allein an dem persönlichen Nutzen gemessen, der sich für sie mit einem politischen Aufstieg verband. Keine Frage, auch in dem Fall wären sie ein gutes Stück vorangekommen. Sogar auf eine leichtere Weise. Wie viele andere, die die Möglichkeiten der Politik als Sprungbrett für die eigene Karriere entdeckten. Aber welche Chance hätten sie damit vertan. Martha Reimers hatte ihre besseren Gefühle angesprochen und Siegfried Glombig ihr Denken umgekrempelt. Petras Vater hatte ihnen gezeigt, worin der eigentliche Wert von Politik bestand. Noch lagen die größten Bewährungen vor ihm, um eines Tages vielleicht sogar in seine Fußstapfen zu treten. Aber wie wenig bedeuteten diese Anstrengungen im Vergleich zu der Unbeirrtheit jener Menschen, die in schwerer Zeit über sich hinauswuchsen, die auch dann nicht nach bequemeren Lösungen schielten, wenn ihre Überzeugungen sie in Gefahr brachten. Mit Jutta Vogel, Frank Conrad und Ulf Ziesche hatten auch die für ihn ein Gesicht bekommen.

Es machte ihn glücklich, dass es Petra gab, die sein Leben mit ihm teilte. Auch seine bewährte Freundschaft mit Steffens blieb für ihn unverzichtbar, so wie er hoffentlich noch lange von der Lebensklugheit des *Alten Fritz* profitierte. Diesen Menschen war er es schuldig, dass er bei allem, was nun vor ihm lag, doch immer der Norbert Teschner blieb, den sie kannten und dem sie vertrauten. Aber vor allem dankte er Martha Reimers, vor deren Grab er jetzt zusammen mit Petra eine stille Andacht hielt. Ihre Biografie hatte Steffens und ihm und ihrer bisherigen *Aktion fünfzig*, die sich nun in einer größeren Dimension für ihn vollendete, die Richtung gewiesen. Dieses Vermächtnis, das in einfachen und gerade deshalb so bewegenden Worten beschrieb, wohin eine falsche und ungerechte Politik führte, würde ihm auch künftig helfen, die richtigen Entscheidungen zu treffen. Und über ein Versprechen wäre die alte Frau wohl besonders erleichtert gewesen. Dort, wo es in seiner Macht lag, wollte er der politischen Opportunität Grenzen setzen. Solange er Verantwortung trug, sollte keiner dieser Breitenfelds je wieder die Gelegenheit bekommen, andere Menschen noch einmal in Angst zu versetzen. Das war für den Anfang doch schon mal ein lohnendes Ziel.